KB119353

한담소하록

國立中央圖書館 所藏 한글번역 筆寫本

본 저서는 2016년 대한민국 교육부와 한국연구재단의 지원을 받아 수행된 연구결과임.
(NRF-2016S1A5A2A03925653)

경희대학교 글로벌 인문학술원 동아시아 서지문헌 연구소 서지문헌 연구총서 04

한담소하록

國立中央圖書館 所藏 한글번역 筆寫本

閔寬東
劉僖俊 共著

學古房

연구제목	국내 고전문헌의 목록화와 복원
과제번호	NRF-2016S1A5A2A03925653
연구기간	(2016.11.01.~2019.10.31.)
일반공동연구 지원사업 연구진	책임연구원 : 閔寬東 공동연구원 : 鄭榮豪, 朴鍾宇 전임연구원 : 劉僖俊, 劉承炫 연구보조원 : 裵玗桯, 玉珠

머리말

본서는 한국연구재단 일반공동연구지원사업 과제인 『국내 고전문헌의 목록화와 복원』(2016년 11월 01일~2019년 10월 31일 / 3년 과제)의 일환으로 나온 책이다. 본 연구 프로젝트는 크게 발굴부분과 복원부분으로 나누어 연구되었다.

• 발굴 작업

국내의 국립도서관이나 대학의 중앙도서관에 소장된 문·사·철 古書들은 대부분 정리되어 목록화 되었으며 일부 사찰이나 서원 및 개별 문중 古書들은 지방 자치단체의 후원에 힘입어 상당수는 목록화하여 출간되었다. 그러나 個人所藏家나 개별 門中 및 一部 書院의 古書들은 목록화 작업은 물론 해제작업은 더더욱 요원한 상황이다.

본 연구팀은 이러한 곳 가운데 비교적 많은 고문헌을 소장하고 있는 안동의 군자마을(광산 김씨 예안파, 후조당), 봉화의 닭실마을(安東 權氏 忠定公派, 冲齋博物館), 경주의 옥산서원을 선정하여 그 古書들을 목록화하고 古書에 대한 해제집을 발간하는 작업을 계획하였다.

* 안동 군자마을(광산 김씨) 古書目錄 및 解題 (1년차)
* 봉화 닭실마을(안동 권씨) 古書目錄 및 解題 (2년차)
* 경주 옥산서원 古書目錄 및 解題 (3년차)

이러한 작업으로 만들어진 책자는 각 문중이나 서원에서 서지문헌에 대한 연구는 물론 홍보자료로 활용할 수 있기에 이에 따른 시너지 효과도 기대할 수 있다.

• 복원 작업

조선시대 출판본 가운데는 현재 중국에 남아있는 판본보다 더 오래전에 간행되었거나 서지문헌학적 가치가 높은 희귀본 판본들이 상당수 있다. 본 연구팀은 이러한 조선출판본을 위주로 복원 대상을 선정하였다. 이러한 작업이 완료되면 국내의 학술연구에 많은 기여가 될 뿐만 아니라 중국과 일본 등지에서도 우리 古書에 대한 연구가 활발히 진행될 것으로 사료된다. 복원 작품의 목록은 다음과 같다.

1) 劉向『新序』
2) 劉向『說苑』
3) 段成式『酉陽雜俎』
4) 陳霆『兩山墨談』
5) 何良俊『世說新語補』
6) 李紹文『皇明世說新語』
7) 朝鮮編輯出版本 :『世說新語姓彙韻分』
8) 國立中央圖書館 所藏 한글 飜譯筆寫本『한담쇼하록』(『閒談消夏錄』)

이러한 판본들의 복원을 통하여 당시 조선에서 이런 판본들을 간행의 底本으로 사용했는지 또 원래의 중국 판본과도 비교 연구할 수 있는 단초를 제공해 준다. 또한 이러한 토대제공을 통하여 중국이나 일본 등지에서 서지문헌에 대한 비교연구가 활발히 진행될 것으로 기대한다.

본 프로젝트의 진행 중 또 하나의 결실이 바로『한담쇼하록』(『閒談消夏錄』)이다. 본서는 총 3부로 구성하였다.

제1부 淸代 文言小說集인『閒談消夏錄』에 대한 편찬자와 成書過程을 분석하고 또 국내 소장 판본과 번역본『閒談消夏錄』의 내용 및 번역 양상에 대하여 집중적으로 연구하였다.

제2부『한담쇼하록』번역문을 수록하였다. 먼저 조선시대 번역문이 고문형태이고 번역이 조잡하여 현대식으로 재번역 하였다. 뒤에 조선시대 번역원문과 중국어 원문을 수록하였다.

제3부『한담쇼하록』원전을 참고할 수 있도록 조선시대 번역 필사본을 影印하여 원문 그대로 수록하였다.

또한 본 연구팀이 주도하는 프로젝트는 단순한 판본 복원작업이 아니라 해제까지 곁들여 분석하는 작업이기에 이러한 작업이 완료되면, 우리의 고전문헌 연구에 상당히 寄與가 있을 것이라 확신하며 아울러 국문학, 한문학, 중문학자들의 비교문학적 연구에도 귀중한 자료가 될 것이라 사료된다.

이번 출간에 흔쾌히 협조해 주신 하운근 학고방 사장님을 비롯한 전 직원 여러분께도 감사를 드린다. 마지막으로 원고정리 및 교정에 도움을 준 제자 배우정과 옥주 학생에게 감사의 뜻을 전한다.

2020년 01월 01일

민관동 · 유희준

▌일러두기

1. 이 책은 국립중앙도서관 소장 한글필사본『한담소하록』을 해독하는 것을 주목적으로 삼았다.
2. 〈1부〉『한담소하록』에 대한 전반적인 소개 부분은 인명과 지명 등의 고유명사를 한글과 한자를 혼용해서 사용하였고, 〈2부〉 번역 부분에 등장하는 인명과 지명 등의 고유명사는 한자음을 기본으로 하였으나, 한글음을 먼저 쓰고, 한자는 괄호 '( )' 안에 표기하였다.
3. 〈2부〉『한담소하록』'편찬자 번역' 부분은 국립중앙도서관에 소장된 한글필사본『한담소하록』 30편의 번역을 해독하여 기본으로 참고하였으나, 오역과 생략이 많아서 중국어 원문을 하나하나 참고하여 다시 새로 번역을 시도하였다. 단, 각 작품의 소제목은 한글필사본의 옛한글 표기를 그대로 따랐다. 때문에「하시녀(何氏女)」,「오시(吳氏)」 등도 오타가 아님을 밝혀둔다.
4. 〈2부〉 번역필사본은 국립중앙도서관에서 제공한『한담소하록』 이미지를 참고로 한 글자씩 해독하며 입력하고 띄어쓰기까지 한 것이다. '쪽수' 표기는 책표지를 제외한 원문 첫 페이지부터 '【 】'를 사용하여 【1】, 【2】의 형태로 번호를 삽입하여 쪽수를 제공하였다.
5. 〈2부〉에 제공한 중국어 원문은 1878년 취균산방(翠筠山房)에서 간행, 규장각 소장의『한담소하록』 판본을 기준으로 하였다.
   - 『매우집』의 원작품 14편은 중국 사이트에서 원문을 다운받아 규장각 소장『한담소하록』 번체 판본과 한 글자씩 비교 교감하여 정리하였다.
   - 『둔굴난원』의 원작품 16편은 중국 사이트에서 원문을 찾을 수 없어, 규장각에 소장된 1880년 간행『둔굴난원』 판본과, 1878년 간행『한담소하록』 판본을 비교하여, 직접 입력하면서 잘못된 글자를 찾아내고, 단구(短句)하는 과정까지 진행하였다.
6. 〈3부〉에 제공한 이미지 파일은 국립중앙도서관 소장 한글필사본『한담소하록』 이미지를 재편집하여, 왼쪽부터 오른쪽방향으로 1쪽, 2쪽의 순서로 삽입하였다.

목차

第一部

한담소하록에 대한 해제

1. 淸代 文言小說集『閒談消夏錄』 연구*

- 국내 유입된『閒談消夏錄』 판본과 번역본을 중심으로

한국연구재단 토대연구 과제인 "한국에 소장된 중국고전소설과 희곡판본의 수집정리와 해제"(2010-2013)를 수행하면서 國立中央圖書館에 소장된『閒談消夏錄』이라는 한글 번역 필사본을 처음 보게 되었다. 본인이 主筆로 준비하고 있는 "韓國 所藏 중국문언소설의 판본목록과 해제"를 작성하기 위해 자료를 수집하던 중에 淸代 文言小說集인 朱翊淸의『埋憂集』을 정리하게 되었고, 여러 관련된 자료를 찾으면서 朱翊淸의 이름으로 된 또 다른 문언소설집『閒談消夏錄』이 있다는 사실을 확인할 수 있었다. 하지만 朱翊淸의 自序가 들어있는 奎章閣 소장의『閒談消夏錄』 木版本을 확인한 후에도『中國文言小說總目提要』나 중국문학사, 중국소설사 어디에도 이 소설집에 대한 언급을 찾을 수 없었고 중국과 국내에서도 아직까지『閒談消夏錄』에 대해 연구된 자료조차 없었다.

최근 관련자료 목록을 수집정리 하던 중 國立中央圖書館에 表題가『消夏錄』이라고 된 한글 필사본을 발견하였는데, 內題에 한글로 '한담쇼하록'이라고 되어 있었다. 두 작품의 연관성을 찾기 위해 奎章閣『閒談消夏錄』原本과 비교를 해보니 淸代 文言小說集『閒談消夏錄』의 번역본임이 확인되었다.

지금까지 문언소설집『閒談消夏錄』의 국내 유입과 판본에 대한 기록과 자료가 없는 상황에서 國立中央圖書館 소장의 한글 번역 필사본『閒談消夏錄』의 발견은 매우 귀중한 사료적 발굴이 될 것이다.『閒談消夏錄』의 국내 수용 양상과 번역 양상까지 파악할 수 있기 때문에 연구할 만한 가치는 충분하다고 본다. 특히 이번 한글 번역 필사본『閒談消夏錄』의 발굴을 통해 국내 소장되어 있는 번역본 중국소설의 목록도 다시 정리하게 되었다. 본 토대연구 프로젝트팀의 수집결과에 의하면 현재 국내에 소장되어 있는 번역본 중국소설은『閒談消夏錄』을 포함해서 총 72種[1])으로 확인된다.

---

* 이 논문은 2010년 한국연구재단의 정부재원(교육과학기술부 인문사회연구 역량강화사업비)의 지원을 받아(NRF-2010-322-A00128) 2012년 12월『중어중문학』 53집에 투고된 논문을 수정 보완한 것이다. 본서가 국립중앙도서관 소장 한글번역 필사본『한담쇼하록』에 관한 것이기에 책의 완정성과 연구자의 편리성을 위해 본 논문을 중복 편집하여 출판하였음을 밝혀둔다.

* 유희준(주저자) : 경희대학교 동아시아 서지문헌 연구소 학술연구교수

* 민관동(교신저자) : 경희대학교 중국어학과 교수

국립중앙도서관 소장 한글 번역필사본 『閒談消夏錄』은 『消夏錄』이라는 題名으로 표기되어 있는데, 原本이 국내에 유입되어 이렇게 번역까지 되었다는 것은 조선후기 이 작품이 국내에서 어느 정도 읽혀져 여러 독자층을 형성했을 수도 있다는 사실을 증명하고 있는 것이기에 상당한 의미를 지니고 있다고 사료된다.

이번 글에서는 『閒談消夏錄』의 편찬자와 이 책의 成書過程을 살펴보고 국내 유입되어 각 대학에 소장되어 있는 판본들까지 중점적으로 알아보려고 하였다. 또한 국립중앙도서관에 소장되어 있는 한글 번역 필사본 『閒談消夏錄』의 작품 중 중요한 작품 두 편의 내용을 원문과 함께 소개 해 보았다.

1) 『閒談消夏錄』의 편찬자와 成書 과정

『閒談消夏錄』은 王韜의 『遯窟讕言』과 朱翊淸의 『埋憂集』을 모아 새로 책을 엮어 만든 文言小說集이다. 이 책의 표제에는 外史氏의 『閒談消夏錄』이라 언급이 되어 있고 淸 朱翊淸(1786-1846?)의 同治 13年(1874) 自序[2]가 실려 있다. 外史氏가 朱翊淸을 가리킨다고 단정할 수는 없으나 朱翊淸의 自序가 실려 있는 것으로 봐서는 '外史'가 朱翊淸의 별호 '紅雪山莊外史'를 말하는 것이라 추정할 수 있다. 하지만 이 『閒談消夏錄』이 自序에 적혀진 연도대로 同治 13年(1874)에 간행되었다 하더라도 朱翊淸이 죽은 지 28년이나 지난 뒤라 朱翊淸이 편찬

---

1) 列女傳, 古押衙傳奇(無雙傳), 太平廣記(諺解), 太原志(太原誌), 吳越春秋, 梅妃傳, 紅梅記, 薛仁貴傳, 水滸傳, 三國志演義, 殘唐五代演義, 大明英烈傳, 武穆王貞忠錄(大宋中興通俗演義), 西遊記, 列國志, 包公演義(『龍圖公案』번역), 西周演義(封神演義), 西漢演義, 東漢演義, 平妖記(三遂平妖傳), 仙眞逸史(禪眞逸史), 隋煬帝艷史, 隋史遺文, 東度記, 開闢演義, 孫龐演義, 唐晉[秦]演義(大唐秦王詞話), 南宋演義(南宋志傳), 北宋演義(大字足本北宋楊家將), 南溪演談(義), 剪燈新話, 聘聘傳(娉娉傳), 型世言, 今古奇觀, 花影集, 後水滸傳, 平山冷燕(『第四才子書』), 玉嬌梨傳, 樂田演義, 錦香亭記(『錦香亭』), 醒風流, 玉支磯(『雙英記』), 畵圖緣(『花天荷傳』), 好逑傳(『俠義風月傳』), 快心編(醒世奇觀), 隋唐演義, 女仙外史(『新大奇書』), 雙美緣(駐春園小史의 飜案), 麟鳳韶(『引鳳簫』), 紅樓夢, 雪月梅傳, 後紅樓夢, 粉粧樓, 合錦廻文傳, 續紅樓夢, 瑤華傳, 紅樓復夢, 白圭志(第八才子書), 補紅樓夢, 鏡花緣(第一奇諺), 紅樓夢補, 綠牡丹, 忠烈俠義傳, 忠烈小五義傳, 繡像神州光復志演義, 珍珠塔(九松亭), 再生緣傳(『繡像繪圖再生緣』), 梁山伯傳, 千里駒, 閒談消夏錄

2) 朱翊淸은 1846년에 생을 마감했는데, 1845년에 『埋憂集』의 간행을 위해 써놓은 自序가 이미 있었다. 同治 12年(1873) 간행된 『埋憂集』初刻本과 同治 13年 간행된 1次 重刻本에는 1845년 自序가 들어있지만, 그 이후 2次 重刻本 부터는 自序의 내용은 바뀌지 않았고 연도만 同治 13年(1874)으로 고쳤다. 그리고『閒談消夏錄』에도 同治 13年(1874) 自序를 그대로 실었다.

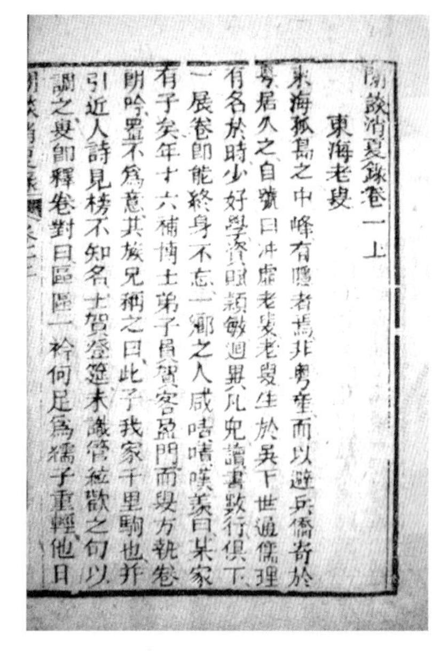
閒談消夏錄卷一上
東海老叟
東海孤島之中峰有隱者焉非粵產而以避兵僑寄於
粵居久之自號曰冲虛老叟老叟生於吳下世通儒理
有名於時少好學資頗穎敏迥異凡兒讀書數行俱下
一展卷即能終身不忘一鄉之人咸嘖嘖歎羨曰某家
有子矣年十六補博士弟子員賀客盈門而叟方執卷
朗吟罔不爲意其族兄稱之曰此子我家千里駒也并
引近人詩見榜不知名士賀登進未識管絃歡之句以
調之叟即釋卷對曰區區一衿何足爲孺子重輕他日

그림 1 『閒談消夏錄』中國 木版本

했는지에 대한 의문이 남는다.

『北京師範大學圖書館中文古籍書目 · 集部 · 小說類 · 筆記』에 있는 기록을 보면 "『閒談消夏錄』 12卷, 朱翊淸撰, 光緖 翠筠山房 刻本 12冊 · 『續閒談消夏錄』 6卷, 朱翊淸撰 光緖 翠筠山房 刻本 6冊"[3]이라고 되어 있다. 이 기록에 의하면 『閒談消夏錄』 12卷은 朱翊淸이 편찬한 것이고 光緖 4年(1878) 翠筠山房에서 간행되었다. 하지만 王韜의 『遯窟讕言』 重刻本 後書의 내용을 보면 이 『閒談消夏錄』 12卷은 朱翊淸의 사후, 江西지역의 書商에서 朱翊淸의 이름으로 가탁한 것이라고 언급하였다. 王韜의 『遯窟讕言』 重刻本 後書의 내용대로라면 朱翊淸은 『閒談消夏錄』 12卷의 편찬자가 될 수 없다. 이에 대한 명확한 이해를 돕기 위해 남아있는 기록들을 추적해 보았다.

朱翊淸은 역사 기록에 실린 바가 없어서 그의 생애를 정확히 파악하기 어렵다. 그러나 民國 25年 『烏青鎭志』 卷29 「人物」篇에 나온 기록에 의하면 字는 載垣이고, 號는 梅叔, 別號는 紅雪山莊外史로 歸安(지금의 浙江 湖州市 吳興縣)에서 1786년에 출생했다고 한다.

道光 10年 貢生이었으며 누차 시험에 응시하였으나 합격하지 못하였다. 道光 戊子年(1828)에 부인 吳氏가 사망하자, 장례를 마치고 武林으로 가서 향시를 보았으나, 역시 합격하지 못한 채 돌아오게 된다. 일생 아들이 없었는데 이때부터 어린 딸을 돌보며 부유하지 못한 삶을 영위하게 된다. 이후에도 몇 번 시험에 응시했으나, 낙방하고 결국 벼슬길을 단념하였다고 한다. 평생 어려운 삶을 살다가 1846년에 사망하였다고 한다. 朱翊淸의 작품으로는 『埋憂集』 10卷 · 『續集』 2卷, 『金石錄』과 약간의 詩 · 古文 · 詞 등이 남아있다.

『閒談消夏錄』의 내용은 주로 만청 사회의 암흑상과 각종 부패에 대해 비판하는 내용을 담고 있는데, 한 이야기의 실마리는 "어느 곳의 누구는 어떠하다는 식"으로 시작하여 그 인물을 중심으로 풀어 놓았으며 주로 설화와 전설 위주의 이야기가 담겨있다.

---

3) 『北京師範大學圖書館中文古籍書目 · 集部 · 小說類 · 筆記』著錄 : "『閒談消夏錄』十二卷, 朱翊淸撰, 光緖翠筠山房刻本, 十二冊。『續閒談消夏錄』, 六卷, 朱翊淸撰, 光緖翠筠山房刻本, 六冊。" 『續閒談消夏錄』詳後。『閒談消夏錄』署"外史氏著", 十二卷, 每卷又分上下。

앞에서 잠시 언급했듯이 『北京師範大學圖書館中文古籍書目·集部·小說類·筆記』에 "『閒談消夏錄』 12卷, 朱翊清撰, 光緖 翠筠山房 刻本 12冊·『續閒談消夏錄』 6卷, 朱翊清撰 光緖 翠筠山房 刻本 6冊"이라고 되어 있다. 또한 『閒談消夏錄』에는 外史氏著 12卷으로 되어 있고 每卷은 上下로 나뉘어 있다. 지금 남아있는 『閒談消夏錄』에도 同治 13年 朱翊清의 自序가 들어있고 본문에도 卷1에만 저자의 언급이 없을 뿐 모두 '外史氏著'라고 되어 있다. '朱翊清撰' 또는 '外史氏著'라는 기록들이 독자로 하여금 朱翊清이 『閒談消夏錄』을 편찬한 것으로 단정하게 만들고 있다.

하지만 清代 石繼昌의 『清季小說辯僞』의 기록을 보면 어디에도 朱翊清이 『閒談消夏錄』을 편찬했다는 언급이 없다. "光緖 戊寅 4年(1878) 翠筠山房 刻本 『閒談消夏錄』은 王韜의 『遁窟讕言』 및 朱梅叔의 『埋憂集』 두 책을 취하여 간행하였다. …『遁窟讕言』 12卷, 『埋憂集』 10卷 續集 2卷 합하여 12卷을 『閒談消夏錄』이란 이름으로 하여 다시 12卷으로 엮었다. 그리고 每卷을 上下로 나누었는데, 上卷은 『遁窟讕言』을 下卷은 『埋憂集』으로 엮었는데, 한 글자도 바꾸지 않고 그대로 옮겨 놓았다."[4]

石繼昌의 말처럼 『閒談消夏錄』은 王韜의 『遁窟讕言』과 朱翊清의 『埋憂集』을 반반 엮어 편찬하였다. 아마도 書商들에 의해 당시 인기를 끌고 있었던 두 문언소설집을 合刊한 것으로 보인다. 奎章閣 소장본 『遯窟讕言』(奎中 5290)의 「重刻遯窟讕言書後」에 남긴 王韜의 기록을 살펴보면 더 명확해 진다. 王韜가 하루는 서점에서 우연히 『閒談消夏錄』을 발견하고 일람하였더니, 자신의 『遯窟讕言』을 완전히 한 글자도 안 바꾸고 베끼었으며, 자신의 『遯窟讕言』 뿐 아니라 朱翊清의 『埋憂集』을 그대로 엮어 책을 이루었다고[5] 언급하고 있으며, 이 책은 江西 지역의 書商이 朱翊清의 이름으로 가탁한 것[6]이라고 했다.

이렇게 간행한 『閒談消夏錄』은 총 12권 12책으로 이루어졌으며, 각 권은 다시 上下로 나뉘어있다. 권 1의 앞부분에는 朱翊清이 죽기 전 1845년 가을에 쓴 「自序」[7] 실려 있고, 그 뒤에는

---

4) 石繼昌『清季小說辨僞』"光緖戊寅 (四年, 1878) 翠筠山房刊本『閒談消夏錄』, 卽合王韜『遁窟讕言』及朱梅叔 『埋憂集』二書錯綜刊行以欺世者。……『遁窟讕言』凡十二卷 ; 『埋憂集』十卷續集二卷, 合之亦十二卷 ; 其易名僞托之『閒談消夏錄』亦十二卷, 每卷復分上下, 上卽『遁窟讕言』, 下卽『埋憂集』, 适足十二卷之數, 一字不易。"今案此書保存着同治十三年朱翊清自序, 除卷一無題署外, 余均署"外史氏著"。

5) 『遯窟讕言』 重刻本 後文 : 歲在乙亥, 滬上尊聞閣主人素余著述, 將付手民。余卽以 『瓮牖余談』、『遁窟讕言』 兩種遞諸郵簡。刊布未幾, 而翻刻者四出。一日, 余于書肆中偶見 『閑談消夏錄』, 一翻閱間, 則全剿裝余之『遁窟讕言』, 一字不易, 此外, 則安朱梅叔之 『埋憂集』 也, ……

6) 據王韜『遁窟讕言』重刻書後云, 此書乃"江西書賈所僞托"。

7) 원래 朱翊清의 自序는 1845년에 쓴 것이고 후에 날짜만 同治 12年, 同治 13年으로 바꾼 것이다.

'閒談消夏錄目錄'이 있다.[8] 최초 간행된 시기는 光緖 4年(1878) 翠筠山房에서 木版本을 발행했으며, 다시 光緖 21年(1895)에 上海 上海書局에서 石印本을 간행하였다.

서울대 奎章閣에 소장되어 있는 『閒談消夏錄』 판본은 光緖 4年(1878) 翠筠山房에서 출간된 것으로 추정된다. 비록 책이 간행된 시기를 언급하는 대신 同治 13年 朱翊淸의 自序만 들어있어 간행시기를 잘못 판단할 수도 있으나, 『閒談消夏錄』이 王韜의 『遁窟讕言』 및 朱梅叔의 『埋憂集』 합본임을 감안해 볼 때 『閒談消夏錄』의 初刻 연도는 王韜의 『遁窟讕言』이 간행된 1875년과 朱翊淸의 『埋憂集』이 간행된 1874년 이후가 될 것이다. 따라서 初刻 연도는 현재 남아있는 기록에 의해 光緖 4年(1878)이 되며, 당연히 국내 유입된 시기는 적어도 19세기 후반이 될 것이다.

『閒談消夏錄』을 어떤 이유로 엮었는지에 대해서는 명확하게 고증해 낼 수는 없다. 하지만 당시 書商들은 이익을 창출하기 위해 책을 출판하던 전문인들이었다는 점을 감안해 볼 때 이 두 소설집은 이미 상당한 인기를 끌고 있었고, 江西地域의 書商들은 이 두 작품집을 엮어 출판했을 때의 기대 효과를 어느 정도 예상했던 것으로 보인다. 이런 전반적인 정황을 이해하기 위해 우선 王韜의 『遁窟讕言』 및 朱梅叔의 『埋憂集』이 어떤 성격을 지닌 작품집인지 살펴보는 것이 선행되어야 한다.

(1) 王韜의 『遯窟讕言』

『遯窟讕言』은 王韜가 편찬한 淸代 傳奇小說集이다. 현재 光緖 6年(1880) 申報館叢書本, 光緖 6年 上海 木活字本, 光緖 26年(1890) 江南書局刻本, 1913年 借陰書屋 石印本, 1935年 上海大達圖書供應社 排印本 등이 전해진다. 다른 이름으로 『遁叟奇談』이라고도 하며 모두 13권이다.

王韜 (1828-1879)는 처음에 이름이 利賓이었다가 후에 瀚으로 바꾸었으며 홍콩으로 간 후 다시 韜로 바꾸었다. 字는 懶今 · 仲弢 · 紫詮이고, 號는 天南遁叟로 長洲(지금의 江蘇省 蘇州) 사람이다. 18세에 1등으로 수재가 되었으나 그 후 계속 낙방하자 과거 시험에 뜻을 접었다고 한다. 22세에 上海에 가서 墨海書館에서 일을 하였고 咸豊 11年(1861)에 太平軍에 작전책략을 제안하였다가 淸 정부에 의해 사로잡혔지만, 영국 영사의 도움으로 12년에 홍콩으로 탈

---

8) 서울大 『閒談消夏錄』 백광준 해제 참조.
(서울대학교규장각한국학연구원 http://e-kyujanggak.snu.ac.kr/)

출할 수 있었다고 한다. 同治 6年(1867)에 선교사 레그(J.Legge:1814~1897)를 따라 영국과 프랑스 등지를 유람하였으며, [9] 同治 13年 홍콩에서 『循環日報』의 편집을 담당했다. 光緒 5年(1879)에는 일본을 유람하였고, 1884년에는 李鴻章의 묵인 하에 상해로 다시 돌아와 거주하였다. 1893년에 상해에서 申報館의 편집 업무를 주관하였고 格致書院을 운영하며 저술활동을 하였다.[10] 그는 또 洋務派 인사와 왕래하였으며 근대 改良派 사상의 선구자이자 문단의 대가이기도 하다. 주요 저서로 『遯窟讕言』·『淞隱漫錄』·『淞濱瑣話』 등의 문언소설집이 있으며, 그 외에도 『弢園詩文集』·『瀛壖雜志』·『海陬冶游錄』 등 40여 종의 문집이 남아있다. 일기 쓰는 습관이 있었던 王韜는 53세로 생을 마감할 때까지 거의 매일의 일을 기록으로 남겼는데, 자서전 『弢園老民自傳』에 고스란히 전하고 있어 王韜의 생애를 이해하는데 좋은 자료가 된다. 현재까지 출판된 王韜의 일기는 모두 4冊이다.[11]

그림 2 奎章閣 所藏 『遯窟讕言』

『遯窟讕言』은 同治 元年(1862) 王韜가 홍콩으로 도망간 후에 지은 것으로 光緒 元年(1875)에 간행된 王韜의 첫 문언소설집이다. 어린 시절 王韜는 이미 『鷄窗瑣話』라는 제목으로 짧은 단편들을 약간 집필 했었고, 홍콩에 머무는 시간 동안 추가로 집필한 것을 모아 『遯窟讕言』 12권을 완성했다고 한다.[12]

王韜는 유년시절부터 여러 소설류의 고사들을 접하면서 관심 있는 분야에 관해 글을 짓곤 했는데, 홍콩으로 도망 온 후로 고독하고 적막한 생활을 하면서, 자신의 울분을 글에 담아 만청 사회의 암흑상과 부조리 등을 비판하는 일종의 견책류의 소설을 완성하게 된다. 『聊齋志異』의 문체를 모방하여 태평천국과 관련된 일화들을 소재로 삼아 쓰기도 했고, 홍콩의 풍물과 자신의 생활을 반영하기도 했다. 「傳鸞史」·「范德隣」·「無頭女鬼」·「江西神異」 등 20여 편의 작품은 태평천국의 농민혁명에 대한 내용을 대표적으로 반영한 작품들이다. 그 외 「二狼」과 같

9) 서울大 奎章閣 한국학연구원 『遯窟讕言』 백광준 해제 참조.
(서울대학교규장각한국학연구원 http://e-kyujanggak.snu.ac.kr/)

10) 吳志達, 『中國文言小說史』, 齊魯書社, 1994, 781쪽.

11) 代順麗, 「王韜小說創作研究」, 福建師範大學, 博士學位論文, 2007, 7쪽 참조.

12) 『弢園著述總目』에서 王韜가 언급했다고 하며 그 내용은 湯克勤의 「論王韜的文言小說創作」(『蒲松齡研究』, 2007. 1期) 논문에서 볼 수 있다.

은 작품은 上海 川沙에 사는 顧氏와 蔣氏 두 사람이 마을에서 권세가로 군림하여 민간인을 억압하고 만행을 저질러 사람들이 그들을 '二狼(두 마리 이리)'로 불렀다는 고사를 풍자한 이야기이다. 「碧蘅」과 「魏生」 등은 각각 八股文의 무용함을 지적하고 재능이 없는데도 1등으로 합격했다가 망신을 당하는 선비의 이야기를 소개하였는데 이를 통해 과거제도의 폐해를 풍자하였다. 王韜가 이전에 쓴 작품들도 있지만 홍콩에 머물면서 책을 완성한 것이기 때문에 작품의 3분의 1은 홍콩에서 집필한 홍콩과 관련된 것들이다. 편폭은 길지 않지만 인간과 귀신의 사랑이라든지 인정세태를 묘사한 것들이 대부분을 차지한다.

현재 상해 도서관에는 王韜가 당시 집필했던 문언소설 작품의 手稿本들이 남아있다. 하지만 유독 『遯窟讕言』만은 남아있지 않다고 한다. 이 책은 1875년 처음 간행되고 나서 4번이나 重刻이 이루어졌을 만큼 당시에 이 책만의 독자층이 형성되어 인기를 끌었다고 한다. 어쩌면 『閒談消夏錄』을 편찬하면서 『遯窟讕言』을 그대로 가져올 수밖에 없었던 이유도 당시의 이 작품의 유명세에 기대고 싶은 바람 때문이었을지도 모른다. 이 작품의 手稿本만 아직까지 발견되지 않은 것은 아마도 누군가가 이 手稿本을 숨긴 채 몰래 소장하고 있기 때문은 아닐까 추정해 볼 수도 있다.

光緖 5年(1879) 王韜가 일본을 여행하게 되었는데 당시 일본 친구들은 그에게 『遯窟讕言』을 요구했다고 한다.[13] 하지만 책이 이미 다 팔려 더 이상 구할 수 없게 되었고, 그 다음해인 1880년 홍콩 中華印務總局에서 木活字本 『遯窟讕言』을 다시 출판하였다고 한다. 이 때 책을 펴내면서 1875년 판본 卷末의 「眉珠庵憶語」 한 편을 삭제하고 새로 20여 편을 첨가해서 모두 161편의 단편 소설을 완성했다고 한다. 권12의 「忏紅女史」도 이때에 첨가된 작품으로 내용 중에 언급된 光緖 丁丑은 初刻이 나온 이후 重刻하기 전인 1877년을 말하는 것이다.[14]

『遯窟讕言』의 유행은 王韜에게 새로운 자신감과 창작의 열의를 더욱 자극하는 계기를 마련해 준다. 1884년부터 상해에 머물면서 申報館의 『點石齋畵報』에 매월 3期, 每期마다 한 편씩 단편소설을 연재하여 光緖 13年末에 이것들을 모아 단행본『後聊齋誌異圖說』(일명 『繪圖後聊齋誌異』라고도 함)[15]을 출간하였다. 원래 제목은 『淞隱漫錄』으로 당시 화가 吳友如와 田

---

13) 代順麗, 『王韜小說創作研究』, 福建師範大學, 博士學位論文, 2007, 8쪽 참조.

14) 代順麗, 『王韜小說創作研究』, 福建師範大學, 博士學位論文, 2007, 10쪽 참조.

15) 『後聊齋誌異』는 王韜가 편찬한 청대 전기소설집으로 원래 제목은 『淞隱漫錄』이다. 광서 10년(1884) 하반기부터 申報館의 〈點石齋畵報〉에 연재하기 시작하여 光緖 13年 말에 연재가 끝났으며, 上海 點石齋에서 책으로 엮고 당시 화가 吳友如와 田英(子琳)이 삽화를 곁들여 石印 출판하였다. 이후 上海 鴻文書局과 積山書局에서 원판을 축소 인쇄하여 『繪圖後聊齋誌異』라고 이름을 바꿨으며, 판심에는 『後聊齋誌異圖

英(子琳)이 삽화를 곁들여 石印 출판하였다. 그 후 다시 『點石齋畵報』에 새 단편소설 작품을 연재하여 光緖 19年 『淞濱瑣話』라는 제목으로 12권, 총 68편의 소설을 완성하게 된다. 하지만 후에 평론가들이 이 두 문언소설집에 대해 평가하기를 집필과정도 짧고, 내용 또한 『遯窟讕言』에 못 미친다고 했다.

『遯窟讕言』이 국내에 유입되었다는 기록은 아직까지 찾을 수 없다. 단지 서울大 奎章閣과 澗松文庫에 光緖 6年(1880)에 간행된 12卷 4冊의 활자본이 소장되어 있기 때문에 유입 시기는 적어도 19세기 말이 될 것으로 추정된다. 국내 유일의 소장본인 이 두 판본은 1875년 初刻本이 아니라 1880년에 다시 重刊한 木活字本으로, 여러 판식 사항이 비슷하고 책 크기가 13.6×21㎝로 동일한 것으로 보아 같은 판본인 것으로 보인다.

書名	出版事項	版式狀況	一般事項	所藏處	所藏番號
遯窟讕言	王韜(淸)撰, 光緖 6年(1880)	12卷 4冊, 中國活字本(叭活子), 13.6×21㎝	序:光緖六年(1880)…洪士偉, 跋:光緖紀元乙亥(1875)…王堉, 印:集玉齋, 帝室圖書之章	서울大 奎章閣	[奎중] 5290
遯窟讕言	王韜(淸)撰, 高宗 17年庚辰, 光緖 6年(1880)	12卷 4冊, 中國鉛活字本, 13.6×21㎝, 四周雙邊, 半郭 : 9.7×13.1㎝, 有界, 12行23字, 白口, 黑魚尾上	序:洪士偉(前序1875, 後序1880) 黃懷珍 王韜自序(1875), 跋:梁鶚(1875) 錢徵(1875), 印:善齋, 閔丙承印, 刊記:庚辰仲夏重校以活字版印行	澗松文庫	

說』이라 하였다. 또한 원본에서 누락되었던 4편을 보충하였다. 이 책의 내용은 '後聊齋誌異'이라고 명명한 것에서 짐작할 수 있듯이, 蒲松齡의 『聊齋誌異』와 유사하게 특이한 소문이나 괴상한 일 등이 주된 내용이다. 王韜는 自序에서 사람들의 좁은 식견에 대해 지적을 하고, 서양인의 과학 기술 발전에 대해 기술을 한 다음에, 자신이 나라와 민생을 이롭게 하는 데 힘쓰지 않고 오히려 황탄한 일을 찾은 것에 대한 해명을 한다. 곧 어려서부터 세상에 쓸모 있기를 꿈꾸며 實事求是를 지향하였으나 결국 불우하여 마음 의탁할 곳이 없어서 결국 귀신, 여우, 신선, 초목, 조수 등에 관한 이야기를 통해 자신의 생각을 기록하게 된 것이다. 이 책의 편찬이 그의 처지와 당시 사람들의 좁은 학문 태도 등과 연관되고 있음을 알 수 있으며, 동, 서양의 학문에 대해 폭넓은 소양을 바탕으로 경세치용을 강조하는 王韜의 면모를 살필 수 있다. 덧붙여 王韜는 이 책을 출판한 경위에 대해서, "尊聞閣 主人이 지은 것을 누차 보여주기를 청하여 출판하려 하기에, 30년 동안 보고 들은 것으로 놀랍고도 두려운 일을 기록하니, 존문각 주인이 사람을 구해 그림을 넣고 판각하여 12권으로 '聊齋誌'라 명명하여 출판하였다고 하였다"고 적고 있다. 국내에는 언제 유입되었는지 분명하지 않지만 현재 성균관대학 도서관과 규장각에 光緖 10年(1884) 王韜의 自序가 수록된 석인본이 소장되어 있다. 성균관대학에 소장된 판본은 제목이 『繪圖後聊齋誌異』이고, 규장각본은 제목이 『後聊齋誌異圖說』 이다. 규장각본은 권 1부터 권 11까지 매권 10편씩 수록되어있고 마지막 권만 8편의 작품이 실려, 도합 118편의 작품이 담겨있다. 각 작품의 앞부분에는 본론의 내용과 관련한 그림이 소개되어있다. (필자가 주필하고 학고방에서 출간한 『韓國 所藏 중국문언소설의 판본목록과 해제』 중에서 참조함).

『遯窟讕言』의 목차는 다음과 같다. 여기에서 소개하는 『遯窟讕言』 목차는 王韜가 初刻했을 때의 『遯窟讕言』과는 다소 차이가 있는, 1880년 重刻本으로 奎章閣에 소장되어 있는 판본을 참고하여 정리하였다. 밑줄 친 작품들을 『閒談消夏錄』에서는 볼 수 없는 작품이다.

卷一 「天南遯叟」, 「韻卿」, 「碧珊小傳」, 「鸚媄記」, 「奇丐」, 「江楚香」, 「李酒顚傳」, 「傳鸞史」, 「劇盜」, 「江遠香」, 「夢幻」

卷二 「鶯紅」, 「何氏女」, 「劍俠」, 「吳氏」, 「鎖骨菩薩」, 「月嬌」, 「幻遇」, 「碧衡」, 「女道士」, 「于蕊史」, 「仇慕娘」, 「檸檬水」, 「卜人受誑」

卷三 「瑤姬」, 「朱慧仙」, 「黑白熊」, 「月仙小傳」, 「媚娘」, 「珠屛」, 「蕊仙」, 「蜂媒」, 「骷髏」, 「鏡中人」, 「掘藏」, 「二狠」, 「趙碧娘」, 「陸芷卿」, 「鴛繡」

卷四 「芝仙」, 「鄒苹史」, 「賈芸生」, 「諸葛爐」, 「李仙源」, 「翠駝島」, 「郭生」, 「凌洛姑小傳」, 「攝魂」, 「汪秀卿」, 「慧兒」, 「雙影」

卷五 「蝶史瑣紀」, 「周髯」, 「魏生」, 「燕尾兒」, 「神燈」, 「巫氏」, 「梁芷香」, 「瑣瑣」, 「李芸」, 「陸祥叔」, 「小蒨別傳」, 「玉姑」, 「嬌鳳」, 「柳妖」

卷六 「花妖」, 「珊珊」, 「范德隣」, 「古琴」, 「情死」, 「駱芳英」, 「吳淡如」, 「劉氏婦」, 「賣瘋」, 「湯大」, 「汪女」, 「單料曹操」, 「夢異」, 「蘇仙」

卷七 「香案吏」, 「魯生」, 「三麗人合傳」, 「甯蕊香」, 「粧鬼」, 「白玉嬌」, 「陳玉如」, 「鍾馗畫像」, 「黃粱續夢」, 「麥司寇」, 「霍翁妾」, 「無頭女鬼」

卷八 「尸解」, 「姚女」, 「林素芬」, 「葉芸士」, 「義烈女子」, 「三菩薩小傳」, 「玉笥生」, 「貞烈女」, 「說狐」, 「離魂」, 「江西神異」, 「四川神異」, 「鄭仲潔」, 「雙珠」

卷九 「鬼語」, 「菊隱山莊」, 「佘仙女」, 「苗民風俗」, 「說鬼三則」, 「雙尾馬」, 「瘋女」, 「蘇小麗」, 「孫藝軒」, 「汪菊仙」, 「趙遜之」, 「石崇後生」, 「美人局」, 「某觀察」, 「三元宮僧」, 「黃媪」, 「李一鳴」, 「鶴報」

卷十 「産異」, 「方秀姑」, 「馬逢辰」, 「卓月」, 「蓉隱詞人」, 「鐵臂張三」, 「石朝官」, 「李軍門」, 「少林絶技」, 「妙塵」, 「鐵佛」, 「麗鵑」, 「顧蓮姑」, 「張小金」, 「順天衡」, 「素響」

卷十一 「海島」, 「相術」, 「范遺民」, 「李甲」, 「竊妻」, 「孟禪客」, 「眉修小傳」, 「鬟仙小傳」, 「綠芸別傳」, 「豔秋」, 「瓊仙」

卷十二 「趙四姑」, 「天裁」, 「柔珠」, 「島俗」, 「鬼妻」, 「鵲華」, 「陸書仙」, 「懺紅女史」, 「于素靜」, 「髻雲」

(2) 朱翊清의 『埋憂集』

『埋憂集』은 10卷, 續集 2卷으로 총 12권 208편으로 구성되었다. 『八千卷樓書目』에 小說家類로 저록되어 있고 『中國叢書綜錄』에 小說類雜錄으로 저록되어 있으나 '朱翔淸'의 작품이라고 잘못 언급되어 있다. 『筆記小說大觀』本과 『淸代筆記叢刊』本에도 '朱翔淸'으로 잘못된 표기를 그대로 따랐다. 同治 13年 『湖州府志』과 光緖 8年 『歸安縣志』에 모두 이 책이 언급되었고, 民國 『烏靑鎭志』 卷38 「著述 · 上」에도 '12卷'을 正 · 續을 나누어 언급하였다. 현존하는 판본 중 가장 오래된 판본은 同治 12年(1873) 刊本으로 卷首에 '埋憂集' '癸酉年新鐫' '本堂藏板' '戊上紅雪山莊外史著'라는 언급들이 있다. 책 앞에는 道光 25年(1845)에 쓴 작가의 自序와 秀水沈岩의 序, 道光 26年(1846) 桐鄕 周士炳의 序가 있다. 그리고 각 卷마다 校勘者를 언급해 주었다. 校勘者는 「一卷 - 震澤沈味辛」 · 「二卷 - 秀水高杰」 · 「三卷 - 烏程張揆」 · 「四卷 - 烏程邱廷銓」 · 「五卷 - 桐鄕張丹書」 · 「六卷 - 烏程陳寶善」 · 「七卷 - 桐鄕周士燮」 · 「八卷 - 秀水馬成志」 · 「九卷 - 秀水高汝霖」 · 「十卷 - 烏程周如懷」 · 「續集二卷 - 桐鄕張光錫」 등 이다.

그 후 同治 13年에 杭州 文元堂에서 간행된 刻本이 있는데 沈岩 序文과 周士炳의 序文이 빠져있고 작가의 自序만 남겨두었는데, 自序를 쓴 날짜 역시 道光 25年(1845)을 바꾸지 않았다. 그리고 遼寧省 圖書館에 소장된 同治 13年 刻本의 책 앞부분에는 '新鐫' 『談怪埋憂集』 '戊上紅雪山莊外史著' 라고 되어있으며, 沈岩 序文과, 周士炳의 序文을 그대로 남겨놓았고 작가가 自序를 쓴 시기만 同治 13年이라고 고쳐졌다.

光緖 初年 尙有書局에서 간행한 『閑談消夏錄』 12권은 그의 『埋憂集』과 王韜의 『遯窟讕言』을 엮어 만들었으며 책 앞의 自序는 『埋憂集』의 것을 베낀 것이라서 시기가 同治 13年으로 되어 있다. 光緖 20年 文海書局에서는 『埋憂集』을 『珠邨談怪』라는 題名으로 바꾸어 石印本으로 출판하였다.[16] 그 후에 『筆記小說大觀』本과 『淸代筆記叢刊』本, 民國 3年 上海 掃葉山房에서 출판한 石印本 等에도 작가를 '朱翔淸'으로 언급하였고, 沈岩과 周士炳의 序文은 삭제했지만 작가의 自序는 여전히 同治 13年에 썼다고 실었고, '戊上紅雪山莊外史著' 라는 문구도 같이 실었다. 또한 篇數 역시 208편으로 同治 13年本과 일치한다.

1921년 廣益書局 汪少雲 重編의 『埋憂集』은 沈岩과 周士炳의 序文을 싣고, 同治 13年의 작가 自序가 모두 들어있지만 篇數는 200편으로 더 적게 구성하였다. 1936년 상해 大達圖書校點本은 卷을 나누지 않았고, 「捉奸」 한 편만을 더 첨가했다. 그 후 1985년 岳麓書社에서 출판한 校點本은 同治 13年에 출간된 杭州 文元堂刊本을 底本으로 삼아 간행한 것이다.[17]

---

16) 寧稼雨 撰, 『中國文言小說總目提要』, 齊魯書社, 1996, 361쪽.

작가의 自序를 보면 이 책은 道光 13年(1833)에서 道光 25年(1845) 사이에 집필했을 것임을 알 수 있다. 周士炳의 序文과 작가의 自序를 보면 작가는 이미 생전에 이 『埋憂集』 출간을 준비하고 있었다. 만약 그가 갑자기 세상을 뜨지 않았다면 이 바람은 이루어졌을 것이다. 그가 세상을 떠나고 그의 사위는 장인의 장례를 치를 만한 여력이 없어, 여러 사람들이 조금씩 금전을 보태어 朱翊淸의 장례를 마쳤다. 때문에 『埋憂集』 출판이 늦어질 수밖에 없었다.[18] 후에 『埋憂集』 출간을 사위가 했는지, 정확히 누가 도왔는지는 알 수 없으나, 현재 남아있는 最古本은 同治 12年(1873)本 이다.

이 책에 대한 수수께끼가 비로소 풀린 듯하다. 필자는 朱翊淸이 세상을 떠난 시기가 대략 1846년이라고 사료들에서 언급했는데, 어째서 自序가 쓰인 연도가 同治 13年(1874)으로 되어 있는지 의문이 들었었다. 하지만 朱翊淸은 생전에 『埋憂集』의 출간을 준비하고 있었고 이미 自序까지 써 놓은 상태였다. 안타깝게도 본인이 간행을 하지 못하고 세상을 뜰 수밖에 없었고, 장인의 유지를 받들어 사위가 이 책을 세상에 내 놓았다고 추정할 수 있다. 그 시점이 바로 同治 12年이다. 그래서 처음 同治 12年에 간행된 刻本에는 朱翊淸이 살아있을 당시 沈岩과 周士炳이 쓴 序文이 남아있고 道光 25年(1845)에 써 놓은 작가의 自序가 남아있는 것이다. 작가가 自序를 쓴 시기와 책을 간행한 시기가 거의 27~8년 차이가 있기 때문에 重刻부터는 自序의 날짜도 바꾼 것이라고 볼 수 있다. 「그림 3」에 보이는 『埋憂集』의 작가 自序역시 同治 13年(1874)이라고 되어 있고, 작가에 대해서도 朱翔淸(朱翊淸) 梅叔이라고 되어있다. 이 판본은 民國 3年(1914)에 上海 掃葉山房에서 간행한 판본으로 沈岩과 周士炳의 序文 역시 그대로 남아있다.

하지만 더욱 의심스러운 점이 또 있다. 지금까지의 연구에 따르면 『埋憂集』의 初刻本은 同治 12年本이라고 알고 있는데, 1855년에 출판된 陸以湉[19]의 『冷廬詩鈔』 중에 「感舊詩」에 朱翊淸에 대해 언급한 구절이 있다. "豪情健筆敵曹劉, 氣壓元龍百丈樓. 可奈人間難索解, 從

17) 張振國, 「可奈人間難索解 從教地下永埋憂-歸安朱翊淸『埋憂集』後論」, 『湖州師範學院學報』, 第31卷 第3期 2009.6. 39쪽.

18) 張振國, 「可奈人間難索解 從教地下永埋憂-歸安朱翊淸『埋憂集』後論」, 『湖州師範學院學報』, 第31卷 第3期 2009.6. 39쪽.

19) 陸以湉(1802~1865) 字 敬安, 號 定甫, 浙江 桐鄕 사람이다. 道光 16年(1836)에 進士가 되어 19年(1839) 台郡教授가 되었고, 29年(1849)에 杭州教授가 되었다. 咸豊 6年(1856)에 咸豊學舍에서 『冷廬詩鈔』 8卷을 발간했을 당시는 이미 54세의 나이였다. 咸豊 10年(1860) 太平軍이 杭州를 공격했을 때 관직을 그만두고 고향으로 낙향했다. 태평군이 항주에서 퇴각한 후 잠시 다시 관직을 받았으나 반년도 못되어 同治 4年(1865) 세상을 떠났다.

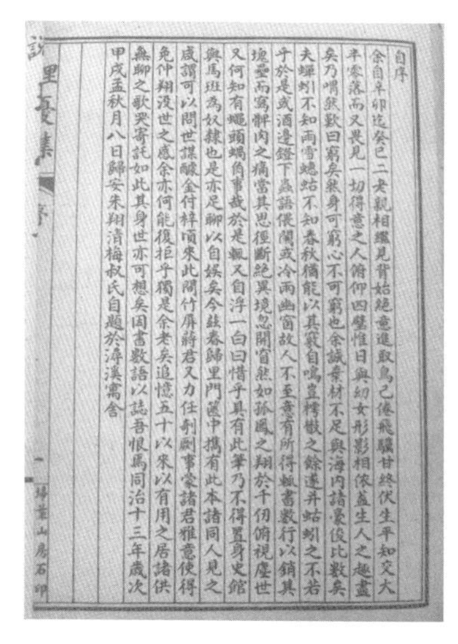
自序
余自辛卯迄癸巳二老親相繼見背始絶意進取鳥已倦飛驥甘終伏生平知交大
半零落而又畏見一切得意之人俯仰四壁惟日與幼女形影相依益生人之趣盡
矣乃喟然歎曰窮矣然身可窮心不可窮也余誠棄材不足與海内諸豪俊比數矣
夫蟬蚓不知雨雪蟪蛄不知春秋猶能以其竅自鳴豈樗散之餘遂并蛄蚓之不若
乎於是或酒邊鐙下蟲語俍闌或冷雨幽窗故人不至意有所得輒書數行以銷其
塊壘而寫髀肉之痛當其思徑斷絶異境忽開窅然如孫鳳之翔於千仞俯視塵世
又何知有蠅頭蝸角事哉於是輒又自浮一白曰惜乎具有此筆乃不得置身史館
與馬班為奴隷也是亦足聊以自娱矣今茲春歸里門篋中攜有此本諸同人見之
咸謂可以問世謀醵金付梓頃來此間竹屏蔣君又力任剞劂事蒙諸君雅意使得
免仲翔沒世之感余亦何能復拒乎獨是余老矣追憶五十以來以有用之居諸供
無聊之歌哭寄託如此其身世亦可想矣因書數語以誌吾恨焉同治十三年歲次
甲戌孟秋月八日歸安朱翊清梅叔氏自題於滹溪寓舍

埋憂集 序 一 掃葉山房石印

그림 3 高麗大 所藏『埋憂集』自序

敎地下永埋憂."라는 문구 뒤에 주를 달기를 "同里의 朱梅叔 翊淸은 烏程 출신으로…『埋憂集』 4권이 있는데, 그의 사위 張幹齋 光錫[20]이 간행하여 세상에 내놓았다"[21] 라고 하였다. 이 문구를 보면 적어도 『冷廬詩鈔』가 간행되었던 咸豐 5年(1855) 전에 『埋憂集』 4卷이 朱翊淸의 사위에 의해 이미 간행되어 있었음을 알 수 있다.[22] 이것은 추정일 뿐 아직까지 판본이 발견되지 않아 단정 지을 수는 없다. 또한 同治 12年, 13年 刻本 앞에 '新鐫' 이라는 문구가 있는 걸로 보아서 이미 舊版本이 있었다는 추정도 가능해 진다. 하지만 陸以湉이 『埋憂集』 4卷을 언급했다고 해서 『埋憂集』 原本이 존재했었다고 단정하기에는 조심스러워 더 이상의 언급은 피하겠다. 이 문제는 좀 더 구체적인 사료들이 발견되어 고증되어야 할 문제이다.

『埋憂集』은 내용이나 체재 면에서 기존의 소설을 넘어섰다고 볼 수 없고, 많은 작품들이 전기의 색채를 띠고 있어 전대 작품을 모방한 흔적이 보인다. 이전에 나온 이야기에 좀 더 수식을 가하거나 생략한 경우도 있고, 대부분 淸代 이래의 雜事로, 귀신이나 괴이한 일에 관한 것과 異聞·考證 등을 엮어 놓았다. 권2 「諸天驥」의 경우 전반부는 『聊齋志異』 「羅刹海市」와 「粉蝶」의 내용과 많이 흡사하다. 실의에 빠져있는 文人의 白日夢을 그려내고 있는데, 전반부는 가치관이 전도된 나라 이야기이고 후반부는 女兒國 이야기이다. 권8 「眞生」은 『聊齋志異』「葉生」이야기에 근거한 것으로 남녀 애정을 다룬 이야기이다. 이 외에도 당시 역사적 사실을 다룬 빼어난 작품들도 적지 않다. 예를 들어, 권8의 「陳忠愍公死難事」는 道光年間 閩省 水師提督 陳化成이 영국군에 항거한 사실을 기록하고 있으며, 권10의 「乍浦之變」은 영국군이 사포를 공격하여 양민들을 죽인 참상을 기록하고 있다. 또한 공안 이야기와 형벌의 참혹함을 묘사한 이야기 등 볼 만한 것이 많다. 208편중에서도 「穿雲琴」과 「熊太太」, 「薛見揚」은 독창성이 돋보이는 작품들로 손꼽힌다. 문체는 간결하고 소박하지만 서사가 정련되

---

20) 張光錫은 朱翊淸의 사위로 字는 幹齋, 張夢廬의 차남으로 1822년 6월 5일 출생한 后珠村 사람이다.

21) 同里朱梅叔明經翊淸, 烏程籍, 材調惊人, 抱不可一世之志, 應試屢不售, 鬱抑以沒, 著有『埋憂集』說部四卷, 其婿張幹齋明經光錫爲刊行于世

22) 張振國, 「可奈人間難索解 從敎地下永埋憂-歸安朱翊淸『埋憂集』後論」, 『湖州師範學院學報』第31卷 第3期 2009.6. 40쪽.

고 난삽하지 않으며, 중간에 구어를 잘 활용하여 생동감을 주는 등 근대 문언소설 중 佳作으로 여겨진다.

중국 판본으로는 同治 13年(1874) 杭州 文元堂 刊本, 『筆記小說大觀』本, 『珠村談怪』라고 題가 되어 있는 光緖 年間 石印本이 있다. 국내에는 적어도 20세기 초에 유입된 것으로 보이며, 延世大學校에는 民國 시기 上海 進步書局에서 간행한 石印本이 소장되어 있고 高麗大學校와 成均館大學校에는 民國 3年(1914) 上海 掃葉山房에서 간행한 石印本이 소장되어 있다. 국내 소장되어 있는 모든 판본에는 저자가 '朱翔淸'이라고 잘못 언급되어 있는데, 이것은 앞에서도 언급했듯이 『八千卷樓書目』와 『中國叢書綜錄』에 '朱翔淸'의 작품이라고 잘못 언급되어 있는 것을 그대로 따랐기 때문이다. 여기서 당연히 '朱翊淸'으로 바로잡아야 하나 우선은 책에 언급된 상태로 놔두기로 한다.

書名	出版事項	版式狀況	一般事項	所藏處	所藏番號
埋憂集	朱翔(翊)淸 著, 上海進步書局印行	10卷2冊, 續集2卷1冊, 共3冊, 中國石印本, 16㎝, 四周雙邊, 12.7×7.9㎝ 14行35字, 上下小黑口, 上黑魚尾	自序:歲次甲戌(1874)孟秋月八日 朱梅叔自題, 印記:默容室藏書印 外5種	延世大學校	812.38/3
埋憂集	朱翔(翊)淸(淸) 著, 上海, 掃葉山房, 民國 3年(1914)	10卷, 續集2卷, 合3冊, 中國石印本, 20×13.3㎝, 15行32字	序:沈巖敬識, 同治十三年歲次甲戌(1874)…周士炳謹識, 甲戌孟秋…朱翔淸梅叔氏自題於潯溪寓舍, 印:默容室書印	高麗大學校	C14-B28
埋憂集	朱翔(翊)淸(淸) 著, 上海, 掃葉山房, 中華 3年(1914) 刊	本集10卷, 續集2卷, 合4冊, 中國石印本, 19.7×13㎝, 四周雙邊, 半郭 : 16×11㎝, 有界, 15行32字, 上黑魚尾, 紙質:竹紙	自序:同治十三年歲次甲戌(1874)孟秋月八日歸安朱翔淸梅叔氏自題於潯溪寓舍, 刊記:民國三年(1914)掃葉山房石印	成均館大學校	D7C-29

『埋憂集』의 목차는 다음과 같다.

卷第一 「穿雲琴」, 「熊太太」, 「嘉興生」, 「潘生傳」, 「周奎」, 「義犬塚」, 「戚自詒」, 「可師」, 「扛米」, 「無錫老人」, 「尸擒盜」, 「鍾進士」, 「蛇殘」, 「賭飯」

卷第二 「雪姑」, 「吳烈女」, 「程光奎」, 「諸天驥」, 「雷殛」, 「蟋蟀」, 「活佛」, 「通字」, 「海鰍」, 「大人」, 「捕鬼」, 「郭某」, 「張癡」, 「綺琴」

卷第三 「昭慶僧」, 「雙做親」, 「周爛面」, 「狗羹飯」, 「邵士梅」, 「沈年」, 「陳三姑娘」, 「大人」, 「雲雨」, 「春江公子」, 「霧淞」, 「疫異」, 「水災」, 「穀裏仙人」, 「白雀」, 「龜王」, 「薛見揚」, 「考對」

卷第四 「人形獸」, 「異蛇」, 「稱掀蛇」, 「名醫」, 「手技」, 「田雞教書」, 「鐵兒」, 「金蝴蝶」, 「柿園敗」, 「慧娘」, 「賈荃」, 「支氏」, 「墮胎」, 「捉奸」

卷第五 「銷陰」, 「火藥局」, 「諂禍」, 「送詩韻」, 「龜鑑」, 「陰狀」, 「箬包船」, 「金鏡」, 「藥渣」, 「傷餅阿六」, 「秦檜爲猪」, 「賈似道」, 「鬼舟」

卷第六 「二僕傳」, 「段珠」, 「金三先生」, 「讀律」, 「賣詩」, 「詩讖」, 「秋燕詩」, 「樊遲廟」, 「施氏」, 「空空兒」, 「鬼鐙」, 「祭鱷魚文」, 「射兎」, 「馬宏謨」, 「茅山道士」, 「葉太史詩讖」, 「奇獄」, 「譎判」, 「錢大人」, 「夫婦重逢」, 「官偉鏐」, 「海大魚」, 「車夫」, 「奇兒」

卷第七 「賈義士」, 「姚三公子」, 「趙孫詒」, 「嚴侍郎」, 「星卜」, 「常開平遺槍」, 「人面豆」, 「奎光」, 「陳學士」, 「徐孝子」, 「男妾」, 「上智潭黿」, 「武松墓」, 「死經三次」

卷第八 「宅異」, 「櫃中熊」, 「遺米化珠」, 「夢廬先生遺事」, 「捐官」, 「辨誣」, 「金氏」, 「荷花公主」, 「夜叉」, 「奇疾」, 「眞生」, 「明季遺車」, 「樹中人」, 「陳忠愍公死難事」

卷第九 「烏桕樹」, 「獅子」, 「諂效」, 「醉和尙」, 「香樹尙書」, 「全荃」, 「周爛鼻」, 「潘爛頭」, 「臀癢」, 「草庵和尙」, 「樊惱」, 「許眞君」, 「茅山道人」, 「憎鬚」, 「梁山州」, 「詩嘲」, 「陶公軼事」, 「改名」, 「負債鬼」, 「蛇異」

卷第十 「鬼隷宣淫」, 「狐母」, 「七額駙」, 「瞿式耜」, 「孫延齡」, 「縊鬼」, 「乍浦之變」, 「虎尾自鞭」, 「夷船」, 「甕閒手」, 「挖眼」, 「狐妖」, 「織里婚事」, 「嗅金」, 「佛時貞觀」, 「剪舌」

卷第十一 「劉綖」, 「黃石齋」, 「對縊」, 「生祭」, 「熊襄愍軼事」, 「地震」, 「王秋泉」, 「蚺蛇」, 「采龍眼」, 「大言」, 「陸世科」, 「猩猩」, 「燕妬」, 「戒貪」, 「師戒」, 「牡丹」, 「柳畵」, 「湖市」, 「氷山錄」, 「泰山」, 「夷俗」, 「雙林凌氏」, 「楊園先生」, 「水月庵」, 「腹語」, 「劉子壯」, 「熊伯龍」, 「庫中畵」, 「亂書」, 「玉人」, 「天主教」, 「大膽」, 「項王走馬埒」

卷第十二 「無支祈」, 「人面瘡」, 「陳句山」, 「瘗蠶」, 「償債犬」, 「剝皮」, 「仙方」, 「耿通」, 「陸忠毅公傳贊」, 「異獸」, 「殿試卷」, 「推背圖」, 「李自成」, 「徐珠淵」, 「毛文龍傳辨」

앞에서 언급했듯이 『閒談消夏錄』은 『遯窟讕言』 12권과 『埋憂集』 10권과 속집 2권을 그대로 엮어 다시 총 12권을 만들고 上下로 구분하여 上은 『遯窟讕言』을, 下는 『埋憂集』을 수록하였다. 王韜의 『遯窟讕言』이 初刻된 시기는 光緖 元年(1875)이고, 『埋憂集』이 初刻된 시기는 同治 12年(1873)[23]이다. 『遯窟讕言』과 『埋憂集』두 책을 엮으려면 적어도 두 작품이 모두 출판된 이후에라야 가능하다. 비록 奎章閣에 남아있는 『閒談消夏錄』이 同治 13年(1874)에 간행된 것처럼 되어있지만 이 시기는 朱翊淸이 道光 25年(1845)에 쓴 自序를 연도만 바꾸어 삽입한 것이기 때문에 발행 연도로 보기는 어렵다. 또한 朱翊淸은 1846년에 이미 세상을 떠났기 때문에 27~8년이 지난 시기에 『閒談消夏錄』을 엮어 낼 수도 없었을 것이다. 그렇다면 누가 왜 王韜의 『遯窟讕言』과 朱翊淸의 『埋憂集』을 표절해서 새로운 『閒談消夏錄』을 편찬했을까? 편찬자의 署名이 명기되어 있지 않아 정확한 書商의 이름을 알기는 어렵다. '外史氏'의 『閒談消夏錄』이라고 되어 있는데 '外史'는 朱翊淸의 別號인 '紅雪山莊外史'를 가리키는 것으로 보인다. 실제 서울대 奎章閣에 소장되어 있는 『閒談消夏錄』 판본을 보면 朱翊淸의 同治 13年 自序 다음에 바로 目次가 나와 있어 마치 同治 13年에 朱翊淸이 간행한 것처럼 되어있다.

그러나 앞의 『北京師範大學圖書館中文古籍書目 · 集部 · 小說類 · 筆記』에 언급된 기록[24]과 淸代 石繼昌의 『淸季小說辯僞』에 언급된 기록[25]에 의해 결국 『閒談消夏錄』 12卷은 光緖 4年(1878) 翠筠山房에서 初刻되었다라고 결론을 내릴 수 있다. 당시의 자세한 정황을 추정하기는 어렵지만, 당시 방각본소설이 유행하면서 江西 書商이 朱翊淸의 이름에 가탁해서, 이미 몇 차례 重刻이 이루어질 정도로 인기를 끌고 있었던 두 문언소설집 『遯窟讕言』과 『埋憂集』을 合刊한 것이라고 볼 수 있다.

2) 국내 소장 『閒談消夏錄』 판본

『閒談消夏錄』의 국내 유입 시기는 남아있는 기록이 없기 때문에 정확히 추정하기 어렵다. 하지만 이 책이 光緖 4年(1878) 翠筠山房에서 初刻 되었다고 보면, 이 책이 국내 유입된 시기는 적어도 19세기 말로 추정할 수 있다.

「그림 4」에서 보듯이 奎章閣 所藏本 『閒談消夏錄』은 光緖 4年(1878) 翠筠山房에서 간행한 木版本으로 15.8×11.5㎝ 크기의 袖珍本으로 보인다. 이 판본은 앞에서 소개한 「그림 1」의 翠

23) 현재 남아있는 最古의 판본은 同治 13年(1874)에 간행한 것이다.

24) "『閒談消夏錄』 12卷, 朱翊淸撰, 光緖 翠筠山房 刻本 12冊. 『續閒談消夏錄』 6卷, 朱翊淸撰 光緖 翠筠山房 刻本 6冊"

25) "光緖 戊寅 4年(1878) 翠筠山房 刻本 『閒談消夏錄』은 王韜의 『遁窟讕言』 및 朱梅叔의 『埋憂集』두 책을 취하여 간행하였다. …『遁窟讕言』 12卷, 『埋憂集』 10卷 續集2卷 합하여 12卷을 『閒談消夏錄』이란 이름으로 하여 다시 12卷으로 엮었다. 그리고 每卷을 上下로 나누었는데, 上卷은 『遁窟讕言』을 下卷은 『埋憂集』으로 엮었는데, 한 글자도 바꾸지 않고 그대로 옮겨 놓았다."

筠山房 中國 판본과 일치한다. 종이는 누런 색의 중국의 竹紙를 사용했는데, 인쇄 상태가 좋지 않고 글자가 뭉개져서 정확한 해독은 힘들다. 한 페이지에 10行 21字를 넣어 총 12卷 12冊으로 구성하였는데, 奎章閣에 12卷 12冊이 모두 남아있어 王韜의 『遯窟讕言』과 『埋憂集』의 연관성을 살피는 데 좋은 자료가 되고 있다. 서울大 奎章閣 所藏의 『閒談消夏錄』 목차는 아래와 같다.

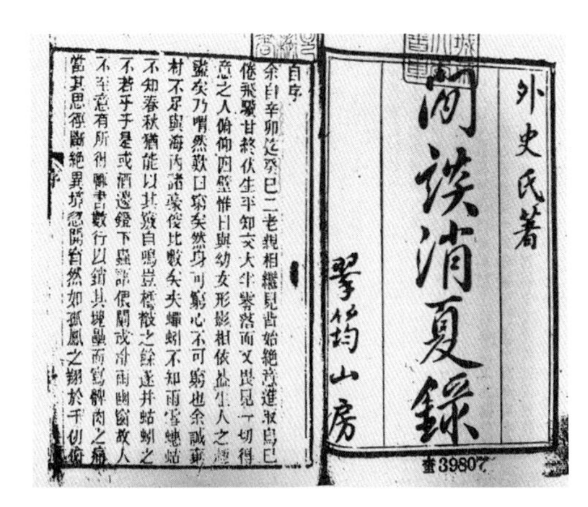

그림 4 奎章閣 所藏本『閒談消夏錄』

卷一上 「東海老叟」, 「李酒顚傳」, 「韻卿」, 「傳鸞史」, 「碧珊小傳」, 「劇盜」, 「鸚媖記」, 「江遠香」, 「奇丐」, 「夢幻」, 「江楚香」

卷一下 「穿雲琴」, 「熊太太」, 「嘉興生」, 「潘生傳」, 「周奎」, 「義犬塚」, 「戚自貽」, 「可師」, 「扛米」, 「無錫老人」, 「尸擒盜」, 「鍾進士」, 「蛇殘」, 「賭飯」

卷二上 「鶯紅」, 「幻遇」, 「何氏女」, 「碧衡」, 「劍俠」, 「女道士」, 「吳氏」, 「于蕊史」, 「鎖骨菩薩」, 「仇慕娘」, 「月嬌」, 「檸檬水」, 「卜人受誑」

卷二下 「雪姑」, 「吳烈女」, 「程光奎」, 「諸天驥」, 「雷殛」, 「蟋蟀」, 「活佛」, 「通字」, 「海鰍」, 「大人」, 「捕鬼」, 「郭某」, 「張癡」, 「綺琴」

卷三上 「瑤姬」, 「蜂媒」, 「朱慧仙」, 「骷髏」, 「黑白熊」, 「鏡中人」, 「月仙小傳」, 「掘藏」, 「媚娘」, 「二狠」, 「珠屏」, 「趙碧娘」, 「蕊仙」

卷三下 「昭慶僧」, 「雙做親」, 「周爛面」, 「狗羹飯」, 「邵士梅」, 「沈卜年」, 「陳三姑娘」, 「大人」, 「雲雨」, 「春江公子」, 「霧淞」, 「疫異」, 「水災」, 「穀裏仙人」, 「白雀」, 「龜王」, 「薛見揚」, 「考對」

卷四上 「芝仙」, 「翠駝島」, 「鄒苹史」, 「郭生」, 「蝶夢」, 「凌洛姑小傳」, 「賈芸生」, 「攝魂」, 「諸葛爐」

卷四下 「人形獸」, 「異蛇」, 「稱掀蛇」, 「名醫」, 「手技」, 「田雞教書」, 「鐵兒」, 「金蝴蝶」, 「柿園敗」, 「慧娘」, 「賈荃」, 「支氏」, 「墮胎」, 「捉奸」

卷五上 「蝶史瑣紀」, 「梁芷香」, 「周髯」, 「瑣瑣」, 「魏生」, 「李芸」, 「燕尾兒」, 「陸祥叔」, 「神燈」, 「小倩別傳」, 「巫氏」, 「玉姑」

卷五下 「銷陰」, 「火藥局」, 「諂禍」, 「送詩韻」, 「龜鑑」, 「陰狀」, 「箬包船」, 「金鏡」, 「藥渣」, 「傷餅阿六」, 「秦檜爲猪」, 「賈似道」, 「鬼舟」

卷六上 「花妖」, 「劉氏婦」, 「珊珊」, 「賣瘋」, 「范德隣」, 「湯大」, 「古琴」, 「汪女」, 「情死」, 「單料曹操」, 「駱芳英」, 「夢異」, 「吳淡如」

卷六下 「二僕傳」, 「叚珠」, 「金三先生」, 「讀律」, 「賣詩」, 「詩讖」, 「秋燕詩」, 「樊遲廟」, 「施氏」, 「空空兒」, 「鬼鐙」, 「祭鱷魚文」, 「射兎」, 「馬宏謨」, 「茅山道士」, 「葉太史詩讖」, 「奇獄」, 「譎判」, 「錢大人」, 「夫婦重逢」, 「官偉鏐」, 「海大魚」, 「車夫」, 「奇兒」

卷七上 「香案吏」, 「白玉嬌」, 「魯生」, 「陳玉如」, 「三麗人合傳」, 「鍾馗畵像」, 「甯蕊香」, 「黃梁續夢」, 「粧鬼」, 「麥司寇」

卷七下 「賈義士」, 「姚三公子」, 「趙孫詒」, 「嚴侍郞」, 「星卜」, 「常開平遺槍」, 「人面豆」, 「奎光」, 「陳學士」, 「徐孝子」, 「男妾」, 「上智潭黿」, 「武松墓」, 「死經三次」

卷八上 「飛○將軍」, 「玉笥生」, 「姚女」, 「貞烈女」, 「林素芬」, 「說狐」, 「葉芸士」, 「離魂」, 「義烈女子」, 「江西神異」, 「三菩薩小傳」, 「四川神異」

卷八下 「宅異」, 「櫃中熊」, 「遺米化珠」, 「夢廬先生遺事」, 「捐官」, 「辨誣」, 「金氏」, 「荷花公主」, 「夜」, 「奇疾」, 「眞生」, 「明季遺車」, 「樹中人」, 「陳忠愍公死難事」

卷九上 「鬼語」, 「蘇小麗」, 「菊隱山莊」, 「孫藝軒」, 「余仙女」, 「汪菊仙」, 「苗民風俗」, 「趙遜之」, 「說鬼三則」, 「石崇後生」, 「雙尾馬」, 「美人局」, 「瘋女」

卷九下 「烏桕樹」, 「獅子」, 「諂效」, 「醉和尙」, 「香樹尙書」, 「全荃」, 「周爛鼻」, 「潘爛頭」, 「臂癢」, 「草庵和尙」, 「樊惱」, 「許眞君」, 「茅山道人」, 「憎鬚」, 「梁山州」, 「詩嘲」, 「陶公軼事」, 「改名」, 「負債鬼」, 「蛇異」

卷十上 「產異」, 「石朝官」, 「方秀姑」, 「李軍門」, 「馬逢辰」, 「少林絶技」, 「卓月」, 「妙塵」, 「蓉隱詞人」, 「鐵佛」, 「鐵臂張三」

卷十下 「鬼隷宣淫」, 「狐母」, 「七額駙」, 「瞿式耟」, 「孫延齡」, 「縊鬼」, 「乍浦之變」, 「虎尾自鞭」, 「夷船」, 「甕閒手」, 「挖眼」, 「狐妖」, 「織里婚事」, 「臭金」, 「佛時貞觀」, 「剪舌」

卷十一上 「海島」, 「孟禪客」, 「相術」, 「眉修小傳」, 「范遺民」, 「鬟仙小傳」, 「李甲」, 「綠芸別傳」, 「竊妻」

卷十一下 「劉綖」, 「黃石齋」, 「對縊」, 「生祭」, 「熊襄愍軼事」, 「地震」, 「王秋泉」, 「蚺蛇」, 「采龍眼」, 「大言」, 「陸世科」, 「猩猩」, 「燕姤」, 「戒貪」, 「師戒」, 「牡丹」, 「柳畵」, 「湖市」, 「永山錄」, 「泰山」, 「夷俗」, 「雙林淩氏」, 「楊園先生」, 「水月庵」, 「腹語」, 「劉子壯」,

「熊伯龍」, 「庫中畵」, 「亂書」, 「玉人」, 「天主教」, 「大膽」, 「項王走馬埒」

卷十二上 「趙四姑」, 「鬼妻」, 「天裁」, 「某女士傳」, 「柔珠」, 「附眉珠盒憶○」, 「島俗」

卷十二下 「無支祈」, 「人面瘡」, 「陳句山」, 「瘗蠶」, 「償債犬」, 「剝皮」, 「仙方」, 「耿通」, 「陸忠毅公傳贊」, 「異獸」, 「殿試卷」, 「推背圖」, 「李自成」, 「徐珠淵」, 「毛文龍傳辨」

이미 앞에서 소개한 『遯窟讕言』과 『埋憂集』그리고 『閒談消夏錄』의 목차를 살펴보면 약간의 相異함을 찾을 수 있다. 『遯窟讕言』의 목차에서 밑줄 그은 편수들이 『閒談消夏錄』에는 없는 이야기들이다. 여기에서 소개한 『遯窟讕言』은 重刻本이고, 『閒談消夏錄』에서 참고한 『遯窟讕言』은 아마도 初刻本이었을 것이다. 때문에 빠진 작품들이 있고, 작품의 순서 역시 일정하지 않게 나열되어 있다.

그림 5 國立中央圖書館 所藏 한글 번역 필사본 『한담쇼하록』 표지

東亞大學校에 소장되어 있는 石印本은 上海에 있는 上海書局에서 光緒 21年(1895)에 간행한 것으로 奎章閣에 소장되어 있는 木版本에 비해 책 크기도 14.8×8.9㎝로 더 작고 한 페이지에 글자 수도 18行 35字로 빽빽하게 넣어 총 12卷 4冊으로 구성하였으며, 表紙書名에는 "增廣閒談消夏錄"이라고 기록되어 있다. 비록 완전하게 남아있지는 않지만 국내 소장된 중국 판본으로는 奎章閣 소장본과 더불어 귀중한 가치가 있는 판본이라고 볼 수 있다.

주목할 만한 판본으로는 국립중앙도서관에 소장되어 있는 한글 번역 필사본인데 「그림 5」와 「그림 6」을 통해 자세히 볼 수 있다. 원래 外史氏의 『閒談消夏錄』 원본은 12卷 12冊이지만 한글 번역 필사본은 2卷까지 번역이 되어 있고, 그것도 2권까지 완역한 것이 아니라 중간에 몇 편이 빠져있다.

표지에 '共十六 卷之一'과 '共十六 卷之二'라는 기록이 남아있는 것을 보면 본래 한글 번역 필사본은 16권 16책으로 되어 있었던 것으로 추정할 수 있다. 표제는 '閒談'이 빠진 채로 '消夏錄'이라 되어 있다.

내제는 '한담쇼하록 권지일'과 '한담쇼하록 권지이'라고 되어 있고 제목과 권차를 밝히고 있다. 每面은 10行, 每行은 20여 字 안팎으로 되어 있다. 글씨체는 宮體로 되어 있는데, 책 장정이 깔끔하고 글씨체도 전형적인 궁체라는 점에서 이 한글 번역 필사본은 역관에 의해 번역되어 궁중에서 읽혀졌던 것이라 사료된다. 아마도 1880년 전후 국내에 유입되어 이종태[26] 등의 문사들이 번역했을 가능성이 가장 크다고 볼 수 있다.

이외에 책 표지나 내면에 다른 기록이 전혀 없어 본 해제본과 관련한 필사 시기라든가 향유층이라든가 하는 주변 정황은 확인할 수 없다. 더욱이 卷之一 시작의 〈동해노수〉부분에 "日本總督府圖書館藏書之印"이 찍혀있는 것을 보면 원래 궁중[27]에서 보관했었던 서책이 일제강점기에 총독부 도서관으로 옮겨졌을 가능성이 있다. 앞에서 언급한 국내 남아있는 『閒談消夏錄』 판본은 총 3종으로 표로 정리하면 아래와 같다.

書名	出版事項	版式狀況	一般事項	所藏處	所藏番號
閒談消夏錄	朱翊淸(淸)編, 翠筠山房, 同治 13年(1874)	12卷12冊, 中國木版本, 15.8×11.5㎝	序:同治十三年(1874)…朱翊淸, 印:集玉齋, 帝室圖書之章	奎章閣	[奎중]6271
閒談消夏錄	外史氏(淸) 著, 上海, 上海書局	12卷4冊, 中國石印本, 14.8×8.9㎝, 四周雙邊半郭 : 11.8×7.6㎝, 無界, 18 行35字 註雙行, 上黑魚尾	刊記 : 上海書局石印, 敍:光緒二十一年(1895)中秋後三日錢塘十二峰主人繩伯洪[?]榮識幷書, 表紙書名:增廣閒談消夏錄	東亞大學校 한림圖書館	(3):10:3-15 卷1-12
閒談消夏錄		2冊, 朝鮮한글筆寫本, 30.3×19.9㎝	表題 : 消夏錄	國立中央圖書館	BC古朝48-258 卷1-2

26) 高宗 연간 역관이었던 이종태(李鍾泰)는 궁중의 명을 받아 『紅樓夢』을 번역했을 가능성이 있는 사람이다. 이미 최용철 등 기존의 연구자에 의해 세계 최초의 번역본이라 할 수 있는 창덕궁 낙선재 소장본 『홍루몽』이 1884년 경 이종태에 의해 번역되었을 것이라는 연구 논문이 나왔다. 하지만 이계주 등의 연구자는 이에 대해 반대하는 의견을 피력하고 있어 단지 이종태설에 의한 가능성만 제시해 두고자 한다.

27) 번역상태가 좋고 글씨체가 아름다운 정련된 궁서체로 필사된 정황으로 보아 낙선재에 소장되어 있었을 가능성이 크다.

3) 번역본『閒談消夏錄』의 내용

한글 필사본『閒談消夏錄』의 번역 상황을 살펴보면 정련된 궁서체로 적혀 있으며 시가 부분에는 우리말 독음을 달고 雙行의 해석 부분을 쓰고 있으며 직역 위주의 번역으로 되어 있어 원문의 내용을 알아보기 쉽게 되어 있는데 朝鮮末期에 번역된 것으로 보인다.

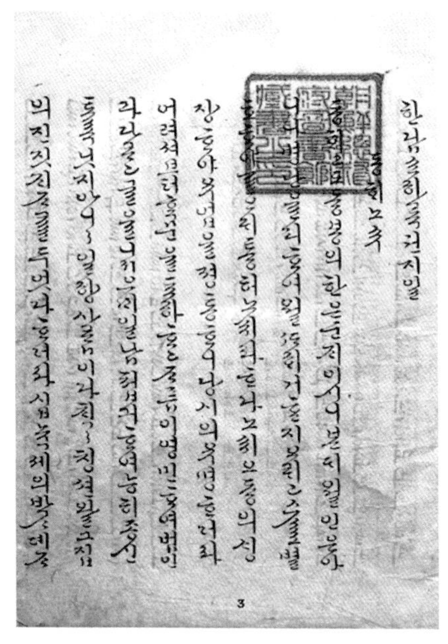
한담쇼하록권지일

그림 6 國立中央圖書館 所藏 한글 번역 필사본『한담쇼하록』 권지일

1권에는 「동해노수」·「운경」·「벽산소전」·「앵매기」·「기개」·「강초향」·「이주전전」·「부란사」·「극도」·「강원향」·「몽환」·「천운금」·「웅태태」·「가흥생」 등 총 14명의 인물에 대한 일화가 수록되어 있으며, 권2에 「반생전」·「의견총」·「척자이」·「가사」·「강미」·「무석노인」·「시금도」·「종진사」·「사잔」·「도반」·「앵홍」·「하시녀」·「검협」·「오시」·「쇄골보살」 등 총 16명의 인물에 대한 일화가 수록되어 있어, 총 30명의 인물에 대한 일화가 정리되어 있다.

이들 인물 중 1권에는 「강초항」·「강원향」·「천운금」·「웅태태」와 같은 인물에 대해서는 "외사씨왈"로 시작하는 논평을 붙였다. 2권에서도 「가사」와 같은 인물에 대해서는 "외사씨왈"로 시작하는 논평을 붙인 것도 있으나 "외사씨왈"을 배제하고 그냥 논평을 붙인 경우가 오히려 더 많다. 이유는『遯窟讕言』에 있던 작품에는 대부분 外史氏의 評이 없고,『埋憂集』에 있던 작품에만 外史氏 評이 있었기 때문이다.

王韜의『遯窟讕言』과 편자 朱翊淸의『埋憂集』을 엮은 것이기 때문에 내용에 있어서 일관성이 있다기보다는 짤막한 이야기를 모아 놓은 느낌이 더 강하다. 王韜는 자신의 後記에서 '한글자도 바꾸지 않고 똑같다.'라고 언급하고 있지만 실제 편찬자는 작품을 수록함에 있어 제목과 작품의 내용에서 약간의 손질을 가했다. 예를 들면『遯窟讕言』의 권 1의「天南遁叟」가『閒談消夏錄』에서는「東海老叟」로 바뀌어있으며, 본문에서도 고유명사 부분을 마음대로 바꾸는 방식으로 나름대로 수정을 했다.

또 일부 문장의 생략이나 추가가 이루어지기도 하였다.『遯窟讕言』의 권 12와『閒談消夏

錄』 권 12의 상권을 살펴보면 원래의 10 작품 가운데 5작품만 남아있고 「鬼妻」·「某女士傳略」 등 3작품이 더 추가되어 있다.

이 판본의 발굴이 최근에 이루어져 현재 작품을 해독하고 번역양상을 연구하는 과정에 있음을 밝혀두고, 우선 본 논문에서는 『遯窟讕言』에 해당되는 「동해노수」와 『埋憂集』에 해당되는 「천운금」의 내용을 소개하여 한글 번역본 『소하록』을 이해하는데 도움을 주고자 한다.

(1) 「동히노슈」

【1】[28]한담쇼하록 권지일 동히노슈

동히고도(東海孤島) 듕봉(中峰)의 한 은둔직[29] 이시니 본딕 월(粵) 인은 아니나 병난을 피ᄒᆞ여 월 ᄯᆞ히[30] 거ᄒᆞᆫ지 오ᄅᆡ고 스스로 별호ᄒᆞ야 ᄀᆞᆯ오ᄃᆡ 튱허노수(冲虛老叟)라ᄒᆞ다

(東海老叟：東海孤島之中峰有隱者焉, 非粵産, 而以避兵, 僑寄於粵居久之, 自號曰："冲虛老叟"。)

노슈 오동의 싱장ᄒᆞ야 유업을 졍통ᄒᆞ니 당시의 유명ᄒᆞ더라 어려서브터 ᄒᆞㄱ문을 됴하ᄒᆞ고 ᄌᆞ롬이 영민ᄒᆞ여 범인과 다르고 글을 닑으ᄆᆡ[31] 일남 쳡권ᄒᆞ여 능히 종신토록 닛지[32] 아니니 일향(一鄕) 사ᄅᆞᆷ이 다 칙칙[33] 칭션왈

(老叟生於吳下, 世通儒理, 有名於時, 少好學, 資賦穎敏迥異凡兒。讀書數行俱下, 一展卷, 即能終身不忘。一鄕人, 之咸嘖嘖嘆羨曰：)

그 집의 진짓[34] ᄌᆡᄌᆞ를 두엇다 ᄒᆞ더라 십뉵세의 박ᄉᆞ 뎨ᄌᆞ(弟子)【2】의 비원ᄒᆞ니 하긱[35]이 만좌ᄒᆞᄃᆡ 노슈 서안을 ᄃᆡᄒᆞ야 글을 낭독ᄒᆞ며 심상히 보고 ᄯᅳᆺ을 아니ᄒᆞ니 족형(族兄)이 칭찬ᄒᆞ야 ᄀᆞᆯᄋᆞᄃᆡ 이 ᄋᆞᄒᆡ는[36] 우리집 천리귀(구)[37]라 ᄒᆞ고 인ᄒᆞ여 일슈(一首) 시(詩)를 읇허 노

28) 쪽수는 국립중앙도서관에서 제공한 이미지 사진 중 본문내용이 있는 사진부터 첫 번호를 다시 매겼다.
29) 은둔직 : 은둔자가
30) ᄯᆞ히 : 땅에
31) 닑으ᄆᆡ : 읽으매
32) 닛지 : 잊지
33) 칙칙 : 책책. 크게 외치거나 떠드는 소리
34) 진짓 : 짐짓, 과연(아닌 게 아니라 정말로)
35) 하긱 : 賀客, 축하하는 손님

슈ᄅᆞᆯ 경계ᄒᆞ니 기시의 왈

("某家有子矣!" 年十六補博士弟子員, 賀客盈門, 而叟方執卷, 朗唫置不爲意, 其族兄稱之曰 : "此子我家, 千里駒也。" 弁引近人詩)

견방부지명ᄉᆞ하(見榜不知名士賀)　　방을 보고 명ᄉᆞ의 치하ᄅᆞᆯ 알지 못ᄒᆞ고

등연미식관현환(登筵未識管絃歡)[38]　　연셕의 울나란 현의 즐기믈 아지 못ᄒᆞᄂᆞᆫ 도다

노슈 이 글을 보고 돈연히[39] 셰ᄃᆞ라 ᄎᆡᆨ을 덥고 대왈 구구ᄒᆞᆫ 박ᄉᆞ 뎨ᄌᆡ 엇지 족히 유ᄌᆞᄅᆞᆯ 위ᄒᆞ여 치하ᄒᆞᆯ ᄇᆡ리오 타일(他日)의 맛당히[40] 쳔하ᄅᆞᆯ 경계ᄒᆞ며 긔이ᄒᆞᆫ 계【3】교ᄅᆞᆯ 베러 불 세 지궁을 닐윌 거시어ᄂᆞᆯ 엇지 노슈의 ᄌᆞ쳔ᄒᆞ믈 효축ᄒᆞ리오 불연 죽출ᄒᆞᆯ 이 갈건 포의(布衣)로 산림 쳔석(泉石)의 한가히 놀고 창강연파의 어옹이 되기ᄅᆞᆯ 원ᄒᆞᄂᆞ이다 족형이 더욱 그말의 장ᄒᆞ믈 긔특히 너기더라

(之句, 以調之叟, 卽釋卷對曰 "區區一衿何足爲孺子重輕。他日, 當爲天下畫奇計, 成不世功。安用此三寸毛錐子哉? 不然寧以布衣, 終老泉石, 作烟波釣徒一流人也。" 族兄益靑其言。)

나히 약관(弱冠)의 과업을 바리고 경ᄉᆞ(經史)의 힘쓰고 손[客]을 ᄃᆡᄒᆞ여 경의ᄅᆞᆯ 논란ᄒᆞᄆᆡ 문답이 여류ᄒᆞ여 ᄒᆞ(毫)리ᄅᆞᆯ 분석ᄒᆞ고 ᄉᆞ(史)긔ᄅᆞᆯ 관통ᄒᆞ며 디리(地理)ᄅᆞᆯ 겸전[41]ᄒᆞ여 ᄆᆡ양 산쳔이 험ᄋᆡᆨᄒᆞ고 고금 젼ᄌᆡᆼ(戰爭)ᄒᆞ던 곳을 맛ᄂᆞ면 능히 승ᄑᆡ 존망을 말ᄒᆞ여 교연히 손으로 가르친 ᄃᆞᆺ ᄒᆞ고 평ᄉᆡᆼ의 술흘 즐기고 놀기ᄅᆞᆯ 됴【4】하ᄒᆞ여 독장망혀로 두로 단녀 원근을 혜지 하니ᄒᆞ고 산명슈려ᄒᆞᆫ 곳을 지나면 술흘 부어 통음ᄒᆞ고 시ᄅᆞᆯ 읇허 가국을 창화ᄒᆞ더라

셩품이 질탕 호방ᄒᆞ여 ᄉᆞ괴여 노ᄂᆞᆫ 재ᄒᆡ 내의 가득ᄒᆞ여 문장과 긔졀노 셔로 권면ᄒᆞ며 사ᄅᆞᆷ이 한 ᄌᆡ조의 장궤이시면 기리기ᄅᆞᆯ 미불용국하고 혹 옹속ᄒᆞᆫ 사ᄅᆞᆷ이 갓거이 이시면 물니치기ᄅᆞᆯ 유공불급[42]ᄒᆞ니 이러므로 사ᄅᆞᆷ이 다 긔한이고 강ᄒᆞ믈 ᄭᅳ리ᄃᆡ 노슈 심ᄉᆡᆨ ᄌᆞ약(自若)ᄒᆞ더라

---

36) ᄋᆞ히ᄂᆞᆫ : 아이는

37) 천리구 : 뛰어나게 잘난 자제(子弟)를 칭찬(稱讚)하는 말

38) 한자 원문은 번역된 한글 필사본에는 없는 것으로 이해를 위해 필자가 삽입한 것이다.

39) 돈연히 : 1) 조금도 돌아봄이 없게 2)소식 따위가 끊어져 감감하게 3)어찌할 겨를도 없이 급하게

40) 맛당히 : 마땅히

41) 겸전(兼全) : 여러 가지를 완전히 갖춤

(弱冠卽棄擧子。業, 致力經史。偶與客談論, 辨析毫芒如肉貫串。於史尤精地理, 凡遇山川扼塞, 及古今用兵爭戰之處, 輒能言其勝敗, 嘹如指掌。生平嗜酒好遊, 蠟屐携笻, 不問遠近, 歷佳山水, 則引巵大嚼, 神與默契。長於詩歌, 趺宕自豪, 不名, 一家交遊所及滿海內, 無不以文章氣節相砥礪, 人有一技之長譽之。弗容口, 而見凡近齷齪者, 擯之門牆如恐弗及以是人, 或憚其崖岸之高而叟自若也。)

염암좌편(靈巖左偏)의 별업을 짓고 슈원이라 일홈ᄒᆞ여 오유서식ᄒᆞᄂᆞᆫ 곳을 삼으니 일 구 일 학과 일 ᄒᆞᆨ 일 금【5】이 유한ᄒᆞᆫ 경ᄀᆡᄅᆞᆯ 가초앗더라 글니저은 여가의 산슈의 유람ᄒᆞ고 ᄒᆞᆨ을 깃드리며 거문고ᄅᆞᆯ ᄐᆞ고 소요 ᄌᆞ득ᄒᆞ여 소견세련ᄒᆞ고 초연이 세상의 다시 쓰일 ᄯᅳ지 업더니 일족호협ᄒᆞ여 노니다가 문득 뉘 웃고 연접 시ᄅᆞᆯ 지어 ᄯᅳᆺ슬 베프니 기시의 왈

(叟於靈巖左偏, 築一別墅, 名曰 '弢園', 爲藏修游息之所。一邱、一壑、一鶴、一琴, 備極幽閒勝致。誦讀之暇, 玩山臨水, 調鶴撫絃, 肅散自喜。籍以消遣塵慮, 超然有不復用世之志。少嘗好狹邪遊, 後並悔之, 曾於咏蝶詩, 中自見其志。中二聯云 :)

문장금분동하용(文章金粉終何用)　　문장의 금분이 맛츰내 어ᄃᆡ 쓰일고
신세표령공자ᄎᆞ(身世飄零空自嗟)　　신세표령ᄒᆞ니 브절업시 스스로 ᄎᆞ탄하도다
만리가산춘이로(萬里家山春已老)　　만리 가산의 봄이 임의[43] 늙어시니
일ᄉᆡᆼ풍월염ᄌᆞᄎᆞ(一生風月念多差)　　일ᄉᆡᆼ의 풍월을 ᄉᆡᆼ각ᄒᆞ미 어긔으미 업도다

그 글이 세ᄉᆞᄅᆞᆯ ᄀᆡ탄ᄒᆞᆫ ᄯᅳ지 깁허시며 셔ᄌᆡ의 제ᄋᆡᆨ【6】ᄒᆞ여 왈 거암이라ᄒᆞ니 ᄃᆡᄀᆡ 탁의ᄒᆞᆫ ᄇᆡ 잇더라 일족 탄식ᄒᆞ여 ᄀᆞᆯᄋᆞᄃᆡ 사ᄅᆞᆷ이 다 몽듕의 몽연ᄒᆞ거ᄂᆞᆯ 세상 사ᄅᆞᆷ이 오히려 도도(滔滔)히 그러ᄒᆞ니 나ᄂᆞᆫ 장쥬(莊周)의 호졉몽을 면치 못ᄒᆞ리로다 향(鄕)니 사ᄅᆞᆷ이 노슈 다려 세상의 ᄂᆞ가 벼슬 ᄒᆞ기ᄅᆞᆯ 권ᄒᆞᄃᆡ 노슈 웃고 말 아니코[44] 시뎐의 형문 장귀ᄅᆞᆯ 고셩낭독ᄒᆞ니 소리 금욱울 마으ᄂᆞᆫᄃᆞᆺ ᄒᆞ더라

(其寄慨深矣, 遂顔其讀書之齋曰 "蘧菴蓋有所托也"。嘗嘆曰 : "人皆夢夢, 世尙滔滔。吾其爲莊周矣乎"。鄕人有勸其出仕者, 笑而不答, 爲抗擊誦衡門之首章響震金石。)

---

42) 유공불급하다 (唯恐不及) : 오직 미치지 못할까 두려워하다
43) 임의 : 이미
44) 아니코 : 아니하고

팔호(八戶) 굉광(宏光)의 자ᄂᆞᆫ 손슉(順叔)이니 동ᄒᆡ의 명 하시라 바다흘 건너 월ᄯᆞ히 니르러 노슈의 일홈을 듯고 그집의 ᄂᆞ으가 한번 보고 환약(歡若) 평ᄉᆡᆼ(平生)ᄒᆞ여 교계 쥬밀 ᄒᆞ더라 일일은 노슈다려 일너 왈 션ᄉᆡᆼ이 셩장지【7】년의 긔이ᄒᆞᆫ ᄌᆞ픔으로 명망이 이셔 나라ᄒᆡ 큰 그릇이 될 거시어ᄂᆞᆯ 엇진 연고로 농모ᄌᆞ이의 슘어이셔 옛ᄂᆞᆯ 왕안셕(王安石)의 ᄂᆞ가지 아니ᄒᆞ면 그 창ᄉᆡᆼ의 엇지 ᄒᆞ리오 ᄒᆞ던 ᄯᅳᆺ을 ᄉᆡᆼ각지 아니ᄒᆞᄂᆞᆫ다 셔ᄌᆡ 일홈을 슈원이라 ᄒᆞ고 브졀업시 문장을 졀ᄌᆞ 탁마(琢磨)ᄒᆞ여 스스로 즐기니 션ᄉᆡᆼ의게 바라던 ᄇᆡ 아니로다

(八戶宏光, 順叔, 東瀛之名儒也。渡海至粤耳。遯叟名, 造廬請謁, 旣見, 歡若平生, 訂世外交甚密, 嘗謂叟曰 : "先生以盛年抱負奇姿, 璠璵品望, 鬱爲國珍, 固此邦之南金也。奈何閟彩韜光, 屈蹤隴畝? 安石。'不出, 其如蒼生何?' 今乃以 '弢園' 名室, 空以琢磨文字自娛, 甚非所望於先生也。)

노슈 ᄀᆞᆯᄋᆞᄃᆡ 노ᄌᆞ(老子)의 말ᄉᆞᆷ의 ᄀᆞᆯᄋᆞᄃᆡ 흰거슬 알면 거믄거슬 직흰다ᄒᆞ니 내 장ᄎᆞᆺ 종신토록 직히고ᄌᆞ ᄒᆞ노라 이제 도령의 문신의ᄂᆞᆫ 이윤[45]과 고요[46] 가ᄐᆞ니 잇고 무신의ᄂᆞᆫ 위청[47]과 곽거병[48] ᄀᆞᄐᆞ니 이셔 셔로 권면ᄒᆞ여 욱욱ᄒᆞᆫ[49] 문장과 규규ᄒᆞᆫ[50] 무렬【8】이 도영(녕)의 가득ᄒᆞ니 이ᄂᆞᆫ 니른바 쳔ᄌᆡ일시(千載一時)라 복이 엇지 감히 비박ᄒᆞᆫ ᄌᆡ질노 셩명ᄒᆞᆫ 세상의 외람히 ᄌᆞ현(自炫)ᄒᆞ리오 오직 음풍영월ᄒᆞ여 셩졍을 가다드머 하ᄂᆞᆯ의 명ᄒᆞ신 바ᄅᆞᆯ 슌슈ᄒᆞᆯ ᄯᆞᄅᆞᆷ이라 ᄒᆞᆫᄃᆡ 손슉이 노슈의 고강ᄒᆞᆫ 말을 듯고 우면 탄복왈

(遯叟曰 : "老子有言 '知白守黑, 拙者善藏之道也。' 吾將終身守之。今朝廷之上, 則有伊、皐, 行陣之間, 則有衛、霍。文武競勸, 中外, 咸孚。黼藻隆乎, 奮揚鴻烈, 此千載一時也。僕何敢以非材薄植自炫於明時, 惟嘲弄風月, 陶冶性情, 以自適其天而已。" 順叔聞之, 憮然有間曰 :)

광일ᄒᆞ다 군ᄌᆞ여 이ᄂᆞᆫ 쥬역(周易)의 니른바 그 ᄯᅳᆺ슬 놉혀 왕후ᄅᆞᆯ 셤기지 아니 ᄒᆞᄂᆞᆫ ᄇᆡ로다 ᄒᆞ고 그 벗의게 부촉ᄒᆞ여 노슈의 ᄒᆡᆼ젹을 찬즙[51]ᄒᆞ고 별젼 일젼을 민ᄃᆡ라 국듕의 뎐파ᄒᆞ고

---

45) 중국 은나라 탕왕 때의 명상(名相)인 이윤(伊尹)

46) 요순 때의 현신(賢臣)인 고요(皐陶)

47) 한 무제(漢武帝) 때의 명장인 위청(衛靑)

48) 한 무제(漢武帝) 때의 명장인 곽거병(霍去病)

49) 욱욱(煜煜) : 빛나서 환하다

50) 규규(赳赳) : 씩씩하고 헌걸차다

51) 찬즙 : 찬집(纂輯)의 잘못, 자료를 모아 분류하고 일정한 기준 밑에 순서를 세워 책을 엮음

ᄯᅩ 찬을 지어 왈 ᄌᆡ조와 ᄯᅳᆺ슬 품어 운한의 소ᄉᆞᄂᆞᆫ지라 가히 비ᄒᆞᆯ거시 업ᄉᆞ니 이ᄂᆞᆫ 옛적 도ᄅᆞᆯ 직【11】희여 낙을 삼ᄂᆞᆫ 션ᄇᆡ라 엇지 세상의 ᄯᅳ지 업ᄉᆞ리오 세상의 ᄡᅳ이면[52] 횡ᄒᆞ고 ᄡᅳ이지 ᄆᆞᆺ하면 감초일거시니 산림은 군자로 지목ᄒᆞ미 ᄯᅩᄒᆞᆫ 노슈션ᄉᆡᆼ을 엿게 보미라 ᄒᆞ더라

("曠逸哉! 君也! 此『易』所謂 '高尙其志, 不事王侯者'歟?" 順叔特囑其友撰次始末, 爲別傳一篇, 郵寄其國中, 而幷系以贊曰 : "懷才負志, 含貞抱璞, 嬌然於霄漢, 而不可方物, 其古之有道之士歟? 顧彼豈無意於世者哉? 用之 : 則爲鴻漸, 不用則爲蠖屈, 如僅目爲山林隱逸者流, 亦淺之乎, 視老叟矣。)

* 이 이야기는 王韜의 傳記와도 같은 내용을 담고 있다. 老叟는 왕도의 號 '遯叟'를 가리키는 것으로 왕도가 홍콩으로 가서 벼슬하지 못하고 은둔하며 지내는 생활이 서술되어 있다. 『遯窟讕言』의 「天南遯叟」를 「東海老叟」로 바꾸면서 편찬자가 의도적으로 고유 명사를 바꾸려고 하였으나, 원문을 자세히 보면 군데군데 미처 바꾸지 못한 부분들이 보인다. 세상의 어지러움으로 인해 홍콩에 몸을 피해 있었지만 囊中之錐처럼 재능을 감출 수 없는 王韜의 비범함이 글 속에 나타나 있다.

(2) 「쳔운금」

【92】[53]쳔운금

강희(康熙) 연간의 구곡도사(勾曲道士) 망전(忘筌)은 본ᄃᆡ 무창(武昌) ᄯᅢ[54] 세가 ᄌᆞ뎨니 어려서 부모를 여희고 난을 피ᄒᆞ여 노산(勞山)의 드러가【93】니라 셩품이 호방ᄒᆞ고 글 읽기ᄅᆞᆯ 됴하 ᄒᆞ며 술흘 잘 먹고 묵죽(墨竹)을 잘 그리며 ᄯᅩ[55] 거문고ᄅᆞᆯ ᄉᆞ랑하여 됴흔 거문고ᄅᆞᆯ 만ᄂᆞ면 듕가(重價)ᄅᆞᆯ 주고 ᄉᆞ더라

(穿云琴 : 康熙間, 勾曲道士忘筌, 本武昌名家子, 以幼孤避亂, 入道勞山。性豪逸, 耽書嗜飮, 善畵墨竹。尤精于琴, 遇良材, 必重价購之, 至于典質不倦。)

신안(聞新) ᄯᅢ 오ᄉᆡᆼ(吳商)의 일홈은 외룡(畏龍)이니 그 집의 됴흔 거문괴[56] 만흔줄 듯고

---

52) ᄡᅳ이면 : 쓰이면

53) 쪽수는 역시 국립중앙도서관에 제공한 이미지 사진 중 본문내용이 있는 사진부터 번호를 매긴 것이다.

54) ᄯᅢ : 때

55) ᄯᅩ : 또

즉시 ᄎᆞᄌᆞ 가보니 외룡이 ᄉᆡᆼ의 오물 보고 문왈 슈ᄌᆡ 거문고ᄅᆞᆯ 즐겨 ᄒᆞᄂᆞᆫ다 답왈 진실노 평ᄉᆡᆼ의 됴하ᄒᆞᄂᆞᆫ ᄇᆡ로ᄃᆡ 명금을 보지 못ᄒᆞ물 한ᄒᆞ노라 ᄒᆞ고 인ᄒᆞ여 그 가져온 바 거문고ᄅᆞᆯ 가리켜 왈 이 거문고ᄂᆞᆫ 송나라 명현 가상(賈相)의 거문괴니 이도 ᄊᆞᆨᄒᆞᆫ 상품(上品)은 아니라 드리니 션ᄉᆡᆼ의 집의 고금(古琴)이 만타ᄒᆞ기로[57] 원근을 혜지 아니【94】코 이의 니르럿시니 아지 못게라[58] 가히 한 번 어서 보랴 ᄒᆞᆫᄃᆡ 외룡이 망ᄉᆡᆼ으로 더브러 금서 음률을 강론ᄒᆞᄃᆡ 망ᄉᆡᆼ이 손을 곱닐며 거문고 타ᄂᆞᆫ 법을 말ᄒᆞ니 신묘한 법이 만터라

(後聞新安吳商名畏龍者, 蓄琴頗富, 裹粮往訪。商見其携有古琴, 問 : "鍊士亦善此乎" 對曰 : "固生平所好也, 但恨未遇名材耳。" 即指手中所携者曰 : "此宋賈相悅生堂中物, 向以五百金購得之, 然亦非上品。聞先生多蓄古琴, 故不憚遠涉, 未識可賜一觀否。" 商與論琴理, 筌爲細述勾撥挑剔之法, 語多神解。)

외룡이 일시의 능히 녁냑지 못ᄒᆞ여 신묘ᄒᆞᆫ 슈법을 보고ᄌᆞ ᄒᆞ거ᄂᆞᆯ 망ᄉᆡᆼ이 거문고ᄅᆞᆯ 술상의 노코 슈션됴(水仙操) 일곡을 ᄐᆞ니 소리 청렬ᄒᆞ여 산님(山林)의 묘명(杳冥)ᄒᆞ니 외룡이 송연[59]이 듯고 좌듕(座中)의 니러 다 절도히 즐기거ᄂᆞᆯ 망ᄉᆡᆼ이 곡됴ᄅᆞᆯ 파ᄒᆞ고 말ᄒᆞ여 왈 이 곡됴ᄂᆞᆫ ᄇᆡᆨᄋᆡ[60](伯牙) ᄒᆡ강(嵇康)의게 젼ᄒᆞᆫ 곡되라[61] 일홈은 광능산(廣陵散)[62]이니 ᄒᆡ강이 죽은 후의 이곡되[63] ᄭᅳᆫ허[64] 젓더니 내 특별【95】이 의ᄉᆞ로 ᄒᆡ독ᄒᆞ여 금보(琴譜)의 올녓노라 ᄒᆞ니 외룡이 십습장지 하엿던 급십여장을 내여 노흐ᄃᆡ 족히 다 보ᄌᆞᆯ거시 업고

(商一時未能盡領, 請傳之妙手。筌解囊, 爲彈水仙操一闋。商危坐竦聽, 如有山林杳冥、海濤汩沒起于座中, 輒爲嘆絶。筌停琴, 言曰 : "此調自伯牙傳至嵇康, 名'廣陵散', 所謂觀濤廣陵者也。康死此調已絶, 某特以意譜之耳。" 商乃出其素所珍藏者十余琴, 皆不足觀。)

---

56) 거문괴 : 거문고가

57) 만타ᄒᆞ기로 : 많다고 하여

58) 아지 못게라 : 알지 못할 것이다

59) 송연하다 : 두려워 몸을 옹송그릴 정도로 오싹 소름이 끼치는 듯하다

60) ᄇᆡᆨᄋᆡ : 백아(伯牙)가

61) 곡되라 : 곡조이라

62) 廣陵散은 蔡邕의 저서 琴操에 기록되어 있는 由緖 깊은 曲으로, 晋나라 때의 隱士(竹林七賢 중의 1人)이며 거문고의 名手인 혜강이 어느 世外古人에게서 전수한 것이라 한다.

63) 이곡되 : 이 곡조가

64) ᄭᅳᆫ허 : 끊어

최후의 한 거문고ᄅᆞᆯ 본 즉 금묘정(金猫睛)으로 휘(徽)ᄅᆞᆯ 민드며[65] 용 안석으로 진을 민들고 등의 쳔운금이 좌ᄉᆡᆨ여시니 진짓 고금의 ᄡᆞᆼ이 업ᄂᆞᆫ 보ᄇᆡ라 망ᄉᆡᆼ이 ᄉᆞ랑ᄒᆞ여 ᄎᆞᆷ아[66] 노치 못ᄒᆞ고 가져온 거문고와 밧고기ᄅᆞᆯ[67] 쳥ᄒᆞᆫᄃᆡ 허치[68] 아니커ᄂᆞᆯ 오ᄇᆡᆨ금을 더 쥬어도 듯지 아니ᄒᆞ고 시동을 명ᄒᆞ야 드려 가거ᄂᆞᆯ 망ᄉᆡᆼ이 몸을 니러 창연히[69] 나와 그 집 문직힌자[70] 다려 무론ᄃᆡ 답왈 쥬인이 한갓[71] 일홈만 ᄉᆞᆷ ᄒᆞᆯ ᄯᆞᄅᆞᆷ이오 실상은 업【96】ᄉᆞᆸ더니 이제 션ᄉᆡᆼ의 명감이 약ᄎᆞ(若此)ᄒᆞ니 엇지 니ᄒᆡ[72]ᄅᆞᆯ 도라보리오 하더라

(最後一琴, 以金猫睛爲徽, 龍肝石爲軫背刻二字曰 : '穿雲', 質理密栗, 古色黝然, 曠代物也。 筌愛玩不忍釋, 請以所携琴易之, 不許, 增以五百金, 亦不許, 呼仆取入。筌乃起, 悵然而出, 謀諸閽者。閽者謝曰 : "主人亦徒慕風雅耳, 本無眞賞。今見師賞監若此, 豈復能動以利乎。")

망ᄉᆡᆼ이 이의 승샤(僧寺)의 우거[73]ᄒᆞ야 ᄆᆡᆼ세코 그 거문고ᄅᆞᆯ 엇지 못ᄒᆞ면 집의 도라가지 아니ᄒᆞ리라 ᄒᆞᄃᆡ ᄆᆞᄎᆞᆷ내 계(計)괴[74] 업서 ᄂᆞᆯ마다 술만 먹더니 일일은 밤의 홀노 안ᄌᆞ 술흘 먹다가 문득 ᄉᆡᆼ각하니 낭탁[75]의 은젼은 장ᄎᆞᆺ 갈ᄒᆞ고 거문고ᄂᆞᆫ 졸연히[76] 엇지 못ᄒᆞᆯ지라 쳑연히[77] 눈물을 흘니고 안ᄌᆞᆺ더니 한 녀ᄌᆡ[78] 우스물 머금고 닐러 ᄀᆞᆯ오ᄃᆡ 여ᄎᆞ 냥야의 ᄆᆞᆰ은 노ᄅᆡ로 술흘 권ᄒᆞ여 울적ᄒᆞᆫ 회포ᄅᆞᆯ 위로코ᄌᆞ ᄒᆞ노라 ᄉᆡᆼ【97】이 의아ᄒᆞ여 니ᄅᆞᄃᆡ 낭ᄌᆞᄂᆞᆫ 어ᄃᆡ로 조ᄎᆞ 오ᄂᆞᆫ 답왈 수고로이 뭇지 말지어다 그ᄃᆡ의게 화ᄅᆞᆯ 기칠 재[79] 아니로라 ᄒᆞ고 품속을 조ᄎᆞ 상아박판을 내여 금심(琴心) 일졀을 창ᄒᆞᆫ지라

---

65) 민드며 : 만들며
66) ᄎᆞᆷ아 : 차마
67) 밧고기를 : 바꾸기를
68) 허치 : 허락하지
69) 창연히 : 몹시 서운하고 섭섭하게
70) 문직힌자 : 문 지키는 사람
71) 한갓 : 고작하여야 다른 것 없이 겨우
72) 니ᄒᆡ : 니ᄒᆞ다(利)
73) 우거(寓居) : 남의 집이나 타향에서 임시로 몸을 부쳐 삶. 또는 그런 집
74) 계괴 : 계교가
75) 낭탁(囊橐) : 어떤 물건을 자기의 차지로 만듦. 또는 그렇게 한 물건
76) 졸연히 : 1) 갑작스럽게 2) 까다롭거나 힘들지 않고 쉽게
77) 쳑연히 : 척연(戚然), 근심스럽고 슬프다
78) 녀ᄌᆡ : 여자가
79) 재 : 자가

(筌乃出, 賃居一僧寺, 誓不得琴不返, 然卒無可爲計, 惟日飮。無何, 一夕對月獨酌, 念資用將竭, 而寶琴終不可得, 凄然泣下。忽聞墻陰屧響有聲, 一女子丰姿綽約。含笑而至, 曰 : "如此良夜, 請爲淸歌侑酒, 以破岑寂, 可乎" 筌訝問美人何來, 女曰 : "勿勞窮詰, 當非禍君者" 遂于懷中取黃牙拍板, 唱琴心一折, 音韻凄婉, 顧盼生姿。)

싱이 년ᄒᆞ여 술 삼ᄇᆡ를 기우리고 상상(床上)의 취도 ᄒᆞ엿다가 술흘 세혀보니 창젼(窗前) 월ᄉᆡᆨ(月色)이 형연ᄒᆞᆫᄃᆡ 미인이 홀노 안잣거ᄂᆞᆯ 도라가기를 ᄌᆡ촉ᄒᆞᆫᄃᆡ 녀ᄌᆡ ᄀᆞᆯ오ᄃᆡ 쳡이 ᄯᅩᄒᆞᆫ ᄉᆞᄉᆞ로이 음분ᄒᆞᄂᆞᆫ 겨집이 아니라 낭군과 속세 연분이 잇고 낭군의 졍(情)이 이가치 깁흔고로 쥬인을 ᄇᆡ반ᄒᆞ고 온 ᄯᅳᄌᆞᆫ 장ᄎᆞᆺ 이몸을 의탁고ᄌᆞ ᄒᆞ미러니 군ᄌᆡ【98】 이가치 거절ᄒᆞ믄 ᄯᅳᆺ밧기라 ᄒᆞ고 언필의 낭안의 누쉬여 우어ᄂᆞᆯ[80]

(筌連酹數觥, 竟醉倒于床上。及醒, 窗中斜月瑩然矣, 女猶坐于燈前。遽起, 促之歸寢, 女曰 : "妾亦非私奔者, 自蒙靑盼, 覺人間尙有中郞。繼知君情深如許, 故背主而來, 將以此身相託。卽君心中事, 或者猶可借箸, 不意見拒之深也。" 言已以袖揾淚。)

망싱이 녀랑의 ᄐᆡ되[81] 작약[82]ᄒᆞ고 언ᄉᆡ[83] 감기[84]하물 보고 ᄆᆞᄋᆞᆷ이 동ᄒᆞ야 이의 ᄂᆞᄋᆞ가 옥슈를 ᄂᆞ으여 잡고 은근이 말ᄒᆞ며 왈 이곳의 류련ᄒᆞ여[85] 외룡의 명금을 혈심으로 구ᄒᆞ려 ᄒᆞ노라 ᄒᆞᆫᄃᆡ 녀ᄌᆡ 왈 이 일은 어려울 거시 업다 ᄒᆞ거ᄂᆞᆯ 망싱이 이 말을 듯고 희불자승[86]ᄒᆞ여 드ᄃᆡ여 닛글고 금니의 드러가니 운우지졍이 녀산 악히ᄒᆞ여 늣게야 맛나믈[87] 한ᄒᆞ더니 이윽고 ᄂᆞᆯ이 장ᄎᆞᆺ ᄇᆞᆰ으려 ᄒᆞ거ᄂᆞᆯ 녀ᄌᆡ 왈 우리 낭군이 엇지 이곳의 오ᄅᆡ 두류[88]ᄒᆞ리오 ᄒᆞᆫᄃᆡ

(筌見其羅袂單寒, 轉更韵絶, 乃擁之入懷, 爲訴流連之故。女曰 : "此易事耳" 筌聞之, 喜極曰 : "然則今夕愿爲情死。" 遂擁入, 共相繾綣。旣而烏語參橫, 女急起, 曰 : "吾二人豈可復留此耶",)

---

80) 원문을 보면 '言已以袖揾淚'라고 되어 있어 소매 속에 머리를 파묻고 우는 걸 의미한다
81) ᄐᆡ되 : 태도가
82) 작약(綽約)하다 : 몸매가 가냘프고 아리땁다
83) 언ᄉᆡ : 언사가
84) 감기ᄒᆞ다 : 어떤 감동이나 느낌이 마음 깊은 곳에서 배어 나오다
85) 류련ᄒᆞ다 : 차마 떠나지 못하다
86) 희불자승(喜不自勝) : 어찌할 바를 모를 만큼 매우 기쁨
87) 맛나믈 : 만남을
88) 두류(逗留/逗遛) : 체류

망ᄉᆡᆼ 왈 명금을 엇기젼【99】의ᄂᆞᆫ ᄃᆞ라가지 아니ᄒᆞ리라 녀ᄌᆡ 우어 왈 군ᄌᆡᄂᆞᆫ 다만 ᄒᆡᆼᄒᆞ고 근심 말지어다 ᄒᆞ고 밧그로 ᄂᆞᄋᆞ가더니 녀ᄌᆡ 저근[89] 협(篋)ᄉᆞ 하나ᄅᆞᆯ 가지고 드러와 도복 일습을 내여 ᄉᆡᆼ을 닙히고 후문을 열고 ᄂᆞ가 ᄒᆡᆼᄒᆞ다가

(筌辭以商琴未得, 女笑語曰 : " 第行勿優也" 卽往墻角取一小篋, 出水田衣裙各一, 幷冠履, 易作道裝, 相與促裝, 啓后扉而行。)

듕도(中途)의셔 주렴의 드러가 술을 마시더니 일위 도ᄉᆡ 안잣거ᄂᆞᆯ 망ᄉᆡᆼ이 긍경[90]ᄒᆞ여 읍ᄒᆞ고 담논ᄒᆞ니 물졍과 니긔ᄅᆞᆯ 깁히 아ᄂᆞᆫ지라 드ᄃᆡ여 술울 내여 서로 권ᄒᆞ니 녀랑이 피ᄒᆞ여 가거ᄂᆞᆯ 도ᄉᆡ[91] 가마니 닐너 왈 그ᄃᆡ ᄯᆞ라온 녀ᄌᆡ 사ᄅᆞᆷ이 아니니 금야(今夜)의 동침ᄒᆞᆯ ᄯᆡ의【100】내 문밧긔셔 셜법ᄒᆞ거든 단단이 안고 노치 말면 어둘거시[92] 이시리라 ᄒᆞ거ᄂᆞᆯ

도ᄉᆞ 가르친ᄃᆡ로 녀ᄌᆡ로 동침ᄒᆞᆯ ᄯᆡ의 녀ᄌᆡ 무슨긔미ᄅᆞᆯ 아ᄂᆞᆫ ᄃᆞᆺᄒᆞ여 거지 슈상ᄒᆞ거ᄂᆞᆯ 단단이 안고 놋치 아니코 잠드럿더니 야심후의 잠을 ᄭᆡ여 녀ᄌᆡᄅᆞᆯ 어르만진 즉 녀ᄌᆡ난 간ᄃᆡ업고 일장 고금(古琴)을 안고 잇ᄂᆞᆫ지라 ᄆᆞ음의 놀납고 의혹ᄒᆞ여 밧비 불을 켜고 ᄉᆞᆯ펴보니 ᄯᅳᆺ밧긔 평ᄉᆡᆼ ᄉᆞ모ᄒᆞᆫ던 외룡의 명금이라 ᄉᆡᆼ이 깃거[93] 가지고 ᄂᆞᄋᆞ가 도ᄉᆞᄅᆞᆯ 뵈인ᄃᆡ 도ᄉᆡ왈 이ᄂᆞᆫ 양귀비 ᄐᆞ던 명금이라

(中途入一村店沽飮, 先有一道者在座, 筌揖與談, 理致玄遠, 遂邀共飮。女避去。道人密語曰 : "君相隨少尼, 非人也。今夜共枕時, 某于門外作法, 君當緊抱勿釋。" 如其言, 果得一琴, 卽商所寶藏者也。大喜, 持示道人, 道人曰 : "此楊貴妃遺琴也。)

남송(南宋)의 니르러 니종(理宗)[94]황뎨 봉ᄒᆞᆫ후의 산능의 순장(殉葬)ᄒᆞ엿더니 그후의 양련(楊璉)[95]이 파여내여 내든ᄇᆡ 되여시니 그ᄃᆡ 아니면 이가ᄐᆞᆫ 보ᄇᆡᄅᆞᆯ 가지지 못하지라고 금의

---

89) 저근 : 작은

90) 긍경(矜競) : 재능을 뽐내어 남과 우열을 겨룸

91) 도ᄉᆡ : 도사가

92) 어둘거시 : 얻을 것이

93) 깃거 : 기뻐

94) 宋理宗 趙昀 : 宋의 제14대 황제이며 南宋 제5대 황제(재위 1225~64). 1224년에 寧宗이 병으로 쓰러져 위독한 상태에서, 寧宗의 친아들이 모두 요절하였으므로 재상 사미원에 의해 황태자로 옹립되어 되어 황위를 계승해 제5대 황제로서 즉위하여 40년 동안 재위하였다.

신통ᄒᆞᆫ 물건이 쇽인(俗人)의 슈듕(手中)의 드지 아니ᄒᆞᄂᆞ니【101】 그ᄃᆡ난 다시 노산(勞山)의 가지 말나 ᄒᆞ거ᄂᆞᆯ 잠간 둘ᄶᅵ 쉼이서 ᄭᅵᆫ듯ᄒᆞ야 즉시 니러ᄂᆞ 도ᄉᆞ긔 ᄇᆡᄇᆡ 사례ᄒᆞ고 거문고ᄅᆞᆯ 닛글고 표연히[96] ᄂᆞᄋᆞ가 종남산(終南山)의 드러가 다시 도라오지 아니ᄒᆞ니라

(傳至南宋理宗, 曾以殉葬, 后爲楊璉眞伽掘得, 非君不足當此物。亦見古今神物, 必不終淪于俗子手中, 然君亦不可復至勞山矣。" 筌乍聞, 恍若夢醒, 遂起再拜, 携琴入終南山, 不返。)

외ᄉᆞ시왈 오외룡의 거문고ᄅᆞᆯ 만히[97] 어더[98] 두므로써 겨유 쳔운금 ᄒᆞᄂᆞᄅᆞᆯ 어더시니 신통ᄒᆞᆫ 물건을 가히 만히 엇지 못하물 알괘라 그런 보ᄇᆡᄅᆞᆯ 알지 못ᄒᆞ고 허슈히[99] 간ᄉᆞᄒᆞ엿다가 ᄆᆞᄎᆞᆷ내 일허시니[100] 일홈을 외룡이라 하미 그 실리ᄅᆞᆯ 닐코ᄅᆞ미로다 노산 도ᄉᆡ 명금을 엇고ᄌᆞᄒᆞ다가 낭탁의 금이 진ᄒᆞ므【102】로써 엄읍 불낙ᄒᆞ니 만일 명금을 엇지 못ᄒᆞ면 장ᄎᆞᆺ 다시 도라가지 못ᄒᆞ랴 어리석다 도ᄉᆞ의 거문고 됴하ᄒᆞ미여 그러나 도ᄉᆞ의 어리셔근 벽이 아니면 또 엇지 귀신을 통ᄒᆞ리오 세상의 아ᄆᆞ 일이나 즐겨하고 한ᄌᆡ조도 닐위지 못ᄒᆞᄂᆞᆫ자ᄂᆞᆫ 닷ᄌᆞ로 닐ᄃᆡ 어리석지 안타ᄒᆞᄂᆞᆫ 재니 도ᄉᆞ의 어리석으물 밋지 못ᄒᆞ리로다

(外史氏曰 : "以吳商蓄琴之富而, 僅得一穿雲琴, 亦見神物之未可多得矣。惜其不知所寶, 而慢藏以失之。名曰'畏龍', 稱其實矣。彼勞山道士者, 欲得良材而以金盡飮泣, 設其終不得琴, 其將不復返乎。痴哉道士之好琴也! 然非道士之痴, 又烏能通乎鬼神若是? 彼世之通脫自喜, 而卒于一藝無成, 皆其自謂不痴者也。于是乎道士之痴, 乃不可及。)

* 이 이야기는 거문고를 좋아하는 주인공이 양귀비가 타고 놀았다는 거문고 穿雲琴을 얻는 과정을 매우 흥미롭고 실감나게 그려내고 있다. 앞에서 소개했던 王韜의 「東海老叟(天南遯叟)」라는 작품에 비해 서술이 쉽고 재미있게 묘사되어 있어, 朱翊淸의 문체를 간단하게라도 느낄 수가 있다. 이 작품은 『埋憂集』에 있는 다른 작품들과 비교해서도 뛰어난 작품으로 손꼽

---

95) 양련(920 - 940)중국 五代十國 시대의 인물, 南吳 睿帝 양부(楊溥)의 장남. 江都王에 봉해져 930年에는 태자의 신분이 되어 徐知誥의 딸과 혼인하였다. 南唐이 세워지고 徐知誥[李昪]이 皇帝가 되자, 太子의 신분에서 황제 사위의 신분으로 弘农郡公、平卢军、康化军节度使、中书令 등을 역임했다. 940年 平陵에서 북경으로 가던 중 배안에서 만취한 상태로 죽은 채로 발견되었다.

96) 표연히 : 1)바람에 나부끼는 모양이 가볍게 2)훌쩍 나타나거나 떠나는 모양이 거침없이

97) 만히 : 많이

98) 어더 : 얻어

99) 허슈히 : 허술하게

100) 일허시니 : 잃어버렸으니

히는데, 거문고라는 독특한 소재를 통해 마치 한 편의 짧은 사랑이야기를 접하는 느낌을 받는다. 번역 또한 뛰어나 원작자의 의도를 잘 살려주고 있다고 볼 수 있다.

이상 清代 文言小說集 『閒談消夏錄』에 관해 전반적으로 고찰해보았다. 1874년 朱翊淸의 『埋憂集』과 1875년 王韜의 『遯窟讕言』을 기본으로 하여 道光 4年(1878)에 이 두 책을 합본하여 새로 『閒談消夏錄』이라는 題名으로 본 문언소설집을 출판 하였다. 이 책에는 朱翊淸의 同治 13年 自序 이외에 어떤 흔적도 남아있지 않아 이 책을 언제, 누가, 왜, 어떤 의도로 묶었는지는 추정하기 힘들다. 그러나 朱翊淸의 이름을 가탁한 것으로 봐서는 朱翊淸과 연관이 있을 것이라고만 추정하는데 卷 1에만 저자의 이름이 없을 뿐 卷 2부터는 '外史氏著'라고 분명하게 언급되어 있어, 더욱 그 연관성에 대한 의문을 증폭시켰다. 하지만 현재는 王韜가 남긴 『遯窟讕言』 의 後書에 江西 지역의 書商에서 가탁했다는 기록만 남아있을 뿐이다. 그렇지만 본 『閒談消夏錄』라는 문언소설집으로 인하여 당시에는 이 『遯窟讕言』과 『埋憂集』이라는 소설집이 상당히 인기가 있었다는 사실을 알 수 있고 그 위상을 가늠해 볼 수 있다.

『閒談消夏錄』은 『遯窟讕言』과 『埋憂集』의 합본임에도 불구하고 국내에는 먼저 유입되었다. 현재 奎章閣에 소장되어 있는 『閒談消夏錄』 판본은 1878年 刊行本이지만, 奎章閣 소장본 『遯窟讕言』은 1880年 刊行本이고 高麗大에 소장되어 있는 『埋憂集』은 民國 연간에 간행된 판본이다. 더욱이 국내에서는 『閒談消夏錄』 일부가 번역까지 되어 貴重書로 남아있다. 國立中央圖書館에 남아있는 『閒談消夏錄』의 한글 번역 필사본은 매우 우아하고 정련된 궁서체로 필사되어 있는데, 어느 정도 지식과 교양 수준을 갖춘 사람이 번역하고 필사했을 것으로 추정된다. 대개 직역과 의역 위주로 번역하였다. 이 글에서는 『遯窟讕言』에 들어있던 한 작품과 『埋憂集』에 들어있던 한 작품의 내용만을 소개하여 번역본 『소하록』에 대한 이해를 돕고자 하였다.

2. 한글 필사본 『閒談消夏錄』의 내용 및 번역 양상 연구*

2010년부터 3년간의 한국연구재단 토대연구 과제인 "한국에 소장된 중국고전소설과 희곡판본의 수집정리와 해제"를 수행하면서 淸代 문언소설 『閒談消夏錄』이 국내에 한글 필사본 형태로 존재하는 것을 처음 발굴하였다. 그 후 2012년에 이 작품에 관한 전반적인 연구를 진행하여 논문으로 정리한 바 있었다. 하지만 당시는 朱翊淸의 단편 문언소설집 『埋憂集』과 王韜의 단편 문언소설집 『遯窟讕言』에서 정수를 모아 外史氏라는 필명으로 『閒談消夏錄』이라는 책을 엮게 된 정황 등 成書過程 연구에 집중했었다. 때문에 오히려 국립중앙도서관에 소장되어 있던 한글번역 필사본 『한담쇼하록』의 내용이나 번역 양상 등에 관한 연구는 미비할 수밖에 없었다. 그러던 중 2016년부터 3년간 한국연구재단의 공동연구 과제를 진행하면서 이 작품을 다시 한 번 분석할 수 있는 기회를 가지게 되어, 내용과 번역양상에 대한 보다 깊은 분석을 시도할 수 있었다.

표제가 『消夏錄』이라고 되어 있는 국립중앙도서관 소장본은 안쪽 표지에 한글로 "한담쇼하록"이라고 되어 있어, 토대연구를 하면서 자료를 수집했을 때만해도 단지 무명씨의 한글소설 정도로 인식되고 있었다. 또 『閒談消夏錄』의 편찬자와 이 책의 목차 구성, 그리고 『埋憂集』과 『遯窟讕言』의 목차 등을 비교하여 분석하면서 중국 문언소설을 번역해 놓은 것임을 확인할 수 있었다. 그리고 『閒談消夏錄』 중국 출판본이 국내에 유입된 정확한 시기는 알 수 없지만 光緖 4年(1878) 翠筠山房에서 初刻한 木版本이 奎章閣에 소장되어 있는 정황들을 감안하여, 이 책이 적어도 19세기 말에 역관을 통해 국내 유입이 되었을 것으로 추정 했었다.[1)]

중국의 문언소설집이 국내에 유입되어 번역되고, 그 필사본이 지금까지 남아있다는 사실은 당시의 중국소설, 특히 문언소설 수용에 대한 귀한 실마리를 제공하는 것이기에 청나라와 조선의 서적교류와 문화적 향유를 연구할 수 있는 기초적인 단서를 제공한다.

중국 소설을 번역하면서 금전적 이득을 취했는지 정확한 정황은 파악하기 힘들지만, 조선

---

* 이 논문은 2016년 대한민국 교육부와 한국연구재단의 지원을 받아 2019년 9월 『중어중문학』 77집에 투고된 논문을 수정·보완한 것이다.(NRF-2016S1A5A2A03925653)

* 유희준(주저자) : 경희대학교 동아시아 서지문헌 연구소 학술연구교수.

* 민관동(교신저자) : 경희대학교 중국어학과 교수.

1) 중국출판본 『한담소하록』은 크기 15.8×11.5㎝, 10行 21字의 袖珍本으로 竹紙로 간행한 총 12卷 12冊으로 구성된 판본이다.

말기는 재능을 가지고 있던 역관들에 의해 유명한 중국소설들이 상당히 번역되었던 것으로 추정된다.[2] 비록 출판까지 이루어지지는 못했지만, 낙선재를 대표로 하는 궁중 도서관에서 주관을 했기에, 번역하고 필사하여 돌려보는 나름의 독자층을 형성했다고 볼 수 있다. 또한 이들 역관들은 문학적인 소양도 상당히 깊었는데, 그 여부는 작품의 번역 양상을 좀 더 연구하면서 도출 할 수 있었다.

이 글은 국립중앙도서관 소장 한글 번역필사본『閒談消夏錄』에 대한 전반적인 연구뿐 아니라 내용 및 번역된 양상까지 분석하여, 번역자의 문·사·철을 겸비한 소양까지 추론해보고자 하였다.

1)『한담소하록』구성과 편찬과정 분석

앞 장에서 소개한「청대 문언소설집 한담소하록 연구」[3] 논문에서 이 서적의 간행 및 구성에 대해 자세히 언급을 했기 때문에 여기에서는 간단히 정리만 하기로 한다. 출판업자가 '外史氏'라는 필명으로 王韜의『遯窟讕言』160편과『埋憂集』210편을 모아『閒談消夏錄』[4]이라는 문언소설 선집을 간행했지만 모든 작품을 다 수록하지는 않고, 370편 중 344편으로 줄여서 12卷으로 간행을 하였다. 좀 더 쉽게 파악하고 이해 할 수 있게 목차를 표로 만들어 보았다. 아래 표에서 확인 할 수 있는『遯窟讕言』의 목차에서 밑줄 그어진 작품은『閒談消夏錄』에서 볼 수 없는 작품이다.[5]

2) 낙선재에 소장되어 있는 번역 필사본 중국소설을 연구했던 최용철과 조현주 등의 주장에 따르면 중국소설 중 100여 편이 한글로 번역되었다고 하는데, 정확한 작품명을 고증할 수는 없다.

3) 유희준·민관동,『중어중문학』제53집, 2012. 12.

4) 光緒 初年 尙有書局에서 간행한『閑談消夏錄』12권은 朱翊淸의『埋憂集』과 王韜의『遯窟讕言』을 엮어 만들었으며 책 앞의 自序는『埋憂集』의 것을 베낀 것이라서 시기가 同治 13年으로 되어 있다. 光緒 20年 文海書局에서는『埋憂集』을『珠邨談怪』라는 題名으로 바꾸어 石印本으로 출판하였다(寧稼雨 撰,『中國文言小說總目提要』, 齊魯書社, 1996, 361쪽).

5) 이전에 정리했던「청대 문언소설집 한담소하록 연구」논문에서『埋憂集』과『遯窟讕言』의 목차를 소개하고『閑談消夏錄』목차를 비교하여 빠진 작품에 대한 언급을 했었지만, 정확하게 제목이 어떻게 바뀌었는지『閑談消夏錄』344편을 어떻게 구성하게 되었는지에 대한 언급은 부족하였기에 본 논문에서 자세히 밝혔다.

표 1『遯窟讕言』과『埋憂集』목차와 편수

	편수	遯窟讕言 목차 (총 160편)		편수	埋憂集 목차 (총 210편)
卷一	11	天南遯叟, 韻卿, 碧珊小傳, 鸚媒記, 奇丐, 江楚香, 李酒顚傳, 傅鸞史, 劇盜, 江遠香, 夢幻	卷一	14	穿雲琴, 熊太太, 嘉興生, 潘生傳, 周奎, 義犬塚, 戚自詒, 可師, 扛米, 無錫老人, 尸擒盜, 鍾進士, 蛇殘, 賭飯
卷二	13	鶯紅, 何氏女, 劍俠, 吳氏, 鎖骨菩薩, 月嬌, 幻遇, 碧衡, 女道士, 于蕊史, 仇慕娘, 檸檬水, 卜人受誑	卷二	14	雪姑, 吳烈女, 程光奎, 諸天驥, 雷殛, 蟋蟀, 活佛, 通字, 海鰍, 大人, 捕鬼, 郭某, 張癡, 綺琴
卷三	15	瑤姬, 朱慧仙, 黑白熊, 月仙小傳, 媚娘, 珠屛, 蕊仙, 蜂媒, 骷髏, 鏡中人, 掘藏, 二狠, 趙碧娘, <u>陸芷卿, 鴛繡</u>	卷三	18	昭慶僧, 雙做親, 周爛面, 狗糞飯, 邵士梅, 沈卜年, 陳三姑娘, 大人, 雲雨, 春江公子, 霧淞, 疫異, 水災, 穀裏仙人, 白雀, 龜王, 薛見揚, 考對
卷四	12	芝仙, 鄒苹史, 賈芸生, 諸葛爐, 李仙源, 翠駝島, 郭生, 凌洛姑小傳, 攝魂, <u>汪秀卿, 慧兒, 雙影</u>	卷四	14	人形獸, 異蛇, *稱掀蛇, 名醫, 手技, 田雞敎書, 鐵兒, 金蝴蝶, 柿園敗, 慧娘, 賈荃, 支氏, 墮胎, 捉奸
卷五	14	蝶史瑣紀, 周髯, 魏生, 燕尾兒, 神燈, 巫氏, 梁芷香, 瑣瑣, 李芸, 陸祥叔, 小蒨別傳, 玉姑, <u>嬌鳳, 柳妖</u>	卷五	13	銷陰, 火藥局, 諂禍, 送詩韻, 龜鑑, 陰狀, 箬包船, 金鏡, 藥渣, 傝餅阿六, 秦檜爲猪, 賈似道, 鬼舟
卷六	14	花妖, 珊珊, 范德隣, 古琴, 情死, 駱芳英, 吳淡如, 劉氏婦, 賣瘋, 湯大, 汪女, 單料曹操, 夢異, <u>蘇仙</u>	卷六	24	二僕傳, 段珠, 金三先生, 讀律, 賣詩, 詩讖, 秋燕詩, 樊遲廟, 施氏, 空空兒, 鬼鐙, 祭鱷魚文, 射兎, 馬宏謨, 茅山道士, 葉太史詩讖, 奇獄, 譎判, 錢大人, 夫婦重逢, 官偉鏐, 海大魚, 車夫, 奇兒
卷七	12	香案吏, 魯生, 三麗人合傳, 甯蕊香, 粧鬼, 白玉嬌, 陳玉如, 鍾馗畵像, 黃粱續夢, 麥司寇, <u>霍翁妾, 無頭女鬼</u>	卷七	14	賈義士, 姚三公子, 趙孫詒, 嚴侍郎, 星卜, 常開平遺槍, 人面豆, 奎光, 陳學士, 徐孝子, 男妾, 上智潭黿, 武松墓, 死經三次
卷八	14	<u>尸解</u>, 姚女, 林素芬, 葉芸士, 義烈女子, 三菩薩小傳, 玉筍生, 貞烈女, 說狐, 離魂, 江西神異, 四川神異, <u>鄭仲潔, 雙珠</u>	卷八	15	宅異, 櫃中熊, 遺米化珠, 夢廬先生遺事, 捐官, 辨誣, 金氏, 荷花公主, *夜叉, 奇疾, 眞生, 明季遺車, 樹中人, 陳忠愍公死難事
卷九	18	鬼語, 菊隱山莊, 余仙女, 苗民風俗, 說鬼三則, 雙尾馬, 瘋女, 蘇小麗, 孫藝軒, 汪菊仙, 趙遜之, 石崇後生, 美人局, <u>某觀察, 三元宮僧, 黃媼, 李一鳴, 鶴報</u>	卷九	20	烏桕樹, 獅子, 諂效, 醉和尚, 香樹尙書, 全荃, 周爛鼻, 潘爛頭, 臀癢, 草庵和尙, 樊惱, 許眞君, 茅山道人, 憎鬚, 梁山州, *詩嘲, 陶公軼事, 改名, 負債鬼, 蛇異
卷十	16	産異, 方秀姑, 馬逢辰, 卓月, 蓉隱詞人, 鐵臂張三, 石朝官, 李軍門, 少林絶技, 妙塵, 鐵佛, <u>麗鵑, 顧蓮姑, 張小金, 順天衛, 素響</u>	卷十	16	鬼隷宣淫, 狐母, 七額駙, 瞿式耜, 孫延齡, 縊鬼, 乍浦之變, 虎尾自鞭, 夷船, 甕間手, 挖眼, 狐妖, 織里婚事, *嗅金, 佛時貞觀, 剪舌
卷十一	11	海島, 相術, 范遺民, 李甲, 竊妻, 孟禪客, 眉修小傳, 鬟仙小傳, 綠芸別傳, <u>豔秋, 瓊仙</u>	卷十一	33	劉綎, 黃石齋, 對縊, 生祭, 熊襄愍軼事, 地震, 王秋泉, 蚺蛇, 采龍眼, 大言, 陸世科, 猩猩, 燕妬, 戒貪, 師戒, 牡丹, 柳畵, 湖市, 氷山錄, 泰山, 夷俗, 雙林凌氏, 楊園先生, 水月庵, 腹語, 劉子壯, 熊伯龍, 庫中書, 亂書, 玉人, 天主教, 大膽, 項王走馬埒
卷十二	10	趙四姑, 天裁, 柔珠, 島俗, 鬼妻, <u>鵲華, 陸書仙, 懺紅女史, 于素靜, 髫雲</u>	卷十二	15	無支祈, 人面瘡, 陳句山, 瘞蠶, 償債犬, 剝皮, 仙方, 耿通, 陸忠毅公傳贊, 異獸, 殿試卷, 推背圖, 李自成, 徐珠淵, 毛文龍傳辨

위의 표에서 『遯窟讕言』과 『埋憂集』 목차를 소개하였는데, 『閒談消夏錄』에서는 『遯窟讕言』 작품을 卷上에, 『埋憂集』 작품을 卷下에 두어 총 12卷으로 구성을 하였다. 하지만 앞에서도 언급한 바와 같이 『遯窟讕言』의 목차에서 밑줄 그어진 작품은 『閒談消夏錄』에서 볼 수 없는 작품으로, 그렇게 누락된 작품이 총 30편에 해당되며, 『埋憂集』에 있는 작품들은 모두 수록을 했다. 하지만 『遯窟讕言』과 『埋憂集』 작품을 합한 총 370편중에서 30편을 빼면 340편이 되어야 하는데 『閒談消夏錄』은 총 344편으로 구성되어 있다. 이것은 340편의 단편소설에 기존 『遯窟讕言』과 『埋憂集』에 없는 작품 4편을 더 추가하여 총 344편을 엮었기 때문이다.

이렇게 『閒談消夏錄』에 추가된 작품으로는 卷四上에 「蝶夢」 한 편, 卷八上에도 「飛刈將軍」 한 편, 卷十二上에는 「某女士傳略」, 「附眉珠盒憶○[6]」 등 2편, 이렇게 총 4편에 해당된다. 비록 작품의 출처는 정확히 나와 있지는 않지만, 이렇게 340편에 4편이 추가되어 『閒談消夏錄』 총 344편이 구성된 것이다.

그 외에도 제목이 바뀐 부분도 있다.[7] 『埋憂集』 卷四 「稱掀蛇」가 『閒談消夏錄』 卷四下에서 「畢蛇」로, 『埋憂集』 卷八 「夜叉」가 『閒談消夏錄』 卷八下에서 「夜」로, 『埋憂集』 卷九의 「詩嘲」가 『閒談消夏錄』 卷九下에서 「詩朝」로, 『埋憂集』 卷十 「嗅金」가 『閒談消夏錄』 卷十下에서 「臭金」으로 바뀐 경우가 그러하다.

이렇게 책을 편찬하는 과정에서 작품을 삭제하거나 첨가하기도, 때로는 약간의 제목을 수정하는 작업뿐 아니라, 본문 내용을 간행함에 있어서도 약간의 수정이 가해지는 경우들이 있었다. 본 논문이 국립중앙도서관에 소장되어 있는 한글 번역 필사본 『閒談消夏錄』을 중심으로 연구되었기 때문에 제2권까지의 작품 30편을 살펴보면서, 이에 해당하는 중국어 원문도 30편을 비교 대조하면서 어떤 작품에서 어떤 글자가 바뀌었는지도 살펴보았다.

『閒談消夏錄』이 단편 선본집이기 때문에 일관성이 있다기보다는 짤막한 이야기를 모아 놓은 느낌이 더 강한데, 편찬하는 과정에서 朱翊清의 『埋憂集』 작품은 내용을 그대로 가져온 반면, 王韜의 『遯窟讕言』 작품들을 편찬함에 있어 본문에서 고유명사나 비슷한 의미의 글자를 바꾸어서 책을 간행하였다. 중국어 원문을 한 글자 한 글자 비교해 본 결과 卷一의 「天南遁叟」가 『閒談消夏錄』에서는 「東海老叟」로 바꾸는 등의 고유명사 외에도, 통째로 문장을 삭제하고 조사를 끼워 넣기도 했고, 작품에서 소개하고 있는 옛 典故를 삭제한 경우도 있었다.

---

6) 마지막 글자는 원문 인쇄상태가 불량하여 글자 해독 불가로 ○로 처리함.

7) 『埋憂集』목차를 살펴보면 총 4편의 제목이 조금 바뀌었고, 〈표1〉에서 보는 바와 같이 제목 앞에 '*'를 표시하고 진하게 하여 분별할 수 있게 하였다.

이 부분에 대해서는 『遯窟讕言』과 『閒談消夏錄』을 비교하여 아래 표로 정리하여 보았다.

표 2 『遯窟讕言』에서 『閒談消夏錄』 간행과정에서 바뀐 글자

<table>
<tr><th>제목</th><th colspan="6">遯窟讕言에서 閒談消夏錄 간행과정에서 바뀐 글자</th></tr>
<tr><td>東海老叟</td><td colspan="6">天南遁叟 → 東海老叟</td></tr>
<tr><td>韻卿</td><td colspan="6">蟾 → 蟬</td></tr>
<tr><td rowspan="2">碧珊小傳</td><td colspan="2">喈 → 喈</td><td colspan="2">已 → 巴</td><td colspan="2">撾 → 撻</td></tr>
<tr><td colspan="6">女艷之'願出六百金爲之梳攏媼利其貲許之女'[8]聞有成約 → 女艷之聞有成約</td></tr>
<tr><td>鸚媒記</td><td colspan="2">樓 → 橋</td><td colspan="4">遣 → 遺</td></tr>
<tr><td>奇丐</td><td colspan="2">檀 → 有</td><td colspan="2">屨緉 → 緉屨</td><td colspan="2">一函靑絲千縷書中 → 一函內</td></tr>
<tr><td rowspan="3">傅鸞史</td><td colspan="2">洪楊 → 楊洪</td><td colspan="2">一日偶以言語忤東賊 → 一日東賊</td><td colspan="2">東賊特借吸烟 → 東賊借吸烟</td></tr>
<tr><td colspan="6">指玉搔頭二'事進緻褁以自着紅羅訶黎子遣左右賚呈東賊謂願'[9]結再生緣
→ 指玉搔頭二以[10]結再生緣</td></tr>
<tr><td colspan="6">如楊太眞鈿盒金釵故事'其書曰臣妾傅善祥味死上聞竊以臣妾釵裙弱質蒲柳微姿遭遇聖恩獲侍巾櫛不意福溥災生語言無狀冒瀆尊嚴死無可逭乃蒙特施高厚曲子矜全僅令荷校自思愆戾以後再生之年皆王所賜犬馬微忱曷勝依戀惟是臣妾獲譴以來憂懼縈於寸心神思惝恍如失魂魄短命桃花難消磨乎雨露當秋蓉實終斷送於風霜伏念臣妾忝沐寵光屢叨異數選從下陳位冠內官已極思榮難圖報稱但願訂姻緣於再世盡銜結於來生耿耿此衷幽明無異碧玉生平所佩紅羅內體所衣倘蒙垂念見物如見妾也自玆訣別無任低徊千萬珍重祈賜省覽'[11]東賊 → 如楊太眞鈿盒金釵故事東賊</td></tr>
<tr><td>劇盜</td><td colspan="6">茅屋客 → 茅屋西客, 偕 → 皆,</td></tr>
<tr><td>江遠香</td><td>目 → 自</td><td>令 →合</td><td>衾 → 衣</td><td>彤 → 同</td><td>而聲愈低怨 而聲低怨</td><td>已 → 曰</td></tr>
<tr><td>夢幻</td><td colspan="2">觴 → 觸</td><td colspan="4">穉 → 椎</td></tr>
</table>

위의 표를 보면 王韜의 『遯窟讕言』의 작품을 선별하여 선집을 만들면서 몇몇 글자와 문장을 생략하거나 추가한 경우가 눈에 보인다. 卷二까지 비교해본 결과 주로 卷一上에 해당하는 작품에서 이체자를 찾아 볼 수 있었고, 크게 네 가지 양상으로 구분할 수 있다.

8) 『遯窟讕言』에서만 있는 부분.
9) 원문 『遯窟讕言』에 있으나 『閒談消夏錄』 간행과정에서 생략된 부분.
10) '事進緻褁以自着紅羅訶黎子遣左右賚呈東賊謂願'를 생략하고 조사 '以'를 끼워 넣음.
11) 원문 『遯窟讕言』에 있으나 『閒談消夏錄』 간행과정에서 생략된 부분.

(1) 비슷한 뜻의 단어 및 비슷하게 생긴 한자로 바꾼 경우

蟾 → 蟬, 喈 → 啫, 已 → 巴, 撾 → 撻, 樓 → 橋, 遣 → 遺, 檀 → 有, 偕 → 皆, 目 → 自, 令 → 合, 衾 → 衣, 肜 → 同, 巳 → 曰, 觴 → 觸, 穉 → 稚 등처럼 비슷한 뜻의 다른 단어로 바꾸거나 비슷하게 생긴 글자로 잘못 인쇄된 경우들을 볼 수 있다. 대개 한 글자를 바꾼 경우들에 해당되는데, 글자를 잘 못 판단한 誤記의 케이스라고 추정할 수 있다.

(2) 두 글자 단어를 의도적으로 순서를 바꾼 경우

「東海老叟」에서는 天南 → 東海처럼 제목자체를 바꾸기 위해, 내용에 나오는 이름과 고유명사, 지명을 의도적으로 바꾼 경우가 있고, 「奇丐」에서는 屢繩을 繩屢으로 바꾸되, 뛰어남을 의미하는 단어로 그대로 사용하였고, 「傅鸞史」에서는 洪楊은 楊洪으로 바꾸었는데, 이것은 '홍양'의 난을 '양홍'의 난으로 전체 내용과 상관없는 명사를 바꾸어준 경우에 해당된다. 이런 단어를 바꾼 것은 내용에는 지장을 주지 않는 선에서 다분히 의식적으로 부분적인 개작을 한 경우라고 보아야 할 것이다.

(3) 일부 단어나 문장을 생략한 경우

「碧珊小傳」의 작품 "女艶之願出六百金爲之梳攏媼利其貲許之女聞有成約"라는 문장 중에서 '願出六百金爲之梳攏媼利其貲許之女'에 해당하는 문장을 다 삭제하고 '女艶之聞有成約'라고 내용을 축소했다. 그리고 「奇丐」에서도 "一函青絲千縷書中" 이라는 문장에서 '青絲千縷書中'을 생략하고 '中'대신 '內'를 첨가하여 '一函內'로 압축했다. 「傅鸞史」에서는 "一日偶以言語忤東賊"이라는 문장을 '偶以言語忤'를 생략하고 '一日東賊'로 줄였으며, "東賊特借吸烟"라는 문장에서는 '特'을 생략하고 '東賊借吸烟'로 만들었다. 또한 「江遠香」에서는 "而聲愈低怨" 문장에서 '愈'를 생략하고 '而聲低怨'라고 문장을 완성했다.

그 외에도 하나의 이야기 전체를 생략한 경우도 있다. 「傅鸞史」라는 작품에서 양태진의 금비녀에 관한 고사 전체를 생략한 경우가 이에 해당된다. 예를 들면, "如楊太眞鈿盒金釵故事'其書曰 : 臣妾傳善祥昧死上聞竊以臣妾釵裙弱質蒲柳微姿遭遇聖恩獲侍巾櫛不意福溥災生語言無狀冒瀆尊嚴死無可逭乃蒙特施高厚曲子矜全僅令荷校自思愆戾以後再生之年皆王所賜犬馬微忱曷勝依戀惟是臣妾獲譴以來憂懼縈於寸心神思惝怳如失魂魄短命桃花難消磨乎雨露當秋蓉實終斷送於風霜伏念臣妾忝沐寵光屢叨異數選從下陳位冠內官已極思榮難圖報

稱但願訂姻緣於再世盡銜結於來生耿耿此衷幽明無異碧玉生平所佩紅羅內體所衣倘蒙垂念見物如見妾也自玆訣別無任低徊千萬珍重祈賜省覽'東賊"에서도 '예를 들면 양태진의 세 합금비녀 고사' 다음에 이어지는 부분 "그 책에 이르길"부터 생략하여 전체 이야기가 사라지고 바로 東賊이 언급된다. 아마도 이야기 흐름에 있어 필요 없다고 생각된 부분을 편찬자의 의도대로 삭제해버린 듯하다.

(4) 일부 단어를 추가한 경우

마지막으로 일부 단어를 추가한 경우도 있는데, 예를 들면 "指玉搔頭二'事進繳裹以自着紅羅訶黎子遣左右賚呈東賊謂願'結再生緣"에서 '事進繳裹以自着紅羅訶黎子遣左右賚呈東賊謂願' 문장을 먼저 한꺼번에 생략하고 조사 '以' 한 글자를 넣어서 '指玉搔頭二以結再生緣' 문장으로 간략하게 만들어 주었다. 이런 경우는 굳이 없어도 해독이 가능한 문장의 일부분을 생략하고, 글의 가독성을 위해 조사를 넣어준 경우에 해당된다. 또한 「劇盜」라는 작품의 '茅屋客'에서 『遯窟讕言』 원문에 없었던 '西'를 추가하여 "茅屋西客"문장을 완성시킨 경우도 있는데, '西'를 넣어줌으로써 客이 어디에서 온 客인지 더 명확하게 전달되는 장점이 있다.

이상 『閒談消夏錄』 2권까지의 원문을 살펴본 결과 『閒談消夏錄』을 간행할 당시 일부 편집이 이루어졌는데, 주로 『遯窟讕言』 원문을 수정했음을 알 수 있었다. 그 외에도 『遯窟讕言』의 권12와 『閒談消夏錄』 권12 상권을 살펴보면 『遯窟讕言』 원래 10개 작품 가운데 5개 작품만 남기고 「鬼妻」, 「某女士傳略」 등 3개 작품이 새롭게 더 추가되어 있어, 작품을 차용함에 있어 간행자의 의도가 상당히 반영되었음을 알 수 있다.

2) 한글 번역 필사본 『閒談消夏錄』 내용

국립중앙도서관에 소장되어 있는 한글 번역 필사본은 奎章閣에 소장되어 있는 外史氏의 『閒談消夏錄』 중국 판본과는 많은 차이가 있다. 중국의 원본은 총 12卷 12冊으로 되어있지만 한글 번역 필사본은 2卷까지만 번역되어 있다. 전에 이 판본을 살펴보고 연구할 당시에는 중간중간 몇 편이 빠져있다고 생각했는데, 이번에 연구하면서 세세히 살펴보니 중국원본을 그대로 순서에 맞게 번역해 놓았음을 확인할 수 있었다.

그리고 중국 판본이 12卷 12冊인 반면, 한글번역 필사본은 총 16권으로 구성되어 있다. 〈그림1〉에서 확인할 수 있듯이 표지에 '共十六 卷之一', '共十六 卷之二'라고 되어 있다. 아마도

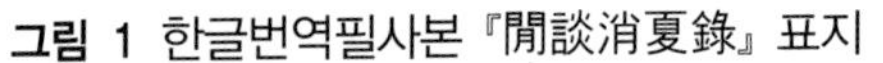
그림 1 한글번역필사본 『閒談消夏錄』 표지

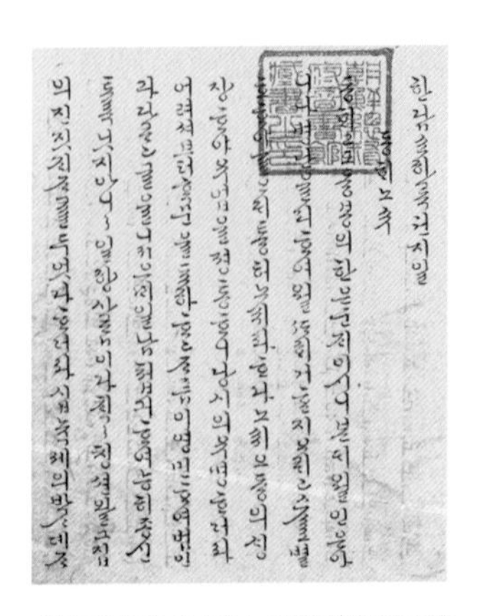
한담쇼하록권지일

그림 2 한글번역필사본 『閒談消夏錄』 첫장

번역하는 과정에서 목차 구성을 달리 했을 가능성이 있어 보이며, 표지에 '共十六'이라고 한 것으로 보아, 전권 16권이 다 번역되었을 것으로 추정된다. 다만 현재 卷一과 卷二만 남아있는 것으로 확인되기에, 나머지는 일실된 것으로 보인다. 全文이 번역되었을 것이라고 추정하는 이유는 표지에 '共十六 卷之一', '共十六 卷之二'이라고 일련번호가 넘버링 되어 있는데, 이것은 총 16卷으로 구성된 것의 일부란 뜻이 된다. 때문에 12卷으로 되어있던 중국판을 번역하면서 한글번역 필사본은 이미 '共十六'으로 구성하고 번역되었다는 점을 반증하는 것이다.

번역 필사의 방식은 10行 20餘 字 안팎으로 되어 있으며, 글씨체는 宮書體로 깔끔하게 쓰여져 있다. 역관들이 번역을 하는 정황은 주로 왕실이나 권력자의 명령에 의해서가 대부분이지만, 아마도 1880년 전후 국내에 유입되어 중국어에 능통했던 역관이 번역했을 가능성이 가장 크다고 볼 수 있다.[12] 아마도 당시 중국어에 능통했던 이종태와 같은 역관들이 여러 문인들과 더불어 중국소설 백여 편을 번역했다는 기록이 남아있는 것으로 보아 이 당시에 번역된 것으로 추정된다.

이렇게 하여 표제는 〈그림 1〉에서 보는바와 같이 '閒談'을 빼고 '消夏錄'이라고만 표기하고 있다. 이 때문에 더더욱 한글소설로 잘못 해제가 되었던 것이다. 겉표지를 넘기면 속표제에 한글로 '한담쇼하록 권지일'과 '한담쇼하록 권지이'라고 되어 있고, '卷之一' 시작의 「동해노수」

---

12) 1393년 역관 양성을 위해 司譯院이 설치된 이래, 전문적인 외국어 교육뿐 아니라 필사를 위한 글씨체도 가르쳤다. 비록 중인에 해당하여 신분은 그다지 높지는 않았지만, 조선후기 박지원의 〈양반전〉소설에서도 알 수 있듯이 주인공 '허생'이 당시 갑부인 역관에게 돈을 빌리러 가는 정황 등을 보면 그들은 상당한 부를 형성하고 있었다. 이들은 공식적인 '使行'이라는 명분을 앞세워 어느 정도의 무역을 주도할 수도 있었고, 때론 자신들이 필요한 서적을 구입해서 들어와, 국내 세책업자나 문인에게 판매하는 것도 가능했다. 뿐만 아니라 이들은 조선말기 조정의 명으로 외국의 서적을 번역하기도 했다.

부분에 "日本總督府圖書館藏書之印"이 찍혀있다.

한글 번역필사본 『閒談消夏錄』을 보면 1권 上에는 「동히노슈」·「운경」·「벽산소전」·「잉매긔」·「긔ᄀᆡ」·「강초향」·「니쥬젼뎐」·「부란ᄉᆞ」·「극도」·「강원향」·「몽환」, 1권 下에는 「쳔운금」·「웅태태」·「가홍생」 등 총 14명의 인물에 대한 일화가 수록되어 있으며, 2권 上에 「반생전」·「쥬규」·「의견총」·「척ᄌᆞ이」·「가ᄉᆞ」·「강미」·「무셕노인」·「시금도」·「종진ᄉᆞ」·「샤잔」·「도반」, 2권 下에 「잉홍」·「하시녀」·「검협」·「오시」·「쇄골보살」 등 총 16명의 인물에 대한 일화가 수록되어 있어, 총 30명의 인물에 대한 일화가 정리되어 있다.

표 3 한글번역필사본 『閒談消夏錄』의 구성

	閒談消夏錄	출전	내용	시대 및 작가평	분류
卷一上	東海老叟	遯窟讕言	세상의 어지러움을 피해 몸을 숨겼지만 뛰어난 재능을 숨길 수 없는 노수를 묘사	없음	지인
	韻卿	遯窟讕言	뛰어난 재능을 가진 손운경이 죽을 고비를 넘기고 작은 암자를 짓고 수행을 함	없음	불교
	碧珊小傳	遯窟讕言	전란에 기루에 버려진 벽란이 자살했으나, 다시 살아나 겨우 송군을 만나 부인직첩까지 받게 됨	없음	애정
	鸚媒記	遯窟讕言	방영선이 앵무새의 도움으로 시사에 능한 용모 뛰어난 임소저를 만나게 됨을 묘사	없음	애정
	奇丐	遯窟讕言	시심천이 우연히 걸인을 도와줌, 후에 시심천이 도적에게 잡히었을 때 옛 걸인에 의해 목숨을 구함	逸史氏	영웅
	江遠香	遯窟讕言	전당포 주인 양생은 협객의 딸 강초향을 얻어 행복했으나, 강초향이 모친상 후 도를 닦음	逸史氏	도교
	李酒顚傳	遯窟讕言	술을 잘 마셨던 이칠이 고지향과 '취선도'를 마셨다가 광인이 되었으나, 수년 후에 도인의 도움으로 고침	없음	지인
	傅鸞史	遯窟讕言	금릉의 부란사가 전란때에 운 좋게도 적장을 모시고 신임을 얻었지만, '모향암'에 갔다가 출가함	없음	불교
	劇盜	遯窟讕言	협객 유양구가 도적을 상대하려다 오히려 대적하지 못하고 스스로 능력이 부족함을 깨닫게 됨	없음	풍자
	江楚香	遯窟讕言	전란에 적장의 말 기르는 군사로 들어간 지린이 겨우 부인 강원향을 만나 남장을 시켜 도망치는 내용	逸史氏	애정
	夢幻	遯窟讕言	반명경이 암자에 묵다가 여인 하나와 희롱하다 개짖는 소리에 몸을 피했다 나오니 옥비녀만 남아있었음	없음	풍자
卷一	穿雲琴 쳔운금	埋憂集	구곡도사 망전이 양귀비가 탔다는 '천운금'을 얻는 과정을 묘사	강희/ 外史氏	지괴

下	熊太太	埋憂集	전란에 오룡산에서 길을 잃어 곰과 지내다 곰 닮은 아들 낳음, 후에 공을 세워 어미 곰이 웅태군에 봉작	선종/外史氏	지괴
	嘉興生	埋憂集	가흥생 이모씨가 삼생의 악연이 얽힌 귀신이 나타나, 안경을 쪼개어 버려 처방하고 원귀를 쫓음	도광/없음	지괴
卷二上	潘生傳	埋憂集	반생이 여인을 버리고 과거급제 후 다른 여자와 결혼하자, 그 충격으로 죽은 여인의 혼이 반생을 죽임	없음	애정
	周奎	埋憂集	숭정황제 장인 주규가 이자성에게 항복하고, 청에 항복하니, 노복이 재산을 취하고 주규를 죽임	숭정/없음	역사
	義犬塚	埋憂集	백정이 늘 데리고 다니던 개가 백정이 건달에게 살해당한 것을 사람들에게 알리고 백정 옆에서 죽음	없음	지괴
	戚自貽	埋憂集	여자를 밝히던 척자이가 부인 권고를 듣지 않고, 귀신에게 홀려 음정이 멈추지 않아 숨을 거두게 됨	없음	지괴
	可師	埋憂集	승려가 법당 뒤에서 몰래 여인과 사통 하다가 발각되어 제자를 죽여 우물에 버렸으나, 결국 밝혀짐	外史氏	공안
	扛米	埋憂集	공부에만 전념하여 궁핍해진 모생이 노복의 집에 찾아가 오두미를 얻었으나, 가져올 기력이 없음	없음	풍자
	無錫老人	埋憂集	무석현의 노인집에 들어온 도둑이 예전 아는 지인의 아들이라 후하게 대접하여 바르게 살게함	없음	지인
	尸擒盜	埋憂集	김옹의 아들은 술먹고 노름하여 가산 탕진하여 결국 부모와 조상 무덤에서 귀금속을 취하여 팔게됨	가경/外史氏	사회
	鍾進士	埋憂集	양생은 여우정령이 나타난다는 곳에 숙박을 하였어도 종진사[13]의 후신이라 아무 탈이 일어나지 않음	없음	지괴
	蛇殘	埋憂集	술에 취하여 뱀의 뱃속에 빠졌으나 술로 인해 뱀의 독기를 맞지 않고 칼로 뱀을 찌르고 겨우 살아남	없음	지괴
	睹飯	埋憂集	밥을 잘 먹는 백화가 그 종실 모장군과 누가 더 밥을 잘 먹는지 내기를 하는 내용	건륭/없음	지인
卷二下	鶯紅	遯窟讕言	꾀꼬리 태몽을 꾸고 태어난 앵홍은 전란을 만나 장군의 첩으로 들어가게 되지만 장군이 죽자 성불함	없음	불교
	何氏女	遯窟讕言	시덕운의 아내를 탐한 주인이 여자가 귀신일것이라고 도사를 소개, 결국 도사에 의해 아내가 죽음	없음	사회
	劍俠	遯窟讕言	유남이라는 협객이 자신의 밀린 밥값을 내준 오운암의 은혜를 갚고 유유히 사라짐	없음	협의
	吳氏	遯窟讕言	소주 오생이 자식 없이 지내다 북경에서 향처과 아들 둘을 두고 10여년 후 모두 모여 함께 살게 됨	없음	인정
	鎖骨菩薩	遯窟讕言	화상 서운이 우연히 명사들이 교류했다던 사천에 있는 금계방에 묵었다가 쇄골보살의 화신을 만남	없음	불교

우선 〈표 3〉을 통해『閒談消夏錄』의 구성을 살펴보면 卷一上과 卷二下에『遯窟讕言』의 작품을 각각 11편, 5편을 두어 총 16편이 실려 있고, 卷一下와 卷二上에『埋憂集』의 작품을 각각 3편, 11편을 두어 총 14편을 실어 총 30편이 구성되었다.

작품을 통해 시대적 배경을 추론하려고 하였으나,『遯窟讕言』은 '어디에 사는 누구 ○○○'로 시작을 하여, 정확한 시대를 알 수가 없었고, 그나마『埋憂集』은 간혹 '○○년간 어디의 누구' 로 시작하는 작품이 있어서 시대적 배경을 추론할 수 있었다. 작품 중 명확하게 시대가 언급된 작품은 30작품 중에서 총 6작품으로「穿雲琴」이 康熙 年間,「熊太太」가 明 宣德 年間,「嘉興生」이 道光 年間,「尸擒盜」가 嘉慶 年間,「賭飯」이 乾隆 年間을 배경으로 하고 있다. 이를 근거로『閒談消夏錄』은 주로 明初에서 淸 道光이후 말엽까지의 사건들이 담겨져 있음을 추론해 볼 수 있었다.

작품의 특징을 보면『閒談消夏錄』작품이 王韜의『遯窟讕言』과 朱翊淸의『埋憂集』의 선본집이어서 그런지 원문에 담겨있는 작가의 評을 그대로 가져와 출판하였다. 모든 작품에 작가의 평이 들어있지는 않지만『遯窟讕言』의 몇몇 작품 뒤에는 逸史氏 評이 있고,『埋憂集』의 몇몇 작품에는 外史氏 評이 그대로 남아있다. 작가의 평이 남아있는 작품은『遯窟讕言』의「奇丐(긔기)」,「江遠香(강초향)」,「江楚香(강원향)」에 逸史氏 評이 있고,『埋憂集』의「穿雲琴(쳔운금)」,「熊太太(웅태태)」,「可師(가亽)」,「尸擒盜(시금도)」에 外史氏 評이 남아있다.

이렇게 작품의 뒤에 작가의 評을 덧붙이는 글쓰기 방식은 중국 역사서에서 흔히 볼 수 있는 형식이다. 예를 들면『晏子春秋』나『韓非子』에서의 '君子曰'이나, 司馬遷『史記』의 '太史公曰'도 그런 대표적인 예이다. 역사적 사실을 거론함에 있어 작가는 褒貶의 정신을 가지고 사실을 객관화하여 바라보는 시각을 가졌다. 이것은 故事를 서술함에도 그대로 적용됐는데, 소설을 예로 들자면 淸代 蒲松齡의『聊齋志異』에서 보이는 '異史氏'가 대표적이다. 蒲松齡이 자신을 '異史氏'로 지칭한 것처럼, 王韜 역시 자신을 '逸史氏'로, 朱翊淸은 자신을 '外史氏'로 지칭하여, 마치 있는 이야기를 그대로 옮겨놓고 전하는 것처럼 이야기의 褒貶을 통해 권선징악적인 교화를 더 명백히 드러내려고 시도했던 것이다.

『閒談消夏錄』작품은 이렇게 많은 부분에서『聊齋志異』와 닮아있다.『聊齋志異』를 모방한 작품들도 있고, 더러는 태평천국과 같은 농민들의 혁명이나, 부패한 관리에 대한 비판적 내용을 비롯해서『儒林外史』처럼 八股文과 과거제도의 폐해를 풍자하기도 한다.[14] 그 외에도 淸

---

13) 중국에서 역귀나 마귀를 쫓는다는 신.

14)『遯窟讕言』은『聊齋志異』의 문체를 모방하여 태평천국과 관련된 일화들을 소재로 삼아 쓰기도 했고, 홍공

代 雜事들을 모아놓은 것도 있는 등, 344편의 내용은 매우 광범위하다.15)

하지만 본 논문에서는 한글로 번역되고 필사된『閒談消夏錄』30편의 내용을 중심으로 분석을 시도해 보려고 한다. 이 소설집이 문언소설의 특성상, 唐 傳奇와『聊齋志異』의 영향에서 벗어날 수 없기에 내용도 전반적으로는 지인 지괴의 내용을 담고 있는 것들이 대부분이다. 위의 표에서도 알 수 있듯이 내용을 분류함에 있어 모호한 경계에 있는 작품들도 있기에, 기존의 분류체재를 따르기 보다는 한 작품 한 작품 읽고 편의상 6가지 체재로 나누어서 살펴보았다. 첫째 志人과 志怪, 둘째 俠義와 公案, 셋째 愛情과 人情, 넷째 社會와 諷刺, 다섯째 歷史와 英雄, 여섯째 佛敎와 道敎類로 나누었다.

(1) 지인, 지괴류

지인, 지괴류는 30편의 작품 중, 총 11작품 정도를 추려냈다.「東海老叟(동히노슈)」·「李酒顚傳(니쥬젼뎐)」·「穿雲琴(쳔운금)」·「熊太太(웅태태)」·「嘉興生(가흥생)」·「義犬塚(의견총)」·「戚自貽(척즈이)」·「無錫老人(무셕노인)」·「鍾進士(종진ᄉ)」·「蛇殘(샤잔)」·「賭飯(도반)」등의 작품으로 주로 인물에 대한 이야기나 신괴류나 귀신 이야기까지 포함을 시켰다. 우선 작품별로 그 내용을 간단히 소개해 보겠다.

의 풍물과 작가의 생활을 반영하기도 했다.「傳鸞史」·「范德隣」·「無頭女鬼」·「江西神異」등 20여 편의 작품은 태평천국의 농민혁명에 대한 내용을 대표적으로 반영한 작품들이다. 그 외「二狼」과 같은 작품은 上海 川沙에 사는 顧氏와 蔣氏 두 사람이 마을에서 권세가로 군림하여 민간인을 억압하고 만행을 저질러 사람들이 그들을 '二狼(두 마리 이리)'로 불렀다는 고사를 풍자한 이야기이다.「碧蘅」과「魏生」등은 각각 八股文의 무용함을 지적하고 재능이 없는데도 1등으로 합격했다가 망신을 당하는 선비의 이야기를 소개하였는데 이를 통해 과거제도의 폐해를 풍자하였다 (유희준 · 민관동,「청대 문언소설집 한담소하록 연구」『중어중문학』제53집, 2012. 12. 참고).

15)『埋憂集』은 대부분 淸代 이래의 雜事로, 귀신이나 괴이한 일에 관한 것과 異聞·考證 등을 엮어 놓았다. 권2「諸天驥」의 경우 전반부는『聊齋志異』「羅刹海市」와「粉蝶」의 내용과 많이 흡사하다. 실의에 빠져있는 文人의 白日夢을 그려내고 있는데, 전반부는 가치관이 전도된 나라 이야기이고 후반부는 女兒國 이야기이다. 권8「眞生」은『聊齋志異』「葉生」이야기에 근거한 것으로 남녀 애정을 다룬 이야기이다. 이 외에도 당시 역사적 사실을 다룬 빼어난 작품들도 적지 않다. 예를 들어, 권8의「陳忠愍公死難事」는 道光 年間 閩省 水師提督 陳化成이 영국군에 항거한 사실을 기록하고 있으며, 권10의「乍浦之變」은 영국군이 사포를 공격하여 양민들을 죽인 참상을 기록하고 있다. 또한 공안 이야기와 형벌의 참혹함을 묘사한 이야기들도 볼 만한 것이 많다.「穿雲琴」과「熊太太」,「薛見揚」은 독창성이 돋보이는 작품들로 손꼽힌다 (유희준 · 민관동,「청대 문언소설집 한담소하록 연구」『중어중문학』제53집, 2012. 12. 참고).

① 「東海老叟(동히노슈)」: 이 이야기는 王韜의 傳記와도 같은 내용을 담고 있다. 老叟는 왕도의 號 '遯叟'를 가리키는 것으로 王韜가 홍콩으로 가서 벼슬하지 못하고 은둔하며 지내는 생활을 서술하고 있다. 세상의 어지러움으로 인해 홍콩에 몸을 피해 있었지만 囊中之錐처럼 재능을 감출 수 없는 작가 王韜의 비범함이 글 속에 나타나 있다.

② 「李酒顚傳(니쥬젼뎐)」: 이칠지생이 사는 집 뒤에 있는 샘물은 유난히 청결하여 그 물로 빚은 술은 특히 맛이 좋았다. 술을 잘 마시는 자가 있으면 백금의 상을 주겠다는 방을 내걸었으나, 이칠의 주량을 이기는 자가 없자, 주량이 세기로 이름난 고지향을 찾아갔다. 그 집 앞에 술 잔 세 개가 놓여있었는데, 큰 잔은 한 섬 술, 중잔은 그 절반, 소잔은 술 서 말에 해당하는 양이었다. 고지향과 능히 술친구가 되어 그 고군 집에 있는 '취선도'를 마시니 실성한 광인이 되어 아무리 약을 처방해도 낫지 않았다. 수년 후에 한 도사가 이칠의 병을 낫게 하고 몇 년째 죽어있던 고지향을 회생시킨다.

③ 「穿雲琴(쳔운금)」: 강희연간 구곡도사 망전은 부모를 여의고 노산에 들어가 거문고를 즐기며 은둔하는 자이다. 우연히 양귀비가 타고 놀았다는 거문고 穿雲琴을 외룡의 집에서 보고는 아쉬워 돌아가지 못하고 그 마을에 머물며 거문고 생각만 한다. 어느날 한 여인이 찾아와 망전을 모시게 되는데, 도를 닦은 도사가 보기에는 인간이 아닌 듯 했다. 망전이 여인을 안고 잠자리에 들었을 때 도사가 밖에서 도술을 외운다. 아침에 일어나보니 망전이 안고 있던 것은 여인이 아니라 바로 천운금이었다.

④ 「熊太太(웅태태)」: 선종연간 진종악의 아비가 전장에 나갔다가 오룡산에서 길을 잃었는데, 곰 한 마리가 자신의 소굴로 데려가 지내게 된다. 곰이 새끼 하나를 낳았는데 사람의 형상이고 4년이 되니 8, 9세 된 사람 같았다. 곰이 나간 틈을 타서 아이를 데리고 도망쳐 가까스로 옛 집에 돌아 왔다. 아이가 장성하여 활쏘기와 말타기를 좋아하는 용맹한 자가 되었으나 어미에 대한 정을 잊지 못하고 결국 어미를 찾아가 데려오게 되고 다 같이 지내게 된다. 발적이 경사를 침범하여 난이 일어나자 종악이 모두 평정하였는데, 이런 용맹한 아들을 낳은 곰을 봉작하여 웅태군이라 하여, 사람들이 곰을 웅태태라고 부르게 되었다.

⑤ 「嘉興生(가흥생)」: 도광연간 절강 향시 가흥 학생 이모씨가 등불을 돋우며 시를 지어 놓고 낭독을 하고 있을 때 갑자기 여자 귀신 하나가 나타나 생을 보고 백 여 년을 찾아다녔다 한다. 그 선비는 삼생에 얽힌 악연을 끊기 위해 관우신이 일러준 대로 열손가락에 주사를 바르고 악귀를 막아낸다. 또한 다른 원귀의 원한을 풀기 위해 사람의 안경하나를 쪼개어 버리니 모여 있던 원귀들이 다 흩어졌다. 이모씨는 그 이후 절대 과장에 들어가

지 않았다는 이야기이다.

⑥ 「義犬塚(의견총)」: 오강 시골 아낙 조씨는 효성이 지극하여, 병든 어머니에게 다녀오는 길에 절문 밖에서 밥을 짓고 있는 걸인 둘에게 불을 얻고자 했다. 두 걸인은 '화상'과 관계있는 여인으로 착각하여 여인을 겁박하고 옷을 벗기고 목을 졸라 죽이고 버렸다. 운 좋게 이웃 백정의 도움으로 목숨을 구하고 남편에게 알려 현령에게 고소하게 된다. 백정에게는 늘 곁을 지키는 개 한 마리가 있었는데, 어느 날 개가 짖어대며 사람들을 이끌고 언덕으로 올라가니 그곳에 백정이 죽어있었다. 개는 사람들에게 알린 후 백정 곁에 누워 죽음을 맞는다. 백정 아들이 현령에게 고하여 걸인을 잡아 죽이고, 그 개를 무덤 옆에 묻고 의견총이라 하였다.

⑦ 「戚自貽(척ᄌᆞ이)」: 척자이는 도량이 넓은 사내였으나 청루주사에 돈을 아끼지 않아 집안이 점점 쇠하여지고, 나이 사십에 자식도 없이 음허증을 앓으니, 처가 행실을 고치라고 하여도 투기를 한다고 꾸짖었다. 그 후에 젊은 여자 하나를 만나 운우지정을 나누었는데, 여자가 곧 돌아오겠다고 하고 나갔는데, 베개를 더듬어보니 작은 신발이 있었다. 이 신발을 소매에 넣어 가지고 나오니 그때부터 음정이 넘쳐흘러 병으로 죽게 되었다. 사람들 말이 이곳에 한 남자와 결혼을 약속했다가 약속이 어그러져 자결한 여자 귀신이 있었는데, 선비가 만난 여자가 그녀일 것 이라고 하였다.

⑧ 「無錫老人(무셕노인)」: 무석현의 노인이 연말에 잠이 오지 않아 누웠는데, 도둑이 들었다. 자세히 보니 옛날 아는 분의 아들이었다. 수백금을 쥐어주고 새해를 지내고, 자본금으로 삼으라고 하니 부끄러워 타지로 옮겨 생활하였다. 몇 년 후 노인을 찾아가니 그 집에 누가 목을 매어 죽어 있어, 뱃사공을 불러 물에 던지고 돌아갔다가 몇 년 후 다시 노인을 찾아와 이전에 있었던 일을 고하니, 그 사람은 일전에 노인의 아들과 싸우다가 죽은 사람이라 하면서 현질의 착한 사람됨을 극히 칭찬하였다.

⑨ 「鍾進士(종진ᄉᆞ)」: 전효렴은 도성에 들어갔다가 사람들이 없는 곳에 묵었는데, 여우정령인 두 여인을 접하게 된다. 다행히 아무 탈 없이 행장을 수습하여 서둘러 떠났다. 우연히 양모씨를 만나게 되어 절대 그곳에 숙박하지 말라고 이른다. 하지만 양생이 묵는 동안 여우가 나타나지 않아, 노복에게 그 연유를 물으니, 양생의 생김새가 '종진사'의 후신이기 때문에 나타나지 못하는 것이라고 하였다. 과연 양생의 얼굴이 검고 삵의 눈을 하고, 구레나룻이 빰을 덮은 '종규'의 형상과 비슷하였다.

⑩ 「蛇殘(샤잔)」: 뱀의 형상을 한 사람이 말하길 일전에 술에 취하여 산길을 가다가 실족하여 구덩이 같은 곳에 빠졌는데 손으로 더듬어보니 미끄럽고 비린내가 심하여, 물고기 뱃속

에 있다 생각하여 칼로 찌르고 가까스로 도망 나왔다고 한다. 그 다음날 가보니 길이 십여 장이나 되는 뱀이 칼로 찔려 죽어있었다. 이 사람이 술이 만취하여 다행히 뱀의 독기를 맞지 아니한 것이라고 한다. 이 사람 성은 구씨였으나 사람들이 사잔이라고 불렀다.

⑪「賭飯(도반)」: 건륭연간 오시랑 백화는 밥을 잘 먹는 사람으로 종실 모장군도 밥을 잘 먹어 이들은 누가 더 밥을 많이 먹는지 내기를 하곤 했다. 한번은 시랑이 34그릇 장군이 35그릇, 또 한 번은 장군은 맨밥만 섭취하여 20그릇, 시랑은 고기와 먹어서 36그릇을 먹었다. 그 내용에 이어 『史記』와 『전연록』에 기록된 밥 잘 먹는 인물들에 대한 소개들이 언급되어 있다.

(2) 협의, 공안류

협의, 공안류는 총 2작품으로 협객에 관한 이야기나, 소송사건 등 공안류에 해당하는 작품으로 30편 중에서 「可師(가ᄉᆞ)」·「劍俠(검협)」 등의 작품이 여기에 속한다.

① 「可師(가ᄉᆞ)」: 풍등암의 중 가사는 불당 뒤에 방을 따로 두고 여인과 사통을 즐겼다. 한 제자가 그 사실을 알게 되자 죽여 폐한 우물에 넣고 기와로 덮어 버리고, 사람들에게는 물건을 훔쳐 도망갔다고 알렸다. 수개월이 지나 어린아이 몇 명이 우물가에서 놀다가 시신을 발견하였는데, 맞아 죽은 흔적이 있는 그 실종된 중이었다. 읍령이 즉시 나와 불당 뒤의 화려한 방을 조사하고 중과 여인을 붙잡아 감옥에 가두고, 중은 저잣거리에 내여 칼로 머리를 일곱 번 찍은 후 죽였다.

② 「劍俠(검협)」: 오운암이라는 선비가 우연히 무창에서 놀다가 유남이라는 협객을 도와준다. 삼 개월의 밀린 밥값 십금을 갚아주고 몸을 구해주었는데, 이 은혜를 갚기 위해 유남은 오운암의 친구를 과거 급제할 수 있도록 도와주고 대가로 받은 돈을 오생에게 나누어 준다. 늘 오생에게 갚을 은혜를 생각하며 결국 공명을 이루게 해주고, 자신은 유유히 사라진다.

(3) 애정, 인정류

애정, 인정류는 사랑과 관련되거나, 사랑은 아니더라도 가족 간의 情과 사랑에 관한 이야기가 담겨있는 작품들을 추렸고, 30편의 작품 중 「碧珊小傳(벽산소전)」, 「鸚媒記(잉매긔)」, 「江楚香(강원향)」, 「潘生傳(반생전)」, 「吳氏(오시)」등 총 5편의 작품이 해당된다.

① 「碧珊小傳(벽산소전)」: 전란 중에 살아난 10세 소녀 벽란은 유모의 도움으로 다행히 귀하게 키워졌으나, 유모의 아들에 의해 결국 기루에 떨어진다. 깨끗한 벽산이 기루의 생활을 견디지 못해, 자살을 시도하고 죽었으나, 저승에서 청포를 입은 백발노인을 만나게 되고 '목원허'에 의해 구해질 것이라는 말을 듣고 회생하게 된다. 다시 살아난 벽산은 어느 날 기루에 와서 놀던 송군 등영의 눈에 띠게 되고, 송군이 벽산의 몸값을 더 후하게 쳐주고 데려온다. 이 둘은 시와 비파를 즐기며 정을 나누었으며, 그 정이 한없이 깊었다. 알고 보니 백발노인이 자신을 구해줄 것이라고 했던 사람이 바로 송군이었다. 후에 송군은 어사대부에 이르고, 벽산은 부인직첩을 받게 된다.

② 「鸚媒記(잉매긔)」: 방영선은 금석 고문의 해법에 능한 선비로, 광저문 밖에 별업을 두고 자주 가곤 하였는데, 그 이웃의 임소저는 시사를 잘 하고, 용모도 아름다웠으나 만날 수가 없었다. 어느 날 앵무새가 날아와 아가씨가 지은 글이니 빨리 화운하라고 한다. 이에 답시를 지으니 앵무새가 다시 물고 사라져 임소저에게 전해준다. 둘은 매파 역할을 했던 앵무새의 도움으로 결국 만나게 되어 이루어진다. 이런 공덕으로 앵무새가 죽은 후 산령 앞에 묻어주고 앵무총이라 하고 비석을 세워 사적을 찬술하여 앵무의 이름을 세상에 전하게 된다.

③ 「江楚香(강원향)」: 소구의 지린은 난을 만나 적장의 말 기르는 군사로 들어가게 된다. 적장의 신임을 얻어, 우여곡절 끝에 전에 살던 곳에 돌아오게 되는데, 폐허된 그곳에서 전처 강원향을 만나게 된다. 강원향은 기루에 팔렸다가 겨우 항주사람의 첩으로 갔었으나, 부인 질투가 심하여 방 한 칸에 가두어 둔지 삼년이 되었다는 것이다. 두 부부가 다시 만나 정이 깊었으나, 도망칠 계교가 없어, 결국 강원향에게 남자복장을 하게하고 가까스로 배를 얻어 타고 부부가 상해로 도망쳐 같이 살게 되는 이야기를 그렸다.

④ 「潘生傳(반생전)」: 어려서 부모를 잃고 가난했던 반생은 용모가 출중하여 흠모하는 사람이 많았다. 오문 유씨집에서 훈학할 때 서재 뒤에 작은 동산이 있었다. 하루는 정원을 산책하다가 한 여인을 만나게 되어 서로 이끌려 운우지정을 나누고 해로하기로 하였지만 반생은 과거에 합격한 후 다른 여자를 취하게 된다. 그 소식에 여자는 병에 걸리고 반드시 원수를 갚겠다는 유연을 남기고 숨을 거두게 된다. 반생은 노복에 의해 전에 그 여인이 죽었음을 알게 되는데, 하루는 꿈에 그 여인이 칼을 들고 나타나 심장을 찌르고, 깨어나서도 심장이 아파서 결국 숨을 거두게 된다.

⑤ 「吳氏(오시)」: 소주 오생이 북경에서 벼슬을 지낼 때 적적하여 향처를 맞이하여 아들 둘을 출생하게 되는데, 임기를 마치고 집으로 돌아갈 때 부인이 알까 두려워 다시 만날

것을 기약하고 혼자 돌아간다. 하지만 오십이 넘어도 자식이 생기지 않자, 부인은 후처를 두라고 한다. 오생은 그제서야 십 여 년 전 첩과 아들을 두었음을 밝힌다. 결국 아들 둘을 찾고 첩까지 찾아 함께 살고, 자식 둘을 훌륭하게 키운다는 이야기이다.

(4) 사회, 풍자류

사회, 풍자류는 내용이 사회에 대한 비판적 내용이나 풍자적인 내용을 담은 작품을 분류한 것으로 「劇盜(극도)」·「夢幻(몽환)」·「扛米(강미)」·「尸擒盜(시금도)」·「何氏女(하시녀)」 등 5개의 작품이 해당된다.

① 「劇盜(극도)」: 어려서부터 역근경진본을 터득하고 현묘한 기운이 있다고 스스로 자랑하던 유양구가 우연히 산중에 들어갔다가 행인 수 십명이 키도 작고 볼품없는 한명의 도적을 만나 재물을 탕진했다는 소리를 듣고, 그 도적을 상대해 보겠다고 스스로 찾아간다. 하지만 오히려 도적은 어떤 술법을 지녔는지 감히 대적할 수 없고, 행인들에게서 뺏어간 삼만금도 그대로 돌려준다. 이로부터 유행구는 다시는 힘자랑을 하지 못한다.

② 「夢幻(몽환)」: 반명경이 과거보러 경사에 가서 아주 외진 작은 암자에 묵게 되는데, 하루는 담장 너머에서 네다섯의 여인들이 술 마시고 즐기는 것을 보게 된다. 여인들의 흥을 지켜보다가 모두 떠나간 뒤 그 중 한 여인에게 다가가 손을 잡고 희롱을 던졌는데, 갑자기 밖에서 개짓는 소리 나 상 아래로 몸을 숨겼다가 조용해져서 나와 보니 여인은 간데없고 옥비녀 하나 남아있었다. 그걸 품고 담을 넘다 실족하였는데, 남가일몽이더라, 다만 손에 옥비녀만 그대로 남아있어 그 연고를 알 수 없었다.

③ 「扛米(강미)」: 송강 모상국의 모생은 집안이 궁핍하여, 예전 자신의 집 노복이 부유하단 말을 듣고 찾아가 구걸하였다. 오두미를 얻어 제집 하인에게 가지고 가게 했으나 힘이 없어 거리에 주저앉았다. 모생이 어찌 힘이 없냐 묻자, 그 하인은 자신의 선조가 학사라 하였다. 모생과 더불어 그 둘의 선조들이 모두 숭정연간의 상국이었다. 둘은 오두미를 짊어지질 힘이 없고, 다만 부모가 '시경'을 가르친 것을 원망하였다.

④ 「尸擒盜(시금도)」: 동북 지역에 시체를 담아둔 관을 훔쳐가는 일들이 빈번히 일어났다. 부유한 집 시체는 몸에 지닌 것도 많고 의복까지 다 벗겨 달아나는 경우가 있다. 때론 관에서 시체 일어나 도둑을 뚫어져라 노려보는 경우도 있다. 하지만 이런 경우는 다 도적들이 한 짓인데, 가경연간 김옹의 아들은 술 먹고 노름하기를 좋아하는 한량으로 부모의 무덤뿐 아니라 조상의 무덤까지 파헤쳐 무덤 속 금은을 다 취하였다. 읍령에게 잡혔

어도 자신의 잘못을 뉘우칠 줄 몰랐다.

⑤「何氏女(하시녀)」: 시덕운은 부잣집 풍씨집에서 고용살이하는데 주인이 모든 일을 다 맡겨 관리하게 된다. 하루는 깊은 밤 한 어여쁜 여자가 찾아와 운우지정을 나누게 된다. 17세의 동린 하씨집 여자로 부모를 여의고 외숙집에 의탁하고 있으나 여유 있지 않아, 서로 뜻이 맞는다면 시덕운과 화합하기를 원했다. 주인에게 허락받아 별당을 수리하여 지내는데, 이를 시샘한 주인이 여자를 어떻게 해보려고 한다. 시덕운에게 여자가 요괴라고 하고 도사를 소개하지만 여자는 도사의 부적에 아무 반응을 하지 않았다. 이에 도사는 직접 찾아와 여자를 죽이지만 결국 요괴가 아닌 인간이었다.

(5) 역사, 영웅류

역사, 영웅류는 지인류나 협의류와는 다르지만 역사적 인물이나 영웅적인 풍모를 지닌 인물의 내용을 담고 있는 작품을 추린 것으로 30작품 중에서「奇丐(긔기)」·「周奎(쥬규)」등이 이에 해당된다.

①「奇丐(긔기)」: 양양 시심천은 세가대족이었으나 부친이 천금을 아끼지 않고 어려운 사람들을 돕고, 시심천 역시 부친과 같은 기질이 있어 어려운 사람을 그냥 보고 지나치지 않아 가세는 점점 더 기울었다. 하지만 우연히 걸인 하나를 극진히 도와주고, 그 사람이 나라를 위해 일 하겠다고 하자 돈까지 주며 전송해준다. 그 후 시심천의 가세 더욱 기울어 친구를 찾아갔다가 난을 만나 도적에게 잡히고 어려움을 당하게 된다. 그러나 전에 자신이 도와주었던 걸인에 의해 목숨을 구하게 되고, 다시 가산도 점점 풍족해졌다는 내용을 담고 있다.

②「周奎(쥬규)」: 숭정연간 황후의 부친 주규에 대한 이야기로, 이자성이 난을 일으키자, 주규에게 군향을 모으라 하였지만 주규가 마지못해 겨우 만금을 수운하고, 이자성에게 태자를 앞세워 항복하였다. 이자성이 주규의 집을 노략하여 오십만금을 얻어 산해관으로 피신하였다가 청나라 군사에게 패하니 주규도 또한 청에 항복하였다. 주규의 집 노복조차 주규집의 재산을 다 가지고 도망가며 결국 주규의 목을 베어버렸다.

(6) 불교, 도교류

불교, 도교류는 종교적 색채가 가미된 작품으로 대개 불교에 귀의하거나 도를 닦는 이야기로 구성된다. 30편의 작품 중 총 5편의 작품으로 「韻卿(운경)」·「江遠香(강초향)」·「傅鸞史(부란亽)」·「鶯紅(잉홍)」·「鎖骨菩薩(쇄골보살)」 등이 여기에 해당된다.

① 「韻卿(운경)」 : 절세미인이자 사마상여와 같은 재능을 가진 손운경에 대한 이야기이다. 손바닥 위의 보옥처럼 사랑을 받으며 자라는 운경은 약한 체질과 다병으로 약을 달고 사는데, 어느 날 모희암의 스님이 그 집 앞을 지나다 운경을 보고 인간세의 사람이 아니라 석가세존의 제자로, 겁운을 받아 세간에 강생하였으니 삭발위승하면 업을 이겨낼 수 있다고 하였다. 하지만 부모는 그 말이 황당하여 물리치니, 스님이 깊게 한탄을 하였다. 그 후 운경의 병이 심하여 회생 가능성이 없자, 부모는 관을 준비해놓는다. 결국 모희암의 승녀가 이르러 염불을 하고 삭발위승을 약속하고 불공으로 살려내게 된다. 운경은 평생 시집가지 않고, 작은 암자 하나를 짓고 소도를 일삼는다.

② 「江遠香(강초향)」 : 산서 영석현의 양생은 전당포를 몇 십 채를 가지고 있는 거부인데, 협객으로 이름난 묵림 태수와 놀다가 하태사의 집 근처 별업에서 여름을 보내게 된다. 하태사의 친구가 그 이웃에 사는 가난한 경국지색 강초향을 소개하여 성혼을 맺게 되는데, 부친의 영향으로 무술을 할 줄 알았던 강초향은 양생과 더불어 경사를 가던 중 도적을 만났으나, 이를 해치워 둘의 애정은 더욱더 돈독해지게 된다. 그러나 모친상을 당하여 장례 후 돌아오지 않고, 양생에게 산속에서 도를 닦고 다시는 인간세로 가지 않겠다는 편지를 남긴다.

③ 「傅鸞史(부란亽)」 : 금릉의 부란사는 재주가 뛰어난 여인으로 주위에 구혼하는 자가 많았으나, 시재 있는 자를 구하려다 나이만 들어갔다. 평소 '도덕경'과 '황정경'을 읽었는데, 하루는 꿈에 한 도사가 나와 장차 금릉에 난이 일어날 것이고, 후에 도사와 '동래산'에서 만날 인연이 있다는 말을 남긴다. 얼마 후 실제로 금릉에 난이 일어 부란사도 사로잡히었으나 운이 좋게도 적장을 모시게 된다. 부란사는 적장의 뜻을 잘 맞추어 왕래하는 문서를 다 살피고 부란사가 다 판결할 수 있게 된다. 하지만 우연히 모향암에 갔다가 이전 꿈에서 봤던 도사를 보고 즉시 도망쳐 금산에 이르러 삭발위승하여 적장의 손에서 벗어나게 된다.

④ 「鶯紅(잉홍)」 : 꾀꼬리 태몽을 꾸고 태어난 앵홍(풍정혜)은 어려서부터 영특하였으나 한 노인에게 사주가 안좋다는 말을 듣는다. 앵홍에게 청혼하는 공자가 있었으나, 병난을 만나 무변의 첩으로 들어가게 된다. 무변의 정실이 투기가 심하여 앵홍을 구박하고 남편과 가까이 못하게 한다. 하루는 정실부인이 앵홍을 데리고 서호에 나갔다가, 예전 사주

를 봐준 노인를 만나고, 노인은 정실과 앵홍 둘의 사주가 안 맞는다는 이유로 앵홍을 자신의 집에 데려온다. 무변이 전란에서 숨을 거두자, 정실은 집의 재산을 다 챙겨 개가를 하고, 마침 예전에 청혼했던 공자도 앵홍에게 또 청혼을 하지만 앵홍은 거절하고 가부단좌하고 생을 마감한다.

⑤ 「鎖骨菩薩(쇄골보살)」: 사천에 있는 '금계방'은 일대 명사들이 모여 연락하던 곳이다. 석연의 난리를 지낸 후 오직 서편의 '월누' 한곳만 남았는데 화상 서운이 吳 땅으로 돌아오다가 우연히 그곳에 묵게 되었는데 어느 날 아름다운 여인의 자태를 한 쇄골보살이 나타나 인간의 인연과 연화세계에 대해 담소하게 된다.

이상과 같이 총 30편의 작품의 간단한 내용을 살펴보았다. 그 중 지인과 지괴류 작품이 11편이고, 협의와 공안류가 2편, 애정과 인정류가 5편, 사회와 풍자류가 5편, 역사와 영웅류 2편, 불교와 도교류 5편으로 분류하였다.

내용을 보면 위로는 魏晉南北朝時代의 지인·지괴 소설을 비롯해서 唐 傳奇 소설의 영향을 받았고, 아래로는 『聊齋志異』의 영향을 많이 받았다. 비록 이 글에서 시도한 분류가 문체와 내용면에서 정확한 분류라고 할 수는 없으나 필자가 직접 읽고 정리한 것이라 참고할 가치는 있다고 보여 진다. 내용을 분석하다보니 한 작품 한 작품 이전 작품과의 상호 영향 관계를 더 깊이 있게 정리할 수도 있을 듯하다. 예를 들면 〈熊太太〉라는 작품은 唐 傳奇 『補江總白猿傳』의 소재와 구성에 있어서 상당히 비슷한 면을 찾아볼 수 있다.

〈補江總白猿傳(보강총백원전)〉	〈熊太太웅태태〉
→ 양나라 장수 歐陽紇의 아내가 산중의 白猿에게 잡혀감. → 구양흘이 병사를 이끌고 산으로 들어감. → 白猿을 처치한 다음 아내를 구해 돌아옴(임신 중). → 1년이 지나 원숭이를 닮은 아들을 낳음. → 그가 바로 歐陽詢임.	→ 한 장수가 전장에 나갔다 오룡산에서 길을 잃음. → 곰의 굴에서 생활하다, 곰이 사람형상의 새끼를 낳음(진종악). → 8, 9세 된 새끼를 어미 곰 몰래 데리고 도망침. → 종악은 장성하여 용맹한 장수되어 어미를 데려옴. → 난을 평정하여, 어미 곰이 웅태군 봉작을 받음.

두 작품이 비록 내용 전개에 있어서 다소 차이를 보이고 있으나, '원숭이'와 '곰'에게서 모티브를 삼았다는 점이 비슷하고, 인간과 동물이 짝을 하여 인간형상을 한 아들을 낳는다는 점이 또한 비슷하다. 그 아들들이 훌륭하게 성장하였다는 점도 비슷하다. 한 명은 書體로 이름을 날리는 歐陽詢이 되고, 용맹한 장수 진종악이 되었다는 이야기이다. 원숭이나 곰을 숭상하는

소수민족과도 연관이 있을 수 있는데, 작품 뒤에 작가가 評을 덧붙인 부분에서도 원숭이를 닮은 사람의 이야기를 하나 더 첨가해서 이런 일이 다분히 일어날 수 있는 일임을 소개했다. 이런 내용을 보면 상당부분 唐 傳奇의 맥을 유지하고 있어, 작품을 비교하고 분석해볼 가치가 있다고 생각된다.

또한 〈潘生傳〉이라는 작품은 당 전기 〈霍小玉傳〉과 그 소재와 구성 및 결말이 상당히 비슷하다.

〈霍小玉傳(곽소옥전)〉	〈潘生傳(반생전)〉
→ 진사 이익이 기녀 곽소옥을 만나 사랑함. → 고향에 돌아가 어머니가 정해준 여자와 결혼. → 소옥은 병에 걸리고 가난해짐. → 간신히 이익을 만나지만, 원한으로 죽게 됨. → 소옥의 저주로 이익은 몇 번의 결혼생활을 실패.	→ 용모가 훌륭했던 반생은 훈학할 때 여자를 만나 사랑을 나누고 해로하기로 함. → 과거급제 후 다른 여자를 취하여 결혼함. → 그 소식에 여자는 병에 걸려 원한으로 죽음. → 반생은 하인에게 전여인의 부고를 전해 들음. → 꿈에 여인이 심장을 찔러, 그 통증으로 사망함.

위의 두 작품을 보면 진사 이익이 사랑했던 기녀 곽소옥을 버렸듯이, 반생도 자신이 훈학할 당시 운우지정을 나누던 여자를 버린다. 이익이 다른 여자와 결혼을 한 것처럼, 반생도 과거급제 후 사랑했던 여인을 버리고 다른 여자와 결혼을 하게 된다. 〈곽소옥전〉의 소옥도 병에 걸리고 〈반생전〉의 여인도 병에 걸려, 결국 사랑에 버림받은 두 작품의 여주인공은 그렇게 생을 마감하게 된다. 하지만 이 두 여인은 남자의 배신으로 인해 원한에 사무치고 반드시 원수를 갚으리라 다짐한다. 결국 이익은 소옥의 저주로 몇 번에 걸친 결혼생활을 완성하지 못하고 실패하게 된다. 〈반생전〉의 결말은 〈곽소옥전〉보다 더 비극적이다. 죽은 여인이 사랑의 약속을 지키지 않은 반생의 꿈에 나타나 반생의 심장을 찌르게 된다. 반생은 놀라서 잠에서 깨어나게 되지만 결국 심장의 통증으로 인해 사망을 하게 되는 것으로 결말이 난다. 물론 이런 작품 외에도 『搜神記』나 『世說新語』 및 『聊齋志異』와 비교할 수 있는 작품들도 상당수가 있다.

3) 『閒談消夏錄』의 한글 번역 양상

『閒談消夏錄』의 변역은 기본적으로 직역을 위주로 하였지만, 이야기의 자연스러운 흐름을 위하여 번역자가 임의대로 의역을 하거나, 불필요한 문장을 축약하여 번역하지 않고 넘어가는 부분도 있고, 때로는 자신의 학문적 소양을 과시하기 위해 첨역이나 부연설명을 해주는 경우도 있었다.

이번 장에서는 『閒談消夏錄』이 번역된 양상을 크게 직역하는 부분, 의역과 축약을 한 부분, 첨역과 부연을 덧붙인 세 가지 경우로 나누어서 살펴보고자 한다.

(1) 직역과 한자

번역을 함에 있어 대부분 직역을 하고 있어서, 직역한 경우를 살펴볼 수 있는 부분과 詩를 변역한 부분을 인용하여 이해를 돕고자 한다.

「동해노수」
견방부지명ᄉᆞ하　　방을 보고 명ᄉᆞ의 치하[16]를 알지 못ᄒᆞ고
등연미식관현환　　연셕의 올나 관현의 즐기믈[17] 아지 못ᄒᆞᄂᆞᆫ 도다
(見榜不知名士賀, 登筵未識管絃歡.)

문장금분동하용　　문장의 금분이 맛ᄎᆞᆷ내 어ᄃᆡ 쓰일고
신세표령공자ᄎᆞ　　신세표령ᄒᆞ니 브절업시 스스로 ᄎᆞ탄[18]하도다
만리가산춘이로　　만리 가산의 봄이 임의 늙어시니
일ᄉᆡᆼ풍월염ᄌᆞᄎᆞ　　일ᄉᆡᆼ의 풍월을 ᄉᆡᆼ각ᄒᆞ미 어긔으미 업도다
(文章金粉終何用, 身世飄零空自嗟. 萬里家山春已老, 一生風月念多差.)

이 부분의 번역을 보면 시를 보고 거의 직역을 했으며, 특히 '명사', '관현', '문장', '신세표령', '만리', '가산', '일생', '풍월' 등의 단어는 한자의 '음'을 그대로 가져와서 번역했음을 알 수 있다.

「운경」
강소간의 심시 이시니 일문이 다 가ᄉᆞ를 음영하기 의닉고 우몽당문집이 이셔 세상의 회ᄌᆞᄒᆞ고 그 듕의 ᄯᅩ한 반ᄉᆡᆼ향 문집 한 권이 이시니 이ᄂᆞᆫ 섭소란의 지은 ᄇᆡ오 더욱 긔이하고 염ᄐᆡ이시물 닐콧더라 소란이 명혜졀 뉸ᄒᆞ고 청츈의 오ᄌᆞᄒᆞ야 신혼이 표탕ᄒᆞ야 불【10】가의

16) 고마움이나 칭찬을 하는것
17) 즐김을
18) 탄식하고 한탄하다

투탁ᄒᆞᄆᆡ 승니로 더브러 불경을 강논ᄒᆞ며 글귀ᄅᆞᆯ 창화ᄒᆞ여 불젼의 ᄎᆞᆷ션ᄒᆞ니 혜심[19]을 가히 알더라
(江蘇吳江, 沈氏一家, 皆嫻吟詠, 刻有『午夢堂集』, 膾炙人口, 中有「返生香」一集, 爲'葉小鸞'所作, 尤稱奇艶。小鸞明慧絶倫, 惜破瓜之年, 遽爾夭逝。死後, 皈依釋氏, 與衲子, 談經以詩句, 參禪甚見慧心。)

이 부분의 번역을 보면, 비록 원문에 있는 '吳江'이 생략되고, 원문에 없는 '가사'가 첨가되고, '破瓜之年'을 청춘으로 번역한 부분이 있지만, 대부분의 문장이 직역 위주로 번역을 하였다.

「의견총」
션시의 그 ᄇᆡᆨ명이 매양 졍신의 젼촌 푸쥬의 가 양을 잡으니 거믄 ᄀᆡ 하ᄂᆞ히 ᄒᆞᆼ상 ᄯᆞ라 다니더라 이ᄂᆞᆯ 푸쥬 쥬인이 일즉 니러ᄂᆞ ᄇᆡᆨ명을 기ᄃᆞ려도 아니 오더니 홀【21】연 ᄀᆡ ᄒᆞ나히 당황히 집으로 드러 오며 사ᄅᆞᆷ의 오슬 물고 슬피 우ᄂᆞᆫ 소ᄅᆡ를 ᄒᆞ거ᄂᆞᆯ
(先是, 屠每於侵晨往前村肆中屠羊, 嘗有一黑犬相隨。是日店主早起相伺, 屠竟不至, 忽見犬狂奔入門, 銜其衣, 嗚嗚作哭聲,)

이 부분의 번역에서도 기본적으로 약간의 부드러운 번역을 위해 덧붙인 말을 제외하면 거의 대부분 직역 위주로 번역을 한 것을 알 수 있다. '先是'를 '션시'로 그대로 단어를 사용했고, '前村'을 '젼촌'으로 그대로 사용했다.

비록 논문에서 간단한 몇 곳의 예를 들었지만 전반적인 번역의 기본 틀은 직역을 위주로 했으며, 특히 詩나 詞를 번역할 때 한자 발음을 그대로 가져온 경우도 종종 볼 수 있다.

(2) 의역과 축약

대다수 직역의 번역을 하였지만, 때로는 번역자가 이해를 위해 의역을 하거나 축역을 한 경우도 보인다. 다음의 경우를 살펴보자.

「동해노수」
노슈 ᄀᆞᆯᄋᆞᄃᆡ 노ᄌᆞ의 말ᄉᆞᆷ의 ᄀᆞᆯᄋᆞᄃᆡ 흰거슬 알면 거믄거슬 직흰다ᄒᆞ니 내 장ᄎᆞᆺ 종신토록 직히고ᄌᆞ ᄒᆞ노라
(遯叟曰 : "老子有言 '知白守黑, 拙者善藏之道也。' 吾將終身守之。今朝廷之上,)

---

19) 불도의 지혜로운 마음을 일컫는다.

이 부분에서는 원문에서의 '善藏之道也' 문장을 번역하지 않고 축약해 버렸다. 이 부분을 번역하면 노자에 이르길 '흰 것을 알면 검은 것을 지킨다 하였으니 이는 선장의 도이다.' 이렇게 번역을 해야 될 것이다.

「의견총」

ᄭᅮ지져 ᄶᅩᄎᆞ도 가지 아니ᄒᆞ고 오슬 무러 다릐며 어ᄃᆡ로 가ᄌᆞᄂᆞᆫ 형상이어ᄂᆞᆯ ᄀᆡ를 ᄯᆞ라 슈리를 힝ᄒᆞ더니 졀 뒤 물가의 다다라 그치고 그 ᄀᆡ 슈 듕의 ᄯᅱ여 드러 가더니 이윽고 한 시신을 ᄭᅳ으러 내거ᄂᆞᆯ 언덕의 올나 본ᄌᆞᆨ 과연 ᄇᆡᆨ뎡의 죽엄이라 그 손을 잡아 매고 돌홀 다랏거ᄂᆞᆯ 그 형상울 보고 놀라 ᄇᆡᆨ뎡의 ᄌᆞ식을 ᄎᆞᄌᆞ 보고 물가희 함긔와 본ᄌᆞᆨ 그 ᄀᆡ 죽엄 겻희 누어 죽엇더라 ᄇᆡᆨ졍의 ᄋᆞ들이 방셩대국ᄒᆞ고 그 사ᄅᆞᆷ과 함긔 도라가 현령의게 고ᄒᆞ니 걸인을 잡아 죽【22】이고 명ᄒᆞ여 그 ᄀᆡ를 무덥 겻희 뭇고 돌울 세워 표ᄒᆞ여 ᄀᆞᆯ으ᄃᆡ 의견총이라 ᄒᆞ다.

(叱之不去, 其人心動, 隨之出門。行裏許, 至寺後河畔乃止, 而犬已躍入水中, 俄而曳一屍出登岸, 就視, 則屠者也, 反接其手面系以石。駭絶, 奔告其子, 相將至河上, 則犬亦蜷臥屍旁而死矣。子乃泣請其人同返, 往訴於邑, 捕得丐者誅之, 命瘞犬於塚旁, 立石表之曰'義大塚')

위 문장에서 밑줄 그은 원문 '叱之不去, 其人心動, 隨之出門'의 번역은 '꾸짖어도 가지 않자, 그 사람 마음이 동하여, 개를 따라 문을 나섰다.'라고 번역해야 되는 부분이지만 위 문장에서 보는 바와 같이 '오슬 무러 다릐며 어ᄃᆡ로 가ᄌᆞᄂᆞᆫ 형상이어ᄂᆞᆯ ᄀᆡ를 ᄯᆞ라'로 의역했다.

「무석노인」

무셕현 노인이 세말을 당ᄒᆞ여 잠업시 누엇더니 도적이 벽을 ᄯᅮᆯ코 방의 드러 오거ᄂᆞᆯ 잡아 본ᄌᆞᆨ 고인의 ᄋᆞ들이라 노인이 아므 소ᄅᆡ 아니ᄒᆞ고 넌즈시 닐너 왈 현질이 어이 이의 니르럿ᄂᆞᆫ 내 너의 부친과 교분이 ᄌᆞ별 ᄒᆞ더배라 ᄉᆡᆼ각컨ᄃᆡ 네 빈궁ᄒᆞ므로 마지못ᄒᆞ여 이의 니른ᄃᆞᆺᄒᆞ다ᄒᆞ고 ᄇᆡᆨ금을 쥬어 과세ᄒᆞ라ᄒᆞ고 ᄯᅩ 슈ᄇᆡᆨ금울 주어 미쳔을 ᄉᆞᆷ으라ᄒᆞ니 그 ᄉᆞᄅᆞᆷ이 븟그려【37】그 곳의 다시 못 ᄉᆞᆯ고 타져의 올마가 노인 주던 금을 가지고 흥니 ᄒᆞ다가 슈년후의 ᄇᆡ를 ᄐᆞ고 노인울 ᄎᆞᄌᆞ가니 그 집문 우희 한 사ᄅᆞᆷ이 목을 ᄆᆡ여 죽엇거ᄂᆞᆯ ᄆᆞ음의 놀나고 의아ᄒᆞ야 ᄇᆡᆨᄉᆞ공을 불너 ᄯᅥ메이고 ᄇᆡ의 울ᄂᆞ 물의 더진후 도라갓다가 슈년 만의 다시 와 노인을 ᄎᆞᄌᆞ 보고 년젼 ᄉᆞ를 고ᄒᆞ니 노인이 ᄀᆞᆯ으ᄃᆡ 현질의 힘을 ᄌᆞ뢰ᄒᆞ미 만토다 젼일의 목ᄆᆡ여 죽은자ᄂᆞᆫ 일ᄌᆞᆨ 오ᄌᆞ로 더브러 빠호다가 죽은 사ᄅᆞᆷ이니……

(無錫老人, 當歲除夕, 賊穿壁入其室。老人起而執之, 則故人子也, 老人絶不聲張, 私語之曰"賢侄何至此哉！汝父與我頗厚, 想汝貧迫, 不得已而爲之耳。"贈百錢爲度歲計, 又贈數百錢爲資本。其人愧, 不能復居故土, 遷之他方, 頗有樹立。越數年, 買舟訪老人, 夜分至門外, 見一人縊於門上, 呼同舟人擡至舟上, 棄之河而返。逾年乃再訪老人, 告以前事, 老人曰"藉君之力多矣。前死者, 日間曾與小兒鬧事…)

이 부분의 번역을 보면 번역자가 원문의 정확한 이해를 위해 '當歲除夕, 賊穿壁入其室'를 '세말을 당ᄒᆞ여 잠업시 누엇더니 도적이 벽을 뚤코 방의 드러 오거ᄂᆞᆯ'로 의역을 하고, '買舟'를 '배를 타고'로 번역하고, '夜分'은 생략하고 번역을 하지 않았다.

「종진사」

나의 내종데 오슈타의 집 역 여호의 요괴이셔 부엌히 상ᄌᆡ 졀노 녈니고 상탁이 무단히 울마가며 혹 불이 니러ᄂᆞ 독의 다믄 타락과 여시 다 타시ᄃᆡ 그후의 독을 녀러 본ᄌᆞ 봉과 ᄒᆞ거ᄉᆞ와 연ᄒᆞᄃᆡ 봉 속은 다 뷔엿더라 반년이 남도록 이가치 괴이ᄒᆞᆫ 일이 만흐니 쳔방ᄇᆡᆨ계로 쏘ᄎᆞ려ᄒᆞ여도 계괴 업거ᄂᆞᆯ 어시의 일실이 목욕ᄌᆡ계ᄒᆞ고 운소암 듕 십여인울 불너 냥왕참을 외오며 삼쥬야를 념불ᄒᆞ고 듕이 물너가[58]ᄆᆡ 요괴 적연히 그림ᄌᆞ도 업ᄉᆞ니 냥왕참이 과연 효험이 이시나 냥싱의 여호 쏘ᄎᆞ 보낸것과 갓지 못ᄒᆞ더라

(余內弟, 吳壽駝家, 嘗有狐祟。往往廚箱無故自開, 床榻無端自移, 或抽屜忽然火出。一甕內貯酥糖數十包, 其後開甕取啖, 則封裹宛然, 而中皆空矣。如是者半年, 百計驅遣無效, 於是發念全家齋戒, 延雲巢僧十余輩, 拜梁王懺三日。僧甫去, 而妖已寂無影響矣。是懺悔之說, 果有驗也。然不如楊某之驅狐, 尤爲切近而輕易也)

이 부분의 번역에서는 원문 '或抽屜忽然火出。一甕內貯酥糖數十包'를 '혹 불이 니러ᄂᆞ 독의 다믄 타락과 여시 다 타시ᄃᆡ'라고 의역하고, '抽屜'와 '數十包'를 축약해 버렸다.

「주규」

슝뎡 십칠년의 니ᄌᆞ셩이 경ᄉᆞ를 핍박ᄒᆞ니 의종 렬황데 내감을 명ᄒᆞ샤 황후 부친 쥬규의게 비밀히 하유ᄒᆞ야 ᄀᆞᆯ으사ᄃᆡ 훈쳑을 권장ᄒᆞ야 군향을 도으[16]라 ᄒᆞ신ᄃᆡ 쥬귀 구지 막고 군향 도울 길이 업다 하니 니ᄌᆞ셩이 소식을 채탐ᄒᆞ고 깃거 왈 황후의 아비도 이가치 궁핍ᄒᆞ니 국ᄉᆞ를 가히 알니로라 쥬귀 마지 못ᄒᆞ여 겨유 만금을 슈운ᄒᆞ여 황후긔 쳥ᄒᆞ여 군량울 도으라 ᄒᆞ고 ᄌᆞ셩이 임의 셩의 둘ᄆᆡ 쥬귀 ᄐᆡᄌᆞ를 드려 항복ᄒᆞ니 ᄌᆞ셩이 그 집을 노략ᄒᆞ야 오십 만금을 엇고 ᄌᆞ셩이 산히관으로 피ᄒᆞ여 도라 오거ᄂᆞᆯ 대청병이 ᄯᆞ라 니르니 쥬귀 ᄯᅩᄒᆞᆫ 청의 항복ᄒᆞ고 ᄌᆞ셩이 거긔 치듕을 가지고 다라ᄂᆞ니 경ᄉᆡ대란ᄒᆞ더라 쥬규의 가인이 그 집 ᄌᆡ물을 다 아ᄉᆞ난화가지고 쥬규다려 닐너 왈 공[17]은 귀쳑이 오우리ᄂᆞᆫ 공의집 ᄉᆞ환ᄒᆞ난 사ᄅᆞᆷ이라 일됴의 이가치 무례ᄒᆞ니 무ᄉᆞᆫ 면목으로 공을 다시 보리오 ᄒᆞ고 그 머리를 버히고 가니라

(崇禎十七年, 李自成逼京師, 烈帝使內監徐成密諭後父周奎, 倡勛戚助餉, 奎堅拒無有。成嘆曰 : "後父如此, 國事可知矣 ! "奎不得已, 僅輸萬金, 且乞皇後為助。比自成入, 奎獻太子以降。掠其家, 得金五十二萬。其後自成自山海關敗還, 大清兵追至, 奎復降大清。自成載輜重出奔, 京師大亂, 奎家人乘勢擄其家財物殆盡。已而請曰 : "公貴戚也, 我輩素蒙豢養, 壹旦無禮至此, 亦何顏復見公乎 ! "斬其頭而去。《紀事本末》: 賊破京師, 掠奎家得金五十二萬, 他珍寶復數十萬.

주규는 실제 인물로 청의 마지막 숭정 황제의 장인이다. 이 문장에서 주규가 이자성에게 태자를 앞세워 항복하고 다시 청에 항복하는 과정을 사실적으로 서술했다. 비록 문장의 내용이 겹치기는 하지만 마지막 부분 '《紀事本末》: 賊破京師, 掠奎家得金五十二萬, 他珍寶復數十萬.'을 생략하고 번역하지 않았다.

(3) 첨역과 부연

번역을 함에 있어 첨역과 부연설명을 덧붙인다는 것은 번역자의 기본적인 역사적 소양과 문학적 지식이 없이는 불가능하다. 간단한 단어에 대한 보충 설명부터 원문에도 없는 내용을 덧붙인 경우들도 있다. 고의적으로 이해를 돕기 위해 첨가하기도 했고, 전사하는 과정에서 문맥의 부드러움을 위해 수정했을 가능성도 있다. 그 예를 보면 다음과 같다.

「동해노수」

이제 도령의 문신의ᄂᆞᆫ 이윤[20]과 고요[21] 가ᄐᆞ니 잇고 무신의ᄂᆞᆫ 위청[22]과 곽거병[23] ᄀᆞᄐᆞ니 이셔 셔로 권면ᄒᆞ여 욱욱ᄒᆞᆫ[24] 문장과 규규ᄒᆞᆫ[25] 무렬【8】이 도영(녕)의 가득ᄒᆞ니 이ᄂᆞᆫ 니른바 쳔ᄌᆡ일시라 복이 엇지 감히 비박ᄒᆞᆫ ᄌᆡ질노 셩명ᄒᆞᆫ 세상의 외람히 ᄌᆞ현ᄒᆞ리오 오직 음풍영월ᄒᆞ여 셩졍을 가다드머 하ᄂᆞᆯ의 명ᄒᆞ신 바ᄅᆞᆯ 슌슈ᄒᆞᆯ ᄯᆞᄅᆞᆷ이라 ᄒᆞᄃᆡ 순슉이 노슈의 고강ᄒᆞᆫ 말을 듯고 우연 탄복왈…

(則有伊、皐, 行陣之問, 則有衛、霍。文武競勸, 中外, 咸孚。黼藻隆乎, 奮揚鴻烈, 此千載

---

20) 중국 은나라 탕왕 때의 명상(名相)인 이윤(伊尹)

21) 요순 때의 현신(賢臣)인 고요(皐陶)

22) 한 무제(漢武帝) 때의 명장인 위청(衛青)

23) 한 무제(漢武帝) 때의 명장인 곽거병(霍去病)

24) 욱욱(煜煜) : 빛나서 환하다

25) 규규(赳赳) : 씩씩하고 헌걸차다

一時也。僕何敢以非材薄植自炫於明時, 惟嘲弄風月, 陶冶性情, 以自適其天而已。" 順叔聞之, 憮然有間曰 :)

이 부분에서 원문에서 단지 '伊皐' '衛霍'라고 되어 있는 부분은 번역자는 '이윤'과 '고요', '위청'과 '곽거병'이라고 정확하게 첨가해주고 있다. 이런 점은 번역자의 기본 소양이 이미 이 책을 번역할 줄 알았을 뿐 아니라 상당한 역사적 지식을 겸비하고 있음을 추정해 볼 수 있다.

「부란사」

금능 녀ᄌᆞ 부시의 명은 션상이오 ᄌᆞ는 난ᄉᆡ니 셩듕 초고 홍의서 술고 본ᄃᆡ 세족으로 가업이 요족ᄒᆞ더라 난ᄉᆡ 나며부터 총혜ᄒᆞ여 글ᄌᆞ를 분변ᄒᆞ며 삼세의 문리를 통ᄒᆞ고 홍승 장한가를 낭낭히 외으며 졈졈 자라ᄆᆡ 능히 시를 읇흐ᄆᆡ 일즉 한 렴시를 지으니 기시의 왈…

(金陵女子傅氏者, 名善祥, 字鸞史。居城中草庫街家, 故世族貲亦素封。女生而慧甚, 三歲能辨之, 無授以白傅 '長恨歌' 琅琅上口。少長卽能詩, 嘗詠 '寒簾' 有句云。)

이 부분에서도 원문에서 '長恨歌'라고만 되어 있는 것을 번역하면서 작가 '홍승'을 더 첨가해주었다. '故世族貲亦素封'를 해석함에도 '본ᄃᆡ 세족으로 가업이 요족ᄒᆞ더라', 라고 하여 봉작을 받는다는 의미의 '素封'를 살림이 넉넉하다의 '요족'으로 해석하여 첨역하였다. 또한 원문 '女生而慧甚三歲能辨之無授以白傅'를 '난ᄉᆡ 나며부터 총혜ᄒᆞ여 글ᄌᆞ를 분변ᄒᆞ며 삼세의 문리를 통ᄒᆞ고'라고 번역하여 주었다.

「시금도」

그러나 일노부터 ᄇᆡᆨ쥬의 강되니어 니러날거시니 쥬역의 왈 니상견빙지(履霜堅冰至)[26]라 ᄒᆞ고 ᄯᅩ 기소유리재뎜의(其所由來者漸矣)[27]라ᄒᆞ니 내일을 긔록ᄒᆞᄂᆞᆫ 거시 엇지 한갓 텬양(泉壤)을 위ᄒᆞᆫ 념녜리오

(然自此吾恐白晝探丸之事將起, 易言"履霜堅冰, 由來者漸。"吾所以誌於此三事者, 豈徒爲泉壤慮也 !)

이 부분에서도 원문에 주역을 인용함에 있어 '履霜堅冰, 由來者漸'라고 언급한 부분을 번역자는 비록 번역을 하지는 않았지만 '니상견빙지(履霜堅冰至), 기소유리재뎜의(其所由來者漸

26) 서리를 밟으면 단단한 얼음에 이르게 된다.

27) 그 원인으로부터 시작되어 나오는 것이 차츰차츰 이루어진 것이다.

矣)'로 완전한 문장으로 적고 한글 발음까지 달아 이해를 도왔다.

「검협」

오싱이 한 번 보믹 심신이 황홀호여 아모란 줄을 모르고 다만 거쳐홀 샌이라 이후로부터 복녹이 무량호여 왕후장상을 불워 아닐더라 마춤 대비지라를 당호여 뉴람이 싱을 다리고 경셩의 니르믹 스믹 안흐로 셔칙 호나를 내여 쥬엇더니 임의 닙장호여 글졔를 마나믹 남셩의 츰방호니 뉴남이 드딕여 친척【98】고 구와 인근 읍의 물망잇는 자를 청호여 잔치를 배셜호여 즐기니 노상의 관개 상망호고 좌즁의 의관이 경제혼지라 술이 반취호믹 뉴남이 소릭를 놉혀 ᄀᆞᆯ으대 좌긱은 또혼 오히원이엇던 사름인 줄을 아노라 복이 일족 검술을 배홀새 인간의 논닐다가 오놀놀을맛느니 우쥐 광활호딕 엇지 한 사름이 용납지못호리오 반싱을 낙쳑호여 거의 유심혼자를 불가호엿더니 마춤 시상의 셔호히원을 맛느믹 소믹 평싱의 문득 낭탁을 가우려 구급호고 나를 다려다가 가스를 젼탁호니 이는 관포지괴【99】라 이제 오히원이 공명을 닐워시니 복이 엇지 회음후의 밥 한그릇 갑기를 효축호리오 또혼 후세의 사름으로 호여금 협객듕의 진짓 사름이 이시물 표호미호고 말이 마즈믹 몸을 소소쳐 쳠하를 너머 홀연히 가니 모다 뉴남이 사름이 아닌줄 알더라

(生自此享用將於王侯。其年適當大比, 柳南偕生至都出一冊文。令生揣摩旣入場題盡與合發解南闈。柳南爲遍徵戚友, 及郡之有夙望者演劇讌賀賓客, 不期而至者數百人道上之冠蓋相望座間之巾裘相棱酒酣。柳南抗聲起曰 : "君輩亦知吳解元爲何如人乎? 僕挾劍術遊人間迄少所遇竊, 以宇宙之廣豈無一人知我者, 故落拓自放冀有所得吳解元遇於闤市。初不相知遽肯解囊拯急携我, 偕歸委以諸事真我鮑叔哉。今解元名立利, 全此中得以稍慊顧僕豈淮陰望報者流哉。亦使後世知我輩中未嘗無人耳。言訖聳身向簷倏忽已逝, 衆始知柳南爲非人。)

이 부분에서 원문에도 없는 내용 '오싱이 한 번 보믹 심신이 황홀호여 아모란 줄을 모르고 다만 거쳐홀 샌이라'를 번역자가 첨가하여 앞에 경국지색에 대한 보충 설명을 했으며, 밑줄 친 원문 '鮑叔'을 관포지교로 번역하였고, 원문 '淮陰望報者'를 '회음후의 밥 한 그릇'으로 추가로 번역하여 주었다. 이렇게 첨역을 덧붙인 부분을 보면 번역자는 기본적인 역사적, 문학적 소양 없이는 이런 첨역은 불가능한 것이다.

이번 장에서 『閒談消夏錄』의 한글 번역의 양상을 크게 세 부분으로 나누어 직역한 부분, 의역과 생략을 가한 부분, 첨역과 부연설명을 한 부분 등을 살펴보았다. 직역이나 의역, 생략 등의 상황은 번역의 과정에서 충분히 가능한 일이다. 하지만 번역을 함에 있어 첨역을 하거나 부연설명을 한다는 것은 번역자의 기본적인 문 · 사 · 철 소양이 뛰어나야 가능하다고 생각된다. 위에서도 언급을 했듯이 간단히 언급된 한글자의 한자로 인물의 이름을 유추하거나, 고사

를 인용하여 해석을 하거나 원문에 없는 내용을 독자의 이해를 돕게 끼워 넣거나, 『주역』에 언급된 구절을 번역자가 몇 글자 더 첨가하여 완성된 문장을 만들거나 하는 작업은 번역자가 기본적인 배경지식을 충분히 지니고 있음을 반증해주는 예시라고 할 수 있다.

이상은 국립중앙도서관에 소장되어 있는 한글 번역 필사본 『閒談消夏錄』에 수록된 30편의 작품을 읽고 분석한 것이다. 『消夏錄』이라는 제목의 한글 필사본으로 인해 한국 고소설 단편집으로 인식되던 『閒談消夏錄』은 원래 중국 翠筠山房에서 道光 4年(1878) 王韜의 『遯窟讕言』 160편과 朱翊淸의 『埋憂集』 210편을 합본한 것이다. 간행 당시 『遯窟讕言』의 작품 160편 중 30편을 삭제하고, 『埋憂集』의 작품 210편을 그대로 가져오되 4편의 제목을 조금 수정하고, 추가로 새로운 작품 4편을 더 추가하여 344편을 구성하여 편찬하였다. 그렇게 간행된 문언소설 합본집 『閒談消夏錄』 12권 12책은 국내 유입되어 奎章閣에 소장되어 있고, 그 저본을 바탕으로 한글로 번역되어 필사로 남겨져 전해지게 되었다.

현재 유전되고 있는 한글 번역 필사본 『閒談消夏錄』 겉표지에 '共十六'이라고 쓰여 있는 정황을 볼 때 '卷十二'로 구성된 중국판과는 다르게 '16권'으로 목차를 구성하여, 이미 당시 전문이 번역되었을 것으로 추정을 했다. 16권으로 된 전문이 다 번역되었기 때문에 표지에 '共十六卷之一' '共十六卷之二' 등과 같이 순서를 매기는 것이 가능했을 것이다. 안타깝게도 권2까지만 남아있고, 나머지는 유실되어 이런 주장이 추정에 그칠 수밖에 없다. 하지만 현존하는 작품 30편을 읽고 분석하는 것만으로도 상당히 가치 있는 일이기에, 중국어 원문과 한글번역본을 다 읽고 내용을 크게 지인과 지괴류 11편, 협의와 공안류 2편, 애정과 인정류 5편, 사회와 풍자류 5편, 역사와 영웅류 2편, 불교와 도교류 5편으로 분류하였다.

志人志怪 소설, 唐 傳奇 등을 비롯해서 『聊齋志異』를 모방한 작품들이 상당수 있기에 문언소설사에서 매우 중요한 자리를 차지하리라 본다. 더욱이 당시 유입된 많은 중국소설 중에서 이 작품이 번역되어 남겨졌다는 것은 『閒談消夏錄』의 국내 위상에 대해 다시 한 번 생각하게 만든다. 매우 정련된 궁서체로 필사되어 있는 정황만 보더라도 번역 필사자의 소양을 가히 짐작할 수 있었지만 번역 양상을 살펴보면서 더욱 확신하게 되었다.

번역은 크게 직역, 의역 및 축약, 첨역과 부연의 방식으로 이루어졌는데, 특히 첨역을 했던 부분들은 원문의 단어 하나를 가지고 인물을 유추하고, 스토리를 끌어내고, 『주역』에 언급된 문장을 완성시키는 등의 부연 방식으로 번역을 했는데 이런 양상을 보면서, 어느 정도 지식과 교양 수준을 갖춘 사람이 번역하고 필사했을 것으로 확실히 추정할 수 있다.

第二部

한담소하록 1·2권 번역

제1장 閒談消夏錄 卷一上

1) 동ᄒᆡ노슈(東海老叟)

▌편찬자 번역

동해고도(東海孤島)의 중봉(中峰) 지역에 은둔자 한 명이 살고 있었다. 원래 월(粤)지역 사람은 아니었으나, 병난을 피하여 월 땅에 거처한지 오래되어서, 스스로 별호(別號)를 충허노수(冲虛老叟)[28]라고 하였다.

노수는 오동(吾東)에서 성장하였으며, 유학(儒學)에 정통하기로 이름이 나 있었다. 어려서부터 학문을 좋아했고, 성장할 때 유난히 똑똑하고 영민하여 일반사람들과 달랐다고 한다. 글을 읽음에 있어서도 한 번 읽으면 읽은 내용을 잊어버리지 않아, 그 지역 사람들이 크게 칭찬하여 말하길 "그 집에 과연 재자(才子)가 태어났다."라고들 하였다. 16세에 이미 박사 제자(弟子)의 일원이 되니, 축하하는 손님들이 집 앞에 가득하였다.

그러나 노수는 이런 분위기에 개의치 않고, 여전히 책을 잡고 글을 읽었다. 이런 모습을 보고 친척 형님이 칭찬하기를 "이 아이는 우리 집 천리구(千里駒)[29]라" 하며, 시(詩) 한 수를 읊었다.

> 옆을 봐도 명사들이 칭찬함을 알지 못하고　(見榜不知名士賀)
> 연회에 올라도 관현의 즐김을 알지 못한다.　(登筵未識管絃歡)

노수가 이 시를 듣고, 갑자기 책을 덮고 말하길, "그렇게 많은 박사 제자들이 있는데, 한낱 그 중에 하나가 되었다고 어찌 축하를 바랄 수 있겠습니까! 훗날 마땅히 천하를 위해 기이한 계책을 세워 세상에 공을 세울 것입니다. 절대 세치 혀를 놀리는 모수(毛遂)처럼 '낭중지추(囊中之錐)'를 운운하지는 않겠습니다. 그렇게 되지 못하면 차라리 포의(布衣)를 입고 산림에 은거하며 낚시 대를 드리우며 한가로이 살겠습니다."라고 하였다고 한다. 이 말을 듣고 친척 형님이 더욱더 기특하게 생각하였다.

---

28) 『둔굴난원』 원문에서는 충허노수(冲虛老叟)가 맞다. 『한담소하록』에서 동해노수(東海老叟)라고 바꾸었으나, 『한담소하록』 원문에서 군데군데 다 바꾸지 못한 흔적이 남아있다.

29) 뛰어나게 잘난 자제(子弟)를 칭찬(稱讚)하는 말

나이 약관(弱冠)에 이미 과거에 뜻을 버리고, 오로지 경사(經史)에만 힘을 쏟아 문객들과 작은 것까지 담론하고 분석하니, 마치 살코기를 꼬치로 끼운 듯 '일이관지(一以貫之)' 하였고, 특히 지리(地理)에 해박하여, 매번 험준한 산천이나, 또는 고금(古今)의 역사에서 전쟁하던 장소를 만나면, 이곳의 승패와 존망에 대해 설명하는 것이 마치 손바닥위에서 일어나는 일을 말하는 것 같이 통달해 있었다. 평생 술을 좋아하고, 유람하기를 좋아하여, 멀고 가까움을 따지지 않고, 홀로 유려한 산수와 아름다운 곳을 지날 때면 술을 부어 신(神)께 예를 올리고, 시(詩)를 읊어 아름다운 강산을 치하하였다.

성품이 호방하여 사귀고 교류함에 있어 일가(一家)에 제한을 두지 않으니, 같이 어울리는 자들이 사해(四海)에 가득하고, 문장과 지조로 서로 권면하였다. 누구를 막론하고 재주를 가진 자는 반드시 칭송하였고, 옹졸한 자가 가까이하려고 하면 과감하게 물리쳤다. 올곧은 성품으로 인해 사람들과 잘 어울리지 못하였기 때문에, 스스로 태연자약(自若)[30]한 사람이라 하였다.

영험하다는 바위산 좌측에 별업(別業)을 꾸며 '도원(弢園)'이라 이름을 짓고, 학문을 닦고 마음을 수양하는 장소로 삼았다. 언덕[一邱]과 골짜기[一壑]가 있는 곳에서 학 한 마리[一鶴], 그리고 거문고 [一琴]를 갖추고, 그윽하고 한적한 경지를 즐겼다. 학문을 하고 나머지 여가시간에는 산에서 놀고 물가를 유람하고, 학이 깃드는 곳에서, 거문고를 타고, 퉁소를 부니, 스스로 기쁨이 가득하였다.

세상의 명리를 탐하는 욕심을 버렸기에, 초연하게 세상에 쓰이고자 하는 뜻도 버릴 수 있었다. 단지 의로움을 좇아 노닐다가, 문득 깨달음을 얻으면 자신의 뜻을 시(詩)로 읊었다.

문장을 꾸민들 결국 어디에 쓸 것인가!	(文章金粉終何用)
떠도는 신세 부질없어 스스로 한탄한다.	(身世飄零空自嗟)
만리 밖 고향 산천의 봄도 이미 지났건만,	(萬里家山春已老)
일생 풍월을 생각해보면 얼마 차이가 있겠는가?	(一生風月念多差)

글 자체가 세상일을 개탄하는 뜻이 깊어, 책 좀 읽는다는 자들이 "거암(蘧菴)[31]의 뜻이 담겨 있는 듯하다"라고 하였다. 이에 노수가 탄식하며 말하길 "사람들이 모두 꿈을 꾸고 있어 몽롱한데, 세상은 오히려 도도(滔滔)히 끝없이 흘러가고 있습니다. 그러나 저 역시도 장주(莊周)[32]

30) 외부의 어떤 자극에도 동요되지 않고 자신만의 스타일을 유지하는 것을 말함.

31) 명초(明初) 천태종 승려.

32) 장자(莊子)의 호접몽을 말함.

의 호접몽을 벗어날 수 없습니다."라고 하였다. 고향 사람들이 노수에게 세상에 나아가 벼슬하기를 권할 때면, 노수는 웃으며 아무 말도 하지 않고, 자신이 살고 있는 집 대문[33]에 걸린 문장을 큰 소리로 읽으니, 마치 그 소리가 지진과도 같이 울렸다.

팔호(八戶) 굉광(宏光) 순숙(順叔)은 동영(東瀛)의 유명한 선비였다. 바다를 건너 월(粵) 땅에 이르렀는데, 마침 노수의 명성을 듣고, 그 집에 가서 한 번 보고, 매우 기뻐하여, 그 둘의 사귐이 매우 깊어졌다. 하루는 노수에게 이르길 "선생은 이미 성장할 때부터 특별하여 명성이 자자했기 때문에 나라에 큰 그릇이 될 것입니다. 그런데 어떠한 연고로 이런 곳에 숨어 지내시는지요? 옛날 왕안석(王安石)이 '출사하지 않으면 나라의 꼴이 어떻게 되겠는가!'라고 하였던 그 뜻을 생각해보지 않으셨는지요? 별채 이름을 도원이라고 짓고 부질없이 문장만 다듬고 스스로 즐기고 있으니, 이는 사람들이 선생에게 바라는 바가 아닐 것입니다."라고 하였다.

그 말에 노수가 말하길 "노자(老子)가 가로되 '백(白)을 알면 흑(黑)을 지키고, 졸(拙)한 것은 잘 감추는 것, 그것이 道(도)이다'라고 하였습니다. 이것은 제가 종신토록 지킬 덕목입니다. 지금 조정에는 문신으로는 이윤[34]과 고요[35] 같은 이들이 있고, 무신으로는 위청[36]과 곽거병[37] 같은 이들이 있어, 빛나는 문장으로 서로 권면할 뿐 아니라, 씩씩한 장수들이 가득하여 소위 어느 때보다 좋은 시기라고 볼 수 있습니다. 저 같은 자가 어찌 감히 얕은 지식으로 세상에 빛나길 바랄 수 있겠습니까! 오직 음풍명월에 의지하여 성정(性情)을 도야(陶冶)하고, 하늘이 명하신 바를 따를 뿐입니다."라고 하였다.

순숙이 노수의 고고한 말을 듣고 탄복하여 말하길 "광일(曠逸)하다, 군자여! 이것이 『주역(周易)』에서 말하는 이른 바 '그 뜻이 고상하여, 왕후를 섬기지 않는다.'[38]라는 것이구나."라고 말하고, 친구에게 부탁하여 노수의 행적을 기록하게 하고, 별전(別傳)으로 만들어, 여러 지역에 유포하였다. 또 칭찬하기를 "재주를 가졌으나, 뜻한 바 있어, 하늘 높이 솟아있으니, 가히 세상에 비할 자가 없다. 이는 옛날의 도(道)를 지키는 것으로 낙을 삼았던 선비인 것이다. 그렇다고 어찌 세상에 쓰일 뜻이 전혀 없을 수 있겠는가? 세상에 쓰인다면, '차례차례 벼슬에 올라

---

33) 형문(衡門) : 은둔자가 사는 곳을 말하는 것으로, 두 개의 기둥에 옆으로 된 횡목을 가로질러 만든 허술한 대문을 말한다.

34) 중국 은나라 탕왕 때의 명상(名相)인 이윤(伊尹)

35) 요순 때의 현신(賢臣)인 고요(皐陶)

36) 한 무제(漢武帝) 때의 명장인 위청(衛青)

37) 한 무제(漢武帝) 때의 명장인 곽거병(霍去病)

38) 고상기지(高尙其志), 불사왕후(不事王侯)

출세할 것이고, 쓰이지 못하면 심산유곡의 은둔자처럼 되는 것이니 가까이로는 노수선생과 같은 사람을 볼 수 있는 것이다."라고 하였다.

▌번역 필사본

【1】[39]한담쇼하록 권지일

동희노슈

동희고도 동봉의 한 은둔ᄌᆡ[40] 이시니 본ᄃᆡ 월(粵) 인은 아니나 병난을 피ᄒᆞ여 월 ᄯᆞ희[41] 거ᄒᆞᆫ지 오ᄅᆡ고 스스로 별호ᄒᆞ야 ᄀᆞᆯ오ᄃᆡ 츙허노수라ᄒᆞ다 노슈 오동의 셩장ᄒᆞ야 유업을 졍통ᄒᆞ니 당시의 유명ᄒᆞ더라 어려서브터 ᄒᆞᆨ문을 됴하ᄒᆞ고 ᄌᆞ름이 영민ᄒᆞ여 범인과 다르고 글을 닑으ᄆᆡ[42] 일남 쳡긔ᄒᆞ여 능히 종신토록 닛지[43] 아니니 일향(一鄕) 사름이 다 ᄎᆡᆨᄎᆡᆨ[44] 칭션왈 그 집의 진짓[45] ᄌᆡᄌᆞᄅᆞᆯ 두엇다 ᄒᆞ더라 십뉵세의 박ᄉᆞ 뎨ᄌᆞ(弟子)【2】의 비원ᄒᆞ니 하ᄀᆡᆨ[46]이 만좌ᄒᆞᄃᆡ 노쉬 서안을 ᄃᆡᄒᆞ야 글을 낭독ᄒᆞ며 심상히 보고 뜻을 아니ᄒᆞ니 족형(族兄)이 칭찬ᄒᆞ야 ᄀᆞᆯᄋᆞᄃᆡ 이 ᄋᆞ희ᄂᆞᆫ[47] 우리집 천리귀라 ᄒᆞ고 인ᄒᆞ여 일슈(一首) 시(詩)ᄅᆞᆯ 읇허 노슈ᄅᆞᆯ 경계ᄒᆞ니 기시의 왈

견방부지명ᄉᆞ하(見榜不知名士賀)오 방을 보고 명ᄉᆞ의 치하ᄅᆞᆯ 알지 못ᄒᆞ고
등연미식관현환(登筵未識管絃歡)을 연셕의 올나 관현의 즐기믈 아지 못ᄒᆞᄂᆞᆫ 도다

노쉬 이 글을 보고 돈연히[48] ᄊᆡᄃᆞ라 ᄎᆡᆨ을 덥고 대왈 구구ᄒᆞᆫ 박ᄉᆞ 뎨ᄌᆡ 엇지 족히 유ᄌᆞᄅᆞᆯ 위ᄒᆞ여 치하ᄒᆞᆯ ᄇᆡ리오 타일(他日)의 맛당히[49] 쳔하ᄅᆞᆯ 경계ᄒᆞ며 긔이ᄒᆞᆫ 계【3】교ᄅᆞᆯ 베러 불 세

---

39) 쪽수는 국립중앙도서관에서 제공한 이미지 사진 중 내용이 있는 사진부터 첫 번호를 다시 매겼다.
40) 은둔ᄌᆡ : 은둔자가
41) ᄯᆞ희 : 땅에
42) 닑으ᄆᆡ : 읽으매
43) 닛지 : 잊지
44) ᄎᆡᆨᄎᆡᆨ : 책책. 크게 외치거나 떠드는 소리
45) 진짓 : 짐짓, 과연(아닌 게 아니라 정말로)
46) 하ᄀᆡᆨ : 賀客, 축하하는 손님
47) ᄋᆞ희ᄂᆞᆫ : 아이는
48) 돈연히 : 1) 조금도 돌아봄이 없게 2)소식 따위가 끊어져 감감하게 3)어찌할 겨를도 없이 급하게

지공을 닐월 거시어ᄂᆞᆯ 엇지 노슈의 ᄌᆞ천ᄒᆞ믈 효축ᄒᆞ리오 불연 죽출ᄒᆞᆯ 이 갈건 포의(布衣)로 산림 쳔석(泉石)의 한가히 놀고 창강연파의 어옹이 되기ᄅᆞᆯ 원ᄒᆞᄂᆞ이다 족형이 더욱 그말의 장ᄒᆞ믈 긔특히 너기더라 나히 약관(弱冠)의 과업을 바리고 경ᄉᆞ(經史)의 힘쓰고 손[客]을 ᄃᆡᄒᆞ여 경의ᄅᆞᆯ 논란ᄒᆞᄆᆡ 문답이 여류ᄒᆞ여 호(毫)리ᄅᆞᆯ 분석ᄒᆞ고 ᄉᆞ(史)긔ᄅᆞᆯ 관통ᄒᆞ며 디리(地理)ᄅᆞᆯ 겸전50)ᄒᆞ여 ᄆᆡ양 산쳔이 험익ᄒᆞ고 고금 젼ᄌᆡᆼ(戰爭)ᄒᆞ던 곳을 맛ᄂᆞ면 능히 승ᄑᆡ 존망을 말ᄒᆞ여 교연히 손으로 가르친 ᄃᆞᆺ ᄒᆞ고 평ᄉᆡᆼ의 술흘 즐기고 놀기ᄅᆞᆯ 됴【4】하ᄒᆞ여 독장망혀로 두로 단녀 원근을 혜지 하니ᄒᆞ고 산명슈려ᄒᆞᆫ 곳을 지나면 술흘 부어 통음ᄒᆞ고 시ᄅᆞᆯ 읇허 가국을 창화ᄒᆞ더라 셩품이 질탕 호방ᄒᆞ여 ᄉᆞ괴여 노ᄂᆞᆫ 재히 내의 가득ᄒᆞ여 문장과 긔졀노 셔로 권면ᄒᆞ며 사ᄅᆞᆷ이 한 ᄌᆡ조의 장궤이시면 기리기ᄅᆞᆯ 미불용국하고 혹 용속ᄒᆞᆫ 사ᄅᆞᆷ이 갓거이 이시면 물니치기ᄅᆞᆯ 유공불급51)ᄒᆞ니 이러므로 사ᄅᆞᆷ이 다 긔한이고 강ᄒᆞ믈 ᄭᅳ리ᄃᆡ 노쉬 심ᄉᆡ ᄌᆞ약(自若)ᄒᆞ더라 염암좌편(靈嚴左偏)의 별업을 짓고 슈원이라 일홈ᄒᆞ여 오유서식ᄒᆞᄂᆞᆫ 곳을 삼으니 일구 일학과 일ᄒᆞᆨ 일금【5】이 유한ᄒᆞᆫ 경ᄀᆡᄅᆞᆯ 가초앗더라 글니저은 여가의 산슈의 유람ᄒᆞ고 ᄒᆞᆨ을 깃드리며 거문고ᄅᆞᆯ ᄐᆞ고 소요 ᄌᆞ득ᄒᆞ여 소견세련ᄒᆞ고 초연이 세상의 다시 쓰일 쓰지 업더니 일족호협ᄒᆞ여 노니다가 문득 뉘 웃고 연접 시ᄅᆞᆯ 지어 뜻슬 베프니 기시의 왈

문장금분동하용(文章金粉終何用)고 문장의 금분이 맛ᄎᆞᆷ내 어ᄃᆡ 쓰일고
신세표령공자ᄎᆞ(身世飄零空自嗟)ᄅᆞᆯ 신세표령ᄒᆞ니 ᄇᆞ절업시 스스로 ᄎᆞ탄하도다
만리가산춘이로(萬里家山春已老)오 만리 가산의 봄이 임의52) 늙어시니
일ᄉᆡᆼ풍월염ᄌᆞᄎᆞ(一生風月念多差)ᄅᆞᆯ 일ᄉᆡᆼ의 풍월을 ᄉᆡᆼ각ᄒᆞ미 어긔으미 업도다

그 글이 세ᄉᆞᄅᆞᆯ ᄀᆡ탄ᄒᆞᆫ 쓰지 깁허시며 셔ᄌᆡ의 제익【6】ᄒᆞ여 왈 거암이라ᄒᆞ니 ᄃᆡᄀᆡ 탁의ᄒᆞᆫ ᄇᆡ 잇더라 일족 탄식ᄒᆞ여 ᄀᆞᆯᄋᆞᄃᆡ 사ᄅᆞᆷ이 다 몽듕의 몽연ᄒᆞ거ᄂᆞᆯ 세상 사ᄅᆞᆷ이 오히려 도도(滔滔)히 그러ᄒᆞ니 나ᄂᆞᆫ 장쥬(莊周)의 호졉몽을 면치 못ᄒᆞ리로다 향(鄕)니 사ᄅᆞᆷ이 노슈 다려 세상의 ᄂᆞ가 벼슬 ᄒᆞ기ᄅᆞᆯ 권ᄒᆞᄃᆡ 노쉬 웃고 말 아니코53) 시뎐의 형문 장귀ᄅᆞᆯ 고셩낭독ᄒᆞ니 소리 금옥울 마으ᄂᆞᆫᄃᆞᆺ ᄒᆞ더라 팔호(八戶) 굉광(宏光)의 자ᄂᆞᆫ 손슉(順叔)이니 동ᄒᆡ의 명 하시라

---

49) 맛당히 : 마땅히
50) 겸전(兼全) : 여러 가지를 완전히 갖춤
51) 유공불급하다 (唯恐不及) : 오직 미치지 못할까 두려워하다
52) 임의 : 이미
53) 아니코 : 아니하고

바다흘 건너 월ᄯᆞᄒᆡ 니르러 노슈의 일홈을 듯고 그집의 ᄂᆞᄋᆞ가 한번 보고 환약(歡若) 평ᄉᆡᆼ(平生)ᄒᆞ여 교계 쥬밀 ᄒᆞ더라 일일은 노슈다려 일너 왈 션ᄉᆡᆼ이 셩장지【7】년의 긔이ᄒᆞᆫ ᄌᆞᄅᆞᆷ으로 명망이 이셔 나라ᄒᆡ 큰 그릇이 될 거시어ᄂᆞᆯ 엇진 연고로 농모ᄉᆞ이의 슘어이셔 옛ᄂᆞᆯ 왕안셕(王安石)의 ᄂᆞ가지 아니ᄒᆞ면 그 창ᄉᆡᆼ의 엇지 ᄒᆞ리오 ᄒᆞ던 ᄯᅳᆺ을 ᄉᆡᆼ각지 아니ᄒᆞᄂᆞᆫ다 셔ᄌᆡ 일홈을 슈원이라 ᄒᆞ고 브졀업시 문장을 졀ᄌᆞ 탁마(琢磨)ᄒᆞ여 스스로 즐기니 션ᄉᆡᆼ의게 바라던 ᄇᆡ 아니로다 노슈 ᄀᆞᆯᄋᆞᄃᆡ 노ᄌᆞ(老子)의 말ᄉᆞᆷ의 ᄀᆞᆯᄋᆞᄃᆡ 흰거슬 알면 거믄거슬 직흰다ᄒᆞ니 내 장ᄎᆞᆺ 종신토록 직히고ᄌᆞ ᄒᆞ노라 이제 도령의 문신의ᄂᆞᆫ 이윤과 고요 가ᄐᆞ니 잇고 무신의ᄂᆞᆫ 위청과 곽거병 ᄀᆞᄐᆞ니 이셔 셔로 권면ᄒᆞ여 욱욱ᄒᆞᆫ[54] 문장과 규규ᄒᆞᆫ[55] 무렬【8】이 도영(녕)의 가득ᄒᆞ니 이ᄂᆞᆫ 니른바 쳔ᄌᆡ일시(千載一時)라 복이 엇지 감히 비박ᄒᆞᆫ ᄌᆡ질노 셩명ᄒᆞᆫ 세상의 외람히 ᄌᆞ현(自炫)ᄒᆞ리오 오직 음풍영월ᄒᆞ여 셩졍을 가다드머 하ᄂᆞᆯ의 명ᄒᆞ신 바ᄅᆞᆯ 슌슈ᄒᆞᆯ ᄯᆞᄅᆞᆷ이라 ᄒᆞᆫᄃᆡ 손슉이 노슈의 고강ᄒᆞᆫ 말을 듯고 무연 탄복 왈 광일ᄒᆞ다 군ᄌᆞ여 이ᄂᆞᆫ 쥬역(周易)의 니른바 그 ᄯᅳᆺ슬 놉혀 왕후ᄅᆞᆯ 셤기지 아니 ᄒᆞᄂᆞᆫ ᄇᆡ로다 ᄒᆞ고 그 벗의게 부촉ᄒᆞ여 노슈의 ᄒᆡᆼ젹을 찬즙[56]ᄒᆞ고 별젼 일젼을 ᄆᆡᆫᄃᆞ라 국듕의 뎐파ᄒᆞ고 ᄯᅩ 찬을 지어 왈 ᄌᆡ조와 ᄯᅳᆺ슬 품어 운한의 소ᄉᆞᄂᆞᆫ지라 가히 비ᄒᆞᆯ거시 업ᄉᆞ니 이ᄂᆞᆫ 옛적 도ᄅᆞᆯ 직【9】희여 낙을 삼ᄂᆞᆫ 션ᄇᆡ라 엇지 세상의 ᄡᅳ지 업ᄉᆞ리오 세상의 ᄡᅳ이면[57] 횡ᄒᆞ고 ᄡᅳ이지 ᄆᆞᆺ하면 감초일거시니 산림은 군자로 지목ᄒᆞ미 ᄯᆞᄒᆞᆫ 노슈션ᄉᆡᆼ을 엿게 보미라 ᄒᆞ더라

▌원문

東海孤島之中峰有隱者焉, 非粤産, 而以避兵, 僑寄於粤居久之, 自號口 : "冲虛老叟"。

老叟生於吳下, 世通儒理, 有名於時, 少好學, 資賦穎敏迥異凡兒。讀書數行俱下, 一展卷, 卽能終身不忘。一鄕人, 之咸嘖嘖嘆羨曰 : "某家有子矣!" 年十六補博士弟子員, 賀客盈門, 而叟方執卷, 朗吟置不爲意, 其族兄稱之曰 : "此子我家, 千里駒也。"

幷引近人詩 "見榜不知名士賀, 登筵未識管絃歡"之句, 以調之叟, 卽釋卷對曰 "區區一衿何足爲孺子重輕。他日, 當爲天下畫奇計, 成不世功。安用此三寸毛錐子哉? 不然寧以布衣, 終老泉石, 作烟波釣徒一流人也。" 族兄益靑其言。

---

54) 욱욱(煜煜) : 빛나서 환하다

55) 규규(赳赳) : 씩씩하고 헌걸차다

56) 찬즙 : 찬집(纂輯)의 잘못, 자료를 모아 분류하고 일정한 기준 밑에 순서를 세워 책을 엮음

57) ᄡᅳ이면 : 쓰이면

弱冠卽棄擧子。業, 致力經史。偶與客談論, 辨析毫芒如肉貫串。於史尤精地理, 凡遇山川扼塞, 及古今用兵爭戰之處, 輒能言其勝敗, 暸如指掌。生平嗜酒好遊, 蠟屐携笻, 不問遠近, 歷佳山水, 則引巵大嚼, 神與默契。長於詩歌, 跌宕自豪, 不名, 一家交遊所及滿海內, 無不以文章氣節相砥礪, 人有一技之長譽之。弗容口, 而見凡近齷齪者, 擯之門牆如恐弗及以是人, 或憚其崖岸之高而叟自若也。

叟於靈巖左偏, 築一別墅, 名曰 '弢園', 爲藏修游息之所。一邱、一壑、一鶴、一琴, 備極幽閒勝致。誦讀之暇, 玩山臨水, 調鶴撫絃, 蕭散自喜。籍以消遣塵慮, 超然有不復用世之志。少嘗好狹邪遊, 後並悔之, 曾於咏蝶詩, 中自見其志。中二聯云 :

"文章金粉終何用, 身世飄零空自嗟。萬里家山春已老, 一生風月念多差。"

其寄慨深矣, 遂顔其讀書之齋曰 "蘧菴蓋有所托也"。嘗嘆曰 : "人皆夢夢, 世尙滔滔。吾其爲莊周矣乎"。鄕人有勸其出仕者, 笑而不答, 爲抗擊誦衡門之首章響震金石。

八戶宏光, 順叔, 東瀛之名儒也。渡海至粵耳。遯叟名, 造廬請謁, 旣見, 歡若平生, 訂世外交甚密, 嘗謂叟曰 : "先生以盛年抱負奇姿, 璠璵品望, 鬱爲國珍, 固此邦之南金也。奈何閟彩韜光, 屈蹤隴畝? 安石。'不出, 其如蒼生何?' 今乃以 '弢園' 名室, 空以琢磨文字自娛, 甚非所望於先生也。

遯叟曰 : "老子有言 '知白守黑, 拙者善藏之道也。' 吾將終身守之。今朝廷之上, 則有伊、皐, 行陣之問, 則有衛、霍。文武競勸, 中外, 咸孚。黼藻隆乎, 奮揚鴻烈, 此千載一時也。僕何敢以非材薄植自炫於明時, 惟嘲弄風月, 陶冶性情, 以自適其天而已。"

順叔聞之, 憮然有間曰 : "曠逸哉! 君也! 此『易』所謂 '高尙其志, 不事王侯者'歟?" 順叔特囑其友撰次始末, 爲別傳一篇, 郵寄其國中, 而幷系以贊曰 : "懷才負志, 含貞抱璞, 矯然於霄漢, 而不可方物, 其古之有道之士歟? 顧彼豈無意於世者哉? 用之 : 則爲鴻漸, 不用則爲蠖屈, 如僅目爲山林隱逸者流, 亦淺之乎, 視老叟矣。

2) 운경(韻卿)

▌편찬자 번역

강소(江蘇) 오강(吳江) 지역에 살고 있는 심씨(沈氏) 일가는 고상하게 시문(詩文) 읊기를 좋아하는 가문이다. 일찍이 『우몽당문집(午夢堂文集)』[58]을 간행하였고, 좋은 시문이 사람들에게 회자되는데 큰 공헌을 했다. 그 중 『반생향(返生香)』 일집(一集)은 섭소란(葉小鸞)이 지은 것으로, 특히 그 표현이 아름답다고들 한다. 소란은 영리하고 능력이 매우 뛰어났으나 애석하게도 어린 나이에 갑자기 요절(夭折) 하였다. 사후에 소승과 더불어 불경(佛經)을 담론할 수 있게 불가에 의탁하여, 시구(詩句)로써 참선(參禪)하게 하였다. 오(吳) 지역의 심동위(沈桐威)[59] 저서 『해탁(諧鐸)』에, "인간 세상에 어찌 이와 같은 여자가 있으리오. 문인들이 지닌 뛰어난 실력을 가지고 태어나, 규중에서도 여러 종류의 문장이 끊어지지 않게 하였다."라고 평가하였다.

또한 항주(杭州) 손씨(孫氏)네도 권문세족이었다. 중구(仲矩) 한생(翰生)에게 운경(韻卿)이라는 딸 하나가 있었는데, 생김새가 아름답고 행동거지가 단정하여 부모가 마치 손바닥 위의 보석과도 같이 사랑하고 아꼈다. 어려서부터 집의 가숙(家塾)에서 형제들과 함께 글을 읽었는데, 성격이 예민하고 총명하여, 한 번 읽은 것은 능히 외울 수 있었고, 또 7언의 근체시를 매우 아름답게 지으니, 모든 형제들이 믿을 수 없다는 듯 탄복하며 "이 아이는 우리 집안의 여자 사마상여(司馬相如)[60]이다."라고 하였다. 하지만 타고난 체질이 약하여 자주 병에 걸려, 늘 약을 달고 살았다.

하루는 묘선암(妙善菴)의 비구니 '명지(明智)'가 우연히 그 집을 지나가다 운경을 보고, 인간 세상의 사람이 아닌 것을 감지하고, 그 모친에게 "귀댁의 사랑하는 따님은 원래 석가세존의 제48번째 제자로, 지금 인간 세상에 강림하여 겁운을 겪고 있는데, 수명을 다하지 못할까 걱정됩니다. 만약 소승을 따라 출가하여 삭발위승하면 인과(因果)[61]를 얻어 다시는 업진에 빠지지 않을 것입니다."라고 말하였다. 운경의 모친은 그 말이 하도 황당하여 여승을 물리치니, 그 여승이 계속 한숨과 탄식을 하며 사라졌다.

한 달이 지나고 운경의 병이 더욱 깊어져, 의원을 청하여 치료하였지만 모든 의원을 다 불러

---

58) 『우몽당문집(午夢堂文集)』은 숭정(崇禎) 9년이던 1636년 섭소원(葉紹袁)의 저작 및 부인과 딸의 시문(詩文)을 모아 간행한 책으로, 명말 사회와 문학, 인정과 풍속 등에 대한 진귀한 자료들이 풍부하게 들어있다.

59) 심동위(沈桐威:1741~？)의 본명은 기풍(起風), 자(字) 동위(桐威), 호(號)는 췌어(贅漁), 또는 홍심사객(紅心詞客)이고, 소주(蘇州) 사람이다.

60) 사마상여(司馬相如) : 중국 전한의 문인. 부에 있어 가장 아름답고 뛰어나, 초사(楚辭)를 조술(祖述)한 송옥(宋玉)·가의(賈誼)·매승(枚乘) 등에 이어 '이소재변(離騷再變)의 부(賦)'라고도 일컬어진다. 수사존중(修辭尊重)의 풍(風)이 육조문학(六朝文學)에 끼친 영향은 크다. 주요 저서에는 『자허부』 등이 있다.

61) 불교의 인과(因果) : 인과는 원인과 결과의 상대개념으로 구성되어 있다. 씨앗을 뿌리면 싹이 돋아나듯이 과에는 반드시 인이 있게 마련이며, 이 인과사상은 업(業)을 기반으로 삼고 있다. 업은 사람이 마음과 입과 몸으로 짓게 되는 갖가지 생각과 말과 행위로서, 이 업이 인과 과를 결속시키는 매체로서 작용하게 된다. 따라서, 불교사상에 있어서의 인과는 업인업과(業因業果)를 의미한다.

치료를 해도 속수무책이었다. 운경의 부모는 이번엔 필경 살리지 못할 것이라 생각하고, 관을 짜놓고 장례치를 준비를 해놓았다. 그날 밤 운경이 눈을 감은 상태로 눈썹을 살며시 찡그렸다. 가슴에서 실낱같은 기운만 느껴질 뿐, 방안은 온통 망조의 기운이 감돌고 있었는데, 문뜩 이전에 왔었던 묘선암 여승이 나타났다.

운경의 어머니가 울며 "우리 아이가 이 상태인데도 살 수 있는지요?"라고 묻자, 여승은 합장을 하며 "불력(佛力)이 무량하여, 깨우치기만 하면 극락으로 들어갈 수 있으니, 걱정할 바가 없습니다."라고 말하였다. 모친이 딸아이의 목숨이 경각에 달린 것을 알고 드디어 여승의 말대로 하였다. 여승은 목어(木魚)를 아이의 귀를 향해 두드리고, 소리를 높여 염불을 하니, 아이가 문뜩 눈을 살짝 뜨고, 마치 바라보는 듯하였다.

여승이 백 여 번을 넘게 염불을 하니, 운경이 머리를 숙이고 생각하는 바가 있는 듯하다가, 이윽고 스스로 일어나 합장, 배례하였다. 여승이 운경에게 "네가 어디에서 왔는지 아느냐?"라고 물으니, 운경이 "전생에 향안(香案)앞에 나아가 향을 피우고 은(銀)으로 된 화병에 버들가지를 꽂았습니다.[62)]"라고 하였다. 여승이 또 묻기를 "그렇다면 네가 이제 어느 곳으로 가야 하는지 아느냐?"라고 하니, 운경이 "다시 북궐(北闕) 금광전(金光殿)에 올라, 사방(巳方)[63)]을 관리하고 잎사귀마다 불경[貝葉書]을 써야 합니다."라고 대답하였다.

여승이 말하길 "지금까지 네가 앓고 있는 병의 원인이 번뇌(煩惱)였음을 알겠느냐?"라고 또 물으니, 운경이 "금곡(金谷)의 구슬이 있다고 하나 결국 구할 수가 없고, 옥루(玉樓)의 꿈을 꾸지 않아야 비로소 편안해질 수 있습니다."라고 대답하였다. 여승이 "그렇다면 이미 가사(袈裟)[64)]를 걸친 것이니, 모든 치욕을 견딜 수 있겠느냐?"라고 물었다. 운경이 "옛날 사덕(師德)은 자신의 얼굴에 뱉은 침이 마르기를 기다렸고, 혜강(嵇康)도 화를 참았기에 주먹으로 맞지 않았다고 들었습니다."라고 대답하였다.

이 말에 여승이 "너는 번화한 곳을 아느냐?"라고 물었다, 운경은 "은(銀)으로 만든 열 개 대열의 선박 안에서 봄을 맞은 나그네가 진주로 만든 문을 닫고, 밤늦게 술병을 따는 것입니다."라고 대답하였다. 여승이 "그렇다면 넌 청적(淸寂)한 곳을 아느냐?"라고 묻자, 운경은 "천척(千尺)이나 높게 쌓인 눈 속에서 학 한 마리가 날개 짓하고, 가을날 찬바람에 부러진 대나무 가지

62) 버들가지의 뿌리는 물을 정화시켜 맑게 해주는 정화작용을 하여 물병의 감로수를 더욱 맑게 하여 고통받는 중생에게 뿌려서 구제받을 수 있게 해준다.

63) 24방위(方位)의 하나로 정남에서 동으로 30도를 중심(中心)한 15도 각도(角度) 안의 범위(範圍)라고 한다.

64) 장삼 위에 왼쪽 어깨에서 오른쪽 겨드랑이 밑으로 걸쳐서 입는 승려의 법의.

가 집을 덮어버린 것입니다."라고 대답하였다. 여승은 "그렇다면 마음이 동(動)한다는 것을 아느냐?" 운경은 "사사로이 봄날 주렴을 걷고, 앵무새에게 한가로이 가을 난간의 원앙에 대해 묻는 것입니다."라고 대답하였다.

이에 여승은 "너는 공정(空定)[65]한 곳에 들어가는 것을 아느냐?" 운경이 대답하기를 "은(銀)으로 된 매미가 와도 마음에 흔적이 없고, 황엽(黃葉)[66]조차 아침에 문을 두드릴 수 없는 것을 말합니다."라고 대답하였다. 운경의 대답이 민첩하고 조금도 어긋남이 없는 것을 보고, 옆에서 죽음을 지켜보던 사람들이 모두 기뻐하였다. 그러며 여승의 신통함에 탄식하니, 여승이 말하길 "이 아이는 원래 불가에 뿌리를 두었기에, 자연스럽게 깨달음을 얻을 것입니다. 3년 후에 제가 다시 왔을 때는 이미 불가에 귀의하는 이치를 알 것입니다."라고 말하였다.

여승이 돌아간 후에, 결국 운경은 혼인을 하지 않았다. 그녀의 모친은 딸아이를 위하여 청파문(淸波門)에 암자 하나를 지어, 딸아이가 수도할 곳을 마련해 주었다.

이 일은 이운거(李雲渠) 선생이 기록한 것이다. 운거선생은 손씨(孫氏)네와는 이종친척 관계였기에 사건을 진술함이 매우 상세하였다.

▌번역 필사본

운경

강소(江蘇)간의 심시(沈氏) 이시니 일문이 다 가ᄉᆞ를 음영하기 의닉고 우몽당(午夢堂) 문집이 이셔 세상의 회ᄌᆞᄒᆞ고 그 듕의 ᄯᅩ한 반ᄉᆡᆼ향(返生香) 문집 한 권이 이시니 이ᄂᆞᆫ 셥소란(葉小鸞)의 지은 ᄇᆡ오 더욱 긔이하고 염ᄐᆡ이시물 닐ᄏᆞᆺ더라 소란이 명혜 졀뉸ᄒᆞ고 쳥츈의 요ᄉᆞᄒᆞ야 신혼이 표탕ᄒᆞ야 불【10】가의 투탁ᄒᆞᄆᆡ 승니로 더브러 불경을 강논ᄒᆞ며 글귀ᄅᆞᆯ 창화ᄒᆞ여 불젼의 ᄎᆞᆷ션ᄒᆞ니 혜심을 가히 알더라 오듕의 잇ᄂᆞᆫ 심동위 말ᄒᆞᄃᆡ 세간의 엇지 이가튼 녀ᄌᆡ 이시리오 반드시 문인의 윤ᄉᆡᆨ한 ᄇᆡ나규 각동 문장이 ᄊᆞᆫ허지지 아니믈 가히 알니로다 ᄯᅩ ᄒᆞᆼ쥬(杭州) ᄯᆡ 손시(孫氏)ᄂᆞᆫ 고가ᄃᆡ족이오 한 녀ᄋᆡ 이시니 일흠은 운경(韻卿)이라 미목이 션연ᄒᆞ고 거지란 아ᄒᆞ니 부ᄆᆡ ᄉᆞ랑ᄒᆞ야 장동보옥가치 너기더라 어려셔브터 셔당의이셔 뎨형을 조ᄎᆞ 글을 닑으ᄆᆡ 셩품이 총혜ᄒᆞ여 글을 한 번 보ᄆᆡ 능히 외오고 찬즙ᄒᆞᆫ바 오칠언 뉼시 심히 쳥녀

65) ① 모든 현상은 인연 따라 모이고 흩어지므로 거기에 불변하는 실체가 없다고 주시하는 선정(禪定). ② 분별과 망상이 끊어진 선정(禪定). 분별과 차별을 일으키는 마음 작용이 소멸된 선정(禪定).

66) 불교용어로, 천상(天上)의 즐거움을 설하여 인간들의 악을 그치게 하는 것을 비유할 때 사용.

년미ᄒᆞ니【11】 뎨형이 스스로 밋지 못ᄒᆞ믈 탄복ᄒᆞ여 왈 이ᄂᆞᆫ 우리집 녀ᄌᆞ 듕 ᄉᆞ마상예라 ᄒᆞ더라 그러나 약질이라 병ᄒᆞ여 홍상의 약을 일삼더니 일일은 모희암니고의 일흠은 명지니 우연히 그집을 지ᄂᆞ다가 여ᄋᆞ 운경을 보고 인세간 ᄉᆞᄅᆞᆷ이 아닌줄을 짐작ᄒᆞ고 놀ᄂᆞ 그 모친ᄃᆞ려 말ᄒᆞ여 왈 귀ᄐᆡᆨ ᄉᆞ랑ᄌᆞᄂᆞᆫ 석가세존의 뎨ᄌᆞ로셔 세간의 강ᄉᆡᆼ하여 겁운을 밧고 ᄯᅩ 슈한이기지 못ᄒᆞᆯ ᄃᆞᆺᄒᆞ니 만일 노신을 ᄯᆞ라 출가ᄒᆞ여 삭발위승ᄒᆞ면 인과를 어더 업진의 다시 촉락지 아니리라 ᄒᆞ니 그 말이 황당ᄒᆞ다ᄒᆞ여 물니치니 니괴 차탄ᄒᆞ믈 마지 안코가【12】더라 그 후 월여의 여ᄋᆞ의 병이 고극ᄒᆞ여 의원을 청ᄒᆞ여 치료ᄒᆞ니 모든 의원이 ᄆᆞ혀 안ᄌᆞ보고 쇽슈무ᄎᆡᆨ이어ᄂᆞᆯ 그 부ᄆᆡ 필경 구ᄒᆞ여 ᄉᆞ지 못ᄒᆞᆯ 줄을 알고 습염제구를 가초아 노앗더니 이ᄂᆞᆯ 져녁의 녀ᄋᆡ 눈을 ᄡᅥ 보며 가슴의 실ᄂᆞᆺ가튼 은긔 잇거ᄂᆞᆯ 일실이 비황 망조ᄒᆞᆯ 즈음의 모션암 니괴 홀연이 니르거ᄂᆞᆯ 녀ᄋᆞ의 모친이 울며 니러마ᄌᆞ며 왈 녀ᄋᆡ 이ᄯᆡ의 가히 ᄉᆡᆼ되이시랴 ᄒᆞᆫᄃᆡ 니괴 합장ᄃᆡ 왈 불녁이 무량ᄒᆞ여 머리ᄅᆞᆯ 두ᄅᆞ면 능히 언덕의 올나 공문의 둘지니 반드시 근심ᄒᆞᆯᄇᆡ 업다 ᄒᆞ거ᄂᆞᆯ 부인이 녀ᄋᆞ의 명ᄌᆡ 경ᄀᆡᆨᄒᆞ물 보고【13】 드ᄃᆡ여 니고의 말ᄃᆡ로 조ᄎᆞ니 니괴 목어(木魚)로ᄡᅥ 녀ᄋᆞ의 귀ᄅᆞᆯ 향ᄒᆞ여 소ᄅᆡᄅᆞᆯ 놉혀 념불ᄒᆞᆫᄃᆡ 녀ᄋᆡ 홀연히 눈을 ᄯᅳ고 미미히 보ᄂᆞᆫᄃᆞᆺ ᄒᆞ더니 념불을 ᄇᆡᆨ여번을 ᄒᆞᄆᆡ 녀ᄋᆡ 머리ᄅᆞᆯ 숙이고 ᄉᆡᆼ각ᄒᆞᄂᆞᆫᄇᆡ 인ᄂᆞᆫᄃᆞᆺ ᄒᆞ다가 이윽고 스스로 니러ᄂᆞ 합장ᄇᆡ례ᄒᆞᄂᆞᆫ 형상을 ᄒᆞ거ᄂᆞᆯ 니긔 녀ᄋᆞᄃᆞ려 닐어 왈 네 어ᄃᆡ로 조ᄎᆞ 왓ᄂᆞᆫ 줄을 아ᄂᆞᆫ다 ᄒᆞᆫᄃᆡ 녀ᄋᆡ 답왈 셔일 향안ᄋᆞᆲ히 난향울 치우고 은병울 시셔 냥뉴지를 밧들기의 이것노라 ᄒᆞ거ᄂᆞᆯ 니괴 ᄯᅩ 문왈 그러ᄒᆞ면 네 어ᄂᆡ 곳을 조ᄎᆞ 갈줄울 아ᄂᆞᆫ다 ᄒᆞᆫᄃᆡ 녀ᄋᆡ 답왈 내 다시 북궐 금강뎐의 울나【14】서 방ᄑᆡ엽셔를 듕슈ᄒᆞ리라 ᄒᆞᆫᄃᆡ 니긔 왈 연즉 네 이제 알ᄂᆞᆫ병이 번뢰ᄒᆞᆫ곳을 아ᄂᆞᆫ다 모르ᄂᆞᆫ다 ᄒᆞᆫᄃᆡ 녀ᄋᆡ 답왈 금곡의 구슬이 이시나 ᄆᆞᄎᆞᆷ내 구ᄒᆞᆯ 길이 업ᄉᆞ니 옥누의 ᄭᅮᆷ이 업셔야 바아흐로 편안ᄒᆞ리라 ᄒᆞᆫᄃᆡ 니긔 왈 연즉 임의 가ᄉᆞ의를 닙어시니 모든 욕을 ᄎᆞᆷ을 줄을 아ᄂᆞᆫ다 모르ᄂᆞᆫ다 ᄒᆞᆫᄃᆡ 녀ᄋᆡ 답왈 옛ᄂᆞᆯ 누ᄉᆞ덕이 ᄆᆞᄎᆞᆷ내 ᄂᆞᆺ치 침이 마르기ᄅᆞᆯ 기ᄃᆞ리고 ᄒᆡ강의 몸의 힘힘ᄒᆞᆫ 주머리 부ᄃᆡ치지 아녓다 ᄒᆞ거ᄂᆞᆯ 니긔 왈 네 정적ᄒᆞᆫ 곳을 아ᄂᆞᆫ다 모르ᄂᆞᆫ다 ᄒᆞᆫᄃᆡ 녀ᄋᆡ 답왈 ᄒᆞᆨ의 등의 천젹 셜이 ᄃᆞᆺ게 ᄂᆞᆯ고 뒷가지의 바ᄅᆞᆷ【15】이 한집 가울의 부셔젓다 ᄒᆞ거ᄂᆞᆯ 니긔 왈 네 ᄆᆞᄋᆞᆷ이 동ᄒᆞᄂᆞᆫ 곳을 아ᄂᆞᆫ다 모르ᄂᆞᆫ다 ᄒᆞᄃᆡ 녀ᄋᆡ 답왈 ᄉᆞᄉᆞ로 이 봄ᄂᆞᆯ의 방로울 것고 ᄋᆡᆼ무ᄅᆞᆯ 향ᄒᆞ여 무르며 적적히 ᄉᆞᄅᆞᆷ 업ᄂᆞᆫ곳의 청산 갓흔 아미ᄅᆞᆯ ᄉᆡᆼ권다 ᄒᆞ거ᄂᆞᆯ 니긔 왈 네 긍졍ᄒᆞᆫ 곳의 드러가물 아ᄂᆞᆫ다 모르ᄂᆞᆫ다 ᄒᆞᄃᆡ 녀ᄋᆡ 답왈 은갓흔 ᄆᆡ아미 ᄯᅩᄒᆞᆫ 니르ᄆᆡ ᄆᆞᄋᆞᆷ이 ᄌᆞ최 업고 황엽이 아ᄎᆞᆷ 울 년ᄒᆞᄆᆡ 문울 두다리지 아니ᄒᆞᄂᆞᆫ 도다ᄒᆞ고 대답이 민쳡ᄒᆞ여 됴금도 거칠거시업고 황연이 병인ᄒᆞᆯ인ᄃᆞᆺᄒᆞ니 모다깃거ᄒᆞ며 니고의 신통ᄒᆞ믈 탄복ᄒᆞ니 니긔 왈 이 낭ᄌᆡ 본ᄃᆡ 혜심이 이셔【16】 졍과를 ᄌᆞ연ᄡᆡᄃᆞ를 거시니 삼연 후의 내 다시 와 져로ᄒᆞ여금 삭발 위승ᄒᆞ리라 니긔 도라간 후의 녀ᄋᆡ ᄆᆞᄎᆞᆷ내 싀집 가지 아니ᄒᆞ더라 부인이 여ᄋᆞ를 위ᄒᆞ여 청파 문밧긔 적은 암ᄌ ᄒᆞᄂᆞᆯ 지어 여ᄋᆞ의 청심 슈도 ᄒᆞᆯ곳을 삼으니라 이 일이 니운거(李雲渠) 션싱의 찬술ᄒᆞᆫ빅니 운거션싱이 손시(孫氏)로 더브러 동표지쳑이 되ᄂᆞᆫ고로 본말을 말ᄒᆞ미 심히 ᄌᆞ세 ᄒᆞ더라

▌원문

江蘇吳江, 沈氏一家, 皆嫻吟詠, 刻有『午夢堂集』, 膾炙人口, 中有「返生香」一集, 爲‘葉小鸞’所作, 尤稱奇艶。小鸞明慧絶倫, 惜破瓜之年, 遽爾夭逝。死後, 皈依釋氏, 與衲子, 談經以詩句, 參禪甚見慧心。吳中, ‘沈桐威’著『諧鐸』一書中, 有一則頗拾其牙慧成疑, 世間未必有此等女子, 係文人爲之粧點, 而抑知閨閣名姝近, 亦不乏固非盡屬子虛也。

杭州孫氏, 巨族也。仲矩中翰生, 有一女, 名曰 ‘韻卿’ 眉目娟好, 體態端姸, 父母愛之不啻掌上珠, 少在家塾從諸兄, 讀書性絶警慧, 過目輒能誦習, 所撰五七言近詩淸麗芊綿, 諸兄自嘆弗如, 因目之曰 “此吾家女‘相如’也。”

顧身弱多疾, 常事藥鐺有‘妙善菴’ 尼 ‘明智’ 偶過其家, 見之驚爲非世間人語, 其母曰 “此釋迦座下, 第四十八尊, 妙女特度世受刧耳. 壽恐弗永若能從老尼出家, 可證因果, 不致再爲墮落矣。” 母以其言荒誕斥之, 尼嗟嘆而去。

越一月, 疾果劇, 羣醫束手. 父母知其不起, 棺衾咸備。是夕女目瞑眉斂胸前, 但有一絲微氣而已正在闔室悲惶之際, 而‘妙善菴’尼忽至, 孫母哭而迎問曰 “此時尙可生否?” 尼合掌言曰 “佛力無邊, 回頭是岸, 能入空門, 是必無憂也”, 孫母以其女命在須臾, 遂聽所爲。尼乃以‘木魚’向女耳畔, 高宣佛號。

女忽開眸微睇, 誦至百聲女點頭微會若有所思, 久之忽自起於床, 合手和南作頂禮狀, 尼因問曰 “汝知從何處來?” 女答曰 : “慣趨香案添檀炷, 當滌銀瓶供柳枝。” 尼問曰 : “汝從何處去?” 女答曰 : “再登北闕金光殿, 重理四方貝葉書。”

尼曰 : “然則現在之病汝知煩惱處否?” 女曰 “金谷有珠終莫救, 玉樓無夢始相安。” 尼曰 : “然則旣着袈裟汝知忍辱處否?” 女曰 “師德面終乾俗唾, 嵇康身不着閒拳。” 尼曰 : “汝知繁華處否?” 女曰 : “十隊銀船春結客, 三更珠戶夜開樽。” 尼曰 : “汝知淸寂處否?” 女曰 : “鶴背寒翹千尺雪, 竹梢風碎一家秋。” 尼曰 : “汝知動心處否?” 女曰 : “私向春簾問鸚鵡, 閒憑秋檻數鴛鴦。”

尼曰 : “汝知入空定否?” 女曰 : “銀蟬[67]到地心無跡, 黃葉連朝不打門。” 女對答敏捷絶不留

---

67) 『둔굴난원』에서는 蟾, 『한담소하록』에서는 蟬.

滯恍, 若無病闔家皆大歡喜歎尼之神。尼曰:“此女慧根, 尙在雖係口頭禪, 但悉證前因可成正覺, 三年之後, 我來同渠披剃也。”

歸後, 女竟不嫁, 孫母爲出貲建, 一家菴於‘淸波門’爲女淸修苦度之所是事, ‘李雲渠’所述: ‘雲渠’與‘孫氏’爲中表戚, 故得其顚末甚悉云。

3) 벽산소뎐(碧珊小傳)

▌편찬자 번역

북평(北平)의 호추사(胡秋史)는 유생이다. 집이 매우 가난하고 친척들도 별로 없어, 생계를 꾸리기도 어려웠다. 마침 과거를 볼 때가 되어, 짐을 챙겨 놓고 북경에 가서 과거를 보고자 했지만, 돈이 없어 근심을 하고 있었다. 그때 이웃에 사는 이생(李生)이 십금의 여비를 챙겨주어, 드디어 짐을 챙겨 상경하여 시험을 볼 수 있었다. 그리고 운 좋게도 합격의 영광을 누릴 수 있었다.

그 이듬해 남궁(南宮) 전시(殿試)에도 또 합격하여 광동성(廣東省) 지현(知縣)으로 발령을 받았다. 성(城)에 도착하여 고주(高州) 현령을 보좌하였는데, 공무 수행이 청렴하고 강직하기로 이름이 자자했다. 그러나 그 지역의 형세가 매우 고립되고, 도와주는 손길도 없어 가정의 살림살이가 편안할 수는 없었다. 이미 오랫동안 관직을 지내고 돌아오는데도 주머니는 텅 비어, 북쪽으로 돌아갈 희망을 버려야했고, 어쩔 수 없이 남쪽에 그냥 체류해야만 했다.

그 후에 고주(高州) 지역에 난(亂)이 일어나, 황급히 출행을 하였다가 불행히도 겨우 딸 하나만 남기고 세상을 뜨고 말았다. 딸아이의 아명(兒名)이 벽산(碧珊)이었는데 나이 10세에 혈혈단신으로 의지할 곳이 없는 외로운 신세가 된 것이다. 다행히 유모 구씨(區氏)가 아이를 불쌍히 여겨 자신의 집으로 데려가 착실히 바느질을 가르쳤다. 벽산이 워낙 총명하여 매번 한가할 때면 몰래 글자를 익히고, 당시(唐詩)를 낭랑하게 외울 줄 알았다. 성장하면서 점점 더 자태가 우아하고, 백옥 같은 피부를 가진 아름다운 여인으로 변모하여, 인근에서는 이런 미인을 찾아보기 힘들었다.

유모 구씨(區氏)에게는 왕아(旺兒)라는 건달 아들이 있었는데, 벽산의 아름다움을 보고, 어미에게 “이것이야말로 기화가거(奇貨可居)[68]네, 청루에 내놓게 되면 천금을 얻는 것은 문제도

68) 귀한 재화는 차지하는 것이 옳다는 뜻으로 여불위가 조(趙)나라에 볼모로 잡혀온 진(秦)나라 왕자 자초를

아니야"라고 말하였다. 유모는 이 말을 듣고 아들을 내쫓고, 상종도 하지 않았다. 왕아는 그 처와 둘이 계획을 세워 벽산을 집에 감추고, 어미에게는 '벽산이 집에 돌아가다가 병이 나서 사람을 시켜 유모를 찾는다.'고 거짓말을 했다. 유모는 얼른 죽을 챙겨 벽산을 보러 가겠다고 배에 올랐다. 떠나는 어미를 보고 왕아는 다시 집으로 돌아와 이번엔 벽산에게 '어미가 도중에 같이 갈 사람이 없어 벽산과 같이 동행하기를 원한다.'고 또 거짓말을 하였다.

벽산은 어렸기 때문에 그 속임수를 알지 못한 상태로 배에 올랐고, 왕아는 벽산을 양성(羊城)이라는 곳으로 데리고 갔다. 그리고 이미 알고 지내던 노파 이씨(李氏) 집에 벽산을 머물게 하고 '원하는 사람이 있는지 찾아 달라'고 부탁하였다. 벽산은 유모 구씨(區氏)가 어디에 있는지 물었으나, '여기 머물고 있으면 곧 올 것이니 걱정 말라'는 말만 반복했다.

선호가(仙湖街)에 요씨(廖氏) 성을 가진 노파[69]가 있었는데, 수원(穗垣)에 커대란 공연장 구란(勾欄)[70]을 가지고 있었다. 때마침 우연히 왔다가 벽산을 보고 "아름다운 규방의 미녀로구나, 하늘 아래 어찌 이런 아름다운 여자를 찾을 수 있겠는가?" 라며 급히 값을 물었다. '팔백 금'이라는 말에 노파는 "이런 아이는 천금을 주어도 구하기 힘드니, 한낱 웃음을 팔게 하지 않을 것이네. 이 아이가 일개 관리의 소실이 되어, 풍진(風塵)의 세상에 떨어져, 연화천골(烟花賤骨)이 되는 것은, 내가 원하는 바가 아니오."라고 하며 4백 금을 더 얹어주고 매매 문건을 작성하여 주었다.

벽산을 데려오니, 모든 여자들이 다 떼를 지어 찾아와 보고는, "정말 절세가인이다."라고 칭찬하였다. 벽산은 요노파의 집으로 온 그날부터 매일 눈물을 흘려, 마치 비가 온 듯 축축하게 베개가 젖을 정도로, 잠을 이루지 못했다. 요노파가 비록 백방으로 위로를 하고 달래보았지만 즐거워하지 않았다. 하지만 벽산의 아름다운 외모 때문에 손님들의 발길이 끊이지 않았다. 그럴 때마다 벽산은 매번 차를 따라 드릴 뿐이었다.

하루는 산서(山西)의 부자가 벽산의 외모를 보고, 그 아름다움을 흠모하여, 노파에게 육백 금을 주고 벽산과 첫날밤을 지내고 싶다고 제안하였다. 이에 벽산이 그 정황을 미리 알고 눈물을 흘리며 같이 있던 여인들에게 "저 부자가 아무리 돈이 많다고 하더라도, 우아한 기질이라곤 털끝만큼도 없는데, 내 관리의 여식으로서 어찌 저런 용속한 이에게 나의 순결을 허락할 수 있겠습니까! 만약 계속해서 나에게 강제로 권한다면 차라리 죽음을 선택할 것이지, 다른 뜻은

보고 한 말이다.

69) 중국어로는 '鴇母'라고 하여 경극배우 등 기생 등을 양성하는 기원(妓院)의 여자를 말한다.

70) 송대(宋代) 화본소설 등을 공연하던 공연장.

생각할 수 없습니다."라고 하였다.

노파는 이날 저녁, 산서 부자를 청하여 잔치를 준비하고, 벽산에게 술을 따라 주라고 계속 불렀으나, 그 시간 벽산은 이미 방문을 닫고 목을 매고 죽음을 선택했다. 그 순간 벽산의 영혼은 몸을 떠나 어떤 곳에 이르렀고, 그 곳에 백발(白髮) 노인이 몸에 청포(靑袍)를 두르고, 지팡이에 의지하고 한가로이 거닐다가 벽산을 보고 놀라 "네가 어찌 이곳에 이르렀느냐?"라고 물었다. 벽산이 눈물을 흘리며 그동안의 정황을 말하고, 이 굴레에서 벗어나게 해달라고 애걸하였다. 벽산은 "만약 제게 가르침을 주시면, 반드시 은혜를 갚겠습니다."라고 하였다. 이에 노인이 "네가 이제 돌아가면 관(冠)을 쓴 목원허(木元虛)라는 사람을 만나게 될 것인즉, 반드시 너를 구하여 해탈하게 도와줄 것이니, 빨리 돌아가 좋은 인연을 맺어라"라고 말하였다. 노인이 지팡이로 벽산의 등을 치니, 벽산이 놀라 잠에서 깨어났다.

방안은 노파와 여인들이 촛불을 밝히고 모여 앉아, 탕약을 먹이는 등 벽산을 구하려고 애를 쓰고 있었다. 벽산이 눈을 뜨고 희미하게 주위를 바라보니, 옆에서 지켜보던 사람들이 "벽산이 다시 살아났다"고 모두 기뻐하였다. 원래 노파가 사람을 시켜 벽산을 불러도 오지 않자, 친히 벽산에게 와보니 방문이 닫혀있었고, 여러 번 두드려도 열지 않아, 이상한 생각이 들어, 문을 부수고 들어왔다고 한다. 그런데 들어와 보니 벽산이 대들보에 이미 목을 매고 죽어있었던 것이다. 너무 놀란 노파는 급히 끌어내려 어떻게든 구하려고 밤이 될 때까지 옆에서 지키고 있었고, 산서 부자는 이를 알고 놀라 이미 도망을 친 상태였다.

이런 상황에서 벽산이 비로소 다시 회생하니, 모두 기뻐하며 위로하였다. 이후에는 감히 아무도 벽산에게 강제로 손님을 맞으라고 강요할 수 없었고, 벽산의 뜻대로 하게 다 맞혀주었다.

성동(城東)의 송군(宋君) 등영(登瀛)이란 사람은 사림(詞林)에서 유명한 사람이었다. 이 때 휴가를 얻어 집으로 돌아와 풍류를 즐기며 아름다운 여인을 찾아 날마다 기루를 왕래하였다. 그러던 어느 날 벽산을 한 번 보고 놀라, 그 사연을 묻고는 애석하게 여겼다. 벽산 또한 싫지 않은 뜻이 있었다. 송군은 벽산을 첩으로 들이고자 하였으나 몸값이 상당할까 걱정이 되어 노파에게 그 뜻을 비추었다.

노파가 "이 아이는 성품이 정숙하여 손님의 잠자리 시중을 원치 않을 것이기에, 저는 한 푼의 이익도 바라지 않습니다. 보기에 18~9세로 보이지만 아직 16세밖에 안되었습니다."라고 하였다. 이 말을 듣고 송군은 "이 아이가 그렇게 흠집이 없는 여자란 말이냐?"라고 물었다. 노파는 "소인이 어찌 감히 나리 앞에서 허언을 할 수 있겠나이까. 만약 나리께서 데려가서 귀한 금릉십이채(金陵十二釵)로 삼으시려고 한다면, 소인이 어찌 비싼 값을 받을 수 있겠습니까! 오백 금만 주시면 충분합니다."라고 하였다.

송군이 오백 금을 주고 바로 벽산을 데려와 별원에 머물게 하였다. 벽산은 능히 시사(詩詞)를 알고 또 비파를 연주할 줄 아니, 매일 꽃이 가득한 달빛을 마주하고 주렴 안에서 술을 대작하고 글을 읊으며, 비파를 타니, 둘의 사랑은 점점 지극해졌다.

그 후 송군이 벽산을 데리고 도성으로 들어가다 북평(北平)에 이르러, 벽산을 위해 호씨(胡氏) 성을 가진 자들을 찾아보았다. 글공부를 했다는 친척을 겨우 찾았는데, 과거에 급제하지 못했을 때, 납속(納粟)으로 곡식을 바치고 감(監)에 들어가 스승에게 수학하고, 그 다음해에 '국학(國學)'에 들어가 수학한지 3년 만에 종9품의 벼슬을 하여 '월동(粤東)' 현령이 된 사람이었다. 이로부터 자주 왕래하니 벽산은 이제야 정말 친척이 있다는 것을 느끼게 되었다.

하루는 날이 저물어 벽산이 송군과 함께 옛일을 회상하며 이야기하다가, 백발노인이 알려준 '목원허(木元虛)'란 단어가 떠올랐다. 하지만 아무리 생각해도 무슨 글자로 해석해야 할지 알지 못하였다. 송군이 가만히 생각하다가 웃으면서 "내 이제야 알겠소. 나무 목(木)에 관(冠)을 더하면 송(宋)나라 송(宋)이 아닌가, 목원허(木元虛)는 일찍이 '해부(海賦)'를 지었고, 그 안에 나오는 구절 '등영(登瀛)'이 나의 자(字)이니, 그 노인이 먼저 알려준 것이구료"라고 말하였다. 그 후 송군의 벼슬이 어사대부까지 이르고 벽산은 '부인'직첩을 받게 되었다.

▍번역 필사본

벽산소뎐

북평(北平) 호츄ᄉᆞ(胡秋史)ᄂᆞᆫ 본읍 궁ᄉᆡᆼ이니 집이 간난ᄒᆞ고 친족이 희소ᄒᆞ며 ᄉᆡᆼ계(生計) 무료(無聊)ᄒᆞ더니 ᄯᆡ의 ᄆᆞᄎᆞᆷ 과거를 당ᄒᆞ【17】여 장속을 출히고 경ᄉᆞ로 올ᄂᆞ가 과거를 보고ᄌᆞ ᄒᆞᄃᆡ 노비 업ᄉᆞ믈 근심ᄒᆞ더니 ᄆᆞᄎᆞᆷ 동접ᄒᆞ던 사ᄅᆞᆷ 니ᄉᆡᆼ(李生)이 십금을 쥬거ᄂᆞᆯ 드ᄃᆡ여 장숙ᄒᆞ고 경ᄉᆞ의 올ᄂᆞ가 응시ᄒᆞ엿더니 출방ᄒᆞᄆᆡ 방묵의 올르으고 ᄯᅩ 명년(明年)의 남궁(南宮) 뎐시의 입격ᄒᆞ여 당능 지현을 ᄒᆞ이시고 ᄯᅩ 고쥬(高州) 현령을 보궐ᄒᆞ니 자못 념직ᄒᆞᆫ 일흠이 이시나 형세 외롭고 구원ᄒᆞ리 업셔 능히 외임의 편안치 못ᄒᆞ고 임의 체직ᄒᆞ야 도라오ᄆᆡ 낭탁이 경갈ᄒᆞ여 남듕의 체류ᄒᆞ고 향니로 도라갈 가망이 업ᄂᆞᆫ지라 그 후의 고쥬(高州) ᄯᅩᄒᆡ 도적이 창궐ᄒᆞᄆᆡ 불의의 난을 맛ᄂᆞ【18】니 ᄉᆡᆼ이 도적의게 슌절하고 겨유 한 녀ᄋᆡ 보존ᄒᆞ니 일흠은 벽산(碧珊)이오 년보 십세라 혈혈무의ᄒᆞ여 ᄌᆞ못 셔후 고셩(孤星)지탄이 잇더라 녀ᄋᆞ의 유ᄆᆡ이셔 이 경경을 긍축히 너겨 집으로 다려오고 녀공을 착실히 가르치니 녀ᄋᆡ ᄌᆞ못 총혜ᄒᆞ여 ᄆᆡ양 한가한 ᄯᆡ를 당ᄒᆞ면 글시를 닉이며 고시를 낭낭히 외오더니 졈졈 자라ᄆᆡ 풍치 현연하고 긔뷔 ᄇᆡᆨ욱가ᄐᆞ 여그ᄧᆡᆨ이 다시 업슬 듯 ᄒᆞᄆᆡ 향니의셔 그 염ᄐᆡ를 닐ᄏᆞᆺ더라 유모의 ᄋᆞ들 왕ᄋᆡ (旺兒)라 ᄒᆞᄂᆞᆫ재 이셔 녀ᄋᆞ의 아ᄅᆞᆷ다오믈 보고 ᄆᆡ양 유모다려 닐너 왈 이ᄂᆞᆫ 긔이ᄒᆞᆫ 보ᄇᆡ니 청누 듕의 풀면 쳔금엇기【19】를 엇지 근심ᄒᆞ리오 유ᄆᆡ 물니치고 말 아니ᄒᆞ니 왕ᄋᆡ 그 쳐로 더브러 ᄭᅬᄒᆞ여 벽산을 집의 감초고 거ᄌᆞᆺ말노 벽산이 집으로 도라가다가 동노의 병 드러 젼위 ᄒᆞ여 사ᄅᆞᆷ으로 하여금 유모를 브르라ᄒᆞ니 유ᄆᆡ 즉시 ᄇᆡ를 ᄐᆞ고 벽산을 보려 갈ᄉᆡ 겨유 ᄇᆡ를 ᄯᅴ우ᄆᆡ 왕ᄋᆡ 도라와 벽산을 ᄯᅩ 속여 왈 유ᄆᆡ 모쳐의 가더니 작반하리 업서 너를 불러 동횡ᄒᆞ려 ᄒᆞᆫ다 ᄒᆞᆫᄃᆡ 벽산이 년유 ᄒᆞ므로 그 간계를 모르고 ᄇᆡ의 올으거ᄂᆞᆯ 왕ᄋᆡ 벽산을 다리고 양셩의 니ᄅᆞ러 친ᄒᆞᆫ 사ᄅᆞᆷ 니시(李氏) 노파의 집의 니서 벽산을 어ᄃᆡ 파라 쥬기를 부탁ᄒᆞ고 벽산이 유ᄆᆡ【20】 어ᄃᆡ 이시물 무른즉 속여 왈 미구의 올거시니 너ᄂᆞᆫ 이곳의 이서 근심말나 ᄒᆞ더라 이ᄯᆡ의 션호가(仙湖街)의 잇ᄂᆞᆫ 노고 요시ᄂᆞᆫ 구란이 능활ᄒᆞᆫ 녀ᄌᆡ라 ᄆᆞᄎᆞᆷ 왓다가 벽산을 보고 놀ᄂᆞ 왈 규각(閨閣)듕의 이가ᄐᆞᆫ 가려ᄒᆞᆫ 녀ᄌᆞᄂᆞᆫ 금시초견이라 ᄒᆞ고 급히 갑슬 뭇거ᄂᆞᆯ 팔ᄇᆡᆨ금을 달나 ᄒᆞᆫᄃᆡ 요시노파 왈 이가ᄐᆞᆫ 졀염의 녀ᄌᆞᄂᆞᆫ 쳔금을 가져도 능히 구ᄒᆞ지 못ᄒᆞᆯ 거시니 노신(老身)의 ᄯᅳ슬 이 녀자로 ᄒᆞ여 금일 위관인[71]의 소실을 삼고 풍진(風塵) 듕의 ᄲᅥ러져 년화쳔골(烟花賤骨)이 되기를 원ᄒᆞ지 아니 ᄒᆞ노라 ᄒᆞ고 사ᄇᆡᆨ금을 더 쥬고 문권을 닐위여 쥬거ᄂᆞᆯ 벽산을【21】 ᄎᆡ여의 담고 요파의 집으로 보내니 모든 녀랑이 ᄯᅦ지어 와셔 보고 ᄎᆡᆨᄎᆡᆨ 칭찬 왈 졀세가인이라 ᄒᆞ더라 벽산이 요파의 집으로 오므로브터 ᄆᆡ양 달야 혜읍ᄒᆞ고 누쉬 여우ᄒᆞ야 벼ᄀᆡ의 ᄉᆞ마쳐 잠을 니루지 못ᄒᆞ거ᄂᆞᆯ 요파 만단위로 ᄒᆞᄃᆡ 깃거 아니ᄒᆞ니 그 셜부 화용울 아껴 ᄒᆞ야 ᄎᆞᆷ아 달초를 더으지 못ᄒᆞ고 ᄆᆡ양 ᄀᆡᆨ이 오ᄆᆡ 챠를 밧드러 권ᄒᆞᆯ ᄯᆞ름이러니 일일은 산셔 (山西)의 잇ᄂᆞᆫ 부상ᄃᆡ괴 와셔 보고 ᄌᆞᄉᆡᆨ을 흠모ᄒᆞ여 이의 요파를 청ᄒᆞ여 쳔금을 쥬고 사가려 ᄒᆞ니 벽산이 그 긔미를 스쳐 알고 눈물을 흘니며 사ᄅᆞᆷ다려 닐너 왈 이 상괴ᄌᆞ【22】 두지족이 조금도 아담ᄒᆞᆫ 글격이 업ᄂᆞᆫ지라 쳡은 사환가 녀ᄌᆡ니 엇지 용속ᄒᆞᆫ 사ᄅᆞᆷ을 위ᄒᆞ여 건줄을 밧둘니오 만일 핍박ᄒᆞ물 보면 오직 한 번 죽을 ᄯᆞᄅᆞᆷ이오 다른 ᄯᅳ지 업노라ᄒᆞ더라 요파 이ᄂᆞᆯ 져녁의 산셔 상고를 청ᄒᆞ여 듕당의 잔ᄎᆡ를 ᄇᆡ셜ᄒᆞ고 벽산을 불너 술흘 권ᄒᆞ려 ᄒᆞ더니 벽산이 이ᄆᆡ 문을 닷고 목을 ᄆᆡ여 죽엇더라 황홀간의 벽산의 혼이몸을 ᄯᅥᄂᆞ 한 곳의 가보니 ᄇᆡᆨ발(白髮) 노옹이 몸의 청포(青袍)를 닙고 청녀장을 의지ᄒᆞ여 한가히 단니다가 벽산을 보고 놀나 왈 네 엇지 이곳의 니ᄅᆞ럿나뇨 ᄒᆞ거ᄂᆞᆯ 벽산이 눈물【23】을 훌녀 젼후ᄉᆞ상을 말ᄒᆞ며 화염 듕의 버셔ᄂᆞ기를 ᄋᆡ걸ᄒᆞ여 왈 만일 가르쳐 쥬시물 어드면 이 은혜난 ᄉᆡᆼᄉᆞ 난망이라 ᄒᆞᆫᄃᆡ 노옹이 ᄀᆞᆯᄋᆞᄃᆡ 네 이제 도라가면 과ᄎᆞ 목원허란 재 이셔 너를 구ᄒᆞ여 탈신케 ᄒᆞ리니 ᄲᆞᆯ리 도라가 냥연(良緣)

71) 爲一官人을 일위관인으로 씀.

을 니ᄋᆞ라 ᄒᆞ고 막ᄃᆡ로 등을 치거ᄂᆞᆯ 놀ᄂᆞ ᄭᆡᄃᆞᄅᆞ니 요파와 가인이 촉을 ᄇᆞᆰ히고 모혀 안ᄌᆞ 탕약을 흘니며 구호ᄒᆞ다가 벽산이 눈을 써 희미히 보거ᄂᆞᆯ 좌위 그 회ᄉᆡᆼᄒᆞᆫ 줄을 알고 모다하례 ᄒᆞ기를 마지 아니터라

션시(先是)의 요파 벽산을 불너도 오지 안커ᄂᆞᆯ 몸소 가본즉 문이 닷쳣고 녀러번 두다려도 녀지 안커ᄂᆞᆯ 고이히 너【24】겨 문울 ᄭᆡ치고 드러가 보니 벽산이 들보의 목ᄆᆡ여 죽엇거ᄂᆞᆯ 놀나 급히 글어ᄂᆞ려 구호ᄒᆞ며 밤이 맛도록 지키리니 상괴 ᄯᆞᄒᆞᆫ 파흥ᄒᆞ여 다라ᄂᆞ더라 어시의 벽산이 비로소 회생ᄒᆞ니 가인이 모혀 깃거 위로ᄒᆞ고 일노부터 감히 다시 핍박지 못ᄒᆞ야 녀랑의 ᄯᅳᆺᄃᆡ로 맛쳐두더라 셩동(城東)의 송군의 ᄌᆞᄂᆞᆫ 등영(登瀛)이니 산림 듕의 유명ᄒᆞᆫ 사ᄅᆞᆷ이라 이 ᄯᆡ의 슈유를 엇고 도라와 화류장듕의 놀기를 됴하ᄒᆞ여 ᄂᆞᆯ마다 왕내ᄒᆞ더니 벽산을 한 번 보고 놀나 그 가세를 무러 알고 극히 ᄋᆡ석히 너기니 벽산이 ᄯᅩ한 뉴련ᄒᆞᆫ ᄯᅳᆺ이 이시니 송군이 편방의 드리고ᄌᆞ ᄒᆞᄃᆡ【25】 그 갑시 ᄐᆡ과ᄒᆞᆯ가 저허ᄒᆞ야 요파의게 그 ᄯᅳᆺ을 통ᄒᆞ니 요파 왈 이 녀ᄌᆡ 셩품이 정숙ᄒᆞ여 손보기를 됴하아니ᄒᆞ니 노신의 집의 오믈브터 일즉 노신을 위ᄒᆞ여 엇지 일문젼을 어더 오물 보아시리오 이 녀ᄌᆡ 오히려 나히 ᄎᆞ지 못ᄒᆞ여시니 엇지ᄒᆞ리오 송군 왈 과연 그러ᄒᆞ냐 요파 왈 노신이 엇지 감히 귀ᄀᆡᆨ의 ᄋᆢᆲ히셔 허언을 ᄒᆞ리오 만일 귀인이 다려가 십이금ᄎᆞ 홍의 두려ᄒᆞ면 노신이 엇지 듕가를 바라리오 오ᄇᆡᆨ금을 어드면 ᄆᆞ음의 흡족ᄒᆞ리이다 송군이 오ᄇᆡᆨ금을 여슈히 쥬고 다려가 별원의 두니 벽산이 능히 시ᄉᆞ를 알고 ᄯᅩ 비【26】파를 줄타니 ᄆᆡ양 화됴월셕의 술흘 대작ᄒᆞ여 글흘 ᄋᆢᆲ흐며 비파를 ᄐᆞ고 항녀 지정이 극히 견권ᄒᆞ더라 그 후의 송군이 벽산을 ᄯᅡ라 고도셩의 드러 가다가 지ᄂᆞᆫ 길희 북평(北平)의 니르러 호ᄉᆡᆼ(胡姓)울 ᄎᆞᄌᆞ보니 그 족질이 글을 닑어 셩취 못ᄒᆞᄆᆡ 납속(納粟)ᄒᆞ고 감ᄉᆡᆼ의 드러 스ᄉᆡᆼ을 ᄯᆞ라 슈ᄒᆞᆨ ᄒᆞ며 명년(明年)의 국ᄒᆞᆨ의 드러 슈ᄒᆞᆨᄒᆞᆫ지 삼년의 종구품 벼슬을 ᄒᆞ이고 동월현령이 되엿더라 일노부터 비비 왕내ᄒᆞ여 정의 친척 가ᄐᆞᆫ지라 일일은 ᄂᆞᆯ이 져물ᄆᆡ 벽산이 송군을 더브러 옛 일울 말ᄒᆞ다가 인ᄒᆞ여 젼일 ᄇᆡᆨ발 노옹의 니ᄅᆞᆫ【27】바 과ᄎᆞ 목원허란 말을 ᄉᆡᆼ각고 왈아지 못게라 무ᄉᆞᆷ 글ᄌᆞ로ᄡᅥ ᄒᆡ석ᄒᆞᆯ고 송군이 침음냥구의 왈 ᄒᆡ득하엿노라 나무 목ᄶᆞ의 관ᄶᆞ를 더ᄒᆞ면 송나라 송ᄶᆞ 아닌가 목원헤 일즉 ᄒᆡ부를 지엇고 내 ᄌᆞᄂᆞᆫ 등영이니 경의 종신을 노옹이 몬저 고ᄒᆞ엿ᄂᆞ니라 송군이 그 후의 벼슬이 어ᄉᆞᄃᆡ부의 니르고 벽산이 ᄯᅩ한 부인직첩을 어덧다ᄒᆞ더라

▌원문

北平胡秋史, 諸生也。家貧族小生計, 無聊時値大比思, 欲束裝詣京苦無資斧, 適有同窓李生, 贈以金十笏爲旅費。遂得就試榜發獲中。

明年又捷南宮, 散館得知縣, 分發廣東。至省得補高州茂名縣缺之官。後頗有廉直聲。然以孤立寡援, 不能安於其任罷官。旣久宦囊愈空, 留滯南中無復北歸之望。

後遇高州亂起, 倉卒出行。遂及於難, 僅遺一女小字碧珊, 年甫十歲, 孑然無依, 頗有曙後星孤之歎。有女之乳媼區氏者, 憐之, 携歸已家。與之裹足梳頭教以針黹。閒時女每偸習書字讀, 唐詩琅琅上口。稍長風韻嫣媚, 長身玉立秀曼罕儔鄰里, 多艶稱之。區媼有子曰'旺兒'者, 無賴子也. 見女美每謂媼曰 : "此奇貨可居也, 鬻入章臺中, 何憂不立致千金耶?" 媼斥之乃不語。旺兒乃與其妻, 謀令僞歸而病也者遣使召, 媼媼卽挐舟奔, 視甫行, 而媼子'旺兒'返紿謂女曰 : "媼途中無伴招汝偕行。"

女年幼未知其詐, 遂同登舟携至羊城, 居於素識李嫗家, 托其覓人鬻去問, 媼何在, 則誑之曰 "徐當自至汝但居此勿憂也。"

適有仙湖街廖鴇母者, 穗垣中之大'勾欄'也。來見女啫[72]曰 : "好一閨閣嬌羞女子, 不殊珠宮玉天仙, 平康里中, 何能覓得亟?" 問價索'八百金' 廖婦曰 : "此等妖嬈, 難道 千金不能値得, 但去作倚門賣笑未免罪過, 老身意見欲令其將來, 爲一官人, 簉室庶有着落, 不願其淪落風塵中, 爲烟花賤骨頭也。" 繼以四百金署劵與。

歸廖舍姊妹行羣來, 探視嘖嘖羡曰 : "好姿首女" 自入此中, 每啜泣竟夕淚珠, 如雨濕透枕函。鴇母雖百方慰之, 不悅也。以其美不忍加以笞撻, 每有客至但令之棒茗碗調片岕而已。

一日, 有山西大賈, 見女艶之【願出六百金爲之梳攏, 媼利其貲許之女】[73]聞有成約, 痛欲覓死泣謂人曰 : "此賈自頂至踵, 毫無雅骨, 奴亦宦室女, 安能爲此俗流侍巾櫛奉衾裯哉! 必欲相逼惟有一死耳。"

是夕, 西賈席設畫堂招女相侑而, 女已闔戶投繯。恍惚間, 魂已離殼, 見在前有一青袍, 白鬚老者, 柱杖閒行見女咤曰 : "汝何爲至此" 女哭訴顚末幷拜求, 脫離火坑之。術曰 : "著蒙指示此恩生死不忘" 老者曰 : "汝今但歸自有冠者, 木元虛來, 爲汝解脫汝其速赴良緣。以杖擊其背霍然而醒。

則闔室人方秉燭環立灌救, 見女開眸微瞬羣慶曰 : "碧珊姊回生矣" 先是, 廖媼呼女, 不至, 親往視之, 則門已[74]閉, 屢撻[75]不啟知其有異破扉, 而入見女高懸梁際繡履躡空已作步虛仙

---

72) 『둔굴난원』에서는 啫, 『한담소하록』에서는 啫.

73) 『둔굴난원』에서만 있는 부분.

74) 『둔굴난원』에서는 已, 『한담소하록』에서는 巴.

75) 『둔굴난원』에서는 撾, 『한담소하록』에서는 撻.

子, 驚號解救喧嚷, 終夜西貫, 亦敗興踉蹌而遁至, 是始甦方相慰慶, 自是不敢復迫一切任由女意。

城東, 有宋君, 登瀛者, 詞林名宿也。時告假歸籍。喜爲狹邪遊訪艷尋香殆無虛。日一見女, 驚若素識詢, 其家世, 極爲憐惜。而女亦有宛轉相隨依戀不捨之意。宋思納女備媵妾之列恐其身價, 過奢因以意諷廖媼。廖媼曰 : "此女極崛強好人, 客都不肯就自入門來, 何曾爲老身贏得一錢。幾見有十八九女孩兒家尙未破瓜者耶。" 宋曰 : "此女果尙完璧乎" 廖媼曰 : "老身何敢在貢客前打誑語, 若肯貴手提携俾預'金釵十二' 老身, 亦不敢奢望。但得五百金卽已盈願。"

宋卽如數贖之居之別院。女畧能詩解, 彈琵琶。每値月影侵簾花香入牖置酒對酌, 時爲吟數曲鼓數弄伉儷之間極相愛, 悅雖神仙不啻也。

後, 宋同女入都, 順道訪北平, 胡姓, 則族中, 尙有姪讀書, 未成急爲納粟, 入監從師, 受業。期年選入國學, 肄業三載後, 循例得從'九品'職, 謁選得'粤東'從此往來如親串焉。

一夕女與宋, 偶述舊事因問老者, 所云冠者, 木元虛, 其隱語, 不知作何解, 宋沉思久之, 笑曰 : "得之矣。木字, 加冠非宋乎, 木元虛, 曾作'海賦' 余固字'登瀛'也。子之終身。老者, 已先告之矣。宋後官'御史', 女亦得授官誥云。

4) 잉매기(鸚媒起)

▌편찬자 번역

방영선(方瀛仙)은 양주(揚州) 감천(甘泉)의 유생이다. 대대로 소금을 팔아 이익을 내어 거상이 되었다. 그러나 방영선대에 이르러는 장사에는 관심을 두지 않고, 다른 사람에게 가산을 관리하게 하고, 매일 글을 낭독하고, 서예에 관심을 두어 금석 고문자를 해석하는 것을 즐겼다. 광제문(廣諸門) 밖에 별원이 있었는데, 호수와 바위, 정자와 누대를 모두 갖추어 놓고, 매번 여름이면 이곳에서 피서를 즐겼다.

그 이웃에 임씨(林氏)네 저택이 있었는데, 또한 관리를 지낸 집안이었다. 그 집에 '쌍영(雙影)'이라는 이름의 여식이 하나 있었다. 시사(詩詞)에 능했을 뿐 아니라, 용모 또한 매우 아름답고 뛰어났다. 이때 방영선은 아직까지 혼례를 치루지 못한 상태였기 때문에, 이 여자를 한 번도 만나보지 못함을 한으로 여기고 있었다.

임씨(林氏)집 후원이 방영선의 별원과 담을 마주하고 있었는데, 임(林) 소저가 항상 후원을 거닌다는 것을 알고는, 그때부터 방영선은 돌을 쌓아 산을 만들고, 그 위에 '내영(來影)'이라는 정자를 지었다. 그러자 임소저는 짐짓 그 뜻을 알고는, 다시는 그 곳에 가서 놀지 않았다. 방영선은 단지 정자에서 몰래 임소저의 소리를 듣고자 한 것이지만, 결국 그 뜻을 얻지 못하고 은하(銀河)가 지척임에도 불구하고 마치 세상 끝에 있는 듯하였다.

원래 이 지역 권문세가들이 매파를 보내어 임소저에게 구혼하는 사람이 많았으나, 임소저의 부친은 반드시 신랑 될 사람의 문필을 먼저 시험하였기 때문에 구혼하는 이가 드물었다. 방영선은 임소저와 혼인하려는 계획을 세우고 동문수학을 했던 친구에게 부탁하였으나, 임씨 댁에서는 방영선이 그저 부잣집 자제라는 이유만으로 선뜻 대답해주지 않았다.

하루는 마침 칠월칠석이 되어, 방영선은 하인들에게 정원을 청소하게 하고, 술과 과일을 준비하여 걸교(乞巧)[76] 하는 것을 구경하였다. 그때 문뜩 새 한 마리가 날아와, 부리에 물고 있던 편지를 떨어뜨렸다. 털빛이 푸르고 발톱은 붉었는데, 발목에 털실을 묶은 흔적이 있는 것으로 보아 사람이 기르는 앵무새임에 틀림없었다. 방영선이 급히 잡으려 하자 앵무새가 날개를 펼쳐 나무 위로 올라 앉아 말했다. "방수재(方秀才)는 이상하게 생각하지 마세요. 이건 우리 셋째 낭자가 지은 글이니, 속히 화운해주시면 규중(閨中)에 다시 전해드리겠습니다." 방영선이 글을 펼쳐보니 '작교선(鵲橋仙)' 사(詞)가 적혀있었다. 사(詞)의 전체적인 뜻은 '갑작스런 사랑이 규방에 찾아온다.'는 내용이었다. 방영선은 조용히 붓을 들어 쉬지 않고 삽시간에 화운하니, 앵무새가 나무에 앉아 보고 있다가, 바로 내려와 물고 가버렸다. 방영선이 이상히 여기고 단지 '흠'하고 탄식만 할뿐이었다.

원래 임소저가 하녀에게 앵무새를 목욕시키라고 명하고, 발에 묶어놓은 사(詞)를 풀으라고 하였는데, 하녀가 풀러 아무데나 놓으니, 앵무새가 그것을 물고 날개를 펼쳐 처마 밑으로 날아다니며 마치 무언가 뜻을 얻게 된 것처럼 날아다녔다. 하녀는 이 새를 길들인지 오래되어 다른 걱정을 하지 않고, 그냥 두었는데, 바로 방영선의 별원으로 날아가 버린 것이다. 임소저는 사람들을 시켜 새를 찾으려고 하였는데, 때마침 돌아 온 것이었다.

새가 글 하나를 물고 와서 임소저가 자세히 보니, 자신이 지은 사(詞)에 누군가가 화운한 것이었다. 그 내용은 다음과 같다.

빈 계단에 낙엽이 어지럽고 (空階亂葉)
한가한 정원엔 찬 이슬만 가득 (閒庭凉露)

---

76) 음력 7월 7일에 부녀자들이 마당에 음식을 차려놓고 직녀에게 바느질과 길쌈 재주가 좋아지기를 비는 일.

가을은 초엽보다 만추가 더 슬프다 (秋入離秋更苦)
홀로 난간에 기대어 상심가득 (獨憑欄角暗傷心)
견우성 직녀성을 말없이 바라본다 (看數到雙星無語)
거미는 바느질상자에 숨고 (蛛藏小盒)
바늘에 꿰어진 오래된 수실 (針古繡線)
아이 때처럼 게을러진 마음 (嬾作兒時情緒)
인연은 이미 두 곳에서 떠도는데 (因緣拚已兩飄零)
오늘밤 얼마나 함께할 수 있을까! (算多此今宵一聚)

임소저가 여러 번을 읊조려도 누가 보낸 것인지 이해하지 못했으나, 사(詞) 말미에 '쌍영(雙影) 여사(女史) 혜감(慧鑒), 영선(瀛仙) 근화(謹和)'라는 글귀를 발견하였다. 임소저는 자신이 지은 글을 이미 찾을 수 없게 되고, 마음 또한 놀라 이상하게 여기고 있었다. 임소저는 이 글로 인해 방영선이 글재주가 있다는 것을 알게 되었지만 감히 아버지께 아뢸 수가 없었다.

때마침 중추절(中秋節)이 되어, 임소저는 천녕사(天寧寺)에 가서 놀고자 하여, 작은 배에 몸을 실었다. 이날 방영선은 별원에서 책을 읽다가 돌아보니, 앵무새가 날아와 방영선의 앞으로 와서 "우리 집 셋째낭자께서 천녕사로 가려고 해요. 낭자의 얼굴을 보고자 한다면 천녕사 문밖에서 기다리면 그 뜻을 이룰 수 있을 것입니다."라고 하였다. 말을 마치고 날개를 펼치고 날아가니, 방영선이 앵무새의 말을 듣고 배에 올라 급히 천녕사로 향했다.

그러나 놀이를 나온 배들이 구름처럼 모여 있어, 임소저가 타고 온 배가 어느 것인지 분간할 수 없었다. 그때 작은 배 한척이 물결을 가르고 오는데, 배의 창문에 앵무새가 앉아있었다. 방영선은 "이것이 임소저의 배이구나!"라고 중얼거리더니, 사공에게 그 배 옆에 닻줄을 매고 정박하라고 명하였다. 그리고 배의 입구를 바라보니 임소저가 하녀들의 부축을 받고 내리는데, 그 아름다운 자태는 세상에 둘도 없는 절세가인이었다. 방영선이 뚫어져라 그쪽을 응시하자, 앵무새가 방영선을 급히 불러 "낭군께서 자세히 보십시오. 우리 집 셋째 낭자님이 오셨습니다."라고 하였다.

이 말을 듣고 임소저가 고개를 들어 방영선을 보았는데, 뚫어져라 바라보는 남자의 눈빛은 약간의 어지러움을 느껴질 정도로 강렬했다. 하녀에게 앵무새가 말을 그만하게 꾸짖게 하고, 배에서 내렸다. 그리고 하녀에게 조금 전 방수재(方秀才)가 어떤 사람인지 물었다. 하녀가 "뱃사람들에게 들으니 우리 집 옆에 사는 방영선이라는 공자랍니다"라고 하였다. 임소저는 아무 말도 하지 않았으나, 방영선의 준수한 용모를 보고 이미 마음이 움직였다.

방영선은 임소저를 보고 난 후, 집으로 돌아와 먹는 것도 잊고 '내영정(來影亭)'에 홀로 올라 임씨 저택을 바라보며, 복잡한 감정을 어쩌지 못하고 있었다. 그때 갑자기 새 한 마리가 날아오는 소리가 들려, 놀라 돌아보니, 앵무새가 처마에 앉아있었다. 방영선이 감사하다고 하며 "또 어떤 가르침이 있어서 이렇게 온 것이냐?"라고 물으니, 앵무새가 날개를 펼치고 공중으로 날아오르며, "빨리 매파를 보내어 옥녀(玉女)를 취하세요. 인연을 이룬 후, 저를 잊지 마세요." 라고 말하고는 날아가 버렸다.

방영선이 그 즉시 바로 매파를 보내어 청혼하니, 임소저의 부친이 조금도 반대하는 기색 없이 기꺼이 허락하여 길일(吉日)을 택하여 납빙(納聘)하였다. 그리고 날짜를 정하여 친영(親迎)하여 방영선의 집으로 데려왔다. 화촉을 밝히는 첫날 임소저에게 전날 이상한 일들을 말해주며, "이는 앵무새가 중매를 한 것이오. 내 맹세코 이런 큰 덕을 잊지 않겠소."라고 하였다.

방영선은 매일 아침 일찍 일어나 앵무새를 불러 친히 먹이를 주고 보살폈다. 그 이후 앵무새가 죽게 되자, 평산당(平山堂) 옆에 묻고 '앵무총(鸚鵡塚)'이라고 이름하고, 비석을 세우고 그 사적을 읊도록 하였다. 그 일로 인해 '앵무(鸚鵡)'의 이름이 세상에 전해지게 되고 사람들이 지금까지 모두 칭찬하게 되었다.

▌번역 필사본

ᄋᆡᆼ매긔

방영셔ᄂᆞᆫ(方瀛仙) 양쥬(揚州) 감텬(甘泉) ᄯᆞ 사ᄅᆞᆷ이니 세ᄃᆡ로 념(鹽)상을 득니ᄒᆞ여 가계 누거만(鋸萬)이러니 영션의게 니르러 취【28】리[77] ᄒᆞ기를 됴하 아니ᄒᆞ여 가산을 남의게 맛지고 ᄂᆞᆯ마다 글을 강ᄒᆞ며 글시를 쓰ᄃᆡ 금석 고문을 혜법ᄒᆞ여 스스로 즐기고 별업(別業)이 광져문(廣諸門) 밧긔 이시니 산림 쳔셕의 경ᄀᆡ 절승ᄒᆞ더라 ᄆᆡ양 화졀을 당ᄒᆞ면 그곳의셔 피셔ᄒᆞ더니 그 격닌의 님시(林氏)집이 이시니 ᄯᅩᄒᆞᆫ 사환가의 한 녀ᄋᆡ 이시ᄃᆡ 일홈은 빵영이니 시ᄉᆞ 음영을 잘ᄒᆞ고 용ᄆᆡ 가려ᄒᆞ더라 이ᄯᆡ의 ᄉᆡᆼ(生)이 취쳐치 못ᄒᆞ엿ᄂᆞᆫ지라 그 녀ᄌᆞ를 뉴의ᄒᆞᄃᆡ 한 번 보지 못ᄒᆞ믈 한ᄒᆞ더니 님시(林氏)집 후원이 ᄉᆡᆼ의 집과 격닌이라 님시(林氏) 녀ᄌᆡ ᄒᆞᆼ상 후원의 건닐거ᄂᆞᆯ ᄉᆡᆼ이 돌을 무어 가산을 ᄆᆡᆫ둘【29】고 그 우희 뎡ᄌᆞ를 지여 일홈을 내영(來影)뎡이라 ᄒᆞ니 님(林)소뎨 그 ᄯᅳᆺ슬 알고 다시 가 노지 아니ᄒᆞ니 ᄉᆡᆼ이 비록 님가 원림을 바라고 소져의 의형과 셩음을 듯고ᄌᆞ ᄒᆞ나 ᄆᆞᄎᆞᆷ내 엇지 못ᄒᆞ니 지쳑 은하(銀河)의 텬ᄋᆡᄅᆞᆯ 격ᄒᆞᆫ듯 ᄒᆞ여 ᄉᆡᆼ이 ᄯᅩᄒᆞᆫ 엇지ᄒᆞᆯ쉬 업더라 선시(先是)의 군듕(郡中)의 세가대족이 님가의 매파를 보내

---

77) 取利

여 구혼ᄒᆞᄂᆞᆫ 재 만흐ᄃᆡ 소져의 부친이 반드시 신랑의 문필을 시험ᄒᆞᆫ 후의 소저를 뵈ᄆᆡ ᄯᅩᄒᆞᆫ 맛가진 재 적으니 이러므로 구혼ᄒᆞᄂᆞᆫ 재 드물더라 이ᄯᆡ의 ᄉᆡᆼ(生)이 스스로 통혼ᄒᆞ기를 ᄉᆡᆼ각ᄒᆞ여 동ᄒᆞᆨ(同學) 소년으로 하여금 말ᄒᆞᄃᆡ 님가의셔【30】 ᄉᆡᆼ울 호화ᄌᆞ뎨라 지목ᄒᆞ여 통혼ᄒᆞᄃᆡ 듯지 아니ᄒᆞ더니 일일은 ᄆᆞᄎᆞᆷ 칠셕날을 당ᄒᆞᆫ지라 ᄉᆡᆼ(生)이 원듕의 이셔 노복울 명ᄒᆞ여 녕원을 쇄소ᄒᆞ고 향안을 ᄇᆡ셜ᄒᆞ고 걸교(乞巧) 하난 구경을 ᄒᆞ더니 홀연 한 ᄉᆡ ᄂᆞ라 오며 님의 편지를 무럿다가 ᄯᆞ히 써러치거ᄂᆞᆯ ᄉᆡᆼ이 보니 털비치 프ᄅᆞ고 발톱이 불고 발목의 털ᄉᆞ를 ᄆᆡ여시니 이ᄂᆞᆫ 사ᄅᆞᆷ의 깃드리난 ᄋᆡᆼᄆᆡ라 급히 잡으려ᄒᆞᆯ 즈음의 ᄋᆡᆼᄆᆡ ᄂᆞᄅᆡ를 ᄯᅥᆯ치며 나무 우ᄒᆡ 안ᄌᆞ 말ᄒᆞᄃᆡ 방슈ᄌᆡ(方秀才)ᄂᆞᆫ 되지 아닌 의ᄉᆞ를 내지ᄆᆞᆯ고 이난 우리 낭ᄌᆞ의 지은 글이니 청컨ᄃᆡ 쇽히 화운ᄒᆞ면 가히 규듕(閨中)의 젼【31】ᄒᆞ리라 ᄒᆞ거ᄂᆞᆯ ᄉᆡᆼ이 써혀보니 작교션일결(鵲橋仙一闋)을 써시ᄃᆡ ᄉᆞ(詞)의 젼면ᄒᆞᆫ지라 ᄉᆡᆼ이 부슬드러 화운ᄒᆞᄃᆡ 슈불 녕필ᄒᆞ고 삽시간의 뼈노흐니 ᄋᆡᆼᄆᆡ 남긔안ᄌᆞ 보다가 ᄲᆞᆯ니 나려와 물고 가거ᄂᆞᆯ ᄉᆡᆼ이 긔이히 녀겨 흠 탄불이(歎不已) ᄒᆞ더라 션시(先是)의 소제 시비를 명ᄒᆞ여 ᄋᆡᆼ무(鸚鵡)를 목욕ᄒᆞ니 ᄋᆡᆼᄆᆡ 발의 민혈 ᄉᆞ를 글르라 ᄒᆞ거ᄂᆞᆯ 시비 제말ᄃᆡ로 글너노흐니 ᄋᆡᆼ뮈 깃슬 다드므며 ᄂᆞᄅᆡ를 펴 쳠히 아ᄅᆡ로 ᄂᆞ라 다니며 ᄯᅳᆺ울 엇고 긔운을 펴인ᄃᆞᆺᄒᆞ니 시비 깃드린지 오ᄅᆡ므로 념녀 아니코[78] 바려 두엇더니 이윽고 방ᄉᆡᆼ의 원듕으로 나라가거ᄂᆞᆯ 바야흐로 사ᄅᆞᆷ을【32】 보내여 ᄎᆞᆺ고ᄌᆞ ᄒᆞ더니 어내ᄉᆞ이의 발셔 도라 왓ᄂᆞᆫ지라 소제 셔안 우ᄒᆡ 일봉세 잇거ᄂᆞᆯ 써혀보니 소져의 지은 바 사곡을 타인이 화운ᄒᆞᆫ 거시라 녀ᄌᆡ 슈삼ᄎᆞ 음영ᄒᆞ고 어내 곳으로 조ᄎᆞ오물 아지 못ᄒᆞ더니 화운ᄒᆞᆫ 글 아ᄅᆡ 써시ᄃᆡ 빵영녀ᄉᆞ 혜감이라ᄒᆞ고 영션 소ᄉᆡᆼ은 근화ᄒᆞ노라 ᄒᆞ엿거ᄂᆞᆯ 더욱 의혹ᄒᆞ여 ᄌᆞ가 지은 글을 두로 ᄎᆞᄌᆞ도 엇지 못ᄒᆞ고 ᄆᆞ음의 놀ᄂᆞ 고이히너기ᄂᆞ 소제 이 글 인ᄒᆞ야 방ᄉᆡᆼ의 ᄌᆡ회를 아ᄃᆡ 능히 스스로 부친긔 말 못ᄒᆞ더니 ᄆᆞᄎᆞᆷ 듕츄일(中秋日)을 당ᄒᆞ여 소제 텬령ᄉᆞ(天寧寺)의 가 ᄂᆞᆯ고자 ᄒᆞ여 일엽(一葉) 소션(小船)을 임의 등ᄃᆡ ᄒᆞ엿더라 이【33】ᄂᆞᆯ ᄉᆡᆼ이 바야흐로 원듕의셔 독셔ᄒᆞ다가 도라 보니 ᄋᆡᆼ뮈 나라와 ᄉᆡᆼ의 ᄋᆞᆲ히 말ᄒᆞ여 왈 우리집 낭ᄌᆡ 장ᄎᆞᆺ 텬령ᄉᆞ의 가려 ᄒᆞ니 슈ᄌᆡᄂᆞᆫ ᄉᆞ져의 옥용을 한 번 보고ᄌᆞ ᄒᆞ거든 텬령ᄉᆞ 문밧긔 가 기ᄃᆞ리면 ᄯᅳᆺ슬 일위리라 ᄒᆞ고 언필의 나ᄅᆡ를 치고 ᄂᆞᄅᆞ가거ᄂᆞᆯ ᄉᆡᆼ이 ᄋᆡᆼ무의 말을 듯고 ᄇᆡ의 올ᄂᆞ 급히 가 보니 노ᄅᆡᄒᆞᄂᆞᆫ ᄎᆡ션이 모혀 잇고 도인 ᄉᆞ녀ᄂᆞᆫ 구름가치 모혀시니 님(林) 소져의 ᄎᆡ션 다힌 곳을 분변치 못ᄒᆞᆯ지라 이윽고 일엽 ᄎᆡ션이 물결을 거ᄉᆞ려 오고 션창의 ᄋᆡᆼ뮈 안ᄌᆞᆺ거ᄂᆞᆯ ᄉᆡᆼ 왈 이ᄂᆞ 님(林) ᄉᆞ저의 ᄇᆡ라 ᄒᆞ고 사공을 명ᄒᆞ여 그 ᄇᆡ와 가치 닷줄을 ᄆᆡ이라ᄒᆞ【34】고 ᄇᆡ 머리를 바라보더니 이윽고 님소제 시비의게 붓들녀 션창으로 ᄂᆞᄋᆞ오니 옥글 화용이 세상의 빵이 업더라 ᄉᆡᆼ이

78) 아니하고

눈을 쏘아 보더니 잉뮈 급히 불너 왈 방슈ᄌᆡᄂᆞᆫ 우리집 소져를 ᄌᆞ시보라 ᄒᆞ거ᄂᆞᆯ 소제 잉무의 말을 듯고 눈을 드러 ᄉᆡᆼ을 보며 홍훈이 만면하여 시비를 면ᄒᆞ여 잉무를 ᄭᅮ지러 말을 그치게ᄒᆞᆫ 후의 안상의 올ᄂᆞ 시비다려 무러 왈 앗가 왓던 수ᄌᆡᄂᆞᆫ 과연 엇더ᄒᆞᆫ 사ᄅᆞᆷ인고 시비 ᄃᆡ왈 드르니 우리집 격닌의 방영션(方瀛仙) 공ᄌᆞ더이다 소제 잠잠코 말은 아니ᄒᆞ나 일노부터 방ᄉᆡᆼ의 옹ᄆᆡ 쥰슈ᄒᆞ믈 보고 ᄌᆞ못 ᄆᆞ음이 동【35】ᄒᆞ더라 ᄉᆡᆼ이 소져를 본 후로 집의 도라가 내영정(來影亭)의 홀노 올나 님(林)가 원듕을 홀노 바라보고 심ᄉᆞ를 정치 못ᄒᆞ더니 홀연히 새 ᄂᆞ라드ᄂᆞᆫ ᄉᆞᄅᆡ 둘니거ᄂᆞᆯ 놀나 도라보니 잉뮈 쳠하의 잇ᄂᆞᆫ 지라 ᄉᆡᆼ이 공슈치샤 왈 션금이 와시니 소ᄉᆡᆼ을 무숨 가르칠 일이 잇ᄂᆞ냐 ᄒᆞᆫᄃᆡ 잉ᄆᆡ 나ᄅᆡ를 치고 공듕의 ᄂᆞᄅᆞ 오르며 말ᄒᆞᄃᆡ 일ᄌᆞᆨ ᄆᆡ파를 보내여 옥녀를 취ᄒᆞ고 냥연을 닐윈 후의 나를 닛지 말나ᄒᆞ고 언필의 ᄂᆞ라 가거ᄂᆞᆯ ᄉᆡᆼ이 즉시 ᄆᆡ파를 보내여 구혼 ᄒᆞᆫᄃᆡ 소져의 부친이 조금도 단언ᄒᆞᆫ 비치 업고 즐겨 허혼ᄒᆞ거ᄂᆞᆯ 길일을【36】 ᄐᆡᆨᄒᆞ여 빙례를 드리고 길일을 당ᄒᆞ여 친영ᄒᆞ여 도라오ᄆᆡ 동방ᄎᆞ일의 소져를 향ᄒᆞ여 젼일 이상ᄒᆞᆫ 일을 말ᄒᆞ고 ᄀᆞᆯᄋᆞᄃᆡ 이ᄂᆞᆫ 잉뮈 듕매 되어시니 감히 대덕을 니즈리오ᄒᆞ고 ᄉᆡᆼ이 ᄆᆡ일 청신의 니러나 잉무를 불너 ᄇᆡ불니 먹이고 그 후의 잉ᄆᆡ 죽거 ᄂᆞᆯ 산령 ᄋᆞᆸ히 뭇고 잉무총이라 일흠ᄒᆞ여 비갈을 세우고 일읍 명뉴를 청ᄒᆞ여 그 ᄉᆞ적을 찬술ᄒᆞ니 일노 말ᄆᆡ아마 잉무의 일흠이 세상의 젼파ᄒᆞ니 사ᄅᆞᆷ이 지금것 ᄎᆡᆨᄎᆡᆨ 칭션ᄒᆞ더라

▌원문

方瀛仙, 揚州甘泉諸生。世檀鹽筴之利, 累貲鉅萬。至生不喜居積一切, 盡委之人惟日購書籍字畫, 金石彝鼎, 以自娛有別業在廣儲門, 具泉石亭臺之勝, 每遇盛夏輒往銷暑。

近園數十武為林氏居。林亦宦家, 有女曰 '雙影' 工詩詞, 美容貌, 才艷噪。一時時生亦未聘頗屬意於女特, 以未能一見爲憾事。

林屋後亦有小圃, 數弓正鄰。生園女常往散步, 生因叠石爲山, 築亭其上名曰 '來影' 於是林圃景物悉在目中, 女知其故遂不復往遊。生雖望衡對宇, 而窺影聞聲竟不可得。銀河咫尺, 有若天涯, 生亦無如之何也。

先是郡中大族, 求女者日踵於門, 而女父必面試以詩, 然殊少當女意者經年求者, 稍稀生時思自通屢浼同學友人言之, 而女家或以紈袴子目生置不答。

一日, 適逢七夕。生在園閒眺命, 僕婢輩酒埽, 閒庭陳設香几瓜筵爲乞巧戲。忽見一鳥瞥下口銜片紙墜地, 生視此鳥綠毛紅爪, 其足尙纏金鍊寸許。乃人家所豢鸚鵡也。甫欲掩執而鸚鵡奮翼而起翔集庭樹呼曰 "方秀才, 勿萌惡意, 此吾家三姑子所作詞, 但請速和奴可代爲傳入閨中也。" 生拾視之上書鵲橋[79]仙一闋詞意 : '纏綿直闖花間之室', 因振筆書寫迅不停綴。鳥則在樹睨視, 生筆甫閣已疾下銜之去矣, 生奇歎不已。

先是女呼婢浴鸚鵡, 旣浴, 而鸚鵡亟請去, 練婢如其言, 旣釋刖翎梳翮飛翔, 檐際意得甚也。婢以馴養, 已久不之, 防閑俄見其向生園飛去, 方欲遣人往覓, 而鸚鵡不知何時已回, 女旋於几上得一詞云 :

"空階亂葉, 閒庭凉露, 秋入離秋更苦, 獨憑欄角暗傷心。看數到雙星無語, 蛛臧小盒, 針古繡線, 嬾作兒時情緖, 因緣拚已兩飄零, 算多此今宵一聚。"

女吟諷數四不解來, 自何處後覩詞末有 : '雙影女史慧鑒瀛仙謹'和 數字益爲疑訝急覓己詞, 則遍搜不得, 默自驚異然。女自此知生之 '才第' 未能白諸父也。

迨'中秋日' 女欲往遊 '天寧寺' 畫船, 已具是日生方在園, 讀書瞥見鸚鵡飛墮其前引吭言曰 "吾家三姑子, 今日將往天寧寺。方秀才欲一見玉容, 可候於寺門, 當無不遂意也。" 言畢, 展翅竟去, 生深信其言買櫂急往。

至則遊舫鱗集, 士女如雲不辨, 林氏船泊處, 須臾一舫衝波, 而至船頭懸鸚鵡一架。生曰 : "是矣" 卽呼篙工與之相並繫纜, 而佇立船頭頃之女扶婢出艙, 玉肌花貌曠世無儔。生正注眸凝視, 忽聽鸚鵡疾呼曰 "方秀才仔細着, 吾家三姑子來矣。" 女聞言, 擧首見生, 四睛相射, 不覺微渦暈, 頰婢卽呵止鸚鵡勿語。然後登岸, 旣而女歸私詢婢曰 : "適間 '方秀才' 果何人?" 婢曰 : "聞舟人言, 卽吾家園鄰, 方瀛仙公子也。" 女黙不語, 自此女始知生容貌都雅意頗動而。

生自見女後, 寢食俱忘獨登 '來影亭' 咄咄書空久之, 驚聞足下, 有膈膊聲俯視。則鸚鵡正在亭角。生拱手謝曰 : "仙禽來乎, 何以教小生。" 鸚鵡矯翼騰空以味叩石曰 : "早遣[80]冰人, 以娶 '玉女'旣遂爾緣勿忘我" 語言已翩然。

遽逝坐立浼媒往說, 女父並無難詞涓吉 '納聘', 至期生往 '親迎' 迓輪而返却扇之夕, 生向女緬述其異曰 : "此鸚媒也. 敢忘大德。" 每晨生必親飼飫以珍異。後鸚鵡死, 生葬之平山堂側, 曰 '鸚鵡塚' 樹碣其上幷徵名流歌咏, 其事由此鸚媒之名, 揚人今猶嘖嘖稱之。

---

79) 『둔굴난원』엔 樓, 『한담소하록』엔 橋.

80) 『둔굴난원』엔 遣, 『한담소하록』엔 遺.

5) 긔지(奇丐)

▌편찬자 번역

양양(襄陽)의 시심천(施沁泉)은 대대로 권문세족이었다. 그의 부친은 협의(俠義) 기질이 있어 사람을 좋아하고, 어려운 사람을 보면 천금을 아끼지 않고 도와주었다. 그러자 점점 집안 살림이 궁핍해졌고, 결국 시심천대에 이르러서 더욱 생계가 어려워졌다. 하지만 시심천 또한 아버지처럼 협객의 기질이 있었다.

하루는 눈보라가 치는 혹한의 날씨에 걸인 한 명이 길가에 쓰러져 추위에 떨고 있는 것을 보았다. 시심천은 그 걸인을 불쌍히 여겨 옷 한 벌을 벗어 주었다. 그러나 그 걸인은 옷을 받아 입고도 고맙다는 말조차 하지 않았다. 시심천이 걸인을 자세히 보니, 비록 행색이 남루하였으나 아름답고 멋진 수염을 가진 멀쩡한 남자였다.

시심천이 이상한 생각이 들어 부축하여 일으키며 "어찌하여 이리도 빈궁한 것입니까?"라고 물었다. 걸인이 대답하기를 "사람들에게 가난은 상사(常事)이니 이상한 일이 아닙니다. 오히려 옳지 않은 방법으로 부귀를 얻은 자들에 대해서 말할 것이 없는 것이지요." 시심천이 이 말을 듣고, 더욱 이상하게 여겨 "그대는 능히 글을 읽고 글자를 알 테지요?"라고 물었다. 걸인은 "글을 읽지 못하고 글자를 몰라서 걸인이 되었습니다."라고 대답하였다.

시심천은 걸인이 보통사람이 아니라고 생각하고 집으로 데려와 극진하게 대접하였다. 원래 걸인은 지낼 곳이 없었기 때문에 이로부터 다른 곳에 가지 않고, 시심천집에 머물렀다. 그리고 때로는 칼자루[鋏]를 튕기며 그 장단에 맞추어 크게 노래하거나, 혹은 천하(天下)에 변고가 생겼을 경우를 대비하여 바닥에 그림을 그리며 계책을 세우곤 했다. 이런 모습을 지켜보는 시심천은 더욱 걸인이 범상치 않다고 여기고, 상빈(上賓)의 예로 대접하고 서재(書齋)에 머물게 하고 좋은 의복으로 갈아입게 하였다. 또한 좋은 곡식을 제공하니, 걸인은 편안히 거처하고, 조금도 부족한 기색이 없었다.

이렇게 3년이 되었는데, 걸인이 홀연히 하직 인사를 하고 떠나려고 하였다. 시심천은 만류를 하며 "그대는 장차 어디로 가려고 하는가?"라고 물었다. 걸인은 "앞으로 천하에 많은 일이 일어날 것인데, 어찌 이곳에서 오래 머물 수 있겠습니까? 장차 원흉을 쫓아내고 나라를 위해 도적을 죽이고 공적을 세울 것입니다."라고 하니 시심천은 어쩔 수 없이 술을 권하여 이별하고, 백금의 여비를 주어 행장을 꾸리게 하였다. 걸인은 시심천의 마음을 받고, 고맙다는 말 한 마디 없이 시심천이 권한 술을 마시고 길게 읍하며 인사를 하고 길을 떠났다.

그 후 오륙년 동안 걸인의 소식이 묘연하였다. 그사이 시심천의 가계는 점점 어려워져 남은 물건 등을 다 팔아 넘겼다. 가산을 탕진하니 시심천은 앞으로의 생계가 더욱 걱정이었다. 그러던 중 옛 벗이 오문(吳門)에서 현령이 되었다는 소식을 듣게 되었다. 그 친구가 예전 과거에 급제하지 못했을 때 시심천에게 수만금을 빌렸던 적이 있었는데, 빈궁한 상황에 처하고 보니 그 옛 일이 생각나서 행장을 꾸려 찾아갔다.

현령이 된 친구가 시심천을 보니 행색이 매우 초라하고 남루하였다. 시심천이 예전에 빌려간 돈을 갚으라고 하니, 현령이 다른 말은 안 하고 다짜고짜 차용증을 보여 달라고 하였다. 시심천의 성품이 원래 호방하여 친구에게 그런 문건을 작성할 리가 없었다. 현령 또한 차용증을 만들지 않았음을 알고 있었으나, 이를 핑계로 옛 친구를 난처하게 만든 것이었다. 결국 시침천은 아무 대답을 못하고 분한 마음을 품고 돌아가 다시는 친구를 찾아가지 않았다.

시심천은 금창(金閶) 땅에 머물고 있었으나 도저히 돌아갈 길이 없었다. 이때 마침 발역(髮逆)의 난이 일어나, 강소(江蘇)와 절강(浙江) 두 지역이 난을 겪게 되었다. 시심천 또한 적진에 잡혀가서 도적의 문서를 관리해 주는 일을 하였다. 그 사이 여러 번 도망가려고 도모하였지만 기회를 엿볼 수 없어 이래저래 1년 이라는 세월이 흘러갔다.

그러는 사이 도적의 세력이 약해져서, 모든 적장들이 더 큰 군영에 투항하고 성(城)을 바쳤다. 드디어 관군이 입성하였고, 모든 도적들에게 머리를 삭발하도록 명령하였다. 시심천은 초(楚) 지역의 말을 사용하였기에 머리를 깎지 않아도 되었는데, 뜻밖에 도적의 우두머리로 의심을 받아 잡혀갔다. 시심천을 대장군에게 보이니, 아무 의심 없이 참수하라고 명하였다.

그때 갑자기 좌측에 한 관원이 낯이 익은지 한참을 살펴보다가, 시심천을 일으키며 "아니 나의 옛 은인 시(施)공자가 아닙니까? 어찌 이곳에 있는 것입니까?"라고 물었다. 그리고 눈물을 흘리며, 바로 대장군에게 나아가 그동안의 정황을 아뢰니, 대장군이 그 즉시 죄를 사하여 주고 몸에 포박한 포승을 풀어주었다. 그리고 옷을 갈아입게 하고 상석에 앉히고, 고개를 숙여 인사를 하니, 시심천은 그저 멍하니 그 연유를 알 수가 없었다.

그 관원이 "몇 해 전 눈보라가 치는 혹한의 날씨에 걸인 한 명을 기억하시는지요. 제가 시공자의 댁을 떠난 후에 큰 군영에 들어와 있으면서도 그때의 은덕을 잊지 않고 있었습니다. 다행히 대장군 밑에서 도적을 토벌하여 지금 벼슬이 제독군문(提督軍門)에 이르렀습니다."라고 하였다.

시심천은 그 군문(軍門)에게 의탁하여 몇 개월을 보내게 되었는데, 매일 아침저녁 귀빈 대접을 해주어, 좌우에 속해 있는 부장들도 금은(金銀) 등을 선물하여 주었다. 그 군문(軍門)은 시심천이 말하는 것을 무시한 적이 없었다. 그 후 삼천 금을 주고 행장을 꾸려 집으로 돌려보냈다.

초(楚) 지역으로 돌아오는데 이미 옛 집의 대문 앞이 시끌벅적하였고, 예전의 궁핍했던 광경은 찾아볼 수가 없었다. 화려했던 시절 저택의 가산을 모두 다 갖추어 놓았다. 시심천은 마음이 매우 의아하여 감히 들어가지 못하고 머뭇거리고 주저하니, 이전에 일하던 노복들이 나와 보고 반기며 맞아들였다.

드디어 방에 들어가 보니, 분 바르고 눈썹 그린 아름다운 미녀들이 있고, 한 번 부르면 수많은 노복들이 일시에 대답할 정도로 하인들이 많았으니, 이는 모두 그 군문(軍門)이 안배한 것이다. 이렇게 보은한 것이 거의 오만 금에 가까웠다. 시심천은 이로부터 재산이 셀 수 없을 만큼 많았고, 절세가인을 좌우에 두고 만복을 누렸다.

일사씨(逸史氏) 왈 : 예전 사타산(查他山)이 오륙기(吳六奇)를 대접하던 일을 보니, 혹한의 눈보라 속에서 영웅을 알아보았으니, 가히 서생(書生)에게도 안목(眼目)이 있다고 할 수 있었다. 오장군(吳將軍)이 후에 은혜를 갚은 것도 또한 일반적인 사람들은 할 수 없는 일이었다. 여기에 나오는 시심천의 일도 그 일과 또한 비슷한 점이 있으니, 시생(施生)은 진실로 현명한 선비임에 틀림이 없다. 그 군문(軍門)이 어찌 오륙기(吳六奇) 보다 아래라고 할 수 있겠는가. 옛 사람과 지금의 인물 중 누가 더 낫다고 할 수 있겠는가!

▌번역 필사본

긔ᄀᆡ【37】

양양(襄陽) 시심쳔(施沁泉)은 세가대족이라 그 부친이 협긔 잇고 ᄀᆡᆨ을 됴하ᄒᆞ여 사ᄅᆞᆷ의 군급함을 보면 쳔금을 앗기지 안코 구제하ᄂᆞᆫ 고로 가산이 졈졈 군핍ᄒᆞ더니 ᄉᆡᆼ의게 니르러 더욱 낙척ᄒᆞ고 셩품이 감ᄀᆡᄒᆞ여 ᄌᆞ못 부풍이 잇더라 일일은 한 걸인이 길가ᄒᆡ 풍셜듕(風雪中)의 누은 양을 보고 그 치워ᄒᆞᄂᆞᆫ 줄을 심히 궁축히너겨 옷 한 벌을 버셔 쥰즉 그 걸인이 바다 닙고 치사ᄒᆞᄂᆞᆫ 말이 업ᄂᆞᆫ지라 ᄌᆞ시본즉 비록 긔한의 근ᄒᆞ엿시나 미슈염ᄂᆞᆫ 남ᄌᆡ러라 ᄉᆡᆼ이 고이 너겨 불너 니르혀 왈 그ᄃᆡᄂᆞᆫ 엇지ᄒᆞ여 이ᄃᆡ지 빈궁ᄒᆞᆫ고 걸인이 답 왈 빈쳔(貧賤)은 인지상【38】ᄉᆞ(人之常事)니 족히 괴이치 아니커니와 불의로 부귀를 어든 쟈ᄂᆞᆫ 진실노 말ᄒᆞᆯ거시 업다 ᄒᆞ니 ᄉᆡᆼ이 그 말을 듯고 더욱 긔이히 너겨 왈 그ᄃᆡ 능히 글흘 닐거 식자를 ᄒᆞᄂᆞᆫ다 ᄃᆡ왈 글 닑지 못ᄒᆞ고 식자를 못ᄒᆞᄂᆞᆫ고로 걸인이 되기의 니르럿노라 ᄉᆡᆼ이 범인이 아닌줄을 알고 다려다가 집의 두고 공궤를 극진히 ᄒᆞ니 걸인이 일노부터 의식지네업ᄂᆞᆫ고로 다른 곳의 가비지 아니ᄒᆞ고 ᄂᆞᆯ마다 칼흘 치며 노ᄅᆡᄒᆞ고 혹 텬하(天下) 험ᄋᆡᆨ지니의 딘칠곳을 형상ᄒᆞ여 ᄊᆞᆨ흘 그어 그리거ᄂᆞᆯ ᄉᆡᆼ이 다시 ᄉᆞᆯ펴본 즉 범상이 아니라 이의 상빈례로 대졉ᄒᆞ여 셔ᄌᆡ의 두고 됴흔【39】

의복을 가라 닙히고 고량지미로 공궤ᄒᆞ니 걸인이 ᄌᆞ약히 거쳐ᄒᆞ고 됴금도 국촉(局促)ᄒᆞᆫ 기ᄉᆡᆨ이 업더라 이러구러 삼년이 되ᄆᆡ 걸인이 홀연히 하직고 가려ᄒᆞ거ᄂᆞᆯ 그윽히 만류ᄒᆞ고 닐으ᄃᆡ 그ᄃᆡ 어ᄃᆡ로 가ᄂᆞᄂᆞᆫᄒᆞᆫᄃᆡ 답왈 이제 텬하의 일이 만흐니 엇지 울울(鬱鬱)히 이의 오ᄅᆡ 거ᄒᆞ여시리오 장ᄎᆞᆺ 원융을 조ᄎᆞ 나라흘 위ᄒᆞ여 도적을 죽이고 승업을 세우리라ᄒᆞ니 ᄉᆡᆼ이 술흘 부어 젼별ᄒᆞ고 ᄇᆡᆨ금을 쥬어 신ᄒᆡᆼᄒᆞᆫᄃᆡ 걸인이 ᄀᆡ연히 바ᄃᆞ 가지고 ᄯᅩᄒᆞᆫ 한말노 치샤아니코 술이 진ᄒᆞᄆᆡ ᄉᆡᆼ을 ᄃᆡᄒᆞ여 길이 읍ᄒᆞ고 가더니 그 후 오륙년의 소식이 모연【40】ᄒᆞ더라 이후로부터 ᄉᆡᆼ의 가계 졈졈 령체ᄒᆞ여 나믄 뎐장을 다 풀고 가산이 탕진ᄒᆞ여 ᄉᆡᆼ계 무로ᄒᆞ더라 옛ᄂᆞᆯ 친ᄒᆞ던 버지 오문의 이셔 현령이 되엿ᄂᆞᆫ지라 그 현령이 과거 못ᄒᆞ여 실ᄡᆡ의 ᄉᆡᆼ이 슈만금을 ᄡᅮ엿더니 빈궁소치로 옛일을 ᄉᆡᆼ각ᄒᆞ고 장속을 ᄎᆞ려가셔 보니 사ᄅᆞᆷ 보기의 모양이 심히 남누ᄒᆞᆫ지라 전일 손부를 갑흐라ᄒᆞᆫᄃᆡ 현령이 다른말아니코 문권을 내이라 ᄒᆞ니 ᄉᆡᆼ의 셩품이 본ᄃᆡ 호상ᄒᆞ여 벗의게 젼ᄌᆡ를 취ᄃᆡᄒᆞᄃᆡ 문권을 밧지 아니하ᄂᆞᆫ 줄을 아ᄂᆞᆫ고로 현령이 짐ᄌᆞᆺ 일노뼈 힐난코ᄌᆞᄒᆞ미라 ᄉᆡᆼ이 능히 답【41】언을 못ᄒᆞ고 울읍ᄒᆞᆫ ᄆᆞ음울 픔고 도라가 다시 ᄎᆞᄌᆞ 보지 안코 금창(金閶) ᄯᅡ희 뉴락ᄒᆞ여 도라갈 계괴 업더니 ᄆᆞᄎᆞᆷ 발역(髮逆)의 난을 당ᄒᆞ여 강절(江浙) 냥읍이 병화를 맛난지라 ᄉᆡᆼ이 적진의 잡혀가 도적의 문부을 대서ᄒᆞ여 주고 녀러번 도망ᄒᆞ기를 ᄭᅬᄒᆞᄃᆡ ᄆᆞᄎᆞᆷ내 틈을 엇지못ᄒᆞ고 잇더니 이러구러 일년이 너멋더라 이ᄯᆡ의 적세 궁축ᄒᆞ여 모든 적장이 대영의 ᄂᆞ으가 셩리를 밧치고 투항ᄒᆞ니 관군이 성의 드러가 하령ᄒᆞ여 도적으로 하여금 삭발ᄒᆞ라 ᄒᆞ엿더니 ᄉᆡᆼ은 형초의 어음이오 머리를 ᄉᆞᆨ지 아녓시니 도적의 ᄭᅬ친가 의심ᄒᆞ여 잡【42】아가 대원슈를 뵈이고 참슈ᄒᆞ기로 명ᄒᆞ엿더니 홀연히 좌상의 한 관원이 ᄉᆡᆼ을 슉시지 ᄒᆞ다가 낭구의 몸을 니러 ᄀᆞᆯᄋᆞᄃᆡ 이ᄂᆞᆫ 나의 고인 시군이니 엇지ᄒᆞ여 이곳의 잇ᄂᆞᄂᆞᆫ ᄒᆞ고 눈물을 흘니고 원슈긔 ᄂᆞ으가 실상을 알외여 즉시 죄를 사ᄒᆞᄆᆡ ᄆᆡᆫ거슬 풀고 오슬 밧고아 닙혀 상좌의 울녀 안치고 고두 ᄌᆡᄇᆡᄒᆞᆫᄃᆡ ᄉᆡᆼ이 그 연고를 모르거ᄂᆞᆯ 그 관원이 ᄀᆞᆯ으ᄃᆡ 그ᄃᆡ 오히려 석년풍설 듕의 주려누엇난 걸인을 아ᄂᆞᆫ가 복이 귀ᄐᆡᆨ을 써ᄂᆞᆫ후의 ᄃᆡ영의 드러와 이시ᄆᆡ 그ᄃᆡ 은덕을 잇지 안코 원슈의 외람이 가ᄎᆞᄒᆞ믈 어더 이제 벼슬이 제독군무의 니【43】르럿노라 ᄉᆡᆼ이 그 군문의 슈삭을 뉴ᄒᆞ니 ᄆᆡ일의 됴석 공궤지절이 대빈 대접하ᄂᆞᆫ뎨로ᄒᆞ고 좌우의 잇ᄂᆞᆫ 부장등이 금은 필ᄇᆡᆨ을 무슈히 션물ᄒᆞ고 뎨독이 ᄉᆡᆼ의 소청을 일종기언 ᄒᆞ고 그후의 삼쳔금으로뼈 신ᄒᆡᆼᄒᆞ여 보내거ᄂᆞᆯ ᄉᆡᆼ이 도로의 전진ᄒᆞ여 고ᄐᆡᆨ을 ᄎᆞᄌᆞ 가보니 문정이 헌역ᄒᆞ야 다시 전일 빈한ᄒᆞ던 광경이 업고 옛적 가산이 도로 완연히 가초엿난지라 ᄉᆡᆼ이 이 ᄆᆞ음의 십분의 아ᄒᆞ여 거연히 드러 가지 못ᄒᆞ고 방황 쥬저ᄒᆞ더니 전일 ᄉᆞ환ᄒᆞ던 비복 등이 ᄂᆞ와 보고 반겨 마ᄌᆞ 드리거ᄂᆞᆯ 드ᄃᆡ여 방듕의 드러가 본즉 홍군 취의 ᄋᆢᆲ히 가【44】 측ᄒᆞ고 한 번 부르ᄆᆡ 무슈ᄒᆞᆫ 비복이 일시의 대답ᄒᆞ고 ᄉᆞ환이 여류ᄒᆞ니 이ᄂᆞᆫ 도독의 보내여 ᄇᆡ치ᄒᆞᆫ ᄇᆡ 오젼후의 보은ᄒᆞᆫ거시 오ᄇᆡᆨ만금이라

ᄉᆡᆼ이 일노부터 ᄌᆡ산이 이로 혤슈업고 절ᄎᆡᆨ 가인을 좌우의 버려두고 북창하의 놉히 누어 인간 평복을 누리더라

일ᄉᆞ시 왈 석일의 ᄉᆞ틔산(査他山)의 오륙긔(吳六奇)를 대접ᄒᆞ던 일을 보니 영웅울 풍진듕의 아라 보아시니 현ᄉᆡᆼ의 녕예ᄒᆞᆫ 안목이라 니를 거시오 오장군(吳將軍)이 후일의 은혜를 갑흔 거시 ᄯᅩᄒᆞᆫ 범상ᄒᆞᆫ 사ᄅᆞᆷ의 능히 밋출ᄇᆡ 아니라 이제 시ᄉᆡᆼ의 일이 이일과 우합ᄒᆞ니 시ᄉᆡᆼ은【45】진실노 션심 잇ᄂᆞᆫ 호걸의 션ᄇᆡ어니와 그 도둑인둘 오륙긔(吳六奇) 하풍의 ᄂᆞ릴재리오 고금인이 뉘니셔ᄃᆡ 셔로 닛지 못ᄒᆞᆫ다ᄒᆞ리오

▌원문

襄陽施沁泉, 世家子也。父故大俠以好客, 窮其家至生, 而益落顧性, 素揮霍頗有父風。

一日見一餓丐, 蹇臥風雪中, 心憐其寒乃子一縕袍丐受之。卽披於身亦不稱謝, 生審視之, 虬髯濶顙體貌珠異, 因呼之起曰 : "子何一寒至此也" 丐曰 : "貧賤人之常事, 不足爲異異乎, 富貴之不以道得者耳。" 生聆其言益奇之間曰 "子能讀書識字乎?" 曰 : "不讀書識字, 亦不至於爲丐也。"

生知其齋異人爰招之入耳, 舍居住日供以饘粥, 丐得溫飽亦不復他. 乞日淮彈鋏高歌, 或畫地作圖, 則皆計天下阨塞屯兵之處, 生黙察之知其非常人, 乃處以上客之列。居諸書齋而易以美服, 日供肥甘不復, 以惡草具進矣, 丐處之自著絶無局促態。

如是者三年, 丐忽辭去, 生苦留之詰以何往丐曰 : "今天下方多事, 安能鬱鬱久居, 此行將投筆從戎, 爲國家殺賊建功耳。" 生因置酒餞別饋, 以百金爲行費, 丐慨然受之, 亦不作一語道謝, 酒盡向生長揖掉臂竟去。

越五六載消息杳, 然後生家爭益寥落, 田園屋宇斥賣殆盡, 有故人在吳門, 作邑令未第時, 曾貸生數萬金. 因束裝往訪之。

既見情形殊, 爲落寞與之索頁, 請出劵爲信。生素豪爽凡友朋, 借貸悉不署劵, 故某邑令, 特以此難之, 生默然不能答, 憤挹而出, 自是絶不復往。

流落金閶, 不能作歸計, 適髮逆東竄, 江浙盡遭兵燹, 生陷於賊中, 爲其掌僞文案屢謀逸去。

竟不得間, 逾年, 賊勢窮蹙諸僞王詣大營, 獻城投降, 官軍入城下, 令薙髮以生操楚音, 而髮又盈尺疑, 爲賊中渠魁熱之見大帥, 已擬騈首矣。

忽座上一官, 熟視生良久起曰 : "此我故人施君也, 何爲而在此。" 持之而泣急, 請於大帥,白其狀立有其罪釋縛，易衣置之上位，納首再拜，生茫然不知，其所以其人曰："君商識風雪中餓丐乎，別後得入軍營，披堅執銳仰沐君恩幸，邀憲力濫膺，今職蓋已至提督軍門矣。

生在某軍門營居數月，晨夕張筵奉事之勤，幾若大賓所屬倩居間者，贈遺金繒無算某軍門，惟生言是從無珠石之投水也。後以三千金贈其行而送之。

歸楚既至則門庭，煊赫非復昔時光景，故業綳不盡返入室。則粉白黛綠者趨走，滿前掌鳴頤指一呼百諾蓋皆某軍門所贈也。前後所報幾五萬金，生自此擁厚貲，對名姬消搖牖下享受艷福。

逸史氏曰："觀昔者查他山之待吳六奇事，識英雄於風塵。可謂書生巨眼，而吳將軍後日報之者，亦非常情所能今施生之事，若與之合施生固賢豪者流亞彼某軍門者，豈出吳六奇下哉古今人孰謂其不相及也。

6) 강초향(江楚香)

▌편찬자 번역

산서(山西) 영석현(靈石縣)에 있는 양씨(楊氏) 집안은 그 지역에서는 이름난 거족(巨族)이며 부잣집으로 이름이 자자했다. 경사(京師)에 전당포 70여 곳을 개설하니, 사람들이 모두 '전당포 양(楊)'이라고 불렀다. 양 씨 집안 가운데 묵림(墨林) 태수는 특히 협의(俠義)가 있고 곧은 성품을 지녔는데, 어려운 선비들을 보면 천금을 아끼지 않고 돕고 대접하는 것을 좋아하는 사람이었다. 장점을 조금이라도 지닌 자를 보면 입에 침이 마르도록 칭찬해주니, 주위 일대에 명사들이 끊이지 않았다.

묵림 태수가 우연히 조(趙) 지역에서 놀러 갔다가, 하태사(何太史)의 집에 머물게 되었다. 멀지 않은 곳에 별장이 있었는데, 산수를 옮겨놓은 듯 아름다운 경치가 일품이었다. 여름이 되면 그 곳에서 더위를 피하기도 하였다. 그 이웃에 양가집 규수 강초향(江楚香)이란 여자가 살고 있었는데 그 자태가 경국지색이었다.

초향의 부친은 '권법(拳法)'을 잘하기로 이름이 나 있는 분으로, 전국을 돌아다니며 대적할 적수를 찾아다녔으나 만나지 못했다고 한다. 안타깝게도 일찍 세상을 떠나고, 슬하에 '초향'이라는 여식 하나를 둔 것이다. 외가가 있긴 하나 집이 가난하고 친척도 별로 없어, 초향은 형제도 없는 혈혈단신 상태였다. 매일 바느질을 해서 생계를 유지했지만 그마저 일거리가 많지 않아 거의 끼니를 잇기 어려웠다. 그리하여 누군가의 소실이라도 되려고 했지만 반드시 협의

(俠義)를 지닌 자이어야 했기에 초향의 뜻에 부합되는 남자를 만나기 힘들었다.

하태사의 친구 중 강중련(江仲蓮)이란 사람이 있었는데, 초향과는 성씨(姓氏)도 같고, 또 가까이에 거처하고 있었다. 초향이 워낙 총명하고 아름답고 완숙하여 그 지역에서도 보기 드문 여자라는 것을 알고 있었기에 양생(楊生 : 묵림태수)에게 초향의 자태를 칭찬하며 누누이 혼인을 권하니, 양생이 흔쾌히 허락하고 웃으며 말하길 "그렇다면 택일을 잡고 혼례를 치릅시다."라고 하였다.

첫날밤 화촉 아래서 신부의 얼굴을 보니, 달도 숨어버리고 꽃도 부끄러워할 만큼 아름다운 자태를 지녔다. 그리하여 묵림의 초향 사랑이 매우 지극하였다. 그러던 중 겨울 무렵 경사(京師)에 있는 한 친구가 글을 보내어 와주기를 청하였다. 이에 드디어 행장을 꾸리고 강초향도 함께 떠나게 되었다. 경사로 향하는 양생의 짐 상자에는 이미 만금(萬金)의 돈이 들어 있었고, 북행(北行)하는 거마와 따르는 시종 만해도 어마어마하였다. 또한 조(趙) 지역에서 사들인 물건들도 모두 진귀한 것들이었다.

그때 이호(李虎)라는 도둑이 이 소문을 듣고, 욕심이 불같이 일어났으나, 마땅한 기회를 얻지 못하고 있었다. 이에 무리끼리 결집하여 길 중간에서 매복을 하고 기다리고 있었다. 하루는 양생의 일행이 아직 반도 이르지 못한 상태인데, 모든 도적들이 수풀 사이에서 뛰어나오며 일제히 소리를 지르고 달려드니, 양생의 마부 한 명이 이미 목이 달아나 숨을 거두었다.

도적들이 일행들에게 소리 지르길 "감히 대항하는 자가 있으면 저 마부처럼 될 것이다!"라고 하니, 모든 일행이 두려움에 움츠러들어, 아무도 나서지 못하였다. 그때 갑자기 마차 안에서 한 여자가 주렴을 걷고 나와 "쥐새끼 같은 도적놈들이 어찌 감히 이같이 무례하게 군단 말이냐!"라고 하며 활을 들고 나와 연달아 아홉 개의 화살을 쏘았다. 삽시간에 아홉 명의 도적이 숨을 거두었다. 그 곳에 있던 모든 도적들이 깜짝 놀라 "부인이 어찌 강씨(江氏) 어른의 무예를 알고 있느냐?"라고 물었다. 초향은 "내 진실로 권법으로 유명한 협객 강씨의 여식이니, 너희가 죽고 싶으면 계속 앞을 가로막고, 살고 싶으면 지금 당장 길을 비켜라."라고 소리 질렀다.

이 말을 듣고 도적의 우두머리 이호(李虎)가 먼저 말을 타고 달아나니, 나머지 도둑들도 다 숨고 흩어져 도망갔다. 양생(楊生)은 "섬섬옥수의 여자로서 이렇게 호랑이 같은 도적을 쫓는다는 것은 내가 헤아리지 못한 바요."라고 하였다. 이로부터 더욱 깊게 사랑하고 총애하였다.

그렇게 경사(京師)로 올라 온지 한 참 후에, 초향의 어머니가 돌아가셨다는 소식을 접했다. 장례를 치르기 위해 도심 밖 가까운 산에 있는 '극락봉(極樂峰)'에 초향이 친히 갔으나 한참동안 돌아오지 않았다. 그렇게 몇 개월이라는 시간이 흘러갔다. 하루는 하인이 서찰 한 통을 묵림에게 올렸다. 읽어보니 어머니의 마지막을 잘 모셨다는 얘기였다. 그리고 그 이야기 뒤에, 앞으로는 산중에 들어가 도(道)를 닦고, 다시는 인간 세상과 인연을 엮지 않겠다는 내용이 있었다. 양생은 초향의 서찰을 읽고 비참함에 거의 기절할 정도가 되었다고 한다.

외사씨(外史氏) 왈 : 묵림태수는 나의 지기(知己)였다. 을묘(乙卯)년 겨울에 금창(金閶) 오송강(吳松江) 호독(滬瀆)에 와서, 한 번 보고 드디어 이런 이야기를 완성해낸 것이다. 금석(金石)으로 교류하고 아침저녁으로 술잔을 기울였고, 밤에는 등불의 심지를 자르며 일상생활을 즐거워했었다. 그러나 술잔을 채우고 이 글을 쓰려니 문뜩 밀려오는 슬픔에 허무한 탄식만 나올 뿐이다. 묵림이 병진(丙辰)년 가을에 배를 타고 바다를 건너다가 홀연 병이 들어 바다 위에서 세상을 떠났다. 그런데 그의 동생 석사(碩士)가 영구를 호송하여 간 후에 들으니, 바다 위에서 바람이 급하게 일어났고, 급히 사공에게 명하여 밧줄로 관을 묶게 하였으나, 배에 타고 있던 사람들이 관을 붙들고 모두 통곡을 하였다고 한다. 그러는 사이 어느 샌가 풍파가 잠잠해져서 다행이 묵림의 영구는 무사히 가져올 수 있었으나, 오호라! 이 일을 찬술한다 해도 죽은 사람이 다시 돌아오지 못하니 슬플 따름이다. 만일 강초향이 있었다면 반드시 잘 호위하여 무사히 돌아올 방법이 있었을 것이다.

▌번역 필사본

강초향

산셔(山西) 녕셕현(靈石縣)의 잇난 양시(楊氏)난 읍동 거족이니 호부ᄒᆞᆫ 집으로 닐흠 낫더라 경ᄉᆞ(京師)의이서 젼당푸ᄌᆞ 칠십여 쳐를 ᄇᆡ설ᄒᆞ니 사ᄅᆞᆷ이 다 닐으ᄃᆡ 당푸 양(楊) 부재라 ᄒᆞ더라 묵님(墨林) ᄐᆡ슈 모(慕)공이 셩픔이 협긔와 의긔잇고 쓰지 강ᄀᆡᄒᆞ여 쳔금을 앗기지 안코 궁ᄒᆞᆫ 션ᄇᆡ 대접 ᄒᆞ기를 즐겨한 죄존의 소장이 이시면 슌셜을 앗기지 안코 칭션불【46】이 ᄒᆞ니 이러므로써 도쳐의 일ᄃᆡ 명뉴를 ᄉᆞ괴여 ᄂᆞᆯ더라 묵님 ᄐᆡ쉬 우연히 됴ᄉᆞᆮ히 놀다가 하ᄐᆡᄉᆞ의 집의 머므러니 그 집 근쳐의 별업이 이시니 ᄌᆞ못 쳔셕의 졀승ᄒᆞᆫ 경ᄀᆡ 잇ᄂᆞᆫ지라 그 곳의 뉴련ᄒᆞ야 하졀을 당ᄒᆞ여 피셔ᄒᆞ더니 그 격닌의 냥가 녀ᄌᆞ 강시(江氏)이시니 일흠은 초향(楚香)이오 용ᄆᆡ 국ᄉᆡᆨ(國色)이라 초향의 아비 권법을 잘ᄒᆞ기로 일흠나 동서로 단니ᄃᆡ 적쉬[81] 업더니 그 후의 낙척ᄒᆞ여 죽고 겨유 녀ᄋᆞ 하나히 이시나 집이 간난ᄒᆞ고 친족이 희소ᄒᆞ며 형뎨 업서 혈혈무의 ᄒᆞ더라 ᄂᆞᆯ마다 침션울브ᄌᆞ리니 ᄒᆞ여 갑슬 바다 ᄉᆡᆼᄋᆡ ᄒᆞ나 그 곳의 침공이【47】 지헐

81) 적수가

ᄒᆞ고 구ᄒᆞ난 재 ᄯᅩᄒᆞᆫ 드물ᄆᆡ 거의 됴석을 닛지 못ᄒᆞ더니 지시의 계무 소출ᄒᆞ야 정절을 도라 보지 아니코 사ᄅᆞᆷ의 별실 되기를 원ᄒᆞ나 반드시 협긔 잇난 션ᄇᆡ를 구ᄒᆞᄃᆡ 녀ᄌᆞ의 ᄯᅳᆺ의 맛ᄂᆞᆫ 재 업더니 하ᄐᆡᄉᆞ의 벗 강듕년(江仲蓮)이란 재 이시니 녀ᄌᆞ로 더브러 동셩이오 ᄯᅩ 갓거이 이셔 녀ᄌᆡ 명녀 완슉ᄒᆞ미 일읍의 회ᄌᆞᄒᆞᆫ 줄을 알고 양ᄉᆡᆼ의게 그 녀ᄌᆞ의 ᄉᆡᆨᄐᆡ를 칭찬ᄒᆞ며 누누이 혼인을 원ᄒᆞ니 양ᄉᆡᆼ이 흔연 허락ᄒᆞ고 ᄐᆡᆨ일 셩녜하ᄆᆡ 동방화촉의 신인을 ᄃᆡᄒᆞ야 보니 침어낙안 지용과 폐월슈화 지ᄐᆡ 바라던 바의 넘지러라 총ᄋᆡ 하미 그음업【48】더니 경ᄉᆞ의 한 버지 이서 글을 브쳐 청 하엿거ᄂᆞᆯ 드ᄃᆡ여 행장을 출혀 ᄯᅥᄂᆞᆯᄉᆡ 소제 ᄯᅩ ᄒᆞᆫ 함긔 조ᄎᆞ 행ᄒᆞ더라 앙ᄉᆡᆼ이 경ᄉᆞ의 니르ᄆᆡ 협듕(篋中)의 만금울 진이고 북부 거마와 츄종 사환이 일노의 헌혁ᄒᆞ더라 시시의 니희란 도적이 이셔 이 소문울 듯고 욕심이 불가치 니러ᄂᆞᆫᄃᆡ 틈을 엇지 못ᄒᆞ더니 지시의 당뉴를 체결ᄒᆞ야 듕노의 서여어보고 기ᄃᆞ리더니 일일은 앙ᄉᆡᆼ의 힝채 졀반이 밋처 니르지 못ᄒᆞ야 모든 도적이 슈풀 ᄉᆞ이로 내ᄃᆞ르며 방포 일셩의 챠부 일인이 슯위 아ᄅᆡ ᄯᅥ러저 죽ᄂᆞᆫ지라 도적이 소ᄅᆡ 질너 북부 다려 닐너 왈【49】 감히 항거ᄒᆞᄂᆞᆫ 재 이시면 저 챠부와 일체로 죽인다ᄒᆞ니 모든 노복이 슬축(瑟縮) 공구ᄒᆞ여 망지로 죄러니 홀연히 거듕(車中)의서 일ᄀᆡ 녀ᄌᆡ 방소울 것고 ᄃᆡ줄 왈 쥐무리 가ᄐᆞᆫ 도적이 엇지 감히 이 가치 무례ᄒᆞᆫ고 ᄒᆞ고 종용히 경ᄃᆡ를 녈고 일장 궁을 집어 내니 길이 겨유 수촌(數寸)이라 년ᄒᆞ여 아홉텰환을 발ᄒᆞ야 도적 아홉을 죽이니 모든 도적이 악연상고 왈 거듕 부인이 엇지 강시의 무예를 아ᄂᆞᆫ고 ᄒᆞ거ᄂᆞᆯ 소제 대왈 내 진실모 강모의 녀ᄌᆡ니 너희 등이 죽으려 ᄒᆞ거든 욻흘 범ᄒᆞ고 죽지 아니려 ᄒᆞ거든 ᄲᆞᆯ니 가라 ᄒᆞ니 도적의 괴슈 니회(李虎) 말을 달녀 몬저 【50】다라 ᄂᆞ거ᄂᆞᆯ 제적이 다 쥐숨듯 도망ᄒᆞ여 가니 앙ᄉᆡᆼ이 술위를 빡ᄒᆞ여 가다가 소저를 ᄃᆡᄒᆞ여 왈 경이 셤셤약질 노범갓흔 도적을 ᄶᅩᆺᄎᆞ 슈단이 이가ᄐᆞ물 헤아리지 못ᄒᆞ엿노라 ᄒᆞ고 일노말ᄆᆡ아마 더욱 깁히 총ᄋᆡ ᄒᆞ더라 거경ᄒᆞᆫ지 오ᄅᆡᄆᆡ 소제 모상을 당ᄒᆞ거ᄂᆞᆯ 국낙봉의 길디를 ᄐᆡᆨᄒᆞ여 안장ᄒᆞ고 한 번 간후의 다시 도라오지 안코 날이 너므 ᄆᆡ 시비로ᄒᆞ여금 일봉서를 올니거ᄂᆞᆯ ᄯᅥ혀 보니 다 영결ᄒᆞᄂᆞᆫ 말이오 ᄯᅩ 일으ᄃᆡ 차후의 맛당히 산듕의 드러가 도를 닥고 다시 인간의 닛지 아니ᄒᆞ리라 ᄒᆞ엿시니 ᄉᆡᆼ이 그 글을 보고 ᄌᆞ못 비쳑ᄒᆞ여【51】 거의 긔절코ᄌᆞ ᄒᆞ더라

외ᄉᆞ시 왈 묵님 ᄐᆡ슈ᄂᆞᆫ ᄂᆞ의 지긔지위라 을묘(乙卯) 듕의 금창(金閶) ᄉᆡᆨ히 와 노더니 한 번 보고 일면 여구(如舊)ᄒᆞ여 드ᄃᆡ여 대긍뎡의 녯 일을 효축하여 금석(金石)지코 글를 밋고 신셕(晨夕)의 상종ᄒᆞ여 환약 평석이러니 우연히 주후의 이 일을 찬술ᄒᆞ다가 희허 장탄ᄒᆞ여 감ᄀᆡ지심이 현어안ᄉᆡᆨ이러라 희라 묵님이 병진(丙辰) 츄(秋)의 ᄇᆡ ᄐᆞ고 바다흘 건너다가 졸연히 병 드러 ᄒᆡ듕의 서물ᄒᆞ니 그 아ᄋᆞ 셕식 령구를 호송ᄒᆞ여 가다가 바ᄅᆞᆷ이 급히 니러ᄂᆞ 물보고 ᄉᆞ공을 명ᄒᆞ여 남글버혀ᄯᅦ【52】를 무어ᄐᆞ고 건너더니 셕식관을 붓둘고 ᄋᆡ호 통국ᄒᆞ다가 마츰

내 풍파의 히흔빅되나 묵님의 령구는 다힝히 무양흐니 오회라 이 일울 찬술 홀식 죽은 재 다시 도라 오지 못흐믈 술허 흐노니 만일 강시 잇던둘 반드시 호위흐여 무스히 갈 도리 이시리로다

▌원문

山西靈石縣楊氏, 巨族也。以豪富名。在京師開設當舖七十餘所。京中人呼之爲'當楊'。

墨林太守, 尤以俠著, 慷慨慕義揮手千金, 無少吝甚喜, 接納寒士, 有廣厦大庇之意, 稍具一長者, 吹噓倍至弗靳齒頰。以是所至皆有名士與之。

遊墨林偶遊於趙, 假館何太史舍, 距數里有楞園頗檀[82], 泉石之勝流連至夏遂避暑. 其中時其地, 有良家女'江楚香'者國色也。其父以拳棒名家, 爲西客保鏢馳, 騁南北無與敵者。後以勞頓咯血死, 僅存一母家貧, 族小絶無昆仲可依, 日食惟仲給十指。顧趙地女紅殊賤購者, 頗稀幾至饘粥不繼, 至是願貶節爲人篷室然, 必求素有俠名者, 方許結同心偃塞數夫率不當女意何。

有友江仲蓮, 茂才與女同姓, 而居相近, 稔知女明麗婉淑, 閭里中鮮與之匹繩屨[83], 其美於楊請繫紅絲, 何亦以爲然楊笑曰 : "諾納采布幣遂定情焉。"

却扇之夕, 圓妾替月潤臉羞花, 大逾所望寵之專房。及冬, 京師故人以書來招, 遂束裝北行, 江姬亦相從俱往。方楊至趙時, 篋中携十萬金, 僕馬衆都行李煊赫, 在趙又羅購諸珍異。

有劇盜'李虎'聞之, 垂涎屢欲瞯隙探丸, 以趙城邏守, 嚴慮不得脫, 不敢遽發及是糾黨伺於途。一日, 楊行程未半, 諸盜猝從林中出, 甫聞鳴鏑聲, 則一車夫已隕於轅下, 盜楊聲謂楊僕曰 "敢抗者, 以車夫例。" 衆僕瑟縮無人色, 忽車中搴簾叱曰 : "鼠輩敢爾從容啟鏡奩", 取一弓僅數寸, 許連發九彈殺九賊, 諸盜錯愕, 相顧曰 : "何得有'江老家'法" 姬曰 : "我固'江某'女也, 汝等欲俱死可來前, 否則速去。"

李虎, 躍馬先遁, 諸盜皆奔, 楊曰 : "不料卿, 一旖旎女子而具搏虎手段, 如是前者輕相汝矣。" 由是寵愛愈深。

居京久之江姬母死。請卽葬於都外近山繼卜穴於'極樂峰', 姬親往視葬一去, 不返逾月侍婢回 呈, 遺緘一函內, [84]皆作永訣語, 謂此後當入山修道, 不復處人間矣。楊閱之悲憫, 欲絶以

82)『둔굴난원』에는 檀,『한담소하록』에는 有.

83)『둔굴난원』에는 屢繩.

爲畢生恨事。

逸史氏曰 : "墨林太守, 余一知己也。乙卯冬間, 來遊金閶間道滬瀆, 一見如舊識, 遂效戴宏正故事結。金石交因晨夕過從傾杯剪燭, 極道平生歡。偶於酒酬, 爲述此事, 猶爲欷歔不樂, 形於顏色。墨林, 旋於丙辰之秋, 欲航海抵析津, 以猝病歿於海舶。厥弟'碩士', 護其柩往北後聞, 海舶, 遇風危, 甚舵工結木, 筏於巨浸中, 以乘舟客'碩士'扶柩, 哀號卒爲風濤所害, 然柩幸無恙。嗚呼! 是足悲矣。因華是事而悼逝者之不可復作也。使'江姬'在必有以護持之矣。

7) 니쥬젼뎐(李酒顚傳)

▌편찬자 번역

이칠지(李七芝)는 절강(浙江) 소군(紹郡) 사람이다. 그의 집은 배산임수의 좋은 위치에 자리 잡고 있었는데, 집 뒤에는 굉장히 깊고 넓은 샘이 있었다. 그 샘의 물맛이 매우 달고 또한 유난히 맑았다고 하는데, 매번 그 물로 술을 빚으면, 술 맛이 특별히 농후하여 마치 '공근(公瑾)'의 '순료(醇醪)'[85]와도 같아서 사람들을 쉽게 취하게 만들었다고 한다.

이칠의 본가에 수십 경(頃)의 밭이 있었는데, 소작을 주고 그 외 남은 일경(一頃)의 밭에 수수를 심었다. 그리고 그 수수로 누룩을 만들어 술을 빚었기 때문에, 이칠의 집 술이 근방뿐 아니라 멀리까지 꽤 유명하였다. 이칠의 주량 또한 매우 상당하여, 아침저녁으로 술을 마시니 몸이 나날이 살이 찌고, 그만큼 집도 나날이 부유해졌다.

일 년간 집안사람들이 술 생산에 대해 묻지 않아도 이미 모든 창고가 가득하였으며, 곡식과 돈꿰미가 썩어날 정도였다고 한다. 게다가 이칠의 성격이 곧고 강직한데다가 친구를 좋아하여, 늘 친구들이 오면 술상을 준비하고, 밤이 깊도록 술을 마셨는데, 그 주량은 셀 수 없을 정도였다고 한다.

같은 마을에 장삼무(蔣三茂)라는 술 잘 마시는 친구가 있었는데, 늘 이칠과 술을 마실 때면 끝까지 자리를 지키지 못하고 도망가기가 일쑤였다. 이런 이유 때문에 이칠이 자신의 집 대문

---

84) 『둔굴난원』에는 內대신 '靑絲千縷書中'이라고 되어있음.

85) 순료(醇醪)는 곡식으로 발효한 술로, 배송지(裴松之)의 『삼국지(三國志) 오서(吳書) 주유전(周瑜傳)』에서 오(吳)나라 정보(程普)가 "주유(周瑜)와 사귀다 보면 마치 순료를 마신 것처럼 나도 모르게 절로 훈훈하게 취해 온다."고 했다. 이를 줄여서 '음순자취(飮醇自醉)'라고도 한다.

에 '만일 나보다 술을 잘 마시는 손님이 있다면 상금으로 백금을 주겠다.'라고 방(榜)을 써 붙였을 정도였다.

이 소문은 성(城) 전체에 퍼져, 사방에서 술을 좀 마신다고 하는 사람들이 소문을 듣고 이칠의 집을 찾아갔다. 마치 저잣거리에서 물건을 사려고 모여드는 것처럼 사람들이 이 집에 몰려 서로 주량을 자랑하고 우승을 다투었다. 그럴 때면 이칠이 나가 조용히 커다란 잔으로 세 잔의 술을 마시는데, 그 술잔 하나가 가히 한말의 술이 들어가는 크기였다. 손님들과 더불어 묘(卯)시부터 유(酉)시까지 계속해서 술을 마시니, 모여든 사람들이 다 도망가기 일쑤였다. 그러면 이칠은 태연한 표정으로 한숨을 쉬며 "이렇게 많은 사람 중에서 내 적수가 되는 사람이 한 사람도 없구나!"라고 한탄 하였다.

그러던 중 오군(吳郡)에 있는 고지향(顧芷香)이 술을 잘 마신다는 말을 듣고, 이칠은 그 즉시 배를 타고 고지향의 집으로 향했다. 그 집에 이르러 보니 문 앞에 대중소(大中小) 크기의 술 잔 세 개가 놓여 있었다. 잔을 살펴보니 제일 큰 잔은 가히 한 섬의 술이 들어갈 만한 크기였고, 중간 잔은 그 절반의 양이 들어갈 크기이고, 마지막으로 가장 작은 잔은 세말의 술이 들어갈 크기였다.

고지향은 술잔 세 개를 놓고 "능히 이 석 잔을 다 마실 수 있는 사람이 있으면 서로 마주보고 대작하리라"라고 말했었다. 이 소문을 듣고 주량이 있다고 하는 사람들이 다 모여들었으나, 석 잔을 다 마시지도 못하고 지나치게 취하여 정신을 차리지 못하고 물러나는 일이 허다했다. 이로부터 고지향의 집에 감히 술을 마시러 가는 사람이 없었다.

그런데 이칠이 이날 고지향의 집에 가서 연달아 술 석 잔을 다 마시고, 오히려 정신이 맑아지더니 눈썹을 치켜세우고 뽐내며 "아 기분 좋다, 오늘에서야 술을 마신 것 같다."라고 하였다. 문지기가 이 말을 듣고 놀라 주인에게 달려가 고하니, 고지향이 즉시 안으로 청하여 들이게 했다.

이칠이 문지기를 따라 들어가 계단에 올라 인사하고, 서로 너무 늦게 만남을 한탄하였다. 그러자 고지향이 하인에게 명하여 큰 항아리 하나를 가져오게 하였다. 항아리 입구를 봉했던 것을 뜯으니, 술 냄새가 코를 찔렀다. 이칠이 고지향을 돌아보니 입맛을 다시며 소매를 걷고 말하길 "다행히 그대가 내 집에 와서 주량을 비교하고자 하니, 내가 먼저 마시겠네." 하고 즉시 땅에 무릎을 꿇고 머리를 숙이고 엎드려 마셨다. 고지향은 '꿀꺽 꿀꺽' 술 마시는 소리를 내며 순식간에 항아리가 다 비웠는데, 다섯 섬의 술을 담아놓은 항아리였다.

이칠이 자기도 모르게 기뻐서 깡충깡충 뛰어 내려와 "그대는 진정 주국(酒國)의 왕이오. 이 동생이 비록 재주는 없으나, 기꺼이 제자가 되길 원합니다."라고 하며 고지향과 같이 술을 마시니, 순식간에 술을 다 마시고 항아리를 들어 엎어 놓으니, 술이 한 섬도 남지 않았다. 이때부터 밤낮없이 서로 마셔대니, 고지향은 이칠과 더불어 술을 하루도 쉬지 않고 마시니, 몸이 이미 피폐해졌다. 그러나 이칠은 전혀 아무런 취기가 없어, 고지향 가족들이 이칠을 원망하고 있었다.

고지향의 집에는 취선도(醉仙桃)라는 술이 있었는데, 그 술을 마시면 실성하고 미치광이가 된다고 하는 술이었다. 이칠은 그런 술 인줄은 생각도 못하고, 삼일 동안 여섯 항아리의 술을 연달아 마시니, 바로 실성한 미치광이가 되어 울고 웃기를 반복하고, 노래를 부르며 정신을 차리지 못하였다. 고지향이 이칠의 집에 알려 급히 의원을 청하였으나, 의원들은 한결같이 "이 병은 술에 상한 병입니다."라고 하며 계속해서 해독약을 썼다. 그러나 이칠의 병은 여전히 호전되지 않았다. 이칠은 계속해서 술을 찾아 마시고 또 취하여 침상에 쓰러져 자니, 사람들이 "이주전(李酒顚:이칠이 술에 빠져 제정신이 아니다)"이라 하였다.

그렇게 몇 년이 지난 후 한 스님이 이칠의 집을 지나다가 이상한 기운을 느꼈다. 그리고는 "이집에 술기운이 가득한 것이 반드시 술로 병이 든 자가 있을 것입니다. 내 어찌 그냥 지나갈 수 있겠습니까? 마땅히 그 자를 위해 병을 고쳐 보겠습니다."라고 하였다. 이 말을 듣고 하인이 안으로 들어가 아뢰니, 부인이 "만약 이 병을 고쳐만 준다면 어찌 천금을 아끼겠는가!"하며, 스님을 안으로 모시게 하였다. 스님이 이칠을 진맥하고 "이 병을 고치는 것은 어렵지 않습니다."라며 큰 항아리를 가져오게 하여 그 안에 물을 가득 채우게 한 후, 물에 환약을 던졌다. 그리고 이칠의 옷을 벗기고 들어가게 하여, 그렇게 세 번 목욕을 하게 하였다. 그러자 이칠이 "아 기분 좋다! 이제 병이 다 나았다."며 마치 깊은 잠에서 깬 것 같이 행동하였다. 이에 이칠은 스님을 집에 모셔두고 후하게 대접하였다. 이칠은 이때부터 평소와 같은 주량으로 술을 마셨으나, 절대 지나치게 과음을 하지 않았다.

그러나 이칠은 계속 고지향이 너무 괘씸하다는 생각이 들어, 스님에게 복수할 방법을 알려달라고 하였다. 그 말에 스님이 웃으면서 "고지향은 그날 약주(藥酒)를 잘못 마셔서 이미 죽은 지 오래되었네, 이제 그대와 같이 가서 고지향을 살려냅시다."라고 하였다. 이칠은 이 말을 믿을 수 없었다. 그러자 스님이 이칠을 데리고 고지향의 집으로 향했다. 고지향의 집에 도착하니 문 위에 근조(謹弔) 등이 달려있었다. 상황을 물어보니 이미 고지향이 죽은 지 3년이 되었다고 했다.

집 안으로 들어가 조문을 하고 자세히 물어보니, 고지향의 영구가 아직 집안에 있다고 했다. 고지향 가족들은 이칠도 죽었다고 생각을 했는데, 이렇게 무사한걸 보고, 놀라 이칠이 맞는지 의심하였다. 이칠은 스님의 도움으로 병을 고치게 된 정황을 설명하고, 또 스님의 신기한 술법으로 고지향도 살려낼 수 있다고 하였다. 고씨 집안사람들은 스님의 술법을 믿겠다고 하고, 여러 번 살려달라고 부탁하고 관을 꺼내 뚜껑을 열었다.

관 뚜껑을 여니, 술의 기운이 관 안에 가득 차있었다. 그리고 시체를 살펴보니 단 한곳도 썩은 곳이 없고, 술 마신 흔적으로 양 볼이 불그스레한 정도였다. 이에 스님이 환약 한 알을 꺼내 고지향의 입안에 넣으니 목구멍으로 약이 넘어가는 소리가 났다. 이윽고 관 속에서 신음 소리가 들리더니, "정말 잘 잤다."라며 고지향이 일어나는 것이었다. 고지향은 일어나 이칠을 보더니 고개를 숙이며 "그대의 주량이 어찌 그리 큰지, 제가 몸을 낮출 수밖에 없습니다."라고 하였다. 그 말에 집안사람들이 모두 웃음을 그칠 수 없었다. 그리고 지금까지의 정황을 알려주니, 고지향이 크게 놀라, 그 후부터는 다시는 술을 마시지 않았다고 한다. 이로부터 강소(江蘇) 절강(浙江) 두 지역을 통틀어 이칠이 독보적인 주성(酒星)으로 꼽혔다.

▌번역 필사본

니쥬젼뎐

니칠지ᄉᆡᆼ(李七芝生)은 소군(紹郡) 사ᄅᆞᆷ이니 집이 ᄇᆡ산님뉴ᄒᆞ고 집 뒤히 감젼이 이시니 물마시 심히 쳥녈ᄒᆞ더라 ᄆᆡ양 그물노 술흘 비ᄌᆞ면 주미 농후ᄒᆞ야 공근의 슌교와 가ᄐᆞ여 사ᄅᆞᆷ이 먹기를 됴하ᄒᆞ더라 니칠의 집의 본ᄃᆡ 잇【53】ᄂᆞᆫ 밧치 슈십경이라 뎐세를 밧은 외의 ᄌᆞ못 나믄 거시 이시니 일 일경으로써 슈슈를 심어 누룩을 ᄆᆡᆫ도라 술을 비ᄌᆞ니 이러므로 니칠의 집 술이 원근의 쳔명ᄒᆞ더라 니칠이 주량이 심히 커 ᄌᆞ됴지므로 취듕의 이셔 몸이 ᄂᆞᆯ노 살지고 집이 ᄂᆞᆯ노 부성ᄒᆞ더라 종세토록 가인의 ᄉᆡᆼ산을 뭇지 아니ᄒᆞᄃᆡ 전국이 고의 석어ᄂᆞ고 니칠의 성품이 감ᄀᆡᄒᆞ야 벗슬 됴하ᄒᆞ며 ᄆᆡ앙 붕위[86] 니르면 주찬을 셩비ᄒᆞ고 주ᄇᆡ를 서로 권ᄒᆞ여 밤이 맛도록 취ᄒᆞ니 그 주량은 불가형언이러라 동읍의 당삼모ᄂᆞᆫ 주량이 크기로 닐흠이 잇더니 니칠의 집의 가 술을【54】 먹다가 주석을 밋쳐 파치못ᄒᆞ여 ᄌᆞᄐᆡ ᄒᆞ고 가니 니칠이 그 집의 방으로써 부쳐 왈 만일 손이 와 술을 ᄌᆞᆯ 먹ᄂᆞᆫ 재 이시면 맛당히 ᄇᆡᆨ금으로 상쥬리라 ᄒᆞ니 이 소문이 젼파ᄒᆞ여 군읍 원근의셔 술 즐기ᄂᆞᆫ 무리 이 소문 듯고 그 집으로 가ᄂᆞᆫ 재 져ᄌᆡ가치 모혀 주량을 ᄌᆞ랑ᄒᆞ고 션등ᄒᆞ기를 닷토거ᄂᆞᆯ 니칠이 ᄂᆞ가 종용히 큰 술잔으로 세 슌ᄇᆡ를 먹으니 그 술이 가히 한 말 술울 용납ᄒᆞᆯ너라 ᄀᆡᆨ으로 더브로 돌녀 객기를 묘(卯)시로부터 유(酉)시의 니르니 모든 주ᄀᆡᆨ이 다 혀여지ᄃᆡ 니칠의 신ᄉᆡᆨ이 ᄌᆞ약ᄒᆞ여 우연 탄 왈 이 가튼 슈다ᄒᆞᆫ 주ᄀᆡᆨ의 한 사ᄅᆞᆷ

86) 붕우가

도 내적쉬87) 업【55】ᄉᆞ랴 오군(吳郡) 고지향(顧芷香)의 술 잘 먹기로 일흠나물 듯고 즉시 ᄇᆡ를 ᄐᆞ고 가 그 집의 니르러 본즉 문 앏히 술잔 세흘노흐ᄃᆡ 대듕소 각각 나르니 큰 잔은 가히 한 셤 술흘 용납 흘만ᄒᆞ고 듕잔은 그 절반을 용납 흘만ᄒᆞ고 소잔은 서말 술흘 용납ᄒᆞᆫ지라 술잔 세 흘 노코 말ᄒᆞᄃᆡ 능히 삼잔을 다 먹을 재 이서야 비로소 서로 보고 대작ᄒᆞ리라ᄒᆞ니 이 소문이 회ᄌᆞᄒᆞᄆᆡ 주량 잇ᄂᆞᆫ 재 일시의 모혀 삼잔울 다 먹지 못ᄒᆞ고 긔ᄉᆡᆨ이 저상ᄒᆞ여 정신을 출히지 못ᄒᆞ여 ᄌᆞ퇴ᄒᆞᄂᆞᆫ 재 왕왕이시니 일노부터 감히 고지향의 집의 술 먹으려 가ᄂᆞᆫ 재 업더라 니칠이 이【56】늘 지향의 집의 가 삼 잔 술을 다 마시고 신ᄉᆡᆨ이 자약ᄒᆞ여 왈 쾌활ᄒᆞ다 금일이야 바야흐로 술흘 잘 먹엇다 ᄒᆞ거늘 문직흰 시뇌 보고 대경ᄒᆞ여 드러가 쥬인의게 고ᄒᆞ니 고군이 즉시 청ᄒᆞ여 드리거늘 니칠이 시노를 ᄯᆞ라 드러가 당의 올ᄂᆞ 읍ᄒᆞ고 서로 맛나기 느ᄌᆞ물 한ᄒᆞ니 고군이 기동울 명ᄒᆞ여 큰 독 하ᄂᆞ흘 가ᄌᆞ 왓거늘 봉ᄒᆞᆫ거슬 ᄯᅦ히니 주향이 만실ᄒᆞ더라 고군을 도라 보니 닙마슬 다시며 ᄉᆞᄆᆡ를 것고 돗긔 ᄂᆞ려 왈 그ᄃᆡ 다힝히 내집의 와 주량을 비교코ᄌᆞ ᄒᆞ니 내 몬저 먹으리라 ᄒᆞ고 즉시 무릅울 ᄯᆞ히 ᄭᅮᆯ고 머리를 수기고 업대여 마시【57】니 술 마시ᄂᆞᆫ 소ᄅᆡ 골골ᄒᆞ며 슌식간의 그르시 다 뷔여시니 그 독이 닷셤 술흘 비젓더라 니싱이 ᄯᅱ여ᄂᆞ려 서며 왈 그 ᄃᆡᄂᆞᆫ 진짓 주국의 왕이니 북이 비록 ᄌᆡ죄 업ᄉᆞ나 녜ᄌᆞ 되기를 원ᄒᆞ노라 ᄒᆞ고 그와 가치 마시ᄆᆡ 경긱간 술이 다 진ᄒᆞ고 독을 드러 업허 노흐니 술이 한뎜도 업더라 일노부터 쥬야 통음ᄒᆞ니 고군이 니싱을 ᄯᆞ라 술흘 쉬일ᄉᆞ이 업시 먹으ᄆᆡ 몸이 ᄉᆞ못 근뇌ᄒᆞᄃᆡ 니싱은 마ᄎᆞᆷ내 취ᄒᆞᆫ비치 업ᄉᆞ니 고군의 가인(家人)이 도로혀 뮈원ᄒᆞ더라 고군의 집의 취션도(醉仙桃)란 술이 이시니 그 술의 실성ᄒᆞ여 광인이 되ᄂᆞᆫ 듣취라 니싱이 그런 술【58】인 줄을 바이 모르고 삼ᄉᆞ일 ᄉᆞ이의 녀ᄉᆞᆺ독읫 술울 년ᄒᆞ여 마시고 어시의 실셩ᄒᆞᆫ 광인이 되어 울며 웃기를 무상히 ᄒᆞ고 혹 노ᄅᆡ를 브르며 이ᄌᆞ를 ᄎᆞ리지 못ᄒᆞ거늘 고군이 니싱의 집의 알게 ᄒᆞ여 급히 다려다가 의원을 청ᄒᆞ여 다ᄉᆞ리니 모든 의원이 말ᄒᆞᄃᆡ 술의 상ᄒᆞᆫ병이라ᄒᆞ야 히졍ᄒᆞᆯ 약을 년ᄒᆞ여 쓰ᄃᆡ 그 병은 여젼ᄒᆞ더라 이윽고 술을 ᄎᆞᄌᆞ 마시고 즉시 흔흔히 취ᄒᆞ여 자니 사ᄅᆞᆷ이 니르ᄃᆡ 니주뎐(李酒顚)이라 ᄒᆞ더라 수 년 후의 승(僧) 하ᄂᆞ히 이셔 니싱의 집을 지ᄂᆞ다가 의혹ᄒᆞ야 왈 이 집의 주긔 가득ᄒᆞ니 필연 술의 병든 재 잇도라【59】 엇지 그져 지ᄂᆞ가리오 맛당히 위ᄒᆞ여 병을 곳쳐 보리라 가인이 드러가 주모긔 고ᄒᆞᆫᄃᆡ 쥬믜 ᄃᆡ희 왈 이 병을 능히 곳치면 쳔금을 엇지 앗기리오 승을 청ᄒᆞ여 드리니 승이 진ᄆᆡᆨᄒᆞ고 ᄀᆞᆯ으ᄃᆡ 이 병 곳치기ᄂᆞᆫ 이여이라 ᄒᆞ고 큰항 하나를 가져오라 ᄒᆞ여 ᄯᅳᆯ히놋코 물을 가득붓고 한 환약을 그 속의 더지고 니싱으로 ᄒᆞ여금 오슬 벗겨 드려 보내니 세 번 목욕ᄒᆞ고 나와 왈 병이 쾌히 ᄂᆞ핫다 ᄒᆞ고 ᄉᆞᆲ을

---

87) 적수가

쳐음셴돗ᄒᆞ야 승을 집의 두고 관ᄃᆡᄒᆞᄆᆡ 니ᄉᆡᆼ이 일노부터 주량이 평일가트나 과음치 아니ᄒᆞ더라 니ᄉᆡᆼ이 고군을 혐의ᄒᆞ여 ᄒᆡᄒᆞᆯ 계칙을【60】 승 다려 무르ᄃᆡ 승이 소왈 고군이 당일의 약녀혼 술ᄒᆞᆯ 그릇 마시고 죽은지 오ᄅᆡ여시니 이제 소승이 군으로 더브러 함긔 가면 고군으로 하여금 회ᄉᆡᆼ케 하리라ᄒᆞ니 니ᄉᆡᆼ이 그말울 밋지 아니ᄒᆞ나 브득이ᄒᆞ야 승을 다리고 고군의 집의 가니 문우ᄒᆡ당반을 다랏거ᄂᆞᆯ 무러 보니 고군이 죽은지 임의 삼년이라 드라가 됴상ᄒᆞ고 무르ᄃᆡ 오히려 그 집의 영구ᄒᆞ엿더라 고가 사ᄅᆞᆷ이 니ᄉᆡᆼ도 죽은줄노 아랏다가 그 무양ᄒᆞ물 보고 ᄌᆞ못 놀ᄂᆞ 의심ᄒᆞ거ᄂᆞᆯ 니ᄉᆡᆼ이 승의 술법을 ᄲᅧ 병이 ᄒᆞᆯ이물 말ᄒᆞ고 ᄯᅩ 신긔ᄒᆞᆫ 법이 이셔 고군을 가히 환ᄉᆡᆼ하리라 ᄒᆞ야 승【61】이 ᄯᅩᄒᆞᆫ ᄃᆡ담코 담당ᄒᆞᆫ다 ᄒᆞ거ᄂᆞᆯ 고가의셔 승의 말을 밋고 ᄌᆡ삼 당부ᄒᆞ고 관을 내여 텬ᄀᆡ를 ᄲᅧ히니 주긔 만ᄀᆡ 갓치 ᄉᆞ면의 덥혓거ᄂᆞᆯ 시톄를 ᄉᆞᆯ펴보니 한 곳도 석지 안코 낭협의 취흔이 잇ᄂᆞᆫ지라 승이 환약 하나ᄒᆞᆯ 내여 입안ᄒᆡ 너흐니 목굼긔[88] 약이 ᄂᆞ리ᄂᆞᆫ 소ᄅᆡ ᄂᆞ더니 이윽고 관속으로서 신음소ᄅᆡ ᄂᆞ며 왈 잠을 달게 잣다 ᄒᆞ고 니러 ᄉᆡᆼ을 보며 읍ᄒᆞ여 왈 그ᄃᆡ 주량이 엇지 그ᄃᆡ지 너르고 감히 하풍의 ᄇᆡ례 ᄒᆞ리라 ᄒᆞ니 가인이 다 훌훌히 웃기를 그치지 아니코 그 연유를 니르니 고군이 비로소 황연 ᄃᆡ각ᄒᆞ여 그 후의 다시 술을 먹지 아니ᄒᆞ니 강절(江浙) 냥읍의【62】 니ᄉᆡᆼ울 ᄒᆞᆯ노(獨) 주셩(酒星)이라 ᄒᆞ더라

▌원문

李七芝生, 浙之紹郡人。家店依山瀕水, 屋後有泉泓, 然甘冽異常, 以之釀酒特濃厚, 如公瑾醇醪, 易於醉人。

李七家, 本素封良田數頃, 納太平租稅之外, 頗有贏餘。因以一頃種秫黍, 投麯糱焉。自此李家酒檀名海內。李七飮量甚豪, 白朝至暮日在醉, 鄕顧體日肥家日富。

終歲不問家人生産, 而倉儲充積, 貫朽粟紅。李七性又慷慨好客, 每逢友朋至, 輒治具開讌, 傾杯盡醑作長夜飮。其量無與爲敵者。同郡有蔣三茂之號大戶, 然與李飮往往不終席而遁, 李因榜於門曰 : '如有佳客能來, 角酒兵者, 請進勝者, 當以百金爲犒。'

此榜出, 於是郡中見者, 譁然嗜酒之徒, 赴其門者如市各欲賈。勇先登李出從容以巨觥滿浮, 三大白一觥約可容斗許, 然後, 與客連環遍飮, 自卯至酉, 酒徒咸散。而李神色自若嘆曰 : "如許酒人竟無一旗鼓相當者乎?"

聞吳郡顧芷香, 以善酒名。一時買舟而往及門, 則耳舍設有三雅, 大小中各一, 大可容一石,

---

88) 목구멍으로

中半之, 小可三斗, 如能盡者, 則可與顧君相見, 間有負意氣而至者往往未竟三雅, 而色酣神奪抑然求退。

因是吳中無敢及顧門者, 李往連罄三雅, 神志湛然鬚眉皆張曰 : "快哉此飮也" 閽人大驚, 入白顧君, 顧開靸履而出, 卽呼請見, 升階再拜恨相見晩。顧命家僮舁巨甕至去, 垙簭酒香盈溢一室, 李見顧口中流涎不至, 置卷袂下席曰 : "幸君恕罪, 讓我先君一籌" 卽屈膝至地俯首就地, 而飮之汩汩有聲, 須臾甕已空矣。是甕約容酒五石有餘。

李不覺雀躍而起曰 : "子眞酒國之王也, 弟雖不才願執鞭弭。" 以從事亦, 如其法飮之半, 刻而盡舉其甕覆之無涓滴。自此晝夜相角, 顧奔命已疲, 而李竟無醉容。

顧之家人銜之出。顧昔日所釀 "醉仙桃" 酒雜諸衆甕, 而進 "醉仙桃" 者, 能殺人中其毒者, 狀若癡狂。李並不知三日間, 連罄六甕, 於是失其常度, 啼笑無恒歌唱, 並作不復識人矣。顧通信, 其家急載, 之返延醫診治僉曰 : "酒傷投, 以解酲之劑病如故也。" 少頃輒索酒飮入口, 卽醉昏然竟寐人, 因呼之爲李酒顚云。

逾數年, 有遊方僧過其門詫曰 : "此宅酒氣, 衝溢主人, 必有爲酒困者, 若肯施捨當爲之醫。" 家人入告主婦, 婦曰 : "能治斯疾, 雖千金不吝也。" 延僧入切脈, 望氣曰 : "此易與耳" 命置巨缸, 於庭注水滿之, 而投藥一丸於內, 令李裸體入浴三入三出曰 : "可已" 李如夢初覺恍然曰 : "嘻吾乃在此乎" 逐欵僧於家待之優渥, 李自此酒量如平時。

因思所以, 報顧謀之於僧笑曰 : "渠於當日誤飮藥酒, 已醉死矣。今老衲可偕, 君同往, 使其復生。" 李不信, 因俱如吳至顧門, 果懸喪幡詢之死已三年。

將服闋矣, 入室弔之問, 其柩尙停於家, 顧家人疑李亦死, 見其無恙頗爲驚訝。李因述僧治病之神謂有術可使顧再生, 僧亦力自任, 顧家姑信之與之再三申約, 而後啟棺棺蓋甫闢, 酒霧四塞, 衆見屍竝不腐兩頰酡然, 僧出一丸納其口喉中格格作響頃之, 已從棺中欠伸作倦態曰 "美哉睡乎!" 旋起身與衆作揖見李曰 : "子量何宏也. 敢拜下風" 家人咸吃吃笑不止。篇細述其故顧始爽然若失嗣後, 顧竟不能飮, 於是, 江浙兩省, 獨以 '李顚' 爲 '酒星' 云。

8) 부란ᄉᆞ(傅鸞史)

▌편찬자 번역

금릉(金陵)에 부씨(傅氏) 성을 가진 여자가 있었는데, 이름은 '선상(善祥)'이고, 자(字)는 '란사(鸞史)'였다. 성(城)안 초고(草庫) 거리에 살았는데, 비록 작위나 봉지가 없었으나, 제법 세력이 있는 집안이었다. 란사는 나면서부터 총명하여, 글자를 분변하고 문리를 통달하였으며, 「장한가(長恨歌)」를 낭랑하게 외울 줄도 알았다. 또한 성장하면서 능히 시(詩)를 읽었으며, '한렴(寒簾:차가운 주렴)'이라는 시도 지었다.

바람이 빽빽하게 스며들까 걱정하여 (怕有風時垂密密)
아무도 없는 곳도 여러 겹 감싸준다. (更無人處護重重)

비오는 쓸쓸한 정취를 잘 표현한 시(詩)다. 부모는 란사를 마치 손바닥위의 보옥처럼 사랑하여, 매일 칭찬하며 "이 아이는 우리 집에서 가장 뛰어난 재능을 가진 아이이다."라고 하였다. 란사가 글을 한 번 지으면 다투어서 필사하여 가니, 이 때문에 란사의 재주가 멀리까지 알려져 꽤 유명하였다. 명문대가에서 다투어 구혼을 하니, 란사가 직접 부친에게 고하기를 '구혼하는 사람이 있으면 반드시 시재(詩才)를 시험해 주세요.'라고 하였다. 이는 시(詩)로써 중매를 삼고자 한 뜻이 담긴 것이다.

이로 인하여 구혼하는 젊은 자제(子弟)들이 '한(漢) 위(魏)' 담론과 이백(李白)과 두보(杜甫)의 문장을 흉내 내었으나, 란사의 뜻에 맞는 글이 없었다. 이렇게 세월이 흘러 란사의 청춘도 점점 지나가고 있었다.

란사는 점점 시끄러운 것을 싫어하고 조용한 것을 좋아하게 되어, 『도덕경(道德經)』과 『황정경(黃庭經)』을 읽고 은근히 세상과 인연을 끊을 생각도 하였다. 하루는 꿈에 한 도사가 학의 깃털로 만든 도포를 걸치고, 바람과 함께 나타나 "금릉에 장차 큰 겁운이 이를 것이오. 그대 역시 겁운 중에 든 사람이오. 다행이 그대는 숙근(宿根)[89]을 가지고 있어서 다만 깨달음을 얻으면 가히 영혼은 보존할 수 있을 것이오. 나와 그대가 봉래산(蓬萊山)에서 만날 인연이 있으니, 마땅히 그곳에 올 수 있도록 안배할 것이오."라고 말했다. 란사가 꿈에서 깨어 가만히 생각하며, 그 도사의 말을 마음에 새겨 두었으나, 깊이 믿지는 않았다.

머지않아 양홍(楊洪)의 난이 일어나, 이미 구강(九江)[90]이 함몰당하고, 물길을 따라 동으로 내려왔다. 금릉(金陵)이 미리 방비를 해두지 못한 탓에 매우 위태로웠다. 성(城)에서도 방어할 계책이 없어 오로지 성문만 닫고 있을 뿐이었다. 도적들이 성 아래에 도착하여 아침 저녁으로 성을 에워싸고 공격하더니, 2월 10일에 수서문(水西門)으로 올라와 마침내 성을

89) 불교나 도교에서 전생에서부터 형성된 근본 성질이나 품성.
90) 중국 강서성(江西省) 북부 양자강(揚子江) 중류에 위치.

점령하였다.

수일 후에, 적들이 성(城) 안에 있는 사람들을 남녀로 나누어, 남관(男館)과 여관(女館)을 각각 설치했다. 그리고 여관(女館)은 다시 전(前)·후(後)·좌(左)·우(右)·중(中) 이렇게 다섯 군(軍)으로 나누고, 한 군(軍) 안에 다시 일부터 팔까지 팔군(八軍)으로 나누었다. 군(軍)마다 여자 위군사(僞軍師)를 설치하고, 여자 위군(僞軍)은 밑에 백장(白長) 수 십 명을 거느리게 했다. 많은 여인들이 이렇게 구금을 당하니, 감옥이나 다를 바 없었다. 당시 성안에 이렇게 구금된 여인들이 약 십 만 명이 있었다.

부란사도 또한 이들에게 잡혀 다른 여자들과 함께 밀실에 갇혀 있었는데, 도망을 가려고 해도 기회를 엿볼 수가 없었다. 이 때 마침 동적(東賊) 양수청(楊秀淸)이 여인들의 명부를 보고 민간 여자들 중에 글자를 아는 자를 빨리 찾으라고 명령하였다. 그러자 어떤 한 사람이 부란사를 천거하니 동적이 매우 기뻐하며, 란사를 불러 들였다.

란사는 운명이라는 것이 있다고 느끼고 눈물을 흘리면서 마차에 올랐다. 이때부터 란사는 동적을 옆에서 모셨다. 비록 수놓아진 장막 안에 있었지만 봉황을 가둔 것이나 다름없었다. 동적이 란사를 총애함에 부족함이 없었고, 란사 또한 동적의 뜻을 잘 맞추어서, 전쟁 중 왕래하는 문서를 손수 쓰고 판결하였다. 때때로 급한 서찰이라도 격식에 맞추지 않으면, 그 자를 꾸짖으니 적진 중에 란사의 문필을 숭상하지 않는 자가 없었다.

도적들 무리 중에 광동(廣東) 및 광서(廣西) 출신 건달이 많았는데, 모두 일자무식들이었고, 그런 건달들을 란사가 매번 꾸짖었다. "너희는 표범과 호랑이 같은 성품을 가졌고, 행실은 개·돼지와 같으니, 반드시 하늘이 너희를 죽일 날이 있을 것이다."라고 하였다. 이 말을 듣고 도적들이 매우 화가 나서 동적에게 란사가 한 말을 고하여 죄를 묻게 하였다.

하루는 동적이 부하들이 참소한 일로 란사를 잠깐 감옥에 가두어, 경각심을 느끼게 하려고 하였다. 그러나 란사는 '옥(玉) 색이 바래지고 꽃이 시들어 버리듯', 병이 들고 말았다. 이에 동적에게 유서를 써서 영원한 이별을 알리고, 동적이 준 금가락지와 옥비녀를 돌려보내며 다음 생에서 다시 인연을 맺을 것을 약속하여, 마치 이별의 순간 양태진(楊太眞)이 첫날 밤 현종에게 받았던 전합과 금차(鈿盒金釵)를 다시 돌려주었다는 이야기처럼 하였다.

동적이 란사의 글을 보고 크게 놀라, 즉시 죄를 사하여 풀어주고, 간절히 위로하며 그 지역에 있는 명의를 불러 병을 치료하게 하니, 마침내 란사의 병이 크게 호전되었다. 그리고 바로 자신의 처소로 데려가 그 이전보다 더욱더 란사를 총애하였다. 그리하여 란사는 전장의 어느 곳이든 막힘이 없이 다 왕래할 수 있는 신분이 되었다.

하루는 란사가 우연히 '묘향암(妙香菴)'에 가서 노닐다가, 문밖에 앉아 있는 한 남자를 보게 되었다. 자세히 보니 예전에 꿈에서 본 그 도사였다. 그 도사는 란사에게 "너의 겁운이 이미 지났으니, 빨리 도망가고 다시는 이 겁운에 추락하지 말지어다."라고 하였다. 이윽고 란사가 매우 놀라 즉시 달아나 도망가니, 그 후의 종적은 아무도 알 수가 없었다. 혹자는 말하길 "란사가 기회를 틈 타 빠져나가 금산에 이르러 삭발위승하고 속세를 벗어나 불문(佛門)에 들었다."고 하였다. 란사는 진실로 총명한 여자였다.

▌번역 필사본

부란ᄉᆞ

금능(金陵) 녀ᄌᆞ 부시(傅氏)의 명(名)은 션상(善祥)이오 ᄌᆞ(字)ᄂᆞᆫ 난ᄉᆡ(鸞史)니 셩듕 초고(草庫) 홍의서 ᄉᆞᆯ고 본ᄃᆡ 세족으로 가업이 요족ᄒᆞ더라 난ᄉᆡ 나며부터 총혜ᄒᆞ여 글ᄌᆞ를 분변ᄒᆞ며 삼세의 문리ᄅᆞᆯ 통ᄒᆞ고 홍상 장한가를 낭낭히 외으며 졈졈 자라ᄆᆡ 능히 시를 읇흐ᄆᆡ 일즉 한 렴시를 지으니 기시의 왈

파유풍시슈밀밀(怕有風時垂密密)이오 : 바ᄅᆞᆷ이 시ᄯᆡᄅᆞᆯ 저허ᄒᆞ여 드리 오기를 밀밀히 ᄒᆞ고

ᄀᆡᆼ무인쳐호듕듕(更無人處護重重)으로 : 다시 사ᄅᆞᆷ 업ᄂᆞᆫ곳의 효위하○○[91] 듕듕히 하더라【63】

부ᄆᆡ 장듕보옥 가치 ᄉᆞ랑ᄒᆞ여 ᄆᆡ양 칭찬ᄒᆞ여 왈 이 아ᄒᆡᄂᆞᆫ 우리집 건줄아니ᄒᆞᆫ 녀진ᄉᆡ라 ᄒᆞ더라 녀ᄌᆞ의 지은 글이 한 번 ᄂᆞ면 다토와ᄡᅧ[92] 뎐ᄒᆞ니 일노 말ᄆᆡ아마 난ᄉᆞ의 ᄌᆡ명(才名)이 원근의 회ᄌᆞᄒᆞ더라 벌열ᄒᆞᆫ ᄃᆡ가의서 다토와 구혼ᄒᆞ거ᄂᆞᆯ 녀ᄌᆡ 부친긔 고ᄒᆞᄃᆡ 구혼ᄒᆞᄂᆞᆫ 재 잇거든 시ᄌᆡ를 시험ᄒᆞ소셔 ᄒᆞ니 시로ᄡᅥ 듕ᄆᆡ를 삼고ᄌᆞ ᄒᆞᆫ ᄯᅳ지러라 일노인ᄒᆞ야 소년ᄌᆡ뎨 구혼ᄒᆞᄂᆞᆫ 재 글을 지으ᄃᆡ 한위(漢魏) 체격과 니두(李杜)의 문장을 효축ᄒᆞ나 하ᄂᆞ토 난ᄉᆞ의 ᄯᅳᆺ의 맛지 못ᄒᆞ니 이러구러 세월이 임염ᄒᆞ여 여ᄌᆞ의 청튠이 졈졈 늘거가더라 난ᄉᆡ 분요ᄒᆞ물 ᄉᆞᆯ혀ᄒᆞ고 요ᄒᆞ【64】물 됴하ᄒᆞ여 도경울 잠심ᄒᆞ여 도덕경(道德經)과 황뎡경(黃庭經)울 닑고 표연히 세려를 ᄉᆞᆫ홀 ᄯᅳ슬 두더니 일일은 저녁 ᄭᅮᆷ의 한 도ᄉᆡ[93] 흑창(鶴氅)의 ᄇᆡ우션을 가지고 풍되(風

91) 글자가 지워져 해독 불가로 '○○'로 처리하였다.

92) 다투어서

93) 도사가

度)[94] 소쇄ᄒᆞ여 읍ᄒᆞ고 니로ᄃᆡ 금능의 큰 겁운이 장ᄎᆞᆺ 니를 거시오 그ᄃᆡ도 겁운듕의 든사ᄅᆞᆷ 이어니와 다ᄒᆡᆼ히 그ᄃᆡ 션분이 그치지 아녀 환골 탈ᄐᆡᄒᆞ여 녕혜ᄒᆞᆫ ᄆᆞ음을 가히 보존ᄒᆞᆯ 거시니 내 그ᄃᆡ로 더브러 동내산의서 맛ᄂᆞ볼 연분 잇ᄂᆞᆫ지라 그ᄯᅴ의 맛당히 와셔 제도ᄒᆞ리라 ᄒᆞ니 ᄭᅮᆷ을 ᄭᆡ여 가마니 ᄆᆞ음의 긔록ᄒᆞ나 깁히 밋지 아녓더니 거무하의 냥홍(楊洪)의 난이 니러ᄂᆞ 구강(九江)울 함물ᄒᆞ고 슌류(順流)ᄒᆞ야【65】 동(東)을 ᄂᆞ리니 금능이 본ᄃᆡ 방비ᄒᆞ미 업서 심히 위ᄐᆡᄒᆞᆫ지라 셩듕의서 방어ᄒᆞᆯ 계괴 망연ᄒᆞ야 셩문울 다치니 도적이 셩하의 니르러 쥬야로 셩을 에우다가 이월 초십일의 슈서문(水西門)으로 반연ᄒᆞ야 셩쳡의 올ᄂᆞ 성울 파ᄒᆞ고 도적이 셩듕의 드러와 ᄉᆞ로잡힌 남녀ᄅᆞᆯ 난화[95] 녀관과 남관을 졍ᄒᆞ야 가도고 직히니 시시의 셩듕 부녀의 잡혀 갓친 재 십여만이라 부란ᄉᆞ도 ᄯᅩᄒᆞᆫ 잡혀 녀관 밀실 듕의 이시ᄆᆡ ᄂᆞ가기를 구ᄒᆞᄃᆡ 틈을 엇지 못ᄒᆞ더니 이ᄯᅴ의 마ᄎᆞᆷ 동적(東賊) 냥슈청(楊秀淸)이 녀부를 비치하ᄃᆡ 민간 녀ᄌᆞ 듕 식ᄌᆞ하ᄂᆞᆫ자를 핍박ᄒᆞ여 ᄉᆡᆨ드리려ᄒᆞ니【66】 한 ᄉᆞᄅᆞᆷ이 부란ᄉᆞ의 ᄌᆡ화를 닐캇고 쳔거ᄒᆞ거ᄂᆞᆯ 동적이 ᄃᆡ희ᄒᆞ여 난ᄉᆞ를 불너 드리니 난ᄉᆡ 뎐졍이 이시물 알고 눈물을 흘니고 ᄂᆞᄋᆞ가 이ᄂᆞᆯ부터 동적의 좌우의 ᄆᆡ시니 비록 금장 슈막의 처ᄒᆞ나 난봉을 가둠과 다ᄅᆞ미 업더라 동적이 총ᄋᆡᄒᆞ미 비ᄒᆞᆯᄃᆡ 업거ᄂᆞᆯ 난ᄉᆡ ᄯᅩᄒᆞᆫ 동적의 ᄯᅳᆺ을 잘 마초니 적진듕의 왕내 문서를 난ᄉᆡ 다 친히 판결ᄒᆞ여 닙으로 불며 손으로 ᄡᅳ고 혹 규식의 합ᄒᆞ지 못ᄒᆞᆫ거시 이시면 믄득 물니쳐 ᄭᅮ지ᄌᆞ니 일노 말ᄆᆡ아마 적진듕 녀관의 문필 슝상을 아니ᄒᆞᄂᆞᆫ 재 업더라 적도듕의 광동광서(廣東西)의 무리ᄇᆡ 만흐니【67】 난ᄉᆡ ᄆᆡ양 ᄭᅮ지ᄌᆞ 왈 너의 무리 싀랑의 셩픔이오 구체(狗彘)의 ᄒᆡᆼ실이니 하ᄂᆞᆯ이 필연 너희를 죽일ᄯᅴ 이시리라 ᄒᆞᄃᆡ 모든적 되노ᄒᆞ야 동적의게 ᄎᆞᆷ소ᄒᆞ엿더니 일일은 동적이 난ᄉᆡ를 적은 죄로 녀관의 잠간 가도와 일시 경각ᄒᆞ고 다시 불너 ᄲᆞᆯᄯᅳ지이시니 난ᄉᆡ 옥이 바야지고 ᄯᅳᆺ치 쇠잔ᄒᆞᆫᄃᆞᆺᄒᆞ야 안연이 병 드러 이의 뉴셔(遺書)를 ᄡᅧ 동적으로 더브러 영결(永訣)ᄒᆞ고 동적의 쥰바 금차와 옥환을 도로 보낼ᄉᆡ ᄌᆡ셩지연 밋기를 언약ᄒᆞ고 양ᄐᆡ진(楊太眞)의 전합금차(鈿盒金釵)의 고ᄉᆞ를 효축ᄒᆞ니 동적이 난ᄉᆡ의 글을 보고 대경ᄒᆞ여 즉시 죄를 사ᄒᆞ야 풀고 간절히 위로【68】ᄒᆞ며 적진의 잇ᄂᆞᆫ 의원을 불너 치료ᄒᆞ니 병이 흘이거ᄂᆞᆯ 즉시 부듕의 드러 총ᄋᆡᄒᆞ미 전일의 더 ᄒᆞᄆᆡ 난ᄉᆡ 각처 녀관의 막힐 것 업시 임의로 왕내ᄒᆞ더라 일일은 우연히 모향암(妙香菴)의 가 노니더니 한 위여ᄒᆞᆫ 장뷔[96] 문외의 거러 안ᄌᆞᆺ 시ᄃᆡ 의연히 석일 몽듕의 보던 도ᄉᆞ와 방불ᄒᆞ더라 난ᄉᆡ 다려 닐너 왈 겁운이 임의 진ᄒᆞ야시니 ᄲᆞᆯ니

94) 풍도가
95) 나누어
96) 장부가

가고 다시 진겁의 츄락 말나 ᄒᆞ거ᄂᆞᆯ 난식 황연 대각ᄒᆞ고 즉시 도망 ᄒᆞ여 다라ᄂᆞ니 그 후 종적은 알지 못ᄒᆞᆯ너라 혹 왈 난식 틈을 어더 ᄲᅢ져ᄂᆞ 금산의 니르러 삭발 위승ᄒᆞ야 진망을 버서ᄂᆞ 사문의 증과ᄒᆞ【69】엿다 ᄒᆞ니 희라 진실노 영혜ᄒᆞᆫ 녀ᄌᆞ로라

▌원문

金陵女子傅氏者, 名善祥, 字鸞史。居城中草庫街家, 故世族貲亦素封。女生而慧甚, 三歲能辨之, 無授以白傅 '長恨歌' 琅琅上口。少長卽能詩, 嘗詠 '寒簾' 有句云。

怕有風時垂密密, 更無人處護重重。

極爲湯雨生, 都督所賞。父母俱奇愛之不啻拱璧。每顧而樂之曰 : "此吾家, 不櫛進士也。" 女每一詩出, 閨閣傳寫, 由此才名大噪。閥閱家爭請委禽, 女白父凡求婚者, 請試以詩, 謂之詩媒。

因是, 少年子弟, 欲爲傅氏東床選者, 無不貌擬, '漢魏' 口談 '李杜' 然皆不當女意。日月荏苒年已逾笄。

女漸厭囂喜靜, 究心內典間讀 '道德' '黃庭' 諸經, 飄然有出塵想。一夕夢一道, 流羽帔鶴氅風度, 瀟灑揖謂之曰 : "金陵大劫, 將至子亦劫中人也. 幸具 '宿根' 僅玷幻體可保靈心, 我與子有'蓬山' 一見之緣, 至期當來度汝及。" 醒默識於心未深信也。

無何, 楊洪[97]巨逆, 已陷 '九江' 順流東下, '金陵' 素無備危, 甚城中官紳無策, 扼禦倉猝閉關賊。因是得附城下, 晝夜攻城, 二月十日, 竟於 '水西門' 蟻緣貸堞城遂陷。

數日, 賊區分城中人, 設男女二館, 女館又分前後左右中爲五軍, 每軍以一至八, 又分八軍, 軍設女僞軍帥一, 統女僞百長數十, 諸婦女遭其拘禁, 無異處狴犴, 時城中婦女數約十萬。

傅鸞史亦被錮密室中, 求出不得適。東賊 "楊秀淸"[98] 有女簿書之命逼選, 民女識字者, 充之代已批判, 有以傅女才白東賊者, 東賊喜甚徵入僞府。女知數由 '前定' 揮涕登車。自此日侍東賊左右, 雖繡帳錦衾, 無異囚鸞梏鳳矣。東賊寵之專房, 而女亦善逢迎賊意凡賊中, 往來文札, 均由女手判決, 女手披口訾流覽迅捷, 有不合式者, 輒加斥罵, 由是賊中, 僞官無不尙文者。

但積賊多係廣東西無賴子, 目不識一丁字。女見每嫚罵之謂 "汝曹性豺虎, 而行狗彘, 天必

---

97) 『둔굴난원』에서는 洪楊, 『한담소하록』에서는 楊洪.

98) 태평천국운동의 지도자. 태평천국운동이 일어나기 전에 상제교(上帝教)를 조직한 홍수전에게 가담하여 단번에 지도자 자리에 올랐다. 동왕에 봉해졌고, 군사적 실권을 쥐게 되었으나 홍수전의 대권을 침범하는 등 횡포가 심해지자 그와 가족, 부하 등 수 천명이 함께 처형당하였다.

有時擊汝也。” 諸積賊怒讒之於東賊,

一日[偶以言語忤][99], 東賊[特][100]借吸烟故, 枷號女館聊示薄儆。猶有復用意然 ‘玉損花蔫’ 黯然, 而病乃 ‘遺書’ 與東賊永訣, 幷以所贈金約指玉搔頭二[101], 以[102]結再生緣, 如 ‘楊太眞’ ‘鈿盒金釵’故事[103]。

東賊得書大驚, 立促釋之。卽加慰勉, 幷合[104]僞國醫往視病, 愈仍進僞府寵愛益深。而女得隨意往來, 各女館無所禁。

一日, 偶遊 “妙香菴”見一偉丈夫, 踞坐門外髣髴, 夢中所見謂女曰 “孽緣已盡, 汝可速去, 勿再墮落。” 女恍然有悟嗣後, 不知所終。或言女乘間逸至金山披薙爲尼, 離塵網而證空門在此日也。噫! 謂非慧女子哉。

9) 극도(劇盜)

▍편찬자 번역

해녕(海甯) 지역에 유양구(俞驤衢)는 어려서부터 불가사의한 능력을 갖추고 있었다. 젊어서 『역근경진본(易筋經眞本)』이라는 책을 얻어서 읽고, 그 현묘한 이치를 깨닫고, 그 기운(氣運)을 수련하였다. 그의 배를 두드려보면 쇠처럼 단단하고, 팔을 한번 굽히면 수 십 명이 달라붙어 강제로 펴려고 해도 펼 수가 없었으니, 강북(江北) 강남(江南) 일대에서는 천하무적이라고

---

99) 『한담소하록』에서 생략된 문장 ‘偶以言語忤’

100) 『한담소하록』에서 ‘特’이 생략됨.

101) 【事進繳褁以自着紅羅訶黎子遣左右賫呈東賊請願】이 부분은 원문 『둔굴난원』에 있으나 『한담소하록』 간행과정에서 생략된 부분

102) ‘以’를 끼워 넣음

103) 【其書曰 : 臣妾傅善祥昧死上聞竊以臣妾釵裙弱質蒲柳微姿遭遇聖恩獲侍巾櫛不意福溥災生語言無狀冒瀆尊嚴死無可逭乃蒙特施高厚曲子矜全僅令荷校自思愆戾以後再生之年皆王所賜犬馬微忱曷勝依戀惟是臣妾獲譴以來, 憂懼縈於寸心神思惝怳如失魂魄短命桃花難消磨乎。雨露當秋蓉實終斷送於風霜伏念。臣妾忝沐寵光屢叨異數選從下陳位冠內官已極思榮難圖報稱。但願訂姻緣於再世盡銜結於來生耿耿。此衷幽明無異碧玉生平所佩紅羅內體所衣倘蒙垂念見物如見妾也。自玆訣別無任低徊千萬珍重祈賜省覽】. 이 부분은 원문 『둔굴난원』에 있으나 『한담소하록』 간행과정에서 생략된 부분

104) 『둔굴난원』에는 佮, 『한담소하록』에서는 合.

할 수 있었다. 타고난 성품도 협의(俠義)가 있어 급하고 어려운 사람을 보면, 이해 여부를 따지지 않고 도와주었다.

하루는 일이 있어 산중에 들어갔다가 행인 수십 명이 낭패를 당한 모습으로, 나무 아래 앉아 통곡을 하고 있었다. 유양구는 그 모습을 보고 왜 그런지 이유를 물었다. 그러자 "우리는 약재를 판매하는 상인입니다. 어제 물건을 가지고 돌아오다가 불시에 도적을 만나, 물건을 다 겁탈당하고, 여비도 다 탕진하여, 수천 리의 길을 어찌 돌아가야 할지, 계책이 없어 망막하기만 합니다."라고 하였다. 그래서 유양구는 대체 도적이 몇 명인지를 물었다. 그러자 "단 한명이었습니다." 그래서 또 "그럼 잃은 물건의 가치가 대체 얼마입니까?"라고 물으니 "3만금은 됩니다."라고 대답하였다.

유양구는 "내가 그대들의 형상을 보니 힘이 없어 보이지 않거늘, 어찌 싸우지 않았습니까?"라고 물었다. 그러자 "우리들도 어려서부터 이미 권법을 익혀 스스로 자신들을 보호할 수 있었습니다. 그리고 짐에 늘 무기를 가지고 다녔지요. 그런데 그 도적은 혼자 빈손으로 와서 '너희들이 가져가는 물건이 무엇이냐? 모두 이곳에 놓고 가라! 그렇지 않으면 목숨을 보존하지 못할 것이다.'라고 하니, 우리가 화가 나서 무기를 빼서 들고 달려들었죠. 그런데 그 놈이 길옆의 대추나무를 뽑아 사방으로 자유자재로 휘두르니, 어느 샌가 우리 손에 있던 무기가 이미 사라졌습니다. 어디로 날아갔는지 도통 알 수가 없었어요. 그 사이 그 도적이 상자를 열어 금을 가져갔는데, 마치 날아가듯 사라졌습니다."라고 대답하였다.

유양구는 "그렇다면 그 도적의 생김새는 어떠한가?"라고 물으니, "키가 작고 체격이 외소하며, 사는 곳이 여기서 멀지 않은 듯합니다." "그렇다면 나를 그 도적에게 안내하고 염탐해줄 수 있겠는가?"라고 하니 상인들이 "우리를 위해 애써주신다고 하는데 우리가 어찌 명을 어기겠습니까!"라고 하였다. 그리하여 구불구불한 길을 지나 숲으로 들어갔다. 멀리 바라보니 깊은 수풀 사이에 보일 듯 말듯 한 초가집 한 채가 있었다.

상인들이 그곳을 가르치며 "우리가 보았을 때 그놈이 바람처럼 질주하다가, 이곳으로 내려가서는 보이지 않았습니다."라고 하였다. 유양구는 "그럼 도적이 분명 이곳에 있을 것이다."라고 하고 상인들과 더불어, 함께 산을 내려가 초가집으로 찾아들어갔다. 집에 이르니 어린 아이가 나와 맞이하며 "우리 스승님이 유선생님을 안으로 모시라고 하셨습니다."라고 하였다. 유양구는 어린아이가 자신을 먼저 알고 있는 것을 의아하게 여겨, 안으로 들어가 보니, 바싹 마른 외소한 남자가 당상(堂上)에 앉아있었다.

상인들이 유양구에게 "저 사람이 어제 우리의 금을 빼앗아간 도적입니다."라고 하였다. 유양구가 앞으로 나아가니, 그 도적이 일어나서 맞아들이지도 않고, "상인들도 함께 왔느냐?"라고 하고 상인들을 불러 당 위에 앉으라고 하였다. 상인들은 모두 온몸을 벌벌 떨며 조심스럽게 올라가 앉았다. 어린 동자가 모두에게 차를 드리면서, 유양구에게만 큰 찻잔에 주었다. 유양구가 찻잔을 받으려고 하는데, 너무 무거워서 능히 찻잔의 무게를 감당하지 못하였다.

당상위에 있는 그 사람이 "상인들의 삼만 금은 왼쪽의 상자에 있으니, 유군께서 가져가시게나."하고 유양구에게 주라고 어린 동자에게 명하였다. 유양구가 받아서 어깨에 메고 겨우 문을 나서니, 난데없이 큰 철추(鐵椎) 하나가 공중에서 내려와 마치 태산이 이마를 누르는 듯 유양구를 꼼짝 못하게 만들었다.

유양구는 평생 연마한 무술을 사용하여 허리 사이에 있는 쌍곤(雙棍)을 겨우 꺼내, 냅다 치며 거의 눌릴 것 같은 상태에서 겨우 도망가듯 빠져나왔다. 당상위에 있던 남자가 이 소리를 듣고 "유군 또한 대단한 괴력이 있으니, 편안히 돌아가시게나."라고 하였다. 유양구는 부끄러워 감히 한마디도 하지 못하고, 금을 가지고 상인들과 함께 돌아갔다. 이때부터 유양구는 자신의 힘이 세다고 자랑하지 못하였다고 한다. 사람들에게 말하길 "이런 일은 평생에 한 번 겪을까 말까한 괴이한 일인데, 그 도적의 성명을 기록하지 못한 것이 안타깝다. 그리고 어린 동자가 주었던 찻잔 무게가 천근(千斤)이었는데, 대체 무슨 술법을 사용했는지는 도저히 알 수가 없었다."라고 하였다고 한다.

▌번역 필사본

극도

ᄒᆡ령(海甯) ᄯᆞᄒᆡ 뉴냥구(兪驤衢)ᄂᆞᆫ 어려서부터 힘이 잇고 저머서 녁근경진본(易筋經眞本)을 어더 닑으ᄆᆡ 그 현모ᄒᆞᆫ 법을 통ᄒᆞ여 긔운을 운동ᄒᆞᄆᆡ ᄇᆡ를 두다리면 쇠가치 견고ᄒᆞ고 ᄑᆞᆯ을 굽히ᄆᆡ 슈십인이 능히 펴지 못ᄒᆞ니 진짓 텬하의 무적이러라 셩품이 호협ᄒᆞ야 사ᄅᆞᆷ의 급난하물 보면 ᄌᆞ못 감ᄀᆡᄒᆞ여 니ᄒᆡᄅᆞᆯ 불계ᄒᆞ고 다라드러 쥬급ᄒᆞ더니 일일은 일이 이서 산듕의 드러갓다가 ᄒᆡᆼ인 슈십이 낭ᄑᆡᄒᆞᆫ 형상으로 나무 아ᄅᆡ 모혀 안ᄌᆞ 통곡ᄒᆞ【70】ᄂᆞᆫ 양을 보고 그 연고를 무른데 답왈 우리ᄂᆞᆫ 본ᄃᆡ 약ᄌᆡ를 ᄆᆡᄆᆡ하여 ᄉᆡᆼᄋᆡᄒᆞ더니 작일의 물화를 가지고 도라 오다가 불의의 도적을 맛나 다 겁탈ᄒᆞ여 가니 ᄒᆡᆼ장이 탕진ᄒᆞ고 도라갈 길이 슈쳔니의 계괴 망연ᄒᆞ여라 ᄒᆞ거ᄂᆞᆯ ᄉᆡᆼ이 무르ᄃᆡ 도적의 무리 언마나ᄒᆞᄂᆞᆫ 답왈 다만 한 사ᄅᆞᆷ 이러이다 ᄯᅩ 무르ᄃᆡ 닐은 거시 언마ᄒᆞᄂᆞᆫ 답왈 삼만금이 된다 ᄒᆞ거ᄂᆞᆯ ᄉᆡᆼ 왈 내 그ᄃᆡ 등의 형상을 보니 바이 힘 업지 아니커ᄂᆞᆯ 엇지 ᄲᅡ호지[105] 아니ᄒᆞ엿ᄂᆞᄂᆞᆫ 제ᄀᆡᆨ 왈 우리 등이 집의 이실ᄯᅢ의 권법을 능통ᄒᆞ며 길의 ᄂᆞᄆᆡ ᄆᆡ양 ᄒᆡᆼ니듕의 병【71】긔를 간쥬ᄒᆞ더니 그 도적은 비록 한 사ᄅᆞᆷ이나 뷘 손으로 와서

닙으로 말ᄒᆞᄃᆡ 너희 가저가ᄂᆞᆫ 거시 무엇고 모다 이곳의 머물고 그러치 아니면 너희 등이 잔명을 보존치 못ᄒᆞ리라 ᄒᆞ거ᄂᆞᆯ 우리 등이 ᄃᆡ로ᄒᆞ야 긔계(器械)를 ᄲᆡ혀둘고 ᄌᆞ처ᄂᆞ가더니 그 놈이 길가희 ᄃᆡ조남글 ᄲᆡ혀둘고 좌우로 튱돌ᄒᆞ니 경ᄀᆡᆨᄉᆞ이의 우리등의 긔계를 다 닐허시ᄆᆡ 어ᄃᆡ로 ᄂᆞ라간 줄울 모른지라 도적이 협ᄉᆞ를 녈어 금을 내여가지고 다라 ᄂᆞ더이다 ᄒᆞ거ᄂᆞᆯ ᄉᆡᆼ왈 그 모양이 엇더ᄒᆞ던고 답왈 그 도적이 킈 적고 형용이 외최ᄒᆞ고 사ᄂᆞᆫ 곳이 이의서 머지 아닌 ᄃᆞᆺ 하더이다 ᄒᆞᆫᄃᆡ ᄉᆡᆼ왈 그【72】ᄃᆡ 등이 감히 ᄂᆞ를 인도ᄒᆞ여 가 ᄐᆞᆷ지ᄒᆞᆯ소냐 제ᄌᆡᆨ 왈 만일 장ᄉᆡᆨ 한 번 힘ᄡᅳ기를 앗기지 아니면 아등이 엇지 명을 좃지 아니ᄒᆞ리오 ᄒᆞ고 졈졈 ᄒᆡᆼᄒᆞ여 먼리 바라보니 슈풀ᄉᆞ이 은은히 모옥(茅屋)이 잇거ᄂᆞᆯ 제ᄌᆡᆨ이 가ᄅᆞ쳐 니르ᄃᆡ 우리 등이 앗가 보니 그 놈이 나ᄂᆞᆫ ᄃᆞ시 가다가 이 곳을 ᄂᆞ려가더니 보지 못 ᄒᆞᆯ너이다 ᄒᆞ거ᄂᆞᆯ 뉴ᄉᆡᆼ이 ᄀᆞᆯ으ᄃᆡ 도적이 필연 이곳의 이시리라 ᄒᆞ고 제ᄌᆡᆨ을 더브러 함긔 산의 ᄂᆞ려 모옥(茅屋)을 ᄎᆞᄌᆞ 가니 동ᄌᆡᄂᆞ와 마ᄌᆞ 왈 우리 스ᄉᆡᆼ이 뉴션ᄉᆡᆼ을 청ᄒᆞ여 드러오라 ᄒᆞ더이다 뉴ᄉᆡᆼ이 그 몬저 알믈 의아ᄒᆞ여 이상ᄒᆞᆫ줄노 알고 긔운을 ᄂᆞ초고[106] 드러【73】가 보니 일 남ᄌᆡ 당상의 안ᄌᆞ시ᄃᆡ 톄소ᄒᆞ여 심히 졸ᄒᆞ더라 제ᄌᆡᆨ이 뉴ᄉᆡᆼ 다려 닐너 왈 이 사ᄅᆞᆷ이 진실노 작일의 금을 겁탈ᄒᆞ여 가던 도적이라 ᄒᆞ거ᄂᆞᆯ 뉴ᄉᆡᆼ이 ᄇᆞᆲ히 ᄂᆞᄋᆞ가니 그 사ᄅᆞᆷ이 니러 맛지 아니ᄒᆞ며 왈 너희 제ᄌᆡᆨ으로 함긔 왓ᄂᆞ냐 ᄒᆞ고 제ᄌᆡᆨ을 불너 당의 올녀 안치거ᄂᆞᆯ 모다 젼ᄅᆞᆯᄒᆞ여 좌의 ᄂᆞᄋᆞ가니 동ᄌᆡ차를 드리ᄃᆡ 뉴ᄉᆡᆼ의게ᄂᆞᆫ ᄒᆞᆯ노 큰 다종을 드리거ᄂᆞᆯ 뉴ᄉᆡᆼ이 다종을 바드ᄃᆡ 힘이 능히 니긔지 못ᄒᆞᄂᆞᆫ ᄃᆞᆺᄒᆞ니 그 사ᄅᆞᆷ이 ᄀᆞᆯ으ᄃᆡ 제ᄌᆡᆨ의 삼만금이 좌편 고의 이시니 뉴군은 가저가라 ᄒᆞ고 동ᄌᆞ를 명ᄒᆞ여 뉴ᄉᆡᆼ을 주거ᄂᆞᆯ 뉴ᄉᆡᆼ이 바다 엇ᄀᆡ의 메고 겨유 문을【74】 나ᄆᆡ 난ᄃᆡ업ᄉᆞᆫ 큰 텰퇴 ᄒᆞᄂᆞ히 공듕으로 ᄂᆞ려와 ᄐᆡ산이 이마를 누ᄅᆞᄂᆞᆫ ᄃᆞᆺᄒᆞᆫ지라 뉴ᄉᆡᆼ이 평ᄉᆡᆼ ᄌᆡ조를 다ᄒᆞ여 허리ᄉᆞ이로 서 일빵 텰퇴를 내여 냅더 치니 거의 눌닐 듯 ᄒᆞ다가 텬시의 텰툇줄을 ᄂᆞ가고 다만 드르니 당상의 남ᄌᆡ 왈 뉴군이 ᄯᅩ한 큰긔력이니 안연(安然)이 도라가라 ᄒᆞ거ᄂᆞᆯ 뉴ᄉᆡᆼ이 송구ᄒᆞ여 감히 한말도 못ᄒᆞ고 금을 지고 제ᄌᆡᆨ과 ᄒᆞᆷ긔 도라가더라 일노부터 힘 이시물 남의게 ᄌᆞ랑 못ᄒᆞ고 이ᄂᆞᆫ 평ᄉᆡᆼ의 한 번 긔이ᄒᆞᆫ 일이라 그 도적의 성명을 긔록지 못ᄒᆞ미 ᄋᆡᄃᆞᆲ고 동ᄌᆞ의 드리던 챠종이 무게 편근이 나무니 그 무ᄉᆞᆷ 술법을 가젓ᄂᆞᆫ지 모ᄅᆞᆯ너【75】라

▌원문

海甯俞驤翽, 生具神力, 少時得 "易筋經眞本" 讀之盡探妙。授運氣鼓腹其堅, 如鐵屈, 其臂

---

105) 싸우지

106) 낮추고

數十人不能伸大。江南北無與敵手。性豪俠好急人難慷慨赴之不計利害。

一日, 以有事入山。遇西客十許人, 情形狼狽憩於樹下, 相向哭泣。俞前詢其故, 西客曰 : "我等皆係販賣藥料者, 昨日消貨而歸路, 經後山不意爲暴客, 所刼行李蕩然, 此去數千里, 作何歸計。" 俞問暴客爲數幾何?, 西客曰 : "僅一人耳", "所失幾何" 曰 : "幾三萬金。"

俞曰 : "觀君等軀幹容貌似非無力者, 何不與之鬥?" 西客曰 : "我等少時頗習拳棒, 原以出門自衛, 卽行李中亦無不攜有暗器, 奈彼雖一人, 空手而來, 口言與我等借貸盡可留下否? 則命且不免, 我等齊出短械擊之, 彼卽拔道旁棗樹, 縱橫揮霍, 頃刻間, 我等手中器械, 皆已不存, 不知飛向何處, 彼卽倒篋出, 金挾之, 如飛去矣。"

俞曰 : "其狀若何" 西客曰 : "短小猥瑣且觀其居似距此不遠。" 俞曰 : "君等, 敢導我往, 探之乎?" 西客曰 : "若壯士肯爲力, 何不敢之有。" 乃迤邐而行遙望山, 麓林木深處隱有茅屋。

[西][107]客指之曰 : "我見其騰踔, 如飛自此而下卽已不見。" 俞曰 : "想彼必在" 此邃皆[108]西客下山, 直造'茅屋'所已有童子出迓曰 : "吾師, 請俞先生入", 見俞訝其先知, 如料是異人因斂抑意氣而進. 但見一瘦男子, 坐堂上。

西客謂俞曰 : "此眞是昨刼金賊也" 俞前其人亦不起, 但曰 : "汝與西客偕來乎" 請盡登堂列坐, 西客皆觳觫就座, 俄童子已獻茶至, 至俞處獨以巨觥, 俞受之若力, 不能勝者, 頃之其人曰 "西客三萬金, 現在左廂, 俞君可自携去。" 卽命童子授俞, 俞奮然負之於肩甫舉足出門, 則一大鐵椎自上飛下, 有如泰山壓頂, 俞竭生平伎倆出腰間, '雙棍'承之頸赤足蹲幾爲所壓片時, 許椎自飛去。但聞堂上男子曰 : "俞君, 亦大好氣力, 今可安然歸矣。" 俞竦息, 不敢出聲, 負金偕西客而回. 自此不復以力誇於人矣。嘗謂人曰 : "此生平一奇遇也, 惜未知其姓名耳, 所奉茗盌重若 '千斤' 究不知其操何術也。"

10) 강원향(江遠香)

▌편찬자 번역

소구(蕭九)의 이름은 지린(芷鄰)이며 무창(武昌) 지역의 명사(名士)이다. 무창 지역에 전란(戰亂)이 일어났을 때 소구는 단련사(團練事)에 소속되어 있어 주야(晝夜)로 성(城)을 지켰다.

---

107) 『둔굴난원』에서는 '西'가 생략됨.

108) 『둔굴난원』에서는 偕, 『한담소하록』에서는 皆.

그러나 결국 성이 함락되었고, 적중에 포로로 들어가 적장의 말을 기르는 군사가 되었다. 유(劉)씨 성을 가진 적장의 지휘관은 광서(廣西) 오주(梧州) 사람으로 글자를 잘 아는 사람이었다.

하루는 우연히 말을 점검하다가 소구를 불러 "말에게 먹이를 먹여라"라고 하였다. 소구가 앞으로 나아가니 유지휘관이 소구의 외모가 함부로 부릴 일개 군졸이 아닌 것을 알고 "너는 글을 아느냐?"라고 물었다. 소구가 "제가 원래 수재(秀才)[109] 였습니다."라고 하니, 유지휘관이 몸을 일으키며 두 손을 모으고 존경의 뜻을 나타내며 "수재가 어찌 일개 군졸이 될 수 있겠습니까?"라고 말하더니 즉시 명령을 내려 안으로 들게 하고 옷을 갈아입게 하여 빈객의 예로 대접하고, 문서 보는 일을 맡겼다.

소구는 이때부터 도망치려고 하였으나 기회를 얻지 못하였다. 도적들이 강소(江蘇) 절강(浙江) 두 지역을 이어서 함락하고 세력이 강해져서 유지휘관은 이 지역 일대의 왕이 되었으며, 그 밑에 다 아름다운 미녀들을 두고, 그녀들에게 아름다운 비단옷을 입혔다. 이에 소구는 홀로 포의(布衣)를 입고, 빈방에 앉아있을 뿐 봉작을 받을 생각 없었으며, 내리는 벼슬도 받지 않았다. 왕(유지휘관)이 미녀 몇 명을 그 방에 들여보내도, 밤이 새도록 조용히 앉아 있을 뿐 가까이 하지 않다가, 새벽에 미녀들을 내보내니, 그 곳에서 사람들이 '소활불(蕭活佛)'이라고 불렀다.

그해 겨울 '충추(忠酋)'라는 도적을 따라 항주(杭州)에 이르니, 이때는 병란을 막 치루었을 때라 적막하고 매우 황량했다. 무너진 정원과 불탄 기와들이 보기에도 처량하였으며, 순절하여 죽은 민간 남녀의 시신이 거리에 가득했다. 소구는 자신이 거처하게 될 집을 살펴보니, 넓은 집만이 홀로 외롭고 궁벽하게 있어 매우 조용하고 적막하였다.

소구는 한사람도 들이지 말라고 문에 방(榜)을 붙여 놓고, 집 뒤에 있는 정원과 누각을 봉쇄하여 두었다. 이때는 엄동설한이라 며칠 동안 눈이 그치지 않고 내리니 땅에 눈이 가득 쌓이고 있었다. 소구는 문을 닫고 화로에 술을 데워 마시다가 집의 높은 누각에 올라 주위를 바라보았다. 하얀 눈이 바닥에 쌓여 온 세상이 마치 은빛을 띠는 것 같았다. 날이 저물도록 취하여 앉았다가 우연히 밖으로 나가서 거니는데, 어디선가 은은하게 비파소리가 들려왔다. 소구가 자세히 들으니 음률이 끊어질 듯 가늘고 처량한 것이 매우 슬픈 곡조였다. 소구는 자기도 모르게 눈물을 머금고 소리를 쫓아 따라갔다.

원래 소구에게는 강원향(江遠香)이라는 부인이 있었다. 귀족 집안의 여식으로, 시사(詩詞)

---

109) 송대(宋代)에는 과거 응시자를 수재라 하였고, 명청(明清) 시대에는 부(府)·주(州)·현(縣)의 학교에 입학한 자를 수재라고 하였다.

를 공부하고 음률에 정통하였고 비파를 잘 타는 여인이었다. 부부의 정이 워낙 깊어, 아내와는 매번 꽃향기를 맡으며 달그림자 아래서 서로 술을 권하였고, 시를 읊고, 비파를 타며 웃고 즐겼었던 기억이 있었다. 지금 들려오는 비파 소리 또한 소구의 처가 타던 곡조와 비슷하다고 느껴져, 추위를 무릅쓰고 눈을 밟으며 소리를 향해 다가갔다. 비파소리가 점점 가늘게 이어지더니, 연주는 끝이 났다. 소구가 바라보니 작은 정자(亭子) 가운데 은은한 불빛이 새어 나오고 있었다. 소구가 급히 다가가 보니 문이 닫혀 있었다.

소구가 몸을 숙이고 창문 틈으로 들여다보니, 한 여자가 비파 현(絃)을 어루만지며 눈물이 가득한 상태로 매우 슬픈 표정을 짓고 멍하니 앉아있었다. 소구는 조심스레 자세히 살펴보니, 자신의 처 강원향이었다. 순간 비통함에 가슴이 막혀, 눈에 넘어지는 것도 깨닫지 못했다. 여자는 방에 앉았다가 인기척이 나는 것을 듣고 문을 열고 나가 보았다.

밖에 나가니 의관을 갖춘 남자가 있는 것을 보고, 여자는 무슨 일인지 물었다. 소구가 급히 "당신은 강원향이 아닌가?"라고 하자, 여자가 그 말을 듣고 오열을 하며 한참동안 감히 아무 말도 잇지를 못하였다. 이윽고 정신을 차리고 "어디에서 오신 뉘 시온데, 소첩을 아시나요?" 소구가 "내가 '구랑(九郎)'이요"라고 하니, 여자가 놀라 한참을 바라보다 비로소 알아보고, 드디어 손을 잡고 방으로 들어가 서로 마주했다. 그리곤 부인은 그동안의 정황을 이야기하였다.

옛날 난리가 일어났을 때 강원향은 도망가다가 무호(蕪湖)에 이르렀고, 도적에게 잡혀 오문(吳門)의 사창가에 팔렸다고 한다. 교방에 들지 않는다고, 포주에게 갖은 고초를 다 당하여 온 몸이 성한 곳이 없었다고 한다. 그래도 뜻을 굽히지 않았더니, 그 후 항주(杭州) 사람이 소실을 구한다고 하였고, 그 사람의 집에 첩으로 보내졌으나, 그 본처의 투기가 너무 심하여 이곳으로 보내져, 방 한 칸에 가두어 둔지 언 3년이나 되었다고 한다. 그런데 또 난리의 소문이 있어 하인이 음식을 안 가져온 지 거의 7일이 되었다고 했다. 다만 마른 과일로 겨우 끼니를 연명하여 지금 어떤 상황인지 전혀 알지 못한다고 했다. 그러면서 낭군이 어떻게 여기에 오게 되었는지를 물었다.

소구는 전후 상황을 세세하게 설명하여 주었다. 그러면서 부부가 서로 다시 만나게 해주심은 하늘의 뜻이라고 하고 손을 잡고 서로 위로하였다. 하지만 여자가 어떻게 적진에 오래 있을 수 있겠냐며 도망갈 계책을 세워보라고 하였다. 소구는 부인의 말을 깊이 새겨들어 밤이 깊도록 잠을 이루지 못하고 방법을 생각해 보았으나, 아무리 생각하여도 방법을 찾을 수 없었다.

이렇게 날이 밝으니 부인이 소구를 깨우며 "소첩에게 한 가지 계책이 있습니다. 분명 안전하게 이 호랑이 굴을 벗어날 수 있을 것입니다. 다행이 소첩이 이곳에 아는 사람이 없어, 남장을 하고 낭군님을 따라가서 유지휘관의 인신(印信)[110]을 훔치면 일이 성사될 것입니다."라고 했다. 이 말을 듣고 소구는 "다행히 내게 백지도 여러 장 있소."라고 하였다.

이때에 유지휘관은 호주(湖州)를 공격하러 간 상태였다. 이에 유지휘관의 서찰을 위조하여 충추(忠酋)에게 보내어, 소구를 보내주라고 하니, 충추(忠酋)는 아무 의심의 여지없이 소구를 놓아 보냈다. 그리하여 소구는 자신의 처를 데리고 마을로 가서 머리를 자르고 옷을 바꾸어 입고 피난 가는 모습을 하고 배를 얻어 탔다. 그 즉시 상해로 가서 마침내 전란의 험지에서 벗어나게 된 것이다. 이로부터 부부는 마치 처음 부부가 된 것처럼 알콩달콩 지내게 되었다.

일사씨(逸史氏) 왈 : 소구가 적진 중에 빠졌으나 '의(義)'로써 즉시 죽지 못하고, 모욕을 참고 목숨을 부지하며 적진으로 전전하며 다녔으니, 그 절개에 대해선 가히 논할 바가 없지만, 그 상황을 보면 오히려 용서할만하다. 그리고 그 부인은 처음 기루에 팔렸으나 끝까지 뜻을 굽히지 아니하였으니, 그때까지는 백옥에 결점이 없다고 볼 수 있다. 하지만 결국 남의 소실이 되어 그 사람을 따라 절강에 함께 왔으니, '정절'을 논할 수는 없을 것이다. 다만 부인이 지아비를 한 번 보고 여러 번 계책을 말한 후에 즉시 권하여 도적의 소굴에서 벗어날 수 있었으니, 이것은 마침내 지혜로써 벗어난 것이다. 그러니 이 여자는 부인 중에서도 날래고 당찬 아름다운 장부의 면모가 있다고 하겠다.

▌번역 필사본

강원향

소구(蕭九)의 명은 지린(芷鄰)이니 무창(武昌) ᄯᆞ 명ᄒᆞᆫ ᄉᆞ(士)라 ᄌᆞ구의 난의 무창을 침범ᄒᆞ니 소ᄉᆡᆼ이 단련ᄉᆞ(團練事)의 이셔 쥬야(晝夜)로 성을 직희다가 성이 ᄑᆞ(破)ᄒᆞᄆᆡ 적듕의 ᄉᆡᆨ져 적장의 뉴(劉)지휘의 말 기르ᄂᆞᆫ 군ᄉᆡ되니 뉴지휘ᄂᆞᆫ 광서 사ᄅᆞᆷ이라 자못 문ᄌᆞ를 알더니 일일은 우연히 ᄂᆞᄋᆞ가 말을 졈고ᄒᆞ다가 소ᄉᆡᆼ을 불너 말을 머기라 ᄒᆞ거늘 소ᄉᆡᆼ이 ᄋᆞᆲ히 ᄂᆞᄋᆞ가니 뉴적(劉賊)이 소ᄉᆡᆼ의 상ᄆᆡ 편약ᄒᆞ여 하졸ᄇᆡ 아닌 줄을 알고 무러 왈 네 문필을 니겻ᄂᆞ냐 소ᄉᆡᆼ 왈 몸이 근본 슈【76】ᄌᆡ로라 ᄒᆞᆫᄃᆡ 뉴적이 급히 몸을 니러 공슈치경(拱手致敬) 왈 슈ᄌᆡ 엇지 군졸이 되리오ᄒᆞ고 즉시 부듕의 불너 드려 오슬 밧고와 닙히고 빈ᄀᆡᆨ 례로 대접ᄒᆞ고 문부를 맛지니 소ᄉᆡᆼ 이ᄯᆡ로 ᄲᆡ저 ᄂᆞ가기를 도모하ᄃᆡ 틈을 엇지 못ᄒᆞ더니 도적이 니어 강절 냥쳐를 함물ᄒᆞ고 적세 심히 강성ᄒᆞ더라 뉴적의 벼슬이 왕의 니르고 그 휘ᄒᆡ 다 가려 ᄒᆞᆫ 미녀를 두어

---

110) 도장 · 관인(官印) · 회인(會印) 등의 총칭. 임금이 쓰는 것을 새(璽), 관리는 인(印), 평민은 사인(私印)이라 함

능나금슈를 닙히ᄃᆡ 소ᄉᆡᆼ은 홀노 포의ᄅᆞᆯ 닙고 공방의 독져ᄒᆞ여 담연이 영군ᄒᆞᄂᆞᆫ ᄯᅳ지 업고 도적의 쥬ᄂᆞᆫ 벼슬을 밧지 아니ᄒᆞ더라 뉴적이 미녀 슈 인을 보내여 그 방의 드린즉 종야졍좌ᄒᆞ야 가ᄎᆞ【77】ᄒᆞ미업다가 ᄉᆡᄇᆡ의 내여 보내니 적등이 니ᄅᆞᄃᆡ 소활불이라 칭호ᄒᆞ더라 그ᄒᆡ 겨울의 튱츄란 도적을 ᄯᆞ라 홍쥬의 니르니 이ᄯᆡ 병화를 갓 지내여 인개희소[111]ᄒᆞ고 문허진 장원과 불탄 와륵이 보기의 처량ᄒᆞ고 민간 남녀의 슌절ᄒᆞ여 죽은 시신이 거리의 메엿더라 소ᄉᆡᆼ의 전일 거처ᄒᆞ던 집이 홀노 굉창ᄒᆞ고 ᄯᅩ 궁벽ᄒᆞ여 심히 그윽ᄒᆞᆫ지라 소ᄉᆡᆼ이 문의 방을 붓처 한 사ᄅᆞᆷ도 드리지 말나ᄒᆞ고 집 뒤ᄒᆡ 원뎡과 누각을 봉쇄하여 두엇더라 이ᄯᆡᄂᆞᆫ 엄동이라 우셜이 분분ᄒᆞ야 슈일을 그치지 아니니 평지의 쳑셜이 빠혓거ᄂᆞᆯ 소ᄉᆡᆼ【78】이 문을 닷고 화로의 술흘 더여 마시다가 놉흔 집의 올ᄂᆞ 바라보니 ᄇᆡᆨ셜이 사면의 ᄲᆞ히여 은빗 가튼 세계라 ᄂᆞᆯ이 져므도록 취ᄒᆞ여 안ᄌᆞᆺ다가 우연이 ᄂᆞ가 건니더니 은은이 비파 소ᄅᆡ 들니거ᄂᆞᆯ ᄌᆞ세히 드르니 음뉼이 쳐절ᄒᆞ여 심ᄉᆡ 창연ᄒᆞᆫ지라 눈물을 머금고 소ᄅᆡ를 조ᄎᆞ ᄎᆞᄌᆞ가니 션시의 소ᄉᆡᆼ의 쳐 강원향이 ᄯᅩᄒᆞᆫ 세족 녀ᄌᆡ라 시ᄉᆞ를 공부ᄒᆞ고 음뉼을 졍통ᄒᆞ여 비파ᄅᆞᆯ ᄌᆞᆯ ᄐᆞ니 항녀지졍이 상둑ᄒᆞ여 ᄆᆡ양 화조월석의 술흘 권ᄒᆞ며 시를 읍고 비파를 ᄐᆞ며 웃고 즐기더니 이제 비파소ᄅᆡ 그 쳐의 타던 곡됴와 방불ᄒᆞ거ᄂᆞᆯ 드ᄃᆡ【79】여 치위를 무릅쓰고 눈을 ᄇᆞᆲ으며 두로 ᄎᆞᄌᆞ니 비파소ᄅᆡ 졈졈 가ᄂᆞᆯ고 타기를 ᄯᅩᄒᆞᆫ 그치거ᄂᆞᆯ 소ᄉᆡᆼ이 바라보니 적은 졍자 가온ᄃᆡ 은은이 화광이 잇거ᄂᆞᆯ 급히 가 본즉 문울 닷쳣난지라 창틈으로 녀허보니 일 녀ᄌᆡ 셔안을 의지ᄒᆞ야 비파를 어로만지고 누흔이 만면ᄒᆞ여 비창ᄒᆞᆫ ᄯᅳ지 이셔 무료히 안ᄌᆞᆺ거ᄂᆞᆯ 다시 보니 과연 그 체러라 비통ᄒᆞ미 가슴의 막혀 업더지물 ᄭᆡ돗지 못ᄒᆞ니 녀ᄌᆡ 방듕의 안ᄌᆞᆺ다가 인적이 이시물 듯고 창을 녈고 ᄂᆞ가보니 의관 ᄒᆞᆫ 남ᄌᆡ라 그 연고를 뭇거ᄂᆞᆯ 소ᄉᆡᆼ이 이시히 보다가 급히 무러 왈 경이 강원향이 아닌가 녀ᄌᆡ 그 말을 듯고 오열 뉴【80】톄ᄒᆞ여 능히 말을 못ᄒᆞ다가 이윽고 가로ᄃᆡ 그ᄃᆡ 어ᄃᆡ로 조ᄎᆞ으며 엇지 쳡을 아ᄂᆞᄂᆞᆫ 소ᄉᆡᆼ 왈 ᄂᆞᄂᆞᆫ 곳 구랑(九郞)이라 ᄒᆞᆫᄃᆡ 녀ᄌᆡᄂᆞᆯ 나으ᄅᆡ 보다가 비로소 아라 보고 드ᄃᆡ여 손을 잡고 방듕의 드러가 서로 ᄃᆡᄒᆞ야 울며 녀ᄌᆡ 석년 난리의 창황히 다라 ᄂᆞ다가 도적의게 잡혀 오문창가(吳門娼家)의 팔거ᄂᆞᆯ 교방의 드지 아니려 ᄒᆞ여 쥬야체읍ᄒᆞ다가 노고의 달초를 ᄌᆞᆯ바다 일신이 셩ᄒᆞᆫ 곳이 업ᄉᆞᄃᆡ 맛ᄎᆞᆷ내 ᄯᅳ슬 변치 아녓더니 그 후의 항쥬 사ᄅᆞᆷ이 별실을 구ᄒᆞᄂᆞᆫ 재 잇거ᄂᆞᆯ 쳡을 그 사ᄅᆞᆷ의 집으로 보내 엿더니 부인의 투긔 심ᄒᆞ야 이 곳으로 ᄶᅩᄎᆞ내여 한 간 방의 가도아 둔지 우금 삼년【81】이러니 일전의 ᄯᅩ 난리 소문이 이시니 시비 음식을 가저와 먹인지 거의 칠팔일 이라 다만 마른 과실노 년명ᄒᆞ더니 아지못게라 군ᄌᆡ 엇지 이곳의 ᄎᆞᄌᆞ 왓ᄂᆞᄂᆞᆫ 흔ᄃᆡ 소ᄉᆡᆼ이 전후 슈말을 세세히 말ᄒᆞ며 부뷔[112] 셔로 맛ᄂᆞ

---

111) 人家(이/가) 稀少

믄 하ᄂᆞᆯ이 주신ᄇᆡ라 ᄒᆞ고 손을 잡고 위로 ᄒᆞᆫᄃᆡ 녀ᄌᆡ를 ᄋᆞᄃᆡ 적진 듕의 엇지 오ᄅᆡ이시리오 탈신ᄒᆞᆯ 계교를 급히 도모ᄒᆞ라 ᄒᆞ니 소ᄉᆡᆼ이 그 말울 울히 너겨 밤이 맛도록 잠을 닐위지 못ᄒᆞ고 ᄉᆡᆼ각ᄒᆞ여도 계 무소츌이라 ᄂᆞᆯ이 ᄇᆞᆰ거ᄂᆞᆯ 녀ᄌᆡ 소ᄉᆡᆼ을 ᄭᆡ여 니르혀 왈 쳡이 한계괴 이시니 가히 안연히 호구를 버서ᄂᆞᆯ지라 쳡이 이곳의 이서【82】 다ᄒᆡᆼ이 아ᄂᆞᆫ 사ᄅᆞᆷ이 업ᄉᆞ니 남복을 ᄀᆡ착ᄒᆞ고 구ᄎᆞ를 ᄯᆞ라가 뉴적의 인신을 가마니 도적ᄒᆞ면 일이 가히 닐위리라 ᄒᆞ거ᄂᆞᆯ ᄉᆡᆼ왈 이간ᄃᆞᆯ진ᄃᆡ 다ᄒᆡᆼ이 인신긍장이 이의 잇노라 이ᄯᆡ 뉴적이 호쥬를 치라 갓거ᄂᆞᆯ 이의 뉴적의 서츌을 위로ᄒᆞ야 튱츄의게 보내며 모ᄉᆡᆼ을 보내라 ᄒᆞ니 통취신지 무의ᄒᆞ고 소ᄉᆡᆼ을 노하 보내거ᄂᆞᆯ 소ᄉᆡᆼ이 그 쳐를 다리고 향곡으로 ᄂᆞ으가 부뷔 도적의 피란하ᄂᆞᆫ 형상을 ᄒᆞ고 ᄇᆡ를 어더ᄐᆞ고 죽시 상히로 가니 임의 험ᄒᆞᆫ 곳을 버섯ᄂᆞᆫ 지라 부뷔 쳐음 가치 즐겨 ᄉᆞᆯ더라

【83】외ᄉᆞ시 왈 소ᄉᆡᆼ이 적진 듕의 ᄲᆡ져 즉시 의로 죽지 못ᄒᆞ고 욕을 ᄎᆞᆷ고 ᄉᆞᆯ기를 구ᄒᆞ야 두어 적딘의 젼젼ᄒᆞ여 단니니 통절을 가히 닐코를 ᄇᆡ업ᄉᆞ나 그 정경인 즉 오히려 용서ᄒᆞᆯ만ᄒᆞ고 그 쳐ᄂᆞᆫ 쳐음의 창가의 풀녀 ᄯᅳ즐 ᄆᆡᆼ세코 굿치지 아니ᄒᆞ엿시니 가의 ᄇᆡᆨ욱 무해라 ᄒᆞᆯ거시나 남의 소실이 되어 사ᄅᆞᆷ ᄯᆞ라 절강의 함긔 가시니 정열이라 닐코를 거시 업사ᄃᆡ 오직 녜지 아비를 한번 보고 슈ᄎᆞ 말ᄒᆞᆫ 후의 즉시 권ᄒᆞ여 도적의 와굴을 ᄡᅥᄂᆞ ᄆᆞᄎᆞᆷ내 지혜로ᄡᅥ 버서ᄂᆞ니 이 녀ᄌᆞᄂᆞᆫ 부인듕 교교ᄒᆞᆫ 장뷔【84】로라

▌원문

蕭九芷鄰, 武昌名士也。赭寇竄武昌, 蕭以辦團練事, 晝夜守城不得去, 城破, 蕭身陷賊中, 隷於賊, 自[113]劉麾下, 爲牧馬卒。劉僞指揮也, 廣西梧州人, 頗識字。

一日, 偶出視馬呼蕭飼芻豆, 蕭諾而前, 劉賊見, 蕭貌文弱, 知非傭, 販輩問曰 : "汝習書奠乎?" 蕭曰 : "身固秀才也。" 劉賊急起, 拱手致敬曰 : "秀才何堪屈作圉人耶" 卽令[114]入內, 易衣處之賓位, 令司筆札事顧。

蕭時思求出, 苦未得間, 賊繼陷'江浙'勢大。熾劉賊職至僞王, 其下悉擁佳麗衣羅綺, 而蕭布衣[115], 獨宿淡然, 無所營封, 以僞職亦不受。劉賊賜以名姬數人, 强納之其房, 則終夜靜坐, 並無所染及晨盡遣之去。賊中呼爲 '蕭活佛'。

112) 부부가

113) 『둔굴난원』에서는 目, 『한담소하록』에서는 自.

114) 『둔굴난원』에서는 令, 『한담소하록』에서는 合.

115) 『둔굴난원』에서는 衾, 『한담소하록』에서는 衣.

一歲冬間, 偶隨 '忠酋' 至杭, 垣時甫經 '兵火' 頹垣敗礫觸目荒凉, 民間男女, 殉節死者尸塡衢巷, 蕭所居一室, 獨閎敞且, 僻在巷底境極幽靜, 蕭榜於門, 毋許一人得入室, 後兼有園亭池館之勝, 時天氣嚴寒同116)雲密雪。

數日不止, 平地積厚尺, 許蕭墐戶不出, 圍爐煮酒聊。自取煖園中, 有一閣頗高聳登閣, 俯臨則全城一望, 皆白幾如銀世界。酣飮至夕樂而忘醉, 偶出閣小遺, 忽聞園東, 有琵琶聲, 悠揚不絕細聆之, 如泣如訴音調悽惻, 忽觸舊懷愴然淚下, 因尋聲踪跡之。

先是蕭婦 '江遠香' 亦世族, 女工詩識曲, 尤善琵琶。伉儷間極相得, 每當花香入牖鬢影, 蕭疏輒置酒唱, 和時鼓數弄, 以爲笑樂。今聞此聲酷肖, 其婦所彈遂冒寒踏雪, 徧覓繼而聲[愈]117)低怨, 忽聞一絃崩然迸裂彈亦頓止, 蕭遙望小亭中, 隱隱有火光急趨, 而往則雙扉, 悄閉伏窓窺之。則見一女子, 憑几撫絃, 啼痕滿頰, 雖香消粉黯, 而媚態猶存, 審視之果其妻也。

悲痛塡胸, 不覺隕於雪中, 婦在內聞有人聲, 啟戶出視見生衣履, 知爲文士前, 詰其故。蕭急問曰 : "卿非江遠香乎" 婦聞嗚咽不能成聲, 久之曰 "君, 從何來奚以識妾" 蕭曰 "我卽九郞也" 婦驚諦視始, 知非謬遂, 掖之起入亭, 相向而哭。

婦遂述 : '昔年城陷之後, 倉皇出走, 至燕湖, 卽爲匪人掠賣鬻, 於吳門娼家, 不願入平康, 朝夕悲啼, 遭鴇母笞撻身無完膚, 妾志不移後, 有杭人欲謀納簉室者, 遂以妾應入門, 大婦不容屛, 居於此閉, 置一室幾, 如狴犴長齋繡佛, 已閱三年。日昨, 聞有寇警, 侍婢不來, 饋食者, 七日矣。惟啖果餌, 今不知如何, 未識君何能來, '

蕭爲緬述顚末, 自幸夫婦重見, 額手以稱天賜, 婦曰 : "賊中何可久居, 宜急謀脫身之計", 蕭然其言, 輾轉終夜, 計無所出天明, 婦忽蹴蕭起曰 : "妾有策矣, 可安然脫虎口也" 妾在此幸無人識, 可毁容作男子裝, 隨君俱去。但得劉目印信, 則事當諧。蕭曰 : "幸携得 '空白數紙' 於此時, 劉目適攻湖州, 乃詐爲致札, '忠酋' 調蕭至營 '忠酋' 信之立。卽遣往蕭與婦, 旣至鄕間薙髮, 易服佯作偕妻避難者, 附舟至上海, 遂得出險爲夫婦如初。

逸史氏曰 : "蕭生陷身賊中, 不卽死義, 忍垢偸生轉經數省, 其節已118)無可稱, 而其情或猶可諒。其婦, 始墮平康矢志, 不更 '無玷堅白' 然甘作小星偕, 隨赴浙稱之曰貞則亦末也。惟一見故夫數語後, 卽勸離賊窟決計, 遠引卒以智脫, 誠巾幗119)中之矯矯者矣。

---

116) 『둔굴난원』에서는 彤, 『한담소하록』에서는 同.

117) 『한담소하록』에서 '愈'글자가 생략됨.

118) 『둔굴난원』에서는 已, 『한담소하록』에서는 曰.

119) 『둔굴난원』에서는 幗, 『한담소하록』에서는 示國.

11) 몽환(夢幻)

▌편찬자 번역

이것은 조주(潮州)의 이대빈(李大賓)이 이야기 해준 고사이다. 같은 고향에 반명경(潘明經)이라는 귀족 집안의 선비가 있었는데, 글을 많이 읽어 고서(古書)에 박학다식했으며, 약관의 나이에도 풍기는 이미지가 마치 백옥과도 같았다고 한다.

갑자(甲子)년에 과거를 보기 위해 경사(京師)에 올라가 처음 객사에 짐을 풀었는데, 번거롭고 시끄러운 것이 싫어, 서너 칸 방이 있는 서쪽 작은 암자로 숙소를 옮겼다. 산림이 가까운 곳에 위치해 있고, 저잣거리와도 멀리 떨어져있어 조용하고 매우 한적하여, 마음의 잡념을 잊게 해주었는데, 비록 작은 암자이지만 마치 별장처럼 느껴지는 곳이었다.

이때는 과거보는 날짜가 이미 정해져, 반생(潘生)은 그곳에서 홀로 책을 읽거나 거문고를 연주하며 스스로 즐거움을 찾곤 했다. 그러던 어느 날 밤, 달빛이 창 앞까지 환하게 비추니, 마음이 울적해져 술상에 거문고를 옆으로 빗겨두고 두세 곡을 연주하였다. 그 후, 뜰로 나아가 조용히 산책을 하였다. 계단 사이를 거니는데 담 건너편에서 사람들의 웃고 떠드는 소리, 술잔과 젓가락이 부딪히는 소리가 들려왔다. 반생(潘生)은 이렇게 깊은 곳에 인가가 있는지 궁금한 생각이 들었다. 담장에 올라 건너편을 보니, 뜰 가운데 자리를 펴고, 여자 네, 다섯이 둘러앉아 달빛 아래에서 술을 마시고 있었다.

자세히 보니 하나같이 다 아름다운 여인들이었다. 그 중에 붉은 옷을 입은 여자가 커다란 잔에 술을 가득 부어 동쪽에 앉아있는 여자에게 주며 "이걸 벌주로 하자"라고 하니, 그 여자가 받지 않고, 수를 세는 산가지를 들고 살살 웃으며 "잘못 세었어요."라고만 했다. 그러자 그 옆에 앉아 있던 여자가 아름다운 치아를 드러내며 웃으며 그 여자를 대신해서 수를 세어주며 "주령(酒令)을 자꾸 어기는 것은, 언니의 잘못이에요. 규칙이 너무 까다로우니, 약법삼장(約法三章)으로 규칙을 간단히 해주세요."라고 하였다. 그러자 모두들 "좋아요"라고 대답했다. 붉은 옷을 입은 여자는 "이제부터 수를 틀려서 술을 마시게 되는 사람은 두 손을 그릇 모양으로 해서 술을 마시기로 하자."라고 하였다.

술이 몇 바퀴 도는 동안 붉은 옷을 입은 여자가 여러 번 지고 벌을 받게 되었다. 옥 같은 얼굴빛이 이미 붉게 물들어 취기를 이기지 못하는 듯하였다. 그리하여 주령을 파하게 되었다. 그 때 가장 어리게 보이는 여자가 "자봉(紫丰)언니가 수침향(水沈香)을 숨겨 놓았어요. 오늘 밤처럼 맑은 바람이 불고 달빛도 밝은 날 어찌 향로에 향을 피우지 않겠어요."라고 하였다. 보라색 옷을 입은 여자가 "깜빡 잊을 뻔 했네."라고 한마디 하더니 늙은 노파에게 명하여 향낭을 가져오라고 하였다. 노파가 돌아와 찾지 못하겠다고 하자, 여자가 "이젠 늙어서 눈이 보이지 않는구나. 두 마리 원앙이 그려진 상자에 있는 것을 잊은 게구나."라고 하였다. 노파가 "향을 넣어둔 상자뿐 아니라, 약상자까지 다 찾았는데도 없었습니다. 아가씨가 직접 가서 찾아도 못 찾으실 겁니다."라고 대답하였다.

여자가 고개를 숙이고 한참을 생각하더니 "생각났다! 어제 마침 수놓던 옷감 사이에 두었는데, 서쪽 암자에 가면서 나비를 잡을 때 잃어버린 듯하구나. 정말 아깝구나. 향낭 크기가 작으니 내일 날이 밝으면 찾아봐야겠다."라고 하였다. 그리고 문득 가장 어린 여자가 졸려서 눈이 게슴츠레 피곤해 하는 것을 보고, 동쪽에 앉은 여자를 끌어당기며 "밤이 깊었으니 빨리 돌아가자야 할 것 같아요."라고 하였다.

이에 잠시 후에 모두 헤어졌고, 다만 하녀와 노파만 남아있었다. 반생(潘生)은 찬 이슬이 몸에 스며드는 것을 느끼고 담에서 내려와 집으로 들어가 잠이 들었다. 그리고 이른 새벽에 일어나 담장 밖을 보니, 황량한 잡풀만 무성하고 사람의 흔적이라곤 찾을 수 없었다. 계속 이상하게 여기며 안으로 들어와 세수를 하고 있는데, 문뜩 보라색 옷을 입은 여자가 모란이 있는 계단 옆에 비스듬히 섰다가 발걸음을 움직여 서서히 홀로 다가오는 것이었다. 여자의 그 아름다운 자태는 세상에 둘도 없는 미모였다. 어제 밤에 말한 향낭을 찾으러 왔을 것이라 짐작하고, 그 여자의 뒤를 쫓았다. 그러자 여자는 아래로 넓게 드리워진 옷소매를 뒤적이더니 "향낭이 여기에 있었구나"라며, 아무 말 없이 향낭이 들어있던 넓은 소매 자락 일부를 자르고 가버렸다[120]. 오직 여인이 남겨둔 반폭의 천에서 깊은 향기가 진동하니, 반생(潘生)은 매우 애통해 하며, 자신의 옷섶에 보관해 두었다. 그사이 봄의 나른함을 이기지 못하여 잠깐 잠이 들었다. 그로인해 저녁이 되어서는 전전반측하며 제대로 잠을 이루지 못했다.

그때 홀연 한 사람이 달려 들어와 발로 차며 "저희 아가씨가 낭군님을 청하십니다."라고 하였다. 반생(潘生)은 무슨 말인지 깨닫지 못하고 그냥 따라나섰는데, 가는 길이 평소 다니는 그런 길이 아니었다. 그렇게 몇 리를 가니 한 누각이 나타났고, 은색 불빛이 사방을 비추고 있었다. 붉은 창문 틈으로 보니 한 여자가 홀로 앉아 먼 산을 바라보고 무언가를 생각하는 듯하였다. 반생(潘生)이 문을 열고 태연하게 들어가 앞에 가까이 다가가 섰는데, 여자는 오히

---

120) 원래 소매 자락을 자르는 '단수(斷袖)' 행위는 한나라 애제(哀帝)가 자신의 팔을 베고 깊게 잠든 사랑하는 동성(同姓) 동현(董賢)이 잠에서 깰까 봐 자신의 소매를 자르고 침대에서 빠져나온 고사에서 유래하여, 동성애를 말할 때 쓰곤 하는 단어이다. 하지만 여기서 사용한 단어는 '절거(絶裾)'로, '거(裾)'는 옷에 붙어 있는 주머니 의낭(衣囊)이나, 아래로 길게 드리운 넓은 옷자락을 말한다. 반생을 향기로 유혹하기 위해 향낭이 들어있던 소매의 천 일부를 잘라 남겨둔 것으로 보인다.

려 알지 못한 듯 했다. 그러자 반생(潘生)이 여자의 어깨를 치며 "서쪽 암자에 있는 서생을 아시오?"라고 말했다. 그 말에 여자는 몸을 일으켰으나 너무 놀라 물리치지도 못하였다. 반생(潘生)이 오는 것을 모르고 있었던듯했다. 여자는 반생(潘生)을 꾸짖으며 "어느 집 미친 사내가 남의 집 규방에 무례하게 들어오느냐!" 하고 이어서 하녀를 불렀으나, 대답하는 사람이 아무도 없었다.

반생(潘生)은 급히 꿇어 앉아 사과하며 "소생은 낭자가 부른다하기에 왔습니다. 그렇지 않으면 동천(洞天)이 그윽한 세속과 먼 이곳에 어찌 올 수 있겠습니까! 이는 좋은 인연으로 묶인 바이니 원컨대 그대는 의심하지 마시오. 오늘 밤 은하를 건너 하늘의 신선(神仙)들도 가까워지거늘, 하물며 우리 두 사람 해후하고 서로 상봉하였으니, 이는 나또한 원하던 바였소."라고 하였다. 보라색 옷을 입은 여자는 고개를 숙이고 있었는데, 마음이 동한 것 같았다. 곧 반생(潘生)이 다가가 살며시 포옹을 하였는데도 여자는 굳이 저지하지 않았다.

그때 문뜩 담 밖에서 개 짖는 소리가 사납게 들려왔다. 그 소리는 마치 표범의 울음소리 같았는데, 멀리서 부르짖는 소리가 매우 무섭고 사나웠다. 그러다가 점점 그 소리가 방 가까이에서 들려오니, 반생(潘生)은 몸을 움츠리며 매우 불안해했다. 그러자 여자는 급히 반생(潘生)을 책상 밑으로 피하라고 하였다. 반생(潘生)은 얼른 책상 아래 엎드려 숨어 있었다. 이윽고 소리가 잠잠해져 반생(潘生)이 밖으로 나와 보니 여자는 이미 그곳에 없었다. 안과 밖을 모두 다 살펴보아도 인기척조차 없었다.

그런데 반생(潘生)이 가만히 침상 위를 살펴보니, '옥비녀(玉釵)' 하나가 있었다. 반생(潘生)은 그것을 품에 품고 돌아오는데, 길을 잃어 동쪽으로 갔으나 담이 가로 막혀 아예 길이 없어져 버렸다. 그래서 반생(潘生)은 담을 뛰어 넘으려다 넘어지는 바람에 놀라서 문뜩 정신이 확 들었다. 정신을 차리고 보니 모든 일이 남가일몽(南柯一夢)이었다. 하지만 손에 옥비녀가 그대로 쥐여져 있으니 어찌된 연고인지 알 수가 없었고, 다만 마음만 울적할 뿐이었다.

▌번역 필사본

몽환

호쥬(潮州) 니ᄃᆡ빈(李大賓)이 말ᄒᆞᄃᆡ 후쥬의 반명경(潘明經)이란 션ᄇᆡ 이시ᄃᆡ 귀가ᄌᆞ뎨라 글을 닑어 고ᄉᆞ를 셥녑ᄒᆞ고 홍금이 쇄락ᄒᆞ여 지식이 과인ᄒᆞ니 년보약관의 풍신이 ᄇᆡᆨ옥 갓더라 갑ᄌᆞ년간의 과거 보려 경ᄉᆞ의 올ᄂᆞ가 처음의 녁녀의 잇더니 번요ᄒᆞ물 ᄭᅳ러 삼사간되는 저근 암ᄌᆞ로 올마가니 산림이 심슈ᄒᆞ여 저ᄌᆡ거리 멀고 심히 유적ᄒᆞ여 일념 홍진이 업ᄉᆞ니 과연 졍샤별업이라 이ᄣᆡ의 과일이 머럿거ᄂᆞᆯ ᄉᆡᆼ이 그 곳의 이서 금서로 소【85】견ᄒᆞ여 즐기더니 일일은 저녁의 월ᄉᆡᆨ이 동로ᄒᆞ야 창 ᄉᆞᆲ히 비최거ᄂᆞᆯ 흥금이 상연ᄒᆞ여 거믄고ᄅᆞᆯ 술상의 빗기 놋코 두어 곡됴를 희롱ᄒᆞᆫ 후의 ᄠᅳᆯ의 ᄂᆞ려 건니더니 격장의 사ᄅᆞᆷ의 웃고 말ᄒᆞ난 소ᄅᆡ둘니며 ᄯᅩ ᄇᆡ반의 시저소ᄅᆡ 징연ᄒᆞ거ᄂᆞᆯ 의혹ᄒᆞ여 왈 이 가치 심슈ᄒᆞᆫ 곳의 인개[121] 어ᄃᆡ 이시리오 ᄒᆞ고 담의 올나 여어보니 ᄠᅳᆯ 가은ᄃᆡ 돗출 펴고 녀ᄌᆞ 사오인이 둘너 안ᄌᆞ 월하의 술을 마시거ᄂᆞᆯ 다시 보니 ᄀᆡᄀᆡ히 절염ᄒᆞᆫ 가인이라 그 듕의 홍의 녀랑이 바야흐로 술을 잔의 가득 부어 동편의 안ᄌᆞᆫ 녀랑을 주어 왈 일노ᄡᅥ 벌주ᄅᆞᆯ ᄉᆞᆷ노라 ᄒᆞ【86】여ᄂᆞᆯ 그 녀랑이 밧지 아니ᄒᆞ고 다만 쥬두어 왈 그릇헤엿다 ᄒᆞ니 한 녀랑이 단슌호치로 흔연이 ᄃᆡ신ᄒᆞ여 쥬를 헤여 왈 주령이 ᄒᆡᆼ치 못ᄒᆞ믄 구름이 업ᄉᆞ연괴니 청컨ᄃᆡ 약범삼장(約法三章)ᄒᆞ야 주령을 엄정이 ᄒᆞ리라 ᄒᆞᆫᄃᆡ 모든 녀랑이 일제히 ᄀᆞᆯᄋᆞᄃᆡ 그 말이 올타 ᄒᆞ니 홍의 녀ᄌᆡ 왈 ᄎᆞ후의 주를 실수ᄒᆞ고 술 먹ᄂᆞᆫ 재 이시면 두 손으로 풀을 쳐 벌을ᄒᆞ리라 ᄒᆞ더니 술이 두어순 ᄇᆡ 지ᄂᆞᄆᆡ 홍의 녀ᄌᆡ 여러 번 지고 벌을 밧으니 옥완이 젹이 상ᄒᆞ야 붉은 빗치 잇고 ᄉᆞᆲ흐물 니긔지 못ᄒᆞᄂᆞᆫ듯 ᄒᆞ거ᄂᆞᆯ 인ᄒᆞ여 주령을 파ᄒᆞ려라 그 듕【87】의 가장 어린 녀랑이 ᄀᆞᆯᄋᆞᄃᆡ ᄌᆞ봉ᄌᆞ의 장염속의 슈침 침향이 잇거ᄂᆞᆯ 금석의 풍청월낭 ᄒᆞᆫᄃᆡ 엇지 일주향을 취으지 아니ᄒᆞ리오 ᄒᆞᆫᄃᆡ ᄌᆞ의 녀랑 왈 하마니 ᄌᆞᆯ닛다 ᄒᆞ고 인ᄒᆞ여 노파를 명ᄒᆞ여 향낭을 가저오라 ᄒᆞ니 이윽고 도라와 고ᄒᆞᄃᆡ ᄎᆞᆺ지 못ᄒᆞ엿노라 ᄒᆞ거ᄂᆞᆯ 녀랑 왈 노픠 늙어 안흔ᄒᆞ야 빵원지합속의 잇ᄂᆞᆫ 줄을 니젓도다 노픠 ᄃᆡ왈 향협을 두로 ᄎᆞ즐ᄲᅮᆫ아녀 훈농 과약ᄉᆞ를 다 뒤여보아도 업ᄉᆞ니 소제 손소 가셔도 ᄎᆞᄌᆞᆯ 긋이 업ᄉᆞᆯ가 ᄒᆞᄂᆞ이다 녀랑이 머리를 숙이고 이시히 잇다가 ᄀᆞᆯ으ᄃᆡ ᄉᆡᆼ각ᄒᆞ엿노라 작일의 ᄆᆞᄎᆞᆷ 슈령 ᄉᆞ이의【88】 ᄆᆡ엿더니 서샤의 가 나ᄇᆡ ᄌᆞᆸ을 ᄯᅢ의 닐흔 듯ᄒᆞ니 앗갑도다 향낭이 다만 두어 낫ᄲᅮᆫ이니 명일의 맛당히 ᄎᆞᄌᆞ 보리라 ᄒᆞ더라 믄득 보니 가장 어린 녀ᄌᆡ게 얼니기지게 혀고 동편의 안ᄌᆞᆫ 부인의 오슬 다ᄅᆡ혀 왈 밤이 깁헛시니 엇지 도라가 자지 아니ᄒᆞ리오 ᄒᆞ거ᄂᆞᆯ 이의 다 허여져 가고 다만 시비와 노은ᄇᆡ만 나마 잇더라 ᄉᆡᆼ이 ᄎᆞᆫ 니슬이 몸의 침노ᄒᆞ믈 ᄭᆡ도라 담의 ᄂᆞ려 드러가 ᄌᆞ고 청신의 니러ᄂᆞ 다시 가보니 담 밧긔 거ᄎᆞᆫ 풀이 무성ᄒᆞ여 인젹이 모연ᄒᆞ니 ᄉᆡᆼ이 이상이 너기다가 바야흐로 소세ᄒᆞ더니 홀연 ᄌᆞ의 녀ᄌᆡ 묵단화 아ᄅᆡ 빗기 섯다가 년보를 움【89】ᄌᆞᆨ여 사사히 훌노 ᄒᆡᆼᄒᆞ니 봉ᄌᆞ 혜질이 세상의 빵이 업ᄂᆞᆫ닷 ᄒᆞᆫ지라 ᄉᆡᆼ이 작석의 말ᄒᆞ던 향낭을 ᄎᆞᄌᆞ려 온줄을 짐ᄌᆞᆨᄒᆞ고 뒤흘 조ᄎᆞ 그 소ᄆᆡᄅᆞᆯ 다르혀 왈 향낭이 내게 잇노라 ᄒᆞᄃᆡ 녀랑이 소ᄆᆡ를 다ᄅᆡ여 ᄲᅳᆫ흐며 다라ᄂᆞ니 반폭ᄉᆞᄆᆡ의 이상ᄒᆞᆫ 향취 촉비ᄒᆞ더라 ᄉᆡᆼ이 ᄋᆡ통ᄒᆞ여 십습장지ᄒᆞ고 춘근을 니긔지 못ᄒᆞ야 잠간 됴으더니 홀연ᄒᆞᆫ 사ᄅᆞᆷ이 다라드러 발노 ᄎᆞ 니르혀 왈 ᄌᆞ의 낭ᄌᆡ

121) 인가이/가

낭군을 청ᄒᆞ더이다 ᄒᆞ거ᄂᆞᆯ ᄉᆡᆼ이 ᄭᆡᄃᆞᆺ지 못ᄒᆞ고 ᄯᆞ라가며 보니 본ᄃᆡ 단니지 못ᄒᆞ던 길이라 슈리를 ᄒᆡᆼᄒᆞ더니 한 누각이 잇고 은축이 도요ᄒᆞᆫ ᄃᆡ 녀ᄌᆡ【90】 홀노 안ᄌᆞ 먼 산을 바라보고 ᄉᆡᆼ각ᄒᆞᄂᆞᆫ ᄇᆡ 잇ᄂᆞᆫ ᄃᆞᆺ ᄒᆞ더라 ᄉᆡᆼ이 초연히 문을 녈고 드러가 읇히 갓거이 섯시ᄃᆡ 녀ᄌᆡ 오히려 아지 못ᄒᆞᄂᆞᆫ ᄃᆞᆺ ᄒᆞ거ᄂᆞᆯ ᄉᆡᆼ이 엇기를 치며 ᄀᆞᆯ으ᄃᆡ 서샤의 잇ᄂᆞᆫ 셔ᄉᆡᆼ을 아ᄂᆞᆫ다모로ᄂᆞᆫ다 녀ᄌᆡ 악연히 몸울 니러 놀나 물니ᄭᅵ지 못ᄒᆞ여 ᄉᆡᆼ이 장ᄎᆞᆺ 올줄을 모르ᄂᆞᆫᄃᆞᆺᄒᆞ고 ᄉᆡᆼ울 ᄭᅮ지려 왈 어내 집 광동이 남의 집 규각의 무례히 드러 오ᄂᆞᆫ고 ᄒᆞ고 년ᄒᆞ야 시비를 브ᄅᆞᄃᆡ 응ᄒᆞᄂᆞᆫ 재 업더라 ᄉᆡᆼ이 창황히 ᄭᅮ러 사죄 왈 소ᄉᆡᆼ이 경의 부루기로 왓거니와 그러치 아니면 동텬이 십슈ᄒᆞ고 홍진이 형격ᄒᆞ거ᄂᆞᆯ 엇지 이 곳의 니르리오 이난 낭【91】연의 ᄆᆡ인ᄇᆡ니 원컨ᄃᆡ 경은 의심말나 금석의 견우와 직녜 은하ᄅᆞᆯ 건널ᄭᅴ회 머지 아녓시니 ᄒᆞ물며 우리 냥인이 ᄒᆡ후 상봉ᄒᆞ니 이ᄂᆞᆫ 하ᄂᆞᆯ이 지시 냥연이라 ᄒᆞᆫᄃᆡ 녀ᄌᆡ 머리를 숙기고 쓰지 동하난 ᄃᆞᆺ ᄒᆞ거ᄂᆞᆯ ᄉᆡᆼ이 갓거이 ᄂᆞ으가 옥슈를 어로 만지ᄃᆡ 심히 막지 아니ᄒᆞ더니 홀연 드르니 담 밧긔 ᄀᆡ 짓ᄂᆞᆫ 소ᄅᆡ ᄉᆞ오납기 범 갓고 먼리셔 브르지지ᄂᆞᆫ 소ᄅᆡ 니러ᄂᆞ며 형세 흉흉ᄒᆞ여 점점 규달의 갓거으니 ᄉᆡᆼ이 술축 긍구ᄒᆞ여 아모리 홀 줄울 모를ᄉᆡ 녀ᄌᆡ 급히 상 아ᄅᆡ로 피ᄒᆞ라 ᄒᆞ거ᄂᆞᆯ ᄉᆡᆼ이 상아ᄅᆡ 업ᄃᆡ 엿더니 이윽고 적연이 소ᄅᆡ 업거ᄂᆞᆯ ᄉᆡᆼ이 긔【92】여 ᄂᆞ와 본즉 녀ᄌᆞᄂᆞᆫ 임의 간ᄃᆡ 업고 내외를 둘너 보ᄆᆡ 적연무인이라 그 침상을 ᄉᆞᆯ펴보니 옥차(玉釵) ᄒᆞ나히 잇거ᄂᆞᆯ 품의 품고 ᄂᆞ으다가 길흘 닐혀 ᄂᆞᄋᆞ오지 못ᄒᆞ고 동편의 니르러 담이 가로 막혓거ᄂᆞᆯ 뒤여 넘다가 실족하여 건연이 ᄂᆞᆯ나 ᄭᆡ다르니 남가일몽이라 옥채[122] 완연히 손의 이시니 그 엇진 연괸 줄을 모르고 다만 우울 ᄯᆞ름이러라

▌원문

潮州李大賓言, 其鄕, 有潘明經者, 貴家子也。讀書媚古胸際, 淵博異當年僅弱冠, 丰姿如玉。

甲子以應北闈入都, 初至卸裝, 於逆旅厭其囂, 僦居蘭若三四椽, 後逼山林, 前遠廛市, 明朗, 幽敞絶無纖, 塵眞精舍也。

時距試期, 尙早生偃息琴書, 聊自娛樂。一夕月色如水照澈几榻, 洞然空明頓覺煩襟盡滌, 因操禁爲數弄, 旣畢, 散步, 階除聞, 隔牆有笑語聲, 雜以杯盤匕箸聲。深訝此外豈尙有人家耶? 梯垣下窺見庭中, 設有一席, 婦女四五人團坐勸飮。月下視之, 並皆艶絶, 一紅衣女郎, 方飛一 '巨觥' 與東坐之婦曰 : "以此爲罰" 東坐婦不遽接, 但枯籌細諷笑 "其誤解" 聯坐一女矮

122) 옥차가/이

婧垂雲, 明眸稚齒, 代爲排解曰 :“令之不行持觴[123), 政者之過也。” 請約法三章, 以整酒兵, 諸女郎皆曰 “諾” 紅衣者曰 :“此後有不依籌飮酒者, 駢兩指聖腕爲罰酒。”

數巡紅衣者屢負香腮薄頳嬌怯不勝, 因各罷酒, 最稚者曰 :“紫丰姊, 藏有水沉香, 今夕風淸月朗, 何不於鴨爐中一炷。” 一紫衣女郎曰 :“幾忘却” 因命柳媼取金縷囊來, 頃之柳媼至對, 以無有女曰 :“汝, 老眼花矣, 不記, 在雙鴛脂奩中耶” 柳媼曰 “不但, 遍搜香篋, 卽熏籠藥笥, 亦翻到矣。恐紫姑自去, 亦無處覓耳。”

女翹首移時曰 :“得之矣, 昨曾繫於繡領間, 想往 ‘西寺’ 樸蝶時, 失去惜止此數顆, 明當踪跡之。” 旋見齒椎[124)者, 惺忪作倦態, 牽東坐婦人衣曰 :“夜深矣, 盍歸休乎。”

須臾盡散, 只餘婢媼, 生覺露氣襲衣, 亦緣梯而下, 翌晨起, 視則牆外, 荒草深林杳, 無人跡異之, 方欲入內盥漱瞥覩, 一紫衣女郎斜立 ‘牡丹’ 砌畔以蓮鈎蹴草際, 珊珊獨行, 丰神不可一世。生知其覓香囊來也。從後曳其袖曰 :“囊在我處耳” 女失聲絶裾, 而遁輕紗半幅, 香艶異常。生因什襲珍藏之而轉憶, 芳華頗涉遐想, 至夕轉輾不能成寐, 甫就枕。

忽有人, 蹴之起曰 :“紫姑召君” 生不覺, 隨之行取道曲折, 似非寺中素遵之路, 約半里, 許抵一樓閣, 銀燈四照, 紅窓洞然見, 女支頤獨坐, 凝思若有所俟。生鶴步鷺行, 悄然掩入, 及至其前女, 猶未知也。拍其肩曰 :“識得 ‘西寺’ 書生否” 女錯愕起立, 不勝驚異, 似未知生之將至者。顫聲詰生曰 :“何處風狂兒, 入人閨闥, 因連呼” 碧兒則悄無應者。

生亦倉皇, 長跽謝罪曰 :“小生之來奉卿所召, 不然洞天幽邃, 迴隔紅塵, 安得至? 此是係良緣, 願卿勿疑, 今夕河魁不在房, 又近雙星渡河之候, 天上神仙, 猶落凡想況, 我與卿兩人乎, 請咏邂逅相遇, 適我願兮之詩何。” 如紫衣女俯首尋思意, 若微動, 生遽近前擁之, 亦不甚拒。

忽聞, 牆外犬吠聲厲如豹, 遙有悉索呼叱聲勢甚, 洶洶繼, 漸近房閾。生瑟縮不自安, 一片熱情不覺冰冷, 女急指床下, 令生速入, 生無奈何團伏其間, 久之聲響寂然, 匍匐出視, 則女已不見。內外闃無一人搜, 其枕畔得玉釵一股懷之, 而出迷路不得歸至東隅, 爲一短垣所遮踰之失足, 而顚蹶, 然遽醒乃一夢也。而玉釵宛在手中, 茫然不解, 其何故, 但失笑而已。

---

123) 『둔굴난원』에서는 觴, 『한담소하록』에서는 觸.

124) 『둔굴난원』에는 穉, 『한담소하록』에는 椎.

제2장 閒談消夏錄 卷一下

1) 천운금(穿雲琴)

편찬자 번역

강희(康熙) 연간의 구곡도사(勾曲道士) 망전(忘筌)은 본래 무창(武昌)의 권문세가 자제인데, 어려서 부모를 여의고 난을 피하여 노산(勞山)으로 들어갔다. 성품이 호방하고 글 읽기를 좋아할 뿐 아니라, 술도 잘 마셨으며, 평소 그림 묵죽(墨竹)을 잘 그렸다. 또한 거문고를 사랑하여 좋은 거문고를 보면 높은 가격을 마다 않고 사들였다.

후에 신안(新安) 오상(吳商) 외룡(畏龍)이라는 사람의 집에 좋은 거문고가 많다는 말을 듣고, 즉시 그 사람을 찾아가 보았다. 외룡은 그가 거문고를 들고 찾아 온 것을 보고 묻기를 "그대는 거문고를 즐겨 타십니까?"하니, 대답하기를 "진실로 좋아하는 바이지만 명금을 보지 못한 것이 평생 한으로 남았습니다."라고 하였다. 그리고 가져온 거문고를 가리키며 말하기를 "이 거문고는 송나라 명현 가상(賈相)의 거문고이나 이도 또한 상품(上品)은 아닙니다. 듣자하니 선생의 집에 고금(古琴)이 많다고 하길래 먼 길을 마다않고 이에 이르렀으니, 저와는 초면이라 실례가 되지만, 가히 한 번 보고자 합니다."하였다. 외룡이 망전과 더불어 거문고의 음률을 강론하고 망전의 손을 잡고는 거문고 타는 법을 나누니, 신묘한 수법이 많았다.

외룡이 순간 이해함이 넉넉지 못하여 신묘한 수법을 보고자 청하니, 망전이 거문고를 술상에 놓고 수선조(水仙操) 일곡을 타니, 그 맑은 소리가 산림(山林)에 그윽하게 울려 펴졌다. 외룡은 온몸에 전율을 느꼈고 좌중에서도 절로 탄복을 하였다. 망전이 연주를 끝내고 말하길 "이 곡조는 백아(伯牙)가 혜강(嵇康)에게 전수한 곡조로, 곡명은 광릉산(廣陵散)[1]입니다. 혜강이 죽은 후, 이 곡조가 끊어졌으나, 특별히 해독하여 금보를 울린 것입니다."하였다. 외룡이 이에 화답하듯 감추어 두었던 십 여 개의 거문고를 보여주었으나, 모두 보잘 것 없는 것들이었다.

마지막으로 한 거문고를 보여주었는데, 금묘정(金貓睛)으로 휘(徽)를 만들었으며, 용간석(龍肝石)으로 진(軫)을 만든 것으로, 뒷부분에는 '천운(穿雲)'이라는 두 글자가 새겨져 있었다.

---

1) 廣陵散은 蔡邕의 저서 琴操에 기록되어 있는 由緖 깊은 曲으로, 晉나라 때의 隱士(竹林七賢 중의 1人)이며 거문고의 名手인 혜강이 어느 世外古人에게서 전수한 것이라 한다.

언뜻 보아도 고금에 둘도 없는 보배임을 알 수 있었다. 망전이 너무 좋아하여 차마 놓지 못하고 자신이 가지고 온 거문고와 바꾸기를 청하였지만 허락하지 않았다. 오백 금을 더 준다고 하여도 외룡이 듣지 아니하고 시동에게 명하여 들여가라 하니, 어쩔 수 없이 망전도 몸을 일으켜 그 집을 나와야만 했다. 그 집 문지기에게 어찌 저러는지 물으니, 대답하기를 "주인어른은 기껏해야 이름만 좇을 뿐 진정한 가치는 몰랐습니다. 그런데, 오늘 선생의 감상이 이러함을 보셨는데, 어찌 이익을 따져보지 않겠습니까?"라고 하였다.

망전은 사찰에 머물면서 "그 거문고를 얻지 못하면 결코 집에 돌아가지 않겠다."고 맹세를 하였다. 하지만 계책이 없어 날마다 술만 마시며 소일할 수밖에 없었다. 하루는 밤에 홀로 앉아 술을 마시는데, 문득 가지고 있는 은전도 곧 다 소진되어 가고, 거문고도 쉽게 얻지 못할 것을 생각하니, 신세가 처량하여 눈물만 흘러 내렸다. 그 때, 한 여인이 나타나 웃음을 머금고 일러 가로되 "제 맑은 노래로 술을 권하여, 낭군의 울적한 회포를 위로해 보고자 합니다."라고 하였다. 망전이 의아하게 여겨 "낭자는 어디에서 오셨는지요?"라고 묻자 "수고로이 묻지 마소서, 당신에게 화를 끼칠 사람은 아니옵니다."라고 대답하였다. 그러더니 품속에서 상아로 만든 박판(拍板)을 꺼내 금심(琴心) 일절(一折)을 노래하니, 소리가 처량하고 자태가 아름다웠다.

망전이 연이어 술 석 잔을 마시고 취하여 침상에 누우니, 별이 빛나는 창전(窗前)에 월색(月色)이 형연한데, 미인이 홀로 앉아있었다. 망전이 여인에게 돌아가기를 재촉하니, "첩은 사사로이 음탕을 좇는 계집이 아닙니다. 낭군님과는 속세 연분이 있고, 정(情)도 이처럼 깊은 까닭에 주인을 배반하고 온 것입니다. 장차 이 몸을 낭군님께 의탁코자 함인데, 군자께서 이같이 거절하심은 너무 뜻밖입니다."라고 말하면서 옷소매로 눈물을 훔쳤다.

망전이 여인의 자태가 가냘프고 아름다우며 언사가 진정인 것을 보고 마음이 움직여, 여인의 섬섬옥수를 잡고 은밀히 말하길 "이곳을 차마 떠나지 못하는 것은 외룡의 명금을 혈심(血心)으로 구하려 함이오."라고 하자 "그 일은 어려울 것이 없습니다."라고 대답하였다. 망전이 이 말을 듣고 매우 기뻐하며 드디어 여인을 데리고 금침으로 들어가니 운우지정(雲雨之情)이 매우 깊어 이렇게 둘이 늦게 만나게 됨을 한탄하였다. 이윽고 날이 밝으려 하자, 낭자가 급히 일어나 "우리 두 사람 어찌 이곳에 오래 머물 수 있겠습니까?"하니, 망전이 말하길 "명금을 얻기 전에는 돌아가지 아니할 것이오."라고 했다. 낭자는 웃으며 "당신께선 그냥 떠나세요. 근심하지 마세요."라고 말하고, 이내 밖으로 나가더니 작은 상자 하나를 가지고 들어와 의복 한 벌을 꺼내어 망전을 입히고 후문을 열고 같이 밖으로 나왔다.

중도에서 주점에 들어가 술을 마시는데, 도사 한 명이 앉아 있었다. 망전이 공경하는 마음에 인사하고 담론하니, 이 도사는 세상 물정과 이치를 깊이 통달하고 있었다. 드디어 술을 내여 서로 권하니 여인이 살짝 자리를 피하여 주었다. 그러자 도사가 망전에게 가만히 일러 주기를 "그대를 따라온 여인은 사람이 아닙니다. 오늘 밤 동침할 때, 내가 문밖에서 설법하고 있을 테니, 단단히 끌어안고 놓지 아니하면 반드시 얻는 것이 있을 것입니다."라고 했다.

그날 밤 여인과 잠자리에 들 때 무슨 눈치를 챈 듯 짐짓 수상해 하는 것 같았으나, 도사가 일러 준대로 품에 꼭 끌어안고 잠이 들었다. 아침에 잠이 깨어 여인을 어루만져보니 여인은 간데없고 일장 고금(古琴)을 안고 있는 것이었다. 마음이 놀랍고 의혹스러워 빨리 등불을 켜고 살펴보니, 뜻밖에 평생 사모하던 외룡의 명금이었다. 망전이 기뻐하며 나아가 도사를 뵈니 도사가 하는 말이 "이것은 양귀비가 타던 명금입니다. 남송(南宋)에 이르러 이종(理宗)[2]황제가 붕어하신 후에 산능에 순장(殉葬)하였는데, 그 후에 양련(楊璉)[3]이 파내었습니다. 당신이 아니면 이 같은 보배를 누구도 가지지 못합니다. 고금의 귀한 물건이 속인(俗人)의 수중(手中)에 들어가게 하면 아니 될지니, 그대는 다시는 노산(勞山)으로 돌아가지 마십시오."라고 하였다. 마치 꿈을 꾸고 있는 듯하였으나, 즉시 일어나 도사께 백배 사례하고 거문고를 가지고 표연히 사라져 종남산(終南山)으로 들어가 다시는 돌아오지 않았다.

외사씨(外史氏) 왈 : 오외룡이 거문고를 많이 얻어 두었지만, 보배는 겨우 '천운금' 하나를 얻었을 뿐이니, 진귀한 물건은 가히 많이 얻을 수 없음을 알아야 한다. 그런 보배를 알아보지 못하고 허술하게 보관하였다가 마침내 잃었으니 이름을 '외룡'이라 하여, 그런 사실을 알리고자 함이라. 노산의 도사는 명금을 얻고자 하다가 수중의 돈을 다 탕진한데다, 만약 명금을 얻지 못하였다면 다시는 돌아가지 못했을 테니, 도사의 거문고 사랑 또한 어리석게[癡] 미쳐있었다고 할만하다. 하지만 도사의 거문고에 대한 사랑과 집착이 아니었다면 또 어찌 귀신을 통할 수 있었겠는가! 세상에는 여러 가지 일들을 즐기면서, 정작 한 가지 예술도 이루지 못하는 자들이 스스로 '어리석게 미쳐있다[癡者]'고들 하지만, 도사의 어리석은[癡] 집착에는 가이 미치지 못한다고 할만하다.

---

2) 宋理宗 趙昀 : 宋의 제14대 황제이며 南宋 제5대 황제(재위 1225-64). 1224년에 寧宗이 병으로 쓰러져 위독한 상태에서, 寧宗의 친아들이 모두 요절하였으므로 재상 사미원에 의해 황태자로 옹립되어 되어 황위를 계승해 제5대 황제로서 즉위하여 40년 동안 재위하였다.

3) 양련(920 - 940)중국 五代十國 시대의 인물, 南吳 睿帝 양부(楊溥)의 장남. 江都王에 봉해져 930年에는 태자의 신분이 되어 徐知誥의 딸과 혼인하였다. 南唐이 세워지고 徐知誥[李昪]이 皇帝가 되자, 太子의 신분에서 황제 사위의 신분으로 弘農郡公, 平盧軍, 康化軍節度使, 中書令 등을 역임했다. 940年 平陵에서 북경으로 가던 중 배안에서 만취한 상태로 죽은 채로 발견되었다.

번역 필사본

쳔운금

강희(康熙) 연간의 구곡도사(勾曲道士) 망전(忘筌)은 본딕 무창(武昌) 씩[4] 세가 ᄌ데니 어려서 부모를 여희고 난을 피ᄒ여 노산(勞山)의 드러가【93】니라 셩품이 호방ᄒ고 글 읽기를 됴하 ᄒ며 술흘 잘 먹고 묵죽(墨竹)을 잘 그리며 또 거문고를 ᄉ랑하여 됴흔 거문고를 만ᄂ면 듕가(重價)를 주고 ᄉ더라 신안(聞新) 씩 오싱(吳商)의 일홈은 외룡(畏龍)이니 그 집의 됴흔 거문괴[5] 만흔줄 듯고 즉시 ᄎᄌ 가보니 외룡이 싱의 오물 보고 문왈 슈지 거문고를 즐겨 ᄒᄂ다 답왈 진실노 평싱의 됴하ᄒᄂ 빅로딕 명금을 보지 못ᄒ물 한ᄒ노라 ᄒ고 인ᄒ여 그 가져온 바 거문고를 가리켜 왈 이 거문고ᄂ 송나라 명현 가상(賈相)의 거문괴니 이도 또ᄒ 상품(上品)은 아니라 드르니 션싱의 집의 고금(古琴)이 만타ᄒ기로[6] 원근을 혜지 아니【94】코 이의 니르럿시니 아지 못게라[7] 가히 한 번 어서 보랴 ᄒ딕 외룡이 망싱으로 더브러 금서 음률을 강론ᄒ딕 망싱이 손을 곱닐며 거문고 타ᄂ 법을 말ᄒ니 신묘한 법이 만터라 외룡이 일시의 능히 녁냑지 못ᄒ여 신묘ᄒ 슈법을 보고ᄌ ᄒ거ᄂ 망싱이 거문고를 술상의 노코 슈션됴(水仙操) 일곡을 ᄐ니 소리 청렬ᄒ여 산님(山林)의 묘명(杳冥)ᄒ니 외룡이 송연[8]이 듯고 좌듕(座中)의 니러 다 절도히 즐기거ᄂ 망싱이 곡됴를 파ᄒ고 말ᄒ여 왈 이 곡됴ᄂ 빅익[9](伯牙) 히강(嵇康)의게 젼ᄒ 곡되라[10] 일홈은 광능산(廣陵散)[11]이니 히강이 죽은 후의 이곡되[12] ᄭ허[13] 젓더니 내 특별【95】이 의ᄉ로 히독ᄒ여 금보(琴譜)의 올녓노라 ᄒ니 외룡이 십습장지 하엿던 고금 십여장을 내여 노흐딕 족히 다 보즐거시 업고 최후의 한 거문고를 본 즉 금묘정(金猫睛)으로 휘(徽)를 민드며[14] 농 안석으로 진을 민들고 등의 쳔운금이 좌ᄉ여시니 진짓 고금의 빵

4) 씩 : 때
5) 거문괴 : 거문고가
6) 만타ᄒ기로 : 많다고 하여
7) 아지 못게라 : 알지 못할 것이다
8) 송연하다 : 두려워 몸을 옹송그릴 정도로 오싹 소름이 끼치는 듯하다
9) 빅익 : 백아(伯牙)가
10) 곡되라 : 곡조이라
11) 廣陵散은 蔡邕의 저서 琴操에 기록되어 있는 由緖 깊은 曲으로, 晋나라 때의 隱士(竹林七賢 중의 1人)이며 거문고의 名手인 혜강이 어느 世外古人에게서 전수한 것이라 전해진다.
12) 이곡되 : 이 곡조가
13) ᄭ허 : 끊어
14) 민드며 : 만들며

이 업ᄂᆞᆫ 보ᄇᆡ라 망ᄉᆡᆼ이 ᄉᆞ랑ᄒᆞ여 ᄎᆞᆷ아[15] 노치 못ᄒᆞ고 가져온 거문고와 밧고기를[16] 쳥ᄒᆞᆫᄃᆡ 허치[17] 아니커ᄂᆞᆯ 오ᄇᆡᆨ금을 더 쥬어도 듯지 아니ᄒᆞ고 시동을 명ᄒᆞ야 드려 가거ᄂᆞᆯ 망ᄉᆡᆼ이 몸을 니러 창연히[18] 나와 그 집 문직힌자[19] 다려 무론ᄃᆡ 답왈 쥬인이 한갓[20] 일홈만 ᄉᆞ모ᄒᆞᆯ ᄯᆞᄅᆞᆷ이오 실상은 업【96】ᄉᆞᆸ더니 이제 션ᄉᆡᆼ의 명감이 약ᄎᆞ(若此)ᄒᆞ니 엇지 니ᄒᆡ[21]를 도라보리오 하더라 망ᄉᆡᆼ이 이의 승사(僧寺)의 우거[22]ᄒᆞ야 ᄆᆡᆼ세코 그 거문고ᄅᆞᆯ 엇지 못ᄒᆞ면 집의 도라가지 아니ᄒᆞ리라 ᄒᆞᄃᆡ ᄆᆞᄎᆞᆷ내 계(計)괴[23] 업서 ᄂᆞᆯ마다 술만 먹더니 일일은 밤의 홀노 안ᄌᆞ 술흘 먹다가 문득 ᄉᆡᆼ각하니 낭탁[24]의 은젼은 장ᄎᆞᆺ 갈ᄒᆞ고 거문고ᄂᆞᆫ 졸연히[25] 엇지 못ᄒᆞᆯ지라 쳑연히[26] 눈물을 흘니고 안ᄌᆞᆺ더니 한 녀ᄌᆡ[27] 우스물 머금고 닐러 ᄀᆞᆯ오ᄃᆡ 여ᄎᆞ 냥야의 맑은 노ᄅᆡ로 술흘 권ᄒᆞ여 울적ᄒᆞᆫ 회포ᄅᆞᆯ 위로코ᄌᆞ ᄒᆞ노라 ᄉᆡᆼ【97】이 의아ᄒᆞ여 니ᄅᆞᄃᆡ 낭ᄌᆞᄂᆞᆫ 어ᄃᆡ로 조ᄎᆞ 오ᄂᆞᆫ 답왈 슈고로이 뭇지 말지어다 그ᄃᆡ의게 화ᄅᆞᆯ 기칠 재[28] 아니로라 ᄒᆞ고 품속을 조ᄎᆞ 상아박판을 내여 금심(琴心) 일졀을 창ᄒᆞ니 음운이 쳐졀ᄒᆞᆫ지라 ᄉᆡᆼ이 년ᄒᆞ여 쥬 삼ᄇᆡᄅᆞᆯ 기우리고 상상(床上)의 취도 ᄒᆞ엿다가 술흘 셰혀보니 창젼(窗前) 월ᄉᆡᆨ(月色)이 형연ᄒᆞᆫᄃᆡ 미인이 홀노 안잣거ᄂᆞᆯ 도라가기ᄅᆞᆯ ᄌᆡ촉ᄒᆞᆫᄃᆡ 녀ᄌᆡ ᄀᆞᆯ오ᄃᆡ 쳡이 ᄯᅩᄒᆞᆫ ᄉᆞᄉᆞ로이 음분ᄒᆞᄂᆞᆫ 겨집이 아니라 낭군과 속세 연분이 잇고 낭군의 졍(情)이 이가치 깁흔고로 쥬인을 ᄇᆡ반ᄒᆞ고 온 ᄯᅳ즌 장ᄎᆞᆺ 이몸을 의탁고ᄌᆞ ᄒᆞ미러니 군ᄌᆡ【98】 이가치 거절ᄒᆞ믄 ᄯᅳᆺ밧기라 ᄒᆞ고 언필의 낭안의 누쉬여 우어ᄂᆞᆯ[29] 망ᄉᆡᆼ이 녀랑의 ᄐᆡ되[30] 작약[31]ᄒᆞ고 언ᄉᆡᆨ[32] 감ᄀᆡ[33]하물 보고 ᄆᆞ음이 동ᄒᆞ야 이의

---

15) ᄎᆞᆷ아 : 차마
16) 밧고기를 : 바꾸기를
17) 허치 : 허락하지
18) 창연히 : 몹시 서운하고 섭섭하게
19) 문직힌자 : 문 지키는 사람
20) 한갓 : 고작하여야 다른 것 없이 겨우
21) 니ᄒᆡ : 니ᄒᆞ다(利)
22) 우거(寓居) : 남의 집이나 타향에서 임시로 몸을 부쳐 삶. 또는 그런 집
23) 계괴 : 계교가
24) 낭탁(囊橐) : 어떤 물건을 자기의 차지로 만듦. 또는 그렇게 한 물건
25) 졸연히 : 1) 갑작스럽게 2) 까다롭거나 힘들지 않고 쉽게
26) 쳑연히 : 쳑연(戚然), 근심스럽고 슬프다
27) 녀ᄌᆡ : 여자가
28) 재 : 자가
29) 원문을 보면 '言已以袖揾淚'라고 되어 있어 소매 속에 머리를 파묻고 우는 것을 의미 한다
30) ᄐᆡ되 : 태도가

ᄂᆞᄋᆞ가 옥슈ᄅᆞᆯ ᄂᆞ으여 잡고 은근이 말ᄒᆞ며 왈 이곳의 류련ᄒᆞ여[34] 외룡의 명금을 혈심으로 구ᄒᆞ려 ᄒᆞ노라 ᄒᆞᆫᄃᆡ 녀ᄌᆡ 왈 이 일은 어려울 거시 업다 ᄒᆞ거ᄂᆞᆯ 망ᄉᆡᆼ이 이 말을 듯고 희불자승[35]ᄒᆞ여 드ᄃᆡ여 닛글고 금니의 드러가니 운우지졍이 녀산 악히ᄒᆞ여 늣게야 맛나믈[36] 한ᄒᆞ더니 이윽고 ᄂᆞᆯ이 장ᄎᆞᆺ ᄇᆞᆰ으려 ᄒᆞ거ᄂᆞᆯ 녀ᄌᆡ 왈 우리 낭군이 엇지 이곳의 오ᄅᆡ 두류[37]ᄒᆞ리오 ᄒᆞᆫᄃᆡ 망ᄉᆡᆼ 왈 명금을 엇기젼【99】의ᄂᆞᆫ ᄃᆞ라가지 아니ᄒᆞ리라 녀ᄌᆡ 우어 왈 군ᄌᆡᄂᆞᆫ 다만 힝ᄒᆞ고 근심 말지어다 ᄒᆞ고 밧그로 ᄂᆞᄋᆞ가더니 녀ᄌᆡ 저근[38] 협(篋)ᄉᆞ 하나ᄅᆞᆯ 가지고 드러와 도복 일습을 내여 ᄉᆡᆼ을 닙히고 후문을 열고 ᄂᆞ가 힝ᄒᆞ다가 듕도(中途)의셔 주렴의 드러가 술을 마시더니 일위 도ᄉᆡ 안잣거ᄂᆞᆯ 망ᄉᆡᆼ이 긍경[39]ᄒᆞ여 읍ᄒᆞ고 담논ᄒᆞ니 물졍과 니긔ᄅᆞᆯ 깁히 아ᄂᆞᆫ지라 드ᄃᆡ여 술울 내여 서로 권ᄒᆞ니 녀랑이 피ᄒᆞ여 가거ᄂᆞᆯ 도ᄉᆡ[40] 가마니 닐너 왈 그ᄃᆡ ᄯᆞ라온 녀ᄌᆡ 사ᄅᆞᆷ이 아니니 금야(今夜)의 동침ᄒᆞᆯ ᄯᅢ의 내 문밧긔셔 셜법ᄒᆞ거든 단단이 안고 노치 말면 어둘거시[41] 이시리라 ᄒᆞ거ᄂᆞᆯ 도ᄉᆞ 가르친ᄃᆡ로 녀ᄌᆡ로 동침ᄒᆞᆯ ᄯᅢ의【100】 녀ᄌᆡ 무슨긔미ᄅᆞᆯ 아ᄂᆞᆫ ᄃᆞᆺᄒᆞ여 거지 슈상ᄒᆞ거ᄂᆞᆯ 단단이 안고 놋치 아니코 잠드럿더니 야심후의 잠을 ᄭᆡ여 녀ᄌᆡᄅᆞᆯ 어르만진 즉 녀ᄌᆡ난 간ᄃᆡ업고 일장 고금(古琴)을 안고 잇ᄂᆞᆫ지라 ᄆᆞ음의 놀납고 의혹ᄒᆞ여 밧비 불을 켜고 ᄉᆞᆯ펴보니 ᄯᅳᆺ밧긔 평ᄉᆡᆼ ᄉᆞ모ᄒᆞᆫ던 외룡의 명금이라 ᄉᆡᆼ이 깃거[42] 가지고 ᄂᆞᄋᆞ가 도ᄉᆞᄅᆞᆯ 뵈인ᄃᆡ 도ᄉᆡ왈 이ᄂᆞᆫ 양귀비 ᄐᆞ던 명금이라

남송(南宋)의 니르러 니종(理宗)[43]황뎨 봉ᄒᆞᆫ후의 산능의 순장(殉葬)ᄒᆞ엿더니 그후의 양련(楊璉)[44]이 파여내여 내든ᄇᆡ 되여시니 그ᄃᆡ 아니면 이가ᄐᆞᆫ 보ᄇᆡᄅᆞᆯ 가지지 못하지라고 금의

31) 작약(綽約)하다 : 몸매가 가냘프고 아리땁다
32) 언ᄉᆡ : 언사가
33) 감긔ᄒᆞ다 : 어떤 감동이나 느낌이 마음 깊은 곳에서 배어 나오다
34) 류련ᄒᆞ다 : 차마 떠나지 못하다
35) 희불자승(喜不自勝) : 어찌할 바를 모를 만큼 매우 기쁨
36) 맛나믈 : 만남을
37) 두류(逗留/逗遛) : 체류
38) 저근 : 작은
39) 긍경(矜競) : 재능을 뽐내어 남과 우열을 겨룸
40) 도ᄉᆡ : 도사가
41) 어둘거시 : 얻을 것이
42) 깃거 : 기뻐
43) 宋理宗 趙昀 : 宋의 제14대 황제이며 南宋 제5대 황제(재위 1225~64). 1224년에 寧宗이 병으로 쓰러져 위독한 상태에서, 寧宗의 친아들이 모두 요절하였으므로 재상 사미원에 의해 황태자로 옹립되어 되어 황위를 계승해 제5대 황제로서 즉위하여 40년 동안 재위하였다.

신통ᄒᆞᆫ 물건이 쇽인(俗人)의 슈듕(手中)의 드지 아니ᄒᆞᄂᆞ니【101】 그ᄃᆡ난 다시 노산(勞山)의 가지 말나 ᄒᆞ거ᄂᆞᆯ 잠간 둘ᄉᆡᆨ 숢이서 ᄉᆡᆫ듯ᄒᆞ야 즉시 니러ᄂᆞ 도ᄉᆞᄀᆡ ᄇᆡᆨ비 사례ᄒᆞ고 거문고ᄅᆞᆯ 닛글고 표연히[45] ᄂᆞᄋᆞ가 종남산(終南山)의 드러가 다시 도라오지 아니ᄒᆞ니라

외ᄉᆞ시왈 오외룡의 거문고ᄅᆞᆯ 만히[46] 어더[47] 두므로써 겨유 쳔운금 ᄒᆞᄂᆞᄅᆞᆯ 어더시니 신통ᄒᆞᆫ 물건을 가히 만히 엇지 못하물 알괘라 그런 보ᄇᆡᄅᆞᆯ 알지 못ᄒᆞ고 허슈히[48] 간ᄉᆞᄒᆞ엿다가 ᄆᆞᄎᆞᆷ내 일허시니[49] 일홈을 외룡이라 하미 그 실리ᄅᆞᆯ 닐코ᄅᆞ미로다 노산 도ᄉᆡ 명금을 엇고ᄌᆞᄒᆞ다가 낭탁의 금이 진ᄒᆞ므【102】로써 엄읍 불낙ᄒᆞ니 만일 명금을 엇지 못ᄒᆞ면 장ᄎᆞᆺ 다시 도라가지 못ᄒᆞ랴 어리석다 도ᄉᆞ의 거문고 됴하ᄒᆞ미여 그러나 도ᄉᆞ의 어리셔근 벽이 아니면 ᄯᅩ 엇지 귀신을 통ᄒᆞ리오 세상의 아모 일이나 즐겨하고 한ᄌᆡᆨ조도 닐위지 못ᄒᆞᄂᆞᆫ자ᄂᆞᆫ 닷ᄌᆞ로 닐ᄃᆡ 어리석지 안타ᄒᆞᄂᆞᆫ 재니 도ᄉᆞ의 어리석으물 밋지 못ᄒᆞ리로다

▍원문

康熙間, 勾曲道士忘筌, 本武昌名家子, 以幼孤避亂, 入道勞山。性豪逸, 耽書嗜飮, 善畵墨竹。尤精于琴, 遇良材, 必重价購之, 至于典質不倦。

後聞新安吳商名畏龍者, 蓄琴頗富, 裹粮往訪。商見其携有古琴, 問 : "鍊士亦善此乎" 對曰 : "固生平所好也, 但恨未遇名材耳。" 即指手中所携者曰 : "此宋賈相悅生堂中物, 向以五百金購得之, 然亦非上品。聞先生多蓄古琴, 故不憚遠涉, 未識可賜一觀否。" 商與論琴理, 筌爲細述勾撥挑剔之法, 語多神解。商一時未能盡領, 請傳之妙手。筌解囊, 爲彈水仙操一闋。商危坐竦聽, 如有山林杳冥、海濤汩沒起于座中, 輒爲嘆絶。筌停琴, 言曰 : "此調自伯牙傳至嵇康, 名'廣陵散', 所謂觀濤廣陵者也。康死此調已絶, 某特以意譜之耳。" 商乃出其素所珍藏者十余琴, 皆不足觀。最後一琴, 以金猫睛爲徽, 龍肝石爲軫背刻二字曰 : '穿雲', 質理密栗,

---

44) 양련(920 - 940)중국 五代十國 시대의 인물, 南吳 睿帝 양부(楊溥)의 장남. 江都王에 봉해져 930年에는 태자의 신분이 되어 徐知誥의 딸과 혼인하였다. 南唐이 세워지고 徐知誥[李昪]이 皇帝가 되자, 太子의 신분에서 황제 사위의 신분으로 弘农郡公、平卢军、康化军节度使、中书令 등을 역임했다. 940年 平陵에서 북경으로 가던 중 배안에서 만취한 상태로 죽은 채로 발견되었다.

45) 표연히 : 1)바람에 나부끼는 모양이 가볍게 2)훌쩍 나타나거나 떠나는 모양이 거침없이

46) 만히 : 많이

47) 어더 : 얻어

48) 허슈히 : 허술하게

49) 일허시니 : 잃어버렸으니

古色黝然, 曠代物也。筌愛玩不忍釋, 請以所携琴易之, 不許, 增以五百金, 亦不許, 呼仆取入。筌乃起, 悵然而出, 謀諸閽者。閽者謝曰："主人亦徒慕風雅耳, 本無眞賞。今見師賞監若此, 豈復能動以利乎。" 筌乃出, 賃居一僧寺, 誓不得琴不返, 然卒無可爲計, 惟日飮。

無何, 一夕對月獨酌, 念資用將竭, 而寶琴終不可得, 凄然泣下。忽聞墻陰屧響有聲, 一女子丰姿綽約。含笑而至, 曰："如此良夜, 請爲淸歌侑酒, 以破岑寂, 可乎" 筌訝問美人何來, 女曰："勿勞窮詰, 當非禍君者" 遂于懷中取黃牙拍板, 唱琴心一折, 音韵凄婉, 顧盼生姿。筌連釂數觥, 竟醉倒于床上。及醒, 窗中斜月瑩然矣, 女猶坐于燈前。遽起, 促之歸寢, 女曰："妾亦非私奔者, 自蒙靑盼, 覺人間尙有中郎。繼知君情深如許, 故背主而來, 將以此身相託。卽君心中事, 或者猶可借箸, 不意見拒之深也。" 言已以袖搵淚。筌見其羅袂單寒, 轉更韵絶, 乃拥之入懷, 爲訴流連之故。女曰："此易事耳" 筌聞之, 喜極曰："然則今夕愿爲情死。" 遂拥入, 共相繾綣。旣而烏語參橫, 女急起, 曰："吾二人豈可復留此耶", 筌辭以商琴未得, 女笑語曰：" 第行勿懮也" 卽往墻角取一小篋, 出水田衣裙各一, 幷冠履, 易作道裝, 相與促裝, 啓后扉而行。

中途入一村店沽飮, 先有一道者在座, 筌揖與談, 理致玄遠, 遂邀共飮。女避去。道人密語曰："君相隨少尼, 非人也。今夜共枕時, 某于門外作法, 君當緊抱勿釋。" 如其言, 果得一琴, 卽商所寶藏者也。大喜, 持示道人, 道人曰："此楊貴妃遺琴也。傳至南宋理宗, 曾以殉葬, 后爲楊璉眞伽掘得, 非君不足當此物。亦見古今神物, 必不終淪于俗子手中, 然君亦不可復至勞山矣。" 筌乍聞, 恍若夢醒, 遂起再拜, 携琴入終南山, 不返。

外史氏曰："以吳商蓄琴之富而, 僅得一穿雲琴, 亦見神物之未可多得矣。惜其不知所寶, 而慢藏以失之。名曰'畏龍', 稱其實矣。彼勞山道士者, 欲得良材而以金盡飮泣, 設其終不得琴, 其將不復返乎。痴哉道士之好琴也! 然非道士之痴, 又烏能通乎鬼神若是? 彼世之通脫自喜, 而卒于一藝無成, 皆其自謂不痴者也。于是乎道士之痴, 乃不可及。

2) 웅태태(熊太太)

▌편찬자 번역

선종(宣宗) 황제 때 신목 진종악(秦鐘嶽)의 아비는 전쟁에 나가 오룡산(五龍山)에 주둔하게 되었다. 하루는 우연히 혼자 사냥을 나갔다가 길을 잃게 되었다. 보이는 것은 다만 우뚝 솟은 오룡봉만 있을 뿐, 사방에 절벽이 마치 깎아 세운 듯 펼쳐져 있었다. 더욱이 빽빽하게 대나무

가 들어서 있는 깊은 숲에, 호랑이와 여우 울음소리까지 들려왔다. 그늘진 바위에 녹지 않은 눈이 가득 쌓여 있고, 그 눈빛은 다시 바위 골짜기에 있는 동굴 하나를 환하게 비추고 있었다. 그렇게 동굴 입구에는 마치 거울처럼 얼음이 빛나고 있었는데, 마치 짐승이 출입을 한 것 같은 흔적이 남아 있었다. 그걸 보자 더욱 마음이 불안하고 다급해져, 넝쿨 사이로 길을 찾아보려 했으나 도저히 찾을 수가 없었다. 그때 갑자기 세찬 바람이 불어오는 소리가 들리더니, 곰 한 마리가 달려와 진생(秦生)을 물고 동굴로 들어갔다. 진생이 가까스로 정신을 차려보니 동굴 안은 의외로 매우 넓고, 가느다란 벽 틈새로 햇빛이 들어오고 있었다. 곰은 짐승의 털과 새의 깃털을 두껍게 쌓아놓고, 그 위에 진생을 앉혔다. 그리고 다시 나가면서 큰 바위를 들어 동굴 입구를 막아놓고 사라졌다.

진생은 그나마 '다행히 곰은 인간과 입맛이 달라 반드시 동물류를 잡아와서 먹을 것'이라 생각하고 스스로 위안을 하고 있었다. 하지만, 마음은 여전히 초조하고 불안하여 동굴 안 여기저기를 왔다 갔다 방황하고 있었다. 그 순간 홀연 곰이 바위를 치우고 들어와 사슴 한 마리를 진생의 앞에 내던졌다. 그러더니 진생을 만지고 희롱하면서 자신이 먼저 사슴고기를 먹고 진생에게도 나누어 주고 먹으라고 권하였다. 진생이 가만히 보니 곰이 확실히 자신을 해칠 생각이 없음을 깨닫고, 즉시 가져왔던 화구를 꺼내고 동굴 밖에서 낙엽을 주워 다가 불을 피워 고기를 구어서 먹었다. 곰이 남은 고기를 진생에게 먹으라고 주니, 진생이 받아 맛을 보자, 곰이 고개를 끄덕이며 그저 기뻐 펄쩍펄쩍 날뛰었다. 밤이 되어 곰은 진생을 안고 편하게 눕게 했다. 수개월이 지나 곰이 수컷 새끼 하나를 낳았는데, 허리 아래에 털이 나 있는 형상을 한, 마치 이상한 인형과도 같았다.

진생도 그동안 아들이 없었기에, 이 역시 좋다고 생각했다. 곰이 자애로운 어머니처럼 아침 저녁으로 젖을 먹여 키우니, 새끼 곰이 점점 자라면서 사람의 말을 알아듣게 되었고, 또한 온순하게 길들여져, 동굴 입구는 항상 열려 있었다. 진생은 아이를 데리고 집으로 돌아가고 싶은 생각이 들었으나, 아이와 어미 곰을 생각하면 능히 그렇게 하지 못했다. 그렇게 4년이 더 지나자 아기 곰은 마치 8, 9세 된 어린아이와 같았고, 걸음걸이 또한 마치 나는 듯 빨랐다. 그러던 어느 날 어미 곰이 나간 사이를 몰래 틈타, 진생은 아이를 데리고 밖으로 나와 미친 듯이 수십리를 달려 도망쳤다. 집으로 오는 길에 산행 군수 삼군이 쫓아와 어쩔 수 없이 길을 멀리 에워 돌아 집으로 올 수 있었다.

원래 진생의 집에서는, 진생이 전쟁 중 수렵을 나갔다가 돌아오지 않으니, 짐승에게 잡아먹혔을 것이라고 생각했었다. 그런데 이렇게 살아서 돌아오니, 집안의 많은 사람들은 그동안의 정황을 물었다. 또 같이 데려온 아이를 보니 매우 우람하고 웅호지상의 기운이 넘쳐, 마치 귀한 보배를 얻은 듯 더욱 놀라워하고 기뻐하였다. 하지만 아이는 늘 어미 곰을 생각하고 그리워하며, 여러 번 어미를 찾아가고자 했다. 그럴 때마다 매번 저지를 당하니, 점점 울기만 할뿐 음식조차 먹지를 않았다. 그런 중에도 아이는 점점 성장하여 말 달리기와 활쏘기를 좋아할 뿐 아니라, 능히 천근을 들어 올릴 수 있을 정도로 힘이 세어지고, 매우 용맹해져서 대적할 사람이 없을 정도로 성장하였다. 하루는 아이가 활을 챙기고 말까지 타고 나갔으나, 저녁이 되어서도 돌아오지 않았다. 가족들이 사방을 다 찾아다녔으나, 아이의 종적조차 찾을 수가 없자, 어미 곰을 찾아갔을 것이라 추측을 했다. 그러나 어느 누구도 감히 쫓아가려는 자가 없었다. 진생은 아이가 아직 어려, 반드시 죽었을 것이라고 하면서 통곡만 할 따름이었다.

그러나 그리 오래지 않은 어느 날, 아이가 어미 곰을 업고 집으로 돌아왔다. 그리고 아이는 그동안 자신이 어떤 일을 겪었는지 자초지종을 이야기했다. 처음 문을 나섰을 때, 사람들에게 '오룡'이 어디인지를 물었고, 말채찍을 가하며 빠르게 달리다가 문뜩 길을 잃게 되었다고 한다. 길을 잃고 가던 중에 먹을 것이 없어, 새나 짐승을 쏘아 잡아먹다가, 결국 유림(榆林) 동남쪽에 이르렀는데, 한 초부를 만나게 되었고, 그 초부에게 물으니 어미 있는 곳을 안다고 하여 안내를 받았다고 했다. 동굴 입구에 이르니, 이상하게도 초부는 간데없이 사라져 버렸고, 아이가 동굴 안으로 들어갔는데, 그때 순간 곰이 밖에서 들어와 아이를 물고 잡아먹으려고 하였다고 한다. 아이는 그 동안의 사정을 어미에게 말하고 통곡하며 하체를 풀어 터럭이 난 곳을 보여주고 확인시키니, 그제 서야 곰이 자신의 아이인줄 알고 그쳤다고 한다. 아이가 어미 곰에게 산에서 내려가 집에서 같이 살기를 청하였으나 듣지 아니하였고, 그런 정황 때문에 아이는 어쩔 수 없이 며칠을 머물면서 울고 애걸하며 어미를 설득하였다고 했다. 결국 아이의 정성에 어미가 고개를 끄덕여, 아이가 어미를 업고 산을 내려왔다고 한다.

아이가 말을 다 마치치도 전에, 순간 곰이 진생에게 달려드니, 진생이 깜짝 놀라 무릎을 꿇고 곰에게 아이를 몰래 데려온 것을 사죄하고, 아이 또한 엎드려 어미에게 애걸하니 그제서야 곰이 비로소 화를 가라앉혔다. 진생이 마침내 집안에 있던 자신의 아내를 불러내어 서로 보라고 소개하니, 곰이 손을 가지런히 모아 답례 인사를 했다. 이때 종악의 나이는 12살에 불과했다.

천순(天順)[50] 2년, 패래(孛来)[51]가 신목(神木)[52] 지방을 침범하여, 종악이 마을의 용맹한

50) 중국 명나라의 제6대 황제인 영종(英宗) 정통제(正統帝) 주기진(朱祁鎭) 때의 연호. 1457년을 원년으로 1464년까지 8년 동안 사용되었다.

51) 孛来는 明代 몽고(蒙古) 哈喇慎(喀喇沁)部 영주를 말한다.

사람들을 모아 패래(孛来)를 방어하니, 가는 곳마다 당해낼 자가 없었다. 도적을 쳐서 사로잡은 숫자만 해도 이루 헤아릴 수가 없었으니, 종악의 공이 조정에까지 알려져 '유림참장(榆林參將)'에 제수되었다. 홍치(弘治) 연간에 도적이 변방을 또 침범하니, 종악이 군사를 거느리고 쳐서 크게 파한 후에 적의 수장을 잡아 참수하였다. 그 공으로 '좌도독(左都督)'[53]으로 승진되었고 그 작위를 세습하도록 하였다. 종악은 그 공을 어미에게 돌리며 어미를 위하여 그 명을 내려주기를 청하였다. 천자는 그 곰이 이상한 아들 하나를 낳아, 공을 세웠기 때문에 '웅모(熊母)'로 봉작하였다. 봉작의 명을 내리니 진생이 웅모를 모시고 와서 명복(命服)을 입히고, 어미에게 감사의 뜻을 표하게 했다. 그 후에 황태후가 소식을 들으시고 이상하게 여겨 종악의 집에 납시어 보고는 '웅태군(熊太君)'이라는 별호를 하사하였다. 이때부터 사람들이 이 어미 곰을 '웅태태(熊太太)'라고 불렀다.

외사씨(外史氏) 왈 : 웅태태(熊太太)에 관한 일은 내 벗에게 친히 들은 것이라서 특별이 전(傳)을 짓게 되었다. 이 이야기가 『자불어(子不語)』라는 소설에도 있다고 하는데, 그 이야기에서 나온 것인지는 정확히 알 수가 없다. 『팔굉역사(八紘譯史)』에 이와 비슷한 이야기가 전한다. 성성국(猩猩國)이라는 나라가 대양(大洋) 중에 있다고 하는데, 명(明) 가정(嘉靖) 연간 무릉(武陵)의 거상 옥(玉)이 배를 타고 가다가 폭풍을 만나게 되었다. 옥(玉)과 다른 여러 상인들이 절벽을 타고 올라가 겨우 목숨은 건졌으나, 배고픔을 이기지 못해 근처에서 배와 복숭아를 따서 먹었다. 그때 순간 갑자기 사람인지 동물인지 분간할 수 없는 머리를 풀어헤친 인형같이 생긴 누군가가 뛰어왔다. 자세히 보니, 몸에 털이 나고, 나뭇잎으로 몸을 가렸는데, 사람들을 보고 기뻐하며 동굴 속으로 데리고 들어갔다고 한다. 그 중 암컷 한 마리가 옥(玉)과 짝이 되어 아들 하나를 낳았다. 그 후 옥(玉)은 암컷의 관리가 소홀한 틈을 타서 아들을 데리고 집으로 돌아와서 길렀다. 그 아들이 성장하여 항상 시장에서 차(茶)를 팔았는데, 사람들이 그를 가리켜 '성성팔랑(猩猩八郎)'이라 불렀다. 이 일도 기록할만하여 부록으로 기록하는 바이다.

▌번역 필사본

웅태태

션종 황뎨 시졀의 진종악의 아비 젼장의 종군(從軍)ᄒᆞ야 가다가 오룡산을 지ᄂᆞ며 우연히

---

52) 陝西省 榆林市에 있는 지역

53) 左都督은 관직명으로 洪武 13年(1380) 명조정은 中、左、右、前、后 이렇게 5군 都督府를 두었다.

ᄂᆞ가 산ᄒᆡᆼᄒᆞ더니 길ᄒᆞᆯ【103】 닐허 다만 오룡봉이 돌연이 소ᄉᆞ잇고 사면절벽이 ᄡᅡᆨ가 세운ᄃᆞᆺ ᄒᆞᄆᆡ 깁픈 슈풀의 범의 파ᄅᆞᆷ과 여호 ᄉᆞ리 ᄃᆞᆯ니더라 척셜(積雪)이 미쳐 녹지 못ᄒᆞ고 바회의 굼기 이셔 즘ᄉᆡᆼ이 출입ᄒᆞ난 것 가ᄐᆞ니 그를 보고 더욱 황황 겁겁ᄒᆞ여 등녀ᄎᆞᆯᄋᆞᆯ 반연ᄒᆞ여 길ᄒᆞᆯ ᄎᆞᄌᆞᄃᆡ 종시 엇지 못ᄒᆞ더니 홀연 드르니 모진 바ᄅᆞᆷ이 지ᄂᆞᆫ 곳의 큰 곰 하ᄂᆞ히 내다라 진ᄉᆡᆼ을 무러 가지고 동굴을 드러가ᄂᆞᆺ커ᄂᆞᆯ 정신ᄋᆞᆯ ᄎᆞᆯ혀 보니 그 속이 너르고 겻ᄒᆡ 틈이 이셔 일당이 비최더라 그 속의 즘ᄉᆡᆼ의 털과 새 기슬 두터이 말고 진ᄉᆡᆼᄋᆞᆯ 안친후의 곰이 다시 ᄂᆞ가 큰돌ᄒᆞᆯ 드러 동구를【105】 막고 가거ᄂᆞᆯ 진ᄉᆡᆼ이 헤오ᄃᆡ 다ᄒᆡᆼ히 ᄉᆞᄅᆞᆷᄋᆞᆯ 잡와와 시니 필연 저ᄒᆡ 동뉴를 모하와 잡아 먹으리라 ᄒᆞ고 정히 방황 초조ᄒᆞ더니 곰이 돌ᄒᆞᆯ ᄃᆞᆯ고 드러와 ᄉᆞ슴하나ᄒᆞᆯ 가저다가 진ᄉᆡᆼ의 앏ᄒᆡ 더지며 진ᄉᆡᆼᄋᆞᆯ 어로 만져 희롱ᄒᆞ고 노ᄂᆞᆫ 형상으로 녹육을 스스로 먹은후 진ᄉᆡᆼᄋᆞᆯ 쥬고 권ᄒᆞᄂᆞᆫ 것 갓흐니 곰이 ᄒᆡᄒᆞᆯ 쓰지 업ᄉᆞ물 알고 즉시 가저왓던 화구를 내여 불ᄒᆞᆯ 취ᄒᆞ고 동구 밧긔 낙엽을 주어 고기를 구어 먹으니 곰이 나믄 고기를 진ᄉᆡᆼ을 쥬거ᄂᆞᆯ 바다가지고 한 조각을 다 먹지 못ᄒᆞ여셔 곰이 머리를 그더기며 깃거 쒸고 밤이면 곰이 진ᄉᆡᆼᄋᆞᆯ 안하【105】 편히 누이더라 슈샤ᄋᆞᆯ 지ᄂᆞᄆᆡ 곰이 ᄉᆞᆺ기 하나ᄒᆞᆯ ᄂᆞ흐니 허리이하ᄂᆞᆫ 털이 잇고 이상은 인형이라 곰이 죠셕으로 저슬 먹여 점점 자라ᄆᆡ 사ᄅᆞᆷ의 말을 능히 아라드르니 진ᄉᆡᆼ이 일ᄌᆞᆨ ᄌᆞ식 없ᄉᆞ므로 ᄉᆞ랑ᄒᆞ은 ᄆᆞ음이 ᄌᆞ연이셔 다리고 ᄂᆞ가기를 ᄉᆡᆼ각ᄒᆞᄃᆡ 곰의 아ᄒᆡ 능히 가지 못ᄒᆞᆯ지라 ᄉᆞ년을 지ᄂᆞᄆᆡ 팔구세 된 사ᄅᆞᆷ갓고 ᄒᆡᆼ뵈[54] ᄂᆞ는닷ᄒᆞ더라 그 후의 곰이 나간 ᄉᆞ이를 ᄐᆞ 진ᄉᆡᆼ이 곰의 아ᄒᆡ를 다리고 ᄂᆞ와 슈십니를 ᄒᆡᆼᄒᆞ더니 산ᄒᆡᆼ 군슈 삼군이 조ᄎᆞ오거ᄂᆞᆯ 길ᄒᆞᆯ 에워 도라 오니라 션시의 진ᄉᆡᆼ의 집의서 진ᄉᆡᆼ이 산ᄒᆡᆼ 나갓다가 도라 오지 아니ᄒᆞᄆᆡ 즘ᄉᆡᆼ의게 잡【106】혀 죽엇다 ᄒᆞ엿더니 이제 ᄉᆞ라 도라오믈 보고 가인이 깃거ᄒᆞ여 그 연고를 뭇고 아ᄒᆡ를 보니 심히 웅장ᄒᆞ야 웅호지상이 잇거ᄂᆞᆯ 더욱 놀ᄂᆞ고 깃거ᄒᆞ여 이상ᄒᆞᆫ 보ᄇᆡ를 어든ᄃᆞᆺᄒᆞ더라 그 ᄋᆞᄒᆡ 홍상어미를 ᄉᆡᆼ각ᄒᆞ여 녀러번 ᄎᆞᄌᆞ가고ᄌᆞ ᄒᆞ거ᄂᆞᆯ 사ᄅᆞᆷ이 금ᄒᆞ여 가지 못ᄒᆞ게 ᄒᆞ니 종일 호곡ᄒᆞ고 먹지 아니ᄒᆞ더라 그 후의 점점 장셩ᄒᆞ여 말 달니기와 활쏘기를 됴하ᄒᆞ며 힘이 능히 쳔근을 달희고 용ᄆᆡᆼ이 무상ᄒᆞᆫ지라 일일은 궁시를 가지고 말ᄀᆡᄋᆞᆯ 나ᄂᆞ가더니 ᄂᆞᆯ이 저므도록 도라 오지 아니커ᄂᆞᆯ 두로ᄎᆞᄌᆞ도 종적이 업ᄉᆞ니 어미 곰을 보라 갓ᄂᆞᆫ가 ᄯᅳᆺᄒᆞ【107】ᄃᆡ 감히 조ᄎᆞ가ᄂᆞᆫ 재 업ᄉᆞ니 진ᄉᆡᆼ이 아ᄒᆡ 곰의게 죽은 줄노 알고 통곡하더라 거무하의 ᄋᆞᄒᆡ 어미 곰을 업고 도라와 말ᄒᆞᄃᆡ 쳐음의 집ᄋᆞᆯ ᄯᅥᄂᆞ 가다가 사ᄅᆞᆷ을 맛나 오룡(五龍)동 가ᄂᆞᆫ 길ᄒᆞᆯ 뭇고 말을 ᄎᆡ쳐[55] 가더니 문득 길ᄒᆞᆯ 닐코도 듕의 먹ᄋᆞᆯ거시 업서 새 즘ᄉᆡᆼ을 쏘아 잡아 먹을ᄉᆡ 최후의 류림(楡林) 동남편의서

54) 행보가
55) 채찍을 쳐서

한 초부를 맛나 무르니 어미 잇ᄂᆞᆫ 곳을 알고 인도ᄒᆞ여 동구의 니르ᄆᆡ 초뷔 간ᄃᆡ 업거ᄂᆞᆯ 드ᄃᆡ여 동구의 드러가니 어미 밧그로서 드러와 아ᄒᆡ를 물고 잡아 먹으려 ᄒᆞ거ᄂᆞᆯ ᄋᆞᄒᆡ 시종본말을 울며 말ᄒᆞ고 ᄯᅩ 하례를 굴너 터럭을 증【108】험 ᄒᆞ여 뵈니 그제야 아ᄒᆡᆫ 줄노 알고 그치거ᄂᆞᆯ 아ᄒᆡ 어미다려 산의 ᄂᆞ려 가기를 청ᄒᆞᆫᄃᆡ 듯지 아니ᄒᆞ니 아ᄒᆡ 수 일을 머물고 울며 ᄋᆡ걸ᄒᆞᆫᄃᆡ 어미 머리를 그더기며 좃거ᄂᆞᆯ ᄋᆞᄒᆡ 업고 왓ᄂᆞ이다 언미필(言未畢)의 금이 진ᄉᆡᆼ을 향ᄒᆞ여 다라 드니 진ᄉᆡᆼ이 대경ᄒᆞ여 무릅훌 ᄭᅮ러 사죄ᄒᆞ고 ᄋᆞᄒᆡ ᄯᅩᄒᆞᆫ 업ᄃᆡ여 ᄋᆡ걸ᄒᆞᆫᄃᆡ 곰이 비로소 노ᄉᆡᆨ을 그치거ᄂᆞᆯ 진ᄉᆡᆼ이 그 쳐를 불너내여 서로 보라 ᄒᆞ니 곰이 손울 고초아 답ᄇᆡ ᄒᆞ러라 ᄊᆡ의 ᄋᆞᄒᆡ ᄂᆞ히 십이세라 일흠을 종악(鐘嶽)이라 ᄒᆞ다 발적이 경ᄉᆞ를 침범ᄒᆞ거ᄂᆞᆯ 종악이 향듕의 효동ᄒᆞᆫ 사ᄅᆞᆷ울 모하 발적울【109】 방언ᄒᆞ니 ᄉᆞ향 무적이라 도적을 쳐 ᄉᆞ로 잡은 ᄇᆡ 만흐니 종악의 공을 됴뎡의 알외여 유림ᄎᆞᆷ장(榆林參將)을 제슈ᄒᆞ고 홍치(弘治) 연간의 도적이 변방을 침범ᄒᆞ거ᄂᆞᆯ 종악이 군ᄉᆞ를 거ᄂᆞ리고 처 크게 파ᄒᆞᆫ 후의 적리를 잡아 ᄎᆞᆷᄒᆞᆫ 공으로 좌도통을 겸ᄒᆞ니 종악이 어미를 위ᄒᆞ여 그 명 ᄂᆞ리기를 청ᄒᆞᆫᄃᆡ 현ᄌᆡ 그 곰이 이상ᄒᆞᆫ ᄋᆞ들 ᄂᆞ흐므로 웅모를 봉작ᄒᆞ고 그 명이 ᄂᆞ리니 진ᄉᆡᆼ이 웅모를 붓드러내여 명복울 닙히고 샤은슉ᄇᆡ ᄒᆞ더라 그 후의 황ᄐᆡ휘 그 말을 드르시고 이상히 너겨 종악의 집의 횡횡ᄒᆞ여 보고 웅ᄐᆡ군을 봉ᄒᆞ여 주니 일노부터 사ᄅᆞᆷ【110】이 웅ᄐᆡᄐᆡ라 부르더라

외사시 왈 웅ᄐᆡᄐᆡ 일을 내 벗의게 어더 드른 고로 특별이 뎐을 지으니 이 말이 ᄌᆞ불어(子不語)란 소셜의 이시나 적실 ᄒᆞᆫ줄울 모르노라 팔굉역ᄉᆞ(八紘譯史)의 ᄯᅩ 말ᄒᆞ여시ᄃᆡ 셩셩국(猩猩國)이 ᄃᆡ양((大洋) 듕의 이시니 대명 가정 연간의 무릉상(武陵商)고 부옥(富玉)이 ᄇᆡ를 ᄐᆞ고 가다가 폭풍을 맛나 부옥과 녀러상리 절벽의 올나 주린 거ᄉᆞᆯ 견ᄃᆡ지 못ᄒᆞ여 의얏과 복셩화를 ᄯᅩ 먹더니 이윽고 머리 풀고 인형갓튼 거시 ᄯᅱ여 오니 몸의 털이 ᄂᆞ고 나무 닙흐로 몸을 가리왓더라 사ᄅᆞᆷ을 보고 깃거ᄒᆞ여 동동으로【111】 다리고 드러가더니 그 후의 한 암커시 부옥과 ᄧᅡᆨ이되여 ᄋᆞ들 ᄒᆞ나흘 ᄂᆞ흐니 부옥 이틈을 어더 ᄋᆞ들울 다리고 집으로 도라와 길너 장셩ᄒᆞᄆᆡ ᄒᆞᆼ상 져ᄌᆡ의 가 챠(茶)를 ᄑᆞᆯ거ᄂᆞᆯ 사ᄅᆞᆷ이 니ᄅᆞᄃᆡ 셩셩팔낭(猩猩八郞)이라 ᄒᆞ니 이 일이 가히 귀룩 ᄒᆞᆯ만ᄒᆞᆫ고로 말련의 긔록 ᄒᆞ노라

원문

宣宗時, 神木秦鐘嶽之父, 以從軍過五龍山。偶出獵, 迷路, 但見五峰突起, 四面壁立如削, 深林密箐, 虎嘯狐嗥。其陰巖積雪未融, 照見巖壑有洞, 洞口光滑如鏡, 知有物出入。益惶急, 攀藤覓路未得, 忽聞腥風過處, 一熊突至, 攫秦反走入洞。洞廣可畝許, 旁漏日光, 其中半藉羽毛, 積厚寸余。熊挾秦置其處, 復出, 擧穴旁大石塞洞而去。

秦謂熊幸得異味, 必將引其類至, 共試爪牙, 正徬徨間, 熊忽以手揭石而入, 左手攜一鹿擲秦前, 撫秦爲嬉笑狀, 遂取鹿肉自啖, 並啖秦。秦察其意不惡, 卽出所攜火具取火, 拾洞外落葉炙以爲食。熊棄其餘肉就秦食, 甫嘗一言, 輒點首喜躍不已。入夜卽擁秦臥。數月竟産一男, 自腰以下甬毛如蝟。

秦初未有子, 意亦良得。熊朝夕哺乳如慈母, 其後漸解人語, 馴狎已久, 洞門常開。秦思遁歸, 顧兒未能舍去。閱四載, 兒壯偉似八九歲者, 行步如飛。後值熊出, 秦攜兒竟出, 狂奔數十裏, 見獵者數人, 從之, 取道而還。

初, 秦出獵不返, 皆以爲飽於獸腹矣。及是歸, 衆詢得其故, 見兒雄偉, 有熊虎之狀, 益驚喜, 如獲異寶焉。顧兒常思熊母, 屢欲往尋, 禁之, 輒號哭不食。其後兒益壯, 喜馳射, 力挽千鈞, 神勇無敵, 壹日挾弓矢上馬馳去, 至暮不歸, 尋訪無蹤, 意其往從熊母, 然無敢往追者。秦以兒尙幼, 謂其必死, 痛哭而已。

無何, 兒竟負熊歸。自言初出門時, 向人問五龍所在, 如其言策馬而前, 亦不至迷失。惟路中不可得食, 則射鳥獸食之, 最後至榆林東南, 遇壹樵者, 自言知母所在。引至洞口, 倏不見。兒入洞, 熊母倏自外來, 將攫兒食, 爲兒所持, 哭訴顚末, 且解下體甬毛爲驗, 乃止。兒遂請母出山, 不從。兒哀祈數日, 母始首肯, 然非兒負以歸, 母亦不敢來也。言未畢, 熊直撲向秦。秦跪謝, 兒亦伏哭祈免, 熊始怒目而止。秦起, 喚其妻出, 與相見, 熊輒叉手答拜, 時鐘嶽年才十二也。

天順二年, 孛來犯神木。鐘嶽聚鄕勇禦之於定邊營, 所向無前, 追至河套, 擒孛來而還。大帥上其功, 授榆林參將。弘治間, 火篩犯塞, 鐘嶽大破之, 斬火篩。升左都督同知, 世襲。遇覃恩, 鐘嶽兼爲熊母請封誥, 天子以其生於克家, 遂奉諭旨。比誥命至, 秦攀熊母出, 被以命服, 隨例謝恩, 悉如常人, 惟不能跪與言耳。後太後聞其事, 爲幸其第觀之, 賜號爲熊太君。自是人呼爲熊太太云。

外史氏曰 : 熊太太, 余嘗得之友人, 以爲創聞, 故特敍而傳之。或云此事已見《子不語》, 此篇敍事, 未知能出其範圍否, 否則刪之可耳。《八紘譯史》又言 : 猩猩國在大洋中, 明嘉靖時, 武陵商富玉泛海遇暴風, 舟溺, 玉及衆商飄抵絶岸, 饑甚, 采桃李食之。俄有披發而人形者接踵至, 身生毛, 以木葉自蔽, 見人皆喜。挾以歸巖洞中, 後一牝者與玉爲偶, 産一男。其後乘間得歸。旣長大, 常賣茶於市, 人目爲猩猩八郞。事亦可記。故附及之。

3) 가흥싱(嘉興生)

▌편찬자 번역

도광(道光) 신묘(辛卯)년 절강(浙江) 향시(鄕試) 시험장에서 도자(陶字) 17호 가흥(嘉興) 학생(學生) 이모(李某)씨는 글제를 접하자마자 등불을 밝힌 후, 바로 답안의 삼예(三藝)[56]를 순식간에 다 탈고하였다. 등불 심지를 돋우고 낭독을 하니, 흥이 도도하게 달아올랐다. 그러나 잠시 후에, 찬바람이 급하게 일며, 등불이 어두워지며 밝기가 마치 콩알만 해지더니 갑자기 흰 소복을 입은 한 어린 소녀가 주렴을 열고 들어와, 이생(李生)을 자세히 들여다보더니 "내 너를 찾아다닌 지 백년이 되었다."라고 말했다. 이생은 놀라 크게 소리를 질렀다. "여경(餘卿)은 나를 용서하시오."라고 하더니 일어나 춤을 추면서 입으로 계속 무언가를 중얼거렸으나, 도무지 하는 말을 알아들을 수가 없었다. 말투가 부드럽고 구성진 것이 자세히 들어보니 중주(中州)쪽 말 같았다.

새벽이 되어, 감군이 호관에게 아뢰자, 호관이 바로 도착하였다. 그때 이생은 두 손으로 싸울 듯 한 태세를 하고, 손톱에 주사를 칠한 듯 붉게 된 상태로 또 소리 지르길 "내 너를 어찌 하리오."라고 하였다. 호관이 이생이 써 놓은 답안을 보고는, 안타까워 탄식을 금할 수 없었다. 청색 옷을 입은 두 시복을 불러 이생을 붙들고 끌어내게 했다. 겨우 문을 나서는데, 이생이 앞에 있는 사람들 무리 속으로 가서 안경 하나를 빼어 부러뜨리며 손벽을 치고 큰 소리로 웃으며 "좋다, 좋다." 하였다. 사람들은 미친병이 들었다고 생각하고 개의치 않았다. 하지만 곧 이생이 다시 자못 태연하게 동숙했던 시험 응시자들을 향해 예를 다하여 인사하였다.

숙소에 돌아와 모든 사람들이 모여 이생이 이상한 행동을 한 것에 대해 물었다. 이생이 지난 이야기를 말하길 "어떤 여자가 들어왔는데 생전 처음 보는 여자였어요, 그 후의 일은 자세히 생각이 나지 않습니다. 다만 여자가 저를 가르치다가 칼로 자해를 하고, 또 저를 가르치다가 허리띠를 풀어 목을 매려고 하였죠. 저의 조부가 겨우 말리며 제게 이르기를 '이 사건은 옛날에 해결되지 않은 사건인 듯하니, 네가 기억을 잘해 두거라. 내일 묘(卯)시 초엽에 관성(關聖)이 행향(行香)[57]을 하러 이곳을 지날 것이니, 네가 나아가 살려달라고 하면 구제를 받을 수도

---

56) 시(詩), 서(書), 화(畵)를 말한다.

57) 문관과 무관들이 문묘(文廟)와 무묘(武廟)에서 향을 사르면서 절을 하던 의식. 육조(六朝) 때부터 행하기 시작하였다고 하는데, 문무관들은 매월 초하루와 보름에 문묘와 무묘를 향하여 행향하였다고 함. 즉 관우신을 향한 제례의식을 의미함.

있다.'라고 하셨습니다.

다음날, 새벽이 되니, 홀연 공중에서 가느다란 음악소리가 들려오고, 벽제소리가 들려왔습니다. 몸을 일으켜 나와 멀리 바라보니, 오색구름이 펼쳐진 가운데 제군이 연여(輦輿)[58]를 타시고, 수염을 부드럽게 늘어뜨리고 이르셨습니다. 제가 즉시 나아가, 바닥에 엎드려 울며 애걸하니, 제군이 왼쪽으로 돌아보시더니, 옛 문건을 점검하라고 하셨습니다. 한 명의 아전이 즉시 신묘(神廟)안 판관 앞에 나아가, 상자에서 누런 책을 꺼내어, 한참을 여러 번 읽고 무릎 꿇어 아뢰었어요. '이 사건은 삼생(三生) 이전의 사건입니다.' 그러자 제군이 책을 가져오라하여 친히 보시고, 다시 선악(善惡)에 관한 두 문서를 가져오게 하여 열독하시더니, 제게 말씀하셨습니다. '이 일은 여자 쪽에서 주장하는 이치가 맞고, 원한이 깊고 가련하여 내 또한 끝까지 따져 물을 수 없구나, 하지만 사건이 이미 삼세를 지났고, 이번 생에 네게 죄악이 없고, 매년 봄가을에 정성껏 제사를 지내고 조상을 공경하는 마음이 있으니, 이런 점을 고려해보면 효를 다 하였다고 볼 수 있다. 때문에 네 목숨은 보존할 만하다.'라고 하셨습니다. 그리곤 마침내 주필을 가져와 제 손가락 끝에 두루 바르시고, 일러 주셨죠. '네가 돌아가 이 손으로 원귀를 막으면 떠날 것이다. 그러나 상대의 원한은 여전히 풀리지 아니 할 것이니, 반드시 잘 기억을 해두었다가, 과거 시험장을 나설 때 두문(頭門)에 이르면 즉 다른 사람의 안경 하나를 빼앗아 부수어 버려라. 그러면 즉 악연을 면할 수 있을 것이다.'라고 하셨습니다. 말씀을 다 마치고 제군은 다시 연여(輦輿)를 타시고 떠나가셨습니다.

그리고 제가 돌아와 그 여자를 보니, 얼굴표정이 급하게 무언가를 찾고 있는 것 같은 한 모습이었습니다. 그 여자가 저를 보더니, 버들가지 같은 눈썹을 세로로 세운 표정으로 저를 향해 곧장 앞으로 달려와 저를 치려고 하였죠. 이때 마침 제가 주사를 칠한 손가락으로 막으니, 그 여자가 순순히 물러서기는 했으나 이를 갈면서 말하였죠. '마음을 저버린 이 나쁜 놈아! 네가 이런 술법을 사용하다니, 화가 나지만 어쩔 수없이 너를 놓아 주겠다.'라고 하며 한을 품은 채 가버렸습니다. 제가 너무 기뻐서 깡충깡충 뛰며 두문(頭門)에 이르렀는데, 얼굴이 푸르고 머리가 헝클어진 흉학한 시계자(持戒者)[59] 십 여 명이 칼을 들고 서로 찌르려고 했습니다. 그래서 제가 급히 누군가의 안경 하나를 취하여 부수어 버렸습니다. 그랬더니 마치 천둥 같은 소리를 내며 모였던 악귀들이 모두 흩어졌습니다. 그래서 저는 그길로 시장에 가서 제사에 쓸 고기와 비단을 사 가지고 와서 조담대(照膽臺)에 올라 제사를 지내고 이렇게 돌아온

---

58) 임금이 타는 연(輦)과 임금의 지친(至親)이 타는 여(轝)를 아울러 이르는 말.

59) 계율을 지키는 사람

것입니다. 그 이후 시험장에 들어가지는 않았습니다."라고 말하였다.

▌번역 필사본

가홍싱

도광 신묘 년간의 졀강 향시의 가홍 혹싱 니믜(李某)60) 글제 난후 불혈 쎡의 니르러 삼장 시권을 다 지어 뼈 노코 등불울 도도며 고셩낭독 ᄒᆞ여 시흥이 도도ᄒᆞ더니 이윽고【112】 찬 바람이 급히 닐며 등불이 어둡고 한 소년 녀ᄌᆞ 담장 소복으로 불을 들고 드러와 싱을 향ᄒᆞ여 이욱이 보다가 ᄀᆞᆯ으ᄃᆡ 내 너를 차즌지 ᄇᆡᆨ여년이라 ᄒᆞ니 싱이 놀ᄂᆞ 크게 소ᄅᆡᄒᆞ여 왈 녀경은 나를 용셔ᄒᆞ라 ᄒᆞ고 니러나 춤을 츄며 닙으로 ᄒᆞᄂᆞᆫ 소ᄅᆡ 가히 분변치 못ᄒᆞᆯ너니 ᄌᆞ시 들은 즉 듕국어 음이라 ᄉᆡᄇᆡᆨ 되ᄆᆡ 감군이 호관의게 품ᄒᆞ야 호관이 니르러 본즉 싱이 손으로 뼈 ᄒᆞᄂᆞᆫ 형상을 ᄒᆞ고 손톱 ᄭᅳᆺ치 붉어 쥬필노 칠ᄒᆞᆫ듯 ᄒᆞ고 ᄯᅩ 크게 소ᄅᆡ 질너 왈 네 나를 엇지 ᄒᆞ리오 ᄒᆞ더라 호관이 시권을 보고 ᄎᆞᄐᆞᆫ 불이 ᄒᆞ여 드ᄃᆡ야 시복이 인으로【113】 싱을 ᄡᅧ 붓드러내니 겨유 문을 ᄂᆞᄆᆡ 싱이 ᄋᆞᆯ흐로 인총(人叢) 듕을 향ᄒᆞ여 안경ᄒᆞᄂᆞ 홀 아ᄉᆞ 꺽거 더지고 손벽치며 가가대소 왈 됴타 됴타ᄒᆞ니 녀러 사ᄅᆞᆷ이 밋친 병 든줄을 알고 족가아니니 싱이 ᄌᆞ못 태연ᄒᆞ다가 도로 졉듕으로 가 동졉을 위로ᄒᆞ기를 예가치ᄒᆞ니 모든 사ᄅᆞᆷ이 모혀 그 연고를 무른ᄃᆡ 싱이 ᄀᆞᆯ으ᄃᆡ 쳐음 보던 녀ᄌᆞ ᄉᆞᄆᆡ(殊昧) 평ᄉᆡᆼ(平生)이라 그 후 일은 ᄉᆡᆼ각치 못ᄒᆞᄃᆡ 다만 보니 녀ᄎᆡ 나를 가ᄅᆞ쳐 ᄑᆡ도로 ᄌᆞ문ᄒᆞ라 ᄒᆞ고 ᄯᅩ ᄯᅴ를 글너 목을 ᄆᆡ려ᄒᆞ거ᄂᆞᆯ 우리 조뷔 아ᄉᆞ 바리고 날 다려 닐너 ᄀᆞᆯ으ᄃᆡ 이ᄂᆞᆫ 석년의 미료ᄒᆞᆫ 단안이니 네 긔록ᄒᆞ여 가지【114】고 명일 모초의 관셩이 힝형ᄒᆞ라 이곳을 지ᄂᆞ실 거시니 네 곳 ᄂᆞ가 업ᄃᆡ여 구제ᄒᆞ소셔ᄒᆞ면 혹자 구ᄒᆞ여 주실도리 이시리라 ᄒᆞ시더니 명일 ᄉᆡᄇᆡᆨ의 니르러 홀연 공듕으로 셔션악이 요량ᄒᆞ며 벽제소ᄅᆡ 들니ᄂᆞᆫ지라 급히 몸울 니러 ᄂᆞ와 먼리 바라보니 향운이 ᄋᆡᄋᆡᆨᄒᆞᆫ 가온ᄃᆡ 뎨군이 년여를 ᄐᆞ시고 염염(冉冉)히 ᄂᆞ으시거ᄂᆞᆯ 내 즉시 ᄂᆞ으가 ᄯᅡᄒᆡ 업대여 ᄋᆡ걸ᄒᆞᆫᄃᆡ 뎨군이 도라 보시고 녯문안을 뎜검ᄒᆞ라ᄒᆞ시니 문안 맛ᄒᆞᆫ 아젼이 죽시 신묘(神廟)안 소상 ᄋᆞᆯ히 ᄂᆞ으가 판관의 상협듕으로셔 누른 ᄎᆡᆨ을 내여 이욱이 보다가 ᄉᆞ러 알외ᄃᆡ 이ᄂᆞᆫ 삼세젼【115】 일이니이라 뎨군이 ᄎᆡᆨ을 가져오라 ᄒᆞ샤 친히 보시고 다시 명ᄒᆞ샤 션악부 두 ᄎᆡᆨ글 가져오라 ᄒᆞ샤 보시고 싱다려 닐너 ᄀᆞᆯ으샤ᄃᆡ 이 일이 져ᄂᆞᆫ 스스로 니직ᄒᆞ고 원굴ᄒᆞ니 네 ᄯᅩᄒᆞᆫ 말ᄒᆞᆯᄇᆡ아니라 다만 일이 삼세를 격ᄒᆞ야시며 네 금ᄉᆡᆼ의 죄악이 업고 츈츄로 제ᄉᆞ의 졍셩ᄒᆞ니 이 한일이 가상ᄒᆞ여 네 일명을 보존ᄒᆞ미

60) 이모씨가

가ᄒᆞ다 ᄒᆞ시고 드ᄃᆡ여 쥬필을 내여 손가락 ᄭᅳᆺ희 두르 바르시고 닐너 ᄀᆞᆯ으ᄃᆡ 네 도라가 이 손을 두르면 그 원귀 가려니와 그러나 그 분한이 오히려 풀니지 아니ᄒᆞᆯ 거시니 네 ᄌᆞ시 긔록ᄒᆞ엿다가 출장시(出場時)의 두문(頭門)외의 니르러 곳 사ᄅᆞᆷ의【116】 안경(眼鏡)하ᄂᆞ흘 아ᄉᆞ ᄶᅥᆨ거 바린 죽 가히 면ᄒᆞ리라 ᄒᆞ시고 말ᄉᆞᆷ을 마ᄎᆞᄆᆡ 즉시 난여ᄅᆞᆯ 명ᄒᆞ여 가시더라 내 비로소 졉사로 도라오ᄆᆡ 그 녀ᄌᆡ를 보고 안ᄉᆡᆨ이 창황ᄒᆞ여 졍히 글데를 보고 글을 ᄉᆡᆼ각ᄒᆞ더니 그 녀ᄌᆡ 나를 보고 버들가ᄐᆞᆫ 눈셥을 것구로 세우고 곳 앏흐로 향ᄒᆞ여 ᄂᆞ를 치려 ᄒᆞ거ᄂᆞᆯ 내 쥬렴 칠ᄒᆞᆫ 손가락으로 막으니 그 녀재 슌슌ᄒᆞ여 물너서며 니를 갈고 왈 이 ᄆᆞ음을 저바리ᄂᆞᆫ 놈아 네 신명을 의뢰ᄒᆞᄂᆞ니 내 너를 놋노라ᄒᆞ고 무슈히 한을 머금고 가거ᄂᆞᆯ 내 심히 깃거ᄂᆞ와 두문의 니랄 즉 얼굴이 푸르고 머리 헛흔 흉악ᄒᆞᆫ 귀졸 이십【117】여인이 좌우의 버러 셔셔 어ᄌᆞ러이 창을 드러 지르거ᄂᆞᆯ 내 급히 사ᄅᆞᆷ의 안경 하ᄂᆞ훌 아ᄉᆞ 둘히 부셔 바린 죽 벽녁셩이 니러ᄂᆞ며 모든 귀졸이 다 모연히 흐터 지뎌이다 ᄒᆞ고 이의 저ᄌᆡ의 가희ᄉᆡᆼ과 폐ᄇᆡᆨ을 ᄉᆞ 가지고 됴심ᄃᆡ의 가제ᄉᆞᄒᆞ고 일노부터 도라와 다시 과장(科場)의 드러 가지 안터라

▌원문

道光辛卯浙江鄕試頭場, 陶字十七號, 嘉興學生李某, 自接題紙至上燈後, 三藝已脫稿矣。挑燈朗誦, 意興方酣。無何, 冷風驟至, 燈暗似豆。一少婦淡妝縞袂, 搴簾而入, 向生締視, 曰“吾尋汝已百年矣” 生不覺失聲大叫 “麗卿饒我” 旣而揚塵舞蹈, 口中嘵嘵不可辨, 而吐詞嬌婉, 細審似是中州語音。比曉, 監軍往稟號官, 號官至, 但見其以兩手作格鬪狀, 其指尖皆赤若塗朱, 旋復大噱曰“爾其奈我何”號官取其卷視之, 嗟惋不已, 遂喚青衣二人挾生出。甫出頭門, 生直前向人叢奪取一眼鏡, 拆而抛之, 拍手大笑曰“好了好了”衆詢知其病狂也, 姑弗與較。而生則殊已了了, 向其同寓接考者相勞苦如故。

歸寓, 衆環集詢狀, 生曰“始見女入, 殊昧平生, 繼遂不復省意, 但見女教余擧佩刀自刺, 又教余解帶自縊, 皆爲余祖奪去, 謂余曰‘此案殊未了, 汝記取明日卯初, 關聖行香過此, 汝即出號求救, 或有濟也。’次日, 天旣曙, 忽聞空中細樂嘹亮, 呼殿雜然, 遙望果見香雲圍繞, 帝君禦輿冉冉而來。余即出, 伏地哀祈, 帝君即左顧, 命檢舊案, 壹掌案吏, 如神廟所塑判官狀者, 於篋中取黃冊, 反復良久, 跪奏曰‘此三世以前事也。’帝君索冊閱畢, 復命取善惡二簿閱之, 謂生曰‘此事彼自理直, 且沈冤可憫, 余亦無可究詰。但事已隔世, 汝今生旣無罪惡, 每遇春秋祭祀, 必誠必敬, 即此一念, 表之可以勸孝, 但全汝一命可也。’遂取硃筆, 索余手遍塗指尖。囑曰‘汝歸號, 可以此麾之使去矣。然彼憤固未泄, 須記出場時, 至頭門外, 即向人搶一眼鏡, 拆開拋去, 可免也。'囑畢, 命駕而去。

"余始歸號, 見女顔色倉皇, 正在逐號尋覓, 瞥見余, 柳眉斜豎, 直前相撲。余格以手, 女逡巡卻立, 切齒曰 : '負心漢汝尚倚此神通, 奴遂舍汝乎'恨恨而去。余喜極雀躍, 走至頭門, 則有青面猙獰披發持戒者數十人, 分布兩行, 擧刀亂刺。余急取眼鏡分擲之, 則霹靂一聲, 群魔俱杳矣。於是往市牲帛, 至照膽臺酬祀而歸。自是亦不復再赴科場矣。"

제3장 閒談消夏錄 卷二上

1) 반생뎐(潘生傳)

▌편집자 번역

호군(湖郡) 반생(潘生)의 이름은 우우(羽虞)이고, 호는 매암(梅庵)이다. 어려서 부모를 잃고 집이 가난하여 약관의 나이에 군양(郡庠)[1]에 들어갔다. 아직 혼례를 치르지 못했으나 반생의 학문과 용모를 사랑하고 흠모하는 자들은 많았다. 그는 오문(吳門) 유씨(劉氏)집에 기거하며 훈학을 하였는데, 서재(書齋) 뒤에 작은 정원 하나가 있었다.

봄비가 막 그친 맑은 어느 날, 반생이 독서를 하다 노곤하여 서동에게 후원을 열어달라고 하여 정원으로 산책을 나갔다. 빗물이 산에서부터 흘러내려 동천(洞泉)도 매우 깊고 맑았다. 몇 번을 돌아 더 깊이 들어가니, 동북 특유의 붉은 난간들이 눈에 들어오고, 그 난간 밖에는 때마침 살구꽃이 피었는데, 마치 눈이 가득 내린 듯 하얀 것이 매우 멋들어졌다. 누각 아래에는 연못 하나가 있고, 교각 위에는 날개를 펼친 듯한 정자가 있었다. 반생이 정자에 올라 쉬려고 하는데, 문뜩 처마 밑에서 풍경소리가 들려왔다. 멀리 바라보니 높이가 다른 들쑥날쑥한 누각들이 나무 가지 사이로 간간히 보였다. 서쪽으로 돌아 그곳에 이르니 해당화 두 그루가 바람결에 하늘거리고 그 위에는 구름 서린 창과 안개 덮인 누각이 매우 멋들어지게 세워져 있었다.

반생이 이곳저곳을 배회하던 중에 누각에서 시를 읊고 있는 소리가 들려 자세히 들어보니

> "비록 부평 같은 만남이 있을지라도 (他生縱有浮萍遇),
> 서로 님 인줄 모를까 근심이네 (正恐相逢不識君)"

라는 시였다.

원망과 슬픔을 참을 수 없는 구절이라 반생은 자기도 모르는 사이에 한숨을 쉬었다. 그때 갑자기 바람이 불더니 주렴의 천이 열렸는데, 한 미녀가 난간에 기대어 반생을 응시하고 있었다. 가련한 자태는 절세가인이고 눈썹은 마치 먼 산봉우리를 닮은 듯 맑은 눈물이 분칠한 뺨위로 흘러내리니 마치 비에 젖은 배꽃과도 같았다.

---

1) 지방 교육 기관인 향교를 이르는 말로 과거(科擧)를 보았던 시대의 부립(府立) 학교를 말함.

반생이 잠시 보고 정신이 혼미해져 황홀감을 이기지 못하여 "당신은 소란낭자가 아니십니까? 어찌 이곳에 계시는 건가요?"라고 물었다. 여자가 고개를 끄덕이며 말하길 "네 접니다."라고 하였다. 내려가 반생을 맞아 들어오게 한 후 안부를 물으니, 신세가 처량하고 딱하게 된 정황을 말했다. 무릇 이 여자는 본래 성 안의 '소가항(蘇家巷)'에 살았는데, 반생과는 사촌형수의 동생이 되는 관계였다. 자는 '경란'이고 결혼 후 남편을 따라 '산좌(山左)'에서 지내다가 재작년 남편이 병으로 죽자 영구를 운구해 돌아왔다고 했다. 어렸을 때 반생과 서로 가볍게 인사하고 지내던 사이였으나 못 본지 이미 육년이나 되었다. 반생이 여인의 집에 누가 있는지 물으니, 여인이 "외숙이 한 분 계셨으나 작년 경사에 가셨는데, 근래에 들으니 이미 돌아가셨다고 합니다. 집에는 늙은 고모 한 분이 계신데, 장주(長洲) 위(衛)씨지만 그분 친척들도 거의 없어서 이곳에 기거하고 있습니다."라고 말하였다. 말을 마치자 눈물과 콧물이 뒤범벅되어 흘러내렸다.

반생이 무의식적으로 여인에게 다가가 눈물을 닦아주니 여인이 버럭 화를 내며 "오라버니와 오랜만에 이렇게 만났는데 어찌 가련해하는 말도 없이 경박하게 이러시나요?" 반생이 일어나 사죄하자, 여인이 비로소 미소를 지으며 언니의 안부를 묻고, 어떻게 이곳에 오게 되었는지를 물었다. 반생이 근래의 정황을 상세히 말하고 또한 "언니를 이곳에 불러 같이 있는 것이 낫겠군요."라고 하였다. 여자는 한참동안 말이 없었다. 시녀가 찻잔을 가지고 들어와 차를 다 마시고 나니, 주렴사이로 이미 석양이 비치고 있었다. 반생이 일어나니 여인이 문까지 배웅하며 말하길, "앞으로도 공부하다가 여가가 생기면 발걸음을 아끼지 마소서."라며 종종 찾아와 줄 것을 암시했다. 반생은 여인에게 그러겠다고 약속하고 창연히 돌아갔다.

그날 밤 여인이 침소에 들었으나 전전반측(輾轉反側) 좀처럼 잠을 이룰 수가 없었다. 달이 이미 서산에 떠올랐을 무렵에서야 겨우 몽롱하게 잠이 들었는데, 꿈에 반생이 와서 침상을 따뜻하게 데워주었다. 여자는 거절하지 아니하고 서로 즐기다가 깨어나 보니 수놓은 속옷이 이미 흥건히 젖어있었다. 날이 밝아 일어나 치장을 해야 하는데도 하염없이 홀로 앉아 괴로운 심기를 이길 수가 없었다. 그때 갑자기 시녀가 반생이 왔다고 아뢰었다. 여자가 나가서 반기며 "역시 미생(尾生)의 약속을 지키셨군요."라고 하자, 반생이 "꽃다운 자태를 볼 수 있다면 죽어도 한이 없을 것이오, 그대가 허락을 안 해준다면 평생 한으로 남을 것 같소."라고 했다. 여인이 이 말을 듣고 마치 도화 꽃처럼 볼이 붉어지고 정신이 혼미해지고 어지러웠다. 반생 역시 이미 제정신이 아니었다. 자기도 모르게 갑자기 여인의 손을 덥석 잡았다. 여인은 애써 뿌리치며 "오라버니 이러지 마세요. 시녀가 오면 어쩌려고 그러세요."라고 말했는데도 반생이 희롱하기를 멈추지 않자 여인은 그러면 밤에 다시 만나기를 청하였고, 그제서야 반생은 손을 놓고 돌아갔다. 돌아가서도 글을 읽을 마음이 없이 하루 종일 정신줄을 놓고, 낭자를 잊지 못하여 일각(一刻)이 여삼추(如三秋)였다.

밤이 되어 사방이 어두워졌다. 둘은 이미 서로의 마음을 다 털어놓은 상태라, 반생이 가만히 후문을 열고 나와 여자가 있는 곳에 이르렀다. 대나무로 된 정원의 문을 여니 사창에 달빛이 밝게 비추는데, 여자가 서책들 앞에 멍하니 앉아있는 것이 보였다. 반생이 들어가자 여자가 언뜻 보고 기뻐서 일어나니, 반생이 급한 마음에 앞으로 다가가 여자를 끌어안았다. 하지만 여자가 급히 정색하고 거절하며 말하길 "박복한 팔자라 바람 앞 외로운 제비처럼 의지할 곳조차 없었는데, 어제 오랜만에 낭군께 의지할 수 있었습니다. 하지만 당신이 행랑에 오래 머물지 않을 것도 압니다. 만약 낭군님의 보살핌을 얻는다면 백발이 되도록 함께 해로하기를 원합니다. 그러니 잠시 고모의 허락을 얻고 나서야 제 몸을 낭군께 맡기려 합니다. 처음에 이렇게 문란하게 허락하였다가 나중에 결국 버림을 받는다면, 마치 물위에 떠가는 도화(桃花) 같을 것이니, 소첩이 이런 상황에 처하는 것을 견딜 수가 없습니다." 반생이 이 말을 듣고 여자를 이끌고 달 아래로 가서 하늘을 가리키며 엎드려 맹세하였다. 여자가 일어나라고 하자 반생이 무릎을 꿇고 "오전에 약속을 한 후 반나절 이별이 마치 반년과도 같았소, 만약 고모가 허락하길 기다렸다간 소생이 먼저 상사병으로 죽을 것이오!"라고 말했다. 여인이 가까이 와서 "낭군은 어찌 이다지도 정이 급하십니까?"라고 하며 마지못해 몸을 허락하고 서로 침소에 드니, 운우지정이 끝이 없었고, 깊은 정은 어디에도 비할 데가 없었다. 그렇게 새벽닭이 울고서야 둘은 겨우 일어났다. 여인이 옷 정리를 하며 "이 몸은 이미 낭군의 것이니 나중에 가을 부채처럼 버리지 마십시오."라고 하니, 생이 "세상에 어찌 반안인(潘安仁)[2] 같이 무심한자가 또 있겠소?"라고 하며 이별하고 물러갔다. 이로부터 저녁이 되면 늘 이렇게 왕래하고 지냈다.

하지만 반생은 늘 빈궁함으로 근심하였고, 그 해에 또 과거에 낙방하였다. 여인은 남자를 위로하기 위해 최선을 다했고, 금비녀를 비롯한 장신구들을 전당잡히어 급한 것들을 처리하였는데도 힘들어하는 기색조차 내비치지 않았다. 그 후에 반생이 또 과거를 보러 가려고 했으나 여비가 없었다. 여인은 그것을 알고서 온 정성을 다해서 여비를 마련해 주었다. 그러자 반생은 정말 떠나야 할 때라고 여겨 이별해야 한다는 말을 꺼냈다. 그 말을 듣고 여인은 한밤중에 먼저 일어나 반생의 옷에 솜을 덧대어 주면서 누워있는 반생을 보며 조용히 시를 읊었다.

---

2) 중국 서진(西晉)의 문인 반악(潘岳)을 말하는 것으로, 굉장한 미남(美男)이었으므로 여자들에게 인기가 많았다고 한다.

마음 담은 실로 바느질 하고 (蓄意多添線),
정을 담아 솜을 더 넣습니다. (含情更著綿)"

여인은 다시 반생을 한참 쳐다보다가 처연히 눈물을 흘렸다. 【이 시의 인용은, 당(唐) 희종(僖宗)[3]때 궁인들에게 전쟁터 장수들에게 보낼 방한복을 만들라고 명했는데, 한 장수가 받은 방한복에 시(詩) 한 수가 들어있었다. 그 내용은 "마음 담은 실로 바느질 하고, (蓄意多添線), 정을 담아 솜을 더 넣습니다.(含情更著綿). 이번 생은 이미 지나갔으니, (今生已過也), 다음 생의 인연을 기약할 뿐입니다.(願結後生緣)"라고 적혀 있었다. 시를 보고 변방의 장수는 그 방한복을 다시 황제께 올렸고, 황제는 "궁에서 누가 이런 시를 썼단 말인가"라고 했다. 그러자 한 궁녀가 엎드려 죽여 달라고 청하였다. 황제는 웃으며 "짐이 너에게 이번 생의 인연을 맺어 주겠다"라고 하며 그 방한복을 받았던 장수와 궁녀를 맺어주었는데, 이 고사에 나온 궁녀의 시를 차용한 것이다.】[4]

반생은 자신이 떠나겠다는 말을 한 걸 잠시 후회하고, 급히 일어나 여인의 손을 잡고 마음을 다하여 위로해주었으나, 결국 다음날 출발하였다. 그 후 반생은 과거에 급제해 좋은 성적으로 이름을 높였다. 여인에게 이 소식이 전해질 즈음에는 고모가 이미 돌아가신 뒤였다. 여인은 기쁜 소식을 듣고는 반생이 금의환향 해줄 것을 기대하고 있었다. 그러나 한참이 지난 후에 반생이 군중의 다른 여자와 혼인하였다는 소식이 전해졌고, 여인은 도저히 그 사실을 믿을 수가 없었다.

그 다음해 봄, 반생이 소주로 가야해서 집을 떠나야 한다는 소식을 들었으나, 여인에게는 아무 기별을 해주지 않았다. 이때부터 여인은 줄곧 절망에 빠져 우울증에 걸렸고, 다시 반년 후에 화병으로 죽음을 맞이했다. 죽음에 임박했을 때 여인은 "반드시 복수 하겠어."라고 큰 소리로 절규하며 숨을 거두었다. 그때 여자 나이 겨우 23세였다.

그 후 반생은 남궁 싸움에서 이기고 '부랑'이 되었다. 몇 년이 흘러 사람을 보내 '호군'의 가족 소식을 물었는데, 그때 노복으로부터 '홍란'이 죽었다는 소식을 듣게 되었다. 순간 반생은

---

3) 중국 당나라의 제18대 황제(재위 : 873년~888년), 이름은 이현(李儇)이다. 당 의종의 다섯째 아들로 혜안황후(惠安皇后) 소생이다. 건왕(建王) 진(震), 익왕(益王) 승(升)의 두 아들이 있었으나 모후는 모두 미상이며, 뒤는 이복동생인 당 소종이 차지하였다고 한다. 건부(乾符) 원년(874년), 신라에서 온 유학생 최치원이 빈공과에 급제하고, 이듬해에 발해에서 온 오소도 또한 빈공과에 급제하였는데, 이때 신라인 이동(李同)을 제치고 오소도가 수석을 차지한 것에 최치원은 격분했다고 하는 일이 모두 희종 때의 일이다.

4) 【 】이 부분의 내용은 번역필사본에서 완전히 삭제되고 번역하지 않은 부분인데, 『한담소하록』 중국어 원문에는 있어 여기서는 번역해서 내용을 보충하였다.

자기도 모르게 은연중에 탄식이 흘러나왔다. 그날부터 문뜩 이상하게 마음이 답답하고 즐겁지가 않고 우울하였다. 하루는 날이 저물어, 취기가 올라 몽롱하게 잠이 들었는데, 그때 갑자기 머리를 풀고 창백한 얼굴을 한 여자가 칼을 들고 정원을 질주하여 뛰어 들어오더니, 바로 반생의 가슴을 칼로 찔렀다. 반생은 가슴에 심한 통증을 느끼고, 놀라 소리를 지르며 깨어났다. 가인(家人)들이 놀라서 나와 보니, 반생이 손으로 가슴을 움켜쥐고 신음을 멈추지 않았다. 옆에서 의원을 부르겠다고 했으나 반생이 말리며 악몽을 꾸어서 그런 것이지 "내 병은 치료할 수 없다."고 하며 후사를 준비하라고 부탁했다. 그리고 그 다음 날 결국 반생은 생을 마감하게 되었다. 생을 마치며 그는 절구시(絶句詩) 한 수를 남겼다.

좋은 꿈 이루어지기만을 바랐을 뿐,	(只知好夢欲求真)
악몽으로 바뀔지 어찌 알 수 있었겠나!	(豈料翻成惡夢因)
되돌리기엔 이미 늦은 걸 알기에,	(到此回頭知已晚)
전례를 잘 남겨 나 같은 이에게 전한다.	(好留孽鏡贈同人)

이 이야기는 그의 친척이 경사로 온 후 내게 직접 들려준 것이다. 반생에 관한 또 다른 이야기도 해주었는데, 그가 과거를 급제하지 못했을 때의 일이다. 집이 너무 가난하여 매일 밤 글을 읽을 때, 등불 밝힐 기름이 없어서 종종 홀로 학당에 앉아 밤새도록 모든 경전을 다 외웠다고 한다. 한번은 추운 겨울의 어느 한 밤중에 창밖에서 이상한 소리가 들려왔다. 마침 달빛이 희미하게 비치는데, 반생이 가만히 일어나보니 한 남자가 머리를 풀고 수염을 늘어뜨리고 있었는데, 얼굴이 새까맣게 검은 것이 마치 『천금기(千金記)』의 초패왕(楚霸王)을 분장시켜 놓은 것 같았다고 한다. 반생이 병풍 뒤에 조용히 서서 그 남자가 하는 행동을 살펴보니 허리에 찬 '끌'같이 날카롭게 생긴 물건 하나를 꺼내어 창살을 긁어대더니, 창에 작은 구멍 하나를 만들었다. 분명 그 구멍으로 손을 집어넣을 것으로 생각이 되자, 반생은 먼저 옆에 있던 차가운 물그릇에 자신의 손을 담구었다.

잠시 후 그가 구멍으로 손을 집어넣자, 반생이 두 손으로 온힘을 다해 그 사람의 손목을 움켜잡았다. 그 사람은 처음에는 손을 놓으려고 발버둥치고 팔짝팔짝 뛰더니, 한 참후에 잠잠해지고 아무런 움직임도 없었다. 반생은 잡고 있는 이사람 손이 얼음장같이 차갑다는 것을 느끼고, 그제서야 잡았던 손을 놓았다. 그러자 그 사람이 계단 아래로 넘어졌다. 반생이 놀라서 얼른 밖으로 나가 살펴보니 그 남자의 맥이 이미 끊어지고 숨도 끊어져 있었다. 반생은 어쩔 수 없이 관가에 고하고 검신하게 하였다. 지현은 부검을 마치고, 일의 전말을 상세히 들은 후 웃으며 반생에게 말하길 “그 도적이 귀신인척 하여 사람을 놀래키려고 하다가 필경 사람에게 죽은 바가 되었으니, 소위 ‘자신의 꾀로 자기가 당한(出乎爾者反乎爾)’[5] 자승자박이라고 할 수 있으니 네 죄를 물을 바가 아니다.”라고 하며 관원에게 시체를 끌어내라고 명했다고 한다.

▌번역 필사본

【1】한담쇼하록권지이

반ᄉᆡᆼ뎐

호쥬 ᄶᆡ 반ᄉᆡᆼ(潘生)의 일흠은 우우(羽虞)오 호ᄂᆞᆫ 회암(梅庵)이니 어려서 부모를 녀희고 집이 간난ᄒᆞ야 본읍 향소의 들ᄆᆡ 오히려 취쳐 못ᄒᆞ여시니 반ᄉᆡᆼ의 문ᄒᆞᆨ과 용ᄆᆡ 출듕ᄒᆞ물 ᄉᆞ랑ᄒᆞ여 흠양ᄒᆞᄂᆞᆫ 재 만터라 오문(吳門) 뉴시(劉氏)의 집의 우거ᄒᆞ야 훈ᄒᆞᆨᄒᆞ더니 서ᄌᆡ 뒤희 저근 동산이 잇더라 일일은 봄비 쳐음으로 ᄀᆡ이고 혜풍이 화창ᄒᆞ거ᄂᆞᆯ ᄉᆡᆼ이 셔동을 명ᄒᆞ여 후문울 녈고 후원의 니르니 산명 슈려ᄒᆞ여 동텬이 심슈ᄒᆞ더라 졈졈 드러가니 동북【2】편의 쥬란화각이 녕농ᄒᆞᆫᄃᆡ 난간 밧긔 ᄒᆡᆼ홰 난ᄀᆡᄒᆞ고 누 아ᄅᆡ 년못이 이시며 다리 우희 뎡ᄌᆡ 잇거ᄂᆞᆯ ᄉᆡᆼ이 장ᄎᆞᆺ 뎡ᄌᆞ의 울ᄂᆞ 쉬으려 ᄒᆞ더니 홀연 풍경소ᄅᆡ 들니거ᄂᆞᆯ 먼리 바라 보니 누각이 ᄌᆡᆼ영ᄒᆞ야 나무 ᄉᆞ이로 은은이 뵈이ᄂᆞᆫ 지라 그 곳을 ᄎᆞᄌᆞ가니 ᄒᆡ당홰 난만히 취여 바ᄅᆞᆷ결의 휘드러지고 쥬란 취각이 굉걸장년ᄒᆞ거ᄂᆞᆯ ᄉᆡᆼ이 한가히 건닐며 구경ᄒᆞ더니 문득 글 읇ᄂᆞᆫ 소ᄅᆡ 은은히 들니거ᄂᆞᆯ ᄉᆡᆼ이 귀를 기우려 ᄌᆞ셔히 드르니 그 시의 ᄒᆞ여시ᄃᆡ

타ᄉᆡᆼ종유부평우(他生縱有浮萍遇)나　타ᄉᆡᆼ의 비록 부평 가치 맛 ᄂᆞ미 이시나【3】
졍공상봉불식군(正恐相逢不識君)을　서로 만나도 군 인줄 모를가 졍히 저어ᄒᆞ노라

어음이 ᄋᆡ원 쳐절ᄒᆞᆫ지라 ᄉᆡᆼ이 실셩 장탄ᄒᆞ물 ᄶᆡᄃᆞᆺ지 못ᄒᆞ더니 바람이 움ᄌᆞᆨ이며 주렴이 열니ᄂᆞᆫ곳의 일ᄀᆡ 미인이 난간을 의지ᄒᆞ여 바라보고 안ᄌᆞᆺ시니 가련ᄒᆞᆫ ᄐᆡ되 졀세ᄒᆞ여 눈셟흔 원산울 잠으고 누흔이 욱협의 저ᄌᆞᆺ시니 졍히 비 마ᄌᆞᆫ ᄒᆡ당화 갓더라 ᄉᆡᆼ이 잠간 보고 신혼이 표탕ᄒᆞ야 아모리 홀 줄 모르더니 이윽고 황연 대각 왈 경이 소(蘇)시 낭ᄌᆡ 아닌가 엇지 이의 왓ᄂᆞᆫ고 녀ᄌᆡ 염두 왈 과연 그러ᄒᆞ노라 ᄒᆞ고 드ᄃᆡ여 니러ᄂᆞ 마ᄌᆞ드러오며 안부를 무른 후의

5) 자신에게 나온 것이 다시 반대로 그 사람 몸을 다스린 경우를 말함

신세 표령ᄒᆞᆫ 형상을 말ᄒᆞ니 대개 녀【4】ᄌᆡ 본ᄃᆡ 군셩소ᄀᆞ항(郡城蘇家巷)의 이시니 ᄉᆡᆼ의 종슈ᄌᆞ매 지항이 되ᄂᆞᆫ지라 자난 경난(竟蘭)이니 출가ᄒᆞᆫ 후의 장부를 ᄯᆞ라 산동의 갓다가 젼년의 병 드러 죽으니 비로소 운구ᄒᆞ야 도라 오니라 어려실 ᄊᆡ의 과갈지의 소면분이 이셔 아더니 이제 써ᄂᆞᆫ지 오륙년이라 ᄉᆡᆼ이 인ᄒᆞ여 무르ᄃᆡ 경의 집의 오히려 엇더ᄒᆞᆫ 사ᄅᆞᆷ이 잇나ᄂᆞᆫ 녀ᄌᆡ 왈 외슉이 잇더니 거년의 가권을 다리고 경ᄉᆞ의 가고 근ᄃᆡ 두르니 임의 물ᄒᆞ고 가듕의 다만 로고만 잇ᄉᆞ며 장쥬(長洲) 위시(衛氏) 친족이 희소ᄒᆞᆫ고로 이곳의 우거ᄒᆞ여 잇노라ᄒᆞ고 톄ᄉᆡ(涕泗) 교류ᄒᆞ거ᄂᆞᆯ ᄉᆡᆼ이 좌(坐)를 써ᄂᆞ 갓거이 가 눈물을 싯기니 녀ᄌᆡ 발연 변ᄉᆡᆨ 왈 ᄒᆡ포만【5】의 서로 맛ᄂᆞ 시ᄆᆡ 반엽가련히 너기미 업고 도ᄅᆞ혀 이 가치 무례ᄒᆞᆫ고 ᄉᆡᆼ이 니러ᄂᆞ 샤죄ᄒᆞᆫᄃᆡ 녀ᄌᆡ 비로소 서서히 무르ᄃᆡ ᄌᆞ시도 무양ᄒᆞ며 형은 어내 ᄊᆡ의 이 곳의 니르럿ᄂᆞᆫ고 ᄉᆡᆼ이 근일 낙쳑ᄒᆞᆫ 형상을 비진히 말ᄒᆞ더니 이윽고 시비 차를 드리거ᄂᆞᆯ 바다 마시기를 마ᄎᆞᄆᆡ 낙일이 쥬렴ᄉᆞ이의 비최ᄂᆞᆫ 지라 ᄉᆡᆼ이 니러ᄂᆞ니 녀ᄌᆡ 문의 ᄂᆞ와 보내고 말ᄒᆞᄃᆡ ᄎᆞ후 독셔 여가의 옥보를 앗기지 말고 톄연히 내림ᄒᆞ시물 바라노라 ᄒᆞ거ᄂᆞᆯ ᄉᆡᆼ이 흔연 허락ᄒᆞ고 창연히 도라가니 이 밤의 녀ᄌᆡ 벼ᄀᆡ의 ᄂᆞ으가 젼젼 물미 ᄒᆞ다가 달이 서산의 거지거ᄂᆞᆯ 몽농히 잠들더니 ᄭᅮᆷ의 ᄉᆡᆼ이 다시 와【6】 상탑의 ᄂᆞᄋᆞ와 다졍히 친근ᄒᆞ니 녀ᄌᆡ 다시 사양 아니ᄒᆞ고 서로 즐기다가 잠울 ᄭᆡ여 본즉 금니의 훈향이 은존ᄒᆞ더라 ᄂᆞᆯ이 밝은 후의 니러ᄂᆞ 다장울 다ᄉᆞ리고 ᄒᆞ욤업시 홀노 안ᄌᆞ 심회를 영치 못ᄒᆞ더니 홀연 시비 고ᄒᆞᄃᆡ 공ᄌᆡ 온다 ᄒᆞ거ᄂᆞᆯ 녀ᄌᆡ ᄂᆞ가 마ᄌᆞ 우어 왈 형은 진실노 유신ᄒᆞᆫ 군ᄌᆡ로라 과ᄉᆡᆼ이 역시 우어 왈 옥부 방신을 한 번 갓거이 ᄒᆞ면 삼ᄉᆡᆼ의 한이 업ᄉᆞ리로라 녀ᄌᆡ 이 말울 듯고 홍훈이 만면ᄒᆞ여 슈삽ᄒᆞᆫ 거동이 더욱 절모ᄒᆞᆫ지라 ᄉᆡᆼ이 원비를 느ᄅᆞ혀 옥슈ᄅᆞᆯ ᄂᆞ오혀 잡은ᄃᆡ 녀ᄌᆡ ᄲᆡᄅᆞ쳐 왈 낭군은 이리 말나 비복ᄇᆡ 보면 엇지 ᄒᆞ리오 ᄉᆡᆼ이 희롱【7】ᄒᆞ기를 마지 아니 ᄒᆞ거ᄂᆞᆯ 녀ᄌᆡ 밤의 맛나기를 쳥ᄒᆞᆫᄃᆡ ᄉᆡᆼ이 비로소 손을 노코 도라 갓다가 글 닑을 ᄆᆞ음이 업고 일편 졍신이 낭ᄌᆞ를 닛지 못ᄒᆞ야 일각이 여삼취러니 밤이 드러 만뢰 구적ᄒᆞ고 누쉬 ᄂᆞ리거ᄂᆞᆯ ᄉᆡᆼ이 가마니 후문을 녈고 ᄂᆞ와 바로 녀ᄌᆡ의 침실의 니ᄅᆞᆫ 죽원 문을 반ᄀᆡ하고 ᄉᆞ창의 은촉이 휘황ᄒᆞᆫᄃᆡ 녀ᄌᆡ 셔안울 ᄃᆡᄒᆞ여 어린 ᄃᆞ시 안ᄌᆞᆺ거ᄂᆞᆯ ᄉᆡᆼ이 ᄉᆞ창을 녈고 드러가니 녀ᄌᆡ 잠간 보고 몸을 니러서거ᄂᆞᆯ ᄉᆡᆼ이 바로 ᄋᆞᇁ히 ᄂᆞᄋᆞ가 세요를 안ᄒᆞᆫᄃᆡ 녀ᄌᆡ 정셩 절ᄎᆡᆨ 왈 박명인 ᄉᆡᆼ이 바ᄅᆞᆷ의 외로은 저비 가치 의뢰ᄒᆞᆯ 곳 업더니 작일 군ᄌᆞ의 의형을 보니 오ᄅᆡ하【8】풍의 굴ᄒᆞᆯ ᄌᆞ픔이 아니라 ᄒᆞ물며 군ᄌᆞ의 권ᄋᆡᄒᆞ물 외람이 닙어시니 ᄇᆡᆨ슈 ᄒᆡ로를 ᄆᆡᆼ세ᄒᆞ고 노뫼 종현 ᄒᆞ신후의 비로소 허신ᄒᆞ려 ᄆᆞ음을 뎡ᄒᆞ엿더니 처음의 이쳐로 무례히 ᄒᆞ고 ᄂᆞ종의 바리면 물우ᄒᆡ 써가ᄂᆞᆫ 도화 가ᄐᆞᆯ거시니 쳡이 이런 일은 ᄎᆞᆷ아 못ᄒᆞᆯ거시니이다 ᄉᆡᆼ이 이 말울 듯고 녀ᄌᆡ를 닛글고 월하의 ᄂᆞ으가 하ᄂᆞᆯ을 가르쳐 ᄆᆡᆼ세ᄒᆞ고 업ᄃᆡ 거ᄂᆞᆯ 녀ᄌᆡ 니러 ᄂᆞ기를 ᄌᆡ촉ᄒᆞᆫᄃᆡ ᄉᆡᆼ이 길이 쉴니지아니ᄒᆞ여 왈 옥인의 언약을 바든 후로 반일 니별이 삼츄갓거놀 만일 노틱부인 종텬ᄒᆞ시기를 기다리면 소싱이 소갈병이 나 죽을ᄯᆞ름이로다 ᄒᆞ니 녀ᄌᆡ 갓【9】거이 다ᄅᆞ혀 왈 낭군은 엇지 이딕지 은졍이 급ᄒᆞᄂᆞᆫᄒᆞ고 서로 닛글고 금니의 ᄂᆞᄋᆞ가니 운우지졍이 권권흡흡ᄒᆞ야 비홀딕 업더라 그러구러 식비 ᄃᆞᆰ이 이음ᄎᆞ 울거놀 싱이 즉시 니러ᄂᆞ니 녀ᄌᆡ 왈 이 몸을 임의 군ᄌᆞ긔 허ᄒᆞ여시니 타일의 가울 부치 가치 바리지 마르소셔 싱 왈 세상의 엇지 반안인갓치 박힝ᄒᆞᆫ 재 이시리오 ᄒᆞ고 니별ᄒᆞ고 서ᄌᆡ로 가니라 일노부터 무상 왕내 ᄒᆞ나 빈궁ᄒᆞ물 근심ᄒᆞ더니 이히 과거의 ᄯᅩ 낙방ᄒᆞ니 녀ᄌᆡ 빅가지로 위로ᄒᆞ고 금차를 ᄉᆡᆨ히며 협ᄉᆞ를 뒤여 뎐당ᄒᆞ여 구급ᄒᆞ딕 일ᄌᆞ 게어르지 안터라 그후의 장ᄎᆞᆺ 과거의 응시 홀식 과비 업【10】ᄉᆞ물 근심ᄒᆞ더니 녀ᄌᆡ 진심 갈녁ᄒᆞ야 과용울 동딕ᄒᆞ니 싱이 녀ᄌᆞ를 즉별홀식 야반의 녀ᄌᆡ 믄저 니러나 싱의 오식 솜을 더녓커놀 가마니 시를 지어 읇흐니 기 시어 왈

축의다쳠션(蓄意多添線)이오	ᄯᅳ즐 ᄊᆞ하실울 만히 더으고
함졍깅착면(含情更著綿)을	졍을 먹으며 솜을 다시 두ᄂᆞᆫ도다

녀ᄌᆡ 낭구히 보다가 쳔연 읍하 ᄒᆞ거놀 싱이 실언ᄒᆞ물 스스로 뉘우쳐 급히 니러나 녀ᄌᆞ의 손울 잡고 ᄯᅳ슬 다ᄒᆞ여 위로ᄒᆞ고 명일의 발힝ᄒᆞ여 과거의 응시ᄒᆞ고 밋츌방ᄒᆞ믹 일흠이 놉핫더라 이ᄯᅢ 녀ᄌᆞ의게 과방울 뎐【11】ᄒᆞ니 녀ᄌᆡ 쳔만환희ᄒᆞ여 금의로 환향ᄒᆞ기를 그윽히 바라더니 싱이 임의 군듕의 모시의 집의 취쳐ᄒᆞ엿다ᄒᆞ딕 밋지 아녓더니 명연 춘의 싱이 소쥬(蘇州)로 지ᄂᆞ다가 젼일 우거ᄒᆞ엿던 주인의게 하직ᄒᆞ고 가며 그후부터 절적ᄒᆞ니 일노인ᄒᆞ야 바라던 빅 ᄉᆞᆫ허진지라 녀ᄌᆡ 심식 억울ᄒᆞ여 병 드러 죽어시니 죽을 ᄯᅢ의 크게 소릭 질너 왈 이 원슈를 반드시 갑흐리라 ᄒᆞ더라 그 후의 싱이 남궁 뎐시의 득쳡ᄒᆞ고 사름울 호듕의 보내여 가권을 다려귤 식 노북 다려 무러 홍난 녀ᄌᆡ 죽으물 알고 홍상 훌훌불낙(忽忽不樂)ᄒᆞ더라 일일은 놀이 저물믹 취ᄒᆞ여 누어(13) 잠이 몽농ᄒᆞ더니 홀연 한 녀ᄌᆡ 머리를 풀고 칼훌 가져시니 안식이 ᄎᆞᆷ담ᄒᆞ여 ᄯᅳᆯ 가온딕로부터 급히 ᄯᅱ여 드러와 칼훌 드러 바로 가슴울 지르니 싱이 놀ᄂᆞ 소릭를 지르고 ᄭᆡᄃᆞ르니 가인(家人)이 놀ᄂᆞ나 와본즉 싱이 손으로 가삼울 어로 만지며 알긔를 그치지 아니커놀 가인이 장ᄎᆞᆺ 의원을 쳥ᄒᆞ려 ᄒᆞᆫ딕 싱이 듯지 아니ᄒᆞ고 몽식듕악ᄒᆞ물 놀너 왈 내 병은 훌일 업ᄉᆞ니 신후지ᄉᆞ를 쥰비ᄒᆞ라 ᄒᆞ고 익일의 장ᄎᆞᆺ 죽울식 미슈시를 닙으로 부르니 기 시의 왈

지지호몽욕구진(只知好夢欲求真)ᄒᆞ니 다만 됴흔 ᄭᅮᆷ울 알고 참거ᄉᆞᆯ 구코ᄌᆞ ᄒᆞ니【13】

긔료번셩앙몽인(豈料翻成惡夢因)가　엇지 번ᄃᆡ겨 모진 ᄭᅮᆷ울 닐윌 줄을 혜야리리오
도차회두지이만(到此回頭知已晩)ᄒᆞ니　이의 니ᄅᆞ러 머리를 두로혀 임의 느즌줄을 아라시니
호류얼경정동인(好留孼鏡贈同人)을　얼경을 됴히 머물너 동인을 주리로라

이 일을 그 친척이 경ᄉᆞ의 ᄂᆞ은 후의 날다려 말ᄒᆞ더라 또 말ᄒᆞ여시ᄃᆡ ᄉᆡᆼ이 과거 못ᄒᆞ여 실ᄯᆡ의 가계 적빈ᄒᆞ여 매양 글 닑을 ᄯᆡ의 기름 불을 닛지 못ᄒᆞ니 실듕의 홀노 안ᄌᆞ 모든 경셔를 외오고 밤이 깁도록 그치지 아니ᄒᆞ더라 홀ᄂᆞᆫ 겨울 밤의 임의 깁흐ᄆᆡ 창 밧긔 무숨 소ᄅᆡ 잇고 월ᄉᆡᆨ이 희미 ᄒᆞ거ᄂᆞᆯ ᄉᆡᆼ이 가마니 니러나 여어보니 한 사ᄅᆞᆷ이 머리 풀고 ᄂᆞ르ᄉᆡ ᄂᆞᆺ 비치 거믄 재【14】 잇거ᄂᆞᆯ ᄉᆡᆼ이 놀ᄂᆞ 가마니 동졍을 ᄉᆞᆯ펴 보니 그 사ᄅᆞᆷ이 허리 ᄉᆞ이의 한 물건울 내여 놓으ᄃᆡ ᄡᆞᆯ가튼 거시라 창ᄉᆞᆯ의 ᄉᆞᆺ고 적은 굼글 ᄯᅮᆯ커ᄂᆞᆯ ᄉᆡᆼ이 장ᄎᆞᆺ 손으로 더드물 줄울 알고 ᄉᆡᆼ이 몬져 서안ᄋᆞᆲ물굴ᄉᆡ 손을 잡앗다가 그 사ᄅᆞᆷ이 손을 드려 보내거ᄂᆞᆯ ᄉᆡᆼ이 급히 두 손을 힘을 다ᄒᆞ여 그 사ᄅᆞᆷ의 손을 잡으니 그사ᄅᆞᆷ이 쳐음은 ᄡᅱ노다가 이윽고 다시 움ᄌᆞᆨ이지 못ᄒᆞ고 풀이 어름 갓거ᄂᆞᆯ 손울 한 번 노흐ᄆᆡ 계하의 업더지ᄂᆞᆫ지라 놀ᄂᆞ ᄡᅱ여 ᄂᆞ가보니 ᄆᆡᆨ이 임의 ᄭᅳᆫ허지고 혼도 ᄒᆞ엿더라 ᄂᆞᆯ이 새기를 기ᄃᆞ려 ᄉᆡᆼ이 본현의 고ᄒᆞ니 디현이 검신ᄒᆞᆫ【15】 후의 시종울 ᄌᆞ시 뭇고 ᄉᆡᆼ다려 웃고 닐너 왈 그 도적이 귀신인체ᄒᆞ여 사람을 져히다가 필경 사ᄅᆞᆷ의게 죽은ᄇᆡ 되어시니 이ᄂᆞᆫ 니른바 출호이재반호이(出乎爾者反乎爾)재로 다 그 사ᄅᆞᆷ의 도로 그 사ᄅᆞᆷ의 몸을 다ᄉᆞ려시니 네 죄를 니글ᄇᆡ 아니라 ᄒᆞ고 동임울 명ᄒᆞ여 시신을 ᄭᅳ어 무드니라

▌원문

湖郡潘生, 名羽虞, 號梅庵。少孤貧, 弱冠入郡庠, 尙未締姻, 然勤學, 美豐容, 閨閣見者爭好之。館於吳門劉氏, 書齋後故有小園。

一日春雨初晴, 生讀倦, 呼館僮啟後扉, 步至園中。水復山重, 洞宇幽邃。數轉, 見東北一帶, 朱欄回互, 欄外杏花正開, 彌望如雪。下臨一池, 橋上有亭翼然。生將往憩, 忽聞檐馬丁東, 望見樓閣參差, 湧現樹杪。折而西, 至其處, 有海棠兩株, 當風亂颭, 其上雲窗霧閣, 傑構俯臨。徘徊間, 聞樓中吟聲, 細細諦聽, 乃"他生縱有浮萍遇, 正恐相逢不識君"二語, 哀怨殆不忍聽。生不覺失聲長嘆, 無何, 風動簾開, 一人倚欄凝睇, 明艶無雙, 而眉鎖遠山, 淚瑩粉腮, 正如帶雨梨花。生乍見魂銷, 旣而恍然曰"是非蘇家蘭姊乎何以來此"女點首曰"哦, 是矣。"遂下, 延生入。問訊已, 備述飄零之狀。蓋女本住郡城蘇家巷, 爲生從嫂之妹, 字竟蘭, 嫁後隨夫遊幕山左, 前年夫病歿, 始攜柩歸。自幼與生頗狎, 今別已六年矣。生因問姊家尙有何人, 女曰“有叔舅, 去年攜眷入京, 近亦聞已歿。家中止有老姑長洲衛氏, 族姓又少, 故僦居於此。”言畢涕泗交頤, 生遂移坐近前, 爲之拭淚。女艴然曰“甫相見, 奈何無半語相憐, 而輕薄若是”生起謝, 女始歡笑, 徐問阿姊無恙, 兄何時至此。生縷述近狀, 且曰“使君尚猶無婦, 姊將焉置此”女默然良久。女仆擎杯茗至, 啜畢, 落日已在簾鉤。生起, 女送之門, 小語曰“此後課暇, 勿吝玉趾也。”生諾之, 悵然別去。

是夕女就枕, 輾轉不寐。殘月旣上, 朦朧睡去, 夢生來, 就榻溫存, 女不復自持, 遂相歡好, 醒時覺繡袴猶沾濕也。曙後勉起理妝, 支頤獨坐, 殆難爲懷。忽女仆報生至, 女出迎, 笑曰“兄可謂有尾生之信矣。”生曰“得覩芳姿, 死且不惜, 所恨文君未許相從耳。”女不禁赭發於頰, 暈若緋桃。生神魂顚倒, 遽握其手, 女卻之曰“郞勿爾如仆輩來, 奈何”生嬲不已, 女乃請葍以夜, 生始釋手而歸。

漏旣下, 生潛啓後扉出, 至女所, 則院門半掩, 窗中金釭瑩然, 惟見女於幾上攤書癡坐。遂入, 女瞥見, 驚喜起立, 生直前擁抱, 女正色拒曰“薄命之人, 如風前孤燕, 飄泊無依。昨自瞻儀宇, 知非久居廡下者。倘蒙眷註, 願締白頭, 但須俟老母終天, 然後可議。若曰始亂之, 終棄之, 則逐水之桃花, 妾不忍爲此態也。”生聞言, 遂攜女至月中共矢鸞盟。誓畢, 女促之起, 生長跪不起, 曰“自蒙允約, 半日之別, 如閱小年。若必俟老母天年, 恐文園先已渴死矣”女近曳之曰“癡郞何情急乃爾”相將就寢, 殢雨尤雲, 倍極狎褻。雞甫唱卽起, 女爲整衣曰“此身已屬君矣, 他日勿以秋扇捐也”生曰“世豈有薄幸潘安仁哉”鄭重而別。自是往來, 常無虛夕。

然生常憂貧, 是年又下第, 女百計慰解, 至於拔釵搜篋, 曾無倦容。其後將赴試, 又慮無以爲資。女知之, 竭力搜索, 以資其行。將發, 生往話別, 夜半, 女先起, 取生衣爲之裝綿, 生臥視之, 微吟曰“蓄意多添線, 含情更著綿。”女目視生良久, 淒然泣下。(唐僖宗嘗命宮人制戰袍, 以賜將士。壹邊將得袍, 中有詩雲“蓄意多添線, 含情更著綿。今生已過也, 願結後生緣。”雲雲。邊將即以上之, 帝問“宮中誰爲此詩者”一宮女伏地請死。帝笑曰“吾爲汝了今生緣。”即以此女與之。)生自悔失言, 急起攬女於懷, 極意慰解, 乃已。明日遂發。

迨榜發獲雋, 是時女之姑已前歿矣。聞捷音, 竊幸好事可諧, 引領以望其至。久之, 聞生已就婚郡中某氏, 女未信, 明年春, 生以計偕過蘇州, 辭別館主, 而足音終杳。自是始絕望, 後半年抑郁成疾, 卒。臨卒, 大呼“此仇必報”者再。年才二十三。

後生捷南宮, 選部郞。逾年, 差人至湖接家眷, 因詢其仆, 乃知紅蘭久已委露, 嘆息而已。然自此恒忽忽不樂。一夕, 醉臥方酣, 忽見女披發握刀, 顔色慘變, 自中庭疾趨入, 擧刃當胸直刺, 生痛極, 大叫而寤。忽忽不樂俱驚起視之, 生以手捧心, 反側呻吟不止。家人將往延醫, 生不許, 爲述惡夢所由, 曰“吾疾不可為也。”令預備身後事。翌日將卒, 口占一絶雲“只知好夢欲求真, 豈料翻成惡夢因。到此回頭知已晩, 好留孽鏡贈同人。”

此事其戚某出京後爲余言之。又言生未第時, 家赤貧, 每夜讀, 膏火不繼, 往往獨坐室中, 默誦諸經, 至午夜不輟。偶値嚴寒, 夜將半, 聞窗外窸窣有聲, 是時月色微明, 潛起窺之, 見一人披發虬髯, 面黝黑, 如演《千金記》所扮楚霸王者。生屛息悄立, 伺其作何擧動, 其人旋於腰間出一物, 尖長如鑿, 揷入窗格, 撬壹小方洞。生意其將探手入也, 先以手浸案旁水盆中。須臾, 其人以手探入, 生急以兩手盡力捉住。其人始則跳躍不止, 旣而不復動。頃之, 覺腕冷如冰, 試一釋手, 則砰然仆於階下。大驚, 拔關出視之, 脈已絶而死矣。生無如何, 天曉赴縣請驗。知縣臨驗畢, 細詢始末, 笑謂生曰 : “本欲以鬼嚇人, 而乃爲人嚇死, 是所謂出乎爾者反乎爾。而汝本無心於死賊, 不過卽以其人之道, 還治其人之身, 非汝罪也。”命地保以棺瘞之而已。

2) 쥬규(周奎)

▌편찬자 번역

숭정(崇禎) 17년, 이자성(李自成)이 북경을 포위하였다. 그때 의종렬 황제가 내감 서성(徐成)에게 명하기를, 황후의 부친 주규(周奎)에게 비밀리에 공적을 쌓고 있는 훈척[6]들에게 군량미를 지원하라고 하명하였다. 주규는 강하게 저항하며 가진 것이 없다고 하자 서성이 탄식하며 “황후의 부친이 이와 같으니, 앞으로의 국사를 어찌 알 수 있겠는가!”라고 했다. 주규는 어쩔 수 없이 겨우 만금(萬金)을 보내고, 오히려 그 돈을 다시 황후에게 도와 달라 구걸을 하였다. 이자성이 북경을 침입 하자, 주규는 태자를 바쳐 항복하였다. 그러나 결국 주규 집도 노략을 당하여, 이자성은 오십이만 금을 챙겼다.

그 후에 이자성이 산해관에서 패하여 돌아오고, 청(淸)의 병사가 뒤쫓아 오니, 주규는 또 다시 청에 항복하였다. 이자성이 군수품을 싣고 도망을 가니, 북경은 대 혼란에 빠졌다. 주규의 노복이 주규 집의 재물을 거의 다 빼앗아 가지고, 주규에게 말하길 “공은 황실의 친척이고, 우리는 공의 집에서 일하는 사람입니다. 우리가 이렇게 무례하게 굴었는데, 무슨 면목으로 공을 다시 볼 수 있겠습니까!' 라고 하며, 주규의 머리를 베고 가버렸다. 『기사본말(紀事本末)』에 이르기를 적군이 북경을 점령하여, 주규의 집을 노략질하여 오십이만 금과 진귀한 보물 수십만을 얻었다고 기록하고 있다.

---

6) 나라를 위하여 드러나게 세운 공로가 있는 임금의 친척을 말함.

▌번역 필사본

쥬규

숭뎡(崇禎) 십칠년의 니ᄌᆞ셩(李自成)이 경ᄉᆞ(京師)를 핍박ᄒᆞ니 의종렬황뎨 내감을 명ᄒᆞ샤 황후 부친 쥬규의게 비밀히 하유ᄒᆞ야 ᄀᆞᆯ으사ᄃᆡ 훈쳑을 권장ᄒᆞ야 군향을 도으【16】라 ᄒᆞ신ᄃᆡ 쥬귀 구지 막고 군향 도울 길이 업다 하니 니ᄌᆞ셩7)이 소식을 채탐ᄒᆞ고 깃거 왈 황후의 아비도 이가치 궁핍ᄒᆞ니 국ᄉᆞ를 가히 알니로라 쥬귀 마지 못ᄒᆞ여 겨유 만금을 슈운ᄒᆞ여 황후긔 청ᄒᆞ여 군량울 도으라ᄒᆞ고 ᄌᆞ셩이 임의 셩의 둘ᄆᆡ 쥬귀 ᄐᆡᄌᆞ를 드려 항복ᄒᆞ니 ᄌᆞ셩이 그 집을 노략ᄒᆞ야 오십 만금을 엇고 ᄌᆞ셩이 산ᄒᆡ관(山海關)으로 피ᄒᆞ여 도라 오거ᄂᆞᆯ 대청병이 ᄯᆞ라 니르니 쥬귀 ᄯᅩᄒᆞᆫ 청의 항복ᄒᆞ고 ᄌᆞ셩이 거긔 치듕(輜重)을 가지고 다라ᄂᆞ니 경ᄉᆡ대란ᄒᆞ더라 쥬규의 가인이 그 집 ᄌᆡ물을 다 아ᄉᆞ난화가지고 쥬규다려 닐너 왈 공【17】은 귀쳑이오 우리ᄂᆞᆫ 공의집 ᄉᆞ환ᄒᆞ난 사ᄅᆞᆷ이라 일됴의 이가치 무례ᄒᆞ니 무ᄉᆞᆫ 면목으로 공을 다시 보리오 ᄒᆞ고 그 머리를 버히고 가니라

▌원문

崇禎十七年, 李自成逼京師, 烈帝使內監徐成密諭後父周奎, 倡勛戚助餉, 奎堅拒無有。成嘆曰 : “後父如此, 國事可知矣 ! ”奎不得已, 僅輸萬金, 且乞皇後為助。比自成入, 奎獻太子以降。掠其家, 得金五十二萬。其後自成自山海關敗還, 大淸兵追至, 奎復降大淸。自成載輜重出奔, 京師大亂, 奎家人乘勢擄其家財物殆盡。已而請曰 : “公貴戚也, 我輩素蒙豢養, 壹旦無禮至此, 亦何顏復見公乎 ! ”斬其頭而去。(《紀事本末》: 賊破京師, 掠奎家得金五十二萬, 他珍寶復數十萬。)

3) 의견총(義犬塚)

▌편찬자 번역

오강(吳江)의 간촌(簡村)에 조(趙)씨라는 농부의 아낙이 있었다. 친정이 동촌(東村)에 있었

---

7) 원문에 ‘成’이라고만 언급되어 태감 ‘서성’을 ‘이자성’으로 잘못 오역을 한듯하다.

는데 간촌과는 3리밖에 되지 않았다. 조씨는 평소 친정어머니에게 효성이 지극하였다. 이때가 마침 겨울 초엽이라 황작(黃雀) 두 어 마리를 잡아서 먹다가 맛이 좋아 차마 다 먹지 못하고 다음날 새벽에 일어나 세수하고 머리를 빗고 단장을 하고는, 황작을 가지고 친정으로 향했다. 친정어머니는 마침 병이 들어 누워 있다가 딸이 가져온 새고기를 보고는 맛있게 드셨다. 두 모녀는 오랜만에 만나 점심을 먹고 반갑게 이야기 하느라 날이 이미 저문 줄도 몰랐다. 이때가 바야흐로 수확의 시기라, 농가에 일이 많았기 때문에 조씨는 친정어머니께 작별을 고하고, 서둘러 발걸음을 재촉하여 길을 나섰다.

마을 밖에 이르니, 날이 점점 어두워졌다. 멀리 수풀 사이로 불빛이 비치는 것이 보여, 조씨는 그곳을 향해 다가갔다. 가서 보니 몇 명의 걸인이 사찰의 문 밖에 앉아 저녁을 짓고 있었다. 조씨가 밤에 길을 잃었다고 하며 불을 좀 구하자고 하자, 걸인 하나가 말하길 "황혼에 이곳에 온 걸 보니, 이 절 중과 은밀한 언약이 있었나 보지?"라고 하였다. 그러자 또 다른 걸인 하나가 웃으며 말하길 "불 주기는 어렵지 않지, 대신 네 몸과 바꿔 줘야지."라고 하였다. 그러더니 갑자기 일어나 조씨를 겁박하였다. 조씨는 놀라고 화가 나서 큰소리로 "사람 살려!"라고 소리를 질렀다. 그 소리에 걸인은 화가 나서 흙으로 조씨의 입을 틀어막고, 다른 걸인을 불러 옷을 벗기고, 허리를 매고 있던 끈을 풀어 목을 졸라 죽였다. 그런 후에, 여인을 둘러메고는 빈 구덩이에 쳐 박고 기와 및 벽돌 등의 부스러기들로 구덩이를 덮고 각자 도망쳐 사라졌다.

조씨가 잠시 기절하였다가 밤에 다시 겨우 정신을 차리고 눈을 떠보니 기울어진 달이 아직 떨어지지 않았고, 사방을 둘러보니, 서리가 짙게 깔려 찬바람이 뼈 속에 깊게 사무쳤다. 한기가 너무 심하여 혼자 일어나지 못하고 다만 "사람 살려"를 두세 번 외쳤다. 그때 마침 지나가던 백정이 듣고, 여자를 찾아 끌어내려고 하였다. 그러자 여자가 말하길 "몸에 실오라기 하나 걸친 것이 없어, 차라리 죽을지언정, 사람들을 볼 면목이 없습니다."라고 하였다. 백정이 무슨 말인지 알아듣고 급히 가서 여인의 지아비에게 알리고 옷을 가져와서 데려가게 하니, 날이 이미 밝아왔다. 조씨가 울면서 어제 봉변당한 일을 하소연하자, 남편은 너무 화가 나서 현령에게 고소를 하였다. 관가에서는 즉시 걸인들을 잡아들이라는 칙령을 내렸는데도 별다른 성과를 얻지 못하였다. 며칠이 지나고 갑자기 사람의 비명소리가 들려왔다. 걸인들이 여인의 목숨을 구해준 백정의 몸에 돌을 묶어 물에 빠뜨려 죽인 것이라고들 수군거렸다. 마을에 있던 농부들이 모여 급히 달려가 보니 과연 그러하였다.

백정이 살아있을 때는, 항상 새벽에 마을에 있는 푸줏간에 가서 양을 잡았는데, 검은 개 한 마리가 항상 백정을 따라다니며 옆을 지켰었다. 이날 푸줏간 주인이 일찍 일어나서 백정을 기다렸으나 한참을 기다려도 오지 않았는다. 그런데 갑자기 개 한 마리가 황급히 집으로 들어오며 푸줏간 주인의 옷을 물고 슬피 울부짖었다. 푸줏간 주인이 아무리 꾸짖으며 쫓아도 가지 아니하고 옷을 물고 어디를 가자고 하는 행동을 하였다. 푸줏간 주인은 개를 따라나섰다. 그렇게 몇 리를 가니, 절 뒤의 물가에 다다라 더 이상 가지를 않고, 개가 물속에 뛰어 들어가더니, 시신 한 구를 끄집어내었다. 푸줏간 주인이 언덕에 올라가 보니 백정의 시신이었다. 백정은 손이 묶인 채 돌이 매달려 있었다. 그 형상을 보고 놀라 백정의 아들을 찾아, 물가에 함께 와보니 그 개도 백정의 시체 옆에 누워 죽어 있었다. 백정의 아들이 흐느껴 통곡하고, 푸줏간 주인과 함께 돌아가 현령에게 고발하였다. 현령은 걸인을 잡아 죽이라고 명하고, 또 그 개를 무덤 곁에 묻고, 돌을 세워 표하여 가로되, '의견총'이라고 하였다.

▌번역 필사본

의견총

오강(吳江) 촌듕의 농부의 지어미 됴시(趙氏) 이시니 본집이 머지 아니ᄒᆞ더라 그 어미긔 효셩이 지극 ᄒᆞ더니 이ᄯᆡ 마ᄎᆞᆷ 슈말 동최라 황작 두어 마리를 잡아 먹다가 마시 됴흔 고로 ᄎᆞᆷ아 다 먹지 못ᄒᆞ고 익일 새ᄇᆡᆨ 니러ᄂᆞ 소제ᄒᆞ고 황작을 가지고 본집의 가 어미를 보니 어미 마ᄎᆞᆷ 병 드러 누엇다가 가져 온 새고기를 달게 먹고 모녜 오ᄅᆡ게야 만【18】나 반기며 날이 저믄 줄을 모르고 그음 업시 말 ᄒᆞ다가 ᄂᆞᆯ이 임의 져믄지라 이ᄯᆡ의 쥬ᄉᆡᆨ 방장ᄒᆞ야 농가의 일이 만흔 고로 모친긔 하직ᄒᆞ고 도라갈ᄉᆡ 촌(村)바긔 나니 ᄂᆞᆯ이 졈졈 어두은지라 먼리 바라보니 슈풀 ᄉᆞ이의 불이 비최거ᄂᆞᆯ ᄎᆞᄌᆞ가 본즉 두어 걸인이 절문 밧긔 안ᄌᆞ 석반울 짓거ᄂᆞᆯ 밤의 길홀 닐헛다ᄒᆞ고 불을 구ᄒᆞᄃᆡ 걸인 하나히 ᄀᆞᆯ으ᄃᆡ 황혼의 이곳의 니르니 이 졀 화상으로 더브러 은근ᄒᆞᆫ 언약이 잇ᄂᆞᆫ가 ᄒᆞ고 ᄯᅩ 하ᄂᆞ히 웃고 왈 불 쥬기ᄂᆞᆫ 용이ᄒᆞ니 네 물노셔로 밧고ᄌᆞ ᄒᆞ고 드ᄃᆡ여 니러ᄂᆞ 겁박ᄒᆞ거ᄂᆞᆯ 뺨울 치며 소ᄅᆡ 지ᄅᆞ고 사ᄅᆞᆷ 죽인【19】다 ᄒᆞ니 걸인이 노ᄒᆞ여 흙으로 닙을 막고 뭇걸인을 불너 오슬 벗기고 허리의 ᄆᆡ인 슈건을 글너 목울 ᄆᆡ여 죽인후의 뷘구덩의 드리 치고 와룩으로 덥고 다라나더라 녀ᄌᆡ 긔절 ᄒᆞ엿다가 야반의 바야흐로 회ᄉᆡᆼᄒᆞ여 눈을 ᄯᅥ보니 빗긴 달이 밋쳐 ᄯᅥ러지지 아녓고 서리 바ᄅᆞᆷ이 굴슈의 ᄉᆞ맛져 한젼이 심ᄒᆞ여 능히 니긔지못ᄒᆞ고 다만 인명을 구ᄒᆞ라 두어 번 소ᄅᆡᄒᆞ니 ᄆᆞᄎᆞᆷ 니웃의 잇ᄂᆞᆫ ᄇᆡᆨ뎡이 지ᄂᆞ다가 듯고 ᄎᆞᄌᆞ와 장ᄎᆞᆺ ᄡᅳ어 내려 ᄒᆞ거ᄂᆞᆯ 녀ᄌᆡ 막아 왈 몸의 실한오리 붓친거시 업ᄉᆞ니 출홀이 어러 죽을지언졍 무ᄉᆞᆷ 면목울 가저 사ᄅᆞᆷ울 보리【20】오 ᄒᆞ니 ᄇᆡᆨ뎡이 그러히 너겨 급히 가 그 지아뷔 다려 니ᄅᆞ고 의복을 가져와 다리고 가니 ᄂᆞᆯ이 임의 ᄇᆞᆰ앗더라 녀ᄌᆡ 울며 작야의 봉변ᄒᆞᆫ 일을 말ᄒᆞᆫᄃᆡ 농뷔 통분ᄒᆞ여 현령의게 뎡소ᄒᆞ고 즉시 엄칙ᄒᆞ여 잡으ᄃᆡ 엇지 못ᄒᆞ더라 슈일

후의 홀연 사ᄅᆞᆷ의 지저괴ᄂᆞᆫ ᄉᆞᄅᆡ 둘니며 젼촌의 ᄇᆡᆨ뎡울 돌홀ᄆᆡ 여물의 너허 죽엿다ᄒᆞ거ᄂᆞᆯ 촌듕 농부드리 급히 모혀 가 보니 과연 그러ᄒᆞ더라 션시의 그 ᄇᆡᆨ뎡이 매양 졍신의 젼촌 푸쥬의 가양을 잡으니 거믄 ᄀᆡ 하ᄂᆞ히 홍상 ᄯᆞ라 다니더라 이ᄂᆞᆯ 푸쥬 쥬인이 일ᄌᆞᆨ 니러ᄂᆞ ᄇᆡᆨ뎡을 기ᄃᆞ려도 아니 오더니 홀【21】연 ᄀᆡ ᄒᆞ나히 당황히 집으로 드러 오며 사ᄅᆞᆷ의 오슬 물고 슬피 우ᄂᆞᆫ 소ᄅᆡ를 ᄒᆞ거ᄂᆞᆯ ᄭᅮ지져 ᄶᅩᄎᆞ도 가지 아니ᄒᆞ고 오슬 무러 다릐며 어ᄃᆡ로 가ᄌᆞᄂᆞᆫ 형상이어ᄂᆞᆯ ᄀᆡ를 ᄯᆞ라 슈리를 힝ᄒᆞ더니 졀 뒤 물가의 다다라 그치고 그 ᄀᆡ 슈듕의 ᄯᅱ여 드러 가더니 이윽고 한 시신을 ᄭᅳ으러 내거ᄂᆞᆯ 언덕의 올나 본ᄌᆞᆨ 과연 ᄇᆡᆨ뎡의 죽엄이라 그 손을 잡아 매고 돌홀 다랏거ᄂᆞᆯ 그 형상울 보고 놀라 ᄇᆡᆨ뎡의 ᄌᆞ식을 ᄎᆞᄌᆞ 보고 물가희 함긔와 본ᄌᆞᆨ 그 ᄀᆡ 죽엄 겻희 누어 죽엇더라 ᄇᆡᆨ졍의 ᄋᆞ들이 방셩대국ᄒᆞ고 그 사ᄅᆞᆷ과 함긔 도라가 현령의게 고ᄒᆞ니 걸인을 잡아 죽【22】이고 명ᄒᆞ여 그 ᄀᆡ를 무덥 겻희 뭇고 돌울 세워 표ᄒᆞ여 ᄀᆞᆯ으ᄃᆡ 의견총이라ᄒᆞ다

❚ 원문

吳江之簡村有農婦趙氏, 家在東村, 去簡村止三裏許。婦素孝於其母。方初冬, 偶得黃雀數枚, 嘗之而美, 輒留其余, 次日晨起盥櫛, 易裙釵, 攜雀往視其母。母適臥病, 取所攜雀哺之, 母爲之加餐。午飯後, 復呼與細談, 不覺迨暮, 婦以時方收獲, 遂告歸。

及村外, 天漸曛黑, 遙望林間, 微火射出。趨至, 則數丐圍坐寺門外晚炊, 婦告以迷路乞火。一丐曰"昏黃至此, 非與小和尚有密約耶"又一丐笑曰"火卻容易, 然須以汝之水相易。"遂起, 將逼淫焉。婦怒批其頰, 大叫"殺人", 丐怒, 取土塊塞其口, 呼群丐褫其衣袴, 取腰間汗巾縊殺之, 舁入一空壙, 解其巾, 覆以瓦礫, 各自竄去。

夜半婦忽蘇, 張目四顧, 見斜月未落, 四野霜濃, 陰風砭骨, 寒戰不能遽起, 但呼"救命", 適其鄰一屠夫路經村口, 聞之, 尋聲而至, 將曳之出, 婦拒曰"身無寸縷, 無論凍已僵, 亦何面目出見人乎"屠者悟, 亟走告其夫, 取衣袴, 導至其處, 乃去。時天已曉, 婦出, 哭告以故, 相隨還家。村農赴訴於縣令, 即飭嚴緝, 未獲。居數日, 忽聞嘩傳前屠為人縛石沈河而死, 村農奔視, 果然。

先是, 屠每於侵晨往前村肆中屠羊, 嘗有一黑犬相隨。是日店主早起相伺, 屠竟不至, 忽見犬狂奔入門, 銜其衣, 嗚嗚作哭聲, 叱之不去, 其人心動, 隨之出門。行裏許, 至寺後河畔乃止, 而犬已躍入水中, 俄而曳一屍出登岸, 就視, 則屠者也, 反接其手面系以石。駭絶, 奔告其子, 相將至河上, 則犬亦蜷臥屍旁而死矣。子乃泣請其人同返, 往訴於邑, 捕得丐者誅之, 命瘞犬於塚旁, 立石表之曰"義犬塚"。

4) 쳑ᄌᆞ이(戚自詒)

▌편찬자 번역

척자이(戚自詒)는 자가 감소(鑒昭)이고 귀안(歸安)현의 제생(諸生)이다. 집이 성의 중심부에 위치해 있어 14세의 나이에 읍상(邑庠)[8]에 들어갈 수 있었다. 어려서부터 자질이 아름답고 도량이 넓었으며, 용모가 뛰어났지만 그에 비해 줏대가 부족했다. 집안 살림은 풍족했으나, 친척들에게 급한 일이나 어려운 일이 생겨도 못 본 척 눈을 돌리고 모른 체하였다. 오직 청루주사에만 가서 천금을 아끼지 않고 돈을 물 쓰듯 하니, 가세가 점점 어려워졌다. 그리하여 삼십이 넘도록 자식이 없고, 폐병까지 걸려 그 처가 남편에게 오입질 행실을 고치라고 하였으나 오히려 투기한다고 꾸짖으며 그 처를 내쫓아 버렸다.

그 후 마군항(馬軍巷)에 있는 시위부(侍衛府)[9] 앞을 지나가다가, 두 사람이 싸우고 있는 것을 보게 되었다. 척생이 걸음을 멈추고 가만히 구경하다가, 문 앞에 서 있는 어린 소녀 하나가 보였는데, 그 여자의 자태가 매우 아름다웠다. 얼굴을 반만 드러내고 몰래 엿보다가 척생과 눈이 마주쳤는데, 순간 둘은 서로 알 수 없는 정(情)이 통했다. 소녀 뒤에는 한 노파가 따르고 있었는데, 앞에 나와 읍하며, 작은어머니 부탁이라며, 언제 귀녕(歸寧)[10] 할 것인지를 물었다. 소녀는 부끄러워하며 무안한 표정으로 아무렇게나 대답해버리고, 척생을 맞아 뒤따라 들어가 앉아, 무관심하게 노파를 향해 어머니 건강이 어떠냐고 묻더니, 바로 술을 들여오라고 시켰다. 노파가 나가자, 척생이 여자의 옷을 잡아당기며 합환하기를 청했다. 하지만 여자는 정중히 막으며 거절하고 옷을 벗지 않았다. 그리고는 척생을 이끌고 후원에 있는 별당의 왼쪽 수놓아진 방으로 들어갔다.

그 방의 중간에는 침대 하나가 놓여 있었고, 푸른색 얇은 비단으로 휘장을 치고, 깔아놓은 금침에서는 연한 향기가 풍겼다. 척생은 이런 기이하고 아름답고 화려한 방은 지금까지 본적이 없는 것이었다. 척생은 이미 마음이 동하여 소녀의 비단 저고리를 풀고, 서로 끌어안으니, 여인의 살갖향이 척생에게 그윽하게 스며들었다. 소녀가 엎드려 유혹하고 옆으로 누우니, 그 즐거움이 차고 넘쳤으나, 이상하게 척생은 피곤이 극에 달했다. 여인이 자신의 팔로 생을 베게 하고 잠시 척생을 쉬게 하는 듯싶더니, 오히려 척생을 끌어안고 놓아주지 않았다. 한참을 놀다

---

8) 지방에 설치된 교육기관.

9) 왕부(王府) 등을 호위하던 군부(軍府).

10) 친정에 가서 아버지를 뵙는 것을 말함.

가 홀연 갑자기 놀라 일어서며 하는 말이 “유모가 곧 올 것이니 낭군님은 편히 쉬고 계세요, 소첩은 이만 가보겠습니다”라고 하며 밖으로 나가 버렸다.

그러자 척생이 갑자기 아랫배가 부어올라 참을 수가 없었다. 일어나 베개를 더듬어보니 한 쌍의 신발이 놓여있었는데, 작고 아담한 사이즈에 수놓아진 신발이 마치 마름꽃과 같았다. 척생이 옷소매에 신발을 넣고 나와 여자와 작별을 하니, 여자가 가지 말라고 만류하며 눈을 흘기며 눈물까지 흘렸다. 척생은 저녁에 다시 오겠노라 하고 유유히 떠나갔다. 하지만 척생이 집으로 돌아온 후 계속해서 음정이 멈추지 않다가, 다음날 병이 더 깊어져 마침내 세상을 떠나고 말았다.

척생은 살아있을 때 늘 작은 상자를 가지고 다녔는데, 평소에 잠궈 두었기 때문에 비록 처첩이라고 해도 감히 볼 수가 없었다. 척생이 갑자기 죽어 염을 하기 위해 친척들이 방으로 들어가서 살펴보다 작은 상자를 발견하였다. 분명 척생의 물건을 다 치우고 남은 것이라고 여겨 그 상자를 열어보았다. 상자를 열어보니 안에는 모두 여자의 신발이 들어있었다. 크기가 작은 신발들이었는데 손가락 몇 개 마디만큼도 안 되는 가느다란 것도 있고, 혹은 연꽃만큼 작은 크기의 신발도 있었다. 붉은색, 녹색, 흑색, 흰색 등 다양하게 구비되어 있었지만 사람에게 맞을만한 신발은 없었다. 그 신발들 위에 유일하게 붉은색으로 수놓아진 신발이 있었는데, 그 외에 다른 물건들은 보이지 않았다. 모인 사람들은 크게 실망하여 염을 하고 나서 남문밖에 묻고 다 흩어졌다. 혹자가 말하기를 ‘시위부’ 안에 절세미인 귀신이 있다고들 하는데, 예전에 어떤 남자와 혼인하기로 언약하였다가 이루어지지 않아 자결하였다는 이야기를 하면서, “척생이 만난 그 소녀가 아마도 그 여자인 듯하다.”고 수군거렸다.

▌번역 필사본

척ᄌᆞ이

척ᄌᆞ이(戚自詒)의 자ᄂᆞᆫ 감소(鑒昭)니 귀안(歸安)현 ᄒᆞᆨ생이라 집이 군듕횡당(郡中橫塘) 우ᄒᆡ 이시니 ᄂᆞ히 십ᄉᆞ세의 본군 향교의 드럿더라 어려셔부터 ᄌᆞ질이 아름답고 성품이 도랑하야 가계 부요ᄒᆞᄃᆡ 친척의 급ᄒᆞᆫ 일이 이셔도 횡노가치보아 아ᄅᆞᆫ톄 아니ᄒᆞ고 오직 청누주샤의 쳔금을 앗기지 아니ᄒᆞ고 은젼을 물 쓰듯ᄒᆞ니 이러므로 가계 졈졈 녕톄ᄒᆞ더라 사십이 남도록 ᄌᆞ식이 업고 그 후의 음허증으로 병【23】 드럿거ᄂᆞᆯ 그 체[11] 젼일의 외입ᄒᆞ던 횡실을 고치라

11) 처가

ᄒᆞᆫᄃᆡ 투긔ᄒᆞᆫ다 ᄭᅮ짓고 ᄶᅩ ᄎᆞ 바리더라 그 후의 마군항시위부(馬軍巷侍衛府) 앏히 가다가 보니 두 사ᄅᆞᆷ이 ᄡᅡ호거ᄂᆞᆯ ᄉᆡᆼ이 이웃이 구경ᄒᆞᆯᄉᆡ 문 앏히 한 소년 녀ᄌᆡ 이시ᄃᆡ 자ᄐᆡ 졀염ᄒᆞᆫ지라 얼굴을 반만 드러내고 여어 보거ᄂᆞᆯ ᄉᆡᆼ이 눈쥬어 정을 통ᄒᆞ니 그 뒤ᄒᆡ 노괴 ᄯᆞ르거ᄂᆞᆯ 문득 앏히 ᄂᆞ으가 읍ᄒᆞᆫᄃᆡ 과거ᄒᆞᆫ 부녀라 칭탁ᄒᆞ거ᄂᆞᆯ 어내ᄂᆞᆯ 귀령(歸寧)ᄒᆞᄂᆞᆫ고 무르ᄃᆡ 녀ᄌᆡ 슈삽ᄒᆞᆫ 비출ᄯᅴ여 거ᄌᆞᆺ 답언ᄒᆞ고 ᄉᆡᆼ을 마ᄌᆞ 드러가 노구를 명ᄒᆞ여 술훌 가져오라 ᄒᆞ거ᄂᆞᆯ ᄉᆡᆼ이 녀ᄌᆡ의 오슬 다ᄅᆞ혀 합환ᄒᆞ기를 구ᄒᆞᆫ대 녀ᄌᆡ【24】 구지 막고 ᄉᆡᆼ울 닛그러 후원 별당을 향ᄒᆞ여 드러가니 방 듕의 한상탑을 노코 나위 슈침이 궁국샤려ᄒᆞ여 눈의 쳐음 보던ᄇᆡ라 이윽고 나의를 그ᄅᆞ고 셔로 친합ᄒᆞᆯᄉᆡ 금심옥부의 이향이 촉비ᄒᆞ더라 녀ᄌᆡ 음탕한ᄃᆡ 도로 젼축관흡ᄒᆞ니 ᄉᆡᆼ이 뇌근ᄒᆞ물 니긔지 못ᄒᆞ거ᄂᆞᆯ 녀ᄌᆡ 풀훌내여 ᄉᆡᆼ울 벼ᄀᆡᄒᆞ고 오히려 안고 노치 아니ᄒᆞ더니 이윽고 훌연 놀나 니러ᄂᆞ 왈 노귀 장ᄎᆞᆺ 울거시니 낭군은 편히 헐식ᄒᆞ소셔 쳡이 오ᄅᆡ지아녀 도라오리라ᄒᆞ고 죽시 밧그로 ᄂᆞ가더라 ᄉᆡᆼ이 소복이 창만ᄒᆞ여 견ᄃᆡ기 어려워 니러나 벼ᄀᆡ를 더드머 보니【25】 한 ᄡᅡᆼ 저근 슈혜(睡鞋) 잇거ᄂᆞᆯ ᄉᆞᄆᆡ[12]의 녓코 나와 녀ᄌᆞ를 작별ᄒᆞᆯᄉᆡ 녀ᄌᆡ 만류ᄒᆞ다가 못ᄒᆞ여 누하여 우어ᄂᆞᆯ ᄉᆡᆼ이 금야의 다시오리라 ᄒᆞ고 창연히 작별ᄒᆞ고 가니라 ᄉᆡᆼ이 그 후로부터 음졍이 오히려 넘처흐르고 그치지 아니ᄒᆞ다가 그 병이 국듕ᄒᆞ여 ᄆᆞᄎᆞᆷ내 죽으니라

션시(先是)의 ᄉᆡᆼ이 적은 협사를 ᄆᆡ양 가지며 다니ᄆᆡ 단단히 잠아 두니 비록 쳐쳡이라도 보지 못ᄒᆞ더라 ᄉᆡᆼ이 임의 죽으ᄆᆡ 감장ᄒᆞᆯ길이 업ᄉᆞᆫ고로 그 족인이 방듕의 드러가 뎜검ᄒᆞ여 보다가 필경 져축ᄒᆞ여 나믄 거시이시리라ᄒᆞ고 잡아둔 협ᄉᆞ를 몬저 녀러 본즉 다 녀ᄌᆞ의 슈혜라 혹 적기 일냥【26】촌 되ᄂᆞᆫ 것도 잇고 혹 금년을 슈노흔것도 이셔 오ᄉᆡᆨ이 구비ᄒᆞᄃᆡ ᄡᅡᆨ 마ᄌᆞᆫ 거시 업고 오직 그 우ᄒᆡ 홍슈 슈혜 한ᄡᅡᆼ이 잇고 이 밧긔 다른거시 업ᄉᆞ니 여러 사ᄅᆞᆷ이 보다가 대실 소망ᄒᆞ여 근근히 념습ᄒᆞ야 남문 외의 장ᄒᆞ고 다 혜여가더라 혹 말ᄒᆞᄃᆡ 시위부 안ᄒᆡ 녀귀 이시니 녯ᄂᆞᆯ 녀ᄌᆡ 한 ᄉᆞᄅᆞᆷ으로 더브러 부부되기를 언약 ᄒᆞ엿다가 일이 일위지 못ᄒᆞ고 ᄌᆞ결ᄒᆞ엿더니 ᄉᆡᆼ의 만난 녀ᄌᆡ 그 녀귄가 ᄒᆞ노라

▌원문

戚自詒, 字鑒昭, 歸安諸生也。家郡中橫塘上, 年十四, 入邑庠, 豐姿美而性復佻蕩。家素饒, 然每遇親族緩急, 輒反眼若不相識。惟於脂粉隊中, 揮霍不計, 以故家亦漸落。年三十余,

---

12) 소매에

無子。後得瘵疾，妻勸以改行，生以爲妒，棄之。

其後至馬軍巷侍衛府前，有兩人毆於途，生卻立以待。顧見門中一少婦，姿態韻絕，時露半面相窺，生漸與目成，見其後止一老媼相隨，遽前相揖，托以寡嬸寄語，問其何日歸寧。女靦然下拜，姑爲妄應，延入遜座，問姑母近復健否。隨命媼入取飮。媼去，生遽起牽女衣求歡，女撐拒不得脫，乃攜生入堂後左側繡房內，中設一榻，碧綃爲帳，衾裯香軟，其綺麗皆目所未見。既而代解羅襦，偎抱之際，肌香噴溢。女蕩甚，顚簸轉側，酣洽倍常，生爲之疲極。女乃引臂替枕，囑生暫息，然猶擁抱未釋。已而忽驚起曰："媼特至矣，郎姑安寢，妾當便來。"遂出。生覺小腹膨脹，殆難復支，亦起，索枕畔得睡鞋一雙，纖小幾如菱角。袖之出，索女言別。女挽留不得，淚下瑩眥。生與約夜當復至，悵然別去。而生自歸後，陰精猶流溢不止。次日病劇，未幾竟卒。

先是生在時，常以一篋自隨，扃鑰甚嚴，雖妻妾不得竊窺。既卒，無以爲殮，其族人入房檢得，意其中必有余蓄，爭先啟視，則滿篋皆婦人履也。或纖不盈指，或蓮船徑尺，朱綠黑白之色畢備，而絕無成對者，惟其上有紅繡睡鞋一雙，此外別無他物。衆人大失所望，爲之槁葬於南門之外而散。或言侍衛府內有女鬼絕艶，昔有女子嘗與人約爲夫婦，以其事不遂，自縊。生所遇蓋卽其祟爾。

5) 가ᄉᆞ(可師)

▌편찬자 번역

우리 마을[吾邑] 서편에 풍등암(豐登庵)이라는 절에는 가사(可師)라는 이름의 중이 있었다. 불도에 전념하고 계율을 잘 지킨다고 하여 스스로 가사라고 지은 것 이라고 한다. 그 이웃 마을의 한 여자가 그 중과 사통(私通)을 하는 사이였다. 마침 춘사(春社)[13]일이 되어 그 여인은 농염하게 화장을 하고 절에 가서 분향을 하였다. 그 중은 여인이 분향을 다 마치기를 기다렸다가 끌고 방으로 데려가 한바탕 일을 마치고, 서로 안고 누워 잠이 들었다.

마침 행사를 주관하는 사장(社長)이 와서 불전의 상황을 물었다. 절에 있는 어린 사미승이 중을 찾으려고 불당으로 들어가니, 중은 보이지 않고 침상 앞에 수놓아진 신발 한 쌍과 스님의 신발이 놓여있었다. 어린 사미승이 아무 생각 없이 무심코 가까이 가서 휘장을 치우고 '스님'을

13) 중춘(仲春)에 토신(土神)에게 농사의 순조로움을 비는 제사.

불렀다. 중이 놀라 깨어 사미를 보고 급히 일어나 크게 화를 내며 사미승을 때리려고 했다. 사미승이 울며 잘못했다고 빌었으나 중의 화가 사그라지지 않았다. 그대로 사미승을 잡아 앉히고는 여자에게 당부하며 "이놈이 어디 나가지 못하게 잘 지키고 있어!"라고 말했다. 그리고 문밖에 나갔다가 다시 들어와서는 사미를 결박하고 손으로 입을 막아 때려서 죽였다. 그리고 밤늦도록 여자를 절에 머물게 하고, 깊은 밤 사람들이 조용해진 틈을 타서, 여자와 함께 사미승 시신을 옮겨 이미 폐허가 된 우물에 넣고 기와와 돌 조각 등으로 덮어버렸다.

다음날이 되어 중은 사미승이 제 어미의 꼬임에 넘어가 절의 물건을 훔쳐서 도망갔다고 관가에 고발하였다. 이미 중에게 뇌물을 받은 관가에서는 사미승의 아비를 잡아 문책하고 형벌을 가했다. 사미승의 아비가 반드시 아들을 찾아오겠다고 장담했으나, 아무리 찾아도 사미승이 간 곳을 알 수는 없었다. 그렇게 몇 개월이 흘러갔다.

때는 마침 장맛비가 내리다가 잠깐 개인 맑은 어느 날, 어린 아이 몇 명이 암자 뒤에서 풀싸움 놀이를 하다가 우연히 폐허가 된 우물 위에 뱀이 있는 것을 보았다. 아이들이 우르르 일어나 뱀이 있는 우물 쪽으로 달려가니, 뱀이 우물 안으로 쏘옥 들어가 버렸다. 그 중 한 아이가 더 가까이 쫓아가서 보려고 하다가 머리에 썼던 두건을 우물 안으로 떨어뜨렸다. 아이가 나뭇가지로 그 두건을 건지려고 하니 두건은 점점 더 물에 잠겨버렸다. 아이가 물속을 뒤적이는데 갑자기 사람의 발 하나가 수면 위로 솟아오르더니, 다시 또 사람의 머리가 물에 떠올랐다.

아이가 놀라 나뭇가지를 버리고 급히 자기 집으로 달려가 그 아비에게 그 사실을 알렸다. 그 아비가 즉시 이웃 사람들을 불러 함께 가서 시신을 건져내었는데, 하나도 썩은 곳이 없었다. 온몸에는 맞은 상처의 흔적이 있고 할퀸 자국 등이 있었으나, 그 생김새가 분명 '풍등암'에 있던 사미승이었다. 아이의 아비는 바로 이웃사람들과 함께 관가에 가서 고발을 했다.

이에 읍령이 나와 검사하여 보니 맞아 죽은 시신이 분명했다. 읍령은 이전에 중 가사가 사미승이 물건을 훔쳐 도망가 행방불명되었다고 고발했던 사건의 문건이 총포부에 있으니, 즉시 문건을 가져오라고 명하였다. 읍령은 여러 번 반복해서 문건을 확인하고, 관리 두 명을 불러 그 암자를 수색하게 하였으나 딱히 큰 수확을 얻을 수가 없었다. 우연히 불당 뒤에 방 하나가 있어 들어가 보니, 중간에 침상이 있고, 그 위에 이불이 깔려있고 휘장이 드리워져 있었다. 모두 화려하게 수놓아진 것뿐 눈에 띠는 다른 것은 없었다. 오직 서랍 하나가 있어 열어보니 땋은 머리인 '변발'이 잘린 상태로 있었다. 관리는 그것을 관가에 바치고, 화려한 밀실의 정황을 읍령에게 아뢰었다.

읍령이 중을 불러 어떤 연유로 그 방을 설치하였으며, 이 물건이 어찌된 것인지 물었다. 중은 계속 모른다고만 대답했다. 읍령이 "너는 사미승을 죽인 자를 알고 있느냐?"라고 묻자,

중은 여전히 모른다고만 일관했다. 읍령이 “너는 모른다고 잡아떼지만 이미 시신이 여기에 있다.”라고 하며 형장을 틀어 중을 심문하였다. 중은 고문을 이기지 못해 잠시 실신하였으나, 곧 다시 살아났다. 하지만 여전히 자신의 죄를 부인할 뿐 인정하지 않았다.

이에 읍령이 분노하여 다시 심문을 하는데, 홀연히 사람들 사이에서 젊은 여자가 머리를 숙이고 눈물을 씻고 있었다. 읍령이 수상하게 여겨 여자를 앞에 불러 놓고 물었다. “이 곳이 어딘 줄 알고 감히 여기 와서 눈물을 흘리느냐?” 여자가 대답하기를 “저는 중의 이웃에 사는 사람인데 형벌을 이기지 못함을 보고 저도 모르게 마음이 아파서 눈물을 흘렸습니다.”라고 하였다. 읍령이 “그러하면 중이 사미승을 때릴 때 너는 어찌 가만히 참고 보았느냐?”라고 하였다. 여자가 놀라서 “그 일은 소첩이 관여할 바가 아니옵니다.”라고 말하니, 읍령이 크게 화를 내며 “위선자로구나!”라고 하였다.

여자가 몸을 이리저리 흔들며 흐느끼는 모습을 보고, 옆에 있던 중은 마음이 칼로 에이듯 아팠다. 그러자 중은 곧 자신이 전에 사미승을 죽인 사실을 인정하면서 “이 일은 비록 우리 둘의 정으로 말미암았지만, 이 여인은 상관이 없고, 소승이 마땅히 죄를 감당할 것입니다. 칼산지옥은 소승 하나만 당하는 것으로 족합니다.”라고 하였다. 중의 말에 읍령이 웃으며 “오늘에서야 너의 자비심이 크게 발하는구나!”라고 하였다. 읍령은 여자를 가두고 문건을 처리한 후, 중을 저잣거리에서 참수하였다. 여인은 1년이 넘게 옥에 하옥 되었다가, 옥중에서 병사하였다. 들리는 말에 의하면 중에게 참형을 행할 때 칼로 7번이나 찍은 후에야 비로소 중의 머리가 끊어졌다고들 한다.

외사씨(外史氏) 왈 : 내가 어려서 이 중을 봤을 때는 술도 안마시고 행실이 겸손하여 마을 사람들이 고승이라고 칭찬하였는데, 또 다시 들으니 이와 같은 여자가 한 둘이 아니었다고들 한다. 사미승을 죽여 놓고도 갖은 계책을 세워 의심을 덮으려고 하였다. ‘통하교’에 가보니 교각은 하늘 높이 솟아있었다. 중이 이 다리를 얼마나 많이 지나다녔을까! 수없이 방황하고 고민하다가 스스로 벗어날 수가 없는 것을 알고 사미승의 아비를 무고하게 끌어들였던 것이다. 무릇 이 다리는 암자와 멀지 않은 곳에 있어 그 중이 늘 이곳으로 다녔다고 한다. 중이 능히 사람을 속이고 관청에 뇌물을 바쳤으나, 오히려 귀신을 속이지는 못하였다. 허술하게 ‘변발’을 관리하고 제대로 숨기지 못하였으니, 이 또한 하늘의 뜻이 아니겠는가!

▌번역 필사본

가ᄉᆞ

우리 읍듕 셔편의 풍등암(豐登庵)이 이시니 듕의 일흠은【27】 가ᄉᆡ(可師)오 불도를 뎐심ᄒᆞ야 스스로 닐코른ᄇᆡ러라 ᄶᅵ 나웃 촌가의 한 녀ᄌᆞ 이셔 그 듕으로 더브러 ᄉᆞ통ᄒᆞ엿더니 ᄆᆞᄎᆞᆷ 츈사 일을 당ᄒᆞ여 그 녀ᄌᆞ 응장 셩식ᄒᆞ고 ᄉᆞ듕의 드러가 불젼의 분향ᄒᆞ거ᄂᆞᆯ 그 듕이 분향 파ᄒᆞ기를 기다려 다리고 방듕을 드러가 낭ᄌᆞ히 음일 ᄒᆞ다가 셔로 안고 누엇더니 ᄆᆞᄎᆞᆷ 사장(社長)이 와셔 ᄎᆞᆺ거ᄂᆞᆯ 소(小) 사미(沙彌) 승을 부르려 드러오니 승은 보지 못ᄒᆞ고 다만 상 ᄋᆞᇁ히 슈혜 일빵과 듕의 신이 잇거ᄂᆞᆯ 무심코 장(帳)을 둘고 부르니 듕이 놀라 ᄶᅵ여 ᄉᆞ미를 보고 대로ᄒᆞ여 급히 니러나 치려 ᄒᆞ거ᄂᆞᆯ ᄉᆞ미 놀나 울고 그릇ᄒᆞᆫ 죄【28】를 사과ᄒᆞᆫ대 듕이 노하물 그치지 아니ᄒᆞ야 ᄉᆞ미를 잡아ᄆᆡ여 안치고 녀ᄌᆞ를 당부ᄒᆞ여 착실히 직히여 ᄂᆞ가지 못ᄒᆞ게 ᄒᆞ라ᄒᆞ고 문 밧긔 ᄂᆞ가 다시 드러와 ᄉᆞ미를 결박ᄒᆞᆫ 후의 솜으로 닙을 막아 쳐 죽이고 밤의 녀ᄌᆞ를 암듕의 머물고 야심 인졍후의 ᄉᆞ미의 시신울 녀ᄌᆞ와 ᄒᆞᆷ긔 들고 가셔 폐ᄒᆞᆫ 우물의 녓코 와륵(瓦礫)으로 덥흔지 익일의 듕이 말ᄒᆞᄃᆡ ᄉᆞ미 제 어미 집의셔 ᄶᅬ여 물건을 도적ᄒᆞ여 가지고 도망ᄒᆞ엿다ᄒᆞ고 관가의 고ᄒᆞ니 관가의셔 듕의 뇌물울 밧고 ᄉᆞ미 아비를 잡아 형문ᄒᆞ고 ᄎᆞᄌᆞ 드리라ᄒᆞ니 실노 ᄉᆞ미의 간곳을 므르고 슈【29】삭울 가치엿더니 ᄆᆞᄎᆞᆷ 봄비 잠간 ᄀᆡ인ᄶᅵ의 어린 ᄋᆞᄒᆡ드리 암ᄌᆞ 뒤히셔 풀ᄡᆞ홈 노리를 ᄒᆞ다가 홀연 보니 폐ᄒᆞᆫ 우물 우ᄒᆡ ᄇᆡ암이 잇거ᄂᆞᆯ 모든 ᄋᆞᄒᆡ 니러ᄂᆞ 쏘ᄎᆞ니 ᄇᆡ암이 우물노 드러 가거ᄂᆞᆯ 한 ᄋᆞᄒᆡ 쏘ᄎᆞ가 보다가 머리의 ᄲᅵᆺ던 거시 우물의 ᄲᅥ러지거ᄂᆞᆯ 그 ᄋᆞᄒᆡ 뒷가지로 건지려ᄒᆞ니 임의 물의 잠겻거ᄂᆞᆯ 다시 져허 본즉 ᄉᆞᄅᆞᆷ의 발 하ᄂᆞᆫ히 슈면의 소사 오르더니 ᄯᅩ 사ᄅᆞᆷ의 머리 물의 ᄲᅥ올ᄂᆞᆫ지라 그 ᄋᆞᄒᆡ 놀나 뒷가지를 바리고 급히 제 집의 가 아비 다려 니르니 그 아비 즉시 동임울 불너 함긔 가 시신을 건져 내니 오히려 석지 아코 일신의 상【30】ᄒᆞᆫ 흔젹이 잇고 면목이 완연히 풍등암의 잇던 ᄉᆞ미라 드ᄃᆡ여 동임 함긔 관가의 드러가고 과ᄒᆞᆫᄃᆡ 읍령이 즉시 나와 금시ᄒᆞ여 보니 분명히 마ᄌᆞ 죽은 시신이라 젼일 승의 고관 ᄒᆞᆫ 문안이 총포부의 잇거ᄂᆞᆯ 죽시 관역울 분부ᄒᆞ여 문안울 가저와 반복ᄒᆞ여 보다가 관역울 불너 그 암ᄌᆞ 동의 초막울 뒤여보라 ᄒᆞ니 어든 거시 업고 불당 뒤 한 방듕의 드러가 본즉 상탑과 금장즙물이 다 궁극 화려ᄒᆞ고 다른거ᄉᆞᆫ 업ᄉᆞ리 오직 슈혜와 ᄊᆞᆫ머리 잇거ᄂᆞᆯ 관가의 바치고 듕의 방듕의 화려ᄒᆞᆫ 사상을 가로 말ᄒᆞᆫᄃᆡ 읍령이 듕울 불너 무로ᄃᆡ【31】 그 방을 엇지ᄒᆞ여 셜시ᄒᆞ며 그 슈혜등 물은 엇진 거시ᄂᆞᆫ 듕이 아지 못ᄒᆞ다 ᄒᆞ거ᄂᆞᆯ 읍령 왈 연즉 너히 ᄉᆞ미 죽인자를 네 아ᄂᆞᆫ다 듕이 모로노라 ᄒᆞ거ᄂᆞᆯ 읍령이 우어 왈 네 비록 아지 못ᄒᆞᆫ다 ᄒᆞ나 시신이 이의 잇다 ᄒᆞ고 드ᄃᆡ여 형장을 더어 동티ᄒᆞ니 듕이 명이 그쳣다가 다시 회ᄉᆡᆼᄒᆞ여 오히려 승복 아니 ᄒᆞ거ᄂᆞᆯ 읍령이 분노ᄒᆞ여 다시 국문ᄒᆞ더니 홀연 인총(人叢) 듕으로셔 한 소년 녀ᄌᆞ 머리를 슈기고 눈물을 싯거ᄂᆞᆯ 읍령이 ᄋᆞᇁ히 불너 무러 왈 이곳이 어ᄃᆡᆫ줄 알고 네 감히 와셔 눈물을 흘니ᄂᆞᆫ고 녀ᄌᆞ ᄃᆡ 왈 쳡은 듕의 니우식 잇더니 그 형벌을【32】 니긔지 못ᄒᆞ물 보고 ᄎᆞᆷ혹ᄒᆞ물 ᄭᆡ듯지 못ᄒᆞᄂᆞ이다 읍령 왈 연즉 듕이 그 ᄉᆞ미를 칠ᄶᅵ의 네 엇지 ᄎᆞᆷ아서 서 보앗ᄂᆞᆫ다 녀ᄌᆡ 놀나 말ᄒᆞᄃᆡ 이 일은 쳡의 간예ᄒᆞᆯ ᄇᆡ[14] 아니로소이다 읍령이 ᄃᆡ로ᄒᆞ여 위션가 도라 ᄒᆞᆫᄃᆡ 듕이 겻희 잇다가 그녀의 완젼 교ᄐᆡ를 보고 ᄆᆞ음이 어이ᄂᆞᆫ돗 ᄒᆞ야 드ᄃᆡ여 ᄉᆞ미를 죽인바로ᄡᅧ 승복ᄒᆞ고 ᄯᅩ ᄀᆞᆯ으ᄃᆡ 일이 비록 간졍(奸情)으로 말미아마 ᄂᆞ시나 소승이 맛당히 상명ᄒᆞᆯ거시오 이 녀ᄌᆡᄂᆞᆫ 간범이 업ᄉᆞ니 칼산지옥을 소승 일신이 당ᄒᆞᄂᆞᆫ 거시 족ᄒᆞ다 ᄒᆞ니 읍령이 ᄯᅩ 우어 왈 금일의야 네 ᄌᆞ비지심을 크게 발ᄒᆞ엿도다 ᄒᆞ고 그【33】 녀ᄌᆡ를 가도고 문안을 쳐결ᄒᆞᆫ 후의 듕을 져ᄌᆡ의 내여 ᄎᆞᆷᄒᆞ고 녀ᄌᆞᄂᆞᆫ 옥듕의 ᄒᆡ포 가치엿다가 ᄆᆞᄎᆞᆷ내 죽고 그 듕을 ᄒᆡᆼ형(行刑) ᄒᆞᆯ ᄶᅵᆨ 칼노 일급번 직은 후의 머리 비로소 ᄭᅳ허졋ᄃᆞᄒᆞ더라

외ᄉᆞ시 왈 내 어려서 보니 그 듕이 술ᄒᆞᆯ 아니 먹고 ᄒᆡᆼ실이 겸ᄀᆞᆼᄒᆞᆫ고로 읍듕이 다 도고ᄒᆞᆫ 듕이라ᄒᆞ더니 다시 드르니 ᄉᆞ통ᄒᆞᆫ 녀ᄌᆡ 한 둘히 아니라ᄒᆞ더라 밋ᄉᆞ미를 죽여 물의더려 ᄌᆞ최를 업시코ᄌᆞᄒᆞ고 동하교의 가 보니 다리 놉하 공듕(空中)의 슈십장(數十丈)이 놉핫ᄂᆞᆫ지라 녀러번 단니며 보아도 다 이가튼지라 무슈【34】히 방황ᄒᆞ다가 스스로 ᄉᆡᆼ각ᄒᆞᄃᆡ 능히 버셔ᄂᆞ지 못ᄒᆞᆯ줄을 알고 이의 그 아비를 무죄히얼거 관뎡ᄒᆞ니라 대저 이 다리ᄂᆞᆫ 그 암ᄌᆞ의서 머지 아닌 그로 듕이 ᄆᆡ양 그 다리로 단니더니 듕이 능히 사ᄅᆞᆷ을 속이며 관뎡의 뇌물을 통ᄒᆞ나 오히려 귀신을 속이지 못ᄒᆞ여 슈혜와 ᄡᅡᆫ머리를 허소히 간수ᄒᆞ여시니 이 엇지 하ᄂᆞᆯ이 아니냐

▌원문

吾邑之西偏, 有豐登庵。僧名可師, 以戒律自名, 鄰村一婦人素與僧通。會值春社, 婦濃妝艷抹, 至寺中燒香, 僧引入房與狎, 事已相抱而睡。適社長來問殿上緣事, 小沙彌尋入, 並不見僧, 但見床前繡履一雙, 與僧履在地。遂近前揭其帳呼之, 僧驚寤, 見沙彌, 大怒, 遂起擒之。沙彌泣訴其誤犯之由, 僧轉益驚訝, 顧鄰婦曰"汝善守之, 勿聽其出也。"遂去, 少頃復入, 縛沙彌, 以綿塞其口, 笞死。是夕留婦宿庵中, 人靜後共舁屍, 啟後扉出, 投一廢井內, 以瓦礫覆焉。次日以沙彌爲母家所誘、竊物潛逃控於官。官納僧賄, 拘其父刑訊, 責令交出沙彌, 顧其父實無從尋訪, 訟系者逾兩月矣。

時梅雨乍晴, 有數小兒於庵後鬪草爲戲, 忽見井上一小蛇蜿蜒, 群起逐之。蛇入於井, 一兒趨窺之, 帽落井中。兒即取稚竹一竿撩之, 帽已沈矣。再掉之, 則一足翹起水面, 須臾屍首浮出。大懼, 投竿奔告其父, 父即呼鄰保共往, 相與撈起, 其屍猶不腐, 遺體傷痕, 隱如刻劃, 而面目宛然可辨, 遂共鳴於官。

14) 쳡이 간여할 바가

邑令至, 驗屍, 系笞死者, 詢僧曾有控案在總捕府, 卽飭役往取成案, 反覆久之, 呼二役往搜其寢, 無所得。既至佛座後一套房, 其中床榻衾帳, 皆極綺麗, 顧亦無他物。惟抽屜中有辮發一根, 以呈, 並縷述房中華褥狀。令呼僧, 問以此處緣何而設, 此物更何用處, 僧對不知。令曰"然則汝亦知殺汝之徒者乎"僧又言不知。令幹笑曰"汝雖不知, 然兇手則有在矣。"遂用夾訊僧, 絕而復蘇, 猶堅不肯承。令怒, 命再刑之。忽顧見人叢中, 一少婦低頭揾淚。趨喚至案前, 詰之曰 : "此何地也, 而汝卻來此垂淚"對曰"妾本師之鄰家, 見其不勝拷掠, 故不覺慘然。"令曰"然則視僧之拷掠其徒何如 ? 爾時汝何忍立視其死耶"婦駭言"此事與妾無幹。"令大怒, 命拶之, 僧在旁睹其宛轉嬌啼, 心痛如割, 遂前承所以斃其徒者, 且曰"事雖由於奸情, 但當斃命時, 此婦實不在側。刀山劍樹, 小僧壹身當之足矣。"令笑曰"今日汝可謂大發慈悲矣。"因並系其婦去, 案既定, 斬僧於市, 婦擬監候絞, 年余病死獄中。相傳行刑時, 砍至第七刀, 僧首始殊雲。

外史氏曰 : 余幼時見此僧不茹葷酒, 儀度謙恭, 故裏中鹹稱高行僧雲。又聞其所私, 亦不止此婦。及沙彌見瘞, 即擬爲打包計。已出至通河橋, 輒見橋豎空中, 高數十丈, 往還幾次, 皆如是。徬徨達旦, 自度不能脫, 於是乃捏控其父焉。蓋此橋去庵裏許, 乃其出入所必由也。噫 ! 僧亦知人可愚以術, 官可通以賄, 而鬼神則有難欺者乎 ! 況又有辮發之慢藏者乎 ? 然此亦豈非天哉 !

6) 강미(扛米)

▌편찬자 번역

송강(松江) 땅에 어떤 상국(相國)의 후손 손(孫)모씨는 집안이 가난하여 생계를 꾸리기가 힘들었다. 예전에 자신의 집에서 노복으로 지내던 자가 부유해졌단 말을 듣고, 가서 구걸하게 되었다. 마침 그 집에 도착하니 예전의 노복이 쌀을 빻고 있었다. 옛 주인 행색을 보더니 딱해하며 오두미를 내어 주고 자신의 집 하인에게 짊어지고 따라 가라고 일렀다. 하지만 그 하인이 그 오두미 짐의 무게를 이기지 못하고, 가다가 땅바닥에 놓고 휴식을 취하였다. 그러자 손생(孫生)이 하인에게 "어찌 이리 힘이 없는가"라고 물었다. 하인이 탄식하며 "내가 원래 고용살이 하는 자가 아니고, 우리 선조가 모(某) 학사(學士)였습니다"라고 대답 하였다. 손생이 놀라서 말하길 "그렇다면 우리는 친척입니다"라고 하며, 두 사람이 오두미를 서로 나누어 짊어지려 했다.

하지만 능히 그 오두미의 무게를 이기지 못하고 울면서 “슬프도다! 부모가 나를 낳으실 때에 쓸데없이 고생만 하셨구나!”라고 말하니, 저잣거리 사람들이 여기저기 모여들어 구경하였다. 그 중 한 나이 많은 어르신이 막대 하나를 주며 둘러메고 가라 일렀다.

이 두 사람의 조상은 모두 숭정(崇禎) 연간에 상국(相國)을 지냈다고 한다. 이때 사람들이 말하길 “오두미 양공자(兩公子), 짐도 짊어질 수가 없어서, 『시경(詩經)』 읽은 것을 헛되다 하고, 부모가 고생해서 낳은 것을 원망하네, 그 선조들은 후손이 이렇게 될 줄 어찌 헤아릴 수 있었으랴!”라고 떠들어 댔다.

▍번역 필사본

강미

송강(松江) 모상국(某相國)의 후손 모ᄉᆡᆼ이 가게 궁핍ᄒᆞ니 궁불능 ᄌᆞ존ᄒᆞ야 넷ᄂᆞᆯ 종의 요부ᄒᆞ단 말울 듯고 ᄎᆞᄌᆞ보고 구걸ᄒᆞᆫᄃᆡ 마ᄎᆞᆷ 용뎡ᄒᆞ다가 오두미를 내여 제집 고【35】공으로ᄒᆞ여금 질무고 ᄯᆞ라가라ᄒᆞ니 그 고공이 능히 니긔지 못ᄒᆞ여 거리의 노코 혈식ᄒᆞ거ᄂᆞᆯ 모ᄉᆡᆼ이 무르ᄃᆡ 엇지 이가치 무력ᄒᆞᆫ고 고공이 탄(嘆) 왈 내 그 공ᄉᆞᆯ이 ᄒᆞᆯ 재 아니라 우리 션죄 모공 ᄒᆞᆨᄉᆡ(學士)라ᄒᆞ니 모ᄉᆡᆼ 왈 그러ᄒᆞ면 우리 친쳑이로라 ᄒᆞ고 냥인이 셔로 갈마지ᄃᆡ 능히 니긔지 못ᄒᆞ야 울며 왈 슬프다 우리 부ᄆᆡ 우리를 ᄂᆞ으실ᄯᆡ의 구로(劬勞) ᄒᆞ셧다ᄒᆞ니 저ᄌᆡ 사ᄅᆞᆷ이 므혀듯다가 한 장재 막ᄃᆡ 하ᄂᆞᄒᆞᆯ 쥬며 돌녀 머이고가라 ᄒᆞ더라 드르니 냥인의 션죄 다 슝뎡년간 상국이라 사ᄅᆞᆷ드리 말ᄒᆞᄃᆡ 오두미(五鬪米) 냥공ᄌᆡ(兩公子)라 ᄒᆞ니 힘이 부족ᄒᆞ야 짐을 지고 니러ᄂᆞ지【36】 못ᄒᆞ고 부모의 구로(劬勞) 지은울 원망ᄒᆞ니 내조의 후손 가르치미 이러ᄒᆞᆯ 줄울 엇지 아랏시리오

▍원문

松江某相國之孫某, 貧乏不能自存, 其故仆有富於財者, 往而乞憐。適舂米, 以五鬥令傭負之以隨, 傭不能勝, 息於衢。某問傭曰“何無力至此” 傭嘆息曰“吾非傭工者, 先祖爲某學士。” 某驚曰“如此則親戚矣” 然兩人俱弗克負荷, 遂爲之相抱而泣曰“哀哀父母, 生我劬勞” 市人聚觀。一長者與以竹梢, 共舉以歸。兩人祖皆崇禎間相也。時人爲之語曰“五鬪米, 兩公子, 扛不起, 枉讀《詩經》怨劬勞, 乃祖詒謀豈料此。”

7) 무셕노인(無錫老人)

▌편찬자 번역

섣달 그믐날 밤, 무석(無錫)현에 사는 한 노인의 집에 도둑이 벽을 뚫고 방으로 들어왔다. 노인이 놀라 일어나 도둑을 잡아보니 예전부터 알던 지인분의 아들이었다. 노인은 아무 말도 하지 않고 넌지시 말하길 "조카가 어떻게 여길 오게 되었나?, 내 자네 부친과 교분이 각별하였네, 아마도 지금 자네 처지가 빈궁하여 어쩔 수 없이 이 지경에 이른 것 같군!"이라고 하며 백금을 주며 새해를 지내는데 쓰라고 하고, 또 수 백금을 더 주면서 사업 자본으로 삼으라고 했다. 도둑은 노인의 그 말에 매우 부끄러워하며 결국 그 지방에 살지 못하고, 다른 지역으로 옮겨 자립하였다.

몇 년이 흐르고, 예전 도둑이었던 청년은 배를 사서 다시 노인을 찾아왔다. 밤이 되어서야 노인의 집에 도착할 수 있었는데, 노인의 집에 이르니 그 집 문 위에 한 사람이 목을 매고 죽어 있었다. 청년은 크게 놀라 뱃사공을 불러 시체를 떠메고 다시 배에 올라, 시체를 물에 던져 버렸다. 그렇게 하고 우선 집으로 돌아갔다가, 몇 년이 지난 후에 다시 노인을 방문하여 이전에 처리했던 일에 대해 상세히 말씀드렸다. 노인은 "조카가 애를 많이 써 주었군, 전에 죽은 자는 그때 내 아들과 싸우다가 죽은 사람이었네. 만약 조카가 아니었다면 오늘 내가 이렇게 조카를 다시 볼 수 없었을 것이네"라고 했다. 이런 일로 비추어보면 청년의 마음 씀씀이는 양상군자(梁上君子)를 대하는 것과 같으니, 마땅히 이런 후한 보은을 받는 것이다.

다음에 서술할 몇 가지 일은 내가 일찍이 전기(傳記) 중에서 얻은 이야기로 부귀한 자재들이 얻어서 보면 족히 경계할만한 내용이다. 노인의 마음 씀씀이가 특히 그럴만하니, 그 보은에 대해선 논할 바가 아니다.

우리 마을에 대(戴)씨 성을 가진 자가 있었는데, 도박을 좋아하여 가산을 다 탕진하였다. 하루는 해가 저물어 집으로 돌아왔는데, 등불을 밝히려고 해도 기름이 없었다. 주머니를 뒤져보니 3문(文)의 푼돈 정도만 있어, 등불을 밝히지 못하고 옷 입은 상태로 침대에 누워 잠을 청했다. 홀연 갑자기 창밖에서 인적소리가 들려오더니 도둑 한 명이 담을 넘어 들어왔다. 대생이 숨을 죽이고 몰래 엿보니 도둑이 가슴속에서 불을 붙이는 화지(火紙)를 꺼내 입으로 불어 불을 붙이고 사방을 비추며 방을 뒤지기 시작했다. 그러나 한참을 뒤져도 아무것도 가져갈 것이 없자 도둑은 어이가 없어 한숨을 쉬며 나가려고 했다. 순간 대생이 급히 일어나 주머니속의 잔돈을 꺼내어 쫓아가서 주었다. 그러면서 "내 집이 이같이 빈곤하여 당신이 이렇게 실망하고 돌아가니 내 스스로도 너무 부끄럽소. 이런 상황은 단지 당신과 나만 아는 사실이니 양해해

주시구려, 내 집에 들어왔었던 것을 절대 아무에게도 알리지 말아 주시오"라고 하였다. 이 노인이 하는 행동이 앞의 노인과 비슷한 점이 있어, 여기에 병기해두는 것이다.

『수서은일전(隋書隱逸傳)』에 나오는 조군(趙郡) 이사겸(李士謙)은 모친을 지극한 효로 섬기는 효자이다. 한번은 그의 밭에서 곡식을 훔치는 자가 있었는데, 사겸이 보고 자리를 피하였다. 집에 있던 소동이 곡식을 훔친 도둑을 잡아오니, 사겸이 타이르면서 "어렵고 궁핍함이 심하여 그러한 것이다."라고 놓아 보내라고 했다.

『도공담찬(都公談纂)』에 나오는 유사구(兪司寇) 부친 중량(仲良)이 하루는 밖에 나갔다가 돌아오니, 도둑이 몰래 그 집 담 앞에 있던 '석등전'을 집어가는 것을 보았다. 중량이 몰래 자리를 피해 도둑이 가지고 가기를 기다렸다가 들어갔다. 후에 집안사람들이 집의 물건이 없어졌다고 하니, 중량이 "그 물건이 오래되어 쓸 수가 없어, 내가 석공과 바꾸어왔소."라고 하였다. 또 하루는 손님들과 연회를 하는데 가난한 손님이 은잔을 소매에 넣고 가는데, 그 부인이 병풍 뒤에서 그것을 보고, 중량에게 알리니, 중량이 웃으며 "은잔을 그 손님에게 넌지시 주어 보냈는데, 그걸 부인이 보았구려."라고 하였다.

『수서(隋書)』에도 사겸(士謙)의 너그러운 품행을 언급한 글이 헤아릴 수 없이 많다. 혹자가 사겸에게 음덕이 있다 말하니, 사겸이 웃으며 말하길 "소위 음덕은 귀에서 울리는 소리 같아서 다만 들을 수 있을 뿐 사람은 알지 못하는 것입니다, 지금 내가 한 행동은 이미 모두가 알고 있을 터인데 어찌 음덕이라 할 수 있겠습니까!"라고 하였다. 이처럼 옛사람의 후덕함이 이와 같았지만, 음덕을 자처하는 이는 없었다.

▌번역 필사본

무셕노인

무셕현 노인이 세말을 당ᄒᆞ여 잠업시 누엇더니 도적이 벽을 ᄯᅮᆯ코 방의 드러 오거ᄂᆞᆯ 잡아본ᄌᆞᆨ 고인의 ᄋᆞ들이라 노인이 아모 소ᄅᆡ 아니ᄒᆞ고 넌즈시 닐너 왈 현질(賢侄)이 어이 이의 니르럿ᄂᆞᆫ 내 너의 부친과 교분이 ᄌᆞ별 ᄒᆞ더배라 ᄉᆡᆼ각컨ᄃᆡ 네 빈궁ᄒᆞ므로 마지못ᄒᆞ여 이의 니른 듯ᄒᆞ다ᄒᆞ고 ᄇᆡᆨ금을 쥬어 과세ᄒᆞ라ᄒᆞ고 ᄯᅩ 슈ᄇᆡᆨ금울 주어 미쳔을 ᄉᆞᆷ으라ᄒᆞ니 그 ᄉᆞᄅᆞᆷ이 붓그려【37】 그 곳의 다시 못 ᄉᆞᆯ고 타쳐의 올마가 노인 주던 금을 가지고 흥니 ᄒᆞ다가 슈년후의 ᄇᆡ를 ᄐᆞ고 노인울 ᄎᆞᄌᆞ가니 그 집문 우희 한 사ᄅᆞᆷ이 목을 ᄆᆡ여 죽엇거ᄂᆞᆯ ᄆᆞ음의 놀나고 의아ᄒᆞ야 ᄇᆡᄉᆞ공을 불너 쎠메이고 ᄇᆡ의 울ᄂᆞ 물의 더진후 도라갓다가 슈년 만의 다시 와 노인을 ᄎᆞᄌᆞ 보고 년젼 ᄉᆞ를 고ᄒᆞ니 노인이 ᄀᆞᆯ으ᄃᆡ 현질의 힘을 ᄌᆞ뢰ᄒᆞ미 만토다 젼일의 목ᄆᆡ여 죽은

자는 일즉 오즈로 더브러 빠호다가 죽은 사름이니 현질이 아니런들 노뷔돗일의 다시 못볼놋 다ᄒᆞ니 이를 인ᄒᆞ여보면 ᄆᆞ음쁜 거시 녯놀 착ᄒᆞᆫ 사름 이량(待梁) 상군자(上君子)딕【38】 졉흠과 가트니 맛당히 이러ᄒᆞᆫ 보응이 이시리로다

이 일을 내 일즉 젼긔 듕의셔 어더 보아시니 부귀가 ᄌᆞ뎨어더보면 족히 경계홀만ᄒᆞ고 노인의 심법을 가히 효축ᄒᆞ리로다 그 보응은 의는홀빅 아니라 우리 읍듕의 대싱이라 재 이셔 박혁을 됴하ᄒᆞ여 탕진 가산ᄒᆞ고 됴불 여석ᄒᆞ더니 일일은 저물세야 집으로 도라오믹 불울 혀려ᄒᆞ딕[15] 기름이 업ᄉᆞ지지라 이의 낭듕을 뒤여 보니 다만 삼푼 젼이 잇거놀 인ᄒᆞ여 불울 펴지 못ᄒᆞ고 옷닙은 ᄎᆡ 상의 울나 자더니 훌연 드르니 창밧긔 인적이 잇거놀 딕싱【39】이 도적을 숣피니 도적이 담을 뚤코 드러와 화혈울 갈기며 기ᄉᆡ 불을 부쳐 닙으로 불어 방듕을 비최여 보니 가져갈거시 업는지라 이욱고 차탄ᄒᆞ며 ᄂᆞ으가거놀 싱이 급히 니러ᄂᆞ 낭듕의 삼푼젼을 내여 가지고 쪼ᄎᆞ가 주며 왈 내집이 이 가치 빈핍ᄒᆞ여 그딕 낭픽ᄒᆞ고 도라가니 스스로 부그럽다 이 광경을 나만 아는거시니 너는 도라가 내 집 취조를 내지 말나 ᄒᆞ니 이난 무석노인과 방불ᄒᆞᆫ지라 이 일을 함긔 뎐울 지엇노라 슈셕은일뎐(隋書隱逸傳)의 조군니ᄉᆞ겸(趙郡李士謙)이 모친을 지효로 셤【40】기는 효ᄌᆡ러니 일즉 그 밧 곡실을 도적ᄒᆞ는 ᄌᆡ 잇거놀 ᄉᆞ겸이 바라보고 피하엿더니 가동이 곡식 도적ᄒᆞ는 자를 잡오왓거놀 ᄉᆞ겸이 호유ᄒᆞ여 왈 이 사름이 궁곤소치(窮困所致)라ᄒᆞ고 노하 보내더라 내 쏘ᄒᆞᆫ 도공담찬(都公談纂)을 보니 뉴ᄉᆞ구(兪司寇)의 부친 듕냥이 일즉 밧긔 나갓다가 도라오니 도적이 바야흐로 그 집 당젼의 두 석등경(錫燈檠)을 집어 가거놀 즁냥이 피ᄒᆞ엿다가 도적이 가지고 가기를 기ᄃᆞ려 드러가고 그 후의 가인이 등경을 닐헛다 ᄒᆞ거놀 즁당이 골으딕 이 그르시 쁜지 오래기로 내 두셕장인을 주고 밧고 왓노라ᄒᆞ고【41】 일일은 손을 모하 잔치홀ᄉᆡ 구챠ᄒᆞᆫ ᄀᆡᆨ이 은잔을 ᄉᆞᄆᆡ의 녓고 가거놀 그 부인이 병풍뒤히서 보고 듕냥의게 고ᄒᆞᆫ딕 듕냥이 소(笑) 왈 은잔울 그 ᄀᆡᆨ을 넌지시 쥬어 보내 엿더니 부인이 그릇 보앗다 ᄒᆞ거놀 슈셔(隋書)의 ᄉᆞ겸의 ᄒᆡᆼ실울 말ᄒᆞᆫ 거시 이로혜지 못홀너라 혹이 음덕이 잇다 ᄒᆞ거놀 ᄉᆞ겸이 골으딕 니른바 음덕은 귀의 우는 소릐 가트여 다만 듯고 ᄉᆞ름은 아지 못ᄒᆞ는 거시니라 이제 다힝ᄒᆞ난 일은 그딕 다 알거시니 무삼 음덕이라 니르리오 녯 사름은 음덕울 ᄌᆞ쳐ᄒᆞ는 재 업ᄂᆞ니라 ᄒᆞ더라【42】

▌원문

無錫老人, 當歲除夕, 賊穿壁入其室。老人起而執之, 則故人子也, 老人絶不聲張, 私語之

15) 켜려하되

曰"賢侄何至此哉！汝父與我頗厚，想汝貧迫，不得已而爲之耳。"贈百錢爲度歲計，又贈數百錢爲資本。其人愧，不能復居故土，遷之他方，頗有樹立。

越數年，買舟訪老人，夜分至門外，見一人縊於門上，呼同舟人擡至舟上，棄之河而返。逾年乃再訪老人，告以前事，老人曰"藉君之力多矣。前死者，日間曾與小兒鬧事。微君，則此時恐不及相見矣。"此老人用意，與昔賢所以待梁上君子者無讓焉，宜有是長厚之報。

右二事，余得之傳記中。富貴子弟讀之，足以警矣。而老人用意之厚，尤爲可法，不必論其報也。

吾鄉有戴姓者，以賭博傾其資，家中素無長物。一日暮歸，將上燈而無油，探囊中，止余錢三文，遂止，和衣上床睡，因思明日朝餐尙無所出，輾轉不寐。忽聞窸窣有聲，一偸兒穴墻而入。戴潛伺其所爲，偸兒出懷中火紙，略一吹噓，火光四照，遍覓室中，無可攜取。良久，微嘆而出，戴急起探囊中之錢，追而與之，曰"自恨家貧至此，致君失意而返。此種光景。只可爾知我知，區區心敬，惟乞吾兒歸後，曲爲包荒，勿揚其醜。"以視老人，一莊壹諧，可並傳也。(此事亦可與徐文長呼盜而與以銀杯並傳)

《隋書隱逸傳》趙郡李士謙，事母以孝聞。嘗有盜其田禾者，士謙望而避之。家僮嘗執盜粟者，士謙諭之，曰"窮困所致。"遽令放之。

《都公談纂》兪司寇父仲良，嘗一日自外歸，有偸兒方竊其家堂前錫燈檠，仲良回避，俟其袖出乃入。後家人以失器告，仲良曰"此器久不堪用，吾業與錫工易之也。"又一日宴客，客有貧者，袖其銀杯。夫人屛後見之，告仲良，仲良笑曰"酒器夜來吾已廢其壹，汝何見之誤也。"

《隋書》又述士謙寬厚之行，不勝枚擧。或以其有陰德，士謙曰"所謂陰德者，猶耳鳴，已獨聞之，人無知者。今吾所作，吾子皆知，何陰德之有？"是古人之厚也，古人固未有以陰德自居也。

8) 시금도(尸擒盜)

▌편찬자 번역

어느 한마을의 동북쪽 수 십리 내에 몇 년 동안 관(棺)을 권조(權厝)[16]하였다가 도둑 당하는 일이 빈번히 일어났다. 때로는 관가에 제소하기도 했지만 도둑이 너무도 잘 숨어있어서인지 잡지 못하고, 계속해서 이런 일이 끊이지 않았다. 이 사건은 내가 주촌(珠村)에 있을 때, 그

16) 좋은 묏자리를 구할 때까지 임시로 장사를 지내고 관을 둠

이웃에서 일어난 일이다. 도둑 둘이 관 하나를 열었는데, 그 시체가 부유한 집의 어린 부인이었다. 몸에 걸친 장식 만해도 수 백금이 나가 보여 두 도둑이 매우 기뻐하였다.

기쁜 나머지 한 도둑이 관속에 자신의 오른쪽 다리를 넣고, 시체 다리 사이를 더듬어 의복과 장신구를 다 집어내고 중의(中衣)를 벗기려고 하는데, 갑자기 도둑의 오른쪽 다리가 관 틈에 끼어 마치 묶어놓은 듯, 아무리 빼내려 해도 다리가 움직이지 않았다. 다른 도둑 하나가 도와주려고 했지만 방법이 없었다. 나머지 도둑은 어쩔 수 없이 의복이며 장신구 등을 다 가지고 도망쳐버렸고, 남은 도둑은 오른쪽 다리가 관 틈에 끼어 여전히 빠져나가지 못하였다. 날이 밝아 마을 사람들이 보고 급히 잡아 결박하니, 그제 서야 오른쪽 다리가 관 사이에서 빠져나왔다. 이렇게 도둑을 잡아 관가에 고발하니, 읍령이 나와서 점검한 후에 심문하고 포박하여 참형을 가했다. 사람들이 "이 일을 들으면 가히 경계할만하다."라고 하였으나 귀신이 사람보다 순간순간 영험하다고는 하나 사람이 항상 귀신보다 꾀가 많은데, 무슨 경계할 바가 있겠는가!

또 모갑(某甲)이라는 자가 있었는데, 도박을 너무 좋아하여 가산을 모두 탕진해버렸다. 그 처가 병이 매우 깊어 목숨이 위중하매 모갑에게 "제 병이 이 지경에 이르렀으니, 만약 뜻밖의 일이 생기면 몸에 걸칠 수의조차 없는데 어찌해야 하나요?"라고 말했다. 모갑이 그 말을 듣고 "지금 땔감도 없고, 우리 집엔 걸인조차 오지 않아. 나한테 한 푼도 없는 게 안보여? 내가 무슨 수로 당신을 챙겨!"라고 하며 뒤도 돌아보지 않고 나가버렸다. 결국 그 처는 통곡을 하다가 죽게 되었다. 친정어머니가 이 소식을 듣고 관을 사서 염을 해주었다.

모갑이 돌아와서 보고는 기뻐하며, 관을 메고 임시로 권조(權厝)를 해놓고, 다음날 또 나가서 도박을 하였다. 그러나 역시 도박으로 탕진하여 빈털터리가 되니, 화가 나기도 하고 부끄럽기도 하여 울그락붉으락한 얼굴 표정으로 돌아가야만 했다. 그러나 돌아오면서 아무리 생각하여도 대책이 없었다. 이렇게 마을에 이르니 날이 이미 저물고, 달빛도 희미해졌다.

모갑은 집으로 바로 돌아가지 않고, 자기 처의 관을 권조(權厝)해둔 곳으로 가서 가만히 관 두껑을 열고, 옷(수의)을 벗기려고 하였다. 그러자 갑자기 그의 처가 벌떡 일어나 앉았다. 모갑이 매우 놀라 몸을 돌려 달아났다. 모갑의 뒤에서 발자국 소리가 점점 가까워졌다. 뒤를 돌아보니 그 처가 쫓아오고 있었는데, 그 거리가 불과 몇 십 보 정도밖에 안되었다. 모갑은 있는 힘을 다해 달려 급히 집으로 들어가 문고리를 붙들고 있었다. 밖에서는 문을 두드리는 소리가 요란하게 났다. 모갑이 문틈으로 밖을 내다보니 그 처가 헝클어진 머리를 하고 화가 나서 눈을 부릅뜨고 문밖에 서 있었다. 모갑이 이를 보고 온몸에 소름이 끼치고 모골이 송연하여 감히 숨조차 쉬지도 못하고 어찌할 줄 모르고 있었다.

그때 이슥고 새벽닭이 울고 동쪽이 밝아오기 시작했다. 문밖에서 사람소리가 들리는듯하여 다시 문틈으로 밖을 내다보니 그 처가 종적을 감춘듯했다. 모갑이 살았다는 듯 문을 열고 밖으로 나와 좌우를 살피니, 그 처의 시신이 땅에 누워있었다. 이에 모갑은 웃으며 시체를 향해 "오늘도 나를 따라 와봐."라며 그 처의 시신을 다시 끌어다 놓고, 옷을 다 벗기고 알몸으로 관에 넣고 가버렸다.

가경(嘉慶) 연간, 마을에 김노인[金翁]이라는 자가 있었는데, 집이 상당히 부유했다. 슬하에 아들 하나를 두었는데, 마치 손바닥 위의 명주처럼 애지중지 사랑으로 키웠다. 그러나 노인이 세상을 떠난 후, 그 아들은 술을 즐겨 마시고, 노름하는 한량이 되었다. 처음에는 전답과 집을 팔아넘기고, 잇달아 그의 처도 팔아버렸으나, 노름빚을 대기에는 여전히 역부족이었다. 하루는 그 아버지의 무덤을 파서 명기(冥器)[17]를 꺼내 팔고, 또 나중에는 조상의 무덤 일곱 구를 파서 조상의 시체를 다 버리고 관까지 팔아먹었다. 이런 상황에 이르자 친척들이 모여 그 아들을 잡아 읍현으로 보내기에 이르렀다. 현령이 와서 사건을 조사하고 문책하니, 김노인의 아들이 말하길 "무덤 속 관에 수 십 금(金) 이상이 들어 있어요. 할아버지가 이 금을 자손에게 주지 않고 몸에 지니고 묻히셨는데, 이게 자손을 생각하는 할아버지라 할 수 있습니까? 그래서 시체가 지금까지 썩지도 않은 것입니다. 시신을 마저 풀어보면 금이 더 많이 나올 것입니다."라고 하니 현령이 크게 노하여, 좌우에 있는 관리들에게 분부하여 즉시 데려가 사형에 처하였다.

외사씨(外史氏) 왈 : 금수는 어미만 알고 아비는 모르며, 올빼미는 낳아준 어미와 아비를 결국 잡아먹는다고 하였다. 김옹의 아들은 비록 외모는 사람의 모양새이지만 그 할아버지와 부모에게 차마 이렇게까지 대하니, 하물며 다른 사람에게야 말해서 무엇하랴! 그 살을 잘게 잘라, 개 돼지 사료로 준다고 해도 아마 먹지 않을 것이니, 어찌 그 죄를 다시 말할 수 있으리오! 그러나 그 죄를 밝혀 전례를 삼지 못하고 한 명만 죽여 사건을 덮어 두었으니, 어찌 그 옆에서 그 잘못된 것을 모방하려는 이가 없겠는가! 모갑 같은 인물은 그 처가 죽은 것을 마땅히 불쌍히 여기지 아니하고, 오히려 염한 수의를 풀고자 하여, 그 처의 혼령을 노하게 만들어, 간담이 떨어질 정도로 놀라는 일이 일어났는데도, 경계할 줄을 모르니 그 사람을 어찌 논할 수 있겠는가! 또한 친척들이 고발하지 않았으면 이런 사건을 사람들이 어찌 알 수 있었겠는가! 『주역(周易)』에서 말하길 "서리를 밟으면 추운 계절이 곧 이르는 것처럼(履霜堅冰至), 그 원인이 점차적으로 결과를 만드는 것이니(其所由來者漸矣)", 내가 이 세 가지 일을 기록하는 것이 어찌 황천 가는 사람들의 근심 때문이겠는가!

---

17) 부장품(副葬品). 부장물. 후에는 죽은 자를 위하여 태우는 종이 기물까지 일컬음

이상의 몇 가지 일은 진실로 사람의 이목을 놀라게 하였는데, 이 사건들 이후에도 주촌 일대에서 관을 훔치는 자들은 일일이 다 열거할 수 없을 정도로 많았다. 작년 겨울에 북침(北沈) 좌촌에서는 한밤중에 관 24구를 도둑맞았는데, 모두 이 마을 근처에서 일어난 일로, 다른 마을에서는 듣지 못한 일들이다. 그때 사건을 관가에 고소한 자도 있었으나 별 소용이 없었다.

작년 봄 지당선생 조카의 관을 도둑맞았는데, 지당선생이 관청에 고소하여도 끝내 도적을 잡지 못하자, 오히려 관가에서 소송비를 물어주고 사건을 종결시켰다. 그 외에도 혹은 절에 불공을 하는 것으로 대신 사건을 덮는 자도 있었다. 지금 지당선생은 이미 생을 마쳤으나, 보름 전에 그 조카의 관이 또 도굴 당했는데, 그때 같이 파헤쳐진 관이 스물 네 구였다. 하지만 한사람도 관가에 고소하는 자가 없었다. 아마도 이미 습관이 되어 그러려니 하고 넘어가고, 또 밝혀봤자 무익하다고 쉬쉬할 뿐이다. 하지만 이는 도둑을 교화해야 하는 것인데, 어찌 이유가 없다고들 방치하겠는가! 도광(道光) 22년 가을 삭(朔)에 또 씀.

번역 필사본

시금도

슈년 이ᄅᆡ의 본읍 동북 슈십니 내에 신톄[18]를 권조(權厝)ᄒᆞᆫ 재 관울 도적 마ᄌᆞ 니 만흐니 혹 관가의 뎡ᄉᆞᄌᆞᄒᆞ나 왕왕 은인ᄒᆞ여 잡지 못 ᄒᆞᆫ 연고로 도적이 그치지 아니터라 내 일즉 주촌(珠村)의 이실 ᄶᆡ의 그 닌촌의 도적 둘히 관 ᄒᆞ나 훌프 내니 그 시톄 소년 부녜라 집이 부요ᄒᆞ여 몸의 부친 거시 슈ᄇᆡᆨ금이 되니 냥적이 대희ᄒᆞ더라 한 도적이 우족(右足)을 관속의 녀허 시톄 다리 ᄉᆞ이를 더드머 의복과 즙물을 다 집어내고 장ᄎᆞᆺ 듕의(中衣)를 벗기려 ᄒᆞ더니 우족이 관틈의 ᄢᅵ워 뭇근ᄃᆞᆺ ᄒᆞ거ᄂᆞᆯ 급[43]히 ᄲᆡ혀도 가히 운동치 못ᄒᆞᆯ지라 한 도적이 구ᄒᆞ다 못ᄒᆞ여 의복 즙물을 다 가지고 다라 ᄂᆞ고 이 도적은 우족이 관의 ᄢᅵ워 ᄲᆡ져 ᄂᆞ지 못ᄒᆞ더니 ᄂᆞᆯ이 ᄇᆞᆰ으ᄆᆡ 촌듕(村中) 사ᄅᆞᆷ이 보고 급히 잡아 결박ᄒᆞᆯ여ᄒᆞᆫ즉 그제야 우족이 ᄲᆡ져 ᄂᆞ오거ᄂᆞᆯ 드ᄃᆡ여 잡아 가지고 관가의 가고ᄒᆞ니 읍령이 ᄂᆞ와 뎜검ᄒᆞᆫ후의 국문ᄒᆞ여 그 적당 일인 양로의 법쳐 참ᄒᆞ니라 혹 니르ᄃᆡ 이 일울 드르면 가히 경계할 재 잇다ᄒᆞ나 그러ᄂᆞ 귀신이 사ᄅᆞᆷ의서 더녕ᄒᆞ고 사ᄅᆞᆷ이 귀신과 갓지 못ᄒᆞ니 무숨 경계ᄒᆞᆯᄇᆡ 이시리오

또 모갑(某甲)이 박혁을 줄겨 가산이 탕진ᄒᆞ얏더니 그 체[19][44] 장ᄎᆞᆺ 병 드러 죽울ᄉᆡ 모갑

---

18) 신체를

19) 처가

다려 닐너 왈 내 병이 이 긔경의 니르럿시니 만일 불힝ᄒᆞ면 몸의 닙은 오시 업ᄉᆞ니 엇지 ᄒᆞ리오 모갑 왈 녀러ᄂᆞᆯ 졀화ᄅᆞᆯ ᄒᆞ여도 취ᄃᆡᄒᆞᆯ 곳이 업고 내 몸이 현슌ᄇᆡᆨ결(懸鶉百結)이니 어내 결을의 너를 도라 보리오 ᄒᆞ고 본뎨 아니코 가거ᄂᆞᆯ 그 톄[20] 한번 통곡ᄒᆞ고 죽으니 어미 집의셔 듯고 관곽울 ᄉᆞ고 념습 ᄒᆞᆯᄉᆡ 모갑이 도라와 보고 깃거 관을 메워다가 권됴(權厝)ᄒᆞ고 명일의 ᄂᆞ가 박혁ᄒᆞ다가 만히 지고 낭탁이 경갈ᄒᆞᄆᆡ 분ᄒᆞ고 붓그린 빗출 ᄯᅴ여 도라 오다가 아모리 싱가ᄒᆞᄃᆡ 계괴 업ᄉᆞᆫ【45】순지라 이의 촌듕의 니르니 ᄯᅢ의 ᄂᆞᆯ이 임의 저므러 월ᄉᆡᆨ이 희미ᄒᆞᆫ지라 집으로 가지 아니코져 의권됴ᄒᆞᆫ 곳으로 가 가마니 관을 열고 의복을 벗기려ᄒᆞ니 그 체 홀연히 니러 안거ᄂᆞᆯ ᄃᆡ경ᄒᆞ여 급히 몸울 돌혀 다라ᄂᆞ니 후면의 발ᄌᆞ최 소ᄅᆡ 뎜뎜 닷거은지라 도라보니 그 체 뒤홀 쏘ᄎᆞ오ᄃᆡ 상게 불과 십여보어ᄂᆞᆯ 이의 힘울 다ᄒᆞ여 급급히 집으로 드러가고 문을 잡으니 ᄯᅩ 문 두다리ᄂᆞᆫ 소ᄅᆡ 요란ᄒᆞ거ᄂᆞᆯ 모갑이 문틈을 여어보니 그 체 머리를 허틀고 노목(怒目)울 부릅ᄯᅳ고 문밧긔 서시니 모갑이 이를 보고 모골이 송【46】연ᄒᆞ여 감히 숨 쉬지 못ᄒᆞ고 엇지 ᄒᆞᆯ줄 모르더니 이윽고 촌닭이 악악ᄒᆞ고 동방이 미명이라 문밧긔 사ᄅᆞᆷ의 소ᄅᆡ 잇ᄂᆞᆫ듯ᄒᆞ거ᄂᆞᆯ 드ᄃᆡ여 다시 여어보니 그 쳐의 종적이 모연ᄒᆞ거ᄂᆞᆯ 이의 문을 녈고 ᄂᆞ서며 좌우를 ᄉᆞᆯ리니 그 쳐의 시신이 ᄯᅩ히 누엇ᄂᆞᆫ지라 이의 웃고 신톄를 향ᄒᆞ여 ᄀᆞᆯ으ᄃᆡ 오ᄂᆞᆯ도 ᄯᅩᄒᆞᆫ 나를 ᄯᆞ라 오랴ᄒᆞ고 다시 그 신톄를 ᄭᅳ어 의복을 다 벗기고 뷘 몸으로 관의 드리치고 가니라

가경(嘉慶) 년간의 읍듕 김옹(金翁)이 이시니 집이 요뷰ᄒᆞ고 ᄋᆞᄃᆞᆯ 하ᄂᆞ히 이시니 ᄉᆞ랑ᄒᆞ기 당듕 보옥 갓더라【47】 김옹이 죽은 후의 그 ᄋᆞᄃᆞᆯ이 술먹고 노름ᄒᆞᄂᆞᆫ 무뢰 ᄌᆡ 되어 쳐음의 뎐틱[21]을 방ᄆᆡ하고 버거 그 처를 풀고 오히려 부족ᄒᆞ여 일일은 그 아비 무덤을 파 명긔를 내여 풀고 그 후의 조상의 무덤 일곱 장을 파 부모 신톄를 바리고 관을 내여 파라 먹으니 어시의 친족이 모혀 잡아ᄆᆡ여 본현의 보내니 현령이 와서 뎜겸ᄒᆞ여 보고 국문ᄒᆞᄃᆡ 김옹의 ᄋᆞᄃᆞᆯ이 ᄀᆞᆯ으ᄃᆡ 무덤속 관의 다 슈십금 이상이 드러시니 하라비 이 금을 두고 ᄌᆞ손을 쥬지 아니ᄒᆞ야 그몸의 지니고 무쳐시니 ᄎᆞᆷ아 ᄒᆞᆯ빅리오 그러나 신테 이를 의뢰ᄒᆞ여【48】 지금것 석지 아니ᄒᆞ여시니 죽엄울 ᄆᆞᄌᆞ 풀면 금울 만히 내드리라 ᄒᆞ니 읍령이 대로ᄒᆞ여 좌우 나졸을 분부ᄒᆞ여 죽시 박살ᄒᆞ니라

외사시 왈 금슈ᄂᆞᆫ 어미만 알고 아비ᄂᆞᆫ 모르며 효경인 ᄌᆞᆨ 나며 어미와 아비를 먹ᄂᆞᆫ다 ᄒᆞ거니와 져 김용의 ᄋᆞᄃᆞᆯ은 사ᄅᆞᆷ의 면목을 가초아 가지고 그 하ᄂᆞ비와 부모의게 ᄎᆞᆷ아 이리ᄒᆞ니 ᄒᆞ물며 타인이야 말ᄒᆞᆯ것가 고기를 구톄(狗彘)도 먹지 아니ᄒᆞᆯ 거시니 엇지 다시 그 죄를 말ᄒᆞ리오

---

20) 처

21) 밭과 집을

그러나 그 죄를 ᄇᆞᆰ혀 뎐형(典型)을 쓰지 못ᄒᆞ고 한갓 인명만 죽여 덥허두니【49】 덧덧ᄒᆞᆫ 인륜 강상의 엇지 ᄒᆞ리오 모갑 갓흔 쟈ᄂᆞᆫ 그 쳐의 죽은거슬 불상히 너기지 아니ᄒᆞ고 빈렴ᄒᆞᆫ 거슬 내여 풀고ᄌᆞ[22] ᄒᆞ다가 노ᄒᆞ미 유명의 기쳐 심담(心膽)이 구렬(俱裂)ᄒᆞ대 오히려 경계ᄒᆞᆯ 줄을 모르니 그 사ᄅᆞᆷ울 엇지 족히 의논ᄒᆞ리오 그 친족이 잠잠코 발아니ᄒᆞ거든 ᄒᆞ물며 우희 잇ᄂᆞᆫ 재 엇지 알니오 그러나 일노부터 ᄇᆡᆨ쥬의 강되니어 니러ᄂᆞᆯ거시니 쥬역(周易)의 왈 니상견빙지(履霜堅冰至)[23]라ᄒᆞ고 또 기소유ᄅᆡ재뎜의(其所由來者漸矣)[24]라ᄒᆞ니 내일을 긔록ᄒᆞᄂᆞᆫ 거시 엇지 한갓 텬양(泉壤)을 위ᄒᆞᆫ 념녜리오【50】

이상 두어가지 일은 진실노 사ᄅᆞᆷ의 이목이 놀ᄂᆞ고 일노부터 후쥬촌(後珠村) 일면의 관을 도적ᄒᆞᄂᆞᆫ 재 불가승취라 젼년 겨울의 북강 좌촌의 서하로 밤의 관 스물네ᄒᆞᆯ 닐허시니 다 읍촌 근체오 타읍의 듯지 못ᄒᆞ던 ᄇᆡ라 그ᄣᆡ 오히려 고관ᄒᆞᄂᆞᆫ 재 잇더니 거년 봄의 지당 션ᄉᆡᆼ의 질녀의 관을 닐헛거ᄂᆞᆯ 지당이 본읍의 뎡소ᄒᆞ여도 도적을 잡지 못ᄒᆞ고 관가의셔 송ᄉᆞ부 비를 무러 쥬어 그치고 혹 절의 불공ᄒᆞ여 덥허 두ᄂᆞᆫ 재 잇더라 이제 지당이 임의 몰ᄒᆞ고 월전의 그 질녀의 관을 또 파내여시니 그ᄣᆡ의 흠긔 파낸【51】 거시 스물너히로ᄃᆡ 한 사ᄅᆞᆷ도 관가의 졍ᄉᆞᄒᆞᄂᆞᆫ 재 엽ᄉᆞ니 대ᄀᆡ 숙습이 되어 예ᄉᆞ로 알고 또 유익ᄒᆞ미 업다ᄒᆞ니 이ᄂᆞᆫ 도적울 가르치ᄂᆞᆫ 거시라 엇지 말ᄆᆡ아믄 ᄇᆡ 업다 ᄒᆞ리오

▌원문

數年以來, 邑東北數十裏內權厝者, 棺多被盜。或控諸官, 往往隱忍不發, 以故盜益肆。余在珠村, 其鄰村有二人共發一棺。其屍一少婦也, 家素裕, 其附於身者贏數百金, 二人則大喜。一盜以右足入棺, 踞屍兩髀間, 舉扶而取之殆盡。既又將褫其中衣, 忽覺右足被夾如束, 急拔之不可出。其一盜救之不得, 遂攫取衣物而逃, 而此盜尤踞足棺中也。比曉, 村中見者急捉而縛之, 則其足亦脫然解矣。遂獻於官。邑令來驗畢, 鞫之, 並其黨一人捕得, 俱論斬。或謂此事聞者可以警矣。然鬼之靈於人者其暫, 而人之不靈於鬼其常, 是其禍豈有艾耶？

又有某甲素嗜博, 已傾其家。後其妻病將死, 謂甲曰：“余病至此, 設有不測, 身無寸縷, 奈何？”甲曰：“今煙火屢絶, 乞貸無門, 汝不見吾之懸鶉百結, 而能顧汝乎？”不顧而去。其妻一

22) 팔고자
23) 서리를 밟으면 단단한 얼음에 이르게 된다.
24) 그 원인으로부터 시작되어 나오는 것이 차츰차츰 이루어진 것이다.

慟而卒。母家聞之, 以裙釵數事至, 買棺殮焉。某甲才歸, 見之, 意良喜, 相與舉棺厝之。次日復出, 與人博而負, 將復局則囊已罄。慚忿而歸, 一路冥思無計。至村中, 微月已上, 不及入門, 逕往瘞所, 潛啟其棺, 其妻忽然起坐, 駭絶反奔。旋聞履屧之聲漸近, 回視, 見其妻彳亍而來, 相去僅十余步, 盡力狂奔到家, 急掩其門。隨聞打門聲甚厲, 窺之, 則其妻被發怒目, 僵立門外。甲方寒戰不敢息, 已而鄰雞喔喔, 東方漸明, 聞門外有聲, 如堵墻崩塌, 再窺之, 則其妻已杳然無跡, 啟戶出, 見其屍仰臥地上, 僵仆不動, 乃笑向屍曰"今日猶能追乃公乎?"邃曳其屍至瘞所。盡褫其一身之所穿戴, 仆其尸於棺而遁。

嘉慶間, 邑有金翁者, 家饒於貲。生一子某。翁歿, 其子飲博無賴, 始貸其田廬, 繼鬻其妻女, 猶不給。一日毀其祖塋, 取磚瓦售之, 後竟發其七棺, 並其父母之屍棄之, 而以其棺售焉。於是舉族共憤, 縛而送於縣。令來驗視已, 訊之, 金氏子曰"冢中棺皆數十金以上物。祖、父有此金, 不以貽子孫, 而以瘞其身, 不已忍乎! 然賴此故至今不朽, 貨之可致多金也。"令大怒, 命以石灰淹而化之。

外史氏曰: 禽獸知母而不知父, 梟獍則生而食其父母矣。彼金氏子非猶靦然人面哉? 而乃忍於其親至此, 而況於他人乎? 此雖臠其肉以飼狗彘, 猶將不食之矣, 更何以蔽其辜哉? 然不以明正典型, 而徒斃其命, 以為掩蓋, 豈無有從旁窺其微者乎? 若某甲, 已不能恤其妻之死而殮之, 而且因以爲利, 至於怒及幽魂, 心膽俱裂, 而猶悍不知警, 其人何足深論! 乃至親族亦俱甘緘默, 而聽其漏網, 而況臨之在上者哉! 然自此吾恐白晝探丸之事將起, 易言"履霜堅冰, 由來者漸。"吾所以誌於此三事者, 豈徒爲泉壤慮也!

以上數事, 固足駭人視聽。自是以來, 後珠村一帶被盜者, 不可枚舉。前年冬季北沈左側, 一夕被盜至二十四棺, 亦皆在秀桐交會之處, 他邑所未聞也。顧其時猶間有控官者, 去年春, 芝堂之姝女一棺, 亦嘗被發。芝堂控諸邑, 官不能捕盜, 爲償訟費以解之。其他或有作佛事, 並爲之掩埋, 以聊作解嘲者。今芝堂已歿, 半月前其姝女之柩又被發掘。其同時被發者凡二十余棺, 更無一人控官者矣。蓋皆習慣爲常, 且明知無益故也。斯其誨盜也, 豈無所由來哉! 道光二十二年季秋月朔又記。

9) 종진ᄉᆞ(鐘進士)

▌편찬자 번역

평호(平湖) 전효렴(錢孝廉)은 중승공(中丞公) 진(臻)의 아들이다. 도성에 부임되어 통주(通

州)에 이르렀을 때의 일이다. 이미 날이 저물어서인지 객잔의 방이 모두 손님으로 가득 차고 오직 누각 뒤의 방 세 칸만 남아있었다. 사람들은 그곳에 여우 정령이 살고 있다고 해서 감히 아무도 들어갈 생각을 하지 않았다. 전생이 문을 열어보려고 하자 그곳에 있던 사람들 모두가 만류했다. 전생이 웃으며 "뭐 해로울 것이 있겠소, 나는 『청봉전(靑鳳傳)』을 읽고 늘 이런 사람을 만나지 못한 것을 한탄했거늘, 과연 이런 여인이 있다면 마땅히 안고 동침하여 긴 여행의 처량한 회포를 위로할 것이오."라고 하였다. 그리고 곧 문을 열어보니, 침상 위에 먼지가 가득 쌓여있었다. 전생은 두 노복에게 명하여 깨끗하게 청소하게 하고 금침을 새로 깔게 하였다.

이윽고 취침에 들었으나, 쉽게 잠을 이룰 수가 없었다. 밤은 이미 깊어 만리(萬里)까지 사방이 적막하고, 아무런 소리도 들리지 않았다. 더욱이 희미하게 기우는 달이 창가에 비스듬히 비추니 문뜩 그리움이 밀려들었다. 그때 갑자기 서북쪽으로부터 발걸음 소리가 들려오더니, 두 여인이 다가왔다. 한 여인이 말하길 "어제 밤에 '노구교(蘆溝橋)'에서 달을 감상하며 언니와 바둑을 두었는데, 연달아 두 판이나 져서 오늘밤 다시 두자고 약속했었는데, 시녀가 와서 오늘 '이곳에 풍류공자가 손님으로 왔으니, 뒷짐 지고 있으면 아니 될 것입니다.'라고 하여, 언니를 청하여 이렇게 함께 온 것입니다."라고 말하며 침상을 가리켰다.

그러더니 바로 휘장 앞에 도착해서 휘장을 걷으며 꾸짖으며 말하길 "어디서 온 서생이 감히 규방을 점거한 것이냐?"라고 했다. 전생이 자세히 살펴보니 이십 여세가 된 듯한 아름다운 여인이었다. 전생이 얼른 일어나 앉아 "선녀의 미모를 사모하여 잠시 아름다운 여인과 하룻밤 서로 엉겨 붙었다가 닭이 울고 날이 밝으면 다시 낯선 나그네가 되려는 것뿐인데, 어찌 이리 나무라시오."라고 하였다. 그때 언니로 보이는 한 여인이 두건을 어루만지며 "우리 자매가 공자를 유혹하러 온 것이에요."라고 하였다. 그러자 동생인 듯한 여인이 "언니가 이곳에 계세요, 제가 가겠어요."라고 했다.

그리곤 한 여인이 드디어 몸을 기울여 남자의 품속으로 들어오니, 전생의 심장이 빠르게 요동쳤다. 그러나 문뜩 여인의 얼굴은 꽃같이 아름다웠지만 살갗이 얼음장처럼 차가운 것이 틀림없이 요괴일 것이라는 생각이 들었다. 순간 전생은 급히 품속에서 패도를 꺼내 여인을 찔렀다. 그러나 이미 그의 품속에는 아무도 없었다.

전생은 다른 곳으로 숙소를 옮기고도 싶었으나 사람들의 비웃음을 받을까 걱정이 되어 그대로 잠을 청했다. 몸이 나른하여 몽롱하게 잠이 들었는데, 문뜩 온몸이 얼음같이 차가워짐을 느꼈다. 놀라 잠에서 깨보니, 이미 이불이 물에 잠겨 있었다. 그때 두 여자는 전생을 비웃으며 휘장밖에 서 있었다. 전생이 침대에서 뛰어나가 "여우를 쫓아라."라고 크게 소리 지르자, 두 노복이 놀라서 일어났다. 그러나 이미 두 여자는 달아나고, 침상 앞에는 세수 그릇이 놓여 있었다.

시끄러운 소리에 객잔의 사람들도 일어나 들어와 보더니, 이 세수 그릇은 주인이 딸을 위해 혼수로 장만해둔 것이라고 했다. 그리고 뒷방을 열어보니 두 개 중 하나가 보이지 않았다.

점점 날이 밝아왔고, 전생은 행장을 수습하여 길을 나섰다. 중간에 무과에 응시하기 위해 도성으로 들어간다고 하는 양모생을 우연히 만나게 되었다. 전생은 그동안 일어난 일을 열심히 설명해주었다. 전생이 말을 마치자, 양생이 웃으며 "그것은 아마도 당신이 너무 두려워해서 그런 일이 일어난 것이오, 내가 만약 그곳에 묵게 된다면, 내게는 감히 가까이 못 올 것이오."라고 말하며, 말에 채찍을 가해 객잔으로 향했다. 드디어 그 집에 이르러 숙박을 청하고, 그 누각에 들어갔다. 주인이 "여기 오면서 어젯밤에 여기 묵었던 손님 얘기를 듣지 못했나요?"라고 물었다. 그러자 양생이 "마침 그 얘기를 듣게 되어서 온 것이오."라고 하였다. 주인은 별 문제가 없을 것이라 생각하고, 청을 들어주었다. 양생이 침소에 들어 베개에 기댄 채 여인들을 기다리고 있었다. 그런데 한 참이 지나 머리가 헝클어진 늙은 노비 하나가 들어와 비틀거리며 앞으로 다가왔다. 양생이 벌떡 일어나 무슨 일로 온 것인지 물었다. 노비가 말하길 "저희 집 '연(蓮)' 아가씨가 공자님이 오셨다는 말을 듣고 급히 '운(雲)'아가씨 집으로 바둑을 두려고 피해 가셨는데, 너무 급히 가시다가 반비(半臂) 옷을 잊고 가셔서 제게 가져오라고 하셨습니다."라고 하였다. 양생이 낭자가 어떤 연유로 피하는지 묻자, 노비가 "모르겠습니다. '연'아가씨가 말씀하시길 '공자님 얼굴이 죽은 종진사(鐘進士)의 후신과 닮아서 감히 가까이 갈 수 없다'고 하셨습니다."라고 말하였다.

양생이 크게 기뻐하며 다음날 밖으로 나가 사람들에게 자랑하니, 사람들은 양생이 이번 과거에 합격하여 반드시 '진사'가 될 것이라고 수근 거렸다. 사람들이 양생의 생김새를 다시 살펴보니, 얼굴이 검고 눈은 매서운 삵의 눈을 하고 구렛나루가 뺨을 덮어 마치 '종규(鐘馗)'[25]의 형상과 비슷하였다. 이때부터 누각에 있던 여우는 다시 나타나지 않았다고 한다.

나의 내종 동생 오수탁의 집에도 항상 여우 요괴가 나타나곤 했었다. 부엌에 있는 상자가 저절로 열리고 침상이 이유 없이 옮겨지고, 때론 서랍 속에서 불이 일어나고, 단지 속의 사탕 수 십 개가 다 타버렸다고 한다. 그 후 단지를 열어보니 겉봉투는 다 타버리고, 그 안은 텅 비어 있었다고 한다. 이 같은 일이 반년동안 계속되어 갖은 방법을 다 써서 쫓아내려고 해도 계책이 없어, 이에 집안의 모든 사람들이 목욕재계하고 '운소암'의 중 십 여 명을 불러 양왕참(梁王懺)을 외우며 삼일 동안 기도하고 염불하였다. 그 후 중이 절로 떠나간 뒤에도 요괴가 이미 물러가 그림자도 보이지 않았다고 한다. 이 일을 보면 양왕참 참회의 설법이 과연 효과가

25) 마귀를 쫓아낸다는 중국 귀신.

있었다고 볼 수 있다. 하지만 양생이 여우를 쫓아낸 일과는 비교할 수 없는 사건이다.

▌번역 필사본

종진ᄉᆞ

평호젼(平湖錢) 효렴(孝廉) 모(某)ᄂᆞᆫ 듕승공(中丞公) 진(臻)의 ᄋᆞᄃᆞᆯ이니 효렴 쳔의 ᄉᆡᆨ혀 도셩의 드러 갓더니 ᄂᆞᆯ이 져물고 녀뎜의 사ᄅᆞᆷ이 만흐ᄃᆡ 오직 뒤히 삼간뷔 이시니 그곳의 여호 졍녕이 잇다ᄒᆞ여 사ᄅᆞᆷ이 감히 드러가지 아니 ᄒᆞ더라 젼ᄉᆡᆼ이 녀러 보고ᄌᆞ ᄒᆞᆫᄃᆡ 듕인이 다 불가타 ᄒᆞ거ᄂᆞᆯ 전ᄉᆡᆼ이 소(笑) 왈【52】 무어시 방히로 오리오 내 일즉 쳥봉젼(靑鳳傳)을 닑고 이거슬 더브러 맛ᄂᆞ지 못ᄒᆞ물 한ᄐᆞᆫᄒᆞ더니 과연 이거시 이시면 맛당히 닛그러 동침ᄒᆞ여 ᄀᆡᆨ디의 쳐량ᄒᆞᆫ 회포를 위로ᄒᆞ리라 ᄒᆞ고 즉시 녈고보니 상탑의 ᄶᅵ글이 싸혓거ᄂᆞᆯ 동복울 명ᄒᆞ여 쇄로ᄒᆞ고 금구를 베풀고 취침ᄒᆞᄆᆡ 젼젼불매ᄒᆞ더니 밤이 장ᄎᆞᆺ 깁고 만리 구적ᄒᆞᆫ지라 빗긴 달이 상요의 비최ᄆᆡ ᄌᆞ못 먼리 ᄉᆡᆼ각ᄒᆞᄂᆞᆫ ᄇᆡ 잇더니 홀연 드르니 신 ᄭᅳ으ᄂᆞᆫ 소ᄅᆡ ᄂᆞ며 두어 녀ᄌᆡ 손울 닛글고 서북울 조ᄎᆞ ᄂᆞ오며 한 녀ᄌᆡ 니르ᄃᆡ 작야의 월식을 ᄯᅴ고 노구교(蘆溝橋)의 가운자로 더브러 바둑【53】울 두다가 년ᄒᆞ여 두판울 지고 금셕의 다시 두쟈 언약ᄒᆞ엿더니 비ᄌᆡ와 말ᄒᆞᄃᆡ 초간의 손이 이시니 풍류랑이라홀식 녕ᄌᆞ를 쳥ᄒᆞ야 함긔 왓노라ᄒᆞ고 탑상(榻上)울 가르치며 드ᄃᆡ여 ᄋᆞᆲ히 ᄂᆞᄋᆞ와 장을 것고 우으물 머금고 ᄭᅮᄌᆞᄌᆞ 왈 어내곳 셔ᄉᆡᆼ이 감히 규달(閨闥)을 더러이 나ᄂᆞᆫ 젼ᄉᆡᆼ이 ᄌᆞ시술리니 ᄀᆡᄀᆡ 이팔녀랑이라 ᄉᆡᆼ이 니러안ᄌᆞ 왈 션용(仙容)울 앙모(仰慕)ᄒᆞ야 방틱(芳澤)울 상친ᄒᆞ야 일석의 견권ᄒᆞᆫ 졍회를 다ᄒᆞ고 ᄂᆞᆯ이 ᄇᆞᆰ으ᄆᆡ ᄆᆡᆨ노소랑(陌路蕭郎)이 될거시어ᄂᆞᆯ 엇지 더러인다 니로ᄂᆞᆫ고 한 녀랑 왈 우리 ᄌᆞ매 장ᄎᆞᆺ 와셔 너를 홀일이라 ᄒᆞ기ᄂᆞᆯ 또 한 녀랑이 ᄀᆞᆯ으ᄃᆡ 자시ᄂᆞ 이곳의 머물셔 소매ᄂᆞᆫ 가노【54】라 ᄒᆞ거ᄂᆞᆯ 녀ᄌᆡ 드ᄃᆡ여 몸울 기우려 품속의 드니 젼ᄉᆡᆼ이 ᄆᆞ음이 동ᄒᆞ여 ᄉᆡᆼ각ᄒᆞᄃᆡ 얼굴이 ᄭᅩᆺ갓고 긔부ᄂᆞᆫ 눈갓흔재 요괴라ᄒᆞ고 ᄑᆡ도를 ᄲᆡ혀 지르니 품속이 뷔이고 사ᄅᆞᆷ이 업ᄂᆞᆫ지라 장둣 다른대로 울마가려ᄒᆞᄃᆡ 듕인의 치ᄉᆞ를 바들가 ᄒᆞ야 벼ᄀᆡ의 ᄂᆞ오가 몽농히 됴흐다가 홀연히 ᄭᆡ여 보니 일신이 어름가치 ᄎᆞ고 금요ᄂᆞᆫ 물의 잠겻더라 두 녀ᄌᆡ 장밧긔 섯거ᄂᆞᆯ 젼ᄉᆡᆼ이 ᄭᅱ여 ᄂᆞ가 크게 ᄭᅮ지ᄌᆞᄃᆡ 여호ᄂᆞᆫ 닷지말나 ᄒᆞᆫᄃᆡ 동복이 놀ᄂᆞ 니러ᄂᆞ니 두 녀ᄌᆡ 임의 다라ᄂᆞ고 탑젼의 세슈 그로시 잇더라 이윽고 뎜듕 사ᄅᆞᆷ이 드러와 보니 그 세슈그르ᄉᆞ 쥬인이 녀ᄋᆞ를 위ᄒᆞ야【55】 혼구로 장만ᄒᆞᆫ ᄇᆡ러니 후방을 녈고보니 그 하ᄂᆞ홀 닐헛더라 이ᄂᆞᆯ 젼ᄉᆡᆼ이 ᄒᆡᆼ장을 슈습ᄒᆞ여 ᄒᆡᆼᄒᆞ다가 듕노의셔 무과(武擧)거ᄌᆞ 양모(楊某)를 맛ᄂᆞ니 장ᄎᆞᆺ 경도의 드러가 과거 보려 ᄒᆞ더라 젼ᄉᆡᆼ의 말을 듯고 우어 왈 이ᄂᆞᆫ 그ᄃᆡ의 두려워 겁ᄒᆞᆫᄇᆡ로라 내 만일 가면 제감히 임의로 다라ᄂᆞ지 못ᄒᆞ리라 ᄒᆞ고 말울 ᄎᆡ쳐 그 집의 가 누듕의 헐슉ᄒᆞ기를 쳥ᄒᆞᆫ대 쥬인이 가히 다토지 못ᄒᆞᆯ줄을 알고 허ᄒᆞ거ᄂᆞᆯ 양ᄉᆡᆼ이 누듕의 드러가 벼ᄀᆡ를 의지ᄒᆞ여 기다리더니 이윽고 한 늙은 비ᄌᆡ 봉두귀면으로 ᄋᆞᆲ으로 ᄂᆞᄋᆞ 오거ᄂᆞᆯ 양ᄉᆡᆼ이 니러 안ᄌᆞ 무러 왈 너ᄂᆞᆫ 엇던【56】 비ᄌᆡᄂᆞᆫ 비ᄌᆡ 대왈 우리집 낭ᄌᆡ 낭군이 이의 오신줄 알고 셜고[26]의 집으로 피ᄒᆞ여 바둑 두려 가다가 ᄆᆞᄎᆞᆷ 총총ᄒᆞ여 반ᄇᆡ(半臂)를 닛고 갓다가 이의 소비로 ᄒᆞ여금 가저오라 ᄒᆞ기로 장ᄎᆞᆺ 가져 가려ᄒᆞᄂᆞ이다 양ᄉᆡᆼ이 무르ᄃᆡ 무ᄉᆞᆫ 연고로 피ᄒᆞ여갓던고 비ᄌᆡ 왈 아지 못ᄒᆞ거니와 년고(蓮姑) 낭ᄌᆡ 다만 니르ᄃᆡ 군ᄌᆞ의 ᄂᆞᆺ치 ᄌᆞ못 종진ᄉᆞ(鐘進士)의 후신인 고로 감히 갓거이 못ᄒᆞᆫ다 ᄒᆞ더이다 양ᄉᆡᆼ이 대희ᄒᆞ여 명일의 누듕의 ᄂᆞᄋᆞ가 듕인을 보고 ᄌᆞ랑ᄒᆞ니 듕인이 다 니른대 이번 과거의 진ᄉᆞᄒᆞ리라ᄒᆞ고 양ᄉᆡᆼ의 모양을 다시 보니 얼골이 검고 삵의 눈이오 구레나르시 ᄲᅣᆷ을 덥허 종규(鍾馗)【57】의 형상과 방불ᄒᆞᆫ지라 이후로부터 누듕의 여호의 빌ᄆᆡ 다시 업더라

나의 내종데 오슈타(吳壽駝)의 집역 여호의 요괴이셔 부엌히 상ᄌᆡ 졀노 녈니고 상탁이 무단히 울마가며 혹 불이 니러ᄂᆞ 독의 다믄 타락과 여시 다 타시ᄃᆡ 그후의 독을 녀러 본ᄌᆞᆨ 봉과ᄒᆞ거ᄉᆞ와 연ᄒᆞᄃᆡ 봉 속은 다 뷔엿더라 반년이 남도록 이가치 괴이ᄒᆞᆫ 일이 만흐니 쳔방ᄇᆡᆨ계로 ᄶᅩᄎᆞ려ᄒᆞ여도 계괴 업거ᄂᆞᆯ 어시의 일실이 목욕ᄌᆡ계ᄒᆞ고 운소암 듕 십여인울 불너 냥왕참(梁王懺)을 외오며 삼쥬야를 념불ᄒᆞ고 듕이 물너가【58】ᄆᆡ 요괴 적연히 그림ᄌᆞ도 업ᄉᆞ니 냥왕참이 과연효험이 이시나 냥ᄉᆡᆼ의 여호 ᄶᅩᄎᆞ 보낸것과 갓지 못ᄒᆞ더라

▌원문

平湖錢孝廉, 某中丞公臻之子也。以赴選入都, 至通州, 日已暮, 寓舍滿矣, 惟屋後樓房三間, 相傳向有狐妖, 無敢宿者。錢欲開視, 衆皆以為不可, 錢笑曰“何害？余向讀《青鳳傳》, 每嘆不得與此人遇。果有是耶, 當引與同榻, 以遣此旅枕淒涼。”立命啟之。幾榻塵封, 二仆拂拭逾時, 施衾枕焉。

既就寢, 不能成寐, 夜將半, 萬籟無聲, 斜月半窗, 頗涉遐想。忽聞履聲細碎, 兩女子攜手自西北隅出, 一女子曰“昨宵因看月至蘆溝橋, 與雲姊弈, 妹連輸兩局。本約今夜再戰, 頃小婢來言‘此中有人, 乃風雅兒郎, 不可交臂失卻。’故邀姊偕來覘之。”言次以手指榻上, 遂近前揭其帳, 含笑罵曰“何處書呆, 敢來占人閨闥！”錢視之, 皆二十許麗人, 乃起坐, 曰“仰慕仙容, 願得暫親芳澤, 以盡一夕綢繆。雞鳴戒旦, 即爲陌路蕭郎, 何雲占耶？”其稍長者, 即以巾拂之曰：

26) 원문에는 雲姑

“吾姊妹將來魅汝。”其少者乃曰“姊住此, 妹且去。”女遂縱體入懷。錢不覺心動, 急轉念, 是花貌而雪膚者, 妖也。遽引佩刀刺之, 而懷中已虛無人矣, 意將遷出, 又恥爲衆所笑, 乃復就枕。倦極, 朦朧睡去, 忽覺渾身冰冷, 驚而寤, 衾褥皆爲水淹, 二女笑立帳外。錢裸而躍出, 大罵 : “妖狐休走 ! ”二仆齊起, 則二女已遁, 榻前浴盆存焉。旣而寓中俱起, 其浴盆蓋店主所備以嫁女者, 啟視後房, 已失其一。

天漸曉, 錢束裝遂行。中途遇同邑武擧楊某, 將赴試入都, 語及。楊笑曰“此君之畏怯所致也。如我往, 恐彼將不任馳驅爾。”策馬而至, 請宿樓中。主人曰“君不聞昨夜某客所遇耶 ? ”楊曰“某正以聞所聞而來耳。”主人知不可爭, 聽之。楊旣寢, 倚枕以待。久之, 見一老大婢, 蓬頭攣耳, 蹣跚而前。楊躍起, 問將何爲。婢曰“吾家蓮姑聞郎君在此, 偕七姑避往雲姑處圍棋。適匆匆忘著半臂, 今令侍婢來取, 故將搜取以往。”楊向何故避去, 婢曰“不知。蓮姑但云‘相君之面, 殆是鐘進士後身, 故不敢相親也。’”

楊大喜, 次日出, 誇於衆, 以爲此去必中進士。衆視其貌, 貙目昂鼻, 虬髯繞頰, 面黝如鬼, 絶似世所繪鐘馗狀, 匿笑而退。然由是樓中狐亦絶不復至矣。

余內弟吳壽駝家, 嘗有狐祟。往往廚箱無故自開, 床榻無端自移, 或抽屜忽然火出。一甕內貯酥糖數十包, 其後開甕取啖, 則封裹宛然, 而中皆空矣。如是者半年, 百計驅遣無效, 於是發念全家齋戒, 延雲巢僧十余輩, 拜梁王懺三日。僧甫去, 而妖已寂無影響矣。是懺悔之說, 果有驗也。然不如楊某之驅狐, 尤爲切近而輕易也。

10) 샤잔(蛇殘)

▌편찬자 번역

이 이야기는 예전에 우리 부친께서 말씀해주셨던 고사이다. 부친께서 부양이란 곳에 가 계실 때에 만난 한 사람에 대한 이야기이다. 그 사람 외모는 상당히 건장하였으나 그에 반해 수염과 눈썹이 이미 다 문드러져서 없고, 피부도 여기저기 터진 흔적이 있어 마치 뱀의 껍질과도 같아, 분명 피부병을 앓았던 사람이라 의심하셨다고 한다.

그러나 그 사람 자신이 말해준 이야기에 따르면, “보름 전에 저녁식사를 하러 친구의 집에 갔다가, 크게 취한 상태로 돌아오게 되었습니다. 비틀거리며 산길로 접어들었고 그렇게 한참을 가게 되었었죠. 달도 이미 기울고 점점 어두워져 길을 분간할 수 없는 상태라, 결국 갑자기 실족을 하게 되었습니다. 그런데 커다란 지하 동굴로 떨어진 듯했고, 손으로 더듬어 보니 감촉

이 뜨겁고 미끄럽고 기름 같은 느낌이 들었습니다. 비린 냄새가 코를 찔러 도저히 참을 수가 없었죠. 분명 물고기 뱃속에 들어온 것이라고 의심을 했었습니다. 그래서 차고 있던 칼을 빼서 힘껏 찌르고 손을 한 번 들었는데, 그 놈 몸이 뒤집히며 우레와 같은 진동소리가 났어요. 하늘과 땅이 빙빙 도는 것 같아, 어지러움과 구토를 멈출 수가 없었습니다. 몇 번을 더 찌른 후에 앞을 보니, 다행히 길이 확실히 열려있었죠. 그래서 밖으로 뛰어나와 집으로 돌아올 수 있었습니다.

그 후 날이 밝아 그곳에 다시 가보니, 길이가 10여 장이나 되는 커다란 구렁이 한 마리가 물가에 죽어있었어요. 배에는 커다란 구멍이 있었는데, 칼에 수없이 찔린 흔적이 완연하였지요. 아마도 제가 그때 술에 심하게 취하여 구렁이의 독이 미치지 않고 살아 돌아올 수 있었던 것 같습니다."라고 말하였다고 한다.

그 사람의 성은 구(邱)이고, 이름은 품삼(品三)으로, 무오(戊午)년에 이미 무과에 급제한 사람인데, 이때부터 이 사람을 '사잔(蛇殘)'이라고 불렀다고 한다.

▌번역 필사본

샤잔

우리 부친이 일ᄌᆞᆨ 말ᄉᆞᆷᄒᆞ시ᄃᆡ 부양의 가 겨실 ᄢᅴ의 한 ᄉᆞᄅᆞᆷ을 만나보니 상ᄆᆡ 괴외ᄒᆞ고 슈발이 다 뮈여저 업고 긔뷔 터진 흔적이 이서 ᄇᆡ암의 겁풀 가ᄐᆞ니 의심컨ᄃᆡ 풍창 알ᄂᆞᆫ 사ᄅᆞᆷ이라 그 사ᄅᆞᆷ이 스스로 말ᄒᆞᄃᆡ 월젼의 한 벗의 집의 갓다가 술홀 대취ᄒᆞ고 도라오더니 달은 지고 산길이 소삽ᄒᆞ야 분변치 못ᄒᆞ다가 홀연히 실족ᄒᆞ여 흙굼긔 ᄲᆡ진ᄃᆞᆺ ᄒᆞ거ᄂᆞᆯ 손으로 더드머【59】보니 그 속이 심히 덥고 밋그럽기 기름 갓고 비린 내음이 코홀 질너 견ᄃᆡᆯ슈 업ᄉᆞ니 몸이 어복(魚腹)의 장ᄒᆞ엿ᄂᆞᆫ가 의심ᄒᆞ여 찬던칼홀 ᄲᆡ혀 힘ᄢᅥ 지르니 한번 손울 둘매 그 속이 뒤ᄭᅳ러 텬리 진동ᄒᆞᄂᆞᆫᄃᆞᆺ ᄒᆞ니 다ᄒᆡᆼ히 칼노 두 번 지르ᄆᆡ 획연히 길이 녈니거ᄂᆞᆯ ᄯᅱ여ᄂᆞ와 도라왓다가 밝은 후의 그곳의 가본ᄌᆞᆨ 대망ᄒᆞᄂᆞ히 길ᄒᆡ 삼십여장이라 시내 가ᄒᆡ 죽어 두엇고 ᄇᆡ의 큰굼기 ᄯᅮ러지고 칼노 질는 흔적이 완연ᄒᆞ니 대ᄀᆡ 그 사ᄅᆞᆷ이 이ᄢᅴ의 술이 취ᄒᆞᆫ고로 대망의 독긔를 맛지 아녓더라 그 사ᄅᆞᆷ의 셩은 구(邱)오 명은 삼품이니 무오년의 무과급【60】뎨ᄒᆞᄆᆡ 그 후의 사ᄅᆞᆷ이 샤잔(蛇殘)이라 칭호 ᄒᆞ더라

▌원문

余父嘗言, 往在富陽遇一人, 貌狀魁梧, 而須眉盡脫, 肌膚紋裂如蛇皮然, 疑其瘋也, 其人自言"半月前, 嘗至一友家夜飮, 大醉而歸, 踉蹌行山徑中, 久之, 斜月漸沒, 村路莫辨, 忽一失足, 如陷地穴中。捫之, 觸手熾熱, 而軟膩如脂, 腥穢刺鼻, 且迷悶更不可耐。疑其已葬魚腹, 亟拔佩刀力劃, 才一擧手, 則掀翻震蕩, 地轉天旋, 瞑眩不已。幸數刀後, 劃然已開。徑出, 踉蹌奔歸。比曉往視, 一巨蟒長十丈許, 死於澗邊。腹間一穴, 刀痕宛然可數也。蓋時値醉飽, 故未中其毒, 然已不啻輪回一轉矣。"其人邱姓, 名品三, 已中戊午科武擧。自此人呼之曰"蛇殘"。

11) 도반(賭飯)

▌편찬자 번역

청(淸) 건륭(乾隆) 때 오백화(吳白華) 시랑(侍郎)은 엄청난 양의 밥을 먹기로 유명하였다. 그의 종실 중 어떤 장군 역시 밥 잘 먹기로는 오시랑과 나란히 이름을 올렸다. 하루는 오시랑이 그 장군에게 "이전부터 장군의 배가 몇 사람도 당해내지 못한다는 말을 들었습니다. 제게 그렇게 큰 배는 없지만 밥을 먹을 때가 되어야만 입을 여는 무사태평한 성격이지요. 우리 중 누가 우수한지 모르니 노후왕(盧後王) 앞에서 한번 장군과 승부를 걸고자 하는데 어떠신지요?"라고 하였다. 장군은 그 말에 웃으며 허락하였다. 시랑은 좌우에 명하여 '산가지'를 옆에 두게 하고, 매번 한 그릇을 먹을 때마다 산가지로 숫자를 세라고 명하였다. 밥 먹기를 다 마치고 보니 산가지 숫자가 장군은 32수, 시랑은 단지 24수에 그쳤다. 시랑은 이 결과에 불복하고 다음날 다시 내기하자고 약속을 강요하자, 장군이 웃으며 "패군지장이 감히 나와 다시 싸우려고 하는 것인가!"라고 하였다.

다음날 장군이 가보니, 밥은 있는데 반찬이 보이지 않았다. 시랑이 장군에게 "오늘은 밥만 준비했습니다. 어제는 비천한 육식에만 치중한 결과이기에 괜히 산가지 손실만 보았지요. 오늘 장군과 백반으로 다시 겨루어 보고, 제가 이기지 못하면 장군의 휘하로 들어가기를 원합니다."라고 하며 산가지를 세어가며 먹었다. 결과는 장군이 20수밖에 안된 것에 비해, 시랑은 36수였다. 아마도 시랑은 먼저 고기를 먹고 밥으로 더 채운듯하고, 장군은 반찬 없이 밥만 먹었기 때문에 질려서 먹기 힘들었을 것이다.

『사기(史記)』에 기록된 내용이다. 염파(廉頗) 장군은 조(趙)나라 사신이 왔을 때, 한 번 밥을 먹으면 곡식 한말과 고기 십 여근을 먹었다고 한다. 사신이 돌아가 염장군이 밥을 잘 먹더라고 하였는데, 염장군은 진실로 밥을 좋아한 것이다. 또 진(秦)나라 부견(苻堅) 때 하묵(夏默)이라는 사람이 좌진랑(左鎭郞)이 되었고, 호마나(護磨那)는 우진랑(右鎭郞)이 되었으며, 환관 신향견(申香堅)이 불개랑(拂蓋郞)이 되었는데, 이 세 사람은 모두 신장이 팔 척(尺)[27]이나 되고, 힘이 장사 같았으며, 또 활을 잘 쏘았다고 한다. 매번 식사 할 때 밥 한 석(石)과 고기 30근을 먹었다. 염파와 비교하면 단지 동방삭(朔)을 난장이와 비교한 것에 불과하다.[28]

남연왕(南燕王) 란(鸞)은 제남(濟南) 사람이다. 신장이 구척이나 되고 허리둘레가 십 위(圍)라 갑옷을 입고 말을 타면, 그 무게 때문에 안장을 올릴 수 없을 정도였다. 모용덕이 그 위대함과 웅장함을 보고, 식사를 대접하였는데 한 섬의 밥을 먹자, 모용덕이 놀라서 "먹는 것이 이와 같으니, 농사를 지어도 배불리 먹을 수 없을 것 같소. 정말 용모가 범상치 않소."라고 하고, 봉능장(逢陵長)으로 삼았다. 란(鸞)은 국사에 있어서는 정사를 명확히 처리하여 명예를 크게 얻었으며, 후에 동리태수(東萊太守)를 정벌 했으니, 앞의 세 사람이 란(鸞)을 만나면 마치 '선무당이 만신을 보는 것'과 같으리라.

『전연록(前燕錄)』에 이르길 "세 사람의 신장이 일장 삼척이라는 것은 어디서나 공통으로 하는 말이긴 하지만, 밥 일석과 고기 30근을 먹는다는 것은 아마도 세 사람이 먹는 양을 모두 합친 기록일 것이다."라고 하였다.

주섭원(朱燮元)의 자는 무화(懋和)이고 절강(浙江) 산음(山陰) 사람이다. 만력(萬歷) 20년 진사가 되었고, 천계(天啟) 연간 초에 서숭명(奢崇明)과 안방언(安邦彥)을 토벌한 공으로, 병부상서(兵部尙書)를 역임하고 귀주(貴州), 운남(雲南), 광서(廣西) 제군(諸軍) 총독을 겸하고, 숭정(崇禎) 연간 초에 귀주(貴州) 순무(巡撫), 상방검(尙方劍), 소보(少保)를 거쳐 지휘사(指揮使)를 세습하였다. 4년, 도홍(桃紅)을 격파 한 공으로 소사좌주국(少師左柱國)으로 승진했으며, 6년 세음지휘험사(世蔭指揮僉事)까지 지내고, 11년 봄 사망하였다. 섭원의 신장이 팔척이고, 허리둘레가 십위나 되어, 20인분을 혼자 먹었다고 한다. 처음 섬서(陝西)에서 관리를 지낼 때, 한 노인을 만나 풍각점(風角占)과 둔갑술(遁甲術)을 다 배웠다고 한다. 노인과 헤어질 때가 되었을 때 노인이 섭원에게 "반드시 자중자애(自重自愛) 하시길 바랍니다. 언젠가 서

27) 단위로 1척은 30.3㎝를 말함.

28) 『십팔사략』 53에 있는 내용으로, 동방삭은 우스개소리를 잘해서 임금이 광대로 길들였다. 어느 날 동방삭이 난쟁이들에게 "내 생각으로는 임금이 죽이려고 할 것이다."라고 하니, 난쟁이들이 임금께 청하니, 임금이 동방삭에게 연유를 묻자 "난쟁이는 배가 불러서 죽고 신 동방삭은 배가 고파서 죽을 것입니다."라고 하였다. 그리고 복날 고기 주는 것이 늦어지자 동방삭이 먼저 고기를 잘라서 가지고 돌아갔다. 임금이 불러서 꾸짖도록 하니, 동방삭이 "내려주시는 것을 받는데 명령을 기다리지 않은 것이 어찌 무례함이며, 칼을 뽑아서 고기를 베어냈으니 얼마나 장한 일이며, 베어낸 것이 많지 않았음이 얼마나 염치 있는 일이며, 돌아가 아내(細君)에게 준 것은 또한 얼마나 어집니까!"라고 하였다고 한다.

남에 변고가 생기면, 공이 국사를 담당하게 될 것이오. 천하를 평정하고 민생을 안정시킬 선비인데, 병난이 아직 일어나지 않았을 뿐이오."라고 하며, 또 사람들에게 이르길 "촉(蜀)에 변고가 생길 것이니, 평정할 자는 주공이다."라고 하였는데, 과연 그렇게 되었다. 섭원과 염파장군의 밥 잘 먹는 것은 부끄러운 일이 아니다. 하지만 위에 열거한 세 사람을 보면 세상에 전하는 이야기의 절반은 믿지 못할 내용들이다. 이 세 사람은 힘 센 것만으로 '낭(郎)'에 이르렀으니, 복부장군(腹負將軍)이라고 부르기에 어찌 부끄럽지 않겠는가!

최근 절민제부(浙閩制府) 손공(孫公)은 이름이 이준(爾準)이고 자는 평숙(平叔)이다. 수종(水腫)으로 질환을 앓아, 몽백(夢白)선생의 추천으로 몽려(夢廬)의 진맥을 청하게 되었다. 몽려(夢廬)선생이 왔을 때 공의 병은 이미 손댈 수가 없었다. 진맥을 마친 후, 주위 사람들에게 하루에 식사를 어떻게 하는지 물었다. 옆에 있던 시동이 대답하기를 "이미 위가 상하셔서 매일 일곱 여덟 그릇을 드십니다."라고 대답 하였다. 몽려(夢廬)선생이 놀라서 말하길 "음식을 이같이 배불리 먹으면서 위가 상했다는 말은 무슨 말인가!"라고 하니 시동이 말하길 "나리가 모르셔서 그렇지, 우리 나리가 평소 드시는 것에 비하면 10분의 3도 못 드시는 겁니다."라고 하였다. 그러면서 병이 들지 않았을 때는 늘 돼지 다리 열 개를 드시고, 다른 음식도 이런 양으로 드셨다고 했다.

▌번역 필사본

도반

건륭ᄯᆡ의 오시랑 ᄇᆡᆨ화(白華)ᄂᆞᆫ 본ᄃᆡ 밥을 ᄌᆞᆯ 먹더니 종실 모장군이 ᄯᅩᄒᆞᆫ 밥 ᄌᆞᆯ 먹기로 일흠이 갓더라 일일은 오시랑이 장군 다려 닐너 왈 랑군의 식냥이 크단 말을 듯고 한번 승부를 결고ᄌᆞ ᄒᆞ노라 장군이 웃고 허하거ᄂᆞᆯ 좌우를 명ᄒᆞ여 쥬가지를 가지고 겻ᄒᆡ이셔 ᄆᆡ 한 그르슬 먹거든 쥬를 두라 ᄒᆞ고 밥먹기를 파ᄒᆞᄆᆡ 장군은 삼십오쥬를 엇고 시랑은 삼십사쥬를 어든지라 시랑이 니긔지 뭇ᄒᆞ고 명일노【61】 다시 나기ᄒᆞ기를 청ᄒᆞᆫᄃᆡ 장군이 우어 왈 ᄑᆡ군지장(敗軍之將)이 오히려 감히 다시 싸호려 ᄒᆞᄂᆞᆫ다 ᄒᆞ더라 명일의 장군이 다시 가니 다만 밥만 잇고 찬은 업ᄂᆞᆫ지라 장군다려 닐너 왈 이ᄂᆞᆫ 니른바 효반이라 작일의 육식이 더러은 고로 일류를 손ᄒᆞ엿거니와 금일의 장군으로 더브러 싸흐다가 니긔지 못ᄒᆞ거든 휘하의 절ᄒᆞ기를 원ᄒᆞ노라ᄒᆞ고 어시의 다시 쥬를 혜여 먹울ᄉᆡ 장군은 삼십안의 니르러 그치고 시랑은 삼십뉵완쥬를 어드니 대ᄀᆡ 시랑은 믄져 고기를 먹어 ᄇᆡ불기 씝고 장군은 반찬이 업셔 능히 목의 ᄂᆞ리지 못ᄒᆞ더라【62】

ᄉᆞ긔(史記)의 닐너 시ᄃᆡ 염파 조나라 ᄉᆞ신 글 보고 한번 밥을 먹으ᄆᆡ 일 두반과 십근육을 먹거ᄂᆞᆯ 사재 도라가 렴장군이 밥을 잘먹더라ᄒᆞ고 ᄯᅩ 진나라 부견ᄯᅴ의 하묵이 좌진랑이 되고 호마라ᄂᆞᆫ 우진랑이 되고 엄인듕의 향견이 불기랑이 되니 삼인이 다 신장이 팔쳑이오 힘이 만하 활을 잘 ᄡᅩ고 ᄆᆡ양 한셤밥과 삼십 근고기를 먹으니 념파의게 비기면 동방삭과 슈유의게 비홀ᄲᅳᆫ 아니러라 남연왕(南燕王) 난은 제남 사ᄅᆞᆷ이니 신장이 구쳑이오 요ᄅᆡ 십위러라 모용덕이 한 번 보고 긔이히 너겨 밥울 쥰ᄃᆡ【63】 한셤 밥울 먹거ᄂᆞᆯ 모용덕(慕容德)이 놀라 왈 식냥이 여ᄎᆞ흐니 농ᄉᆞᄒᆞ여 능히 ᄇᆡ브를 ᄇᆡ 아니라 ᄌᆡ뫼 비범타ᄒᆞ고 봉능작을 ᄇᆡᄒᆞ니 난이 관가의 니르러 경ᄉᆡ 명ᄇᆡᆨᄒᆞ여 ᄇᆡᆨ셩이 창예ᄒᆞ거ᄂᆞᆯ 불너 동내 ᄐᆡ슈를 ᄇᆡ흐니 부견의 세사ᄅᆞᆷ으로 ᄒᆞ여금 난을 비ᄒᆞ면 적은 무당이 큰무당 본 것 가흐리로다 젼연록(前燕錄)의 니르ᄃᆡ 삼인이 다 신장이 일장 삼쳑이 라ᄒᆞ믄 다갓고 일셕반과 삼십근육은 ᄃᆡ기 삼인의 먹ᄂᆞᆫ 밥을 함긔 니른말이라

쥬셥원(朱燮元)의 자ᄂᆞᆫ 무홰니 절강 산음인이라 만력 이【64】십년 진ᄉᆞ오 벼슬이 ᄉᆞ천좌포 졍ᄉᆞ(四川左布政使)의 니르고 현계 년간의 사슝명(奢崇明)과 안방언(安邦彥)울 토평ᄒᆞᆫ 공으로 병부상서를 승탁ᄒᆞ고 귀쥬운남 광셔제군 총독을 겸ᄒᆞ고 슝명 초년의 귀쥬를 순무홀ᄉᆡ 상방 검을 쥬샤 벼슬이 소보의 초승ᄒᆞ여 지휘ᄉᆞ를 세습ᄒᆞ고 ᄉᆞ년의 도흥을 파ᄒᆞᆫ 공을 의논ᄒᆞ여 소ᄉᆞ좌쥬국(少師左柱國)울 ᄇᆡ하고 눅년의 세음지휘쳠ᄉᆞ(世蔭指揮僉事)를 더은후 십이년 춘의 졸ᄒᆞ다 셥원의 신장이 팔쳑이요 ᄅᆡ십위의 이십인 먹을거슬 홀노 먹더라 처음의 셤셔원을 ᄒᆞ여실ᄯᅴ의 한 노인을 맛나 풍【65】각뎜과 둔갑법울 다 ᄇᆡ호고 노인이 님별의 닐너 왈 지혜를 잘 보존홀 지어다 타일의 서람의 일이 이시면 공이 국ᄉᆞ를 가히 담당ᄒᆞ리라 ᄒᆞ고 ᄯᅩ 뉴강평(由江平)과 강민(康民)은 긔인ᄒᆞᆫ 션ᄇᆡ라 병단이 니러 ᄂᆞ지 아니ᄒᆞ여서 사ᄅᆞᆷ 다려 말ᄒᆞᄃᆡ 촉의 일이 이시리니 평명홀 쟈ᄂᆞᆫ 쥬공이라 ᄒᆞ더니 그후의 과연 그러ᄒᆞ니 셥원 가트니ᄂᆞᆫ 념장군의 밥 잘 먹ᄂᆞᆫᄃᆡ 붓그럽지 아니ᄒᆞ나 삼인의게 비ᄒᆞ면 절반을 밋지 못ᄒᆞᄃᆡ 공울 세우미 이갓고 이 세사ᄅᆞᆷ은 겨유 힘이 만흐므로 당관이 되어시니 능히 북부장군의게 붓그럽지【66】 아니ᄒᆞ랴

근ᄅᆡ 절민제부(浙閩制府) 손공(孫公)의 명은 이쥰이오 자ᄂᆞᆫ 평슉이라 슈종병으로 오ᄅᆡ 알터니 몽ᄇᆡᆨ 션싱울 ᄎᆡ관을 쳔ᄒᆞ고 몽녀션싱을 쳥ᄒᆞ여 진ᄆᆡᆨᄒᆞ니 몽녀션싱이 진ᄆᆡᆨᄒᆞ고 문 왈 소식(所食)이 언마ᄂᆞᄒᆞᄂᆞᆫ 시재 답 왈 ᄆᆡ일 소식이 불과 칠팔완이라 ᄒᆞ거ᄂᆞᆯ 션싱이 듯고 아연 왈 음식울 이가치 부르게 먹으니 위긔 적ᄎᆡᄒᆞ엿다 ᄒᆞ믄 엇진말이ᄂᆞᆫ 시재 대 왈 노애 아지 못ᄒᆞᄂᆞ이다 우리 대인의 평일 소식의 비ᄒᆞ면 십분지 삼이 못된다ᄒᆞ고 인ᄒᆞ여 공이 병드지 아녀실ᄯᅴ【67】 홍상 찬슈의 돗히 다리 십기를 드리고 다른 찬픔이 이와 갓다 ᄒᆞ더라

▌원문

乾隆時, 吳白華侍郎素善飯, 有宗室某將軍, 亦與齊名。一日, 謂將軍曰“夙仰將軍之腹, 量可兼人。若某者雖無經笥之便便, 至於飯來開口, 略有微長。但不知盧後王前, 孰爲優劣, 意欲與君一決勝負。何如？”將軍笑而許之。侍郎命左右持籌侍側, 每啖壹碗, 則授壹籌。飯罷數之, 將軍共得三十二籌, 侍郎只二十四籌爾。侍郎不服, 約與明日再賭, 將軍笑曰“敗軍之將, 尙敢再戰乎？”明日復至, 比設食, 只有飯而無肴, 謂將軍曰“此亦所謂白飯也。昨以肉食爲鄙, 故聊遜一籌, 今與君白戰, 若再不勝, 願拜麾下。”於是復計籌而食, 將軍食至二十碗而止, 侍郎竟得三十六籌。蓋侍郎先以食肉而易飽, 將軍以無肴而不能下咽也。

《史記》稱廉頗見趙使者, 爲之壹飽, 鬪粟, 肉十斤。使者歸, 爲言廉將軍尚善飯。誠哉其善飯也！秦苻堅時有夏默者爲左鎭郎, 護磨那者爲右鎭郎, 奄人申香堅, 爲拂蓋郎。三人皆身長一丈八足, 並多力善射。每食, 飯一石, 肉三十斤。較諸頗, 已不啻臣朔之於侏儒矣。南燕王鸞, 濟南人也, 身長九尺, 腰帶十圍, 貫甲跨馬, 不據鞍鐙。慕容德見而奇其魁偉, 賜之以食, 乃進一斛余。德驚曰“所啖如此, 非耕所能飽, 且才貌不凡。”拜爲逢陵長。鸞到官, 政理修明, 大收名譽, 征爲東萊太守。使三人者而遇鸞, 則又如小巫之見大巫矣。按《前燕錄》謂三人並身長一丈三尺, 余皆同其言。飯一石, 肉三十斤, 蓋共計三人所食也。

朱燮元, 字懋和, 浙江山陰人。萬歷二十年進士。歷官至四川左布政使。天啟初, 以討平奢崇明及安邦彥, 卽擢兵部尙書, 兼督貴州、雲南、廣西諸軍。崇禎初, 巡撫貴州, 賜尙方劍, 進少保, 世蔭錦衣指揮使。四年, 論桃紅壩功, 進少師左柱國。六年, 加世蔭指揮僉事。十一年春, 卒於官。燮元身長八尺, 腹大十圍, 飮啖兼二十人。初官陝西時, 遇一老人, 載與歸, 盡得其風角占候遁甲諸術, 臨別, 謂之曰“善自愛, 異日西南有事, 公當之矣。”由江平康民, 奇士也, 兵未起, 語人曰“蜀且有事, 平之者朱公乎”已而果然。如燮元乃不愧廉將軍之善飯矣。然以視三人, 尙未及其半, 而建立如此。三人者, 僅以多力爲郎, 能毋愧於腹負將軍乎？

近浙閩制府孫公, 名爾準, 字平叔。患水腫經年, 以夢白先生薦, 差官延夢廬往診。夢廬至, 公疾已不可爲。診視畢, 問頃日所食幾何, 侍者從旁答曰“此時胃氣大衰, 每食只可七八碗。”夢廬驟聞訝然, 曰“健飯若此, 何雲胃氣已哀？”侍者曰“爺不知, 較大人平日所餐, 已不及十之三矣。”因言公未病時, 常餐饔供豬蹄十個, 他物稱是云。

제4장 閒談消夏錄 卷二下

1) 잉홍(鶯紅)

편찬자 번역

앵홍(鶯紅)은 무림(武林)지방의 여자이다. 성은 풍(馮)이고, 이름은 정혜(貞慧)이다. 그 어머니가 임신했을 때 꾀꼬리가 품으로 들어오는 태몽을 꾸고 딸을 낳았다 하여 어릴 때 이름을 '앵홍'이라 불렀다. 어려서 남달리 총명하여 6세에 어머니가 가르친『시경(詩經)』'관저(關雎)'의 뜻을 다 이해하였다고 한다. 외모가 수려하고 아름다울 뿐 아니라 책을 한 번 읽으면 능히 다 외울 수 있어 부모는 앵홍을 마치 손바닥위의 명주처럼 매우 아끼고 사랑하였다. 그래서 늘 여자 '자건(子建)'[1]이라 칭찬하였다.

하루는 먼 곳에서 사주를 볼 줄 아는 영험한 노파가 왔다고 하여, 앵홍의 어머니가 친히 청하여 딸아이의 사주를 의뢰하였다. 노파가 한참을 보고 생각하다가 홀연 탄식하며 "아깝도다!"라고 하였다. 그 말에 놀라 그 연유를 물으니, 노파가 대답하기를 "이 아이가 비록 조신하고 참하지만 복록이 깊지 않습니다. 글자를 모르게 키우신다면 그나마 타고난 명(命)을 유지할 수 있을 것입니다."라고 하였다. 어린 앵홍이 이 말을 듣고 비웃으며 더욱 학문에 매진하고, 시가는 물론 음률까지 정통하였다.

서호(西湖)는 매우 아름다운 곳이다. 매년 봄가을 날씨가 화창할 때면 민간의 아녀자들이 마치 구름떼처럼 모여서 노닐곤 했다. 이때가 되면 앵홍도 벗들과 함께 놀러 나오곤 했는데, 모인 규중의 처자들 중에서도 앵홍의 미모와 재능을 넘어서는 자는 없었다. 한 공자가 이런 소문을 듣고 앵홍을 흠모하여 매파를 보내 혼인하기를 청하였다.

그러나 이때 갑자기 병난이 일어나, 앵홍의 가족들이 모두 목숨을 잃게 되었고 오직 앵홍 혼자만 살아남아, 도적의 무리에게 잡혀 한 장군에게 팔리는 신세가 되었다. 이 장군이란 사람은 본래 호반 출신으로 어지간한 벼슬까지 지낸 인물이었으나, 우아한 풍골(風骨)이 느껴지는 사람은 아니었다. 더욱이 정실부인은 투기가 심하여, 앵홍이 낭군을 극진히 섬기긴 하였으나 결국 남녀 간의 애틋한 정을 이루지 못하였다.

앵홍은 늘 옛 일을 생각하며 눈물을 흘려 베개를 다 적시곤 했다. 게다가 절강을 침범한

---

1) 조식(曹植) 조자건(曹子建)을 말함.

적이 물러나지 않은 상태라 장군은 방어에 힘쓰느라 집에 돌아오지 않으니, 정실부인은 앵홍을 마치 하녀 부리듯 일을 시켰다. 엄동설한임에도 모든 잡일을 손수 하느라 섬섬옥수는 마치 거북등처럼 갈라져 그 고초를 견뎌낼 수가 없을 정도였다. 그 후 장군이 잠시 파직을 하여 집에 한가하게 머물게 되었지만, 하룻밤도 가까이 모실 수 없도록 부인이 철저히 앵홍을 방해하였다. 그렇게 그녀에게 앵홍은 점점 눈엣 가시가 되었다.

어느 날 앵홍은 부인을 따라 서호를 유람하게 되었다. 배를 타고 산을 따라 앞으로 나아가니, 강산은 예전의 그 모습 그대로인데 경물(景物)은 예전과 같지 않았다. 아름답던 집들이 부서진 기와조각들로 변한 모습을 직접 눈으로 접하니 앵홍은 눈물을 금치 못했다. 부인이 앵홍의 기색을 살피더니 "오늘 이렇게 나와서 유람하는 게 즐거운 일인데 자네는 무슨 연고로 눈물을 흘리는가?"라고 물었다. 앵홍이 "예전 이곳의 번화했던 시절을 못 보셔서 그래요. 화려하고 아름답던 세계가 먼지 가득한 폐허가 되었는데 어찌 상심하지 않겠습니까!"라고 대답하였다.

앵홍이 말하는 사이 홀연 한 척의 배가 물결을 일렁이며 이쪽으로 다가왔다. 미풍이 가볍게 불어오는 가운데, 배 위에 있는 한 노파가 앵홍을 그윽하게 바라보다가 놀란 듯 눈을 다시 비비고 보더니, 묵묵하게 아무 말도 하지 않았다. 앵홍이 그런 노파를 보고 이상한 마음이 들기도 하고, 자신 또한 구면인 듯한데, 대체 어디에서 만났었는지 도저히 알 수가 없었다. 이에 노파가 앞으로 다가와 "혹시 풍가(馮家)의 여식이 아닌지요?"라고 묻자, 앵홍이 "맞습니다."라고 대답하였다.

노파가 곧장 앵홍이 타고 있던 배로 올라와 그사이 격조(隔阻)하게 됨을 설명하며, 이별 후 정황을 이야기했다. "뜻밖의 전란으로 이제야 만나게 되었는데 상전벽해(桑田碧海)가 되어 알아보지 못하였습니다. 아가씨는 그동안 성친을 하셨습니까?"라고 물었으나, 앵홍은 정실부인이 옆에 있어 감히 말하지 못하고 다만 은근한 표정으로 그렇다고 하며 "아주머니 성은 무엇입니까? 우리 집과는 무슨 인연이 있으신지요? 제가 나이가 어려 잘 알지 못하고, 하물며 전란까지 치루고 나니, 더욱이 친척 간 왕래도 없습니다."라고 말하며 하염없이 눈물을 흘렸다. 노파가 이 모습을 보고 "너무 슬퍼하지 마세요. 나는 어머니와는 이종사촌자매이나, 여러 해를 서로 보지 못하여 이렇게 소원해진 것 입니다. 우리 집이 이곳에서 멀지 않으니, 큰 마님을 모시고 한번 가보는 게 어떠한지요?"라고 하였다. 본부인이 생각하기에 앵홍에게 친척이 있으니 후에 마땅히 의지할 곳이 생기는 것이니 그 집을 알아두는 것도 나쁘지 않겠다 싶어 흔쾌히 허락을 하고 노파를 따라 나섰다.

함께 노파의 집으로 들어가니 화원의 좁은 길을 따라 피어있는 꽃들이 그윽함을 자아내고,

방에 놓여있는 침상도 먼지 하나 없이 정갈하였다. 다만 이 집에는 한명의 노비만이 있었는데, 노파는 "이 몸이 여식 하나를 두었으나 이미 성(城) 남쪽의 장가(張家) 집에 시집을 보내어, 지금은 다만 노비 하나와 지내고 있습니다."라고 말하였다. 이윽고 차와 다과를 올리니 그 정성이 조금도 빈틈이 없었다. 날이 이미 저물어, 몸을 일으켜 가려고 하니 노파가 "내일 다시 큰 마님을 찾아가 우리 앵홍과 함께 할 수 있는 날을 청하겠나이다."라고 하였다.

며칠 후에 과연 선물을 많이 가지고 다시 찾아가니, 정실부인이 "자네 집 앵홍이 내 집에 들어와서 욕보임을 당하지 않았는데 무슨 연유인지 하루 종일 눈썹을 찡그리고 있어 보기에도 민망하였는데, 이렇게 자네가 왔으니 마침 좋은 일이 아니겠나. 앵홍으로 하여금 자네의 집에 가서 잠깐 편하게 지내게 함이 어떻겠는가!"라고 하며 노파에게 차를 대접했다. 그렇게 노파는 차를 마시며 정실부인과 자연스럽게 대화를 나누며 서로 매우 친숙해졌다. 또한 자연스럽게 사람의 사주팔자를 논하다가 길흉(吉凶)을 말하며 부인을 위하여 명리를 따져보더니 "큰 마님의 명궁이 앵홍과는 상극이니, 만약 거처를 달리하여 두면 둘 다 편안해 질것입니다."라고 하며 드디어 정실부인의 허락을 받아냈다.

이로부터 앵홍은 노파의 집에서 생활하게 되어 일신이 편안하였다. 그 후 얼마 지나지 않아 제(齊)나라 지역에 전란이 일어났다. 앵홍의 남편인 장군도 그곳으로 보내져 싸우다가 전란 속에 생을 마감하게 되었다. 그러자 정실부인이 장군의 부음을 듣고, 바로 집안의 모든 재산을 정리하여 다른 이에게 개가 하였고, 그 소식을 접한 앵홍은 삼일 밤낮을 눈물로 보냈다.

그러던 중 처음 앵홍에게 혼담을 넣었던 공자가 전란 중에 공을 세워 절강(浙江)으로 다시 돌아오다가 앵홍이 살아있음을 듣게 되었다. 공자는 서둘러 매파를 보내 앵홍에게 혼담을 청하였다. 앵홍은 그때마다 매번 거절하였다. 노파는 공자의 그 정성이 갸륵하여 앵홍에게 몇 번이나 은근히 권하였으나, 앵홍은 "이모님은 저의 마음을 아시면서 어찌 그런 말씀을 하십니까? 이제 저의 겁운을 벗을 때인데 어찌 또 전처를 다시 밟으라 하십니까? 예전에 어머니가 저를 가지셨을 때 꿈에 깃털이 파사한 누런 꾀꼬리 한 마리가 꽃 한 송이를 물고 물속으로 떨어지는 꿈을 꾸셨다고 하셨는데, 오늘날 제가 이처럼 박명하게 될 것을 미리 예견했던 것입니다. 전날 공자와 혼사가 오고간 것으로도 마땅히 이미 그분과 연분이 정하여진 것이니, 저는 이제 죽는 것으로써 절개를 지키려 합니다. 이제 꽃이 석양에 지고 달 또한 서산에 기울었거늘, 공자께서 저를 더럽다 여기지 않는다고 하나, 제가 무슨 낯으로 그 집에 들어가 사람들을 대할 수 있겠습니까! 또한 귀한 여인은 한 사람에게 절개를 지킨다고 하였습니다. 이번 생이 이미 나찰국(羅刹國)[2]에 떨어졌는데, 어찌 또 두 번 죄업을 지을 수 있겠습니까!"라고 하였다.

노파가 칭찬하며 "그 말이 진정 옳도다."라고 하였다. 앵홍은 이날로부터 오랫동안 예불에 전념하고 아침저녁으로 경문을 외웠다. 하루는 파랑새 한 마리가 앵홍에게 날아왔다. 앵홍은 “내 이제 행하리다.”라는 말을 하더니, 드디어 가부단좌를 하고 죽음을 맞이했다. 그 후 수개월 동안 그 방안에 향내가 가득하고 향기가 흩어지지 않았다. 그때 앵홍의 나이 18세였다. 앵홍이 죽은 후 노파의 행방에 대해 더 이상 아는 이가 없었다.

번역 필사본

잉홍

잉홍(鶯紅)은 무림(武林) ᄯᆞ 녀ᄌᆡ라 셩은 풍이오 명은 뎡혜니 그 모친이 ᄭᅮᆷ의 ᄉᆡ고리 품의 드러오물 인ᄒᆞ여 소ᄌᆞ를 잉홍이라 ᄒᆞ다 어려셔 브터 셩픔이 영오ᄒᆞ고 나히 뉵세의 그 모친이 시경 관져(關雎) 장을 가르치ᄆᆡ 그 ᄯᅳ슬 적이 ᄭᆡ듯ᄂᆞᆫ듯 ᄒᆞ고 밋ᄌᆞᄅᆞᄆᆡ 얼굴이 슈려ᄒᆞ고 글 닑기를 ᄌᆞᆷ심ᄒᆞ여 ᄎᆡᆨ울 ᄃᆡᄒᆞᄆᆡ 일남쳡긔ᄒᆞ니 부ᄆᆡ ᄉᆞ랑ᄒᆞ기 당상 보옥가ᄐᆞ야 ᄆᆡ양 니르ᄃᆡ 아녀ᄂᆞᆫ【68】 진짓 녀듕의 조ᄌᆞ건이ᄅᆞ ᄒᆞ더라 일일은 한 노귀이셔 원방으로 조ᄎᆞ 오ᄆᆡ 사ᄅᆞᆷ의 사쥬팔ᄌᆞ를 논ᄅᆞᆫᄒᆞᄃᆡ 긔이호 영험이 잇거ᄂᆞᆯ 금친이 녀ᄋᆞ의 사쥬를 의논ᄒᆞᆫᄃᆡ 노귀 이욱이 궁구 ᄒᆞ다가 홀연 탄 왈 가히 앗갑도다 ᄒᆞ거ᄂᆞᆯ 놀나 그 연고를 무른 즉 대답ᄒᆞ여 ᄀᆞᆯ으ᄃᆡ 이ᄋᆞ히 비록 슉셩ᄒᆞ나 다만 복분이 적으므로 념녀ᄒᆞ노라 만일 글자를 몰낫던들 오히려 장원ᄒᆞ리라 ᄒᆞ니 녀ᄌᆡ 이 말울 듯고 그 허탄ᄒᆞ물 우으며 글 닑기를 더욱 독실이 ᄒᆞ고 겸ᄒᆞ여 시귀를 지으며 음률을 뎡통ᄒᆞ더라 셔호(西湖)ᄂᆞᆫ 본ᄃᆡ 가려ᄒᆞᆫᄯᆡ히라 ᄆᆡ양 츈츄가절【69】을 당ᄒᆞ면 민간 ᄉᆞ녀드리 구름 가치 모혀 노닐거ᄂᆞᆯ 이ᄯᆡ의 잉홍이 이 모든 동무를 다리고 함긔 노닐ᄉᆡ 모든 규듕쳐ᄌᆞ드리 잉홍의 서더흔 재 업더라 이적의 일개 공ᄌᆡ 이시니 일흠을 듯고 흠모ᄒᆞ물 마지 아니ᄒᆞ여 ᄆᆡ파를 보내여 통혼ᄒᆞ엿더니 이ᄯᆡ ᄆᆞᄎᆞᆷ 병난을 맛나 녀ᄌᆞ의 일실이 피화ᄒᆞ고 다만 녀ᄌᆞ 일인이 홀노 잇더니 도적의 무리의 잡힌 ᄇᆡ 되어 ᄆᆡᄆᆡᄒᆞ여 한 무변의 소실이 되니 본ᄃᆡ 호반 출신으로 여간 벼슬은 ᄒᆞ여시나 셩힝이 슈비ᄒᆞ고 풍치 아담치 못ᄒᆞ며 겸ᄒᆞ여 정실이 투긔 더욱 심ᄒᆞ니 녀ᄌᆡ 비록 극진히 셤기나【70】 ᄆᆞᄎᆞᆷ내 ᄯᅳᆺ즐 ᄆᆞ초지 못ᄒᆞ고 ᄆᆡ양 옛일을 ᄉᆡᆼ각ᄒᆞᄆᆡ 누흔이 침석의 젓ᄂᆞᆫ지라 이ᄯᆡ의 절강의 군병이 엄밀히 방어ᄒᆞ니 무변이 오ᄅᆡ 도라오지 못ᄒᆞᄆᆡ 정실이 녀ᄌᆞ 부리기를 비복가치ᄒᆞ여 비록 엄동설한이라도 모든 일을 동독ᄒᆞ니 셤셤옥슈 얼고 터저 그 고초 ᄒᆞ물 능히 견ᄃᆡ지 못ᄒᆞᆯ지라 무변이 임의 파직ᄒᆞ여 도라오ᄆᆡ 집의 한가히 이시나 비록 하로밤이 라도 동침 못ᄒᆞ고 감히 갓거이 못ᄒᆞ게ᄒᆞ니 이러구러 더욱 눈의 가ᄉᆡ 되엿더라 그 후의 녀ᄌᆡ

---

2) 악(惡)의 귀신인 나찰(羅刹)들이 사는 나라

졍실울 ᄯᆞ라 서호의 유람홀ᄉᆡ ᄇᆡ를 ᄐᆞ고 그 산으로 ᄂᆞ리니 강산은 젼일과 가ᄐᆞᄃᆡ 경【71】물은 젼일과 갓지 아니ᄒᆞᆫ지라 ᄉᆡᆼ장 고ᄐᆡᆨ이 경난 후의 와룩이 되어 촉쳐의 상심ᄒᆞ니 눈물울 금치 못홀지라 졍실이 녀ᄌᆡ의 긔ᄉᆡᆨ을 ᄉᆞᆯ피고 칙ᄒᆞ여 왈 오ᄂᆞᆯᄂᆞᆯ 유람ᄒᆞᄆᆡ 심ᄉᆡ 가장 쾌활ᄒᆞ거ᄂᆞᆯ 네 엇진 연고로 비창ᄒᆞᆫ 긔ᄉᆡᆨ 저런ᄃᆞᆺᄒᆞᄂᆞᆫ 녀ᄌᆡ 왈 대랑이 젼일의 이곳의 번활던 시절울 보지 못ᄒᆞᆫ지라 일장증우의 셰계 변역ᄒᆞ여 황진이 소술ᄒᆞ니 엇지 상심치 아니리오 졍히 말홀 즈음의 홀연 일엽 소션이 물우홀져 파랑울 터치고ᄂᆞᄂᆞᆫ 도시 드러오니 이ᄯᅢ의 비풍이 슬슬ᄒᆞ고 모위 소소ᄒᆞᆫ지라 션상의 한 노귀이셔 녀ᄌᆞ를 이윽이 보다가 놀ᄂᆞᆫ 듯【72】 눈을 다시 씻고 보ᄆᆡ 묵묵 무언ᄒᆞᆫ 지라 녀ᄌᆡ 이를 보고 ᄆᆞ음의 고이히 너기고 ᄯᅩᄒᆞᆫ 구면인듯ᄒᆞ나 어내 곳의셔 맛ᄂᆞᆺ던 줄을 알지 못홀지라 노귀 ᄉᆡᆲ흐로 ᄂᆞ으와 무러 왈 그ᄃᆡ 풍가의 녀ᄌᆡ 아니냐 녀ᄌᆡ 대왈 그러ᄒᆞ여 이다 노귀 죽시 녀ᄌᆞ의 ᄇᆡ로 울나 그ᄉᆞ이 조격ᄒᆞ물 셜화ᄒᆞ며 니별후 졍화를 말ᄒᆞ여 왈 ᄯᅳᆺ밧귀 풍진이 요란ᄒᆞ여 이제로 보건ᄃᆡ 상면벽히 된지라 아지못게라 ᄋᆡᆼ소제 오ᄂᆞᆯᄂᆞᆯ 셩친ᄒᆞ엿ᄂᆞ냐 녀ᄌᆡ ᄃᆡ랑의 이시므로뼈 감히 말ᄒᆞ지 못ᄒᆞ고 다만 은근ᄒᆞᆫ 졍회로 대답ᄒᆞ며 ᄯᅩ 무러 왈 노파의 셩은 뉘시며 우리집으로 무ᄉᆞᆫ 척분이 되시ᄂᆞ【73】뇨 내 나히 어리므로 오히려 알지 못ᄒᆞ고 ᄒᆞ물 며 난리를 지ᄂᆡᆫ 후로 친척간 문문이 더욱 업ᄂᆞ이다 말울 ᄆᆞᄎᆞᄆᆡ 텬연뉴톄(泫然流涕)ᄒᆞ니 노귀 이를 보고 위로 왈 ᄋᆡᆼᄉᆞ져야 과도히 술허 말소셔 노신이 그ᄃᆡ의 모친으로 더브러 표종형뎨라 녀러히 보지 모ᄒᆞ므로 이러ᄐᆞᆺ ᄉᆞ활ᄒᆞ도다 ᄂᆞ의 집이 이곳의셔 머지 아니ᄒᆞ니 대랑울 미시고 한 번 왕굴ᄒᆞ미 엇더ᄒᆞ뇨 졍실이 혜오ᄃᆡ 녀ᄌᆡ 임의 척숙이 이시니 일후의 필연 저의탁이될지라 졍히 한번 그 집을 아라두니라 ᄒᆞ고 흔연 허락ᄒᆞ고 함긔 가 그 집의 드러가니 듕님 화원의 경계 ᄉᆞ못 유벽ᄒᆞ고 상탑이 졍결ᄒᆞ여 일뎜【74】ᄯᅴ 글이 업시 다만 한 비ᄌᆡ 이셔 ᄉᆞ환ᄒᆞ난지라 노귀 왈 노신이 다만 한 비ᄌᆡ 이셔 ᄉᆞ환ᄒᆞ고 어린 녀식이 이시ᄆᆡ 임의 셩남 당성의게 출가ᄒᆞ엿 노라 이욱고 차과를 울니ᄆᆡ 더욱 은근ᄒᆞ더니 ᄂᆞᆯ이 장ᄃᆞᆺ 져물ᄆᆡ 몸을 니러 가고ᄌᆞ ᄒᆞ거ᄂᆞᆯ 노귀 왈 명일의 다시 가 대랑을 뵈옵고 나의 ᄋᆡᆼ소져를 쳥ᄒᆞ여 슈일울 뉴련ᄒᆞ리이다 ᄒᆞ더니 슈일 후의 노괴 과연 과픔울 마히 가지고 니르니 대랑이 니르ᄃᆡ 너희집 ᄋᆡᆼ홍이 내집의 드러오ᄆᆡ 욕되지 아니커ᄂᆞᆯ 엇지ᄒᆞᆫ 연고로 종일토록 눈쉅울 씽긔고 보기의 민망ᄒᆞ게 ᄒᆞᄂᆞᆫ 이제 노괴 니르니 과연 됴흔 일이 이시리【75】로라 져 녀ᄌᆞ로ᄒᆞ여금 노파의 가셔 잠간 편ᄒᆞ게ᄒᆞ미 엇더ᄒᆞ ᄂᆞᆫ 이욱고 차를 드리거ᄂᆞᆯ 노괴 차를 마시며 대랑으로 더브러 말삼ᄒᆞᄆᆡ ᄌᆞ연 친밀ᄒᆞᆫ지라 인ᄒᆞ여 사ᄅᆞᆷ의 사쥬팔ᄌᆞ를 논란ᄒᆞ다가 길흉을 말ᄒᆞ며 대랑을 위ᄒᆞ여 츄슈ᄒᆞ여 왈 대랑의 명궁이 녀ᄌᆞ 로 더브러 상극이 된지라 만일 문호를 난하각거ᄒᆞ면 둘로혀 편ᄒᆞ리로소이다 대랑이 드ᄃᆡ여 허락ᄒᆞ니 일노부터 녀ᄌᆡ 노구의 집의 이셔 일신이 젹이 편ᄒᆞᆫ지라 오ᄅᆡ지 아녀 젯ᄂᆞ라 난이 이시ᄆᆡ 대원취무변을 보내여 구원ᄒᆞ다가 군듕의셔 죽으니 대랑이 부음울 듯고 집안【76】의 잇ᄂᆞᆫ

즙을 다 가지고 ᄀᆡ가ᄒᆞ여 가니라 녀ᄌᆡ 이 소식울 듯고 쥬야로 해읍ᄒᆞ더니 쳐음 혼셜을 운운ᄒᆞ던 공ᄌᆡ 이의 니르러 군공을 벼슬ᄒᆞ여 졀강으로 도라 오다가 그 녀ᄌᆡ 오히려 ᄉᆡᆼ존ᄒᆞ물 듯고 매ᄑᆞ를 보내야 빙례를 청ᄒᆞ거ᄂᆞᆯ 녀ᄌᆡ 매매히 거절ᄒᆞ니 노귀 또ᄒᆞᆫ 그 졍상울 불상히 너겨 은근이 권ᄒᆞᄃᆡ 녀ᄌᆡ 왈 이모ᄂᆞᆫ ᄂᆞ의 ᄆᆞ음을 아ᄂᆞᆫ지라 엇지 이런 말ᄉᆞᆷ울 ᄒᆞ시ᄂᆞᄂᆞᆫ 이ᄂᆞᆫ 나의 겁운울 버슬ᄯᅢ라 엇지 두 번 ᄉᆡᆼ츔듕이ᄉᆡᆼ지리오 저적의 우리 모친이 ᄂᆞ를 ᄂᆞ흘ᄯᅢ의 일몽을 어드니 누른 ᄭᅬ고리 터럭이 파ᄉᆞᄒᆞ고 ᄭᆞᆺ출 물고 물속의 ᄯᅥ러져 시【77】니 오ᄂᆞᆯᄂᆞᆯ 박명ᄒᆞ물 일즉 아랏ᄂᆞᆫ지라 젼일의 그 공ᄌᆞ와 연분이 이믜 뎡ᄒᆞ여실진대 내 맛당히 죽기로ᄡᅥ 졀울 직히려니와 이제ᄂᆞᆫ ᄭᆞᆺ치 석양의 쇠잔ᄒᆞ고 달이 셔산의 저므럿거ᄂᆞᆯ 공ᄌᆡ 비록 나를 츄비타 아니ᄒᆞ나 내 무ᄉᆞᆷ ᄂᆞᆺ추로 그 집의 드러가 사ᄅᆞᆷ을 대ᄒᆞ리오 ᄯᅩ 녀ᄌᆞ의 귀ᄒᆞᆫ바ᄂᆞᆫ 한 사ᄅᆞᆷ을 조ᄎᆞ ᄂᆞᆼ히 절기를 직히미라 이제 금ᄉᆡᆼ의 임의구학의 ᄯᅥ러져시니 엇지 두 번 내 ᄉᆡᆼ업원을 지으리오 노귀 칭찬불이 왈 그 말이 가장 올타타 ᄒᆞ더라 일로부터 ᄌᆡ계 녜불 ᄒᆞ고 도셕으로 경문을 외오더니 일일은 ᄑᆞ른새 ᄒᆞᄂᆞ히셔 안상의 ᄂᆞ라 오거ᄂᆞᆯ 여ᄌᆡ【78】 ᄀᆞᆯ으ᄃᆡ 가히 행ᄒᆞ리라 ᄒᆞ고 드ᄃᆡ여 가부단좌ᄒᆞ여 죽으니 이향이 만실ᄒᆞ여 슈월지간의 흣터지지 아니ᄒᆞ더라

▍원문

鶯紅, 武林女子也。姓馮, 名貞慧。其母夢鶯入懷而生女, 故小字鶯紅。生而穎異六歲時, 母氏授以關雎一章, 卽有所悟, 長益秀美讀書一再過已能背誦, 父母皆愛若掌上珍, 每曰此女中子建也。

一日有老嫗自遠來, 能談星卜, 有奇驗, 女母以女造合推反覆良久, 忽連嘆曰 "可惜", 驚詢其故曰 : "此女具有夙根, 但恐蚤慧福薄, 若不令識字尙可永年耳。" 女殊笑, 其誕讀益勤詩詞之外兼工音律。

西湖固佳麗地, 每値春秋佳日, 畵舫如雲女亦偕伴往遊, 而諸閨彦中, 明麗艶逸未有居女右者。有某公子聞名傾慕願締蹇修已有成說。

忽寇氛東鼠杭, 垣遽陷女全家遘難, 惟女獨存, 被匪人掠賣爲一武人妾。武人田行伍授職總戎豪鹵, 不韵自頂至踵, 並無雅骨, 而大婦尤奇妒, 女雖曲意下之, 終不得其懽感想今昔淚痕常濕枕函。時浙省軍事未撤, 武人常居營中, 不得歸婦役, 女若婢媼纖手龜坼不勝其苦。迨武人罷職閒居, 女莫敢當夕, 然婦益視, 女爲眼中釘。

時思遣去之後, 隨婦遊西湖, 乘總宜船駛往孤山岳墳間女觀湖山如故景物都非湖, 壖別業, 盡成瓦礫觸目, 荒凉不禁淚下, 婦誚詞之曰 "今日出游賞心樂事何嗚咽爲?" 女曰 : "大娘獨不見昔日盛時耳" 言次一舟衝波蹈浪。而至上坐一媼, 見女驚顧停睇久之, 女亦似素與相識特不復憶從何處曾見之者, 忽媼向前問曰 : "子非馮家鶯姑乎" 女應曰 : "然", 媼卽過女船聚談契闊曰 : "不意別後風波賴, 起兵燹爲災以今視之不砞廝姑滄海桑田之嘆矣。不知鶯姑今日嫁未" 女以大婦在無所言, 但婉詞答之。幷問 : "媼何姓與我家是何戚? 串我年幼未得盡知自遭亂後親舊間益不復相聞問矣。" 言訖泫然流涕媼曰 : "鶯姑勿過悲, 老身與汝毋表姊妹也, 多年不見, 遂至疎闊我家距此不遠盍從大娘一往遊乎。" 婦以女有戚屬嗣後可俾其領歸正欲一認。其舍欣然偕往入,

其室叢花夾路, 頗覺幽寂, 室中几榻, 並無纖塵, 僅一婢以供驅使媪曰 : "老身僅生一女已嫁城南張姓, 惟此一婢應門耳" 少頃茶果均至倍爲殷勤。日將暮女起欲去媼曰 : "明日擬來謁大娘幷請我家鶯姑到此盤桓數日也。"

逾四五日, 媼果至饋贈頗豐婦曰 : "自汝家阿鶯來我舍也, 不辱寞不知何以終日眉頭不展令人悶損, 姥來大好, 令渠往姥家暫住逍遙自便也。" 茶再瀹媼與婦語漸洽因自言精命理爲婦推算, 謂"婦命與女適相尅犯不如分室, 而居反可相安" 婦遂許之。

自此女住媼舍不返無何有。齊地之警大帥調武人赴楥沒於陣。婦聞罄室所有改嫁, 皖商而去。女得耗飮泣三日夜。

後某公子, 以軍功得官自皖歸浙聞女尙在諷冰人致聘許以不爲簉室。媪亦從旁慂慫之女曰 : "姨乃知我心者何亦言是此我脫離火坑時也。寗欲再蹈之乎。曩母生我之後夢, 一黃鶯兒毛羽攤縱口銜一花片片墮水中, 早知今日之命薄矣。如前日某公子一絲已定, 我當以死自守, 至今日花殘月缺, 渠縱不鄙我, 而我復何顏入其家乎。且所貴乎女子者, 從一也。今生已墮羅刹國中, 豈可再種來生孽哉" 决意辭之。

媼亟讚曰 : "可兒可兒" 女自此長齋繡佛, 晨夕誦經。一日早有靑鳥飛集案前, 女曰 : "可以行矣" 遂結束趺跏而逝。室中作檀旃香數月不散, 女年僅十八歲, 自女死後媼不知所往。

2) 하시녀(何氏女)

▌편찬자 번역

시덕원(施德源)은 휴이(檇李)의 대나무 밭에서 살았는데, 집안이 가난하여 남의 집 고용살이를 하였다. 주인 풍(馮)씨는 벼슬을 세습한 사람이었다. 그는 시덕원을 매우 신임하여 아주 사소한 일까지 모두 총괄하여 일을 시켰다. 후에 주인이 별채를 지었는데, 별채는 마을에서

10리 정도 떨어져 있어, 열쇠를 맡겨 문을 열고 닫는 등의 모든 관리를 담당하게 하였다.

밤이 깊은 어느 날, 문뜩 누군가 달려와 문을 두드리는 소리가 들려 나아가 보니 매우 아름다운 절세가인이 있었다. 시덕원이 무슨 일인지 어찌된 연고인지 물었으나 여인은 고개를 숙인 채 아무 말도 하지 않았다. 시덕원이 한 번 보니 정신이 황홀할 정도로 아름다워, 자기도 모르게 여인의 손을 이끌고 방으로 들어가 동침하니 운우지정(雲雨之情)이 지극하였다. 이로부터 새벽에 떠났다가 밤에 다시 오기를 반복하니, 그 정이 매우 깊어졌다. 어느 날 여인이 스스로 말하길 "저는 동린(東鄰) 하씨(何氏)의 여식으로 나이는 17세입니다. 부모님을 여의고, 외숙의 집에 의탁하고 있으나, 외숙의 집에도 식구가 많아 살림이 어려워 차라리 시집가기를 바랐으나, 집안 조건이 맞는 사람이 없었습니다. 낭군께서 만일 도망 나온 여자를 마다하지 않고, 매파를 통해 청혼하고 혼례하기를 원한다면, 제가 돌아가 외숙에게 말하고 낭군께 저의 백년을 의탁하고자 합니다. 낭군의 뜻은 어떠하신지요?"라고 하였다. 그 말에 시덕원은 당연히 좋다고 허락하였다.

이에 주인에게 아뢰자, 주인은 정원의 왼쪽 작은 별채 세 칸을 청소하여 거쳐하게 하였다. 며칠 후 과연 한 노인이 여자를 데리고 혼수 등을 가지고 와서 시덕원에게 몇 마디 당부의 말을 하고 총총히 사라졌다. 시덕원이 만류하며 식사라도 같이 하기를 청하였으나, 듣지 아니하고 멀리 가버렸다. 시덕원은 여자에게 "비록 우리 집이 가난하지만 술과 음식을 준비했는데, 외숙이 어찌하여 이리 급히 가시는가?"라고 하니 여자는 "처리해야 할 일이 있어서 그러십니다."라고 하였다. 이로부터 둘의 금슬이 지극하여 서로 아끼고 사랑하였다.

여자의 용모가 이렇게 뛰어난데다, 모든 솜씨까지 매우 우수하였다. 시덕원은 원래 가난한 사람인데 이같이 최고의 배필을 만나니 사람들에게 하늘의 선녀가 하강했다고 자랑을 하곤 했다. 그러자 주위사람들은 부러움을 빗대어 다음과 같이 조롱하였다. "가난하고 불쌍한 사람한테 어찌 이 같은 애정의 복락이 있을 수가 있겠나!"

그 후 7월 7석이 되어, 풍(馮)씨네 가족들은 후원에 가서 노닐게 되었다. 그 중 노복 중 한 사람이 시덕원의 처가 절세가인이라고 하자, 풍씨 부인은 "그런 미인을 어찌 보지 않겠는가!"라고 말하며 별당에 나아가 여자를 보았다. 여인은 마치 붓으로 그린 듯 아름다운 눈썹을 지녔고 잘 다듬어진 이목구비까지 한 치의 부족함도 없었다. 부인이 자신도 모르게 감탄하며 "훌륭하다"라고 말하였다. 돌아가 이 상황을 남편에게 말하였다. "시덕원 처는 제가 보기에도 미모가 상당한데, 일개 고용인이 어떻게 그런 미인을 얻게 되었을까요?. 제가 보기엔, 그 아름다운 용모와 얌전한 자태가 범상치 않아 보입니다."라고 하였다.

풍(馮)씨가 이 말을 듣고 마음이 동요되기 시작하였다. 이에 벼르고 있다가 다른 일을 빌미로 시덕원을 타지로 심부름 보내고, 별당으로 가서 가만히 창문에 구멍을 뚫고 들여다보니, 여자는 마침 거울을 보며 눈썹을 그리고 있었다. 좌우로 얼굴을 돌리며 눈썹을 그리는 자태가 매우 아름다워, 감히 똑바로 쳐다볼 수도 없었다. 그 광경을 보다가 갑자기 풍씨가 정욕을 참지 못하여 문을 밀치고 여자에게 뛰어 들어가 가는 허리를 끌어안았다. 여자는 너무 놀라 소리를 지르고 문밖으로 뛰어나갔는데, 마치 솜뭉치가 날아가듯 순식간에 사라지니, 풍씨는 신선인지 귀신인지 도무지 알 수가 없었다.

다음날 시덕원이 일을 마치고 돌아오니, 풍씨가 말을 장황히 하며 시덕원을 보내지 않고 지체하게 만들며, 그사이 노복을 별당에 보내어 여자의 상황을 살피게 하였다. 주인은 여자가 마침 물을 길어다가 저녁을 차리는데, 살림살이를 직접 다 도맡아 한다는 말을 듣고는 의아하여, 분명 사람이 아닐 것이라 여겼다. 이에 시덕원을 앞에 앉히고 그 처를 얻게 된 정황에 대해 상세히 물었다.

시덕원이 약간 애매하게 대답을 하면서 처 얘기에 황홀몽롱[3]한 기색이 표정에 영력하자, 풍씨가 "자네의 처가 한밤중에 온 것은, 도망을 나와서 그렇다고 치고, 혼인한 이후에도 친척들의 왕래가 있었는가?"라고 물었다. 시덕원이 "없었습니다."라고 대답하자, 풍씨는 "그렇다면 요괴라고 의심할 수밖에 없네!"라고 하였다 그리하여 그동안 본 바를 말하고 또한 당부하며 말하길 "자네가 만일 오랫동안 사랑에 빠져있으면 반드시 화(禍)를 당할 것인 즉, 빨리 대안을 마련해야만 하네."라고 하였다. 시덕원이 이 말을 듣고 크게 두려워하며, 계책이 있는지 묻자, 풍씨는 "성황묘(城隍廟)에 육도사(陸道士)라는 사람이 있는데, 술법에 능하고 귀신을 소멸할 수 있다고 하니 나와 함께 가서 이일에 대해 물어보면 반드시 신통한 해결책이 있을 것이네."라고 하였다. 이에 시덕원이 그러하겠다고 하였다.

풍씨를 따라 성황묘에 가니, 도사는 소나무 밑동에 머리를 베고 석상에 몸을 기대고 있다가 시덕원이 가까이 다가오는 것을 보더니 놀라 "당신 몸에 요괴 기운이 가득하니 분명 사연이 있는 듯하오!"라고 하였다. 이에 풍씨가 그동안의 정황을 자세히 설명하였다. 도사가 "요물이 아직 사람을 해치지 못하였으니, 성급하게 처리하진 않을 것이오. 내 그대를 위해 부적 두 장을 써줄 것이니, 한 장은 침상에 두고, 한 장은 옷 속에 넣어두고 동정을 살피면, 요물은 반드시 부적을 피할 것이니, 만약 땅에 엎어져 여우로 변하면 쫓아가 잡아오시오, 그러면 그때 내가 다시 처치를 할 것이오." 시덕원이 그 말을 듣고 집으로 돌아왔다. 여자는 웃는 낯으로 남편을 반기며 문 앞에 나와 맞이하고 부적이 있는 옷을 벗겨 침상위에 두는데도, 하나도 두려워하는

3) 아름다운 사물 따위에 매혹되어 마음이 들뜨고 몽롱한 현상.

빛이 없었다. 자연스럽게 저녁을 권하며 차를 올려, 밤새도록 이야기를 나누다가 운우지정을 나누고 잠들었는데, 오히려 아무 일도 일어나지 않았다.

다음날 시덕원이 도사를 찾아가 아무 일이 일어나지 않은 연유를 물으니 도사가 화를 내며 "이 요물이 심히 간교하니, 내가 직접 가지 않으면 제어하기 힘들 것 같소."라며, 칼을 가지고 앞장섰다. 도사가 별당 문 앞에 이르러, 자신의 머리를 풀어헤치고 그 앞에서 술법을 행하였다. 여자는 세수를 하다가 문밖에서 사람 소리가 요란하게 들려, 급히 문밖으로 나오니, 도사가 흉악한 형상을 하고 있었다. 그 모습이 너무도 우스꽝스럽고 기이하여 크게 웃으며 구경을 하니, 풍씨가 "이곳입니다."라고 하였다. 도사가 "이 여자가 시덕원 처구나!"라고 하며 즉시 칼을 휘두르며 앞으로 뛰어가 여자를 찌르니, 여자가 손으로 막으며 바닥에 넘어졌다. 도사가 사람들에게 "요물을 이제야 잡아 죽이는구나!"라고 크게 소리 질렀다. 이 말을 듣고 사람들이 가까이 다가가서 보니 여자는 이미 선혈이 낭자하게 흘러내리고 있었으며, 피부가 눈같이 희고 얼굴이 꽃같이 아름다운 분명한 사람이었다. 시덕원이 도사에게 "이렇게 분명 사람인데 어떻게 요물로 생각할 수가 있어! 당신이 죽였으니 이 모습을 똑바로 봐!"라고 소리 지르니, 도사는 아무 말도 하지 못하고 도망치려고 하였다.

마침 여자의 외숙이 지나는 길에 노복과 예물 등을 가지고 왔다가, 조카딸이 죽어있는 장면을 보고, 화를 이기지 못하고 즉시 도사를 결박해서 관가에 송치하였다. 그러나 도사는 오히려 요물을 죽인 것이라 주장했다. 이에 여자의 시체를 검시하였는데도 증명할 만한 것이 없어, 현령도 밝혀내지 못하고 오히려 모호하여 지금까지 미제로 남았다. 진실로 괴이한 일이다. 휴이(檇李) 신백(辛伯)이 기록하기를 "도사가 술법도 없으면서 오리려 화를 불러일으켰으니 어찌 불행함이 아니겠는가!"라고 하였다.

▌번역 필사본

하시녀

시덕운(施德源)은 휴이(檇李)ᄶᅵᆨ 사ᄅᆞᆷ이라 가세 빈한ᄒᆞ여 남의 집 고공사리ᄒᆞ니 쥬인 풍시ᄂᆞᆫ 요부ᄒᆞᆫ ᄉᆞᄅᆞᆷ이라 ᄆᆡ양 신임ᄒᆞ여 무론 대소ᄉᆞᄒᆞ고 모다 총출ᄒᆞ더니 쥬인이 별업을 근쳐의 배소ᄒᆞ니 상게 십니라 싱ᄉᆡᆼ이 가산 즙물과 대소ᄉᆞ 역을 훌노 총출ᄒᆞ더니 일일은 밤이 깁흐ᄆᆡ 한 녀ᄌᆡ 문울 두다리거ᄂᆞᆯ ᄂᆞ ᄋᆞ가 보니 ᄌᆞ틔절미【79】ᄒᆞᆫ지라 그 내력을 무른ᄌᆞᆨ 머리를 슈기고 말 아니 ᄒᆞ거ᄂᆞᆯ ᄉᆡᆼ이 한 번 보ᄆᆡ 정신이 황홀ᄒᆞ여 드ᄃᆡ여 손을 니글고 방듕으로 드러와 동침ᄒᆞ니 운우지졍이 비홀ᄃᆡ 업더라 그후로브터 시ᄇᆡᆨ의 가고 밤들게 오ᄆᆡ 졍의 슈밀ᄒᆞ더니 일일은 녀지 스스로 말 ᄒᆞᄃᆡ 나는 동닌(東鄰) 하시(何氏)의 녀지니 나히 십칠세라 일즉 부모를 녀히고 외슉의 집의 의탁ᄒᆞ니 외슉의 집의 권솔이 만흔 고로 의흔ᄒᆞ기를 ᄌᆞ초ᄒᆞ여 출가ᄒᆞ려 ᄒᆞᄃᆡ 문벌의 가합ᄒᆞᆫ 곳이 업ᄂᆞᆫ지라 낭군이 만일 움분ᄒᆞᆫ 녀ᄌᆞ로 혐의치 아니시거든 ᄆᆡ파를 보내여 구혼ᄒᆞ여 답례 친영ᄒᆞ기를 허락【80】ᄒᆞ면 쳡이 ᄯᅩᄒᆞᆫ 도라가 외슉의게 말ᄒᆞ고 ᄇᆡᆨ년울 의탁고ᄌᆞ ᄒᆞᄂᆞ니 시 ᄉᆡᆼ의 ᄯᅳ지 엇더ᄒᆞᆫ 시ᄉᆡᆼ이 흔연 허락ᄒᆞ고 드ᄃᆡ여 쥬인의게 말ᄒᆞ여 별당을 슈리ᄒᆞ고 거텨ᄒᆞ려 ᄒᆞ더니 슈일 후의 과연 한 노옹이 녀ᄌᆞ를 보내여 문의 니르니 약간 장염 등물이 잇더라 ᄉᆡᆼ을 보고 읍ᄒᆞ며 두어 말노 당부ᄒᆞ고 총총히 가거ᄂᆞᆯ 시ᄉᆡᆼ이 만류ᄒᆞ려 ᄒᆞᆫᄃᆡ 듯지 아니코 먼리 간지라 드ᄃᆡ여 녀ᄌᆞ 다려 닐너 왈 내 집이 비록 쳥빈ᄒᆞ나 여간 주찬을 준비ᄒᆞ엿더니 구옹이 엇지 이가치 외대ᄒᆞᄂᆞᆫ 녀지 왈 모로미 일이 이셔 그러ᄒᆞ도다 일노부터 금술이 화흡ᄒᆞᆫ지라 녀지【81】 용ᄆᆡ 졀등ᄒᆞ고 녀공이 졍모ᄒᆞ니 시ᄉᆡᆼ은 본ᄃᆡ 빈궁ᄒᆞᆫ ᄉᆞ름이 가튼 긔이ᄒᆞᆫ ᄇᆡᆨ필을 맛ᄂᆞᄆᆡ 사름의게 ᄌᆞ랑ᄒᆞ야 옥텬 션네 하강ᄒᆞ엿다 ᄒᆞ니 혹이 그 어리석으믈 조롱ᄒᆞ여 ᄀᆞᆯ으ᄃᆡ 궁ᄌᆞ대 엇지 이가치 만복이 잇ᄂᆞᆫ고 ᄒᆞ더라 이ᄯᅴ의 칠셕가졀을 당ᄒᆞ여 쥬인이 권속을 거ᄂᆞ리고 후원의 별업의 노닐ᄉᆡ 비복듕의 한 사름이 시ᄉᆡᆼ의 쳐의 졀미ᄒᆞ물 쥬인 내권의게 고ᄒᆞ고 왈 이 가튼 졀묘ᄒᆞᆫ 여ᄌᆞ를 엇지 한번 보시지 아니ᄒᆞ나니잇가 드ᄃᆡ여 별당의 나ᄋᆞ가 본즉 미묵이 쳥슈ᄒᆞ고 대ᄉᆞ당단이 한곳도 부족한ᄇᆡ 업ᄂᆞᆫ지라 칙칙 칭찬 왈 묘【82】ᄒᆞ고 묘ᄒᆞ다 ᄒᆞ더라 인ᄒᆞ여 도라가 풍공ᄌᆞ 다려 말ᄒᆞ여 왈 시가 낭ᄌᆞᄂᆞᆫ 내 눈의 보아도 오히려 어엿분ᄐᆡ 되잇거든 시ᄉᆡᆼ은 일개 고공으로 엇지 이의 니르ᄂᆞᆫ 내 보건ᄃᆡ 념미ᄒᆞᆫ 용모와 졍모ᄒᆞᆫ ᄌᆞ픔이 진짓 범상ᄒᆞᆫ 녀지 아니라ᄒᆞᆫᄃᆡ 풍공이 ᄯᅩᄒᆞᆫ 동심ᄒᆞ여 이의 벼르고 이시므로 칭탁ᄒᆞ고 시ᄉᆡᆼ을 타쳐로 보낸후의 별당으로 ᄂᆞᄋᆞ가 가마니 창 굼굴 ᄯᅮᆯ코 여어 본즉 녀지 바야흐로 거울을 ᄃᆡᄒᆞ여 눈셥흘 그리며 좌우로 고면ᄒᆞᄆᆡ 광치됴요ᄒᆞ여 사름으로 ᄒᆞ야곰 바로 보지 못ᄒᆞᆯ지라 풍공의 졍욕을 일시의 억제치 못ᄒᆞ여 창을 밀치고【83】 ᄯᅱ여 드러가 ᄋᆞᆱ흘 향ᄒᆞ여 셤셤세요를 그러 안흐니 홀연 ᄶᅡᆨ연ᄒᆞᆫ 소ᄅᆡᄂᆞ며 창을 박ᄎᆞ고 솜뭉치 ᄂᆞ가듯 ᄒᆞ거ᄂᆞᆯ 풍공이 이를 보ᄆᆡ 악연히 놀나 맛츰내 신션인지 귀신인지 모를너라 익일의 시ᄉᆡᆼ이 일을 ᄆᆞᄎᆞᆫ후 도라오ᄂᆞᆫ지라 풍공이 시ᄉᆡᆼ을 보고 짐짓 말ᄉᆞᆷ을 장황히 ᄒᆞ여 지톄ᄒᆞ게 ᄒᆞ고 가마니 비복울 보내여 별당의 녀ᄌᆞ의 긔미를 ᄉᆞᆯ피니 녀지 바야흐로 물을 기러다가 셕반울 출힐ᄉᆡ 뎡구(井臼)지 임이 망망ᄒᆞ거ᄂᆞᆯ 풍공이 이 소식을 듯고 심히 의아ᄒᆞ여 이의 시ᄉᆡᆼ을 만류ᄒᆞ여 돗히 안치고 인ᄒᆞ여 그취【84】 쳐ᄒᆞᆫ 내혁을 무른ᄃᆡ 시ᄉᆡᆼ이 모호히 대답ᄒᆞ다가 심ᄉᆡ 황홀ᄒᆞ여 긔ᄉᆡᆨ이 ᄌᆞ연타글ᄒᆞ거ᄂᆞᆯ 풍공이 니르ᄃᆡ 그ᄃᆡ의 친권이 심야의 오기ᄂᆞᆫ 이ᄂᆞᆫ 음분ᄒᆞᄂᆞᆫ 녀지 어니와 다만 셩친후의 친뎡의 왕내 ᄒᆞᆫ적이 잇ᄂᆞᆫ냐 시ᄉᆡᆼ 왈 젹연 무문ᄒᆞ더이다 풍공 왈 연즉이ᄂᆞᆫ 귀매의 요긔 뎡녕무의ᄒᆞ도다 인ᄒᆞ여 그 괴이ᄒᆞ물 묵됴ᄒᆞ므로 말ᄒᆞ고 ᄯᅩ 공동ᄒᆞ여 왈 그ᄃᆡ 만일 오ᄅᆡ 침익ᄒᆞ여

련련불망ᄒᆞ면 불구의 맛당히 불축지환을 당ᄒᆞ리니 엇지 일즉 됴쳐홀 도리를 ᄉᆡᆼ각지 아니하ᄂᆞ
ᄂᆞᆫ 시ᄉᆡᆼ이 이 말을 듯고 크게 두려 그 계칙을[85] 무른ᄃᆡ 풍공 왈 이곳 셩황묘듕(城隍廟中)의
뉵도ᄉᆡ(陸道士)란 재 이셔 슐벌이 신통ᄒᆞ고 귀신을 능히 소멸ᄒᆞᄂᆞ니 그ᄃᆡ 날노 더브러 ᄒᆞᆷ긔
그곳의 가셔 이 일울 무르면 ᄌᆞ연 신통ᄒᆞᆫ 방냑이 이시리니라 ᄉᆡᆼ이 울히 너겨 셩황묘의 니르니
도ᄉᆡ 솔불희를 벼기ᄒᆞ고 셕상울 의지ᄒᆞ여 시ᄉᆡᆼ울 도라 보며 악연 왈 그ᄃᆡ 일신의 요긔 가득ᄒᆞ
니 필연 국결이 잇도다 시ᄉᆡᆼ이 말을 듯고 대경ᄒᆞ여 젼후 슈말을 고ᄒᆞ니 도ᄉᆡ 왈 요물이 오히려
사ᄅᆞᆷ울 밋쳐 ᄒᆡᄒᆞ지 아니ᄒᆞ여시니 급히 제어치 못홀지라 내 그ᄃᆡ를 위ᄒᆞ여 부작두장을 ᄡᅧ줄
거시니[86] 한ᄂᆞ흔 평상의 두고 하나흔 의관ᄉᆞ이의 녀헛다가 동졍을 ᄉᆞᆯ피면 제 반드시 피ᄒᆞ여
갈지니 제 만일 ᄧᅡ히 업더져여회되거든 그ᄃᆡᄂᆞᆫ 뒤를 ᄶᅩᄎᆞ 잡아오면 내 ᄯᅩᄒᆞᆫ 다른 쳐치 이시리
라 시ᄉᆡᆼ이 그 말울 조ᄎᆞ 집으로 도라가니 녀ᄌᆞ 웃ᄂᆞᆫᄂᆞ츠로 반기며 문의 ᄂᆞ와 영졉ᄒᆞ여 드린후
의 의관을 벗겨 평상 우ᄒᆡ 두고 일호도 두려ᄒᆞ난 비치 업시 셕반을 권ᄒᆞ며 ᄎᆞ를 올녀 밤ᄉᆡ도
록 말ᄒᆞ다가 인ᄒᆞ여 동침ᄒᆞᄃᆡ 마ᄎᆞᆷ내 안연 무ᄉᆞᄒᆞᆫ지라 익일의 시ᄉᆡᆼ이 도ᄉᆞ의게 다시 가 이
연유를 니르ᄃᆡ 도ᄉᆡ 붓 그리고 분ᄒᆞ여 작ᄉᆡᆨ 왈 이 요물이 심히 간교[87]ᄒᆞ니 내 친히 가지아니
면 제어키 어려오리라 ᄒᆞ고 드ᄃᆡ여 칼훌 집고 갈ᄉᆡ 장ᄎᆞᆺ 별당문 ᄋᆢᇁᄒᆡ 니르러 피발 션족ᄒᆞ고
진언을 염ᄒᆞ며 설법ᄒᆞ니 이적의 녀ᄌᆞ 바야흐로 아미를 다ᄉᆞ리다가 문밧긔 지저괴ᄂᆞᆫ 소ᄅᆡ 요
란ᄒᆞ물 듯고 급히 문의 ᄂᆞ와 도ᄉᆞ의 흉악ᄒᆞᆫ 형상울 보ᄆᆡ 흡흡 대소ᄒᆞ여 일ᄉᆞᆷ아 구경ᄒᆞ더니
풍공이 도ᄉᆞ 다려 니르ᄃᆡ 이ᄂᆞᆫ곳시 가의 쳐권이라 ᄒᆞ니 도ᄉᆡ 이 말을 듯고 죽시 칼흘 두르며
ᄋᆢᇁ흐로 ᄂᆞ으가 한 번 직으니 손으로 응ᄒᆞ여 너머지ᄂᆞᆫ지라 도ᄉᆡ 소ᄅᆡ 질너 왈 요물을 이제야
잡아 죽엿노라 ᄒᆞ거ᄂᆞᆯ 모다 갓거이 보니 션혈이[88] 님니ᄒᆞᆫᄃᆡ 셜부화용이 완연ᄒᆞᆫ 사ᄅᆞᆷ이라 시
ᄉᆡᆼ이 도ᄉᆞ 다려 무러 왈 도ᄉᆡ 엇지 영명ᄒᆞᆫ 요물인줄울 아랏ᄂᆞ냐 이제 임의 잡아 죽여시니 졍컨
ᄃᆡ 그 본상을 보게 ᄒᆞᆯ지어다 ᄒᆞ거ᄂᆞᆯ 도ᄉᆡ 답흘 말이 업시 ᄌᆞ못 군박ᄒᆞ더니 ᄆᆞᄎᆞᆷ 녀ᄌᆞ의 외슉이
소식을 알고 ᄌᆞᄒᆞ여 ᄎᆡ과를 만히 가지고 동북 일인을 다리고 왓거ᄂᆞᆯ 모다 놀ᄂᆞ더니 녀ᄌᆞ의
죽은 양을 보고 대로 대분ᄒᆞ물 니긔지 못ᄒᆞ여 죽시 도ᄉᆞ를 결박ᄒᆞ여 고관ᄒᆞ니 도ᄉᆡ 오히려
요물이라 니르며 시톄를 검시ᄒᆞ니 일분 증험이 업ᄂᆞᆫ지라 현령이 능히 ᄇᆞᆰ히지 못ᄒᆞ고 오히려
모호ᄒᆞ야 지금것[89] 년ᄐᆞᄒᆞ고 맛ᄎᆞᆷ내 쳐관이 업시 체슈ᄒᆞ니 진실노 긔이ᄒᆞᆫ 일이로라 휴니(檇
李) 신빅(辛伯)이 말ᄒᆞᄃᆡ 도ᄉᆡ 술법 업시 도로혀 화를 부르니 이 엇지 불ᄒᆡᆼᄒᆞ미 아니랴

▌원문

施德源, 檇李之竹里人, 家貧, 傭於外, 主人馮, 君宦裔也。頗加信任事, 無鉅細悉委之, 後主人築別墅於鄰村, 相距十里許令施掌管鑰司啟閉。

一夕忽有奔女欵門相就燭之佳麗, 非常丰姿獨絕詢之俯首拈帶不作一語, 施惑之遂與繾綣焉, 繼而晨去夕來往還旣稔。自言爲 : "東鄰何氏女, 年十七矣。父母並亡, 依於舅氏, 舅食指多, 屢欲嫁之苦, 無門戶相當者耳。君苟不以奔女爲嫌許諧伉儷, 則當返言諸舅氏, 願以百年爲托。" 施欣然許之。

遂白於主人, 埽除園左小舍三楹俾, 其居住焉。逾數日, 果有一翁送女, 至畧有奩贈揖見後, 忽忽數語卽去, 施挽留欵飯追之, 則已杳如返告女曰 "我家雖貧, 已備水酒一杯, 舅翁何見外也?" 女曰 : "想渠自有事耳" 自此琴瑟極爲和愛。

女容貌旣艶, 女紅尤爲精絕, 施固窶人子驟獲奇遇每繩其妻之美於同人自以爲玉天仙不啻也。同人或笑其癡妄曰, "窮措大安得有豔福耶。"

後逢七夕, 主人偕眷屬遊於園婢女中, 有聞施妻之艶者, 慫恿主人婦曰 : "何不一往觀之?" 及見則眉目如畫纖穠長短無不合度, 咸嘖嘖歎曰 : "好姿" 首旣歸話其事於馮公子曰 : "施家婦我見猶憐彼, 一傭人子耳, 幾生修得到此耶? 覩此麗質恐非凡間所有也。"

馮君爲之心動, 因借別故俾施外出, 而潛自往園中穴窓窺之, 則女方午粧臨鏡流盼媚態動人, 馮情不能禁突入擁抱。但聞嗷然一聲穿窓, 而逝手所者處如觸絮團錯愕久之, 竟不知是仙是怪也。

越日, 施至馮處, 白事馮留與語故謐遲之而密遣臧獲奔往探視, 旣至則施妻, 方汲水煮飯, 自操井臼遽回以告馮益疑其非人。因招施於邃室中, 固請其娶妻顚末施答應, 含糊情詞, 恍惚底裏盡露, 馮曰 : "汝婦來旣啥昧尙可云以奔女故也, 但成親之後, 可有親串往還否。" 施曰 : "無之" 馮曰 : "然則其爲花妖月魅無疑矣。" 因告以所見且惕之曰 : "子若久戀之禍, 必不測子, 盍早自圖焉。" 施懼問計, 馮曰 : "此間城隍廟中有陸道士者, 遊方至此頗精符篆且聞有異術, 能驅使鬼神, 我與子同往求之, 必有妙計" 施然之。

遂與偕行入廟, 卽見道士, 科頭坐松間石上回顧目施, 愕然曰 : "子何滿體妖氣, 是必有異馮因爲緬述之" 道士曰 : "此怪尙未傷人不可遽誅, 我爲子作二符一懸床間, 一繫衣帶當自避去, 彼若踣地化狐, 而走可追逐得之, 繫而奉之來, 我自有處置之地。" 施從其言, 乃歸, 女笑迎於門爲之, 拂衣上塵殊無所畏, 飯罷爲之瀹茗絮談同眠牀榻竟夕晏然。

天明, 施往告道士, 道士赧甚忿然作色曰 "妖物狡獪非我親往除之不可也。" 仗劍而往將近園側散髮禹步作法。女正在梳洗聞門外人聲, 甚喧撩鬟出視見道士, 作諸態狀吃吃笑不止時, 馮君, 適至指謂道士曰 : "此卽施婦也" 道士直前揮劍斫之應手而倒, 衆呼曰 : "妖斃矣" 趨視之粉頸已珠血流, 如注顧雪肌花貌儼然人也。施因詰道士何以知其爲妖今死請其現狐相, 道士方窘甚欲遁。

而女之舅翁適來, 探問率僕价桃土物數担相饋覩之不勝悲憤, 卽械道士至官。道士堅指爲妖顧屢經驗視卒無佐證, 現尚禁之獄中云, 此事珠奇檇李于君辛伯曾爲之記, '道士法術不明反妄炫以招禍, 其久囚狴犴宜也非不幸也'。

3) 검협(劍俠)

▌편찬자 번역

태창(太倉) 오운암(吳雲巖)은 저명한 선비이다. 사람 됨됨이가 매우 정의롭고, 큰 뜻을 가지고 있어, 위급한 상황이거나 어려운 사람을 보면 그냥 넘어가지 못하였다. 그래서 모든 사람들이 오운암을 곽해(郭解)[4]라고 불렀다. 하루는 우연히 무창(武昌)에 놀러 갔다가 저잣거리에서 한 남자를 보게 되었다. 체격은 상당히 장대하고 훤칠한데, 옷이 다 헤어져 여기저기 누덕누덕 기운 남루한 차림의 남자였다. 그 남자 뒤에는 또 다른 한 사람이 돈을 달라고 하며 쫓아오고 있었는데, 남자는 돈이 없다고 팔을 내저으며 뒤도 돌아보지 않고, 바삐 가면서 한 마디도 대답하지 않았다. 뒤에 쫓아오던 사람이 이 남자를 따라잡아 땅바닥에 엎어 치고, 주먹으로 남자를 마구 때렸으나 남자는 아프다는 말조차 하지 않았다.

오운암이 이 장면을 보고 이상한 생각이 들어, 앞으로 나아가 왜 그런지 이유를 물었다. 그 사람이 화가 나서 말하길 "이 자가 3개월 치 밥값을 빚지고도 한 푼도 내지 않고 이렇게 도망을 가려고 하니, 그냥 놔둘 수 없어서 그렇게 하였소."라고 하였다. 오운암이 "대체 식사비가 얼마나 됩니까?"라고 또 물었다. "모두 계산하면 십금이오."라는 말에, 오운암이 주머니에서 돈을 꺼내 갚아주니, 그제 서야 그 남자를 놓고 가버렸다. 그 남자는 오운암에게 두 손을 모아 감사하다고 인사를 하였다.

오운암은 그 남자를 자신의 집으로 청하였다. 이름을 물으니 "저의 이름은 유남(柳南)입니

---

4) 전한 하내(河內) 지현(軹縣) 사람. 협객(俠客)으로 유명했다. 자는 옹백(翁伯)이다. 항상 재물을 약탈했다가 돈이나 옷감으로 바꿔두었고, 망명(亡命)한 무리들을 숨겨주었다. 한무제(漢武帝)가 관중(關中)으로 옮겨가 살게 했는데, 대장군 위청(衛青)이 그를 위해 부당함을 항변해 주었다. 입관(入關)한 뒤 그곳의 호걸(豪傑)들과 가깝게 교제했다. 나중에 추종자가 그를 비난하던 사람을 살해하는 일이 벌어졌는데, 어사대부(御史大夫) 공손홍(公孫弘)이 임협의 무리 속에서 권력을 휘둘러 사소한 일로도 사람을 죽이니 대역무도(大逆無道)하다고 말해 체포하여 가족까지 모두 죽였다. [네이버 지식백과 참조]

다. 스승 밑에서 10년 동안 검술을 익히고, 이제야 산 밖으로 나오게 되었습니다."라고 대답하였다. "그럼 검술 말고 어떤 재주가 있으십니까?"라고 물으니, "다만 밥 먹는 것을 잘할 뿐입니다."라고 말했다. "그럼 이제 앞으로 어디로 가려고 하시는지요?"라고 묻자, "천지가 이렇게 넓다고 하나, 이 한 몸 사해에 표류하는 인생이거늘 어디 돌아갈 곳이 있겠습니까!"라고 대답하였다. 그 말에 오운암이 "그렇다면 당신이야말로 내가 찾던 사람이오."라고 했다. 그 남자 역시 기뻐하며 "저 역시 바라던 바입니다."라고 대답하였다.

그로부터 둘은 함께 오(吳)땅으로 돌아가, 더불어 현묘(玄妙)한 이치를 담론하고, 무궁한 술법을 연구하는 지기(知己)가 되었다. 틈나는 대로 집안 대소사를 관리하고, 반듯하게 처리하니, 이로 인하여 유남은 모두의 신임을 얻게 되었다. 불과 몇 년 사이 창고가 가득차고, 제일의 갑부가 되니, 오운암은 늘 유남의 공로를 언급하곤 하였다.

이때에 근방에 섭효렴(葉孝廉)이란 사람이 있었는데, 오운암과는 같이 수학했던 친구였다. 집이 무척 부유하였는데, 겨울에 수레를 끌고 북경으로 올라가게 되어, 그는 오운암의 집에 와서 작별 인사를 하게 되었다. 유남이 섭효렴에게 "이번 행차에서 급제할 것이지만 반드시 다른 사람의 능력을 빌려야 합니다." 그리고 소매 안에서 책 한권을 꺼내주며 "이 글을 숙독하면 가히 옥당(玉堂)에 오를 수 있을 것입니다."라고 하였다. 섭효렴이 자못 믿을 수 없어하니, 오운암이 유암의 재능을 거듭 칭찬하였다.

섭효렴이 북경에 도착해서 과거에 응시하니, 과연 모든 일이 마치 박자가 맞춰지듯 만사가 순조롭게 진행되어 수석으로 합격하고 드디어 한림학사 벼슬을 받고 집으로 돌아오게 되었다. 섭효렴은 고마운 마음에 유림에게 만금을 주고 보답하였다. 유림은 그 돈을 받아 오운남에게 주고 십금을 더 주면서 "이 십금은 본전이고, 만금은 이자입니다."라고 말하였다. 그리고 표연히 오운암에게 작별을 고하고 떠나니, 종적이 묘연하였다. 이에 오운암이 오랫동안 탄식하였다.

몇 년 후에 오운암이 친구를 찾아갔다가 저녁을 먹고 늦게 돌아와 옷을 벗고 잠을 자려고 하는데, 문뜩 급하게 문 두드리는 소리가 요란하게 났다. 이에 동복을 불러 문을 열라고 하니, 문 밖에 커다란 말 한 마리가 시끄럽게 울고 있었다. 오운암이 놀라 몸을 일으켜 나가보니 당상에 올라 지휘하는 이가 바로 유남이었다. 의관이 화려하여, 이전에 초라한 모습은 상상할 수가 없었다. 수레에서 내린 여자 만해도 열일곱 여덟 명이었다. 오운암이 놀라 유남의 손을 잡고 "한 번 가서 사람 마음을 슬프게 만들더니 어떻게 된 일인가?"라고 물었다.

유남이 웃으며 말하길 "작별 후에 초촉(楚蜀) 땅을 유람하며 공자께 보은할 방법을 생각하였으나, 어떻게 해야 할지 몰랐습니다. 오히려 이전 일을 생각하면 진실로 부끄러울 뿐이었죠. 사람이 태어나서 마땅히 고대광실에서 절세가인을 좌우에 두고, 노복이 문 앞에서 수레를 준비하고 비단 옷을 입고 자리에 앉는 것이, 평생 즐거움 아닐 런지요? 그래서 사방을 널리 돌아다니다가 이제야 돌아오게 되었습니다. 공자께서 보시기에 어떠신지요?" 말을 마치고 하나하나 불러 오운암에게 인사시키며 "이 둘은 모두 촉 땅에서 이교(二嬌)[5]라 불리는 아이들입니다. 이 아이는 취교(翠翹)라 하는데 수를 가장 잘 놓습니다. 이 아이는 묵천(墨倩)으로 거문고를 가장 잘 탑니다." 또 서쪽을 돌아보며 말하길 "이 아이는 서방의 미인이니 춤을 잘 춥니다." 또 그 중의 가장 아담한 아이를 가르치며 "이 아이는 양성(襄城)의 여식입니다. 공자와 바둑 실력이 엇비슷할 것입니다."라고 말하니, 오운암이 눈이 현란하고 마음이 두근거리고 망연하여 감히 뭐라고 대답해야 할지 알지 못했다. 다만 "이것이 꿈인가 생시인가!"라고 하였다.

다음날 유남이 자신의 주머니를 털어 재목(材木)을 장만하고, 공인들을 불러 집을 정리하니 몇 개월도 안 되어 가장 좋은 최고의 집으로 완성되었다. 그리고 오운암으로 하여금 새집으로 옮기게 하였다. 굽이굽이 굴곡진 처마 따라 이어진 긴 회랑과 깊은 정원, 그리고 노래 부르고 춤을 출 수 있는 무대가 완비되어, 사람이 만들 수 있는 최고의 솜씨를 보는 듯 했다. 담장 밖에서 들려오는 퉁소소리가 방에까지 전해지고, 산초나무 향기가 서재에까지 전해졌다. 붉은 분내가 마치 구름같이 모여 있으니, 모두 아름다운 자태의 경국지색이었다.

오운암이 한번보고 심신이 황홀하여 아무것도 하지 못하고, 이로부터 왕후장상을 부러워할 것이 없었다. 마침 그 해에 전란이 일어나 유남이 오운암을 데리고 경성에 이르니, 소매 안에서 서책 하나를 주며, 오운암으로 하여금 과거 시험장으로 들어가게 하였다. 이어 그를 거인(擧人)에 급제하게 만들고, 남경에서 거행되는 남위(南闈) 회시(會試)에 응시하게 하였다.

유남이 친척들과 벗들을 청하여 연회를 베풀고 빈객들의 축하를 받게 하니, 거리에 수백 명이 이르렀다. 의관을 정제하고 술이 만취하게 되자, 유남이 일어나 소리를 높여 말하길 "오해원(吳解元)이란 사람이 어떤 사람인지 아십니까? 내 일찍이 검술을 배우며 인간 세상에 노닐다가 오늘 같은 날을 만나게 되었습니다, 우주가 광활한데 오로지 한 사람만이 나를 안다고 할 수 있습니다, 나라는 사람이 인간 세상에 떨어져 저잣거리에서 오해원을 만나, 주머니를 털어 나를 구해주고, 집으로 데려가 일을 맡기니 이런 일은 진정 관중(管仲)과 포숙(鮑叔)의 사귐과도 같은 것입니다. 이제 오해원이 공명을 이루었으니, 어찌 회음후(淮陰侯) 한신(韓信)이 빨래하던 아낙에게 얻어먹은 밥 한 그릇 값을 보은하는 것과 비교하겠습니까! 후세 사람들로 하여금 나와 같은 협객이 있음을 알게 하면 그만입니다."라는 말을 마치고, 갑자기 처마를 넘어 홀연히 사라지니, 모인 사람들이 유남은 사람이 아니라고들 수근 거렸다.

---

5) 손책의 부인 대교와 주유의 부인 소교를 말함.

▌번역 필사본

검협

틱창(太倉) 오운암(吳雲巖)은 지명ᄒᆞᄂᆞᆫ 션ᄇᆡ라 위인이 감기ᄒᆞ고 큰 ᄯᅳ지 이시며 더욱 급인지풍이 이시니 사ᄅᆞᆷ이 다 니르ᄃᆡ 급곽히라 ᄒᆞ더라 일일은 우연히 무창ᄯᆞ히 놀다가 일즉 한 남ᄌᆡ 형용이 괴위(魁偉)ᄒᆞ나 현슌ᄇᆡᆨ결(懸鶉百結)의 의상이 남누ᄒᆞ고 뒤히 한 사ᄅᆞᆷ이 이셔 ᄯᆞ라 오며 돈울 달나ᄒᆞ여 줄칙ᄒᆞ기를 마지 아니ᄒᆞᄃᆡ 그 남ᄌᆡ 팔울 저히【90】 도라 보지 아니ᄒᆞ고 가며 한 말도 대답지 아니ᄒᆞ거ᄂᆞᆯ 그 사ᄅᆞᆷ이 욺흐로 도로 츄로ᄒᆞ여 ᄯᆞ히 업치고 주머괴를 쏌내여 일장울 통타ᄒᆞᄃᆡ 그 남ᄌᆡ 맛기를 니ᄋᆞᆨ이 ᄒᆞ다가 한말도 앎흐다 아니 ᄒᆞᄂᆞᆫ지라 오ᄉᆡᆼ이 이를 보고 고이히 너겨 욺흐로 ᄂᆞᄋᆞ가 말니며 그 연고를 무른ᄃᆡ 그 사ᄅᆞᆷ이 분ᄒᆞ야 왈 이놈이 ᄂᆡ의 집의 삼삭식쵀를 지고 일푼울 쥬지 아니ᄒᆞ니 이제ᄂᆞᆫ 노하 보내지 못ᄒᆞ리로라 오ᄉᆡᆼ이 ᄯᅩ 무른ᄃᆡ 식쵀 엇마나 ᄒᆞᄂᆞᆫ 그 사ᄅᆞᆷ 왈 젼후회계를 합ᄒᆞ여 십금이라 ᄒᆞ거ᄂᆞᆯ 오ᄉᆡᆼ이 이의 낭탁을 기우려 갑흐니 그제야 놋코【91】 가거ᄂᆞᆯ 그 남ᄌᆡ 오ᄉᆡᆼ울 ᄃᆡ무슈치샤 ᄒᆞ니 오ᄉᆡᆼ이 그 남ᄌᆞ를 청ᄒᆞ여 함긔 집의 니르ᄆᆡ 오ᄉᆡᆼ이 그 셩명을 무른ᄃᆡ 남ᄌᆡ 왈 나의 셩명은 뉴남(柳南)이라 스ᄉᆡᆼ울 조ᄎᆞ 검술을 ᄇᆡ흔지 십년의 이제야 바야흐로 산밧긔 나왓노라 ᄯᅩ 무르ᄃᆡ 이외의 무ᄉᆞᆫ ᄌᆡ릉이 잇ᄂᆞᄂᆞᆫ 답 왈 다만 밥먹기를 잘ᄒᆞ노라 오ᄉᆡᆼ 왈 이제 장ᄎᆞᆺ 어ᄃᆡ로 가려ᄒᆞᄂᆞᆫ다 답 왈 텬리 광ᄃᆡᄒᆞᄂᆞ 사히의 표박ᄒᆞ여 일신이 난용이라 어ᄃᆡ로 도라가리오 오ᄉᆡᆼ 왈 그러ᄒᆞᆯ진ᄃᆡ 나를 ᄎᆞ즐쟈ᄂᆞᆫ 그ᄃᆡ로다 답 왈 진짓 소원이로다 ᄒᆞ거ᄂᆞᆯ 드ᄃᆡ여 함긔 오 ᄯᆞ흘 도라가 더브러 현【92】모ᄒᆞᆫ 니치를 논란ᄒᆞ고 무궁ᄒᆞᆫ 술법을 궁구ᄒᆞ여 지긔 지교를 삼으ᄆᆡ 시시로 가ᄉᆞ를 경니ᄒᆞ고 됴리 명명ᄒᆞᆫ지라 인ᄒᆞ여 모든 큰일을 신임ᄒᆞ니 슈년지내의 부괴 ᄎᆡᆼ일ᄒᆞ여 일방의 갑뷔되ᄆᆡ ᄉᆡᆼ이 ᄆᆡ양 그 사ᄅᆞᆷ의 공효를 닐콧더라 이ᄯᆡ의 셥호렴(葉孝廉)이란 재 이시니 ᄉᆡᆼ으로 더브로 동년지괴라 이히 겨울의 북경으로 올나가 부거ᄒᆞᆯᄉᆡ 오ᄉᆡᆼ의 집의 와셔 작별ᄒᆞ거ᄂᆞᆯ 뉴남이 셥ᄉᆡᆼ 다려 닐너 왈 그ᄃᆡ 이번 길의 ᄎᆞᆷ방 ᄒᆞᆯ지니 다만 타인의게 자력 ᄒᆞᆯ지어다 인ᄒᆞ여 ᄉᆞᄆᆡ 안흐로 셔한 ᄎᆡᆨ을 내여 쥬며 왈 이 글【93】을 슉독ᄒᆞ면 가히 옥당(玉堂)을 일월지니리 셥ᄉᆡᆼ이 ᄌᆞ못 밋지 아니커ᄂᆞᆯ ᄉᆡᆼ이 그 ᄌᆡ롱이 이시물 무슈히 칭찬ᄒᆞ더니 셥ᄉᆡᆼ이 과연 응시ᄒᆞᄆᆡ 모든 일이 여흡부절이라 시관이고시ᄒᆞ여 뎨일 젼신의 고듕ᄒᆞ고 드ᄃᆡ여 한림 ᄒᆞᆨᄉᆞ 벼슬을 ᄒᆞ이여 집으로 도라오매 쳔금으로ᄲᅧ뉴람울 쥬거ᄂᆞᆯ 뉴남이 바다 오ᄉᆡᆼ울 쥬며 십금을 더 쥬어 왈 이 십금은 본젼이오 쳔금은 변젼이라 ᄒᆞ고 표연히 오ᄉᆡᆼ울 하직고 ᄂᆞ가니 종적이 모연ᄒᆞᆫ지라 오ᄉᆡᆼ이 ᄎᆞ악ᄒᆞ물 마지 아니ᄒᆞ러니 슈년후의 오ᄉᆡᆼ이 친구를 심방 ᄒᆞ다가 늣게야 도【94】라와 오슬 풀고 장ᄎᆞᆺ 취침 ᄒᆞ려 ᄒᆞᆯᄉᆡ 홀연 문 두다리ᄂᆞᆫ 소ᄅᆡ 심히 급ᄒᆞ거ᄂᆞᆯ 이의 동복을 불너 문을 열나 ᄒᆞᆫ즉 문외의 거매 헌화ᄒᆞ며 문명이 메엿더라 오ᄉᆡᆼ이 크게 놀나 즉시 몸울 닐워

ᄂᆞᄋᆞ가니 당상의 울ᄂᆞ 지휘ᄒᆞᄂᆞᆫ 자ᄂᆞᆫ 곳 뉴남이러라 의관이 화려ᄒᆞ여 젼일 형용이 아니오 술위 밧글 ᄂᆞ으ᄂᆞᆫ 재 다 이팔녀랑이라 오ᄉᆡᆼ이 일희 일경ᄒᆞ여 뉴람의 손을 잡고 왈 그ᄃᆡ 한 번 가ᄆᆡ 사ᄅᆞᆷ으로 ᄒᆞ여금 간장을 슬오더니 이 엇진 일이ᄂᆞᆫ 뉴남이 우으며 왈 니별후의 초촉(楚蜀) ᄯᆞ흐로 유람ᄒᆞ므로 그ᄃᆡ 보은 ᄒᆞ기를 ᄉᆡᆼ【95】각ᄒᆞᄃᆡ 오히려 엇지 못ᄒᆞ고 도ᄅᆞ혀 이젼 일을 ᄉᆡᆼ각ᄒᆞ면 진실노 쳐창ᄒᆞᆫ지라 사ᄅᆞᆷ의 ᄉᆡᆼ세지낙이 맛당히 고ᄃᆡ 광실의 졀ᄃᆡ가인이 좌우의 ᄂᆞ렬ᄒᆞ며 문뎡의 거마 복종이 메이며 긔라(綺羅) 금취침석의 죠요ᄒᆞ여 평ᄉᆡᆼ 즐기물 마지 아닐 거시라 이러므로 사면을 광군ᄒᆞ다가 이제 바야흐로 도라와시니 청컨ᄃᆡ 그ᄃᆡᄂᆞᆫ 한 번 보ᄆᆡ 엇더ᄒᆞᄂᆞᆫ 이의 일일이 불너 ᄂᆞᆲ흐로 ᄂᆞᄋᆞ와 오ᄉᆡᆼ을 가르쳐 왈 이ᄂᆞᆫ 다 촉듕의 제일 녀ᄉᆡᆨ이라 하ᄂᆞ흔 일흠이 취괴니 가장 침션이 졍모ᄒᆞ고 하ᄂᆞ흔 일흠이 묵쳔이니 가장 음눌을 졍통ᄒᆞ다 ᄒᆞ고 ᄯᅩ【96】 셔편울 도라보고 왈 이ᄂᆞᆫ 셔방미인이니 능히 춤 츄기를 잘ᄒᆞᆫ다ᄒᆞ며 ᄯᅩ 그 듕의 가장 아담ᄒᆞᆫ 자를 가르쳐 왈 이ᄂᆞᆫ 난 양셩(襄城) ᄯᅩ 녀랑이라 가히 그ᄃᆡ로 더브러 상당ᄒᆞ다 ᄒᆞ거ᄂᆞᆯ 오ᄉᆡᆼ이 눈이 현란ᄒᆞ고 ᄆᆞ음의 요동ᄒᆞ여 망연히ᄃᆡ 답ᄒᆞᆯ바를 아지 못ᄒᆞ고 다만 우어 왈 이거시 몽듕이 아니냐 ᄒᆞ더라 ᄋᆡᆨ일의 뉴남이 낭탁을 기우려 ᄌᆡ목을 구취ᄒᆞ고 공장울 불너 ᄃᆡ 가샤를 경긔ᄒᆞ니 듕이 공지ᄒᆞ야 불일셩지ᄒᆞᄆᆡ 일읍의 갑뎨러라 오ᄉᆡᆼ으로 ᄒᆞ여금 반니ᄒᆞ여 즙물을 버리니 요헌 긔구와 슈호 문창이 휘황찬난ᄒᆞ【97】고 쥬와 취ᄆᆡᆼ이 구름밧긔 최외ᄒᆞ여 금셩 가셩이 바람의 표표ᄒᆞ여 쳐쳐의 둘니더라 당상의 오른즉 향연이 ᄋᆡᄋᆡᄒᆞ고 난새 욱욱ᄒᆞᆫ ᄃᆡ 분ᄃᆡ 가인이 구름가치 모히여시니 교ᄐᆡᆨ무빵ᄒᆞ여 진짓 경국지ᄉᆡᆨ이라 오ᄉᆡᆼ이 한 번 보ᄆᆡ 심신이 황홀ᄒᆞ여 아모란 줄울 모르고 다만 거쳐ᄒᆞᆯ 쌘이라 이후로부터 복녹이 무량ᄒᆞ여 왕후장 상울 불워 아닐더라 마ᄎᆞᆷ 대비지라를 당ᄒᆞ여 뉴람이 ᄉᆡᆼ을 다리고 경셩의 니르ᄆᆡ ᄉᆞᄆᆡ 안흐로 셔칙 ᄒᆞ나를 내여 쥬엇더니 임의 닙장ᄒᆞ여 글톄를 마나ᄆᆡ 남셩의 ᄎᆞᆷ방ᄒᆞ니 뉴남이 드ᄃᆡ여 친쳑【98】고 구와 인근 읍의 물망잇ᄂᆞᆫ 자를 청ᄒᆞ여 잔ᄎᆡ를 배셜ᄒᆞ여 즐기니 노상의 관개 상망 ᄒᆞ고 좌즁의 의관이 졍제ᄒᆞᆫ지라 술이 반취ᄒᆞᄆᆡ 뉴남이 소ᄅᆡ를 놉혀 ᄀᆞᆯ으대 좌ᄀᆡᆨ은 ᄯᅩᄒᆞᆫ 오희 원이엇던 사ᄅᆞᆷ인 줄을 아노라 복이 일ᄌᆞᆨ 검술울 배홀새 인간의 논닐다가 오ᄂᆞᆯᄂᆞᆯ울맛ᄂᆞ니 우 취 광활ᄒᆞᄃᆡ 엇지 한 사ᄅᆞᆷ이 용납지못ᄒᆞ리오 반ᄉᆡᆼ울 낙쳑ᄒᆞ여 거의 유심ᄒᆞᆫ자를 불가ᄒᆞ엿더니 마ᄎᆞᆷ 시상의 셔호희원울 맛ᄂᆞᄆᆡ 소ᄆᆡ 평ᄉᆡᆼ의 문득 낭탁을 가우려 구급ᄒᆞ고 나를 다려다가 가ᄉᆞ를 젼탁ᄒᆞ니 이ᄂᆞᆫ 관포지괴【99】라 이제 오희원이 공명을 닐워시니 복이 엇지 회음후의 밥 한그룻 갑기를 효축ᄒᆞ리오 ᄯᅩᄒᆞᆫ 후세의 사ᄅᆞᆷ으로 ᄒᆞ여금 협객듕의 진짓 사ᄅᆞᆷ이 이시물 표ᄒᆞ미ᄒᆞ고 말이 마ᄌᆞᄆᆡ 몸을 소소쳐 쳠하를 너머 홀연히 가니 모다 뉴남이 사ᄅᆞᆷ이 아닌줄 알더라

원문

太倉吳雲巖, 名諸生也。爲人慷慨負大志, 肯急人之難人, 皆以郭解。日之偶游武昌, 於市中見一男子, 形狀魁偉而懸鶉百結藍縷, 不堪後隨一人向之索錢, 喧呶不已偉男子掉臂竟行, 不答一語, 其人忿甚突前仆之於地揮拳奮下, 男子一任其毆殊無痛楚意。

生異之趨前勸止, 其人曰 : "彼欠余三月飯金, 一錢不與, 今必不相捨", 生問"値幾何" 曰 : "前後共計十金" 生探囊代爲之償, 其人乃釋之。而去男子起拱手致謝。

生令其隨至寓齋詰其姓名, 男子曰 : "余柳南也, 從師學劍十年, 今始出山耳。" 生曰 : "此外何能" 曰 "無能祇善啖飯耳。" 生曰 : "今將安歸" 曰 : "四海飄零一身潦倒將安歸。" 生曰 : "然則從余南耳" 曰 : "願甚" 生遂携之歸吳與之談立言, 奧理肆出不窮遂爲談友, 暇則爲生經理家事條理井井。因是生一切皆委之, 不數年粟溢於倉錢朽於貫富甲一方生頗德之。

有葉孝廉者, 生同硏友也。家甚豪富是冬公車北上來辭別, 生柳謂葉曰 : "君此行必登第, 但須假力他人。" 因出袖中文一冊, 曰 : "熟此則玉堂可致也" 葉頗不甚信, 生因力贊其能。

葉至都, 應試數題一一脗合主司擊節嘆賞竟置第一殿試策, 又適符居二甲遂入詞林。歸後報柳南以萬金。柳以奉生更益十金曰 : "此母也, 指萬金曰此利也。" 飄然辭生, 而出追之已杳。生嘆愕久之。

越數年, 生方從友人家, 晩飮歸, 解衣欲睡, 忽聞撾門聲甚厲呼, 僕啟門則人喘, 馬嘶喧闐滿室。生驚出視之, 則登堂指揮者柳南也。衣冠華煥非復昔時, 旋見有自輿中出者, 皆十七八女子也。生喜, 駭交幷逕前, 執柳南手曰 : "子去幾令人悶死, 何遂翩然遠逝耶? " 柳笑曰 : "別後浪遊楚蜀思, 所以報君者倘未至。因念生人之樂, 必當擁名姬居大厦, 裘馬盈門綺, 羅粳席爲溫柔鄕生色僕故爲加意訪求留心選豔以充下, 陳實後勞玆羣鬟俱在請, 君觀之以爲何如?" 乃一一呼之來前, 指謂生曰 : "此蜀中, 二嬌, 一字翠翹, 最工刺繡, 一名墨倩, 雅善鼓琴。" 又西顧, 曰 : "此西方美人也, 能作掌上舞。" 又曳最稚一娃曰 : "此襄城之女少陵, 可與君旗鼓相當。" 生目已成障心復, 搖旌茫然不知所對, 但笑曰 : "豈其在夢中耶。"

翌日, 柳南盡出其囊中, 金鳩工購材土木大興, 未幾月已告落成第宅連綿雄於一郡。令生移居, 其中, 生見曲廊, 深院舞榭歌臺備極人工之巧, 簫管之聲, 出於牆外入房, 則椒壁芸窓芬芳。遠透俄而, 紅粉如雲爭憐獻媚微睨之皆國色也。

生自此享用將於王侯。其年適當大比, 柳南偕生至都出一冊文。令生揣摩旣入場題盡與合發解南闈。柳南爲遍徵戚友, 及郡之有夙望者演劇讌賀賓客, 不期而至者數百人道上之冠蓋相望座間之巾裘相棱酒酣。

柳南抗聾起曰 : "君輩亦知吳解元爲何如人乎? 僕挾劍術遊人間迄少所遇竊, 以宇宙之廣豈無一人知我者, 故落拓自放冀有所得吳解元遇於衢市。初不相知遽肯解囊拯急携我, 偕歸委以諸事真我鮑叔哉。今解元名立利, 全此中得以稍慊顧僕豈淮陰望報者流哉。亦使後世知我輩中未嘗無人耳。言訖聳身向簷倏忽已逝, 衆始知柳南爲非人。

4) 오시(吳氏)

▌편찬자 번역

연평재(燕平齋) 소사구(少司寇)는 하남(河南) 개봉부(開封府) 사람이다. 아내로 유씨(劉氏)를 맞이했는데, 유씨는 관리를 지낸 집안의 여식이었다. 성품이 총명하고 용모가 절세가인이었다. 특히 수를 잘 놓았으며, 시(詩)도 잘 읊을 정도로 정통한 여성이었다. 다만 시기 질투가 심하여, 밖으로 보이는 모습은 마치 복숭아꽃 같이 어여쁜 자태였지만, 안으로는 태풍같이 무서운 성품이 있었다.

결혼한 후에는 점점 아내로서의 위풍이 당당해져, 집안의 희첩 중에 얼굴이 반반한 자를 거의 다 꾸짖어 내쫓고, 시녀 중에서도 예쁘장하게 생긴 이들은 쫓아 버렸으며, 심지어 나이가 어린 시사(侍史)[6]를 보면 "이런 어여쁜 미소년을 선비 집에 두어 어찌 집안을 욕되게 할 수 있겠나!"라며 내쫓았다. 이렇게 대문 안에서 유일무이하게 현숙한 여인처럼 위엄을 세우며, 오직 수염 난 노비만 불러들여 옆에 두게 할 따름이었다. 때문에 공(公)은 매우 심하게 유씨를 꺼려 감히 왕래를 하지 않으려고 했다.

당시 공은 효성스럽고 청렴결백한 인물로 과거에 나가지 않고, 입신영달에는 관심을 두지 않았으며, 오직 술만 가까이하고 풍류만을 낙으로 삼았다. 공은 이처럼 자유분방한 것에 대해 스스로 자긍심을 가지고 있었다. 하지만 부인의 단속이 너무 심해서 문뜩 문뜩 우울해 하였다. 그러던 어느 날 드디어 북경에 갈 뜻을 비추며, 공명(功名)을 구해보겠다고는 했으나 실상은 그 부인을 피하기 위함이었다.

북경에 이르러 조용한 사찰에 거처를 정하였다. 그 절 곁에 인가(人家)가 수십 채가 있었는데, 모두 외지인들이 집을 빌려 생활하고 있었다. 그 중에 소주(蘇州)의 오(吳)씨 성을 가진 여자가 있었는데, 유모 둘이 침선을 봐주고 생활을 유지하였다. 여자의 부친은 원래 이부(吏

6) 옛날, 귀인의 곁에서 손님과의 대화를 기록하고 문서를 맡아보며 비서 역할을 하던 사람

部)에 있었으나, 죄를 지어 옥에서 죽음을 맞이하는 바람에, 이렇게 나락으로 떨어지게 되었고, 그래서 이집은 다시는 전과 같은 부귀를 누릴 수가 없었다.

하루는 공이 산책을 하다 사찰 밖에 이르렀는데, 문을 의지한 채 바람을 쐬고 있는 아름다운 여인의 모습을 보고 반하게 되었다. 공은 이웃을 찾아가 그 여자에 대해 알아보고, 자신의 첩으로 삼고자 하였으나, 마땅히 중매해줄 사람이 없어 한탄하고 있었다.

마침 남쪽 비어있던 공간에 한 선비가 새로 들어오게 되었는데, 또한 소주 사람이었다. 여자의 부친과는 절친 사이였을 뿐 아니라 친척간의 정분도 있어 자연스럽게 혼사를 의논하게 되었다. 그 선비가 이미 중간에서 소개를 넣어준 덕분에 다행히 이 일이 무난하게 진행되었다. 여자의 모친은 자신의 딸이 남의 소실로 가는 것을 원치 않았으나, 이렇게 타향에서 마땅히 의지할 곳이 사는 것보다 낫다 싶어 마지못해 허락하게 되었다. 이에 공은 천금을 들여 여자를 맞아 들였는데, 그 혼례 물품이 모두 신비한 것들이었다. 합방하는 날 저녁 화촉 아래 여자를 앞에 앉히고 자세히 보니, 아름다운 자태가 매우 뛰어나 일반 여자들의 모습이 아니었다. 공이 심히 사랑하니 운우지정이 비할 데가 없었다.

그 해에 공이 시험에 합격하여 이갑(二甲)으로 '한림원'에 들어가게 되어 고향으로 돌아갈 수 없게 되었다. 이때 오씨 부인이 아들 하나를 낳았는데 공이 기뻐하며 매우 애지중지하며, 이름을 '한생(翰生)'이라 지었다. 그 다음해에 지현(知縣)이 되어 강소(江蘇)지역으로 발령을 받게 되었는데, 공의 본부인에게 가벼운 병이 생기고, 또 멀리 가는 것을 싫어하여 함께 갈 수가 없게 되었다. 그리하여 공은 오씨 부인을 데리고 부임을 할 수 있었다. 부임하여 그 곳에서 또 아들 하나를 낳았다.

부임 후 세월이 흘러 드디어 임기를 마치게 되었다. 이제 고향으로 돌아갈 때가 되었으나, 이렇게 돌아가면 부인이 알고 질투할 것이 불 보듯 자명하여 감히 오씨와 아이들을 데리고 갈 수가 없었다. 그리하여 저잣거리에 집을 사고 오씨에게 은자를 주며 생활하게 하였다. 그리고 이별할 때 반드시 다시 데리러 올 것을 약조하고 떠나갔다.

하지만 약속한 지 한참이 지나도록 공의 소식은 묘연하였다. 여자는 아침저녁으로 공의 생각이 간절하여 눈이 빠지도록 기다리고 또 기다렸다. 그렇게 세월은 여러 번의 계절을 넘기고 있었다. 여자는 남자의 소식이 없자 생계를 유지할 방법이 없어, 결국 가지고 있던 귀한 옷을 저당 잡히고 폐물을 팔아 면면히 생계를 유지하고 있었으나, 그도 오래가지 못했다. 이제는 더 이상 팔아넘길 물건도 없었고, 생활이 궁핍하여 아침저녁 바느질로 겨우 목숨을 부지하니, 그 심한 고초는 예진 북경에 있을 때보다 더 심하였다.

매번 차가운 비바람으로 인해 쓸쓸함을 느낄 때마다 마음은 찢어지고 눈물이 흐르는지 끊어질듯 한 간장, 긴 한숨과 탄식으로 눈물이 앞을 가렸다. 이때 공은 고향으로 돌아간 후 여자를 데려오고자 여러 번 부인의 의향을 살피었으나, 도저히 상황을 엿볼 수가 없었다. 마음이 너무 불안하여 조정에 다시 관직을 청하고, 어사(御史)로 조정의 부름을 받게 되어 북경으로 옮겨가지만, 마침 부인이 동행하여 또 기회를 엿볼 수가 없었다. 그 후 몇 년 동안 천자의 은혜 속에서 관직이 특별히 경이(卿貳)[7]까지 오르게 되었다.

나이가 이미 오십이 되어 쓸쓸한 생일을 맞이한 어느 날, 부인이 술과 음식을 장만해서 잔칫상을 차리고 조용히 공에게 말하길 "당신이 이미 벼슬이 높고 녹봉이 후하지만, 이미 향년 오십이 되었음에도 슬하에 일 점 혈육조차 없어요, 후사일은 더 일찌감치 도모를 했어야 했습니다." 이 말에 공은 "내가 강남(江南)에서 지현(知縣) 관직을 지낼 때 이미 부인을 두고 아들 둘을 두었었소. 고향으로 돌아가던 중 잠시 오(吳) 땅에 거처하도록 하였는데, 벌써 10년이나 지나, 지금은 생존여부를 알 수가 없다오." 이 말을 듣고 부인이 크게 화를 내며 "이런 일을 어찌 일찍 말씀해 주시지 않으셨나요? 빨리 사람을 보내어 데려와 이 부귀를 함께 누리게 해야죠, 타지에서 떠돌이 생활을 하게 하면 안 됩니다." 이 말을 듣고 공이 매우 기뻐하며 오(吳) 땅으로 사람을 보내 그들을 데려오게 하였다.

공이 보낸 사람이 오씨 부인의 거처에 도착하니, 사방이 적막하고 쓸쓸했다. 부뚜막에도 불을 피우지 않은지 오래되어 그 빈곤함을 차마 볼 수가 없었다. 이때 여자는 북경에서 사람이 왔다는 말을 듣고, 미친 듯 기뻐하며 문 앞에 나와, 그동안의 남편 안부를 물었다. 심부름으로 온 남자는 두 공자들이 어디에 있는지부터 물었다. 여자는 눈물을 흘리며 "생활이 궁핍하여 큰 아이는 아예 학당에 들어가 공부를 하고 있습니다. 부르면 곧 올 것입니다. 둘째는 시장에 음식을 사러 가서 아직 돌아오지 않았습니다."라고 하였다. 이 말을 듣고 즉시 사람을 보내 저잣거리에 가서 두루 찾아보게 하였다. 한 골목 모퉁이를 지나다 한 어린 아이를 만났는데, 맨발 차림에 다 헤어진 옷을 입고, 손에 음식을 들고 있었다. 비록 옷차림은 매우 형편없었으나 자세히 살피니 그 용모가 상당히 준수한 모습이었다. 사람들이 아이 앞으로 다가가 성씨를 물으니 과연 둘째 공자였다.

둘째 공자는 그 사람이 해주는 말을 듣고, 즉시 음식을 길가에 버리고, 웃으면서 말하길 "이제 서야 우리 어머니가 말씀하시던 때를 만났군요!"라고 하며, 드디어 어머니를 따라 북경으로 돌아오니, 부친과 큰어머니가 사랑으로 맞이하여 주었다. 곧 집안에 스승을 두고 경서(經書)를 읽고 학업에 힘쓰니 큰아들은 어린나이에 향시에 급제하고, 둘째아들도 약관의 나이에

---

7) 경(卿)의 다음이라는 뜻으로, 소경(少卿)을 이르는 말.

진사(進士)에 합격하니, 그 후 두 공자의 벼슬이 모두 경이(卿貳)에 이르렀다.

▌번역 필사본

오시

연평ᄌᆡ(燕平齋)난 가ᄂᆞᆫ봉부(開封府) 사ᄅᆞᆷ이라 뉴시(劉氏) 가의 취쳐(娶妻) ᄒᆞ여시니 ᄉᆞ환가세족이라 셩품이 총명ᄒᆞ고 용ᄆᆡ 염녀ᄒᆞ며 겸ᄒᆞ여 녀공이 졍묘ᄒᆞ고 제술울 능통ᄒᆞ나 다만 투긔ᄒᆞ미 심ᄒᆞ여 밧그로ᄂᆞᆫ 도니(桃李)가튼 ᄌᆞ식이 이시【100】ᄃᆡ 안홀ᄂᆞᆫ 풍뇌(風雷)가튼 셩품이 잇ᄂᆞᆫ지라 임의 셩혼ᄒᆞ매 규문이 엄숙ᄒᆞ고 가듕 희쳡이 적이 ᄌᆞ식이 잇ᄂᆞᆫ자를 일병 축송ᄒᆞ며 동북의 년소ᄒᆞᆫ자를 보면 문득 ᄀᆞᆯ으ᄃᆡ 이ᄂᆞᆫ 교동이라 션ᄇᆡ의 집의 엇지 이가튼 거슬 두어 문호를 욕되게 ᄒᆞ리오ᄒᆞ니 이러므로 내실의ᄂᆞᆫ 한 적각비(赤脚婢) ᄌᆡᄉᆞ환ᄒᆞ고 외당의ᄂᆞᆫ 한장 슈노 ᄌᆡ시축홀 ᄯᆞ름이러라 공이 심히 긔탄ᄒᆞ여 감히 더브러 상힐치 못ᄒᆞ더라 공이 일즉 과거못ᄒᆞ고 셩졍이 질탕ᄒᆞ며 ᄌᆞ품이 념담ᄒᆞ여 ᄉᆞ환을 줄겨아니ᄒᆞᄆᆡ 매양 화됴월셕과 시장주셕의 풍료로【101】 즐기더니 실인의 약속이 엄절ᄒᆞ므로 인ᄒᆞ여 홀홀 불낙ᄒᆞ고 드ᄃᆡ여 북경으로 갈 ᄯᅳ지 이시니 비록 공명을 구ᄒᆞ다 ᄒᆞ나 살상은 그 실인을 피ᄒᆞ미라 북경의 다다라 산ᄌᆞ의 집을 비러 거쳐ᄒᆞ니 그 졀 겻히 인가 슈십회 잇고 그 듕의 소쥬(蘇州) 오셩(吳姓)이란 재 이셔 유모녀 냥인이 침션으로 ᄉᆡᆼᄋᆡ 구활ᄒᆞᄂᆞᆫ지라 녀ᄌᆡ의 부친은 본ᄃᆡ 니부(吏部)의 이셔 죄명으로 옥듕의셔 죽으니 이러므로 뉴락ᄒᆞ여 도라가지 못ᄒᆞᆫ지라 일일은 공이 산문의 ᄂᆞ와 소창ᄒᆞ더니 한 녀ᄌᆡ 문울 의지ᄒᆞ여 셔시ᄃᆡ 미모 념ᄐᆡ가 장졀모ᄒᆞ거ᄂᆞᆯ 근쳐의 방문ᄒᆞ여 여ᄌᆞ의 내력을【102】 알고 취ᄒᆞ여 불실을 삼고 조ᄒᆞᄃᆡ 동매ᄒᆞᆯ 사ᄅᆞᆷ이 업ᄉᆞ물 한ᄒᆞ더니 마ᄎᆞᆷ 남샤의 한 사ᄅᆞᆷ이 새로 니르니 이도 ᄯᅩ 소쥬 ᄯᅩ 사ᄅᆞᆷ이라 녀ᄌᆞ의 부친으로 더브러 절친ᄒᆞ고 ᄯᅩᄒᆞᆫ 쳑의 이시며 공으로 더브러 셔로 심방ᄒᆞ매 졍의 가장 친밀ᄒᆞ거ᄂᆞᆯ 드ᄃᆡ여 혼ᄉᆞ를 의논ᄒᆞᆫᄃᆡ 그 사ᄅᆞᆷ이 듕간의 소ᄀᆡᄒᆞ니 녀ᄌᆞ의 모친은 비록 남의 소실 쥬기를 원치 아니ᄒᆞ나 타향 종젹이 의탁ᄒᆞᆯ 곳이 업ᄉᆞ므로 인ᄒᆞ여 허락ᄒᆞ니 공이 쳔금울 내여 마ᄌᆞ을ᄉᆡ 방샤와 즙물을 일졀 신비ᄒᆞ엿더라 합근ᄒᆞᄂᆞᆫ날 져녁 동방화촉의 녀ᄌᆞ를 옮히 안치고 ᄌᆞ시【103】보니 염미ᄒᆞᆫ ᄐᆡ되 더욱 절등ᄒᆞ여 용모거지 일ᄒᆞ도 소실의 본ᄉᆡᆨ이 업ᄂᆞᆫ지라 공이 ᄉᆞ랑ᄒᆞ물 마지 아니ᄒᆞ여 홍녀 지졍이 비ᄒᆞᆯᄃᆡ 업더라 이ᄒᆡ의 공이 뎐시의 고듕ᄒᆞ여 한림원의 드러가니 드ᄃᆡ여 고향으로 도라오지 아니니라 녀ᄌᆞ의게 일ᄌᆞ를 ᄂᆞ흐니 공이 ᄉᆞ랑ᄒᆞ고 깃거ᄒᆞ물 마지 아니ᄒᆞ여 일흠을 한ᄉᆡᆼ(翰生)이라 ᄒᆞ다 명년의 벼슬ᄒᆞ여 소강 ᄯᆞ 지현이 되니 공의 부인은 본ᄃᆡ 신앙이 잇고 ᄯᅩ 실여ᄒᆞ여 함긔 부임ᄒᆞᆯ ᄯᅳᆺ이 업거ᄂᆞᆯ 드ᄃᆡ여 녀ᄌᆞ를 다리고 도임ᄒᆞ니 고을의 이셔 ᄯᅩ 일ᄌᆞ를 ᄂᆞ흔지라 도임후

세월이 여류ᄒᆞ여 드ᄃᆡ여 과만이 되【104】ᄆᆡ 고향으로 도라올 ᄉᆡ 부인이 알가 두려 감히 함긔 오지 못ᄒᆞ고 집을 사고 은ᄌᆞ를 쥬어 ᄉᆡᆼ활ᄒᆞᆯᄉᆡ 임별할ᄯᆡ 다시 다려가물 언약ᄒᆞ엿더니 언약이 지ᄂᆞ도록 소식이 돈졀ᄒᆞ니 녀ᄌᆡ 쥬야로 ᄉᆡᆼ각이 간졀ᄒᆞ여 눈이 ᄯᅮ러질ᄃᆞᆺ 바라기를 마지 아니ᄆᆡ 세월이 여러 번 변ᄀᆡᄒᆞ고 ᄉᆡᆼ활ᄒᆞᆯ 도리 업ᄉᆞ니 의복을 뎐당ᄒᆞ고 즙물을 ᄑᆞᆯ아 구복을 아직 채으나 그도 ᄯᅩᄒᆞᆫ 오ᄅᆡ 니우지 못ᄒᆞ고 취ᄃᆡᄒᆞᆯ 곳이 ᄯᅩᄒᆞᆫ 핍진ᄒᆞ여 됴셕 지졀의 침션으로 연명ᄒᆞ나 그 고초ᄒᆞᆷ과 긔한의 도골ᄒᆞ미 북경의 이실ᄯᆡ의셔 더 심ᄒᆞ더라 ᄆᆡ양 동지장야【105】와 하지영일의 음우한상과 쳐풍한셜을 당ᄒᆞ면 일촌 간장이 ᄭᅳᆫ허질 듯 긴 한슘져른 탄식 눈물이 ᄋᆞᆲ홀 가리오ᄆᆡ 몃몃 ᄒᆡ를 지내엿ᄂᆞᆫ고 텰셕 간장이라도 능히 견ᄃᆡ지 못ᄒᆞᆯ너라 이적의 공이 환향ᄒᆞᆫ 후로부터 여러 번 녀ᄌᆞ를 다려 오고ᄌᆞ ᄒᆞᄃᆡ 부인의 의향을 ᄉᆞᆯ피ᄆᆡ 능히 용납지 못ᄒᆞᆯ지라 ᄆᆞ음의 ᄌᆞ쳐ᄒᆞ더니 이윽고 어ᄉᆡ 됴뎡의 천거ᄒᆞ여 경직으로 승소ᄒᆞ니 부인이 ᄯᅩ한 ᄯᆞ라와 슈년지간의 텬은이 늉동ᄒᆞ여 벼슬이 니경의 니르고 년광이 오슌이라 마츰 ᄉᆡᆼ신울 당ᄒᆞ여 부인이 주찬울 가초아 잔ᄎᆡ를 ᄇᆡ셜ᄒᆞ고【106】 현슈ᄒᆞᆯᄉᆡ 부인이 종용히 ᄂᆞ으가 공을 ᄃᆡᄒᆞ여 왈 공이 벼슬이 놉고 녹봉이 후ᄒᆞᄃᆡ ᄒᆡᆼ년 오십의 일뎜 혈육이 업ᄉᆞ니 일즉 ᄌᆞ슉울 도므ᄒᆞ미 가흐다ᄒᆞ거ᄂᆞᆯ 공이 바야흐로 셔셔 말ᄒᆞ여 왈 향내 강남의 지현이 되어실ᄯᆡ의 일즉 부실울 뎡ᄒᆞ여 두 ᄋᆞ둘을 두고 도라오던ᄂᆞᆯ의 잠간 오듕의 우거ᄒᆞ여 우금 십여년의 존물을 아지 못ᄒᆞ노라 부인 대희 왈 공이 엇지 일즉 말숨울 아니ᄒᆞ시ᄂᆞ니잇고 이제 쇽히 사ᄅᆞᆷ울 보내여 다려다가 부귀를 함긔 누리고 타향의 표박ᄒᆞ게 마ᄅᆞ쇼셔 공이 깃거ᄒᆞ여 사ᄅᆞᆷ울 오듕의 보내여 마【107】줄ᄉᆡ 임의 니로ᄆᆡ ᄉᆞ벽이 소연ᄒᆞ고 츄연이 오ᄅᆡ ᄭᅳᆫ혀져 쳐초ᄒᆞᆫ 졍상울 ᄎᆞᆷ아 보지 못ᄒᆞᆯ너라 이ᄯᆡ의 녀ᄌᆡ 외향의 표박ᄒᆞ여 만고 쳔신울 격근후 참아 견ᄃᆡ지 못ᄒᆞᆯ너니 믄득 경듕의셔 사ᄅᆞᆷ이 니르럿단 말울 듯고 비희 교집ᄒᆞ여 문의 ᄂᆞ와 사자를 마ᄌᆞ며 그 ᄉᆞ이 안부를 무른ᄃᆡ ᄉᆞ재이 공ᄌᆡ 어ᄃᆡ이시물 무른ᄃᆡ 녀ᄌᆡ 톄읍 왈 ᄉᆡᆼ활ᄒᆞᆯ 길이 업기로 장ᄉᆞᄂᆞᆫ 외슉의 집의 글 닑으려 가시니 부르면 오려니와 ᄎᆞ자ᄂᆞᆫ ᄯᅥᆨ줄나가시니 아직 도라오지 아니ᄒᆞ니라 ᄉᆞ재 이 말울 듯고 죽시 져ᄌᆡ로 ᄂᆞᄋᆞ가 두로ᄎᆞ자니 한 골목 모퉁이로 지ᄂᆞᄆᆡ 한 동【108】ᄌᆡ 산발적각으로 몸의 톄의를 닙고 손의 병반울 가지고 오ᄂᆞᆫ지라 ᄉᆞ재 ᄌᆞ못 쳐창히너겨 ᄌᆞ시 ᄉᆞᆯ피니 비록 이갓치 궁칩ᄒᆞ여 의상이 남누ᄒᆞ나 오히려 쥰슈ᄒᆞᆫ 형용이라 드ᄃᆡ여 ᄋᆞᆲ흐로 ᄂᆞᄋᆞ가 셩시를 무르니 과연 ᄎᆞ공ᄌᆡ[8]러라 동ᄌᆡ 뭇ᄂᆞᆫ 말울 듯고 죽시 병반울 가저 길희 놋코 우어 왈 이제야 바야흐로 우리 모친이 한ᄯᆡ를 만낫도다 드ᄃᆡ여 모친을 ᄯᆞ라 경듕의 드러오니 공과 밋부인이 ᄉᆞ랑ᄒᆞ물 마지 아니ᄒᆞ여 션ᄉᆡᆼ울 쳥ᄒᆞ여 ᄒᆞᆨ업울 힘ᄡᅳ니 장자ᄂᆞᆫ 효렴과의 ᄲᆡ히고 ᄎᆞᄌᆞᄂᆞᆫ 나히 약관의

---

8) 둘째 공자

또훈 진ᄉ뎨의 고등ᄒ니 그후의 두 공ᄌ【109】의 벼슬이 또훈 니경의 니르니라

▌원문

燕平齋少司寇, 河南開封府人, 娶妻劉氏宦族女也。性質聰明, 容貌艷麗, 尤工刺繡兼涉吟詩。居然一不櫛進士也。顧生具奇妒外有桃李之姿, 內秉風雷之性, 既娶之後, 閫威漸著室中姬侍斥遣殆盡。卽婢媼之稍有姿者, 亦幷逐之, 見侍史之年少者, 則曰 : “此孌童也, 儒素之家, 安用此俊僕以玷。令名於是門內惟一, 赤脚婢供驅使閫以外, 則一長鬚奴備傳喚遞柬札而已。公甚嚴憚勿敢較也。

時公尙孝廉猶未捷, 南宮素喜, 恬退淡於名利不樂仕進, 而於花天酒國, 頗跌宕自豪至。是因妻約束之嚴, 忽忽不樂。遂浩然有北行之志, 雖求功名, 實避交謫也。

抵京僦居蕭寺中, 寺旁有民屋數十椽。皆係外省人所賃中, 有蘇州吳姓者, 僅母女二人, 倚十指爲活。女父本在吏部供繕寫者, 以焚燬檔冊擬罪瘐死獄中, 以此流落不得歸。

一日, 公散步寺外, 見女倚門小立風度嫣。然詢之鄰里, 始知女顚末, 謀欲娶爲簉室, 而苦無以通訊者。

適南舍新來一生, 亦蘇人。與女父舊相識, 且微有親誼, 因與公對門投刺請見。適公他出, 翌日, 公往答拜談次, 甚歡往來, 既稔遂及女事, 其人堅請自任。女母, 雖不願其女作小星, 以異鄉無所倚不得已許焉。公遂出重金聘之租屋宇置什物一切, 皆女戚爲之摒擋却扇之夕, 女貌益麗舉止, 亦落落大方無纖毫小家態也, 伉儷之間甚爲相得。

其年, 公試穫雋殿試, 居二甲入翰林。遂居京師不返, 女生一子, 大喜, 名之曰 “翰生” 明年散館以知縣, 用分發江蘇, 公夫人以素有微病, 且厭遠途不欲偕赴, 遂挈女之任, 在任又生一子。

及任滿還鄉, 恐夫人妒, 不敢携之歸。市一室使居之, 給銀以供薪水, 臨別約期, 相迎至期, 女日望汴中人至, 不料裘葛屢更鱗鴻, 終杳至簪珥典盡欲貸無門, 朝夕所需惟藉女紅以, 自給左右支絀耐盡飢寒, 具苦況更甚, 於在京時也。

逢苦雨凄風之夕, 不知墮却幾許傷心淚矣。公自歸里後, 屢欲迎女歸, 而微覘夫人意似不能相容者, 遂不果迎繼, 而以御史保奏欽召入京授職, 夫人亦從往數載之間, 聖眷殊隆, 仕至卿貳而。

年已及艾。懸弧之日, 夫人置酒介壽, 從容言於公曰 : “公位高祿厚, 而行年五十, 尙未有子, 宜早爲計” 公始徐言曰 : “余向出守江南時, 曾娶妾生二子, 還鄉之日, 使暫居吳中, 今已越十餘載, 未知其尙存否" 夫人喜曰 : "何不早言, 今宜速遣人迎之, 使同享富貴, 勿致飄泊他鄕也。" 公大喜, 使僕之, 吳中迎之。

旣至, 見四壁蕭然, 爨烟久絶, 貧苦情形, 不堪寓目。女聞京中人來, 狂喜出, 問使者致主命畢。卽問二公子何在, 夫人垂泣曰 : "苦無活計, 長者, 在義塾讀書, 呼之當至, 少者, 日賣餠於市。今尙未歸耳。" 使者往市尋之, 於某街遇一童子, 露頂赤足, 身穿敝衣, 手托餠一盤。而狀貌秀整。因前詢姓氏, 果卽二公子也。使者告之以故公子聞言, 將盤棄於道, 左笑曰 : "今而後吾母用此矣。" 遂隨母入都, 旣至家公及夫人皆憐之。聘請名師課, 以輕書帖括, 長者逾歲, 卽登賢書, 少者, 甫弱冠, 卽聯捷登進士第後, 亦仕至卿貳

5) 쇄글보솔(鎖骨普薩)

▌편찬자 번역

사천(四川) 금계방(錦鷄坊)이라는 곳은 시주회(詩酒會)와 같은 연회가 열리면 명사들이 모이던 장소였다. 그러나 '석역(石逆)의 난'을 겪으면서 초목만이 무성한 지경에 이르게 되었다. 오직 서쪽에 있는 저월루(貯月樓) 한 곳만 여전히 청풍명월의 풍경과 함께 거문고 소리와 퉁소 소리가 간혹 은은하게 들려오곤 했다. 가끔씩 상투를 틀고 의관을 갖춘 자재와 옅게 화장을 한 네다섯 명의 여인들이 누각에 기대어 앉아 있었는데, 이런 장면을 본 사람들은 모두가 이상하게 여기지 않는 자가 없었다.

마침 스님 서운(棲雲)이 오(吳) 땅에서 촉(蜀)으로 돌아가다가, 우연히 이곳을 지나게 되었는데, 풍경이 아름다워 이곳에 머물게 되었다. 사람들이 스님에게 이 누각의 이런 정황을 말하니 "그렇다면 내가 그 기이함을 보아야겠다."하고 바로 누각에 올라 침상의 먼지를 청소하고, 거처하게 되었다. 그러나 조금도 이상한 일이 벌어지지 않았다. 오히려 스님이 거처하기 가장 편한 곳이란 생각이 들 정도였다.

그러던 중 하루는, 조금 늦게 서야 누각으로 돌아왔는데, 문이 열려있고, 서책과 문방도구 침상의 먼지들이 매우 말끔하게 청소되어 있었다. 그리고 녹의홍상을 입은 아름다운 한 여인이 손에 거울을 들고 눈썹을 그리고 있었다. 그 옆에 두 시녀가 시중을 들며 서 있었다. 스님이 한 번 보고 그 황홀함에 심장이 두근거려 아무것도 할 수 없었다. 여인은 스님을 보고도 조금도 피하려는 기색이 없이 문득 스님에게 "스님이 미인과 참선을 하려는 겁니까?"라고 하였다. 스님이 바로 안으로 들어가 그 자태의 뛰어남을 보고 또한 마음이 동하여, 가슴이 두근거리는 것조차 깨닫지 못하고 있었다.

그러자 여인이 스님에게 "스님, 당신은 설법을 하고 저는 경문을 외워, 마치 섭소란(葉小鸞)[9]처럼 해보는 게 어떠한지요?" 그 말에 스님이 흔쾌히 응하고, 대승 입장에서와 소승 입장에서의 선(禪)의 경지를 강론하고, 또 신비스러운 설법을 하면서 깊은 인연의 만남을 기뻐하였다. 문을 닫고 나가지도 않고, 그날 밤 선(禪)의 경지를 강론한 후, 두 손을 합장 하고 여인에게 "어떤 여선(女仙)이 화신(化身)하여 이곳에 이른 것입니까?"라고 물었다.

여인이 "저는 여우도 귀신도 아닙니다. '쇄골보살'입니다. 무릇 인간세상을 떠돌며 모든 선남자(善男子)를 만나면 그와 인연을 삼는 것을 즐거워할 뿐이지요. 지금은 대사를 만났기에 연화(蓮花) 법좌(法座)로 운우(雲雨)의 행대(行臺)를 삼은 것입니다. 이는 스님께 치욕이 될까 두려워서 그러한 것입니다. 만일 스님도 참회하지 않는다면, 깊은 지옥에 빠지게 될 것입니다."라고 하였다. 스님이 이 말을 듣고 크게 깨달음을 얻었다.

원래 이웃에 장을(張乙)이라는 자가 있었는데 스님에게 늘 물건이나 돈을 빌려갔었으나, 아직 갚지 않고 있어, 마음이 늘 심란하여 눈치를 보고 있었다. 마침 스님이 향락을 즐기려 한다는 말을 듣고, 스님의 약점을 잡을 수 있다는 생각에, 이날 밤 몰래 누각에 올라, 문에 구멍을 뚫고 엿보고 있었다. 방안엔 붉은 등이 휘황찬란하게 빛나고, 스님이 한 여자를 데리고 함께 침상에 앉았는데, 무릎위에 발을 얹고 있었다. 장을은 이때다 싶어 방으로 뛰어 들어갔다. 그러나 여인의 행적은 온데간데없고, 다만 평상위에 서신 하나가 남아있었다. 그 서신에 쓰여진 글을 보니 "이것이 욕계(慾界)인지 색계(色界)인지 탐진계(貪嗔界)[10]인지, 종종 인연을 증명하려고, 일시적 순간에 종종 계율을 깨뜨리는구나."라고 씌어 있었다.

▌번역 필사본

쇄골보술

ᄉᆞ천(四川) 금계방(錦鷄坊)은 일대 명ᄉᆡ 모혀 시주로 연락ᄒᆞ던 곳이라 셕연의 난리를 지낸 후로 번화 당듕이 형국이 되엿시ᄃᆡ 오직 셔편의 져 월누 한 곳이 이시니 ᄆᆡ양 청풍명월의

---

9) 오강(吳江) 사람으로 자는 경장(瓊章), 요기(瑤期)이다. 명(明)나라 말기의 재녀(才女)로 섭소원(葉紹袁)의 딸이다. 바둑을 두고 거문고를 잘 쳤으며, 시화(詩畵)에도 능통했다. 시집가기 전에 죽었다. 저서로 『반생향(返生香)』이 있다.

10) 탐(貪) : 살아가는데 필요한 욕구(欲求)를 충족하려는 탐욕(貪慾).
진(嗔) : 분기(噴氣), 노기(怒氣), 분노(憤怒).

시시로 금술가관이 은은히 소릭 둘니고 의관 직ᄉᆞ와 졀딕 민인이 ᄌᆞ딕ᄒᆞ여 누상의 완연히 안ᄌᆞ시니 사름드리 이글 보믹 괴이히 녀기지 아니리 업더라 화상 셔운이오 ᄯᅩ흐로 도라 오다가 우연히 이곳을 지ᄂᆞ믹 풍경을 ᄉᆞ랑ᄒᆞ여 드딕여 이곳의 머물식 사름【110】이 화상다려 니르니 답ᄒᆞ여 왈 내 졍히 그 니상ᄒᆞ물 보고 ᄌᆞᄒᆞ노라 ᄒᆞ고 드딕여 누상의 올나 씌끌을 ᄲᅡᆯ고 상탑울 정제ᄒᆞ여 인ᄒᆞ여 거쳐ᄒᆞ딕 됴금도 괴이ᄒᆞᆫ 일을 보지 못ᄒᆞ니 승의거쳐 ᄒᆞ기가 장편ᄒᆞ더라 일일은 늣게야 누상으로 도라 왓더니 문이 녈녓ᄂᆞ딕 문방과 포진이 심히 정결ᄒᆞ며 일개 녀ᄌᆞ 녹의홍상으로 백틱구비ᄒᆞ며 손의 거울을 잡고 아미를 다ᄉᆞ리ᄂᆞᆫ딕 좌우의 시녀 이인이 장염제구를 밧둘고 셔시믹 기기졀묘ᄒᆞᆫ지라 화상이 한 번 보믹 심신이 황홀ᄒᆞ여 아모리 ᄒᆞᆯ줄 모르더니 그녀 직승울 보고 됴금 도회【111】 피ᄒᆞ미 업시 믄득 우어 왈 화상도 ᄯᅩᄒᆞᆫ 미인 못거지의 듯션ᄒᆞ려ᄒᆞᄂᆞᆫ다 화상이 바로 헤치고 드러가 그 ᄌᆞ식의 졀등ᄒᆞ물 보믹 ᄯᅩᄒᆞᆫ ᄆᆞ음이 동ᄒᆞᄂᆞᆫ줄울 ᄭᆡ듯지 못ᄒᆞᆯ지라 녀ᄌᆞ 화상다려 닐너 왈 화상아 너ᄂᆞᆫ 시험ᄒᆞ여 셜법ᄒᆞ고 나ᄂᆞᆫ 경문울 념ᄒᆞ리니 녯늘 셥소잉(葉小鸞)의게 비ᄒᆞ미 엇더ᄒᆞᆫ고 화상이 흔연히 대소 승경울 외오며 은근ᄒᆞᆫ 법으로 환히ᄒᆞ물 닐우고 ᄌᆞᄒᆞ여 인ᄒᆞ여 문울 닷고 입뎡ᄒᆞᆫ후의 합장ᄒᆞ고 녀ᄌᆞ다려 무러 왈 엇더ᄒᆞᆫ 녀션이 몸울 변화ᄒᆞ여 이곳의 니르럿ᄂᆞᆫ고 녀ᄌᆞ 왈 쳡은 귀신도 아니오【112】 여호도 아니오 일흠은 쇄골보술이라 무릇 세상의 일졀 션남ᄌᆞ를 맛나면 인연을 ᄯᆞ라 도익ᄒᆞ지라 이제 대식 연화세계로ᄡᅥ 운우양딕를 숨으려ᄒᆞ니 하ᄌᆞ 업지 아닐거시오 만일 개과치 아니ᄒᆞ면 일신의 믹장이 되리라 ᄒᆞᆫ딕 화상이 이말을 듯고 승연ᄒᆞ여 크게 돈으ᄒᆞ더라 닌니의 당을이라 ᄒᆞᄂᆞᆫ 재 이셔 화상의게 젼ᄌᆞ를 취딕ᄒᆞ여 쥬딕 화상이 홍상갑지 안키로 ᄆᆞ음의 심히 뮈워ᄒᆞ여 화상의 향락을 도적ᄒᆞ려 ᄒᆞ더니 이ᄂᆞᆯ 밤의 가마니 누상의 울나 벽울 ᄯᅮᆯ코 여허븐즉 홍촉히 휘황ᄒᆞᆫ딕 화상일 일기【113】 녀랑을 다리고 함긔 안자 시딕 무릅 우희 발을 더ᄒᆞ엿거ᄂᆞᆯ 당을이대로 ᄒᆞ여 소릭 지르고 쒸여 드러가니 녀랑의 형젹은 간딕 업고 다만 평상 우희 게쳡을 두어시니 게첩 우희 글ᄌᆞ를 ᄡᅥ시딕 이거시 식곈가 탐곈가 종종 인연을 증거ᄒᆞ며 종종 계심울 뭇고ᄌᆞ ᄒᆞ노라

▌원문

四川錦鷄坊, 詩酒會讌所也。經石逆之亂, 遺址鞠爲茂草。其西貯月樓, 尙存每淸風朗月時輒聞琴絃, 簫管聲隱約, 有長袖峨冠高髻淡粧者, 四五輩徙倚樓頭, 人習見之, 不以爲怪也。

適僧棲雲, 從吳入蜀, 偶過此樓, 慕其曠逸, 將僦居之。人以所見告。僧曰 : "我正欲觀其異耳。" 遂除塵網埽几榻而居焉, 久之無少異, 僧亦安之。

一日, 晩歸。樓上雙扉闢矣。帷帳尊彝俱非故物, 一女子, 縞衣素領儀態, 萬方臨鏡施慵來粧旁, 有二侍女棒盤匜而立, 見僧來亦不驚避, 但笑曰 : "禿奴亦欲參美人禪耶。" 僧驟入釵叢中覩此艶質, 不覺心旌搖搖。

女謂僧曰 : "爾試說法, 我試解經, 爲葉小鸞, 何如?" 僧欣然。爲講演大小乘禪, 授以秘密法, 結歡喜緣焉。由是鍵闢不出, 一夕入定之後, 合掌, 問女曰 "何處天仙, 化身來此。"

女曰 : "妾非狐, 非鬼, 鎖骨普薩也。凡遇世間, 一切善男子, 隨緣樂度。今大師, 以蓮花法座, 作雲雨行臺, 恐不能無垢耳, 官早懺悔否, 則魔愈深矣" 僧悚然大悟。

初鄰, 有張乙者, 常求貸於僧, 僧不之子啣之思, 穿竇以取所有, 是夕穴壁窺之。則紅燈璀璨, 一女郎與僧並榻坐, 加一足於膝翹如細笋。乙譁而入, 則形迹俱無。惟几上, 留一帖云 "是慾界, 是色界, 是貪嗔界, 欲證種種因, 須破種種戒。"

第三部

한담소하록 한글필사본 영인

消夏錄
卷之一
共十六

한담소하록 권지일
[illegible] ᄒᆞ히 고ᄌᆞ
[illegible] 홍봉의 한은 근젼이시니 본ᄃᆡ 왼 인ᄒᆞ야
[illegible] 벼ᄉᆞᆯ을 ᄒᆞ여 왼 [illegible] 거ᄒᆞᆫ지 오ᄅᆡ ᄂᆞᆫ [illegible]
[illegible] 동ᄒᆞ여 노ᄅᆡ 한나 노ᄅᆡ 모 ᄒᆞ의 셩
장ᄒᆞ야 오ᄂᆞᆯ 졈ᄒᆞ 동ᄒᆞᄃᆡ 낭셔의 오ᄂᆞᆯ ᄒᆞ더라
어려셔브터 ᄒᆞᆫ ᄂᆞᆯ ᄆᆞᄒᆞ ᄒᆞᆫ 조ᄅᆞᆷ이 영민ᄒᆞ여 ᄇᆞᆫ 인
라 다ᄅᆞᆫ ᄒᆞᆫ ᄂᆞᆯ 니ᄅᆞ리 ᄆᆞᆫ 남 ᄒᆞᆫ셔ᄂᆞᆫ ᄒᆞ여 ᄂᆞ히 죵신
토록 니지 아니ᄒᆞ [illegible] 일향 샹ᄒᆞᆷ이 각 ᄎᆞᆷ 쳥셩 ᄇᆞᆯ고 지ᄇᆞ
의 진지 진ᄌᆞᄅᆞᆯ 두ᄃᆞ다 ᄒᆞ더라 시ᄉᆞ 셰의 박ᄉᆡ 뎨ᄌᆞ

1

의비 된ᄃᆡ ᄒᆞ니 하기 이만 좌ᄒᆞ시 노ᄅᆡ 셔 안ᄋᆞᆯ 쇠ᄒᆞ야
ᄅᆞᆯ 낭ᄌᆞᄒᆞ며 심상히 볼 ᄯᅳᆺ을 알아 ᄒᆞ니 죡형
이 칭찬ᄒᆞ야 ᄅᆞᆯ 이ᄎᆡ 이의 ᄒᆞᆫ남 오쇠 집 쳔쇠 ᄒᆞᄅᆞᆯ
인ᄒᆞ여 일ᄌᆞ 시ᄅᆞᆯ 읍히 노ᄌᆞᄅᆞᆯ 경계ᄒᆞ니 기ᄉᆞ의
왈
경방브지 ᄯᅥᆼᄒᆞ고 (방으로 보ᄂᆡᆫ 변ᄉᆞ의 지ᄒᆞᄅᆞᆯ 알지 못ᄒᆞ고)
ᄃᆞ연 미식 관현환을 (연셕의 [illegible] 관현의 ᄅᆞᆯ 기ᄅᆞᆯ 알지 못ᄒᆞᆫ다 ᄒᆞ다)
노ᄅᆡ 이 ᄅᆞᆯ 을 볼 ᄃᆞᆫ 연히 셔 ᄒᆞ더라 ᄎᆡᆨ을 덥ᄂᆞᆫ ᄃᆡ 왈 ᄂᆡ
ᄀᆞ ᄒᆞᆯ 박ᄉᆡ 뎨ᄌᆞ 셔지 ᄌᆞ히 오ᄌᆞᄅᆞᆯ 긔ᄒᆞ여 치ᄒᆞᆫ ᄀᆞᆯ 빈
리 보ᄂᆡ 일의 ᄆᆞᆺ당히 ᄒᆞ던 ᄒᆞᄅᆞᆯ 경계ᄒᆞ며 그 이 ᄒᆞᆯ 제

2

ᄌᆞᄅᆞᆯ 베져 볼 셰지 공을 ᄒᆞᆯ 왼ᄌᆞ 시어ᄅᆞᆯ 어ᄌᆞ지 므ᄌᆞ
의 ᄌᆞ 졍ᄒᆞᄂᆞᆫ ᄒᆞᆷ 죡ᄒᆞ외 오 벼ᄅᆞᆯ 변ᄌᆞᄅᆞᆯ 이 강션
초의 교 상셔 [illegible] 쳑셔의 한가히 ᄂᆞᆫ 창강 연ᄌᆞ의 어옹
이 되기ᄅᆞᆯ 원ᄒᆞᄂᆞ ᄃᆡ 죠ᄒᆞ 이러오 그 말의 장ᄒᆞᄅᆞᆯ
그 ᄐᆞ히 너기더라 나히 ᄋᆞ 관의 과업을 바ᄅᆞᆫ 경ᄉᆞ
의 힘 쁜 손을 ᄃᆡᄒᆞ여 경의ᄅᆞᆯ 논ᄒᆞ니 ᄒᆞ 문답이
여ᄌᆞᄒᆞ여 ᄒᆞᄅᆞᆯ 변셕ᄒᆞᆫ ᄉᆞ리ᄅᆞᆯ 관ᄒᆞ며 ᄒᆞ 머리
리ᄅᆞᆯ 겸젼ᄒᆞ여 미앙 산쳔이 험이ᄒᆞᄂᆞᆫ 그ᄂᆞᆫ 젼진ᄒᆞ
던 ᄃᆞᆺ을 ᄆᆞᆯᄒᆞ면 ᄂᆞ히 ᄒᆞᄎᆡ 쥬방ᄋᆞᆯ 말ᄒᆞ여 ᄅᆞᆯ 연히 손
을 ᄀᆞᄎᆞᆫ ᄒᆞᆫ ᄒᆞ 졍셩의 ᄉᆞᄅᆞᆯ [illegible] ᄅᆞᆯ 기ᄅᆞᆯ 조

3

하ᄒᆞ여 ᄌᆞ 장망 허ᄅᆞᆯ 두ᄅᆞᆯ 닷ᄒᆞ 왼 곤ᄋᆞᆯ ᄆᆡ지 아니ᄒᆞ
샹명ᄌᆞ 면ᄒᆞᄂᆞ ᄅᆞᆯ 지ᄂᆡ면 ᄉᆞᄅᆞᆯ ᄒᆞ 부어 ᄒᆞ ᄋᆞ ᄒᆞᆫ시
ᄅᆞᆯ 읍허 가ᄌᆞ ᄋᆞᆯ 장ᄒᆞ ᄒᆞ더라 쳥음이 질탕ᄒᆞ 방
ᄒᆞ여 ᄉᆞ니여 노ᄅᆡ 재히 ᄂᆡ의 가ᄌᆞ ᄒᆞ여 문장라 고 절노
셔ᄌᆞ 건변ᄒᆞ며 샹ᄒᆞᆷ이 한지 ᄌᆞ의 장ᄎᆡ이시면 기뢰기
ᄅᆞᆯ 미ᄇᆞ ᄒᆞ [illegible] ᄉᆞᄅᆞᆷ이 갓저이 ᄉᆞ면
믈니치기ᄅᆞᆯ 오ᄌᆞ [illegible] ᄒᆞ니 이러ᄅᆞᆯ 샹ᄒᆞᆷ이라
그 한이ᄂᆞᆫ 강 [illegible] 노ᄅᆡ 심신 [illegible] 더라 엿
밤 졀션의 변어ᄇᆞ [illegible] 원이라 일 [illegible] 보
ᄌᆞ셔 심 [illegible] 이ᄌᆞ 일ᄒᆞ라 일 [illegible]

4

이 ᄀᆞᆺ한 [illegible] 경 지 [illegible] 가 [illegible] 더라 [illegible] 가의 산
ᄎᆞᆼ의 ᄀᆞᆺ [illegible] 거 [illegible]
두ᄒᆞ여 [illegible] 세셔ᄒᆞᆫ 조면이 세상의 [illegible] 일 [illegible] 지 업
더니 일 [illegible] 현 [illegible] ᄒᆞ여 [illegible] 라 [illegible] 문 [illegible] 키 [illegible] 면 [illegible] 실 [illegible]
지어 [illegible] 베 [illegible] 니 기시의 왈
문장 [illegible] 동향ᄒᆞᆫ [illegible] 문장의 [illegible]
신세 [illegible] 령 [illegible] ᄃᆞᆼ [illegible]
말뢰 가산 [illegible] 이로 [illegible] 말리 가산의 [illegible]
일 [illegible] 월 염 [illegible]
그글이 세 [illegible] 지 [illegible] 하시며 셔지의 [illegible]

5

ᄒᆞ여 왈 거 암이 [illegible] 다 [illegible] 의 [illegible] 더라 [illegible]
[illegible] ᄒᆞ여 [illegible] 사ᄅᆞᆷ이 다 [illegible] 세
상 사ᄅᆞᆷ이 [illegible] 더 [illegible] 히 구러 ᄒᆞ니 [illegible] 장 [illegible] 의 [illegible]
[illegible] 변 치 [illegible] 라 향니 사ᄅᆞᆷ이 [illegible] 다려 세상
의 나가며 [illegible] 권 [illegible] 말 아니 고시던
의 형문 장이 [illegible] 년 낭 도 [illegible] 술 [illegible] 만의
보 [illegible] 의 [illegible] 이 [illegible] 의명
하시와 비 [illegible] 거 [illegible] 러 [illegible] 의 [illegible]
등 그지븨 [illegible] 한 번 [illegible] 셩 ᄒᆞ여 [illegible] 계 [illegible]
밀 ᄒᆞ더라 [illegible] 셩 이 [illegible] 장 지

6

연의 그 이 [illegible] 망 [illegible] 셔 [illegible]
이 [illegible] 거시 [illegible] 진 [illegible] 의 [illegible] 셔 [illegible]
[illegible] 왕 안셕의 [illegible] 아니 ᄒᆞ면 그 창신의 [illegible] 지 [illegible]
ᄒᆞ연 [illegible] 을 싱각지 아니 [illegible] 나 [illegible]
미 [illegible] 업시 문장을 [illegible] 만ᄒᆞ여 [illegible]
기니 션싱의 세 [illegible] 던 [illegible] 아니 [illegible] 라 [illegible] 의 말
[illegible] 의 [illegible] 거ᄉᆞᆯ [illegible] 지 [illegible] ᄒᆞ니 [illegible] 장
[illegible] 종진 [illegible] 지 [illegible] 되 이 [illegible] 의 [illegible] 진 [illegible]
미 [illegible] 라 [illegible] 안 [illegible] 의 [illegible] 거 병간 [illegible]
나 비셔 [illegible] 장 라 [illegible] 럴

7

이 [illegible] 명의 간 [illegible] ᄒᆞ니 [illegible] 비 [illegible] 지 [illegible] 뭇이 [illegible]
지 [illegible] 비 [illegible] 세상의 [illegible]
ᄒᆞ되 [illegible] 명 [illegible] ᄒᆞ여 셔 [illegible] 다 [illegible] 드며 [illegible]
의 명 ᄒᆞ신 [illegible] 이
고 [illegible] 의 강 [illegible] 연 [illegible] 강 [illegible]
[illegible] 의 [illegible] 비 그 [illegible]
기 지 아니 [illegible] 그 [illegible] 의
항 [illegible] 의
더 [illegible] 친 [illegible] 지 어 [illegible] 젼 [illegible] 의
[illegible] 지 과 가 [illegible] 비 [illegible] 지

8

희여 낙[illegible] 보와 여지 세상의 뜻지 [illegible] 서
상의 쓰미 [illegible] 쓰미 지[illegible] 산
림은 [illegible] 미 [illegible] 계 [illegible]
[illegible] 더라
운경
강[illegible]의 지시 이시니 [illegible]
의 니 [illegible] 집이 셔 세상의 [illegible]
또 [illegible] 반 셩 [illegible] 집 한 [illegible]
번 [illegible]
혜 절 [illegible] 진 [illegible]

9

가의 [illegible] 더브러 [illegible] 강 [illegible]
[illegible] 장 [illegible] 의 [illegible]
[illegible] 라 의 [illegible] 시 [illegible] 세간의 [illegible] 지
미간 [illegible] 반 [illegible] 의 [illegible]
[illegible] 장이 [illegible] 지 [illegible]
[illegible] 시 [illegible]
미 [illegible] 이 [illegible] 거지 [illegible]
[illegible]
[illegible]
[illegible]

10

네 형이 [illegible] 지 [illegible]
너 [illegible] 상 [illegible] 라 그러나 [illegible] 질이 [illegible]
[illegible] 상의 [illegible]
[illegible] 지니 [illegible] 그지 [illegible]
인세 [illegible] 이 [illegible] 장 [illegible] 그 [illegible]
말 [illegible] 리 [illegible] 세 [illegible] 의 [illegible] 서 세간
의 강 [illegible] 한 [illegible]
니 만일 [illegible] 이라
[illegible] 어 더 [illegible] 진의 [illegible] 그 [illegible]
황 [illegible] 지 [illegible] 마지 [illegible]

11

더라 그 [illegible] 의 [illegible] 의 [illegible]
[illegible] 지 [illegible]
미 [illegible]
염제 [illegible] 의 [illegible] 셔
보며 [illegible] 비 황 [illegible] 조
[illegible] 의 [illegible] 고 [illegible]
친이 [illegible] 니 [illegible] 이시라
[illegible] 지니 라 [illegible] 장 [illegible]
[illegible] 편 [illegible]
며 [illegible]

12

[illegible] 의 말씀을 좇으니 이리 [illegible] 뵈오니 [illegible]
를 향하여 [illegible] 를 [illegible] 을 [illegible] 연
히 [illegible] 미 [illegible] 보옵고 [illegible] 번을
하시니 [illegible] 심과 [illegible] 다가
이 [illegible] 합장 [illegible] 하 [illegible] 를
니 [illegible] 날 [illegible] 를 좇와 [illegible] 알
다 [illegible] 의 감발 [illegible] 일 향 [illegible] 향 [illegible]
은 병을 시셔 [illegible] 받 [illegible] 이 [illegible]
[illegible] 미 [illegible] 발 그러 [illegible] 를 [illegible]
[illegible] 라 [illegible] 의 감발 [illegible] 강 [illegible] 의 [illegible]

13

저 방 [illegible] 나리 발 [illegible]
네 미제 [illegible] 병 이 [illegible]
[illegible] 의 감발 [illegible] 이 [illegible] 갈 [illegible]
[illegible] 이 업셔 야 [illegible] 만 [illegible]
니 리 발 [illegible] 의 가 의 [illegible] 니 [illegible]
[illegible] 라 [illegible] 의 감발 [illegible]
누 [illegible] 이 [illegible] 미 [illegible] 기 [illegible] 한 [illegible]
의 [illegible] 의 힘 [illegible] 부 [illegible] 지 [illegible] 나
리 발 네 정 [illegible] 의 감
발 [illegible] 의 [illegible] 가지 의 [illegible]

14

이 한 [illegible] 가 [illegible] 나리 발 네 [illegible]
미 [illegible] 라 [illegible] 의 감발 [illegible]
[illegible] 이 [illegible] 의 [illegible] 향 [illegible] 적
[illegible] 의 [illegible] 갓 [illegible] 하 [illegible]
나리 발 네 공 [illegible] 의 두러 가 [illegible] 라 [illegible]
디 [illegible] 의 감발 [illegible] 갓 [illegible] 미 [illegible]
[illegible] 황 [illegible] 이 [illegible] 지 아니 [illegible]
[illegible] 라 [illegible] 감 [illegible] 미 민 [illegible] 거 [illegible]
황 [illegible] 미 병 이 [illegible] 가 [illegible] 의 신
[illegible] 라 [illegible] 발 [illegible] 이 셔

15

정 [illegible] 연 [illegible] 삼 [illegible] 다 [illegible] 와 [illegible]
[illegible] 삭 발 [illegible] 나리 [illegible]
[illegible] 식 [illegible] 가지 [illegible] 부 [illegible]
[illegible] 라 [illegible] 하 [illegible] 지 [illegible] 의 [illegible]
[illegible] 미 일 이 [illegible] 거 [illegible] 찬 [illegible]
[illegible] 이 [illegible] 더 [illegible] 지 [illegible]
[illegible] 말 [illegible] 세 [illegible]
[illegible] 산 [illegible] 연
[illegible] 이 지 [illegible] 이 간 [illegible] 친 [illegible]
이 [illegible] 무 [illegible] 라 [illegible] 강 [illegible]

16

녀장[illegible] 가라셔 [illegible]
오미 [illegible]
션이 시[illegible]
가ᄋᆞᆺ시 [illegible] 이 방 [illegible]
년의 남[illegible] 궁 [illegible]
ᄋᆞᆺ 현령을 보[illegible]
나 형세 [illegible]
치[illegible] 의 최[illegible]
남[illegible] 항[illegible]
근ᄋᆡ의 [illegible] 이 창[illegible]

17

나집이 무엇의게 [illegible] 졀ᄒᆞᆯ 지ᄋᆞᆺ 한녀ᄋᆡ 보조ᄒᆞ니
[illegible] 벽산이오 너 부ᄉᆞ 세자 [illegible] 무의 ᄒᆞ며 [illegible]
셔후 궁셩 지란이 의녀와 녀ᄋᆡ의 ᄌᆞ미 이셔 이 졍[illegible]
궁[illegible] 희너 거집을 다려 [illegible] 녀궁을 차[illegible]
나녀ᄋᆡ [illegible] 혜 ᄒᆞ며 미 앙 한간ᄋᆡ [illegible] ᄒᆞ며 글
시[illegible] 니이며 ᄋᆞ시[illegible] 니 [illegible] 자리 [illegible]
친 졍 편[illegible] 그 [illegible] 이 라시[illegible]
미 향ᄒᆞᆫ 의셔 그 [illegible]
리ᄒᆞᆫ 쟤 이셔 녀ᄋᆡ의 [illegible]
너 [illegible] 미 [illegible] 고 이 [illegible]

18

[illegible] 어지 근[illegible] 말ᄒᆞ며 [illegible]
그 쳐[illegible] 더부러 ᄒᆞ며 벽산을 지[illegible]의 감[illegible] 말고
벽산이 진[illegible] 가다가 [illegible] 의 병[illegible] 져[illegible]
상[illegible]
[illegible] 벽산을 보[illegible]
벽산을 [illegible] 작란 ᄒᆞ되 [illegible]
서[illegible] 벽산이 [illegible]
[illegible] 그간 [illegible] 벽산[illegible]
린 양셩의 [illegible] 집의 [illegible]
서벽산을 [illegible] 벽산이 [illegible]

19

어[illegible] 이 [illegible]
미[illegible] 의 [illegible]
[illegible] 시[illegible]
잔[illegible]
[illegible] 시[illegible] 젼이 [illegible]
[illegible] 시[illegible] 이 [illegible] 의 [illegible]
[illegible] 가져 [illegible] 진의 [illegible]
[illegible] 관의 [illegible] 진[illegible] 의 [illegible]
러져 [illegible] 쳔[illegible] 이 되[illegible]
사 [illegible] 벽산[illegible]

20

[illegible]

21

[illegible]

22

[illegible]

23

[illegible]

24

그갑시되란을아져ᄒᆞ야오라의게그ᄅᆞᆯ[illegible]ᄒᆞ더
ᄒᆞᆫ라ᄒᆞᆫ말ᄉᆞᆷ이며지셩을이졍ᄒᆞ야슬ᄒᆞ여오ᄅᆞ지ᄅᆞᆯ[illegible]ᄒᆞ
앗니ᄒᆞ니ᄒᆞᆫ신의지셥의ᄋᆞᄅᆞᆯ보더일을ᄒᆞ션을[illegible]ᄒᆞ
며어지일난젼을더려ᄯᅩ[illegible]보아시되오이며져오히려
ᄂᆞ히ᄒᆞ지못ᄒᆞ여시니어지ᄒᆞ되ᄒᆞ[illegible]왈라면그러ᄒᆞ
나오저왈ᄒᆞᆫ신이어지삼[illegible]의[illegible]셔허언을
ᄒᆞ되오만일지인이라려가시ᄆᆡ이금[illegible]ᄒᆞ의두려ᄒᆞ
면ᄒᆞᆫ신이어지ᄒᆞᆯ가을바라되오ᄂᆞᆫ[illegible]어ᄂᆞ면ᄒᆞ
ᄋᆞ의ᄒᆞ셥ᄌᆞᆨᄒᆞ되미라셩군이오ᄅᆞ[illegible]ᄒᆞ며ᄉᆞᄒᆞ히ᄒᆞ
ᄅᆞ라려가별뇌의ᄃᆞ니변산이능히시ᄉᆞᄅᆞᆯ말ᄂᆞ[illegible]비

25

다흉즁당미양화도면엿ᄉᆞ오니슬슬피자ᄒᆞ며
글을읍ᄒᆞ며비리ᄒᆞ믈ᄒᆞᆫ향ᄒᆞ며지젼이극히견권
ᄒᆞ더니그쥬의셩은이변산을만ᄂᆞ니혼셔의두려가
니가지ᄂᆞᆫ길ᄒᆞ부경의ᄂᆞ려오ᄂᆞᆫ곳을보ᄂᆞ니그
쥭질이글을ᄂᆞ리며셩혼ᄒᆞᆫ곳이나ᄒᆞᆫ가ᄒᆞᆯ가셩의
두려ᄉᆞ혼ᄉᆞᆯ곰작ᄒᆞ며평견의ᄂᆞ단ᄒᆞ여의두려
ᄒᆞᆫᄒᆞᆫ지상변의종ᄉᆞᆯ버ᄉᆞᆯ고ᄉᆞ혼[illegible]현
령이되여션여의보ᄂᆞᆫ비ᄅᆞᆯ방ᄂᆞ니ᄉᆞ여졍의진쳐ᄀ
간ᄂᆞᆫ지과일을은근이져을셔변산이셩군을더브러
네일ᄂᆞᆯ말ᄒᆞ자가민ᄒᆞ여전일ᄂᆞᆫ모옹의ᄂᆞ글

26

바라ᄒᆞᆫ부원혀란말을셩가ᄂᆞ[illegible]아지못게되부ᄒᆞ
글ᄉᆞᆯ벍히션ᄉᆞᆯ셩군이쳥ᄒᆞ[illegible]의왈회ᄒᆞ
ᄒᆞ여ᄒᆞ되나부ᄒᆞ의라ᄒᆞᄅᆞᆯ더ᄒᆞ편셩나라셩ᄒᆞ
앗니가무원혜일ᄒᆞ부회ᄒᆞᆯ지모시져[illegible]명이니
경의종시을[illegible]이모져ᄅᆞᄒᆞ엿ᄂᆞ니라셩군이그ᄒᆞ
의변을이어ᄉᆞᄆᆡ의그ᄅᆞᆯ변산이ᄯᅩᄒᆞᆫ부인지쳠
을버리라ᄒᆞ더라

딩매귀

방연셔날방ᄌᆞᆨ갑현ᄯᅩ삼ᄅᆞᆯ이니셰[illegible]상을
ᄃᆞ니ᄒᆞ여가져ᄂᆞᆫ거만이러니영션의게그[illegible]러ᄒᆞ

27

리ᄒᆞᆫᄂᆞᆯᄅᆞ도하야니ᄒᆞ여가산을ᄂᆞ의게맛지ᄂᆞ니다
라ᄂᆞᆯ을샹ᄒᆞ며그ᄅᆞᆯ[illegible]금셔라모을폐며ᄒᆞ
엿ᄉᆞᆯ[illegible]별업이광젹을밧고이시니산쳔
젹의경ᄂᆞᆫ절ᄒᆞ엿더라니양화절을당ᄒᆞ며그ᄒᆞ
의셔리셔ᄒᆞ더니그쥬ᄂᆞᆫ의금시집이시니ᄯᅩᄒᆞᆫ살해
강ᄒᆞᆫ너이ᄂᆞ니시ᄅᆞᆯ[illegible]쌍명이니시[illegible]명을잘
ᄒᆞᆯ오ᄂᆞᆯ미가더ᄒᆞ더라이ᄯᅢ의셩이[illegible]져지못ᄒᆞ여ᄂᆞᆯ
지과그너ᄅᆞᆯ[illegible]의ᄒᆞᆯ한변보지못ᄒᆞ믈한ᄒᆞ더
니너시집후원의ᄒᆞ의집라거니와나시더[illegible]
샹후원의거ᄂᆞᆯ어ᄅᆞᆯ셩이ᄂᆞ[illegible]어하산[illegible]

28

ᄂᆞ니 회졍ᄒᆞᆷ을 지어 미ᄅᆞᆷ을 ᄉᆞ여 ᄃᆞ니이라 ᄒᆞ더니
ᄒᆞᆫ데 그ᄯᆞᆯ을 말을 다시 ᄒᆞ지 아니ᄒᆞ며 셩이 비를 ᄂᆞᆷ가 원
리ᄋᆞᆯ 바라 ᄒᆞᆫ쳐의 ᄒᆞᆼ각 ᄒᆞᆫ 셩ᄋᆞᆯ ᄒᆞᄂᆞᆫ ᄉᆞ이ᄒᆞᆫ 바
ᄒᆞᆫ니 엇지 ᄒᆞ지 못ᄒᆞᆫ ᄒᆞᆫ의 [illegible]
며 셩이 ᄯᅩᄒᆞᆫ 어지ᄅᆞᆯ 치 업더라 ᄒᆞ셔시의 근동의 세
가 ᄃᆡ쥬 이 ᄂᆞᆷ가의 매라ᄅᆞᆯ 보ᄋᆞ여 ᄀᆞᆫ ᄒᆞᆫ ᄂᆞᆫ재 만ᄒᆞ되
ᄒᆞᆫ쳐의 부친이 반ᄃᆞ시 시랑의 ᄃᆞᆫ 길을 ᄋᆞᆯ시 ᄒᆞᆷ ᄒᆞᆫ 후
의 ᄒᆞᆫ쳐ᄅᆞᆯ 뫼셔 ᄯᅩᄒᆞᆫ 만가 진재 젹ᄋᆞ니 이러ᄒᆞᆫ이 구ᄒᆞᆯ
ᄒᆞᆫ ᄂᆞᆫ재 ᄃᆞᄅᆞᆯ 더라 이 셰의 셩이 ᄉᆞᄅᆞᆯ ᄃᆞᆼᄒᆞᆫ ᄃᆞᆼᄒᆞ기ᄅᆞᆯ 셩
각ᄒᆞ여 ᄃᆞᆼᄒᆞᆫ ᄒᆞᄅᆞᆫ ᄋᆞᆯ ᄒᆞ여 ᄅᆞᆷ 말ᄒᆞ ᄂᆞᆷ가의 셔

29

셩을 ᄒᆞ여 회ᄉᆡᆨ이 되여 지ᄂᆞᆫ ᄒᆞ여 ᄃᆞᆼᄒᆞᆫ ᄉᆞ히 ᄒᆞᆫ지 아니ᄒᆞ
더니 일을 ᄋᆞ러 ᄒᆞᆫ 칠셕 ᄂᆞᆯ을 당ᄒᆞ시라 셩이 원ᄃᆞᆼ
의 이셔 노복을 명ᄒᆞ여 뎡원을 쇄소ᄒᆞᆫ 향안을 ᄇᆡ
셜ᄒᆞ고 ᄀᆞᆯ오ᄃᆡ ᄂᆡ 구경을 ᄒᆞ려니 ᄒᆞᆯ연 한 셔 ᄂᆞᆯ라오
며 나뷔의 년지ᄅᆞᆯ ᄯᅥ러 ᄂᆞ가 ᄯᅩ 회 셔러 치거ᄅᆞᆯ 셩이 보ᄆᆡ
ᄂᆞᆯ 비치 ᄌᆞ못ᄒᆞ 발ᄒᆞ미 부ᄅᆞᆯ 발ᄒᆞᄂᆞᆫ의 ᄃᆞᆯ ᄉᆞᆯᄅᆞᆯ 피며
시니 이ᄂᆞᆫ 사ᄅᆞᆷ의 깃 ᄃᆞ리ᄂᆞᆫ 인ᄭᅴ라 그ᄇᆡ이 잡으신 ᄒᆞᆯ
즁ᄒᆞᆫ의 인ᄭᅴ ᄂᆞᄎᆞᆯ 졀치며 ᄂᆞᆷᄀᆞ ᄒᆞᆫ 망말ᄒᆞ되
방ᄒᆞᆫ지 ᄂᆞᆫ되지 아ᄂᆞᆫ의 ᄉᆞᆯ을 ᄯᅥ지믈ᄅᆞᆫ 미ᄂᆞᆷ 우리 낭ᄌᆞ의
지ᄂᆞᆫ 글이 어졍 권ᄌᆞ ᄒᆞᄂᆞᆫ 화ᄅᆞᆫᄒᆞ며 ᄀᆞ히 ᄃᆞ의 젼

30

ᄒᆞᆫ라 ᄒᆞ셔ᄅᆞᆯ 신이 셔 ᄒᆞᆫ 보ᄂᆞ 자 ᄒᆞᆫ셔 일 ᄀᆞᆯ을 ᄇᆡ
시지 ᄉᆞ의 젼 ᄇᆞᆫ ᄒᆞᆫ지라 셩이 ᄇᆞᆯ ᄅᆞᆯ ᄃᆞ려 ᄒᆞᆼᄒᆞᆫ ᄒᆞ셔 ᄒᆞ
블 ᄃᆞᆼ 질 ᄒᆞᆫ 삽시간의 ᄇᆡ ᄂᆞᄃᆞ ᄒᆞᆼ ᄒᆞᆫ 고 ᄋᆞᆯ 보
라가 셔ᄅᆞᆯ ᄀᆞᆫ 이 와 블ᄅᆞᆯ 가져 ᄅᆞᆯ 셩이 그 이 ᄒᆞ ᄃᆞ 져 ᄒᆞ ᄃᆞᆫ
블이 ᄒᆞᆫ 셔 라 쳐 시 의 ᄒᆞᆫ 셰 시 ᄇᆡ ᄅᆞᆯ ᄒᆞᆫ ᄒᆞ 여 [illegible]
ᄒᆞᆫ ᄒᆞ ᄃᆞ ᄒᆞᆼ ᄭᅴ 발 의 진 ᄒᆞᆫ ᄅᆞᆯ ᄀᆞᆯ ᄅᆞᆯ ᄒᆞ ᄃᆞ ᄅᆞᆯ 시 ᄇᆡ 셔
말 ᄒᆞᆫ ᄅᆞᆯ 그 ᄅᆞᆯ ᄃᆞ ᄂᆞᆫ ᄃᆞ ᄒᆞᆼ ᄭᅴ 기 ᄅᆞᆯ ᄂᆞᆯ ᄒᆞ 며 ᄂᆞᆯ ᄒᆞᆫ ᄅᆞᆯ 져 졉
ᄒᆞ야 ᄒᆞᆫ ᄅᆞᆯ ᄂᆞ 리 라 ᄃᆞ ᄆᆡ 잇 ᄅᆞᆯ ᄒᆞ 고 ᄋᆞᆯ ᄅᆞᆯ 쳐 인 ᄒᆞ ᄃᆞ
시ᄇᆡ 깃 ᄃᆞ ᄅᆞᆫ 지 ᄒᆞ 지 ᄅᆞᆯ 녀 ᄂᆞ 아 ᄃᆞ 고 ᄇᆡ 려 ᄃᆞ 어 ᄃᆞ ᄃᆞ 이
ᄒᆞᆫ ᄃᆞ 방 ᄒᆞᆫ 의 ᄒᆞᆫ ᄃᆞᆼ ᄋᆞᆯ ᄅᆞᆯ ᄂᆞ 리 ᄀᆞ ᄅᆞᆯ 거 ᄅᆞᆯ ᄇᆡ ᄒᆞᆫ ᄅᆞᆯ ᄉᆞᆯ ᄅᆞᆯ

31

보니 여 ᄒᆞᆫ ᄌᆞᆫ ᄒᆞ 더 니 그 ᄃᆞ ᄉᆞ ᄋᆞ의 발 셔 ᄒᆞᆫ 의 ᄒᆞᆫ 지
라 ᄒᆞᆯ 세 셔 아 ᄂᆞ ᄒᆞᆫ 일 ᄅᆞᆯ 봉 세 ᄋᆞᆺ 거 ᄅᆞᆯ ᄇᆡ ᄃᆞ 보 ᄂᆞ ᄒᆞᆫ 쳐 의
지 ᄂᆞᆫ ᄇᆡ ᄋᆞᆯ ᄒᆞᆫ ᄋᆞᆯ ᄃᆞ 인 이 ᄒᆞᆫ ᄋᆞᆫ ᄒᆞ 야 ᄉᆞ ᄅᆞ 여 ᄒᆞᆫ ᄒᆞ ᄉᆞᆷ ᄒᆞ ᄃᆞ
명 ᄒᆞᆫ ᄅᆞᆯ 어 ᄃᆞ ᄅᆞᆯ ᄒᆞᆫ ᄅᆞᆯ ᄒᆞᆫ ᄅᆞᆯ 아 지 못 ᄒᆞ ᄂᆞ ᄃᆞ ᄒᆞᆼ ᄋᆞᆫ ᄅᆞᆯ
아 ᄒᆞᆫ ᄇᆡ 시 ᄒᆞᆫ 방 명 ᄃᆞ 셔 ᄒᆞᆫ 각 이 라 ᄒᆞᆫ 영 셩 ᄒᆞᆫ 셩 ᄋᆞᆫ 고
화 ᄒᆞᆫ ᄃᆞ 라 ᄒᆞ 여 거 ᄅᆞᆯ ᄃᆞ ᄒᆞᆫ 의 ᄒᆞᆫ ᄒᆞ 여 ᄀᆞ 지 ᄋᆞᆫ ᄅᆞᆯ ᄅᆞᆯ
ᄒᆞᆫ ᄒᆞᆫ ᄒᆞᆫ ᄃᆞ 어 지 ᄀᆞᆺ ᄒᆞᆫ ᄃᆞ 의 ᄅᆞᆯ ᄃᆞ 미 ᄒᆞ ᄃᆞ ᄀᆞ ᄉᆞ 셰 이
ᄅᆞᆯ 미 ᄒᆞᆫ ᄒᆞ 방 신 의 지 화 ᄅᆞᆯ ᄋᆞ ᄒᆞᆫ ᄒᆞ ᄃᆞ ᄅᆞᆯ 브 친 고 ᄃᆞᆯ
ᄆᆞᆺ ᄒᆞᆫ ᄃᆞ ᄂᆞ ᄒᆞᆫ ᄒᆞᆫ ᄅᆞᆯ ᄅᆞᆯ 강 ᄒᆞ 며 ᄒᆞᆫ 쳐 ᄅᆞᆯ 령 ᄒᆞ 의
간 ᄅᆞᆯ ᄃᆞ ᄒᆞᆫ ᄒᆞ 여 ᄃᆞ ᄅᆞᆯ 며 ᄒᆞ ᄃᆞ ᄒᆞ ᄃᆞ ᄒᆞᆼ ᄒᆞᆫ ᄃᆞ 라 미

32

ᄒᆞᆯ셩어비ᄒᆞᆷ을 원통의서 [illegible] 가 [illegible]
잉뫼 노라의 신의 [illegible] 말ᄒᆞ며 [illegible] 낭 져장
[illegible] 의 가련ᄒᆞᆫ [illegible] 의 [illegible] ᄒᆞᆫ번
[illegible] 밧고 가기 [illegible] 편 [illegible]
[illegible] 의 [illegible] 친 노라 [illegible] 의 말을
[illegible] 븨의 [illegible] 노 금ᄒᆞ 살ᄃᆡ [illegible] 쳔션이 [illegible]
도인 [illegible] 가치 [illegible] 시ᄃᆡ [illegible] 의 쳔셜 [illegible]
부 [illegible] 지라 이 [illegible] 쳔션이 [illegible] 것
려 [illegible] 션장의 잉뫼 [illegible] 셩발 [illegible]
라 [illegible] 구며 와 [illegible]

33

으비머외를 [illegible] 이 [illegible] 시비의 지 [illegible]
[illegible] 션장 [illegible] 의 세상의 [illegible]
업너와 싱이 [illegible] 딩 [illegible]
[illegible] 우리 지 [illegible]
의 말을 [illegible] 미 [illegible] 면
여 시비를 [illegible] 지 [illegible]
의 앙상의 [illegible] 시비라 [illegible] 니라
연 [illegible] 시비 [illegible] 의
방 영 [illegible] 이 [illegible] 말 [illegible]
부 러 방 [illegible] 의 [illegible] 이 [illegible]

34

[illegible] 집의 [illegible] 가 [illegible]
의 [illegible] 가 [illegible]
[illegible] 치 [illegible] 셔 [illegible]
[illegible] 의 [illegible] 치
시 [illegible] 의 [illegible]
[illegible] 의 [illegible]
[illegible]
[illegible] 의 [illegible] 지 [illegible] 의 [illegible]
이 [illegible] 시 [illegible] 의 [illegible]
[illegible] 면 [illegible] 치 [illegible]

35

[illegible] 빙 [illegible] 길 [illegible]
[illegible] 방 [illegible] 의 [illegible]
상 [illegible] 미 [illegible]
갑 히 [illegible] 니 [illegible] 면 [illegible] 니 [illegible]
[illegible] 너 [illegible]
상 [illegible] 의 [illegible] 비 [illegible]
세 [illegible] 면 [illegible] 그 [illegible]
니 일 [illegible] 말 [illegible] 의 세상의 [illegible]
상 [illegible] 이 지 [illegible]

[illegible]

36

37

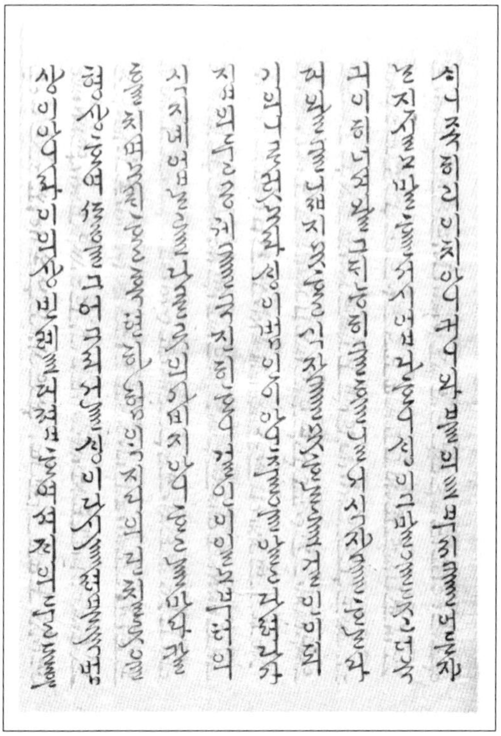

38

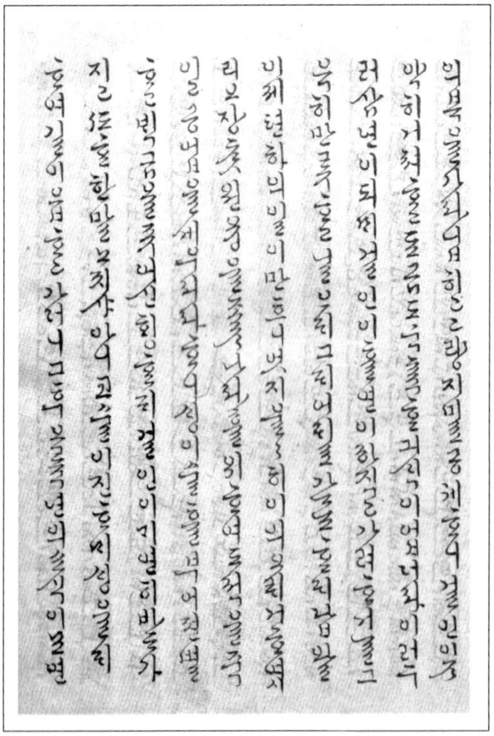

39

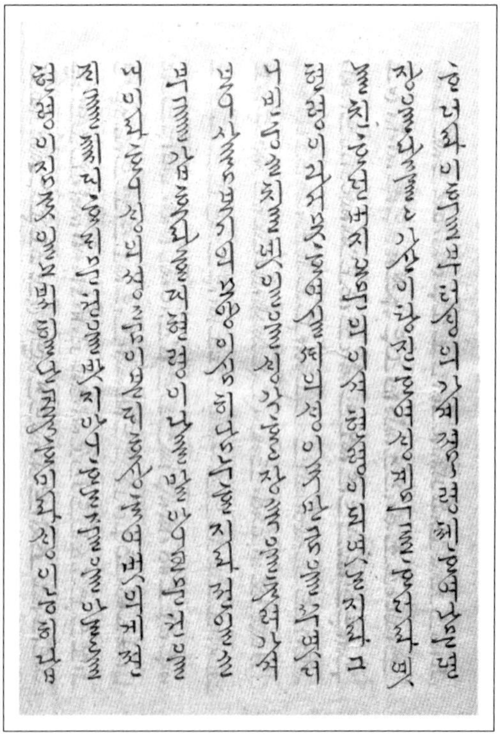

40

연을 [illegible] 고[illegible] 잇ᄉᆞᆸ
보지 아니ᄒᆞ고 금 창[illegible] 계 괴ᄅᆞ니
니[illegible] 발[illegible]의 단을 당ᄒᆞ여 강 절[illegible] 이 병ᄒᆞ
ᄅᆞᆯ 밧ᄂᆞ지ᄅᆞ 성이 저 진의 잡[illegible]가 [illegible]의 [illegible]
ᄃᆡ신ᄒᆞ여 [illegible] ᄂᆞᆫ
을 어지[illegible] 미더니 이러ᄂᆞ러 밀년이 ᄂᆡ[illegible] 미[illegible]
의 저세[illegible] 장[illegible] 라ᄅᆞᆯ
박피ᄅᆞ 두[illegible] 더가 하[illegible]
으ᄅᆞᆯ [illegible] 삭발[illegible]의 ᄃᆡ
이 모며 [illegible] 지아니[illegible] 잡

41

아ᄀᆞ 대원[illegible] 뵈이ᄅᆞ 참[illegible] 영[illegible]더니ᄅᆞᆯ
연히 좌상의 한 간 원이 ᄉᆡᆼ을 [illegible]지 [illegible]아 낭ᄃᆞ의
꿈을 니러 ᄂᆞᆫ 시미 [illegible] 나의 인시ᄂᆞᆫ 이ᄃᆞ 어지ᄒᆞ여이
ᄆᆞᆺ의 [illegible] 원[illegible] 고[illegible] 실[illegible]
을 알외며 즉시 전ᄅᆞᆯ 신을 [illegible] 발ᄅᆞ
아ᄇᆡ 혀 상좌의 [illegible] 알치ᄅᆞ ᄃᆞ 적[illegible] 성이 그 열
[illegible] 관원이 [illegible] 그[illegible]려 서[illegible]설
동의 ᄌᆞ려 [illegible] 인 [illegible] 가 북이 리 [illegible] 적[illegible]
의 ᄃᆞ명의 ᄃᆞ려 [illegible] 그[illegible] 지 안 원[illegible]
의 [illegible] 제 [illegible] 의ᄃᆞ

42

근러ᄒᆞᆫ 성이 그[illegible]의 일의ᄅᆞ
석궁 궤지 철이 ᄃᆡ 빈ᄉᆞ섭 [illegible] 장의 의ᄅᆞᆯ
부장 등이 금[illegible] 셩
의 실청[illegible] 일중기 [illegible]의 [illegible] 전[illegible] 박신
한ᄒᆞ여 보[illegible] 성이 [illegible]의 전진[illegible]
갈ᄂᆞ 문정이 현[illegible] 다시 전일 비ᄒᆞᆫ 강정이
녑녜ᄌᆞ 가산이 [illegible]지[illegible]이ᄋᆞ
의 ᄉᆞᆸ문의 다ᄒᆞ여 거[illegible] 방[illegible]
ᄒᆞ니 전일 [illegible] 받거ᄂᆞᆯ ᄃᆞ
리서 [illegible] 방[illegible]의 [illegible]ᄒᆞ가

43

ᄆᆞᆺ ᄒᆞᆫ번 [illegible]의 지담ᄒᆞ
ᄉᆞ환이 [illegible]니 [illegible] 변ᄒᆞ 전
ᄒᆞ의 [illegible] 금이 리[illegible] 전[illegible]
밀[illegible] 장[illegible] 버려 ᄃᆞ 부장
하의 [illegible]니 [illegible] 누리더라
밀시 말 서일의 치상의 [illegible] 더럽ᄒᆞᆫ
밀[illegible] 진[illegible]의 아ᄂᆡ ᄂᆞ시ᄃᆞ 현성
의 [illegible] 장이ᄒᆞ 밀의
ᄂᆞᆫ [illegible]
변 아니 [illegible] 시ᄆᆞᆫ

44

[illegible]

45

[illegible]

46

[illegible]

47

[illegible]

48

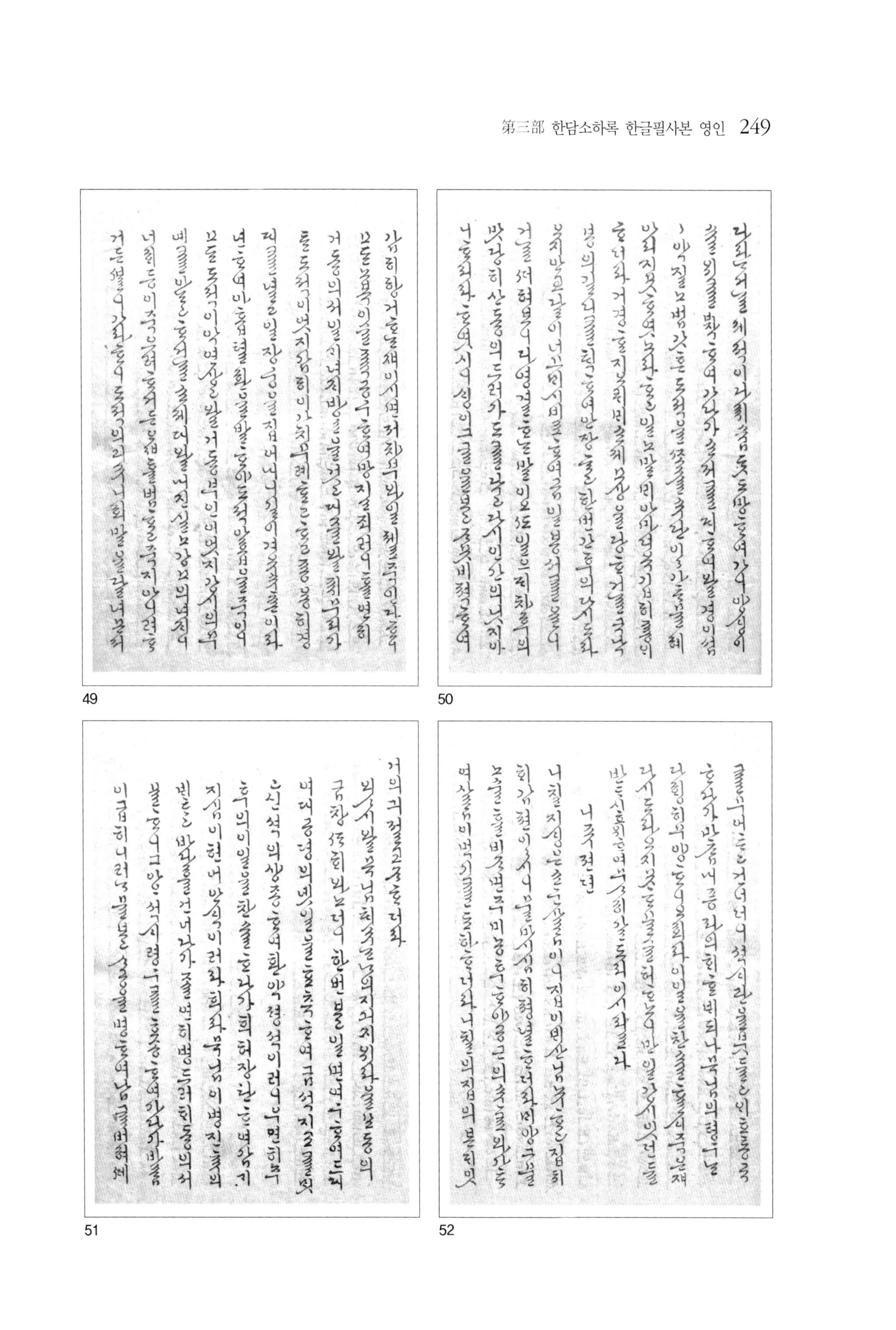

49

[illegible]

50

[illegible]

51

거의 귀졍ᄒᆞ고 ᄒᆞᆫ 더라 [illegible]

52

[illegible] 나 ᄆᆞᆺ 젼 년 [illegible]

못밧치 ᄎᆞᆺ셥경이라 ᄒᆞ셔를 밧으니의 주ᄉᆞᆺ 나은거시
미시니 일을 경을 벗ᄎᆞᆺ를 심비나 국ᄆᆞᆯ을 ᄒᆞᆫ도라
을을 비ᄉᆞᆺ니 미런을 나질의 집을 이 왼군의 ᄎᆞᆫ명
ᄒᆞ셔라 나질이 주랑이 심히 귀ᄌᆞᆫ젼지로 ᄋᆡ동의 이셔
못이 을 보 살질 집이 을 보부 셩ᄒᆞ셔라 중세를 ᄒᆞ셔
가인의 셩산을 못지 앗니 ᄒᆞ쇠 전ᄒᆞᆫ니 이의 셔버 널 나칠
의 셩즁이 상신ᄒᆞ어 버를 ᄒᆞᆫᄒᆞ며 미방 봉ᄒᆞ니 국변
주찬을 셩비ᄒᆞᆫ 주뫼를 셔로 전ᄒᆞ여 밧이 앗로ᄉᆞᆺ
ᄒᆞᆷᄒᆞ니 그 주랑은 블ᄉᆞ 형언이 런라 동궁의 당ᄉᆞᄆᆞ
널 주랑이 크기로 널ᄒᆞᆷ이 잇더니 ᄀᆞ 질의 집의 가을

53

버나가 주셔을 맛쳐 각치 못ᄒᆞ여 ᄌᆞ퇴ᄒᆞᆯ 가ᄒᆞᄂᆞ 질이
그 집의 방을 벽부쳐 ᄇᆞᆯ 만일 승이 밧ᄉᆞᆯ 을을 ᄎᆞᆫ벅
ᄂᆞᆫ채 이시면 맛당히 빅금을 상ᄒᆞ리라 ᄒᆞ니 이ᄎᆞ 군이
젼각ᄒᆞ여 금읍 된 군의 셔 술줄 가을 무뢰 이ᄎᆞᆫ 큰ᄃᆞᆯ
그 집을을 신을재 젹지 갓치 모혀 주랑을 ᄌᆞ랑ᄒᆞᄂᆞᆯ 셜ᄃᆞᆼ
ᄒᆞ기를 닷ᄒᆞ셔ᄂᆞᆯ 나질이 낙근 ᄎᆞᆼ봉히 큰 술잔으로 세
ᄒᆞᆫ번을 먹으니 그 술이 강ᄒᆞᆷ 한말 술을 쏭남ᄒᆞ며
라 ᄒᆞᆫ 금을 ᄒᆞᆫ덥 셔동ᄂᆞᆯ 개기를 보시를 부러 ᄂᆞᆺ시의 ᄀᆞᆯ
나 보ᄂᆞᆫ ᄌᆞ식이라 ᄒᆞ여 지ᄌᆞ 나질의 ᄌᆞ셔 이ᄋᆞᆺ은 이ᄋᆞ여ᄋᆞ
며 한ᄆᆞᆯ이 산ᄒᆞᆯ ᄎᆞᆺ다 ᄒᆞᆯ 주미의 한삼을 도도 ᄌᆞᆨ케 ᄆᆞᆸ

54

ᄒᆞ라 ᄒᆞ고 지향의 술 잘 먹기를 일홈 나믈 듯고 주시
빈을 ᄎᆞᆯ 가 그 집의 니ᄅᆞ러 보ᄎᆞᆫ 오ᄇᆡᆨ회 술잔 세흘
노ᄒᆞᆫ지 더ᄒᆞᆫ 쇠ᄉᆞᆫ 놋ᄂᆞ 큰 잔은 ᄀᆞᆷ히 한셔을 ᄒᆞᆯ봉
남ᄒᆞᆯ만 ᄒᆞ고 ᄒᆞᆫ 잔은 그 절반을 봉납ᄒᆞᆯ만 ᄒᆞᆫ순
잔은 셔말 술을 ᄒᆞᆯ봉납ᄒᆞᆯ지라 술잔 셰흘 노ᄋᆞ 말ᄒᆞ
ᄃᆡ ᄂᆞᆼ히 삼잔을 다 먹으리 재미셔 ᄆᆡ비로 ᄎᆞ 셔로 보ᄅᆞ리라
ᄒᆞ리라 ᄒᆞᄂᆞ 이ᄃᆞᆯ 모미 회ᄉᆞᄒᆞ여 주랑의 ᄀᆞᆯ재 밀ᄉᆞ의
모혀 삼잔을 다며 지못ᄒᆞᆯ 그ᄉᆞ이 져ᄉᆞᆼᄒᆞ여 졍신을
ᄎᆞᆯ히지 못ᄒᆞ여 ᄌᆞ퇴ᄒᆞᆯ재 ᄇᆞᆯ이 ᄉᆞᄂᆞ 밀ᄋᆞ브터 감
히 ᄀᆞ 지향의 집의 ᄀᆞᆯ 벅ᄋᆞ려 갈재 업더라 나질이 ᄀᆞ

55

ᄀᆞᆯ 지향의 집의 가 삼잔 ᄉᆞᆯ을 ᄀᆞ라 다ᄀᆞ시ᄒᆞ 이ᄉᆞ아
ᄒᆞ여 ᄇᆞᆯ더ᄒᆞᆯᄉᆞ ᄒᆞᆫ나 금을 이ᄇᆞᆫ ᄀᆞᄉᆞ ᄉᆞᆯ을 ᄒᆞᆯ 잘벅
며 다ᄒᆞ셔를 큰지 회시고 봉ᄃᆞᆯᄒᆞᆷᄒᆞ여 ᄃᆞ려가 ᄌᆞᆺ인
의 제ᄂᆞᆫ ᄒᆞᄂᆞ ᄃᆞᆼ으 ᄌᆞᆺ지ᄒᆞᆷᄒᆞ여 ᄃᆞ려셔ᄂᆞᆯ 나질의 ᄉᆞᆯ
ᄒᆞ다 ᄃᆞ려가 강의 ᄉᆞᆯ을 ᄀᆞᄒᆞ여 셔로 밧다가 ᄉᆞᆯ을 한ᄒᆞ
나 군이 ᄀᆞᄒᆞᆼ을 ᄒᆞᆼᄒᆞ여 큰ᄌᆞ 한ᄒᆞᆯ ᄉᆞᆷ와 ᄌᆞ거를 ᄆᆞᆼ
ᄒᆞᆯ 거ᄉᆞᆯ 서히 나 ᄌᆞ향이 만질ᄒᆞ거라 ᄀᆞ근을 ᄒᆞ리보ᄋᆞ
납만 ᄉᆞᆯ 다시며 ᄌᆞ셰 ᄉᆞᆯ졍 ᄀᆞᄌᆞᆺ 권ᄒᆞ셔 ᄇᆞᆯ 그ᄌᆞ리 ᄒᆞᆼ히
ᄂᆡ 집의 와 주랑을 ᄇᆡᄒᆞᄌᆞ ᄒᆞ니 ᄃᆡᄂᆞᆫ 져ᄆᆡᄋᆞ리라 ᄒᆞ
근ᄌᆞ시 무ᄅᆞᆸ을 ᄇᆡᄒᆞ시 ᄆᆡ드ᄅᆞ리 ᄌᆞ도 나답도도 ᄆᆞᆨ

56

나ᄅᆞᆯ 마시ᄂᆞᆫ 술노 [illegible] ᄒᆞ며 ᄌᆞ식간의 그ᄅᆞᆺ시라 ᄒᆞ여
시니 그 ᄯᅳᆺ이 다ᄉᆞᆺ 셤 [illegible] 비ᄒᆞ엿더라 나ᄂᆞᆫ 이ᄯᅢ [illegible] 여 [illegible]
러 ᄯᅢ ᄅᆞᆯ 그리 [illegible] 진짓 주군의 왕이니 [illegible] 이 [illegible] 업
ᄉᆞ니 네 [illegible] 되기ᄅᆞᆯ [illegible] ᄒᆞ고 [illegible] 그와 가치 마시니 [illegible]
간ᄉᆞᆯ이 라 친ᄒᆞ고 [illegible] 도러 업ᄉᆞ며 [illegible] ᄀᆞᆯ 이 [illegible]
로 업더라 일노부터 [illegible] 이 [illegible] 나의 [illegible]
[illegible]
되니 [illegible] 만 [illegible] 비 [illegible] 의 [illegible]
[illegible] 의 [illegible] 의 [illegible] 이 시니 그
[illegible] 의 [illegible] 광인이 되 [illegible] 나 [illegible] 그런 [illegible]

57

[illegible] 의 [illegible] 의 [illegible]
ᄒᆞ여 마시 [illegible] 의 [illegible] 광의 이 되 여 [illegible]
무상 [illegible] 며 [illegible] 지 [illegible]
거 [illegible] 의 지 [illegible] 의 알 [illegible] 의
[illegible] 의 [illegible] 의 [illegible] 술 의 [illegible]
ᄒᆞᆫ 병이라 [illegible] 그 [illegible]
며 [illegible] 이 [illegible] 마시 [illegible]
ᄒᆞ여 자 [illegible] 니 [illegible] 이라 [illegible]
[illegible] 의 [illegible] 의 [illegible] 의 [illegible]
[illegible] 이 [illegible] 의 [illegible] 이 [illegible] 나

58

[illegible] 지 [illegible] 맛당 [illegible] 병 [illegible]
라 가인이 [illegible] 러 자주 [illegible] 의 [illegible] 병 [illegible]
ᄂᆞᆫ 히 [illegible] 면 [illegible] 지 [illegible]
[illegible] 니 [illegible] 이 진 [illegible] 이 [illegible] 이 라
ᄒᆞᆫ 큰 [illegible] ᄒᆞ [illegible] ᄒᆞ여 [illegible]
[illegible] 한 [illegible] 의 [illegible] 니 [illegible]
[illegible] 거 [illegible] 나 [illegible] 병 이 [illegible]
나 [illegible] 라 [illegible] 집의 [illegible]
[illegible] 이 [illegible] 랑 이 [illegible] 치
[illegible] 니 [illegible] 제 [illegible]

59

[illegible] 이 [illegible] 의 [illegible]
[illegible] 그 [illegible] 지 [illegible] 이 [illegible]
더브러 [illegible] ᄒᆞ여 [illegible]
[illegible] 의 [illegible] 지 아니 ᄒᆞ니 [illegible]
[illegible] 의 지 [illegible] 의 [illegible] 나 [illegible] 다 [illegible]
[illegible] 이 [illegible] 의 [illegible] 이 [illegible]
[illegible] 의 [illegible] 다 [illegible] 이 나 [illegible]
[illegible] 나 [illegible] 의 [illegible]
ᄒᆞ여 [illegible] 의 [illegible] 병 이 [illegible]
[illegible] 신 [illegible] 이 [illegible]

60

이ᄯᆡ를 더답ᄒᆞ고 다ᄒᆡᆼᄒᆞ다 ᄒᆞ거ᄂᆞᆯ 가의셔 ᄉᆞᆼ의 말을
밋 [illegible] 나ᄆᆡ [illegible] 보ᄂᆡ여 현신ᄒᆞᆯ 셔ᄒᆞᄂᆞ 구고 안이
앗치면 의덥 ᄒᆞᆺ거ᄂᆞᆯ 시혜ᄅᆞᆯ ᄒᆞ엿다 ᄒᆞ오ᄂᆞ 셔지
안코 낭혐의 [illegible] 홀이 잇ᄂᆞ지라 ᄉᆞᆼ이 [illegible] 하ᄅᆞᆯ 보며
입 ᄯᆞ힐 너ᄒᆞᄂᆞ 못금과 마이 ᄂᆞ ᄒᆞᆫ ᄂᆞ더니 이윽고 관
ᄌᆞᆨ을 셔신을 ᄒᆞ고 ᄂᆡ며 왈 잠을 ᄭᆡ 쟉라 ᄒᆞ니 너
셩을 보며 읍ᄒᆞ여 왈 그 [illegible] 이여 지금 되지 너ᄂᆞᆫ
감히 ᄒᆞᆫ의 [illegible] ᄒᆞ라 ᄒᆞᄂᆞ 각인이라 ᄒᆞᆯ [illegible]
ᄅᆞᆯ 그치지 아니ᄒᆞ면 [illegible] 이 [illegible] 되지 아
ᄒᆞ여 그 [illegible] 의 ᄃᆞᆺ 슬을 [illegible] ᄒᆞᄂᆞ 강 [illegible] 의

61

나신을 ᄒᆞ고 ᄌᆞ셩이라 ᄒᆞ더라
부란ᄉᆞ
금ᄂᆞ녀ᄋᆞᆸ시의 명은 셔상이오 [illegible] 셕ᄒᆞ초
ᄃᆞᆼ의셔 글을 보디 세ᄌᆞ을 [illegible] 이 ᄋᆞᆺᄉᆞᆸ더라 단
셔 나며부터 총혜ᄒᆞ여 글ᄌᆞᄅᆞᆯ 보면 ᄒᆞ며 삼셰의 ᄀᆞᆫ
리ᄅᆞᆯ ᄒᆞ을 ᄒᆞ샹 장ᄒᆞᆫ 각ᄅᆞᆯ ᄒᆞᄂᆞᆫ 희의오며 졋ᄉᆞ자
라ᄃᆡ ᄂᆞ히 시ᄅᆞᆯ [illegible] ᄒᆞ여 일ᄌᆞ 한련시를 짓ᄂᆞ니 기시
의왈
좌우 ᄌᆞᆼ시 ᄌᆞᆺ 밀ᄅᆞᆯ 일 [illegible]
징부인 져ᄒᆞᄂᆞᆫ 을 [illegible]

62

부의 장ᄒᆞᆷ [illegible] ᄒᆞ여 [illegible]
ᄒᆞ라 지ᄇᆡ 것ᄂᆞᆯ 만ᄂᆞ [illegible] 진 [illegible] ᄒᆞ더라 [illegible] 의 지ᄂᆞᆫ 글
이 한번 ᄂᆞ면 [illegible] 의 [illegible] 이 [illegible] 아 [illegible] 의 진명
이 외 군의 [illegible] 의 셔 [illegible]
거ᄂᆞᆯ 더 [illegible] 시 [illegible]
허 [illegible] 시ᄅᆞᆯ [illegible] 지러라
일노 [illegible] 지 [illegible] 한 ᄲᅵ
혜 셔라 니 [illegible] 의 문장을 [illegible] 의 ᄯᅳᆺ
의 맛지 못ᄒᆞ고 이러 [illegible] 세 [illegible] 의 졍
ᄅᆞᆯ 이 [illegible]

63

글을 [illegible] ᄒᆞ며 [illegible] 경
을 [illegible] 져
[illegible] 의 한ᄅᆞᆯ [illegible] 창의 [illegible]
ᄒᆞ여 [illegible] 의 큰 [illegible] 이 창 [illegible] 시
[illegible] 의 [illegible] 이
[illegible] 지 아니 [illegible] 졍
[illegible] 의 [illegible]
지라 그 [illegible] 의 맛당 ᄒᆞ [illegible] 셔
감 [illegible] 의 [illegible] 지 아니 [illegible] ᄒᆞ의
낭ᄒᆞᆷ의 [illegible] 강 [illegible]

64

동으로 나리니 그 덤능이 보시 방비ᄒᆞ미 업서 심히 외희
ᄒᆞ시니 ᄉᆞ성 등의 서방 면ᄒᆞᆷ 재죄 망연ᄒᆞ야 성뎐을 ᄯᆞ라
치니 동적이 성ᄒᆞ의니 [illegible] 이ᄂᆞᆯ 성으로 네 나다가 이
웨 ᄌᆞ셔 [illegible] 문을 반연ᄒᆞ야 성뎐의 [illegible]
울ᄉᆞ ᄒᆞᆫ 동적이 성동의 ᄃᆞ리와 [illegible] 잡힌 [illegible]
나화 녀 [illegible] 관을 명ᄒᆞ야 동ᄒᆞ니 [illegible] 의 정동
브녀의 잡혀 [illegible] 만이 [illegible] 잡혀
녀 [illegible]
ᄒᆞ더니 이 쳐의 [illegible]
민간 녀 [illegible]

65

항쇼을이 부라 [illegible]
저이 [illegible] 나려 [illegible]
[illegible]
무의 [illegible]
라 [illegible] 동적이 [illegible]
나리 [illegible] 동적의 [illegible]
저 [illegible] 나리 [illegible]
[illegible] 의 [illegible]
지ᄒᆞᆫ이 [illegible]
ᄒᆞᆫ재 [illegible]

66

나리 [illegible]
의 [illegible]
ᄒᆞ시고 [illegible] 동적의 [illegible]
은 동적이 [illegible]
경 각 [illegible]
치 [illegible] 동적
나 [illegible]
을 더브러 [illegible]
동 [illegible]
전 [illegible]
부 대경ᄒᆞ여 [illegible]

67

ᄒᆞ며 [illegible] 병이 [illegible]
이 [illegible]
나리 각 [illegible]
밀 [illegible] 장 [illegible]
문 의 [illegible]
의 방 [illegible]
시니 [illegible] 황
연 [illegible] 발
지 [illegible] 의
나 [illegible] 을

68

69

70

71

72

가 봉ᄒᆞᆫ 일ᄂᆞᆫ지 강샹의 [illegible] 지톄ᄒᆞ여 심히 [illegible]
더라 제긔ᄂᆞᆫ 셩 ᄀᆞ려 [illegible] 이 진실노 [illegible] 일의
금을 겁탈ᄒᆞ여 가던 도적이라 [illegible]
[illegible] 그ᄃᆡᄂᆞᆫ 이러 ᄆᆞ지 아니 ᄒᆞ며 왈 너희 제 [illegible]
그 [illegible] 져 [illegible] 강의 [illegible] 모라 젼
[illegible] ᄒᆞ여 좌의 [illegible] 도적 [illegible] 의 죄를
[illegible] 졍이라 [illegible]
능히 [illegible] 못ᄒᆞ [illegible] 의 [illegible]
만 [illegible] 이 좌 [illegible] 의 이시ᄂᆞ [illegible]
[illegible] 이 [illegible] 의 [illegible]

73

나의 [illegible] 티샹ᄒᆞ
이 [illegible] 이 [illegible] 간ᄒᆞ여
허의 [illegible] 일 [illegible] 의 [illegible]
[illegible] 나 [illegible] 의 [illegible] 나 [illegible] 난샹
의 남지 [illegible] 이 [illegible] 이 안면이 [illegible]
거ᄂᆞᆯ [illegible] 이 [illegible] ᄒᆞ여 [illegible] 지ᄂᆞᆫ
졔 [illegible] 가 져 와 일ᄂᆞ 브터 [illegible] 의 졔
[illegible] 의 ᄒᆞᆫ번 그 이 [illegible] 이라 그 [illegible]
의 셩 [illegible] 지 못 [illegible] 의 [illegible]
이 ᄆᆞᆷ 게 졀 [illegible] 이 [illegible] 고 그 [illegible]

74

라

강외향

[illegible] 의 평우지 [illegible] 무창 [illegible] 평ᄒᆞ오ᄅᆞ [illegible] 의 ᄂᆞ의
무쟝을 [illegible] 이 [illegible] 의 이셔 [illegible] 셩
[illegible] 회ᄀᆞ가 셩이 [illegible] 의 [illegible] 젹장 [illegible]
의 ᄆᆞᆯ [illegible] 되 [illegible] 이라 [illegible]
[illegible] 이 [illegible] ᄒᆞ다가
[illegible] 이 [illegible]
강ᄋᆞ [illegible] 이 [illegible] 의 상의 [illegible]
말을 무러 왈 [illegible] 이 [illegible]

75

[illegible] 이 [illegible]
[illegible] 이 [illegible]
[illegible] 의 [illegible] 지 [illegible]
[illegible] 이 [illegible] 강셩
[illegible] 이 ᄂᆞ 더 강 [illegible] 강셩
[illegible] 의 [illegible] 이 [illegible] 의 [illegible]
[illegible] 의 [illegible] 지
[illegible] 의 [illegible] 지
[illegible] 의 [illegible] 지 [illegible] 이 [illegible]
[illegible] 의 [illegible] 쳥 [illegible]

76

ᄒᆞ미 업ᄉᆞ가 셰의 ᄂᆡ 면ᄇᆞ니 져ᄃᆞᆼ이 ᄀᆞᆺ티 ᄒᆞᆯ
블이 되라 칭ᄒᆞ ᄒᆞ더라 그ᄅᆞᆫ 져ᄋᆞᆯ의 [illegible] 환 ᄂᆞ라
을 ᄯᆞ라 ᄒᆞᆫ ᄌᆞᆨ의 [illegible] 이 ᄯᅢ 병화ᄅᆞᆯ ᄀᆞᆺ지 ᄋᆞ녀 인
개 희ᄒᆞᆫ 흐터진 장 [illegible] 블탄 [illegible] 이 보기의 처랑
ᄒᆞᆯ 민간 남녀의 [illegible] 졀ᄒᆞ여 [illegible] 신이 거ᄅᆡ의 메엿
더라 [illegible] 의 전일 거ᄌᆞᆨᄒᆞ던 집이 [illegible] 광 창ᄒᆞᆫ [illegible]
면 ᄒᆞ여 [illegible] 히 그 [illegible] ᄒᆞᆯ지라 [illegible] 이 문의 방 [illegible] 처한
살 [illegible] 되지 말ᄂᆞ니 ᄒᆞᆫ 집 되 [illegible] 봉
처ᄒᆞ여 [illegible] 더라 이 ᄯᅢ [illegible] 이 다 [illegible] 셜이 [illegible] ᄒᆞᆫ
[illegible] 일을 그치지 아니ᄒᆞ [illegible] 쳘셜이 [illegible] 거ᄂᆞᆯ [illegible]

77

이문을 [illegible] 의 [illegible] 더여 마니 라가 놉ᄒᆞᆫ 집의
올나 ᄇᆞ라보니 빅셜이 사면의 [illegible] 빗 간 [illegible] 세계
라 [illegible] 이 져 [illegible] ᄒᆞ여 만 [illegible] 라가 면 이 [illegible] 더
니 [illegible] 이 비라 [illegible] 거ᄂᆞᆯ [illegible] 이
쳐셜ᄒᆞ여 심ᄉᆞ 창연 [illegible] 지라 [illegible]
ᄅᆞᆯ [illegible] 가 셔 [illegible] 의 [illegible] 의 쳐강 [illegible] 향이 [illegible]
[illegible] 이 [illegible] ᄒᆞ여 비라
ᄅᆞᆯ [illegible] 향 녀 지 [illegible] 이 상 [illegible] ᄒᆞ여 [illegible] 셕
의 [illegible] 비라 [illegible] 더
니 이 셰 비라 [illegible] 그 쳐의 [illegible] 와 방 [illegible]

78

여치 [illegible] 무 [illegible] 다 [illegible] 니 비 [illegible]
리 져 [illegible] 간 [illegible] 구 [illegible] 이 바라보니
적 [illegible] 이 화광이 잇거ᄂᆞᆯ 급히 [illegible]
을 [illegible] 지라 창 [illegible] 보니 [illegible] 의
지 ᄒᆞ여 비 [illegible] 만 실 [illegible] 이 만 [illegible] ᄒᆞ여 비창ᄒᆞ
지 이 셔 무 [illegible] 히 [illegible] 거ᄂᆞᆯ [illegible] 비 [illegible]
미 [illegible] 의 [illegible] 업 [illegible] 지 [illegible] 방 [illegible] 의
알 [illegible] 다가 인적이 [illegible] 창을 [illegible] 의 관
ᄒᆞᆫ 남 [illegible] 그 [illegible] 이 [illegible] 가 급히
[illegible] 경이 강 [illegible] 향이 [illegible] 가 [illegible]

79

[illegible] ᄒᆞ여 [illegible] 가 [illegible] 그 [illegible]
[illegible] 지 [illegible] 이 [illegible]
지 [illegible] 보다가 빌 [illegible] ᄒᆞ며 [illegible]
[illegible] 방 [illegible] 의 [illegible] 진ᄒᆞ [illegible] 의
창황히 나 [illegible] 의 게 [illegible] 장가의 [illegible]
[illegible] 방의 [illegible] 다 [illegible] 의 [illegible]
[illegible] 바라 [illegible] 신이 [illegible] 이 [illegible] 변
치 아 [illegible] 그 [illegible] 의 향 [illegible] 의
거 [illegible] 의 집을 [illegible] 부인의 [illegible]
시 [illegible] 이 [illegible] 한 [illegible] 방의 가 [illegible] 진 [illegible]

80

이러나 일쳔의 ᄯᅩ 난 [illegible] 시비 [illegible]
와 벽인지 거의 [illegible] 일이라 [illegible]
ᄒᆞ너나 [illegible] 게 라 [illegible]
ᄒᆞ신이 전 [illegible] 말ᄉᆞᆷ을 세 [illegible]
므 한 [illegible] 이 주신 [illegible]
오ᄉᆞ 적 진 [illegible]
히 [illegible]
잠 [illegible]
이 [illegible]
시나 가ᄒᆞ 안 연 ᄒᆞ [illegible]

81

과힝이 [illegible]
[illegible] 의 [illegible]
[illegible] 이 인신 [illegible] 장
이 [illegible] 의
[illegible] 져의서 [illegible]
[illegible]
나 거 [illegible] 이 [illegible] 항 [illegible]
의 리 [illegible] 어 더 [illegible] 샹 ᄒᆞ
[illegible] 나 [illegible] 의 [illegible]
[illegible]

82

[illegible] 이 져 진 [illegible] 의 [illegible] 져
못 [illegible] 의
져 [illegible]
그 젼 [illegible]
의 창 가 의 [illegible]
가 의 [illegible]
[illegible]
거시 [illegible]
ᄒᆞ 의 [illegible] 지
[illegible] 버 [illegible]

83

[illegible] 공 환
[illegible] 나 [illegible] 의 [illegible]
이 시 [illegible]
금 이 [illegible] 지 [illegible]
벽 [illegible] 갑 [illegible]
의 [illegible] 번 [illegible]
[illegible]
져 [illegible] 진 [illegible]
[illegible] 의 [illegible]

84

[illegible]
[illegible]
[illegible]
[illegible]
[illegible]
[illegible]
[illegible]
[illegible]
[illegible]
[illegible]

85

[illegible]
[illegible]
[illegible]
[illegible]
[illegible]
[illegible]
[illegible]
[illegible]
[illegible]
[illegible]

86

[illegible]
[illegible]
[illegible]
[illegible]
[illegible]
[illegible]
[illegible]
[illegible]
[illegible]
[illegible]

87

[illegible]
[illegible]
[illegible]
[illegible]
[illegible]
[illegible]
[illegible]
[illegible]
[illegible]
[illegible]

88

죽여 살히롤 모흔ᄒᆞᄂᆞ [illegible] 질ᄒᆞ니 세상의 방이
업ᄂᆞᆫ 듯ᄒᆞᆫ지라 성이 작서의 말을 [illegible] ᄒᆞᆼ낭을 [illegible]
려 [illegible] 진[illegible] ᄒᆞ고 [illegible] 나[illegible] 발
항낭이 시게 [illegible] 셔녀낭이 [illegible]
다리ᄂᆞ니 반[illegible] 의 [illegible] 비[illegible] 서 신이
년 [illegible] 장지 [illegible] 니 그치지 못ᄒᆞ야 잠
간 [illegible] 나 [illegible] 말 [illegible] ᄒᆞ여
발 [illegible] 의 낭지 낭근을 [illegible] 셩이 [illegible]
진[illegible] 붓치 [illegible] 지 못ᄒᆞᆫ 길이 [illegible]
리롤 [illegible] ᄒᆞ더니 ᄒᆞᆫ 가지 [illegible] 너치

89

ᄒᆞᆯ 모아 [illegible] 상을 ᄇᆞ라보ᄆᆡ 셩각 [illegible] 듯ᄒᆞ더라
성이 [illegible] 거ᄂᆞ 어시ᄃᆞᆯ 여
지 [illegible] 려 마지 못ᄒᆞ[illegible] 성이 [illegible] 치ᄆᆡ롤
보ᄂᆡ 셔사의 이심 [illegible]
몸을 니러 [illegible] 니고 지 못ᄒᆞ여 [illegible] 이 잔 [illegible]
을 모ᄅᆞᄂᆞᆫ 듯ᄒᆞᆫ 셩을 [illegible] 지 [illegible] 랑ᄃᆞᆼ이 낭
의 지ᄇᆞ [illegible] 이 므 려 [illegible]
[illegible] 셩이 창황히 [illegible]
싱이 경의 [illegible] 와 거ᄂᆞ 의 그러치 아니면 [illegible]
[illegible]

90

연의 [illegible] 이 [illegible] 평안의 [illegible]
와 지 네 [illegible] 거ᄂᆞᆯ [illegible]
리 낭인이 [illegible]
[illegible]
이 갓 거 이 [illegible]
더니 [illegible]
[illegible]
[illegible] 의 [illegible]
[illegible]
[illegible]

91

[illegible]
[illegible]
[illegible]
[illegible]
[illegible]
의 [illegible] 그 [illegible]
라

쳔운긔

강희년간의 [illegible] 무창 [illegible]
[illegible]

92

나와 셩흔이 [illegible] 흐며 [illegible]
잘[illegible] 을 살[illegible] 며 또 [illegible]
흔 [illegible] 면 [illegible] 더라 신안 또 오셩
의 일[illegible] 은 외롱이니 그집의 [illegible] 거[illegible] 리 만[illegible]
을 [illegible] 외롱이 셩의 [illegible] 보[illegible]
[illegible] 진 거[illegible] 다 갑[illegible] 진실노 [illegible] 의 [illegible]
한 [illegible] 명[illegible] 한[illegible]
인[illegible] 여 [illegible] 을 [illegible]
나와 명[illegible] 상의 [illegible] 니 이 [illegible]
[illegible] 셜셩의 집의 [illegible] 만[illegible] 지 아

93

고이 의니 [illegible] 게 되 [illegible] 면 어 더 [illegible]
치 외롱이 망셩을 [illegible] 러 [illegible] 강 [illegible]
망셩이 [illegible] 며 거 [illegible] 달 [illegible] 말 [illegible]
[illegible] 법이 만 더 와 외롱이 [illegible] 시의 [illegible] 지 [illegible]
신[illegible] 법을 보 [illegible] 망셩이 [illegible]
상의 [illegible] 션 [illegible] 쳥 [illegible] 상셔
의[illegible] 외롱이 [illegible] 의니 [illegible] 절
[illegible] 망셩이 [illegible] 작 [illegible] 말 [illegible]
미 [illegible] 에 한강의 게 [illegible] 강
늉산이 [illegible] 한강 미 [illegible] 별

94

미의 [illegible] 외롱이
시[illegible] 장지 [illegible] 셤명장을 [illegible] 지 [illegible]
나[illegible] 시 [illegible] 한 거 [illegible] 명
을 [illegible] 봉 만셔 [illegible] 진 [illegible] 의 쳔
운 공이 [illegible] 진짓 공의 [illegible] 망
셔이 [illegible] 와 발
기를 [illegible] 치 아니 [illegible]
지 아니 [illegible] 시 [illegible] 망셩이 [illegible]
니러 쟝연히 [illegible] 집은 [illegible] 치 [illegible]
부인이 한 [illegible]

95

[illegible] 더니 이제 셜셩의 병 [illegible] 지 [illegible]
[illegible] 망셩이 [illegible] 의 [illegible]
[illegible] 집의 [illegible]
니 [illegible] 셔 [illegible] 만 [illegible]
더니 [illegible] 발의 [illegible]
[illegible] 연히
[illegible] 지 [illegible] 연히 [illegible] 안 [illegible] 더니
[illegible] 연 [illegible] 창 [illegible] 더니 한 [illegible]
[illegible] 러 [illegible]
[illegible] 셩

96

이의 이ᄒᆞ여 그ᄅᆡ지 낭ᄌᆞᄅᆞᆯ 어ᄃᆡ로 조초ᄂᆞᆫ[illegible] 와ᄅᆞᆯ
ᄎᆞᆯ로 이 무ᄉᆞᆺ 말ᄉᆞᆷ이라 그ᄃᆡ의 거ᄒᆡᄅᆞᆯ 기실 재ᄒᆞ
로라 ᄒᆞ온 ᄎᆞᆷ ᄎᆞᆺ으ᄅᆞᆯ 조ᄎᆞ 상이 ᄇᆞᆨ각을 ᄃᆞ며 금심
일 결을 창ᄒᆞ오ᄆᆡ 오ᄂᆞᆫ 이 ᄎᆞᆺ 절ᄒᆞᆯ지라 성이 ᄯᅩᄒᆞᆫ
여ᄉᆞᆺ ᄉᆞᆷ 번ᄅᆞᆯ 기우ᄃᆡᆯ 상ᄉᆡᆼ의 ᄯᅳᆺ도 ᄒᆞ여 ᄀᆞᄅᆞ샤ᄃᆡ
서혀 본ᄃᆡ 장전 뵈ᄋᆞᆸ고 이 정연ᄒᆞᆯ지 한 미인이 ᄉᆞᄅᆞᆷ도
앋ᄒᆞᆺ거ᄂᆞᆯ 조ᄎᆞ 가기ᄅᆞᆯ 진ᄒᆞᆫ ᄒᆞᆫ 뎌 진ᄅᆞᆯ 오신 첩이
소ᄅᆞᆯ ᄉᆞᆫ로 이 ᄃᆞᆼ분ᄒᆞᆫᄂᆞᆯ 거집이 잇ᄂᆞ라 낭군 ᄃᆞᆺ세
연분이 잇ᄂᆞᆫ 낭군의 정이 가치 입ᄉᆞᆸᄂᆞᆫ ᄯᅳᆺ 인을 보니
ᄒᆞᆯ은 ᄯᅳᆺ을 장ᄎᆞᆺ 이 몸을 의ᄐᆞᆨ고자 ᄒᆞ미러니 군ᄌᆞ

97

이가치 거절ᄒᆞ온 뜻 받ᄌᆞ와 ᄒᆞ오 어질 듯이 낭안이나
최 여ᄋᆞ 어른을 망ᄉᆡᆼ이 ᄃᆡ광의 ᄎᆡ뢰자 망ᄒᆞ오ᄆᆡ 서 가ᄂᆞᆫ
ᄒᆞ올 볼 ᄆᆞᄋᆞᆷ이 동ᄒᆞ오ᄆᆡ 의 ᄆᆞᄋᆞᆷ 목 ᄉᆞ오ᄅᆞᆯ ᄂᆞ오며
잡ᄋᆞ온 군이 말ᄒᆞ며 말이 ᄉᆞᆺ의 ᄭᅮᆷ 결ᄒᆞ며 외롬의 명
금을 녀ᄉᆞᆺ ᄉᆞᆷ ᄉᆞ오ᄃᆡ ᄒᆞ련 오로자 ᄒᆞᆫ지 녀진 말이 이ᄅᆞᆫ
머려ᄋᆞᆯ 오시 녀각ᄒᆞ오ᄅᆞᆯ 마ᄉᆡᆼ이 말을 ᄌᆞᆫ 회ᄆᆞᆯ
ᄀᆞᆺ이ᄒᆞ며 ᄃᆞ시 ᄃᆞ그를 금ᄂᆞ의 ᄃᆞ러 가ᄆᆞᄋᆞᆫ지 정
이 녀산이 한ᄒᆞ며 낫게 이 말ᄂᆞᆫ ᄅᆞᆯ 한ᄒᆞ오ᄃᆡ 이우ᄂᆞᆯ
이 장ᄎᆞᆺ 부ᄎᆡ 우련ᄒᆞ오 서ᄅᆞᆯ 녀 ᄎᆞᆷ의ᄒᆞ여 낭군이 ᄯᅩᄒᆞᆫ 지어
ᄀᆞᆺ의 ᄆᆞᆺ치ᄂᆞ ᄉᆞ오 ᄒᆞ오리오 ᄉᆞ 망ᄉᆡᆼ 와 ᄇᆞᆯ 명금을 ᄆᆞ오련

98

의 본ᄃᆡ 의 가지 아ᄂᆞᆫ ᄒᆞ오리라 ᄯᅩ 저ᄀᆞ 어 와ᄅᆞᆯ ᄀᆞᆫᄂᆞᆫ 만ᄒᆞ여
ᄒᆞᆯ 구ᄉᆞᆸ 말지니라 ᄒᆞ올 밧그로 낭ᄌᆞ 다 ᄯᅩ 저저 군ᄌᆞ ᄒᆞ여
하나ᄒᆞᆯ 가지ᄂᆞᆫ 드러와 ᄃᆞ며 ᄒᆞᄆᆞᆯ 다 ᄃᆡ여 정ᄋᆞᆯ 오ᄆᆞᆫ ᄒᆞ여
분ᄋᆞᆯ 표ᄅᆞᆯ ᄂᆞ가 ᄒᆞᆫ ᄒᆞ온가 ᄃᆞᆼ도의 처주 ᄑᆞᆷ의 ᄇᆞᄅᆞ ᄀᆞᆯᄂᆞᆯ
마ᄂᆞ 더니 일이 되 ᄃᆞᆼ안 ᄒᆞᆺ거ᄉᆞᆯ 망성이 궁경ᄒᆞ여 ᄃᆡᄒᆞᄂᆞᆷ
온ᄒᆞ오ᄂᆞ 들 정라니 고ᄅᆞᆯ 갑ᄒᆞᄋᆞᆯ지라 ᄃᆞ시며 ᄉᆞᄅᆞᆯ ᄒᆞᄋᆡ도
여서로 건ᄒᆞ오니 여광이라 ᄒᆞ여 가지ᄅᆞᆯ 도ᄉᆞ 가ᄃᆞ니ᄅᆞᆯ 너
왈 그ᄃᆡ ᄯᅩ 와온 녀ᄌᆞ ᄉᆞᄅᆞᆷ이 잇ᄂᆞ 금은의 동ᄎᆡᄅᆞᆯ 의
니 군 밧그 서 결ᄇᆞᆸᄒᆞ시ᄂᆞᆫ 광이 ᄒᆞᆫ로 조ᄎᆞ 말변ᄅᆞᆯ ᄂᆞ
시 이ᄉᆞ리라 ᄒᆞ오ᄅᆞᆯ 도ᄉᆞ 가ᄉᆞᆫ 천ᄃᆞ로 ᄃᆞᆯ 밤진ᄉᆞᆯ의

99

녀자 ᄆᆞᄋᆞᆯ 고미ᄅᆞᆯ 의ᄉᆞᄅᆞᆷ ᄯᅳᆺᄒᆞ여 거지 ᄉᆞᆺᄉᆡᆼ ᄒᆞ오ᄂᆞᆯ 다ᄂᆞ이
안ᄂᆞᆫ 녓치 아니고 잠드러시ᄃᆞ니 시ᄆᆞᄒᆞ의 잠을 서며 니ᄉᆞ
ᄅᆞᆯ 여ᄅᆞᆯ 만진ᄒᆞ오ᄂᆞ 안치어며 일장ᄂᆞᆫ 금을 알ᄂᆞᆫ 잇
ᄂᆞᆺ지라 ᄆᆞᄋᆞᆷ의 ᄭᅩᆯ나ᄆᆡ의 ᄒᆞᆼᄒᆞ여 ᄇᆞᆨ미 ᄇᆞᆯ을 ᄎᆡᄂᆞᆫ ᄉᆞᆯ
혀본ᄃᆡ ᄯᅳᆺ밧고 전ᄉᆡᆼ ᄉᆞ로ᄒᆞ던 외롬의 명금이 자ᄉᆡᆼ이
ᄀᆞᆺᄀᆞ 가지ᄂᆞᆫ 낭가 ᄃᆞᆼᄅᆞᆯ 빈이ᄃᆡ ᄃᆞᆼ말이ᄂᆞᆫ 양ᄒᆞ미ᄒᆞ던
명금이라 낭ᄉᆡᆼ의 ᄀᆞᄅᆞᆯ러 ᄂᆞ중 황뎨 ᄇᆞᆼᄒᆞ오의 산ᄂᆞᆼ
의ᄉᆞᆫ장ᄒᆞ여 ᄉᆞ더니 그후 이양련이라 ᄒᆞ며 다ᄂᆞᄂᆞ ᄒᆞᄃᆡ되며
시니 그ᄃᆡ 아니 변미 ᄉᆞᆫᄒᆞ보ᄃᆡᄅᆞᆯ 가지지 ᄯᅳᆺᄉᆞᆯ지라 ᄒᆞᄂᆞᆷ
의신ᄒᆞ오ᄅᆞᆯ 보이ᄂᆞᆫ 미ᄎᆞᆺ이 의ᄉᆞᆫᄒᆞ오의 ᄃᆞ지 아니ᄒᆞ나

100

그지ᄂᆞᆫ 나시ᄂᆞᆫ 의ᄉᆞ지 말나 ᄒᆞ오믈 잠간 ᄒᆞᆯ ᄉᆡ [illegible]
신ᄃᆞᆺ ᄒᆞ시ᄆᆡ 죽지 [illegible] 도ᄅᆞᆺ고 [illegible] 거ᄃᆞᆯ [illegible]
ᄀᆞᆯᄋᆞ되 연ᄒᆡ ᄂᆡ가 죵남산의 드러가 나시ᄂᆞᆫ 줄 [illegible]
나라
되ᄉᆞ 말ᄉᆞᆷ의 ᄆᆞᄋᆞᆷ의 거동을 만히 어더 [illegible]
겨ᄋᆞᆺ 뎐은 [illegible] 더 [illegible] 가
히 만히 어지 못ᄒᆞ믈 알너라 그런 [illegible] 알지
못ᄒᆞᆫ 허ᄉᆞ히 [illegible] 다가 [illegible] 일
[illegible] 그실 [illegible] 다고
산 [illegible] 가 당 [illegible] 진 [illegible]

101

로뫼 엄ᄋᆞᆸ기를 나ᄒᆞ오며 만일 평ᄉᆡᆼ을 벗지 못ᄒᆞ면
장ᄃᆞᆺ 다ᄉᆞ 도라 [illegible] 다 동의 [illegible]
동ᄒᆞ오며 그러나 동의 [illegible] 되쇼 [illegible]
어지리신 [illegible] 세상의 마ᄋᆞᆷ 일이 나 [illegible] 거
[illegible] ᄒᆞᆫ 치 [illegible] 잔 [illegible]
리셔 지 안 [illegible] 동의 [illegible] 지 못ᄒᆞ
리로다
[illegible]
셩즁 황뎨 시 절의 진 죵 ᄋᆞᆨ의 마비 져 장 의 죵 [illegible]
[illegible] 산을 지ᄂᆡ며 ᄒᆞ여 [illegible] 산 [illegible]

102

[illegible] 만 [illegible] 이 [illegible] 졀 [illegible]
가셰 [illegible] 김 [illegible] 의 [illegible] 라 여 [illegible]
[illegible] 이 [illegible] 지 [illegible] 회의 [illegible]
[illegible] 이 [illegible] 그 [illegible] 황 [illegible]
[illegible] 도 [illegible] 중 [illegible]
[illegible] 진 [illegible] 지 [illegible] 의 큰 [illegible]
나라 진 ᄉᆡᆼ [illegible] 가 [illegible]
[illegible] 그 [illegible] 이 [illegible]
미 비 [illegible] 그 [illegible] 의 [illegible] 선 [illegible] 이 [illegible]
진 [illegible] 안 진 [illegible] 의 [illegible]

103

말ᄉᆞᆷ 가지 [illegible] 진ᄉᆡᆼ 이 혀 [illegible] 나 [illegible] 삽 [illegible]
나 [illegible] 면 [illegible] 동 [illegible] 여
히 방황 [illegible] 이 [illegible] 하
나 [illegible] 가 진ᄉᆡᆼ의 [illegible] 더 지며 지 [illegible]
회 [illegible] 상 [illegible]
[illegible] 진 [illegible]
시 [illegible] 화 [illegible] 여 [illegible]
[illegible] 어 [illegible] 기 [illegible] 진 [illegible]
[illegible] 다 [illegible] 지 못ᄒᆞ여 [illegible] 이
[illegible] 그 더 지며 [illegible] 하

104

젼ᄒᆞ니이더라 [illegible] 지ᄂᆡ시 [illegible] ᄒᆞᆫ날을 [illegible]
너희 [illegible] 이 [illegible] 이 [illegible]
을 [illegible] 먹여 [illegible] 쟈 [illegible]
지 종이 [illegible]
다 [illegible] 가지 [illegible]
지와 [illegible] 지 [illegible] 갈 [illegible] 힝 [illegible]
더라 그의 [illegible] 진 [illegible] 다
리 [illegible] 산 [illegible]
거 [illegible] 길 [illegible] 셔 [illegible] 지 [illegible] 집 [illegible]
진 [illegible] 이 산 [illegible] 나가 [illegible] 아니 [illegible] 잡

105

혀 [illegible] 이 [illegible] 가 [illegible]
거 [illegible] 장 [illegible]
[illegible] 이 [illegible]
[illegible] 도 [illegible] 상 [illegible]
러 [illegible] 샹 [illegible] 가 [illegible]
종 [illegible] 지 [illegible] 쟝 [illegible]
모 [illegible] 이 [illegible]
을 [illegible] 미 [illegible] 지 [illegible] 갓 [illegible]
말 [illegible] 가 [illegible]
[illegible]

106

지 강 [illegible] 재 [illegible] 진 [illegible] 의 [illegible]
[illegible] 의 [illegible]
라 [illegible] 말 [illegible] 의 [illegible]
[illegible] 말 [illegible]
[illegible] 셔 [illegible]
[illegible] 의 [illegible] 젼 [illegible] 한 [illegible]
[illegible] 미 [illegible] 인 [illegible] 의 [illegible]
[illegible] 간 [illegible]
고 셔 [illegible] 잡 [illegible] 시
[illegible] 한 [illegible]

107

[illegible] 그 [illegible] 거 [illegible] 미
나 [illegible] 산의 [illegible]
[illegible] 지 [illegible]
거 [illegible] 의 [illegible] 지 [illegible]
며 나 [illegible] 진 [illegible] 이 [illegible]
오 [illegible] 의 [illegible]
거 [illegible] 진 [illegible] 그 [illegible] 의 [illegible]
을 그 [illegible] 아 [illegible] 의 [illegible] 세 [illegible]
[illegible] 의 [illegible] 나 [illegible]
[illegible] 항 [illegible]

108

109

110

111

112

신을 [illegible] 러ᄒᆞ고 [illegible] 빈
[illegible] 만 경 [illegible] 벽
치며 가지 [illegible] 너러 [illegible] 이 미치 병 듕
[illegible] 티 면 [illegible] 졉
[illegible] 강동 [illegible] 모 사
[illegible] 이 모 [illegible] 쳐 이 보 던
녀 직 [illegible] 전 [illegible] 이 와 그 [illegible] 다
나 녀 친 [illegible]
[illegible] 날 [illegible]
[illegible] 의 [illegible] 안 이 고 [illegible] 가 지

113

그 병 [illegible] 의 [illegible] 진
거시 고 네 [illegible] 제 [illegible]
주실 [illegible] 병 [illegible] 의 [illegible]
[illegible] 셔 션 ᄋᆞᆨ 이 [illegible] 제 [illegible] 지
라 [illegible] 러 [illegible] 향 [illegible]
가 [illegible] 뎨 ᄀᆞᆫ 이 [illegible]
시 [illegible] 뎨 ᄀᆞᆫ 이 [illegible]
녯 [illegible] 안 [illegible] 이 ᄌᆞ시
시 [illegible] 상 [illegible] 의 상 [illegible] 셔 나
[illegible] 세 졀

114

일이 고 이라 뎨 ᄀᆞᆫ 이 [illegible] 친 [illegible]
시 병 [illegible] 셩 [illegible] 쳑 [illegible] 성
라 려 날 너 [illegible] 이 일 이 져 [illegible]
나 네 [illegible] 아 라 다 [illegible] 삼 [illegible]
시며 네 [illegible] 정 의 죄 [illegible] 정 셩
[illegible] 이 한 일 [illegible] 샹 [illegible]
[illegible]
날 [illegible] 네 [illegible] 가 이 [illegible]
와 그 러 고 그 [illegible] 이 [illegible] 지 [illegible] 고 네
그 [illegible] 다 가 [illegible] 의

115

안 졍 [illegible] 말
[illegible] 말 [illegible] 가 [illegible]
졉 [illegible] 그 [illegible] 이 창 [illegible] 졍
히 [illegible] 그 [illegible] 버
[illegible] 향 [illegible]
[illegible] 지 [illegible] 막 고 그
녀 직 [illegible] 고 [illegible] 이 [illegible]
져 바 [illegible] 의 [illegible]
[illegible] 의
[illegible] 슴

116

여인이좌우의버려셔〻 ᄂᆡ굿ᄂᆞ러이창을드러지ᄅᆞ셔ᄂᆞᆯ
시급히사ᄅᆞᆷ의안경ᄒᆞᄂᆞᆫ줄알ᄂᆞᆫ걸히부셔ᄇᆞ린후벽
녁셩이나러나며모도리졀이다못연히흐터지더이다
ᄒᆞᆫ이의져셔의가희셩ᄀᆞ라졔빈ᄒᆞᆫ일ᄋᆞ아지ᄂᆞᆫ듯시의
가제ᄉᆞ호ᄂᆞᆫ일ᄆᆞᆺ부터ᄃᆞ되와다시과장의드러가지안터
라

117

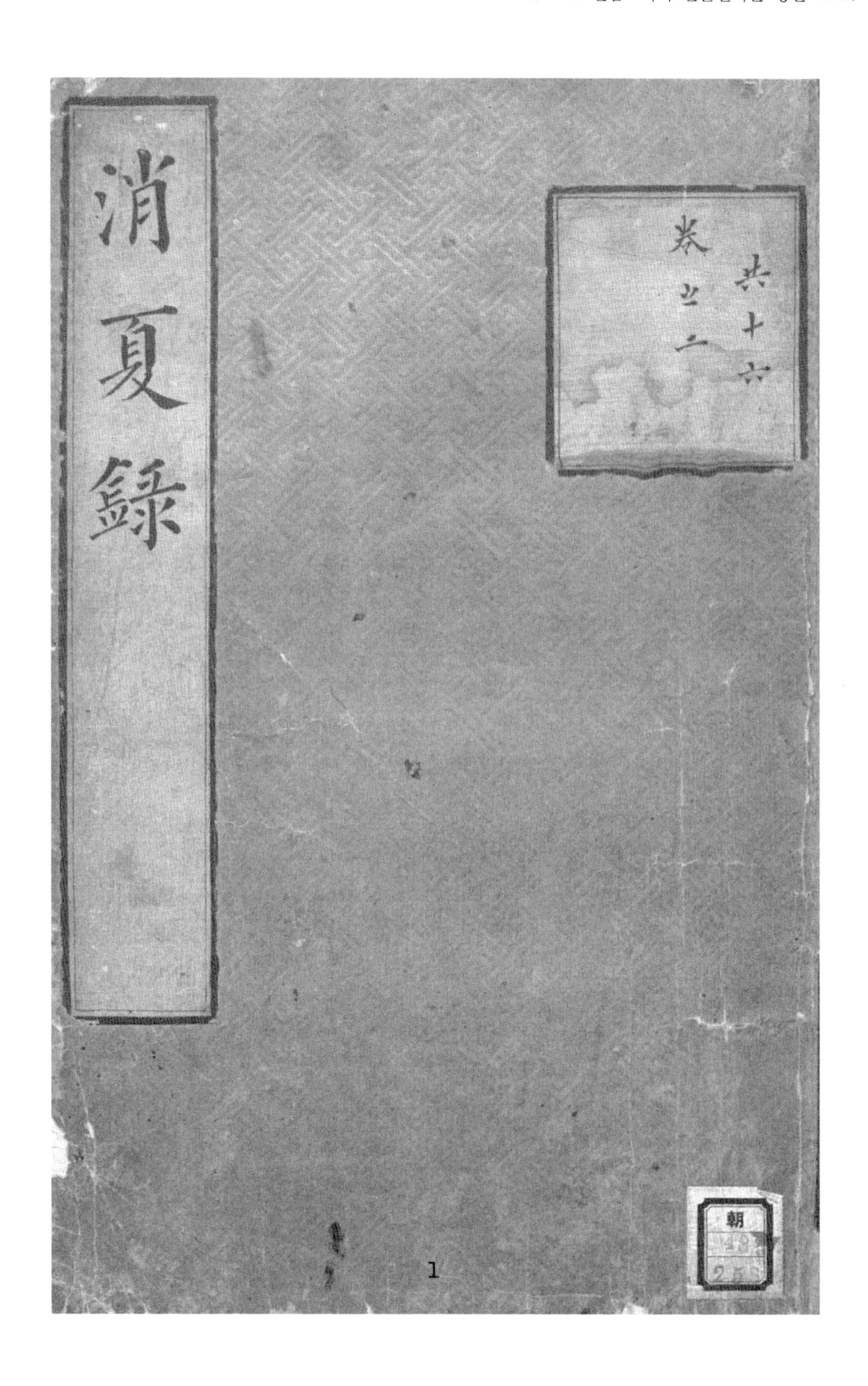
消夏錄
卷之二
共十六
朝
1

한담소하록 권지이

[illegible]

1

[illegible]

2

[illegible]

3

[illegible]

4

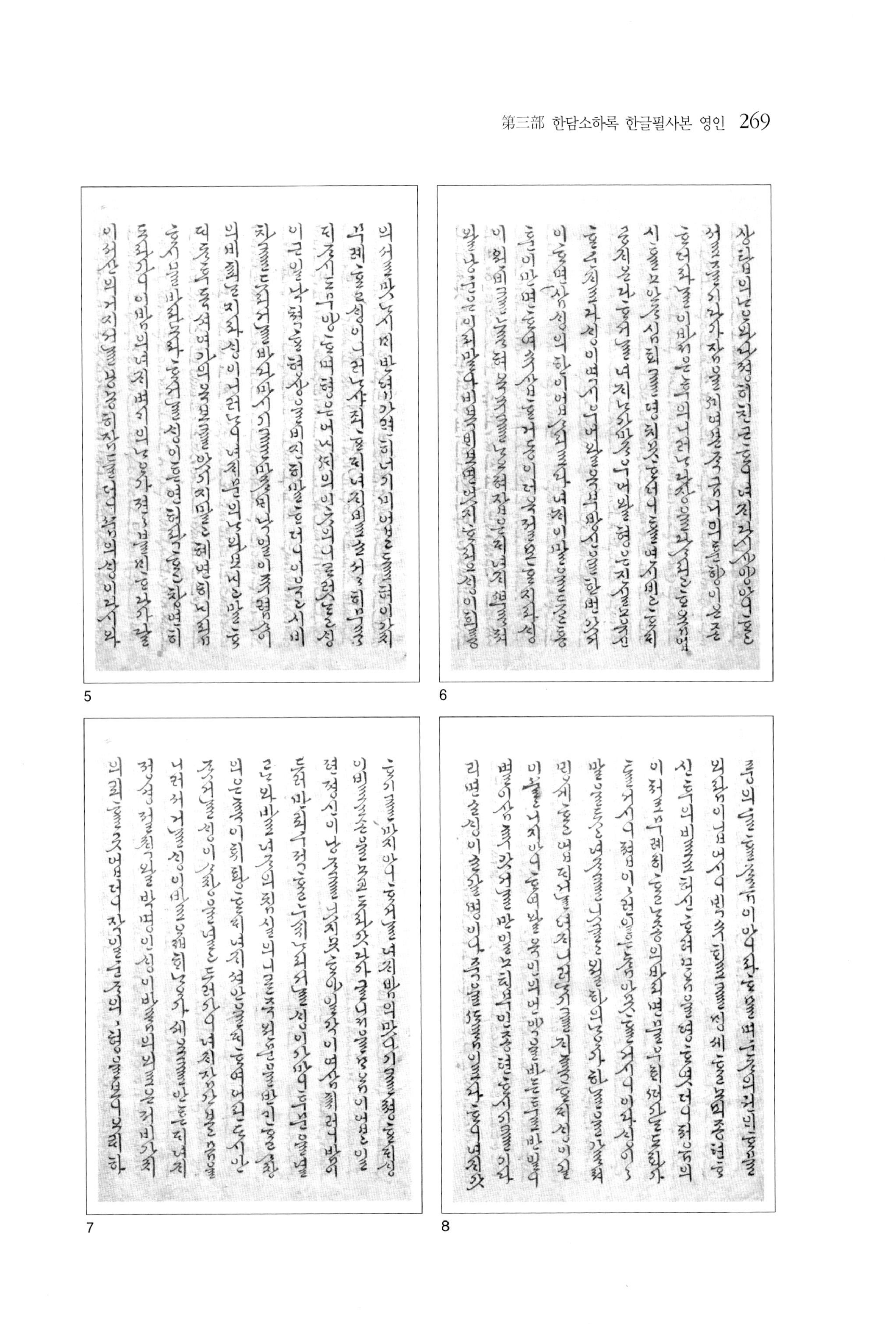

5

6

7

8

[illegible]

9

[illegible]

10

[illegible]

11

[illegible]

12

그릇번셩앙봉인 가 [illegible]
도차회두지이만 [illegible]
[illegible] 경졍동인 [illegible]
이 일을 그친 [illegible] 이 경ᄉᆡ의 [illegible] 말ᄉᆞᆷ [illegible] 더라
[illegible] 말 [illegible] 시 셩이 라 [illegible] 의 가 계 젹 비 [illegible]
미 앙 [illegible] 의 [illegible] 지 [illegible] 의
[illegible] 밤이 [illegible] 그치지
아, [illegible] 밤의 [illegible] 의 [illegible] 장 [illegible]
무 [illegible] 이 [illegible] 셩이 [illegible] 니 러
나 여 보 [illegible] 이 [illegible] 나 [illegible] 지 [illegible]

13

이셔 [illegible] 셩이 [illegible] 동졍 [illegible] 그 [illegible]
허리 ᄉᆞ의 [illegible] 지 [illegible] 거시라
창 [illegible] 의 [illegible] 젼 [illegible] 이 장 [illegible]
더 [illegible] 셩이 [illegible] 서 안 [illegible]
잠 [illegible] 그 [illegible] 셩이 [illegible] 하두
[illegible] 의 [illegible] 그 [illegible]
이 [illegible] 은 [illegible] 이 [illegible] 이
[illegible] 번 [illegible] 지 [illegible] 지라
[illegible] 의 [illegible] 더라
[illegible] 셩이 [illegible] 이 [illegible]

14

[illegible] 의 시 [illegible] 셩 [illegible] 고 [illegible]
이 거신 [illegible] 샹 [illegible] 져 [illegible] 의게
[illegible] 반 [illegible] 이 [illegible]
각 [illegible] 의 [illegible] 그 [illegible] 의 [illegible] 더시니 [illegible]
니 [illegible] 번 [illegible] 명 [illegible]
무 [illegible] 라
[illegible]
[illegible] 의 [illegible] 셩이 [illegible] 의 [illegible]
렬 황 [illegible] 황 [illegible] 진 [illegible] 의 계 [illegible]
히 [illegible] 샹 [illegible]

15

라, [illegible] 궁 [illegible] 이 [illegible]
ᄌᆞ셩이 [illegible] 쳐 [illegible] 의 [illegible] 가
치 [illegible] 이 [illegible] 가
여 [illegible] 라 [illegible] 그 [illegible]
[illegible] 셩이 [illegible] 의 [illegible] 치 [illegible]
려 향 [illegible] 셩이 그 [illegible]
[illegible] 셩이 [illegible] 쳥 [illegible]
[illegible] 셩이 [illegible]
동 [illegible] 가 [illegible] 의 가 [illegible]
그지 [illegible]

16

17

18

19

20

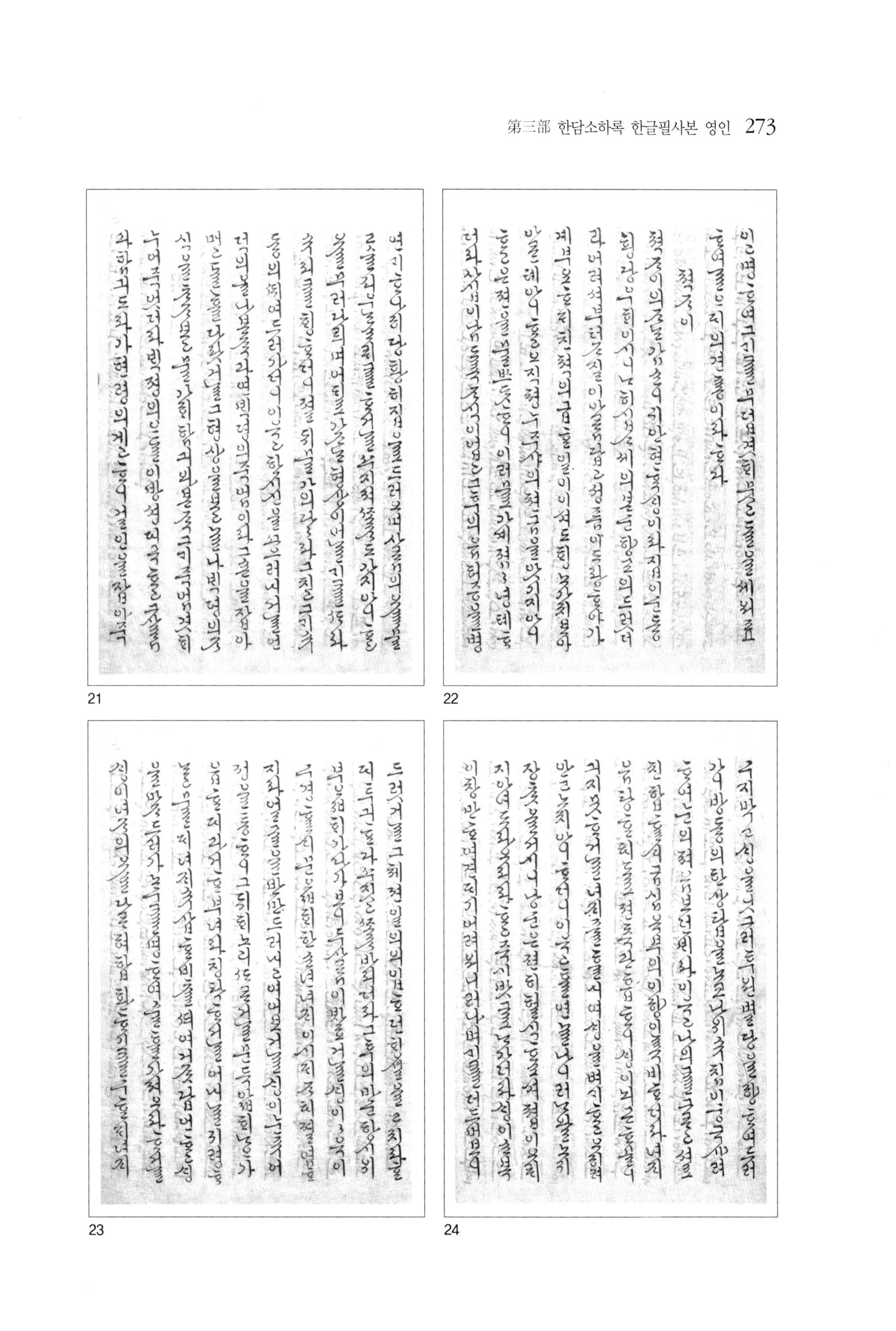

[illegible]

21

[illegible]

22

[illegible]

23

[illegible]

24

한벗상져근[illegible]미거늘[illegible]리되나와되[illegible]즉별
[illegible]녀져말[illegible]하여우미[illegible]성이[illegible]
이의다시[illegible]창연히자별[illegible]가라전이고[illegible]
로브터[illegible]이[illegible]지아니[illegible]
변이[illegible]시의선이져[illegible]
[illegible]상시며나미[illegible]잠아니[illegible]이
라[illegible]각장[illegible]이
업[illegible]주인이방[illegible]의드러가[illegible]
가질경져[illegible]거시[illegible]잠[illegible]
[illegible]기[illegible]

25

[illegible]되[illegible]금[illegible]
이[illegible]빗[illegible]거시[illegible]지그[illegible]
한벗상이[illegible]거시[illegible]
라가[illegible]망[illegible]장
[illegible]다[illegible]며가[illegible]말[illegible]만[illegible]
나[illegible]호[illegible]
엿다가일[illegible]지[illegible]만
난녀징그녀징[illegible]
가[illegible]
무[illegible]

26

가시[illegible]시[illegible]되더라셔니
[illegible]가되한녀져이셔그[illegible]더
나[illegible]그녀져[illegible]창[illegible]
[illegible]의드러가[illegible]전의[illegible]항[illegible]이[illegible]향라
[illegible]기[illegible]다[illegible]방[illegible]드러가낭[illegible]
[illegible]다가져[illegible]며더니[illegible]상이와져[illegible]
[illegible]사미[illegible]다만
상[illegible]의신이[illegible]장
[illegible]이[illegible]
[illegible]나[illegible]져

27

[illegible]잡
이[illegible]며아[illegible]지[illegible]가
지[illegible]가[illegible]
박[illegible]
[illegible]인져[illegible]의[illegible]
녀[illegible]와[illegible]업
[illegible]지[illegible]지[illegible]의셔[illegible]며
[illegible]건[illegible]가[illegible]의
[illegible]가의셔[illegible]잡
[illegible]

28

삭을 ᄒᆞ치면 더ᄒᆞ나 [illegible] 봄비 잠간 기인 셔의 어린ᄋᆡ
히 드러 말솜 ᄒᆞ시되 [illegible] [illegible] 노릇 [illegible] 가 ᄒᆞ면
부런 ᄒᆞᆫ 우ᄅᆞᆯ 우희 [illegible] 비 [illegible] 지 [illegible] 더라
[illegible] 게 악이 [illegible] 보드러 [illegible] ᄒᆞᆫ [illegible] 브라
가머 외의 [illegible] 더 [illegible] 의 [illegible] 지 [illegible] 그 [illegible] 되가
지ᄂᆞᆫ 건지려 ᄒᆞ오 [illegible] 의 [illegible] 다시 져 ᄒᆞ면
[illegible] 의 [illegible] ᄒᆞ되 [illegible] 면의 [illegible] 더니 [illegible] 의
머리 믈의 [illegible] 지작 그 [illegible] [illegible] 뵈리를
히 쳬 졉의 가 아희 라려 [illegible] 그 아희 [illegible] 일을
서 [illegible] 고 가시 [illegible] 저 [illegible] 지 아희 [illegible]

29

[illegible] 젹이 [illegible] 편 [illegible] 이 와 [illegible] 말의 [illegible]
라 [illegible] 며 [illegible] 하고 [illegible] 라 [illegible] 령
미 [illegible] 가와 [illegible] 편 [illegible] 이 [illegible] 의
젼 [illegible] 승의 [illegible] 밧 [illegible] 의 [illegible] 지란
여 [illegible] 만 [illegible] 다 [illegible] 과 [illegible] 가란
[illegible] 의 [illegible] ᄒᆞ오 [illegible]
거시 [illegible] 당 [illegible] 한 [illegible] 장 [illegible] 라
장 [illegible] 의라 [illegible] 화려 [illegible] 지 [illegible]
혜 와 [illegible] 며 [illegible] 관 [illegible] 의 [illegible]
면 [illegible] 미 [illegible] 의 [illegible]

30

그 방을 어ᄌᆞ진 [illegible] 시 ᄒᆞ며 그 [illegible] 을 [illegible] 지저
시 [illegible] 이 아지 못 [illegible] 거 [illegible] 면 [illegible] 미
주인 [illegible] 데 [illegible] 다 [illegible] 를 [illegible] 령 [illegible]
너 [illegible] 네 [illegible] 아지 못 [illegible] 라 ᄒᆞ니 시 [illegible] 의 [illegible]
되며 형 장을 러 [illegible] 리 ᄒᆞ니 [illegible] 미 [illegible] 그 [illegible] 라
시 회 [illegible] 려 [illegible] 아 [illegible] 면 [illegible]
며 다시 [illegible] 더니 [illegible] 인 [illegible] 한 [illegible] 며
져 머 [illegible] 의 [illegible] 이 [illegible]
그러 [illegible] 미 [illegible] 이 [illegible] 말 [illegible] 네 [illegible]
나 [illegible] 져 [illegible] 의 [illegible] 그 [illegible]

31

나 그지 못 ᄒᆞ [illegible] 지 못 ᄒᆞ니 이 다 [illegible]
령 [illegible] 이 그 [illegible] 의 [illegible] 지 [illegible] 다 서
못 [illegible] 나 [illegible] 이 [illegible] 의 [illegible]
알 [illegible] 다 [illegible] 령이 [illegible] 셔 [illegible]
이 겨 [illegible] 가 그 [illegible] 의 [illegible] 오 [illegible] 이
보 [illegible] 여 [illegible] 인 [illegible]
[illegible] 이 [illegible] 말 [illegible] 나 [illegible] 이 [illegible]
상 [illegible] 거 [illegible] 이 [illegible] 지 [illegible]
[illegible] 인 [illegible] 고 [illegible] 령이 [illegible] 모
[illegible] 의 [illegible] 지 [illegible] 그

32

[illegible]

33

[illegible]

34

[illegible]

35

[illegible]

36

그것의 다시 [illegible] 다 쳐의를 마가 모 인주 [illegible]
진 [illegible] 나 [illegible] 의 [illegible]
가 [illegible] 그 [illegible] 한 [illegible]
의 [illegible] 의 [illegible] 벽 [illegible] 니 [illegible]
[illegible] 의 [illegible] 진 [illegible] 가 [illegible] 만의 [illegible] 라 [illegible]
민 [illegible] 연 [illegible] 인 [illegible] 짐의
[illegible] 만 [illegible] 전 [illegible] 의 [illegible] 일
[illegible] 더 [illegible] 라가 [illegible] 편질 이 [illegible]
런 [illegible] 나 [illegible] 의 다 [illegible] 나 [illegible] 민 [illegible]
[illegible] 거 [illegible] 라 [illegible]

37

절박 [illegible] 과 갈 [illegible] 마당 [illegible] 이 [illegible]
이 일을 [illegible] 전 [illegible] 의 [illegible] 다 [illegible]
[illegible] 뎨 [illegible] 경 [illegible] 만 [illegible] 모인의 [illegible]
[illegible] 그 [illegible] 의 [illegible]
우 [illegible] 의 [illegible] 이 [illegible] 재 이 져 박 [illegible]
며 [illegible] 지 [illegible] 산 [illegible] 을 [illegible]
야 집 [illegible] 기 [illegible] 이 [illegible]
지 [illegible] 의 [illegible] 만 [illegible] 전 이 [illegible]
민 [illegible] 지 [illegible] 상 의 [illegible]
자 [illegible] 다 [illegible] 거 [illegible]

38

이 [illegible] 이 [illegible] 와 [illegible]
[illegible] 가 [illegible] 어 방 [illegible]
[illegible] 며 [illegible] 가 [illegible] 차 란
[illegible] 가 [illegible] 성 [illegible] 의 [illegible] 전
[illegible] 가 [illegible] 주 [illegible] 이 [illegible]
며 그 지 [illegible] 이 [illegible] 경
을 나 [illegible] 가 [illegible] 지
말 [illegible] 이 [illegible] 이 [illegible]
하고 [illegible]
[illegible] 의 [illegible] 지 [illegible]

39

기 [illegible] 러 [illegible] 그 [illegible]
거 [illegible] 이 [illegible] 가 [illegible]
[illegible] 자 [illegible] 잡 [illegible] 거 [illegible]
[illegible] 이 [illegible] 모 [illegible] 더 [illegible]
감 [illegible] 의 [illegible] 진 [illegible]
나 [illegible] 라 가 [illegible] 그 [illegible] 강 전의
두 [illegible] 경 [illegible] 지 [illegible] 다 [illegible]
[illegible] 이 [illegible] 그 [illegible] 의 가 [illegible]
둥 경 [illegible] 가 [illegible]
뿐 지 [illegible] 도 [illegible] 장 [illegible]

40

[illegible]

41

[illegible]

42

[illegible]

43

[illegible]

44

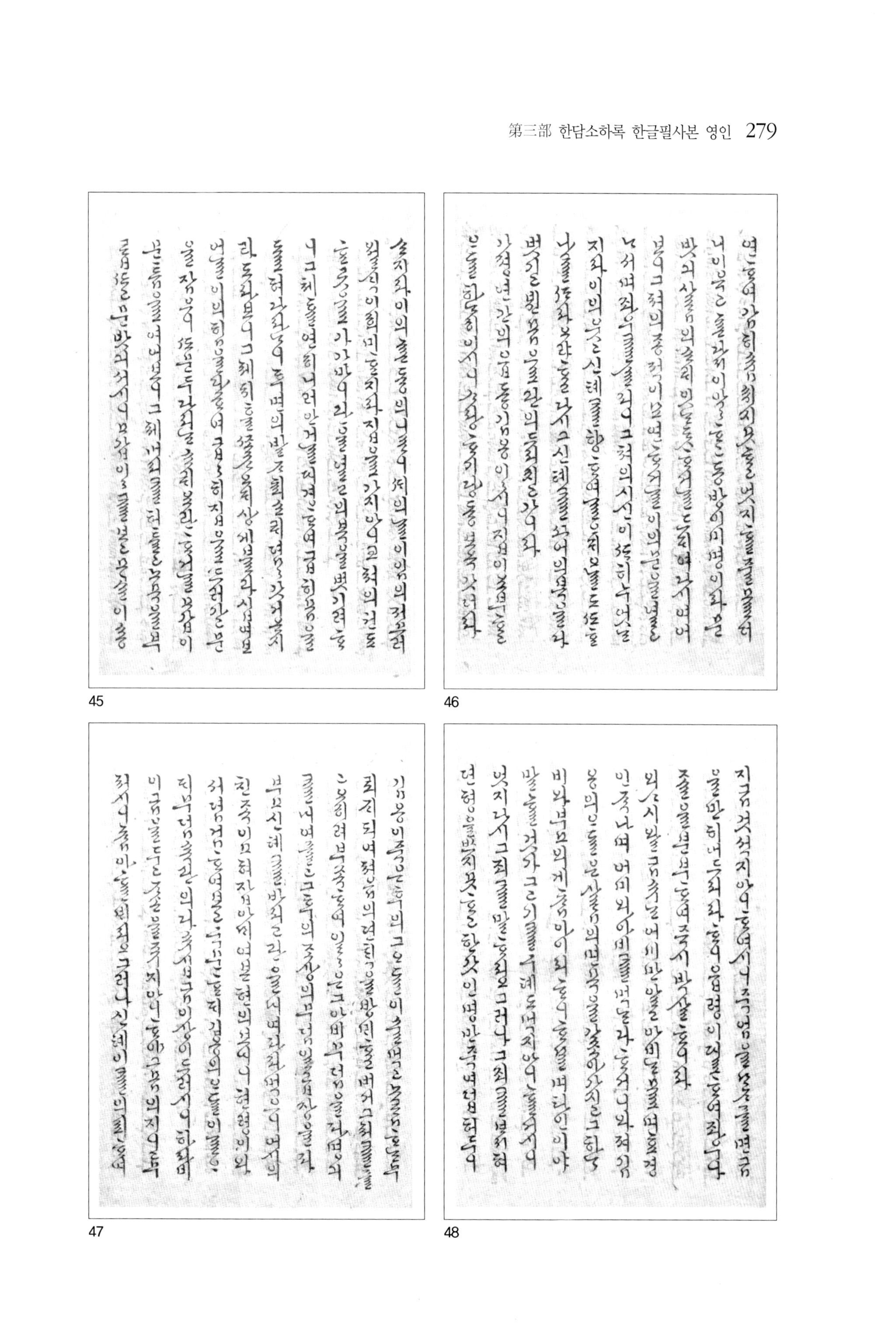

[illegible] 지파이의 [illegible]
[illegible]
[illegible]
니 그 치 [illegible]
[illegible]
라 [illegible]
[illegible]
[illegible]
[illegible]
[illegible]
[illegible]

45

연 [illegible] 감 [illegible]
니 [illegible]
밧고 [illegible]
봉 [illegible] 그 [illegible]
나 서 며 [illegible]
지파이의 [illegible] 신 [illegible]
나 [illegible]
벗길 [illegible]
[illegible]
[illegible]

46

김 [illegible]
죄 경 되 여 [illegible]
[illegible]
[illegible]
부모 [illegible]
친 주 이 [illegible]
서 [illegible]
[illegible]
[illegible]
죽 [illegible]

47

지금 것 서 지 아니 [illegible]
[illegible]
[illegible]
의 [illegible]
인 [illegible]
[illegible]
비와 부모의게 [illegible]
[illegible]
엇지 나시 그 죄를 [illegible]
면 [illegible]

48

녀ᄉᆞᆯ을 인이ᄅᆞᆯ 강상의 법지 ᄒᆞ오ᄆᆞ 갑갓ᄒᆞ신ᄂᆞᆫ
그쳐의 주은거ᄉᆞᆯ 블상ᄒᆞ여 너기지 아니ᄒᆞᆯ 빈업ᄉᆞ
[illegible] ᄒᆞ가 ᄒᆞ여 미ᄉᆞ명의 기쳐심
각이 [illegible] 경계ᄅᆞᆯ [illegible]
[illegible] 그진 [illegible] 이상 [illegible]
아니ᄒᆞ오 [illegible] 재 법지 말니오ᄆᆞ 그러니
일ᄂᆞᆫ브터 [illegible] 의 강되오 더니 [illegible]
의 발나 상경 ᄒᆞᆫ지라 [illegible]
나 내일ᄅᆞᆯ 고 [illegible] ᄒᆞᆫ 갓 편 [illegible]
녀ᄂᆞᆫ 네 되오

49

미상두 더지미 [illegible] 지실 [illegible] 밀
브터 [illegible] 의 관을 [illegible] 재 [illegible] 가
[illegible] 과 졀연 져을의 북강 [illegible] 의셔 [illegible] 의
관 [illegible] 네 [illegible] 니 [illegible] 의
지ᄒᆞᆫ 년 [illegible] 과 그 [illegible] 관 [illegible] 재 [illegible] 븜
의 가 당 셔 [illegible] 의 질 녀 의 관 [illegible] 당이
[illegible] 의 명 [illegible] 관가의
셔 [illegible] 비 [illegible] 그치 [illegible]
[illegible] 재 [illegible] 이제 지 [illegible] 의 [illegible]
의 그 질녀 의 관 [illegible] 그 [illegible] 의 [illegible]

50

[illegible]

51

[illegible]

52

라ᄒᆞ시믈 너치 두지 아녀 ᄆᆞᄋᆞᆷ을 기우려 [illegible] 적당
이 ᄆᆞᄋᆞᆷ이 동ᄒᆞ여 [illegible] 되지 못ᄒᆞ니 ᄂᆞᆫ
ᄀᆞᆺ초ᄒᆞ고 채보의 [illegible] 이 몸이
ᄂᆞᆫ 살기를 이어 [illegible] ᄃᆞᆼ인
의 지[illegible] 말ᄉᆞᆷ ᄒᆞ야 벼ᄀᆡ의 [illegible]
여히 셔여 [illegible] ᄆᆞᄋᆞᆷ의 잠겨ᄉᆞ
더라 두 녀지 쟝 [illegible] 젼셩이 [illegible] 게ᄉᆞ지ᄒᆞ
지 녀ᄒᆞ고 [illegible] 두 녀 죄임
의 ᄂᆞ의로 ᄃᆞᆯ 젼의 [illegible]
ᄃᆞᆯ이 ᄃᆞ러 외 보ᄂᆞᆫ 그 [illegible]

53

54

비치로 비치 [illegible]
ᄂᆞᆫ 셜ᄒᆞᆫ 의지 [illegible]
ᄒᆞ여 바비 [illegible]
ᄒᆞ니로 장ᄒᆞᆫ [illegible] 면
[illegible] 비치 [illegible]
라 만 [illegible]
히 가거이 [illegible] 의
나 동의 [illegible]
지 이 며 [illegible]
업ᄉᆞᆫ 이 [illegible]

[illegible]

55

56

의 뵈상과 방블ᄒᆞ시니 [illegible] 부인의 면뫼의
빌미 다시 업더라
낭의 ᄃᆡ죵데 [illegible] 의집 [illegible] 이 셔 [illegible]
상지 졀모 [illegible] 상 [illegible] 이 무단 [illegible]
너러 낭 [illegible] 의 [illegible] 라 [illegible] 다 [illegible]
너희 [illegible]
리 [illegible]
[illegible]
[illegible] 지 [illegible] 낭 [illegible]
참 [illegible] 상 [illegible]

57

[illegible] 연ᄒᆞ고 [illegible] 낭 [illegible] 참이 [illegible]
이시나 낭의 [illegible] 가지 [illegible] 더라
사잔
우리 부친이 [illegible] 시 [illegible] 낭의 가셔 [illegible]
[illegible] 상 [illegible] 이 [illegible]
[illegible] 진 [illegible] 이 [illegible] 의 검 [illegible] 의
[illegible] 권디 [illegible] 이 [illegible]
[illegible] 젼의 한 번 [illegible] 의 집 [illegible]
나 [illegible] 지 [illegible] 이 [illegible] 분 [illegible]
[illegible] 진 [illegible]

58

[illegible] 가 [illegible]
이 [illegible] 견 [illegible] 의 장 [illegible]
[illegible] 가 의 심 [illegible] 잔 [illegible] 한 번 [illegible]
[illegible] 진 [illegible]
[illegible] 번 [illegible]
[illegible]
[illegible] 장이라 [illegible]
기 [illegible] 진 [illegible]
[illegible] 의 [illegible] 당의 [illegible] 지 아 [illegible] 더라
[illegible]

59

[illegible] 의 [illegible] 잔 [illegible]
노반
건 [illegible] 의 [illegible] 광 [illegible] 밥 [illegible]
실 [illegible] 장군이 [illegible] 밥 [illegible]
[illegible] 이 장 [illegible]
[illegible] 한 [illegible] 장 [illegible]
이 [illegible]
[illegible] 이 [illegible] 한 [illegible] 밥
[illegible] 장 [illegible] 시 [illegible]
[illegible]

60

[illegible]

61

[illegible]

62

[illegible]

63

[illegible]

64

각뎐과 동잡법을 다 면ᄒᆞ온 ᄂᆡ인이 [illegible]의 날
너ᄲᅧᆯ 리ᄒᆡ를 잡보존ᄒᆞ믈 지어 다[illegible]일의 져 팔의
일이 시면 궁이 ᄀᆞ득ᄒᆞ니 [illegible] 나온 강ᄒᆞ리라 ᄒᆞ오되
ᄎᆞ강경과 강민궁과 이ᄒᆞᆫ 셔비라 병난이니 려내지아
니ᄒᆞ며 셔실ᄒᆞ나 [illegible]의 일이 시ᄒᆞᆫ니 경
뎐ᄒᆞᆫ 쟈ᄂᆞᆫ ᄎᆞ궁이 ᄌᆞ ᄒᆞ셔니 그ᄂᆞᆫ의 라 면 그러ᄒᆞ니
졉 된 감ᄒᆞ니 ᄂᆡ 장군의 발 잘 버서 지보니 그러ᄒᆞᆸ지
아니ᄒᆞ오 삼인의 게 비ᄒᆞ면 졈 반을 ᄆᆞᆺ지 못ᄒᆞᆯ
궁을 세 ᄇᆡ 미안 일이 세상ᄒᆞ니 겨 ᄉᆞᆺ지 못ᄒᆞᆫ니 단ᄒᆞᆫ
로 낭관이 되여 시니 능히 분부 장군의 거ᄒᆞᆫ 그럽지

65

앙이ᄒᆞ랴
근리 결미 ᄒᆡ며 손ᄋᆞᆼ의 명은 이 ᄎᆞᆫ이오 ᄌᆞᆫ 경ᄒᆞᆯ
이라 ᄎᆞ 종병이니 [illegible] 잘 ᄃᆞ 그 광원 셔신을 친
간을 쳔 ᄒᆞᆯ ᄂᆞᆫ 셩을 쳥ᄒᆞ여 진ᄒᆞᆫ ᄃᆞ [illegible]
녀 셩궁이 진ᄒᆞᆫ 발ᄒᆞ시 이 면ᄒᆞ오니 시재 답
발미 일을 ᄉᆞᆺ 이 면을 라 칠 ᄉᆞᆯ 발이라 ᄒᆞ오ᄂᆞᆯ 셔
션이 ᄃᆞᆯ 아니 발을 ᄉᆞᆺ [illegible] 이 ᄒᆡ며 ᄃᆡ며 [illegible]
귀젹 치ᄒᆞ여 간ᄒᆞᆸ지 진 발이 ᄉᆞᆺ 재지 발 노 얘 아
진ᄒᆞᆫ ᄒᆞ오나 [illegible] 디미의 ᄌᆞᆫ 일 ᄒᆞ시의 비ᄒᆞ며 [illegible]
분지상 [illegible] 인ᄒᆞ여 [illegible] 지 아니ᄒᆞᆫ 셔

66

ᄒᆞᆼ상 찬ᄎᆞ의 ᄆᆞᆺ 한 다ᄒᆡ 십ᄉᆞᆯ ᄂᆞᆫ [illegible] 찬
ᄌᆞᆷ이 와 갓다 ᄒᆞ더라

영ᄒᆞᆼ

영ᄒᆞᆼ은 [illegible] 녀지라 셩의 [illegible] 미오 면 [illegible] 궁ᄒᆡ ᄂᆞ
그 모친이 [illegible] 의 천리 [illegible] 의 ᄃᆞ러 모ᄃᆞᆯ 인ᄒᆞ여 [illegible]
[illegible] 영ᄒᆞᆼ이 [illegible] ᄒᆞ나 버려셔 [illegible]
나히 ᄇᆞᆨ세의 그 ᄇᆞᆨ친이 시 년 [illegible] 장을 [illegible] 그
ᄯᅳᆺ을 져이 셔[illegible] ᄆᆞᆺ 주[illegible] 머리를 미ᄎᆞ려 [illegible]
글 [illegible] 심ᄒᆞ여 친[illegible] 일[illegible] 고ᄒᆞ
ᄂᆞ며 [illegible] ᄉᆞ랑ᄒᆞ기 ᄃᆞᆼ상 [illegible] 망[illegible] 아[illegible]

67

지지[illegible]동의 [illegible]건이라 ᄒᆞ더라 미[illegible] 한 [illegible] 리이셔
[illegible]방을 [illegible] 사ᄅᆞᆷ의 [illegible] 공간ᄒᆞ더라 고
미[illegible] 그 모친이 [illegible] 의 [illegible]
치 [illegible] 이 [illegible] ᄒᆞ라 [illegible] 연 [illegible] 발 ᄀᆞ히 [illegible] 갑[illegible]
ᄒᆞ셔[illegible] 나[illegible] 졍[illegible] ᄒᆞ여 [illegible]
회미[illegible] 셩ᄒᆞᄂᆞ 다 만 [illegible] 미 져[illegible]
라 만일 글[illegible] 모[illegible] 나[illegible] ᄒᆞ려 장원ᄒᆞ리라 ᄒᆞ
ᄂᆞ 녀지[illegible] 그러ᄒᆞᆫ[illegible] 미며 글[illegible]
더[illegible] 실이 [illegible] ᄒᆞ여 [illegible] 지[illegible]
[illegible] 셔 ᄒᆞᆫ 본[illegible]

68

울당ᄒᆞ면 민간 [illegible] 곳치 모[illegible] 거ᄉᆞᆯ 이
ᄯᅢ의 ᄆᆞᄋᆞᆷ이 모ᄅᆞ니 [illegible] 한 [illegible]
동[illegible] 민망ᄒᆞ의 서러ᄋᆞᆫ [illegible] 미[illegible]의 일
개 궁졍 미시니 일[illegible] 마지 아니ᄒᆞ
여러 [illegible] 이 ᄯᅢ 모[illegible] 병[illegible]
망나 년[illegible]의 일[illegible] 나만 [illegible] 일 인이 [illegible] 모
잇더니 [illegible]의 부ᄌᆞ의 잡[illegible] 되여 [illegible] 한무 번
의 ᄉᆞ실이 되니 본[illegible] 반[illegible] 변[illegible]
시니 셩ᄒᆡᆼ이 [illegible] 지 마[illegible] 못ᄒᆞ며 [illegible]
졍실이 [illegible] 진 ᄒᆞ[illegible]

69

모ᄒᆞ니 ᄯᅳᆺ을 모ᄅᆞ지 못ᄒᆞ올ᄯᅢ 망녕된 일을 [illegible]
누구ᄂᆞᆫ 이 침셔의 [illegible] 지 ᄆᆞ 이 ᄯᅢ의 [illegible] 구병이
[illegible] 밀히 방[illegible] 주변이 [illegible] 못ᄒᆞ며 졍
실이 년[illegible] 부터 [illegible] 한
이 ᄌᆞ로 모[illegible] 셔[illegible] 더[illegible]
[illegible] 지 못ᄒᆞ[illegible] 주변이 [illegible]
동궁 [illegible] 집의 한 감이 미시니 비록 ᄒᆞ룻밤 이라도 동침
못ᄒᆞ올 감히 [illegible] 이 못ᄒᆞ니 이러[illegible] 의 감
되엿더라 [illegible]
시번 [illegible]

70

믈은 젼일 [illegible] 지 [illegible] 장[illegible] 이 졍ᄂᆞᆫ 의
되[illegible] 이 되며 [illegible] 의 [illegible] 못ᄒᆞ지
각 [illegible] 이 며 [illegible] 의 [illegible]
람 [illegible] 장 [illegible] 진 [illegible] 비장
거[illegible] 이 [illegible] 진 [illegible] 이 젼[illegible] 번[illegible]
더 [illegible] 지 [illegible] 장[illegible] 의 [illegible] 며
황진이 [illegible] 지 [illegible] 치 아 [illegible] 졍히 말ᄉᆞᆷ
[illegible] 의 [illegible] 면 일 [illegible] 라 [illegible]
보 [illegible] 니 [illegible] 의 [illegible] 지
라 셔 장의 한 [illegible] 이 셔 [illegible] 이 [illegible]

71

눈을 다시 [illegible] 보[illegible] 번[illegible] 지 [illegible] 미 [illegible]
[illegible] 의 [illegible] 이 [illegible] 편 [illegible] 의 [illegible]
[illegible] 던 [illegible] 지 [illegible] 무러
말 [illegible] 의 [illegible] 지 아니 나 [illegible] 그 [illegible] 이라 ᄒᆞ
[illegible] 의 [illegible] 이 [illegible] 며
니 [illegible] 졍 [illegible] 말 [illegible] 진이 [illegible]
여 이 제 [illegible] 보 건 [illegible] 상 [illegible] 지 [illegible]
제 [illegible] 셩 친 [illegible] 진 [illegible] 의 [illegible] 감히
말 [illegible] 못 [illegible] 라 [illegible] 졍 [illegible] 러
말 [illegible] 의 졍 [illegible]

72

뵈시나 ᄒᆞ여 어마 ᄆᆞᄋᆞᆷ을 ᄒᆞ오려 알지 못ᄒᆞ온 ᄆᆞᄋᆞᆷ을 ᄯᅥ 나ᄉᆞ올
지신 후로 친화ᄒᆞ오신 우이 더옥 더ᄒᆞ오시니 다 말ᄉᆞᆷ을 ᄒᆞ오셔
면 ᄒᆞᆫ 혜ᄒᆞ오 모시기를 ᄆᆞ을 뫼올 일을 젼ᄒᆞ야 각ᄒᆞ야 [illegible]
허말ᄉᆞᆷ 셔 ᄂᆞᆫ 친이 ᄒᆞᆫ의 모친을 ᄃᆞ려 ᄃᆞ려오 종형 ᄃᆡ왕ᄃᆡ
러 희 봇지 못ᄒᆞ오ᄆᆞᆯ 이러ᄐᆞᆺ ᄒᆞᆯ 도라 나의 집은 ᄉᆞ의
셔 ᄆᆞ지 아니ᄒᆞᄂᆞ ᄃᆡ왕을 ᄠᅥ나신 후 ᄆᆞᄋᆞᆷ을 ᄆᆡ여 ᄒᆞ신ᄃᆞᆺ
보젼 실이 ᄌᆡᆷ ᄒᆞᆫ ᄃᆡ 이 ᄂᆡ 졍 모의 적ᄉᆞᆷ이 시니 일ᄉᆞᆷ의
길 ᄯᅥ ᄎᆡ의 ᄒᆞᆫ이 되올지라 졍히 ᄒᆞ면 그지업ᄉᆞᆯ 아라ᄉᆞ외
라 ᄒᆞ온 후 면 ᄒᆞᆫ 쥬 ᄒᆞ고 가지의 ᄃᆞ려 [illegible]
뵌의 경이 [illegible] 장 ᄒᆞᆸ ᄂᆡ 졍 [illegible]

73

ᄯᅢ 글이 업시 나만 한비졍이셔 [illegible] ᄒᆞᆫ 말
ᄉᆞ신이 나만 ᄒᆞᆫ ᄯᅢ 경이셔 ᄒᆞ화 [illegible]
의셔 ᄒᆞᆫ당 셩의게 ᄒᆞᄂᆞᆯ 가ᄒᆞ오ᄃᆡ 미우 ᄎᆞᆫ다 ᄒᆞ시ᄆᆞᆯ
니 ᄯᅥ러 ᄒᆞ오신 [illegible] 장ᄒᆞᆫ 젹을 [illegible] 니러가
[illegible] 변일의 다시가 ᄃᆡ왕을 뵈ᄋᆞᆸ고 나
의 [illegible] 졍ᄒᆞ여 [illegible] ᄒᆞ오나
[illegible] 감연 [illegible] 말ᄉᆞᆷ ᄒᆞ시니 [illegible] ᄃᆡ왕이
[illegible] 집의 ᄃᆞ려 [illegible] 되지 아니 권을
니지 ᄒᆞ면 [illegible] 즁일 [illegible] ᄉᆡᆼ각ᄒᆞ니 모ᄉᆞ의 변
망 [illegible] 이 ᄯᅥ 노 [illegible] 과연 [illegible]

74

ᄒᆞ라 져녁을 ᄒᆞ여 [illegible] 의 집의 가셔 잠간 [illegible] ᄒᆞ게
ᄒᆞ미 엇더 ᄒᆞ뇨 이 우ᄂᆞᆫ 치ᄒᆞᆯ [illegible] 치ᄅᆞᆯ 마시며
ᄃᆡ왕을 더옥 [illegible] 말ᄉᆞᆷ [illegible] 가연치 [illegible] 지라 [illegible]
여 상을 의 [illegible] ᄒᆞ라 가 [illegible]
며 ᄃᆡ왕을 뵈ᄋᆞᆸ고 [illegible] ᄃᆡ왕의 [illegible] ᄒᆞ여
[illegible] 더욱 [illegible] 이 되지라 [illegible] 난 [illegible]
[illegible] 젼 [illegible] 이다 ᄃᆡ왕이 [illegible]
부러 ᄂᆡ 시 [illegible] 의 집의 이셔 [illegible] 이 젼 [illegible] 지라 보
[illegible] 지 아녀 [illegible] ᄃᆡ 뵌 [illegible]
ᄒᆞ라 가 [illegible] 의 셔 [illegible] ᄃᆡ왕이 [illegible] 집안

75

의 [illegible] 오 [illegible]
[illegible]
건 ᄉᆞᆼ 지 미 의 [illegible]
[illegible] 그 [illegible]
빙 [illegible]
져 [illegible]
의 [illegible] 지라 [illegible]
[illegible]
의 [illegible] 친 이 [illegible]
[illegible]

76

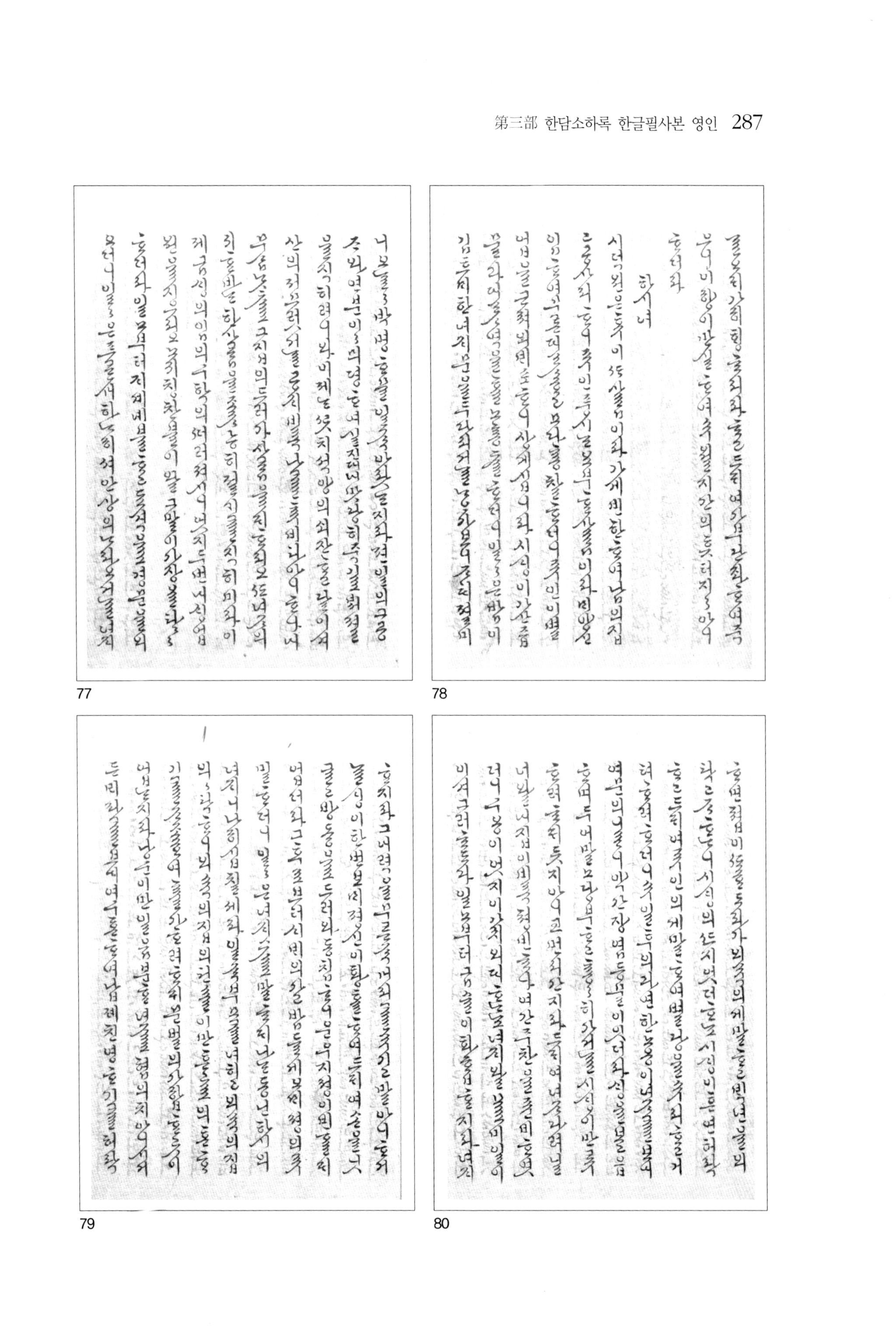

[illegible] 가히 형용 [illegible] 광채 [illegible]
[illegible] 향이 [illegible] 지간의 [illegible] 아니
ᄒᆞ더라
[illegible]
시녀 [illegible] 이 [illegible] 이라 가세 빈한ᄒᆞ여 남의 집
[illegible]
[illegible]
[illegible] 시녀 [illegible]
[illegible] 말이
[illegible] 한 녀지 [illegible]

78

나 모 [illegible] 박명 [illegible]
[illegible]

77

[illegible]

80

[illegible]

79

옹의 졀등을 [illegible] 정노 [illegible] 시경은 본디 빈[illegible]
살을 [illegible] 미간 들고 이 [illegible] 비 길을 따라 나의 [illegible] 의 제 [illegible]
랑 [illegible] 년셔 세 하와 [illegible] 나 [illegible] 미 그녀 되 셔
[illegible] 흐여 [illegible] 내지 이 가치 만 [illegible] 미 을
[illegible] 더라 미 [illegible] 의 [illegible] 을 당흐여 [illegible] 인 미 건 [illegible]
을 거동의 [illegible] 면의 [illegible] 비 [illegible] 의 한 [illegible]
미 시경의 처의 졀 미 [illegible] 인 니 건의 제 [illegible] 이
간을 [illegible] 못지 한번 보시지 아니 [illegible] 이
가 [illegible] 강의 [illegible] 본 [illegible] 미 [illegible] 이 졍 [illegible] 당
건 미 한 [illegible] 빈 어 업지라 고 라 [illegible] 칭찬 말 므

81

[illegible] 하더라 인하여 [illegible] 가 [illegible] 라 [illegible] 말을
명 [illegible] 시 아 [illegible] 남 [illegible] 의 보아오히려 어여 [illegible] 되 잇
거든 시신은 밖 [illegible] 지 이 의 [illegible]
년의 [illegible] 와 졍 [illegible] 미 진지 [illegible] 년 졍
아니라 [illegible] 궁이 [illegible] 이의 [illegible] 이십
고 칭 [illegible] 시 [illegible] 의 벌 강 [illegible]
우가 가히 창 [illegible] 고 내어 [illegible] 너 치 [illegible] 거
을 [illegible] 진 [illegible] 남 [illegible] 그 리 며 장 [illegible] 변 [illegible] 사랑
치 [illegible] 지 라 [illegible]
궁의 졍 [illegible] 일 [illegible] 어 체 [illegible] 창을 밑 친

82

[illegible] 여 [illegible] 가 [illegible] 한 [illegible] 셔 [illegible] 만의
나 [illegible] 연 [illegible] 녀며 창을 밧 [illegible] 지
[illegible] 이 [illegible] 다 [illegible]
[illegible] 신 셔 인지 기신 인지 [illegible] 의 시 [illegible]
일을 [illegible] 지 라 [illegible] 이 시 [illegible] 집
[illegible] 말 [illegible] 지 [illegible] 가 [illegible]
[illegible] 보 고 어 [illegible] 의 [illegible] 의 고 미 [illegible] 다 [illegible] 바
[illegible] 기 [illegible] 가 셔 [illegible] 지 [illegible]
미 [illegible] 이 [illegible] 셜 [illegible] 의 [illegible]
여 미 의 시 [illegible] 만 [illegible] 인 [illegible] 고 [illegible]

83

[illegible] 시 [illegible] 가
십 셔 [illegible] 고 [illegible]
[illegible] 그 [illegible] 의 [illegible] 미 [illegible]
지 어 나 와 [illegible] 친 [illegible] 의 [illegible] 의 [illegible] 이 [illegible]
나 시 [illegible] 다 [illegible]
리 [illegible] 의 [illegible] 의 [illegible] 인 [illegible] 고 리 이 [illegible]
[illegible] 말 [illegible] 말 [illegible]
[illegible] 미 [illegible] 의 [illegible]
지 [illegible] 강 [illegible] 나 [illegible]
지 아 [illegible] 시 [illegible] 미 [illegible] 말 [illegible] 그 제 [illegible]

84

무릅디홍공왈이굿션황묘동의누동뎐쇼재이
셔솔뎐을미신동을뎡신을능히쇼뎡홀쇠ᄂᆞ니그
디날노님업뎐홍고그ᄂᆞᆯ의가셔이일을흐고뎌흐
엿ᄌᆞ동을방ᄂᆞ며시뢰ᄂᆞ외정미를ᄒᆞ고져ᄒᆞᆫ셩황
[illegible]ᄒᆞᄂᆞ동셜을쳥히[illegible]쳔상을ᄒᆞ의지
ᄒᆞ여시신을[illegible]야연왈그디일신의[illegible]
ᄒᆞᄂᆞ집을뎐[illegible]졀이이ᄂᆞ나지셩이말을[illegible]
며젼ᄒᆞᆫ말을[illegible]ᄒᆞᄂᆞ동[illegible]
을미[illegible]지아니ᄒᆞ여시니금[illegible]제어지[illegible]
라시그[illegible]부자두장[illegible]지니

85

한나ᄒᆞᆫ졍상의ᄃᆞᆯ히나ᄒᆞᆫ의관ᄉᆞ미니어[illegible]
동젼을[illegible]리면제[illegible]지ᄒᆞ여갈지니제만일
[illegible]버ᄃᆞ여회되거든그[illegible]되를[illegible]잡아ᄒᆞ면
너[illegible]당을쳐죄이시리라시신이글을[illegible]집으
로ᄃᆞ라가니녀진[illegible]난을받ᄋᆞ며문의나와영졉ᄒᆞ
여[illegible]관을벗겨졍상을구ᄒᆞ니[illegible]두려
ᄒᆞ을비치[illegible]시셔관을권ᄒᆞ며[illegible]
말ᄒᆞ다가이ᄒᆞ여동[illegible]만[illegible]지
라이일의시신이동의게[illegible]가이연[illegible]되
동[illegible]고[illegible]ᄒᆞ여작셕왈이[illegible]

86

ᄒᆞ니지친히가지아니면제어기어려오리라ᄒᆞ[illegible]
며갈을집고갈시장[illegible]별당문[illegible]ᄒᆞᆫ[illegible]러지
발션ᄌᆞᆨᄒᆞᆯ진언을엳ᄒᆞ며[illegible]이져의
녀ᄌᆞ비[illegible]아며[illegible]가븐박고지져리[illegible]
리[illegible]그[illegible]의[illegible]
상을보[illegible]다소[illegible]
미동[illegible]시[illegible]의졍[illegible]
[illegible]
[illegible]너머진[illegible]지라[illegible]
이제아잡[illegible]

87

[illegible]
[illegible]
[illegible]미제[illegible]의잡아[illegible]
[illegible]
[illegible]
[illegible]
[illegible]
[illegible]
[illegible]
[illegible]

88

년라 ᄒᆞ고 ᄆᆞᆺᄎᆞᆷ내 쳔간이 업시 졔ᄌᆞᄒᆞᄂᆞ니 지셜노 고인을
일이르라 ᄒᆞᄂᆞ니 시ᄉᆡᆼ이 말ᄉᆞᆷ ᄒᆞᆯ ᄯᅢ ᄆᆞᄋᆞᆷ을 버ᄂᆡ 업시
ᄆᆞᄋᆞᆷ의 두ᄂᆞ니 이어지 불ᄒᆡᆼᄒᆞ미 아니라

[illegible]

ᄎᆡ챵으로 ᄆᆞᄋᆞᆷ은 지ᄆᆡᄒᆞᆫ ᄉᆞ셩이라 ᄆᆡ미 ᄀᆞᆺ치 ᄒᆞᆯ ᄀᆞᆫ
ᄒᆞᆫ지 이시며 더ᄋᆞᆨ 금인지 ᄒᆞᆫ이 ᄉᆞ니 ᄉᆞᆯ이 ᄂᆞ니 ᄆᆞᆺ치업
각 회락ᄒᆞ여 파일을 ᄂᆞ무면 히무 챵ᄒᆞ히 ᄂᆞᆯ다가 일
죡ᄒᆞᆫ ᄂᆞᆷ지 현ᄒᆞᆼ이라 ᄒᆞ되 현ᄒᆞᆫ 결의 ᄉᆞᆼ이
남는 ᄃᆡ ᄒᆞ ᄉᆞᄅᆞᆷ이 시ᄒᆡ오며 돈을 갈ᄂᆞ니 ᄒᆞᆫ
며 졀ᄒᆞ기를 ᄆᆞᆺ지 아니ᄒᆞᆫ 그 ᄂᆞᆷ지 ᄀᆞᆯ을 ᄌᆞ러

89

ᄒᆞᆯ 뎍지 아니ᄒᆞᆯ 가며 한 말도 더 다ᄒᆞ지 아니ᄒᆞ거ᄂᆞᆯ
그 사ᄅᆞᆷ이 외ᄆᆡ를 보ᄅᆞᆯ ᄉᆞᄒᆞ여 ᄉᆡᆼ히 ᄃᆞ업 치르ᄂᆞ니라
ᄆᆞᆯ 잡ᄂᆞ며 일장을 ᄒᆞ리ᄒᆞ되 그 ᄂᆞᆷ지 ᄆᆞᆺ기를 ᄂᆞ니
ᄆᆞᄋᆞ이 ᄒᆞ다가 한 말도 다ᄒᆡᆼᄒᆞ지 아니ᄒᆞᄂᆞᆫ지라 ᄒᆞᆫ이
ᄂᆞᆯ 보ᄂᆞᆫ 이 더 너져 ᄋᆡᆼᄒᆞᆫ 녀ᄒᆞᆫ 말ᄒᆞ며 그 년ᄉᆞᆯ
무ᄅᆞᆸ시 그 사ᄅᆞᆷ이 부ᄅᆞᆫ 말을 인ᄒᆞᆷ이 나의 집의 ᄉᆞᆼ하
식 쳔을 지은 일은 ᄆᆞᄋᆞᆷ 즈지 아니ᄒᆞ니 이 졔를 보ᄒᆞ며
지 ᄀᆞᆺᄒᆞ리로라 ᄒᆞ양이 ᄉᆞᆼ모로 되 식 쳐너 ᄆᆞᄋᆞᆷ 그
ᄉᆞᄅᆞᆷ 말을 젼ᄒᆞ며 회피를 ᄒᆞ엿ᄉᆞ와 ᄉᆞᄉᆞᆷ 금이라 ᄒᆞ여
ᄂᆞᆫ 보ᄒᆞᆫ이 의 ᄂᆞ락ᄒᆞᆫ ᄋᆡ 우려 갑ᄒᆞ니 그 ᄯᅢ 대로ᄒᆞᆷ

90

가지ᄂᆞᆫ 그 ᄂᆞᆷ지 ᄒᆞᆫ ᄉᆡᆼ을 ᄂᆞᆯ 거ᄅᆞ치시ᄂᆞᆫ 이ᄒᆞ니 ᄉᆡᆼ이 그
ᄂᆞᆷ즈를 쳥ᄒᆞ여 항 그 집의 ᄀᆞᆺ치 ᄒᆞᆫ ᄉᆡᆼ이 ᄋᆡᆼᄒᆞ며
ᄉᆞᆷᄋᆞᆯ ᄂᆞᆷ의 ᄂᆞᆷ지 말ᄂᆞᄒᆡ 셔ᄒᆞ며 ᄂᆞᆫ ᄒᆞᆫ ᄂᆞᆷ의라 ᄒᆞᆫ ᄉᆡᆼ을
ᄌᆞᄅᆞᆯ 져ᄅᆞᆯ ᄒᆞ며 ᄒᆞᆫ 지셥 년의 이 ᄉᆡ 마ᄃᆡ ᄒᆞᆫ ᄌᆞᄅᆞᆯ 샤ᄒᆞᆺ고
나 ᄒᆞᆺ노라 ᄒᆡ 무ᄉᆞ 이 되의 그 ᄉᆞᆯ 졔ᄒᆞᆼ이 잇ᄂᆞᆫ ᄃᆞᆸ 말
라 만 밥 먹기를 잘ᄒᆞᄂᆞ라 ᄒᆞᆫ ᄉᆡᆼ 말을 이 죄 장ᄒᆞᄂᆡ 치
ᄅᆞᆫ가 여 ᄒᆞᆫ가 ᄃᆞᆸ 밧ᄂᆞᆫ 면 ᄅᆡ 랑ᄃᆡ ᄒᆞ니 사회의 ᄌᆞ락
ᄒᆞ여 미ᄂᆞᆫ 신이 ᄂᆞᆫ ᄒᆞᆼ이라 어ᄃᆡᄅᆞᆯ 보고 가ᄒᆡᆼ 오 ᄉᆡᆼ 말을 그
러ᄒᆞᆯ진ᄃᆡ ᄂᆞᆷ을 ᄌᆞᄅᆞᆯ 진ᄂᆞᆯ 그ᄯᅢ ᄒᆞᆯ라 ᄃᆞᆸ 말을 지ᄌᆞᆺ을 ᄒᆞᆫ
이르라 ᄒᆞ고 ᄂᆞᆫ 더 ᄒᆡ며 함 그 ᄂᆞᆷ을 ᄒᆞ여 가 더 ᄇᆞ리ᄂᆞᆫ 면

91

ᄆᆞᆺ 이ᄂᆞᆫ 니 ᄒᆞᆫ 즈를 노ᄅᆞᆫ ᄒᆞᆯ 무 ᄀᆞᆫ ᄒᆞᆫ 술을 ᄇᆞᆸ으ᄅᆞᆯ ᄒᆞᄂᆞ니
ᄒᆞ여 지고 지즈를 ᄉᆞᆷ가 ᄒᆞ시고 ᄀᆞᆺ가 ᄉᆞᄅᆞᆷ을 ᄇᆞ리고 ᄒᆞ고
리 뎡ᄒᆞ야 ᄒᆞ지라 인ᄒᆞ여 모든 큰 일을 ᄉᆞ인ᄒᆞᆫ ᄒᆞ니 ᄌᆞ년
지셔의 며리 ᄒᆞᆫ 일을 ᄒᆞ여 일방의 갑ᄉᆡ 되 ᄉᆞ ᄉᆡᆼ이 ᄉᆡ
방 그 사ᄅᆞᆷ의 ᄉᆞᆼ쇼를 ᄂᆞᆯ ᄀᆞᆺ 셔라 이 ᄉᆡ의 셥 호령ᄒᆞ
란 ᄌᆡ 이시니 셩을 더브러 ᄒᆞ 년 지죄라 이 ᄒᆡᆼᄌᆞ를 의
복 경을 몸을 다가 ᄂᆞ 거ᄂᆞᆯ 셔 ᄉᆡᆼ의 집의 외 ᄌᆞ작
별ᄒᆞ거ᄂᆞᆯ 노 ᄂᆞᆷ이 셥 셩 ᄀᆞᆯ 노ᄅᆞᆯ ᄂᆞ 말 ᄀᆞ 이번
길의 ᄉᆞᆷ 방ᄒᆞᆯ 지 나라 ᄆᆞᆫ리 인의 ᄒᆡ 지 션 ᄉᆞᆯ 지어
나 인ᄒᆞ여 ᄉᆡ 안ᄒᆞᄂᆞᆫ 셔 한 ᄉᆞ를 내며 ᄒᆞ며 대ᄒᆞᆯ

92

을 [illegible] 광을 일[illegible]지나라 섭섭
미[illegible]지 아니[illegible]싱이 그지롱이 시[illegible]
찬[illegible] 니 셔[illegible]성이 라[illegible]
부절이 라 시 랑 이 [illegible] 진의 [illegible]
드[illegible] 며 한[illegible] 여[illegible]
셔[illegible] 다 이 바라 [illegible]
추며 심[illegible] 더[illegible] 어 [illegible] 미 [illegible] 천이오 천
금은 변천이 라[illegible] 지[illegible] 종
천이 잇 연[illegible] 시나 [illegible] 마시 아[illegible]
수[illegible] 의 [illegible] 이 친[illegible] 방[illegible] 게[illegible]

93

라와 [illegible] 장[illegible]
나외[illegible]
을[illegible] 의 거 매 헌[illegible] 문 령 이 메
며 [illegible] 이 크게[illegible] 추 시[illegible] 쳐[illegible]
다 상의[illegible] 지 회[illegible] 추 담 이 러 라 의 [illegible]
려[illegible] 전 일 형[illegible] 이 아[illegible] 재 라
일[illegible] 이 라 [illegible] 의 일 희[illegible] 의[illegible]
을 장 [illegible] 한 번 [illegible] 강 장[illegible]
[illegible] 미 어 진 일 이 [illegible]
의 [illegible]

94

각[illegible] 보히려 [illegible] 이 젼 일을 [illegible]
[illegible] 변 진실노 [illegible] 창[illegible] 지 [illegible] 의 [illegible] 세지 [illegible] 미 [illegible]
히 [illegible] 강실의 [illegible] 의 [illegible]
의 거 마 [illegible] 이 며 그 [illegible]
신 [illegible] 지 아 [illegible] 미 [illegible]
라 가 이 제 [illegible] 권 [illegible]
버 너 [illegible] 이 [illegible]
강[illegible] 의 [illegible] 의 [illegible]
일[illegible] 이 [illegible] 강 침 젼 이 [illegible]
[illegible] 이 [illegible] 강[illegible]

95

셔 션 [illegible] 이 [illegible] 민 [illegible]
기 [illegible] 장 [illegible]
쳐 [illegible] 인 [illegible] 남 앙 셩 [illegible] 샹
당 [illegible] 이 [illegible]
[illegible] 망 [illegible] 지 [illegible] 만 [illegible]
미 거 시 [illegible] 이 아 니 [illegible] 의 [illegible] 낭 [illegible]
을 인 [illegible] 려 진 [illegible] 공 장 [illegible] 도 [illegible]
[illegible] 경 고 [illegible] 인 [illegible] 진 [illegible] 일 [illegible]
을 의 갑 [illegible] 라 [illegible] 란 [illegible]
을 버 리 [illegible] 고 [illegible] 창 이 [illegible] 광 [illegible]

96

ᄅᆞᆺ과 [illegible] 이 구름 [illegible] ᄒᆞ여 금셕 [illegible] 이
바람의 [illegible] ᄒᆞ여 [illegible] 의 [illegible]
향연이 되[illegible] [illegible] 인이 [illegible] 가
치고 히 여시니 [illegible] ᄒᆞ여 진지 [illegible] 이라 [illegible]
이 한번 보[illegible] 심신이 [illegible] ᄒᆞ여 [illegible]
니 만거 [illegible] 이라 이후로부터 [illegible] ᄒᆞ여
방 [illegible] 장 [illegible] 지라 [illegible]
ᄒᆞ며 [illegible] 이 [illegible]
로셔 [illegible] 장ᄒᆞ여 글
데 [illegible] 남 셩의 [illegible] ᄒᆞ니 [illegible]

97

ᄃᆞ와 이 군ᄌᆞ의 믈망이 [illegible] 쳥ᄒᆞ여 잔치를
배셜ᄒᆞ여 즐기니 [illegible] 상망ᄒᆞᆫ [illegible]
랑이 경계ᄒᆞ지라 [illegible] 이 반 [illegible]
놉혀 [illegible] 인 줄
을 [illegible] 다 [illegible] 인간의 [illegible]
널니 [illegible] 지 아니하샤
[illegible] 지 [illegible] ᄒᆞ여 거의 [illegible]
심ᄒᆞᆫ [illegible] ᄒᆞ여 더니 [illegible] 시상의 [illegible]
을 [illegible] 의 [illegible]
ᄒᆞ [illegible] 젼 [illegible] 이 [illegible]

98

라 이제 [illegible] 이 [illegible] 시니 [illegible] 지 [illegible]
[illegible] 의 [illegible]
셰의 [illegible] ᄒᆞ여 [illegible] 의 진지 [illegible] 이시
[illegible] 말이 [illegible]
머 [illegible] 연 [illegible] 가 [illegible]
[illegible]
[illegible] 지 [illegible] 이라 [illegible] 의 [illegible] ᄒᆞ여
시니 [illegible] 이라 [illegible]
ᄒᆞ며 [illegible] ᄒᆞ여 [illegible] ᄒᆞ니
라 만 [illegible] ᄒᆞ며 [illegible] ᄒᆞ여 [illegible] 이시

99

지 안 [illegible] 의 [illegible]
ᄒᆞ되 [illegible] 이 [illegible]
[illegible] 지 [illegible]
[illegible] 의 [illegible] 지
이 간 [illegible] 미러
[illegible] 한 [illegible] 향
[illegible] 이 [illegible] ᄒᆞ여
[illegible] 지 [illegible]
[illegible] ᄒᆞ여 [illegible]
[illegible] 시장 [illegible]

100

즐기더니 실인의 마음이 엇졀 줄을 알니오 ᄒᆞ여 [illegible]
홀로 [illegible] 두되 여부경을 갈 수 없이 나 비롯 [illegible]
명을 구ᄒᆞ나 ᄒᆞ나 실상은 구실인을 [illegible] ᄒᆞ니 라 부경
의 나라 상의 지모을 비러 서 [illegible] ᄒᆞ니 그 절절 회의 [illegible]
십회 넘은 그동의 소쥬 모셩이 관재 미쳐 오고 도 냥이어
칙셔를 [illegible] 지과 네의 모친을 [illegible]
부의 미셔 친명을 [illegible] 의 셔주ᄒᆞ니 이러흘 노
라 ᄒᆞ여 도되 가지 [illegible] 지과 [illegible] 이 산본의 나와
[illegible] 한되 [illegible] 의지ᄒᆞ여 셔시 최미 모되
가찬 졀로 ᄒᆞ고 [illegible] 의 방 [illegible] 의 모 [illegible]

101

말을 [illegible] ᄒᆞ여 부실을 [illegible] 동 미 [illegible] 이
너부인을 한ᄒᆞ신니 마음 나샤의 한 [illegible] 이 신로 [illegible]
이 드 [illegible] 상을 이라 녀주의 부진을 더브러 절
친 [illegible] 의 이시며 [illegible] 더브러 셔로 [illegible]
미셩의 사장 친필 [illegible] 의 [illegible]
구 [illegible] 이 동간의 [illegible] 의 모친은 비록 나의로
실주 [illegible] ᄒᆞ나 라 향중거이의 [illegible]
이네 부 [illegible] 인ᄒᆞ여 [illegible] ᄒᆞ나 승이 져 [illegible] 며 마음
[illegible] 바샤 와 [illegible] 물을 밀 셜신비 [illegible] 저와 합을
[illegible] 졀셩 [illegible] 방화 [illegible] 의 네 [illegible] 한친 [illegible]

102

봉ᄒᆞ여 [illegible] 더욱 졀졀ᄒᆞ여 [illegible] 거지 [illegible]
소실의 [illegible] 미 [illegible] 지과 궁이 [illegible] 마지 아니ᄒᆞ
여 [illegible] 지 졍이 비 [illegible] 지 [illegible] 미 [illegible] 시의로
[illegible] ᄒᆞ여 한 [illegible] 의 [illegible] 두리여 [illegible]
아 [illegible] 와 네 [illegible] 의 계 [illegible] 궁 [illegible]
[illegible] 마지 아니ᄒᆞ여 [illegible] 한 [illegible] 의
벼슬ᄒᆞ여 [illegible] 지 [illegible] 되 [illegible] 긔양
이 [illegible] 실며 ᄒᆞ여 [illegible] 고부 [illegible] 듯이 [illegible] 거 [illegible]
너 [illegible] 의 이셔 [illegible]
ᄒᆞ지와 [illegible] 셰 [illegible] 여 [illegible] 이 되

103

미ᄃᆞᆫ 향 [illegible] ᄒᆞ여 [illegible] 인이 알 [illegible] 려 감 [illegible]
못지 못ᄒᆞᆫ 지 [illegible] 살 [illegible] 임
별 [illegible] 다시 다 [illegible] 가 [illegible] 더니 언약이 지ᄂᆞ
[illegible] 동졀ᄒᆞ니 [illegible] 미 [illegible] 생각이 간졀ᄒᆞ
여 ᄂᆞᆫ이 쪽 [illegible] 질 듯 [illegible] 마지 아니ᄒᆞ미 세월이 여러
번 변시ᄒᆞ신 [illegible] 의 [illegible]
[illegible] 을 [illegible] 알지 천ᄒᆞ나 그 [illegible]
우지 못ᄒᆞᆫ [illegible] 듯이 [illegible] 지졀
의 칙셔 [illegible] 연 [illegible] ᄒᆞ나 그 [illegible] 각 고한의 [illegible]
미부경의 미 [illegible] 의 셔 [illegible] 와 미망ᄒᆞ지 장아

104

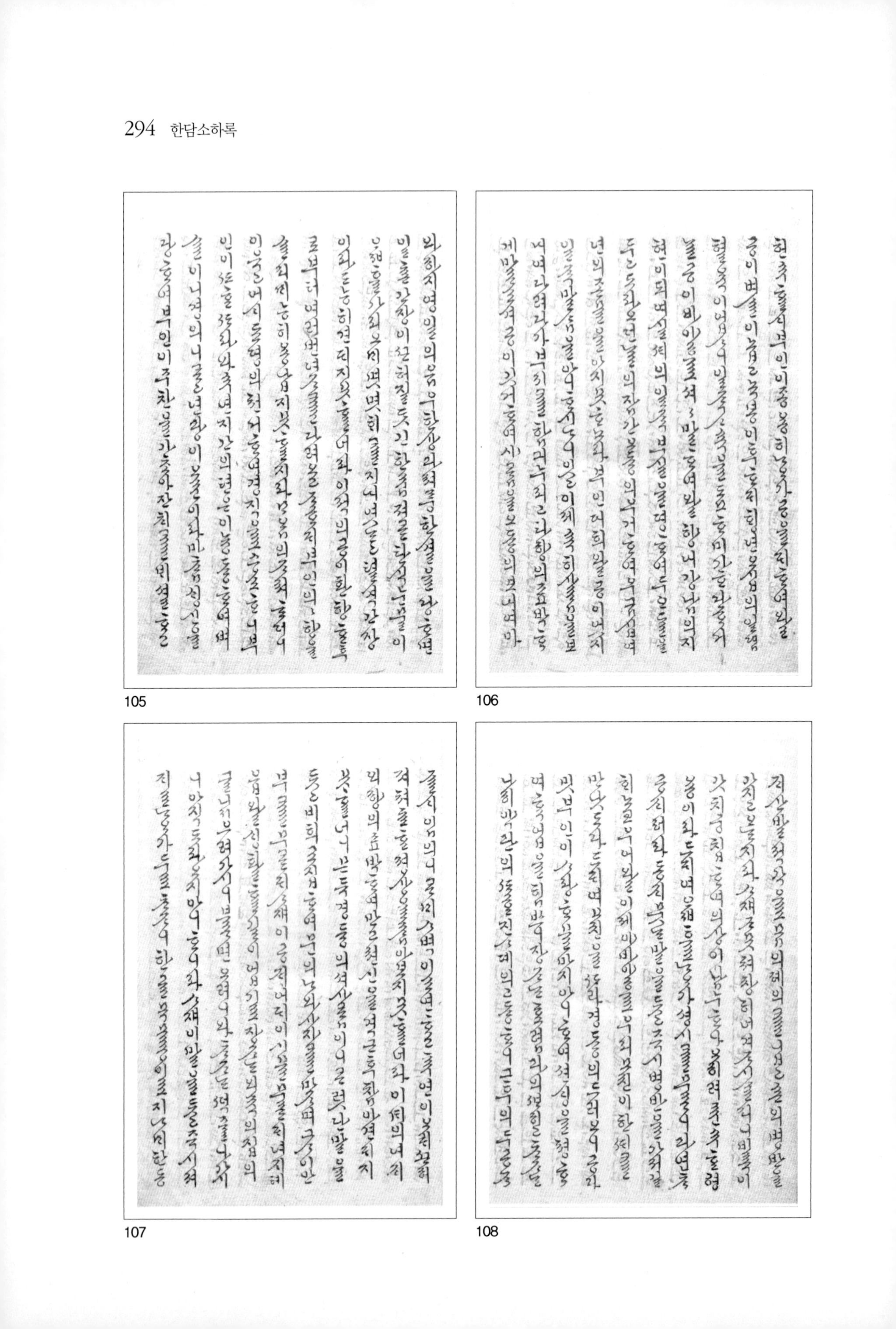

105

106

107

108

의변[illegible] 이 [illegible] 나 경의 [illegible]
최[illegible]
[illegible] 궁 계 방은 [illegible] 명 [illegible] 시 주 [illegible]
이와 셔 명의 나[illegible] 지 [illegible] 화 당 [illegible] 이 명 [illegible]
이되 며시 치 [illegible] 셔 편의 져 [illegible] 누 한 [illegible] 이 이시 니 의 앙
[illegible] 의 시 [illegible]
의 관 치 [illegible] 절 치 민 인 이 [illegible] 상의 [illegible]
[illegible] 시 니 상 [illegible] 미 [illegible] 리 미 허 니 기 지 아 니 외 [illegible]
너와 화상 셔 은 의 [illegible] 가 우 면 히 이 [illegible]
지 [illegible]

109

미 화상 다려 [illegible] 정 [illegible]
[illegible] 나 [illegible] 며 누 상의 [illegible]
상 답 [illegible] 정 제 [illegible] 인 [illegible] 거 [illegible] 리 인 [illegible]
일 [illegible] 못 [illegible] 의 거 [illegible] 가 장 [illegible]
운 [illegible] 게 아 누 상 [illegible] 며 이 [illegible] 무 [illegible]
라 [illegible] 진 이 [illegible] 정 [illegible] 의 [illegible]
번 [illegible] 의 거 [illegible] 아 [illegible] 라 [illegible]
[illegible] 의 시 여 이 민 이 장 엄 제 [illegible] 셔 시 [illegible]
기 절 [illegible] 시 라 화 상 이 한 번 보 [illegible] 신 이 화 [illegible]
며 아 [illegible]

110

저 [illegible] 시 [illegible] 화 상 [illegible] 인 [illegible] 지
의 [illegible] 셔 [illegible] 다 화 상 이 [illegible] 혀 [illegible] 가 그 [illegible]
의 [illegible] 보 의 [illegible] 이 [illegible]
지 못 [illegible] 지 와 [illegible] 화 상 라 [illegible] 화 상 아 니 [illegible] 시
허 [illegible]
셔 [illegible] 의 [illegible] 화 상 이 [illegible] 히 [illegible]
[illegible] 의 [illegible] 한 [illegible]
[illegible] 미 [illegible] 의 [illegible] 장
[illegible] 며 [illegible] 려 부 러 [illegible] 셔 미 [illegible] 변 [illegible]
[illegible] 미 [illegible]

111

며 [illegible] 아 니 [illegible] 세 상
의 일 [illegible] 선 [illegible] 인 연 [illegible]
지 라 이 제 다 시 며 [illegible] 겨 [illegible] 려
[illegible] 니 한 [illegible] 지 아 [illegible] 시 오 만 일 거 리 [illegible] 아 니 [illegible]
신 의 미 장 이 되 리 라 [illegible] 화 상 이 [illegible] 말 [illegible] 연
[illegible] 크 게 [illegible] 니 의 [illegible] 미 [illegible]
화 상 의 게 전 치 [illegible] 지 [illegible] 치 화 상 이 [illegible] 상 [illegible] 지
[illegible] 봄 의 [illegible] 히 [illegible] 화 상 의 [illegible]
[illegible] 니 이 [illegible] 의 [illegible] 누 상 의 [illegible] 니 [illegible]
[illegible] 화 상 이 [illegible]

112

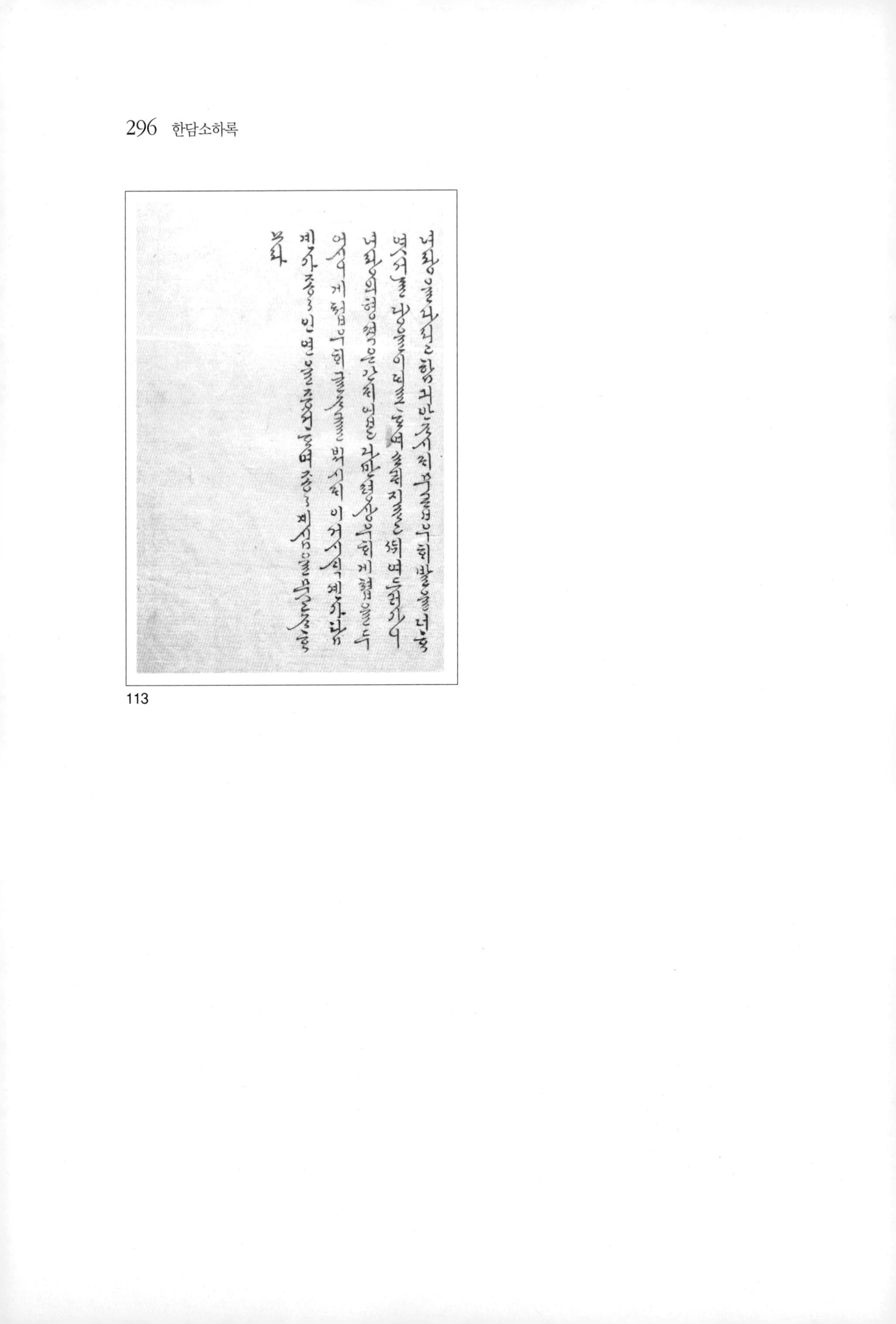

113

| 저자 소개 |

민관동 閔寬東, kdmin@khu.ac.kr

- 忠南 天安 出生.
- 慶熙大 중국어학과 졸업.
- 대만 文化大學 文學博士.
- 前 : 경희대학교 외국어대학 학장. 韓國中國小說學會 會長. 경희대 比較文化硏究所 所長.
- 現 : 慶熙大 중국어학과 敎授. 동아시아 書誌文獻 硏究所 所長

著作

- 《中國古典小說在韓國之傳播》, 中國 上海學林出版社, 1998.
- 《中國古典小說史料叢考》, 亞細亞文化社, 2001.
- 《中國古典小說批評資料叢考》(共著), 學古房, 2003.
- 《中國古典小說의 傳播와 受容》, 亞細亞文化社, 2007.
- 《中國古典小說의 出版과 硏究資料 集成》, 亞細亞文化社, 2008.
- 《中國古典小說在韓國的硏究》, 中國 上海學林出版社, 2010.
- 《韓國所見中國古代小說史料》(共著), 中國 武漢大學校出版社, 2011.
- 《中國古典小說 및 戱曲硏究資料總集》(共著), 학고방, 2011.
- 《中國古典小說의 國內出版本 整理 및 解題》(共著), 학고방, 2012.
- 《韓國 所藏 中國古典戱曲(彈詞·鼓詞) 版本과 解題》(共著), 학고방, 2013.
- 《韓國 所藏 中國文言小說 版本과 解題》(共著), 학고방, 2013.
- 《韓國 所藏 中國通俗小說 版本과 解題》(共著), 학고방, 2013.
- 《韓國 所藏 中國古典小說 版本目錄》(共著), 학고방, 2013.
- 《朝鮮時代 中國古典小說 出版本과 飜譯本 硏究》(共著), 학고방, 2013.
- 《국내 소장 희귀본 중국문언소설 소개와 연구》(共著), 학고방, 2014.
- 《중국 통속소설의 유입과 수용》(共著), 학고방, 2014.
- 《중국 희곡의 유입과 수용》(共著), 학고방, 2014.
- 《韓國 所藏 中國文言小說 版本目錄》(共著), 中國 武漢大學出版社, 2015.
- 《韓國 所藏 中國通俗小說 版本目錄》(共著), 中國 武漢大學出版社, 2015.
- 《中國古代小說在韓國硏究之綜考》, 中國 武漢大學出版社, 2016.
- 《삼국지 인문학》, 학고방, 2018.

외 다수.

飜譯

- 《中國通俗小說總目提要》(第4卷 - 第5卷) (共譯), 蔚山大出版部, 1999.

論文

- 〈在韓國的中國古典小說翻譯情況硏究〉, 《明淸小說硏究》(中國) 2009年 4期, 總第94期.
- 〈中國古典小說의 出版文化 硏究〉, 《中國語文論譯叢刊》第30輯, 2012.1.

• 〈朝鮮出版本 中國古典小說의 서지학적 考察〉, 《中國小說論叢》第39辑, 2013.
• 〈한 · 일 양국 중국고전소설 및 문화특징〉, 《河北學刊》, 중국 하북성 사회과학원, 2016.
• 〈중국고전소설의 書名과 異名小說 연구〉, 《중어중문학》제73집, 2018.
• 〈中國禁書小說의 目錄分析과 국내 수용〉, 《중국소설논총》제56집, 2018.
외 다수

유희준 劉僖俊, shao0321@sookmyung.ac.kr_주저자
• 韓國 서울 出生
• 淑明女子大學校 중문학과 졸업
• 淑明女子大學校 文學博士
• 前 : 慶熙大學校 비교문화연구소 한국연구재단 토대연구팀 학술연구교수
• 現 : 慶熙大學校 비교문화연구소 한국연구재단 공동연구팀 학술연구교수

著作
• 《韓國 所藏 中國文言小說 版本과 解題》(共著), 학고방, 2013.2.
• 《韓國 所藏 中國古典小說 版本目錄》(共著), 학고방, 2013.6.
• 《국내 소장 희귀본 중국문언소설 소개와 연구》(共著), 학고방, 2014.
• 《韓國 所藏 中國文言小說 版本目錄》(共著), 中國 武漢大學出版社, 2015.
• 《안동 군자마을의 문화유산 - 後彫堂 所藏 古書 目錄과 解題》(共著), 학고방, 2018.

論文
• 〈脂硯齋 批語의 소설 미학적 세계〉, 《中國文化硏究》 第6輯, 2005.6.
• 〈紅樓夢 초기 비평가 연구 - 脂硯齋를 中心으로〉, 《中國小說論叢》 第24輯, 2006.9.
• 〈梅妃傳의 국내 유입과 번역 양상〉, 《比較文化硏究》 第27輯, 2012.6.
• 〈淸代 文言小說集 閒談消夏錄 연구〉, 《中語中文學》 第53輯, 2012.12.
• 〈兩山墨談의 국내 출판과 수용양상〉, 《中國小說論叢》 第32輯, 2013.1.
• 〈蘇州 李鼎과 〈石頭記〉 - 脂硯齋에 대한 고찰을 중심으로〉, 《中國小說論叢》 第54輯, 2016.8.
• 〈중국 '世說體' 소설의 국내 유입과 수용〉, 《中國小說論叢》 第49輯, 2018.4.
• 〈한글필사본 閒談消夏錄의 내용 및 번역 양상 연구〉, 《中語中文學》 第77輯, 2019.9.
그 외 20여 편

경희대학교 글로벌 인문학술원 동아시아 서지문헌 연구소 서지문헌 연구총서 04

한담소하록
國立中央圖書館 所藏 한글번역 筆寫本

초판 인쇄 2020년 3월 20일
초판 발행 2020년 4월 2일

지 은 이 | 민관동·유희준
펴 낸 이 | 하운근
펴 낸 곳 | 學古房

주 소 | 경기도 고양시 덕양구 통일로 140 삼송테크노밸리 A동 B224
전 화 | (02)353-9908 편집부(02)356-9903
팩 스 | (02)6959-8234
홈페이지 | www.hakgobang.co.kr
전자우편 | hakgobang@naver.com, hakgobang@chol.com
등록번호 | 제311-1994-000001호

ISBN 978-89-6071-950-7 94820
978-89-6071-904-0 (세트)

값: 25,000원